RAMSÈS II

Christiane Desroches Noblecourt, la première femme à avoir été nommée membre de l'Institut français d'archéologie orientale du Caire, a gravi au musée du Louvre tous les échelons de sa carrière, qu'elle acheva comme Inspecteur général des Musées, Chef du département des Antiquités égyptiennes au musée du Louvre. Elle a aussi été professeur à l'École du Louvre, où elle enseigna successivement l'épigraphie, puis l'archéologie égyptienne. Elle est également la première femme à avoir reçu la Médaille d'or du CNRS (Centre national de la recherche scientifique). En 1996, Christiane Desroches Noblecourt a été élevée à la dignité de Grand Officier de l'Ordre national du mérite.
Par son enseignement, ses écrits – son livre sur Toutankhamon a été traduit dans seize pays –, par son acharnement à sauvegarder les temples de Nubie (de 1954 à 1974, en étroite collaboration avec l'UNESCO), Christiane Desroches Noblecourt a contribué à faire connaître l'Égypte au grand public. Elle a également poursuivi des recherches dans la Vallée des Reines, dont elle a entrepris la rénovation grâce à un mécénat. Aujourd'hui, elle participe en tant que conférencière à des croisières sur le lac Nasser en Nubie. Elle est l'auteur – notamment – de *Toutankhamon, vie et mort d'un pharaon, La Femme au temps des pharaons, La Grande Nubiade, Ramsès II, la véritable histoire...*

Principaux écrits

L'Art égyptien au musée du Louvre, Éditions Floury Paris, 1941.
Le Style égyptien, Larousse, 1946. (Plusieurs rééditions ; ouvrage couronné en 1947 par l'Académie des inscriptions et belles-lettres.)
La Religion égyptienne (histoire générale des religions). Aristide Quillet, Paris, 1947. (Réédité en 1960 ; ouvrage couronné par le prix de l'association France-Égypte.)
Les Sculpteurs célèbres (les Égyptiens du Moyen et du Nouvel Empire), Éditions Mazenod, Paris, 1955.
Les Femmes célèbres, tome I (reines et impératrices ; grandes dames et femmes politiques), Éditions Mazenod, Paris, 1960.
L'Extraordinaire Aventure amarnienne, Éditions des Deux-Mondes, Paris, 1960.
Égypte : art égyptien, Grand Larousse, 1961.
Temples de Nubie : des trésors menacés, Art et Style, Paris, 1961.
L'art égyptien (« Les neuf muses »), PUF, Paris, 1962. (Traduit en plusieurs langues, réédition prévue.)
Peintures des tombeaux et des temples, Unesco, Paris, 1962. (Édité en plusieurs langues.)
Toutankhamon, vie et mort d'un Pharaon, Rainbird, Hachette, 1963, Pygmalion, 1977. (Prix Broquette-Gonin d'histoire de l'Académie française, édité en seize langues.)
Toutankhamon et son temps (catalogue de l'exposition au Petit-Palais), Association d'action artistique des Affaires étrangères, Paris, 1967. (Plusieurs éditions.)
Le Petit Temple d'Abou Simbel (en collaboration avec Ch. Kuentz), CEDAE, Le Caire, 1968, 2 volumes.
Le Speos d'El Lessiya, en Nubie, tomes I et II, CEDAE, Le Caire, 1968.
Le Monde sauvé d'Abou Simbel (étude archéologique des deux temples), Éditions Koska, Vienne, Berlin, 1968. (Édité en trois langues.)
Ramsès le grand (catalogue de l'exposition au Grand-Palais) ; ministère des Affaires étrangères et des Affaires culturelles, 1976. (Plusieurs éditions.)
Le Département des antiquités égyptiennes, La crypte de l'Osiris, Miniguides du musée du Louvre. Éditions de la Réunion des musées nationaux, Paris.
L'univers des formes, NRF, Paris. (Traduit en plusieurs langues.)
– *Le Temps des pyramides* (Les arts de transformation), volume 1, 1978.
– *L'Empire des conquérants* (Les arts de transformation), volume II, 1979.
– *L'Égypte du crépuscule* (Les arts de transformation), volume III, 1980.
Un siecle de fouilles françaises en Égypte (exposition au palais de Tokyo), Ifao et Réunion des musées nationaux, Imprimerie nationale, 1981.
La Grammaire des formes et des styles (Antiquités : Égypte). Bibliothèque des Arts, Paris ; Office du Livre, Fribourg, 1981.
La Momie de Ramsès II (contributions égyptologiques ; histoire du roi – bilan des découvertes), Éditions Recherches sur les civilisations, Paris, 1985.
La femme au temps des pharaons, Éditions Stock, 1986, Paris (Prix Diane-Potier Boes, de l'Académie française).
La Grande Nubiade, Éditions Stock, 1992, Paris.
(Prix Saint-Simon, Prix de l'Académie française, Médaille de Vermeil)
L'Égypte vue du ciel, Éditions La Martinière.
Amours et fureurs de La Lointaine, (Clés pour la compréhension de symboles égyptiens) Stock/Pernoud, Paris, 1995.

Livres en préparation

Ramasseum : La Salle astronomique.
Vallée des Reines
– La Tombe de Touy, mère de Ramsès.
– La Tombe de Bent-Anta, fille-épouse de Ramsès.
– La Tombe d'une fille-épouse de Ramsès, princesse inconnue.

Cette bibliographie concerne uniquement les ouvrages se rapportant à des sujets d'ensemble et s'inscrit indépendamment des nombreux articles et recherches scientifiques et rapports de fouilles parus dans les diverses revues et collections spécialisées en égyptologie.

Christiane Desroches Noblecourt
Inspecteur général honoraire
Département des Antiquités Égyptiennes
du musée du Louvre

Ramsès II

La Véritable Histoire

PYGMALION
Gérard Watelet

Les cartes, les croquis et les index ont été établis par Elisabeth David.
Les illustrations ont été fournies par l'auteur.

Aux maîtres des écrits ramessides,

Sir Alan Gardiner,
Charles Kuentz,
Jaroslav Cěrný,
Kenneth Kitchen.

POURQUOI ENCORE ÉCRIRE SUR RAMSÈS ?

Ce livre, conforme à la vérité historique connue à ce jour, ne vise pas l'évocation d'une vie journalière de l'Égypte au temps de Ramsès, où l'imagination prend trop souvent le pas sur le réel. Mon propos est simplement de cerner, autant que faire se peut, le phénomène Ramsès, fascinant pour certains, irritant pour les esprits chagrins butant sur la phraséologie emphatique des antiques textes officiels, porteurs de louanges dithyrambiques adressées au souverain, et sur l'exagération de ses divers exploits ainsi commentés.

De même que je me suis souvent employée à démystifier la « vengeance de Toutânkhamon », les exposés délirants sur une certaine « science mystérieuse des pharaons », ou encore le « secret des pyramides », de même mon intention a été, dans un état d'esprit semblable, de présenter notre héros avec toute la rigueur scientifique possible, où le subjectif ne peut trouver sa place, et de le décrire, dans les grandes lignes, tel que récemment certains de mes collègues l'ont évoqué, soit au cours d'exposés précis, mais évidemment succincts, parus dans les manuels, ainsi ceux de Nicolas Grimal [1] ou de Claude Vandersleyen [2], soit en des ouvrages consacrés à ce très grand personnage ; je citerai naturellement et avant tout l'œuvre de Kenneth A. Kitchen [3], qui pouvait se permettre cet exploit, après avoir rassemblé la quantité impressionnante d'écrits contemporains concernant le roi lui-même et ses ancêtres immédiats [4].

Cette base essentielle de références demeure la meilleure, et d'une très grande utilité. Ajouterai-je que la chronologie encore quelque peu discutée quant au déroulement du règne, une fois établie par Kitchen, me paraît la meilleure et cadre au mieux avec celle des souverains voisins de l'Égypte ramesside. Je l'ai, naturellement, adoptée.

Pourquoi, alors, me direz-vous, écrire à nouveau son histoire ? Parce que le hasard, – ou le déroulement des événements, – m'a permis de croiser bien souvent les témoignages de notre héros, un héros dont on voudrait pouvoir comprendre l'intime personnalité. Pendant presque trente années, j'ai hanté nombre de ses temples et cherché leur raison d'être.

Lorsque vers les années 1954 l'Égypte projetait d'édifier le Grand Barrage – le Sadd el-Aali –, afin de constituer l'immense lac Nasser destiné à contenir l'eau de l'inondation annuelle nécessaire à la vie du pays, on se souvient que les temples de diverses époques, qui jalonnaient les rives de la Nubie égyptienne, risquaient alors de disparaître. C'est en contribuant à leur étude et à leur sauvegarde, pendant plus de vingt années, que mon intérêt s'est porté particulièrement sur ceux que Ramsès avait consacrés entre la Première et la Seconde Cataracte du Nil.

Dès lors, quantité d'interrogations se sont présentées à moi. Ainsi, pourquoi, dans cette région à faible population, et dont, par surcroît, tous les hommes valides allaient gagner leur vie en Égypte métropolitaine, notre pharaon avait-il, sur une longueur d'environ 390 kilomètres, fait ériger ou creuser sept impressionnantes « maisons divines » ? Il s'agit des temples de *Beit el-Ouali, Gerf Hussein, Ouadi es-Séboua, Derr, Méha et Ibshek* (les deux spéos d'Abou Simbel), et Aksha (nord Soudan). Trouver la raison d'être essentielle de ces fondations, en ces temps lointains où les temples n'étaient point érigés à l'usage des fidèles, mais pour entretenir savamment la « machine divine », posait un problème sérieux, digne d'être élucidé.

L'opportunité, rare, se présentait à moi de voisiner fréquemment avec ces sanctuaires lointains quasiment abandonnés, que personne, pas même les égyptologues, ne visitait plus depuis l'édification du premier barrage, au début du siècle.

Nos efforts aboutirent, et les temples furent déménagés, de la cote 120 mètres au-dessus du niveau de la mer, et replacés plus loin à l'ouest, sur les dernières rives nubiennes épargnées, à la cote 180 mètres. J'entrepris alors avec mon équipe de collègues français dépendant principalement du CNRS [5], et mes confrères égyptiens du CEDAE [6], de poursuivre l'enquête sur l'exceptionnel pharaon et les messages qu'il voulait livrer, dans son magnifique *Temple de Millions d'Années* : le Ramesséum [7]. Je pense avoir pu détecter certains des mobiles qui l'habitaient, et les ruines voisines m'ont permis, de surcroît, de reconstituer le premier mammisi indépendant du temple, érigé par Ramsès pour sa mère Touy et pour Nofrétari, la Grande Épouse royale.

Il y avait aussi la Vallée des Reines : de nécropole princière à la XVIIIe dynastie, elle devint celle des grandes dames de la famille ramesside et de certains princes. Là encore, nombre d'informations étaient à glaner. J'eus également la chance de redécouvrir la tombe de Touy, mère du pharaon, ce qui permit d'éclairer plusieurs points d'histoire. Enfin la tombe de Pharaon lui-même, dans la Vallée des Rois, pillée dans l'Antiquité, fut aussi mise au programme.

En 1975, une nouvelle incitation me rapprochait encore de Ramsès : notre ministre de la Culture, Michel Guy, en accord avec son homologue égyptien, me demandait d'organiser, à Paris, une exposition sur un pharaon, au moyen des seuls monuments conservés au Musée du Caire. La personnalité de Ramsès, fils de Séthi, dont on pouvait le mieux évoquer l'histoire, se présentait immédiatement à moi : ce roi aux soixante-sept années de règne effectif, auxquelles doit s'ajouter le temps de la corégence aux côtés de son père ! Il n'existe pas, au cours des trente dynasties égyptiennes, de monarque dont on puisse, comme pour Ramsès, suivre l'existence presque au fil des années : c'était l'occasion de regrouper la moisson d'informations nouvelles récoltées en Nubie et à Thèbes, principalement auprès de ses fondations, et d'esquisser quelques réponses à tant d'interrogations accumulées au fil des ans. Il fallait, aussi, oser aborder la question de l'Exode, objet de tant d'affabulations...

Pendant la préparation, au Musée du Caire, de cette exposition (qui par la suite fit le tour du Canada et des U.S.A.), l'état alarmant de la momie du vieux pharaon m'incitait à entreprendre les démarches qui aboutirent en définitive à faire soigner à Paris cette prestigieuse relique menacée de destruction. Les sept mois pendant lesquels Ramsès fut ausculté, puis soigné, au Musée de l'Homme, furent bénéfiques. La cure dont il fut l'objet le libéra d'un redoutable *Daedalea Biennis*, mais les innombrables analyses faites nous livrèrent des secrets qu'aucun texte antique, – ils sont si peu loquaces sur la personne même de Pharaon –, n'aurait pu donner.

Ainsi, l'apport de ces longues années d'étude m'a permis de réunir, et par là même d'ajouter quelques pierres à l'édifice déjà élevé à cette grande figure de proue. Point n'est besoin de faire un appel – évidemment plus aisé – à l'imagination pour reconstituer l'existence d'une des plus étonnantes personnalités du monde de la haute Antiquité. Quoi qu'il en soit, ce serait, dans ce cas, en quelque sorte le trahir.

Certes, des plages d'ombre subsistent, mais l'écrasante réalité de la vie de Ramsès, et l'attrait passionnant qu'elle suscite, dépassent, on le verra, toutes les fictions, aussi brillantes soient-elles, qui pourraient surgir du cerveau d'un romancier.

Ci-contre :
Visage de la statue effondrée de Ramsès, dans la palmeraie de Mit-Rahiné.

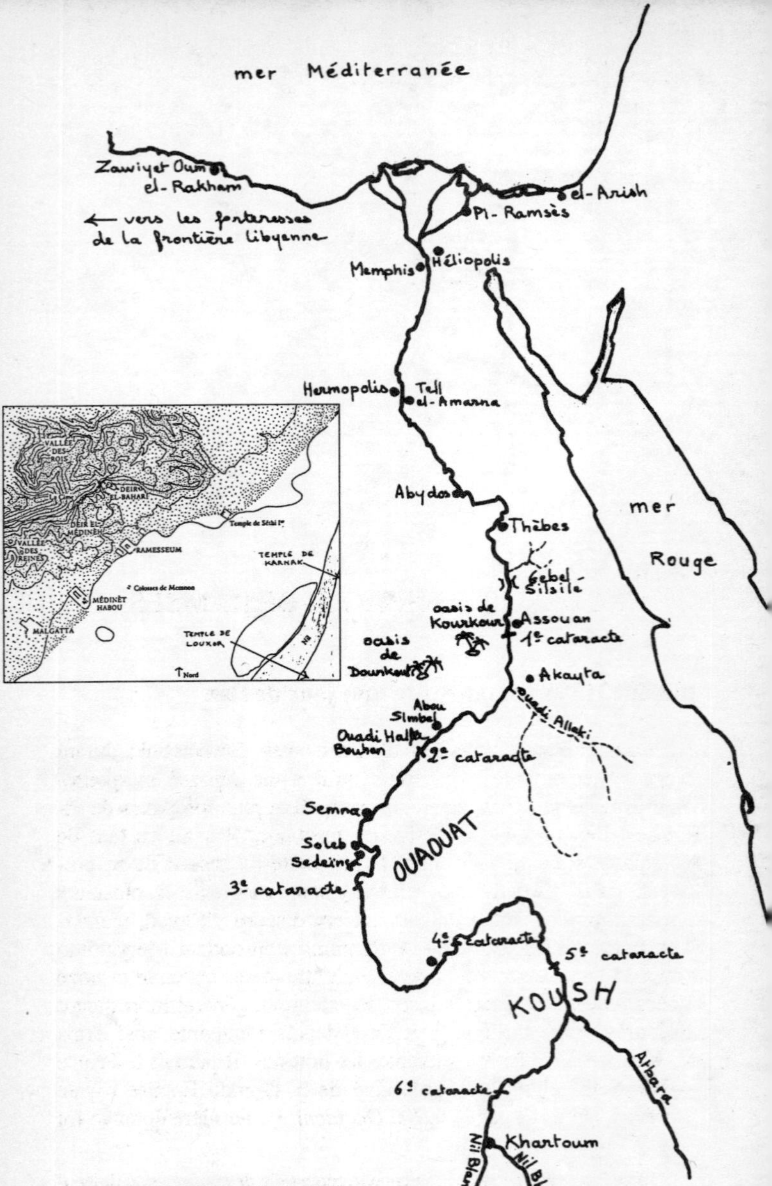

Carte – La Vallée du Nil jusqu'à la jonction du Nil Blanc et du Nil Bleu.

I

LE DERNIER MIRACLE DE RAMSÈS

Juillet 1213 avant notre ère : un jour de l'an

Le quatorzième jubilé * de Pharaon avait été célébré : durant toutes les cérémonies, et depuis qu'il avait dépassé sa quatre-vingt-dixième année, le souverain ne quittait plus son palais de Pi-Ramsès, l'enchanteresse Résidence nordique. Il avait vu tant de ses enfants s'éteindre, lui dont la longévité ne cessait de se prolonger, qu'il en demeurait profondément meurtri ! À plusieurs reprises, nombre de ses enfants avaient disparu : il avait, maintenant, peine à se souvenir de leurs noms, confondant Méryatoum – décédé lorsque son royal père avait atteint ses soixante et onze années – avec le Prince Ramsès, le valeureux général mort quatre ans après, alors qu'il régnait déjà depuis cinquante ans. Trois ans plus tard, à l'âge de soixante-dix-huit ans, il perdait le Prince héritier Sethherkhépéshef, fils aîné de la Grande Épouse royale Nofrétari, qui avait gagné le *Bel Occident*. La dernière épreuve fut

* Jubilé : on désigne ainsi la solennelle cérémonie de confirmation du pouvoir du pharaon qui, théoriquement, avait lieu après trente ans de règne.

cependant le trépas de son favori, – le douzième prince héritier prétendant au trône –, le savant et pieux Khâemouaset, Grand Prêtre de Ptah à Memphis : depuis cinquante-cinq années Ramsès, alors âgé de quatre-vingts ans, occupait le trône d'Égypte !

À la désignation de son treizième éventuel successeur au trône, le Prince Mérenptah, fils d'Isisnofret, seconde Grande Épouse royale, les proches de Pharaon avaient pris le parti de précipiter le rythme des grands jubilés régénérateurs, et de les célébrer dès lors tous les deux ans, pour redonner à Pharaon un regain de jouvence. Ainsi se succédèrent pendant les dix dernières années du règne les dixième à quatorzième fêtes-*Sed* : elles avaient été organisées par le Vizir du sud, Néferrenpet, assisté par Hori, un des petits-fils de Ramsès, semble-t-il. Dans ces conditions pourquoi Pharaon, à la gloire légendaire, ne pourrait-il pas bénéficier des cent dix ans de vie, apanage des sages – chacun semblait s'y attendre !

Aussi l'annonce de la nouvelle année était-elle vécue avec grand espoir dans tout le pays. La saison chaude, *Shémou*, allait se terminer, les quatre mois pendant lesquels la Terre d'Égypte s'était progressivement desséchée prenaient fin : on attendait avec ferveur l'arrivée de l'eau fraîche et pure, l'eau de l'Inondation qui devait survenir après les derniers cinq jours de l'ultime mois de la saison, les *Supplémentaires*, que les Grecs appelèrent par la suite les « Épagomènes » [1].

Redoutables étaient ces moments où les membres de la future famille osirienne allaient naître du sein de Nout, la voûte céleste : pendant cette période tout pouvait alors se produire. Aussi était-il recommandé de se mettre à l'abri dans sa demeure. Les ravageuses flèches de Sekhmet, l'imprévisible au corps si suave, mais à la tête de lionne peu amène et aux amours tumultueuses, pouvaient provoquer la peste, le *mauvais air* – la malaria – guettait.

On était pourtant assuré d'une inondation abondante pour ce début de la soixante-septième année du règne du grand Ramsès. Comme à l'accoutumée, le Vizir avait régulièrement informé le Palais du régime du Nil dès le début du mois de mai, lorsque le fleuve était à l'étiage, donc présentant son niveau le plus bas. La remontée des eaux était surveillée, en plusieurs points du pays, mais surtout depuis le Gebel Silsilé, là où le Nil, après avoir traversé en dernier lieu la Nubie, arrivait en Égypte. Près des grandes stèles des chapelles ramessides aménagées dans la falaise

Champ gagné par les eaux de l'Inondation.

Au nord de Karnak, pendant l'Inondation :
le tertre du temple de Médamoud surgit comme la « colline primordiale ».

Scène de réjouissance. (Musée du Caire)

occidentale, les offrandes avaient été jetées dans les eaux afin de les rendre propices à la vie du pays.

L'Inondation déferle

La veille de la date tant attendue, la *Nuit de Rê* – le « réveillon » –, avait été chaleureusement célébrée. Chaque édifice, chaque maison répondait, sur terre, au scintillement des étoiles, par la multitude de petites lampes allumées devant les portes. Et puis, en ce premier jour du premier mois de la saison *Akhet*, peu après le 18 du mois de juillet 1213, le flot avait déferlé dans une éclatante chaleur tempérée par les bienfaisants vents étésiens, lesquels, arrivant du nord, ridaient la surface du fleuve et ralentissaient son cheminement vers la mer.

De loin, on entendait, comme un murmure, le son des harpes qui, du fond des temples, accueillait la renaissance du monde : plus présent, le bourdonnement des chants d'allégresse planait sur tout le pays. Dans les villes et les villages, on défonçait les digues de terre obstruant les canaux asséchés, afin que l'eau vive soudainement réapparue s'y répande à nouveau, cependant que les champs étaient gagnés par les alluvions ferrugineuses rougies du lointain Atbara éthiopien.

Déjà la Terre d'Égypte devenait une mer sur laquelle une multitude de barques, fleuries et décorées de banderoles, voguaient au son des tambourins et du double hautbois. C'était le Jour de l'An : chacun, avec ses plus beaux vêtements de fête [2], souvent neufs en la circonstance, allait puiser l'eau nouvelle pour la boire, pour la conserver aussi dans des jarres où elle décanterait, et même afin de l'expédier au-delà des limites du pays, en guise de talisman et de gage de fécondité. On buvait aussi beaucoup de « vin nouveau », celui du Delta, du Fayoum, et même le nectar plus rare de l'île de Séhel, près d'Assouan, car l'arrivée de l'Inondation coïncidait avec les vendanges : ainsi était bruyamment fêté le premier jour du premier mois de l'année, le mois de Thot, celui de l'ivresse (*Tekh*).

Sur les toits des temples, dès avant l'aube, les prêtres avaient installé la statuette du culte divin, sortie de son naos plaqué d'or, exposée face à l'est pour que le baiser du soleil levant puisse la recharger de l'énergie divine. La naissance de la nouvelle année était proclamée de terrasse en terrasse, dès le lever exceptionnel de

Barque circulant sur les eaux de l'Inondation

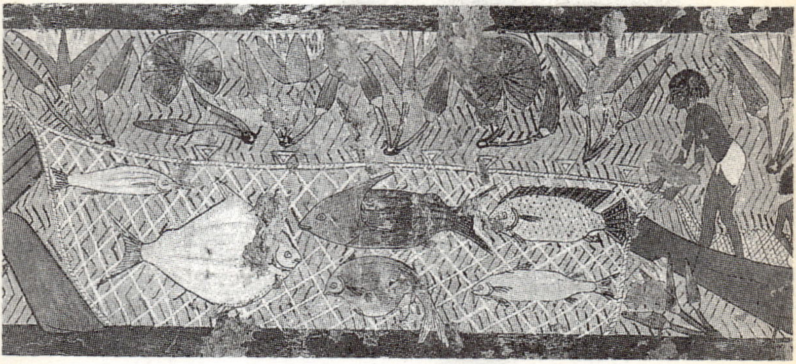

Scène de « pêche miraculeuse » pendant l'Inondation. (Peinture thébaine)

Nacelle à cabine d'un seigneur. (Tombe thébaine de Menenna)

l'astre apparaissant une fois l'an dans la zone du ciel où l'étoile *Sothis* (Sirius) redevenait visible après soixante-dix jours d'éclipse. Cette étoile, connue encore de nos jours comme la plus brillante de la constellation du Grand Chien, était évoquée sous la forme d'une petite chienne à la queue « bouclée », dont l'image était offerte en présent pour le Jour de l'An, depuis la protohistoire jusqu'à la domination romaine dans le pays, au moment des fortes chaleurs, d'où le nom de canicule (chaleur de petite chienne, *canicula*).

Pourtant, dans le plus grand secret du Palais, les médecins (*Sinou*), ceux-là mêmes qui, à maintes reprises, avaient été dépêchés par Pharaon au chevet des princes des pays d'Asie anxieux de bénéficier du concours de ces brillants praticiens, groupés autour de Ramsès, demeuraient impuissants devant un moribond. Celui que le peuple avait, depuis longtemps, pris l'habitude d'appeler avec une teinte de familière affection *Sésou* [3] était à l'agonie. Pour le pays, cependant, et pour les peuples auxquels il avait su inspirer le respect de l'Égypte, celui qui allait trépasser avait incarné : le *Glorieux soleil d'Égypte*, la *Montagne d'or et d'électrum*, la *Provende de l'Égypte*, l'*Élu de Rê dans la barque du soleil*, le *Dieu parfait, fils d'Amon*, l'*Image parfaite de Rê*, l'*Étoile du ciel*, le *Soleil des Princes*, le *Soleil de tous les pays*, le *Taureau puissant*, le *Protecteur de l'Égypte*, *Celui qui courbe les pays étrangers*, le *Grand de victoires*, *Seigneur des Deux Terres*...

Le roi est mort...

Privé de ses dernières forces, ne maîtrisant plus le fonctionnement des sept glorieux orifices de sa tête (deux yeux, deux oreilles, deux narines, la bouche), ployant sous d'implacables douleurs qui courbaient son corps en avant, le roi de Haute et de Basse Égypte Ousermaâtrê Sétepenrê, fils du soleil Ramessès Méryamon, allait rendre son dernier soupir précisément en ce dix-neuvième jour du premier mois de la saison de l'Inondation, le lendemain même du Jour de l'An traditionnel.

Sitôt répandue la nouvelle dont, en cette période d'exceptionnelle liesse, il avait fallu reporter *in extremis* l'annonce, les cris de deuil pesèrent brusquement sur les chants d'allégresse. Pouvait-on y croire ? Comment le fils du dieu sur terre, héros durant son invincible jeunesse, image de la puissance, à la progéniture innombrable, garant de la fécondité du pays, celui qui avait assuré

Femmes et enfants en lamentations de deuil.

Défunt traité au natron et séché avant momification. (Scène tirée d'un sarcophage)

à l'Égypte de si longues années de paix, le Grand Faucon venait pourtant de s'envoler, la chair divine allait rejoindre la force initiale dont elle était issue.

Autour du moribond avaient été rassemblés les derniers enfants que lui avaient donnés ses Grandes Épouses royales, ceux de ses épouses secondaires, et les nombreux petits-enfants conduits par le treizième de ses héritiers, Mérenptah, son successeur désigné, né de la Grande Épouse royale Isisnofret. Le souvenir de sa bien-aimée Nofrétari, rêve de sa jeunesse, première Grande Épouse royale et mère des premiers princes héritiers, morte depuis déjà quarante années, paraissait avoir quitté sa mémoire. Sans doute Bentanat, au grand âge, sa fille aînée et sœur de Mérenptah, présente à ses côtés, était-elle arrivée quelques jours auparavant du domaine des Dames royales situé au Fayoum, accompagnée de Hénoutmirê, une des dernières princesses royales héritières, confirmée Grande Épouse royale également.

Parmi les hauts fonctionnaires du Palais, accourus au chevet du roi, bien peu avaient connu la jeunesse du prince, à l'exception de l'ancien Grand Prêtre d'Amon, Bakenkhonsou, alors que l'ancien Vizir Pasar n'était plus, lui qui avait placé sur l'auguste front du nouveau pharaon, le jour de son couronnement, les deux coiffures de la royauté, assimilées aux deux déesses tutélaires Nékhabit le vautour et Ouadjet le cobra. Au regard de Pasar, devenu à l'aube de son grand âge Grand Prêtre d'Amon, Pharaon devrait accomplir le cycle prévu par le dieu. Il s'était en effet souvenu que ces cérémonies, auxquelles il avait participé très jeune, étaient survenues au cours de cette saison bénie de l'Inondation (*Akhet*), avec seulement un faible décalage, c'est-à-dire entre le cinquième et le onzième jour du troisième mois, soixante-sept années auparavant : Hâpi qui fait gonfler le flot allait parfaitement régler la destinée terrestre du plus fervent de ses zélateurs.

L'exceptionnelle longévité de Ramsès devait encore ajouter à sa glorieuse légende. En cette XIXe dynastie, il aurait fallu rechercher dans les archives des temples, au plus profond du secret des *Maisons de vie*, pour retrouver les documents ayant enregistré le centenaire de Pépi II de la VIe dynastie. En revanche, les successeurs de Sésou se référaient à la durée de son règne, qu'ils souhaitaient pouvoir égaler. Ainsi Ramsès IV n'exprimait-il pas, sur une stèle dédiée en Abydos, le désir de connaître *un règne aussi long que celui du roi Ramsès, le Grand Dieu, en ses soixante-sept années.*

Vive le roi !

La mort de tout pharaon pouvait entraîner une rupture d'équilibre dont il était essentiel d'éviter les incontournables conséquences. Pour pallier ces dangers redoutables, le prince Mérenptah, âgé d'une cinquantaine d'années, déjà rompu à une longue régence aux côtés de son père, fut, suivant la règle, immédiatement intronisé, en attendant l'investiture du sacre, prévue pour se dérouler après la longue période de deuil et les fastueuses funérailles. Dès le soir du décès, le corps du roi avait été confié aux prêtres momificateurs pour entreprendre la préparation de soixante-dix jours, afin que la dépouille du défunt transformée en Osiris puisse aborder le voyage d'outre-tombe en quête d'éternité. Les temps du deuil silencieux allaient commencer. Aux cris stridents des pleureuses, aux gémissements expressifs des hommes *accroupis, tête sur les genoux*, succédaient les pénibles moments de prostration. Mérenptah, les princes et les notables avaient laissé pousser leur barbe, donnant ainsi à leur visage un aspect volontairement négligé.

Les embaumeurs

Pour recevoir la première purification, Ramsès fut d'abord transporté dans une chapelle légère, la *Tente de Purification*, près du temple de Ptah sans doute, où, dans un concert d'incantations psalmodiées, le corps fut aspergé d'eau vivificatrice [4]. Puis les prêtres l'installèrent sur une table de momification dans la « Place pure », la *Ouâbet*, où, en très grand secret, sous la responsabilité du *Supérieur des mystères*, représentant Anubis [5], Chef du Pavillon divin et divin embaumeur, les officiants appelés *Out* allaient provisoirement porter atteinte à son intégrité physique en prélevant le cerveau et les viscères, crime sacrilège, mais nécessaire, après l'avoir lavé avec de l'eau mélangée à du natron. Une incision fut faite sur le flanc gauche du roi, au moyen sans doute d'un couteau de silex, d'obsidienne, ou de « pierre d'Éthiopie », afin de retirer les organes qui, après avoir été lavés, furent embaumés. Le cœur avait été remis dans le thorax, ainsi que les reins – car *Dieu sonde les cœurs et les reins*. Au reste, le cœur, ce siège de la conscience, devait connaître l'épreuve le jour du Jugement, comme pour tous les sujets de Pharaon. Quant aux viscères, ils allaient être déposés momifiés dans de petits sarcophages d'or à l'image du défunt. Ils seraient ensuite placés dans des vases d'albâtre où chaque organe contenu allait être identifié avec un des *quatre fils d'Horus* : Hâpi, Amset, Douamoutef et Kebehsenouf [6], dont les têtes sculptées dans l'albâtre, mais à l'effigie de Ramsès, servaient de bouchons. Les panses de ces récipients furent, suivant le rituel, placées sous la protection des quatre entités féminines : Isis, Nephthys, Neith et Selkis, en liaison avec les quatre points cardinaux. Alors, on déposa les vases bouchés dans un coffre également d'albâtre, portant en ronde bosse, aux quatre angles, l'image des quatre déesses déjà présentes sur les vases. Il est vraisemblable que l'ensemble fut, à son tour, logé dans une véritable petite chapelle en bois doré, aux angles de laquelle on allait encore retrouver les statuettes des quatre déesses. Ce complément essentiel de la momie, pour la recomposition psychique du roi, devait l'accompagner dans la tombe, entouré du « mobilier funéraire ».

Il fallait maintenant faire tremper la dépouille mortelle dans un bain de natron [7], pour que disparaissent les graisses et toutes matières putrescibles, puis la nettoyer avec le meilleur vin de palme. Égoutté et séché sur un lit de fine paille, le corps débarrassé de ses impuretés fut alors transféré dans le *Per-Néfer* ou *Maison du rajeunissement*. Là, sous la responsabilité du chef des embaumeurs, le Chancelier divin, les spécialistes allaient entreprendre la momification de Ramsès par l'enroulement de précieuses bandelettes du lin le plus fin, tissé dans les ateliers du Grand Harem des Dames royales de Mi-Our, au Fayoum, non loin du lac Moëris. Ces dernières s'inspiraient de l'œuvre d'Isis qui avait filé les cordons précieux utilisés par Nephthys pour les éléments de ce réseau prophylactique, artisanat sacré considéré comme procédant d'une sorte de magie universelle. Les prêtres bandagistes avaient, au préalable, redonné à Ramsès, par des petits coussins de lin parfumés, les reliefs essentiels disparus avec les graisses. Les lèvres avaient été remodelées et sous les paupières closes on avait placé des yeux factices. Le nez, au cartilage meurtri par le passage des crochets destinés à extraire le cerveau, fut entièrement bourré de grains de poivre [8], cependant que le Prêtre-lecteur, porteur de son papyrus contenant le rituel sacré, ne cessait de réciter les formules de protection. Un anneau d'or maintenait le cœur solidement attaché au sommet gauche du thorax, lequel avait été entièrement tapissé d'un hachis de feuilles de tabac sauvage collé à des résines

Pendentif au nom de Ramsès
provenant du « Trésor funéraire » de son fils Khâemouaset.

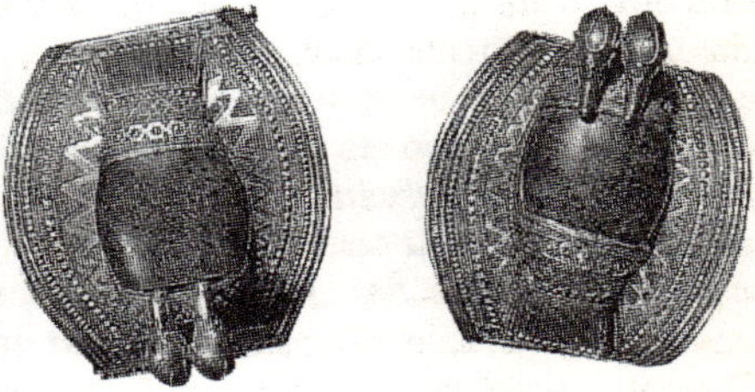

Deux bracelets d'or et de lapis-lazuli, au nom de Ramsès. (Musée du Caire)

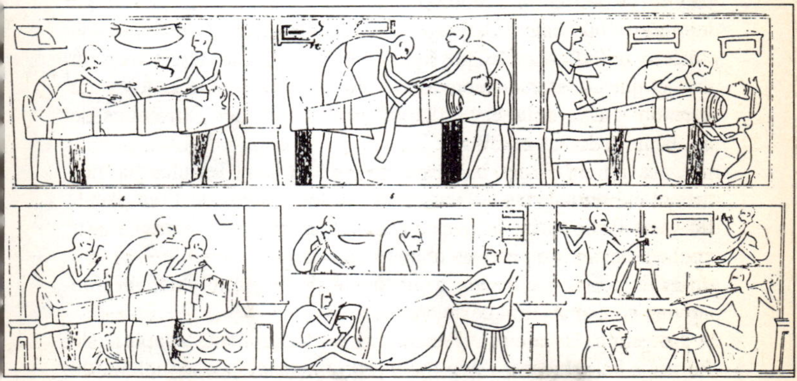

Fabrication du masque funéraire d'une momie sur laquelle on pose le linceul.

odoriférantes. Parmi les plantes dont on l'avait rempli, d'innombrables têtes de camomille – très probablement mélangées à de nombreuses amulettes en or et terre cuite vernissée de couleur turquoise – ajoutaient encore leur subtil parfum protecteur [9].

Enfin, tel Osiris blessé à mort par le Malin, noyé et privé de son membre procréateur que le poisson silure avait englouti, le cadavre avait subi, au cours d'une scène dramatique mimée, l'ablation du pénis, lequel, momifié, avait été remis en place en prévision de son futur réveil.

Ramsès est momifié

Dans les ateliers des orfèvres, on s'était affairé sur les bijoux funéraires : longs colliers ornés de scarabées symboles de l'aube de la résurrection, barques divines, déesses tutélaires flanquant l'œil-*Oudjat* évoquant la plénitude retrouvée, images dressées d'Osiris tenant les sceptres de la royauté, pendentifs en forme de pylônes de temples encadrant les images d'Isis et de Nephthys préparant l'animation du mystérieux pilier-*Djed*, tout était prêt à côté d'une infinité d'amulettes, et de grandes silhouettes de génies ailés découpées dans des plaques d'or, destinées à être glissées dans les enroulements des bandelettes, aux endroits précis où les organes avaient été prélevés.

À chaque dépôt d'amulettes, à chaque pose de bijoux, une prière appropriée était récitée par les cérémoniaires. Une ceinture d'or et de perles multicolores « tissées » maintenait sur l'abdomen du roi sa légendaire dague au manche orné de deux têtes de faucon opposées, celle qui figurait si souvent sur les statues du souverain, comme on pouvait le voir sur son grand colosse de Memphis. Des doigtiers d'or pur protégeaient les extrémités de ses pieds et de ses mains.

On avait enfilé des bagues à tous ses doigts ; les plus harmonieuses portaient des décors évoquant les images de l'œil sacré, du lotus d'où surgit le soleil, ou du scarabée : ce dernier motif était monté sur un pivot de manière que la face interne puisse être utilisée comme un sceau, avec une formule prophylactique, ou encore le nom et l'image de Pharaon.

Les longs cheveux soyeux, extraordinairement souples, de Ramsès, blanchis par l'âge mais légèrement passés au henné (de même que les doigts et les orteils), n'avaient pas été altérés par la calvitie, malgré l'âge avancé du souverain. Un ruban plat d'or fin enserrait sa tête. Cependant, on n'avait pas réussi à fixer, à la hauteur du front, les deux formes animales dressées des déesses primordiales, le vautour et le cobra, qui devaient aider à la reconstitution du défunt [10] sous l'aspect de sa radieuse jeunesse. La saillie très prononcée de ces deux insignes était incompatible avec la pose directement sur le suaire du lourd masque-plastron en or massif qui devait emboîter la tête et le torse de la momie [11]. Aussi avait-on glissé ces deux insignes sous le suaire, contre chacune des jambes de la momie. En revanche, les deux animaux de la royauté ornant le front du premier et du deuxième sarcophage momiforme allaient être entourés par la petite « couronne de justification [12] » faite de feuilles de perséa et de pétales de lotus bleu. Ainsi, dès le début de son odyssée chthonienne, Ramsès recevrait le viatique devant lui assurer la reconnaissance de sa légitimité solaire confirmée par l'épreuve du jugement.

De longues bandes de lin « ficelaient » alors le corps dans son linceul, avant qu'il ne soit introduit dans les divers sarcophages confectionnés suivant le rituel [13].

Sarcophages et chapelles

Les membres de la famille furent alors conviés à la « mise en sarcophages » : les Dames royales entourèrent le cou et les épaules du roi avec les guirlandes florales tressées avec des feuilles de perséa, dès le matin, mais qui se conserveraient séchées pendant des siècles, tant qu'elles ne seraient pas mises en contact avec l'air. Après la pose du masque-plastron d'or, la momie fut déposée dans un premier sarcophage, également en or massif, lequel avait ensuite pris place dans un second sarcophage en bois plaqué d'or et incrusté de pâte de verre imitant la turquoise, le lapis-lazuli et la cornaline. Enfin, un troisième sarcophage extérieur devait recevoir tous ces « emboîtages ». Il était en bois doré, et son corps, comme celui des deux autres cercueils, portait le décor incisé de grandes ailes protectrices dispensatrices du « souffle de vie ». Ramsès était alors prêt à gagner la nécropole royale où dormaient ses prédécesseurs depuis le début du Nouvel Empire.

Dès avant l'achèvement de la momie et le premier « adieu au mort », Mérenptah, nouveau Pharaon, s'était provisoirement rendu à Thèbes, et peut-être même sur la rive gauche, à la Rési-

Péniche funéraire de Toutânkhamon équipée de sa cabine. (Musée du Caire)

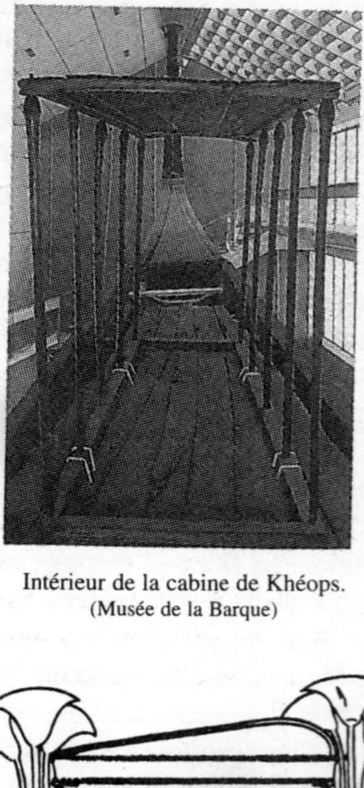

Intérieur de la cabine de Khéops.
(Musée de la Barque)

Les pleureuses entourent la cabine funéraire voguant vers la nécropole.

dence aménagée pour Ramsès, dans l'enceinte du temple jubilaire, le Ramesséum, où tant de fois les rites annuels de confirmation du pouvoir royal [14] avaient été célébrés. Il lui fallait s'assurer que les importantes cérémonies des funérailles, organisées par le Vizir du sud, à l'époque Maire de Thèbes, Néferrenpet, se dérouleraient suivant l'antique rituel et avec tout le faste désiré.

Ramsès quitte sa capitale

À l'est du Delta, sur les bords des *Eaux de Rê*, à la hauteur de Pi-Ramsès, la grande nef funéraire de soixante coudées de long, fabriquée pour les obsèques du roi, était encore à quai. On y avait monté un dais abritant les sarcophages et le corps royal. Ce navire-catafalque était orné de hautes tiges de papyrus évoquant le marécage primordial dans lequel les « mânes » de Ramsès s'étaient engagés. Entourant l'apparat funéraire et assistant la dernière Grande Veuve, des pleureuses agenouillées ou debout, levant les bras au ciel, allaient offrir, sur tout le parcours de l'est du Delta jusqu'à Thèbes, le tableau poignant de la douleur. L'embarcation royale de Mérenptah remontait le courant en tête du cortège fluvial. À sa suite, le remorqueur destiné à haler le vaisseau funéraire était aussi muni d'une large voile horizontale à deux vergues, tissée de décors multicolores. Secondant l'action des rames, elle contribuerait à mieux affronter les eaux du troisième mois de l'Inondation (octobre 1213 avant notre ère), alourdies par les alluvions et au courant redoublé.

Les autres barques du cortège avaient été chargées de l'immense mobilier funéraire du roi ; mais y avaient également pris place les membres de la famille, les hauts fonctionnaires et les prêtres funéraires.

Dès le départ du défilé fluvial, les riverains, paysans et citadins, alertés par la nouvelle de son imminent passage, s'étaient massés sur les berges : le spectacle qui se déroulait était surprenant. Non seulement le faste de l'équipage fascinait les spectateurs, mais au bord de l'eau les cris des femmes portant le deuil, certaines dispersant sur leur tête la poussière du sol, répondaient aux chants mortuaires des bateliers, par les refrains traditionnels, – tout contribuait à prolonger la présence de l'éternel Ramsès qui ne cessait de dominer l'Égypte !

Une escale de deux jours fut observée à la hauteur d'Abydos, sanctuaire d'Osiris dans le monde duquel Ramsès venait de s'intégrer : il ne fallait pas manquer de solliciter l'indulgence du dieu-martyr. Après les rites préliminaires d'investiture, le Grand Prêtre Ounennéfer et son fils Hori étaient montés à bord de la nef royale afin d'escorter le défunt jusqu'à la Vallée des Rois (la *Grande Prairie*). Plus au sud, à la hauteur de l'immense temple d'Amon, et sur le quai rejoint par les eaux de l'Inondation, le Grand Prêtre Bakenkhonsou et tout son clergé encadrant Mérenptah accueillirent le défunt Ramsès et sa suite. Sans doute dans la grande cour de ce temple de la royauté, en avant de la salle hypostyle, un premier simulacre de jugement du trépassé s'était-il déroulé, aux termes duquel le verdict prononcé par les puissants contemporains de Ramsès décida de son éventuel séjour dans le monde des justes. Puis la flottille, encore plus imposante, car étoffée par les barques des notables thébains, vogua sur l'immense étendue d'eau de la crue, qui recouvrait la plaine occidentale de Thèbes. Laissant, au sud, les colosses du temple d'Aménophis III (« de Memnon »), elle atteignit directement le débarcadère même du Ramesséum, en cette région de l'*Imentet* où le séjour des trépassés s'enfonce dans le mystérieux, l'insondable domaine de la grande Hathor. Au sein du temple jubilaire, le rappel des rites funéraires les plus archaïques fut mimé, rythmé par les chants, les danses (dont celle des *Mouou* de Bouto, au bonnet de roseau), au cours de l'évocation de l'indispensable pèlerinage aux villes saintes... Puis, une dernière fois, ces lieux sacrés dispensèrent au trépassé les ondes bénéfiques dont, pendant ses soixante-sept années de règne, il fut irradié, par le truchement de ses images qui ornaient les piliers des deux vastes cours, le représentant en Osiris, puis en soleil levant.

Vers la nécropole royale

Enfin, à l'aube du jour prescrit, le défilé funèbre prit son départ pour rejoindre les tombeaux de ses « ancêtres ». Toujours en raison des eaux recouvrant la terre d'Égypte jusqu'à la limite des sables, l'escorte fluviale vogua à nouveau, pour aborder au plus près du long chemin qui prend son départ au nord de la chaîne des temples jubilaires pour s'enfoncer dans le *gébel* : il fallut des heures pour décharger non seulement les lourds sarcophages emboîtés, leurs catafalques et leur traîneau, mais encore l'ensemble, plus réduit mais analogue, contenant les vases canopes, tout le mobilier – sièges, coffres, chars, grands lits de transformation aux formes

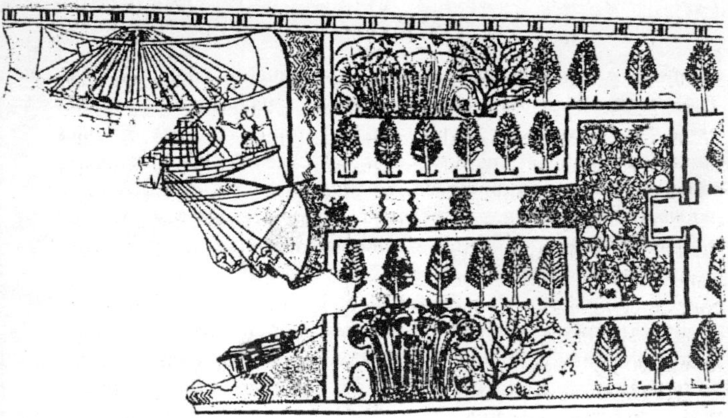

Cortège fluvial devant le port de Karnak. (Tombe thébaine de Neferhotep)

Cortège funéraire se dirigeant vers la nécropole. (Peinture thébaine)

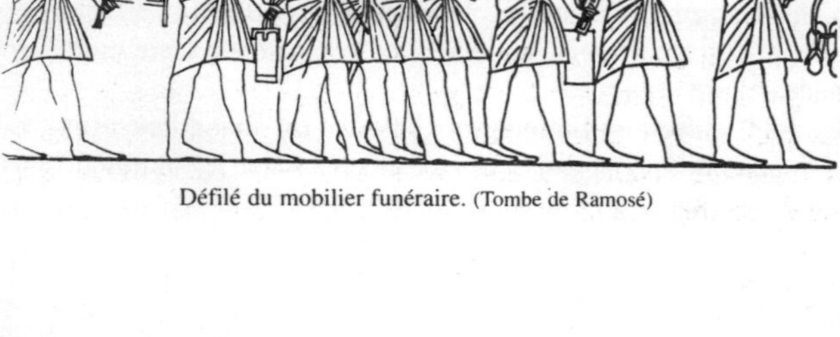

Défilé du mobilier funéraire. (Tombe de Ramosé)

animales, vases d'albâtre contenant les onguents, paniers à linge, coffres remplis de bijoux rituels, objets de tous ordres, instruments et jeux, vêtements et bijoux, cannes, arcs et carquois, grandes jarres contenant les meilleurs crus des caves du roi [15], statuettes rituelles dorées ou bitumées, et plusieurs jeux des trois cent soixante-cinq figurines représentant, pour chacun des jours de l'année, le roi momifié (les *shaouabtis*) mais paré de différentes couronnes, destinées à l'intégrer davantage dans le monde osirien d'où il réapparaîtra, l'année révolue, tel le nouvel Horus. Ces précieux éléments, complétés d'offrandes animales momifiées dans leurs sarcophages, furent confiés aux Grands du royaume, fonctionnaires, amis, serviteurs du roi qui les chargèrent sur leur dos.

Et le cortège s'ébranla.

Le traîneau supportant le catafalque était halé par des bovidés, et précédé de clercs répandant du lait sur le sol. Lentement les deuillants suivaient, groupés après les deux vizirs au crâne rasé, et les *Neuf Amis du rite* s'appuyant sur de hautes cannes, le crâne ceint de bandelettes de deuil blanches. Venaient alors les porteurs de hautes tiges de papyrus, de nombreuses pleureuses aux robes teintées par la poussière du chemin qu'elles répandaient sur leur tête, cheveux décoiffés, exprimant à nouveau bruyamment le désespoir. Enfin, le long défilé atteignit la jonction avec le départ de la Vallée de l'Ouest, là où Nebmaâtrê, le troisième Aménophis, avait fait aménager sa « demeure d'éternité ». Sur les deux côtés du passage rocheux, le cortège défila devant les deux tableaux que Pasar avait fait graver à la surface du calcaire lorsque, jeune Vizir du sud, il surveillait l'aménagement de la tombe de son maître. D'un côté, était représentée la vache Hathor, patronne de l'Occident, aux cornes enserrant le disque solaire dominé par les deux plumes d'autruche. De l'autre, on voyait une scène analogue, mais Pasar était agenouillé devant l'image d'Hathor ayant entre ses cornes le disque solaire surmonté des deux hautes rémiges de faucon, emblème de Sothis. L'une des figurations d'Hathor allait accueillir dans son sein le roi décédé, au cœur de la nécropole occidentale. L'autre, au contraire, le porterait jusqu'à son réveil cosmique, à l'est de Thèbes, annoncé par la resplendissante étoile de l'année solaire.

Ce fut l'endroit où l'attelage de bovidés fut abandonné afin que les Grands de la Cour puissent eux-mêmes haler le catafalque sur son traîneau jusqu'à l'entrée de la Nécropole.

Le chemin vers la Vallée des Rois. (Cliché M. Kurz)

Porte d'une des chapelles funéraires de Toutânkhamon. (Musée du Caire)

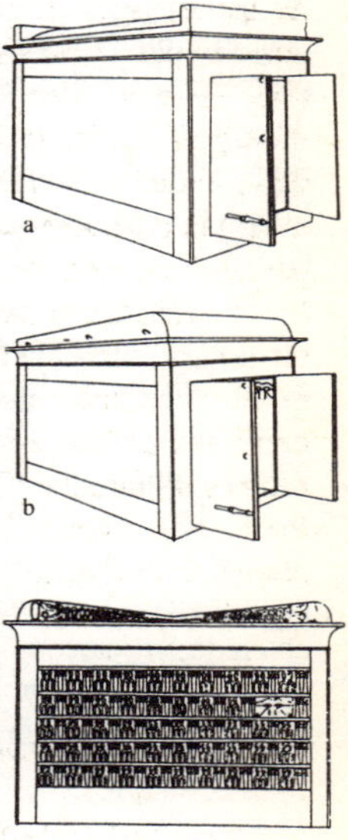

Chapelles funéraires abritant les sarcophages du roi :
a. chapelle du Nord,
b. chapelle du Sud,
c. chapelle des jubilés.

La tombe du roi

Le plan de la tombe [16], aménagée peu après le couronnement, se rapprochait bien plus de celui de la sépulture d'Aménophis II, qui empruntait la forme générale d'une équerre, que du plan des syringes * creusées dans la montagne suivant un axe pratiquement unique, adopté par Séthi Ier, le père du défunt Ramsès, et par Mérenptah, son successeur immédiat. Pourquoi Ramsès avait-il négligé cet « axe solaire » ?

L'impressionnante cuve funéraire en albâtre avait été introduite dès la fin des travaux. Les murs de la syringe, recouverts de scènes où le souverain était en perpétuel dialogue avec les formes divines chthoniennes, révélaient des enluminures très vives lorsque, au passage, les porteurs de torches éclairaient le transfert du trésor funéraire, c'est-à-dire, en quelque sorte, le mobilier de celui qui venait de contracter son hymen mystique avec la Grande Déesse, dans les entrailles de laquelle sa momie était reçue.

La longue succession de couloirs – dont le décor mural évoquait les différentes étapes du cheminement du soleil, auquel le défunt était assimilé, durant les douze heures de la nuit –, conduisait à une première salle à quatre piliers. C'était la *Salle du Char*, flanquée de deux annexes latérales, où les officiants déposèrent les chars du roi – l'un d'eux entièrement plaqué d'or –, sur lesquels le roi-Soleil, préfiguration d'Apollon, devait chasser les nuées maléfiques et parcourir, victorieux, les régions où le Malin doit être combattu.

Puis les couloirs reprenaient, leurs murs évoquant, en fines vignettes, tout le mystérieux cérémonial de l'*Ouverture des yeux et de la bouche* de la momie, et aussi des statues du défunt roi. À l'extrémité était une large salle rectangulaire appelée *Salle de la Vérité*, propre à maintenir l'équilibre de l'extraordinaire réseau prophylactique entourant la dépouille du grand roi, désormais *justifié*, et bientôt réanimé par le souffle. Après cette salle, le plan de la syringe épousait un angle droit. Par une porte percée sur l'un des côtés, la *Salle de la Vérité* communiquait avec l'immense chambre du caveau, la *Chambre de l'Or*, centre du tombeau, à huit piliers, et flanquée de trois groupes d'annexes d'importances diverses. En entrant dans la *Salle d'Or*, la première petite pièce à droite était

---

* Syringe : du grec syrinx, « flûte de roseau ». Nom donné par les Grecs aux tombeaux des pharaons à Thèbes.

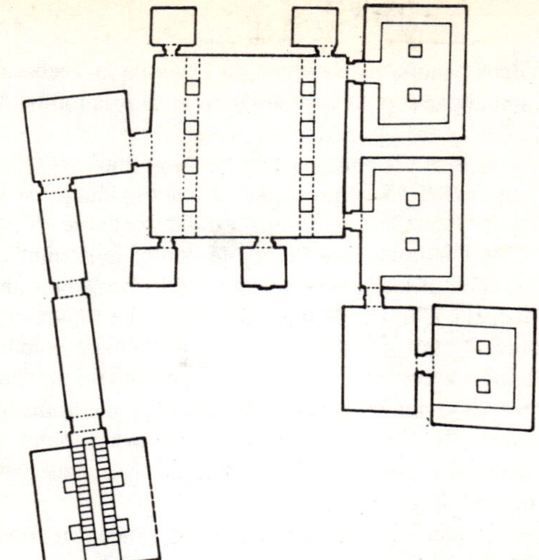
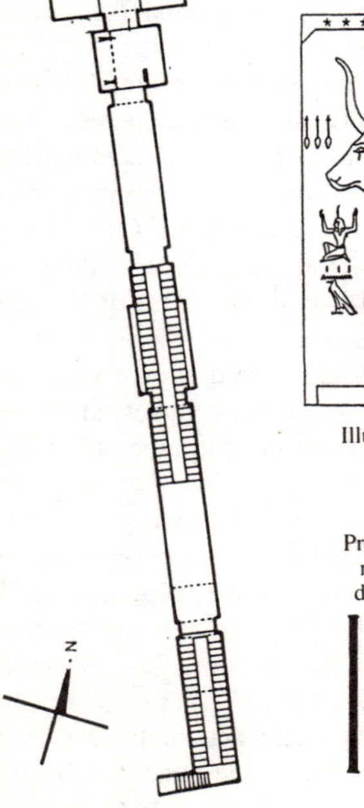

Illustration du mythe de la « Vache du Ciel ».
(Tombe de Séthi Ier)

Prêtre-lecteur et instruments
nécessaires à « l'ouverture
de la bouche et des yeux ».
(Tombe thébaine)

Plan de la tombe de Ramsès II. (Dessin F. Babled)

illustrée, sur un de ses murs, par la scène du Livre de la Vache du Ciel. Ce mythe, qui apparaît pour la première fois dans la tombe de Toutânkhamon, est d'un très grand intérêt puisqu'il peut être considéré comme la version égyptienne du Déluge. Son illustration est constituée par une vache, au ventre piqué d'étoiles, image de la voûte céleste près de laquelle circule une barque : celle de Rê, le soleil vieillissant. Les hommes ont comploté contre le démiurge. Afin de les punir, celui-ci leur envoie Hathor, transformée en une lionne enragée, laquelle s'enivre de leur sang. Pour que l'humanité ne soit pas détruite, Rê fait répandre sur le sol de la bière colorée d'ocre rouge : Hathor se grise alors du breuvage, et tout rentre dans l'ordre. Cependant, lassé des humains, le démiurge gagne le firmament, sur le dos de sa fille Nout, la vache étoilée, ayant toutefois déclaré : « Je n'avais pas ordonné qu'ils fassent du mal, mais c'est leur cœur qui a désobéi à ce que j'avais dit. [17] »

La seconde petite pièce latérale de droite est ornée, au fond, d'une niche contenant la partie inférieure d'une statue (sans doute Osiris).

Ces locaux débordaient d'un extraordinaire mobilier rituel, vases canopes contenant les viscères, *shaouabtis*, statuettes de génies afin d'escorter les avatars du défunt, embarcations variées, et tous les éléments du trésor funéraire, depuis les onguents, vêtements, parures, offrandes alimentaires, maquette « d'Osiris végétant », statues royales de bois, bitumées et dorées, images du grand chien noir d'Anubis, à la fois symbole et organisateur du passage vers l'éternité, sous la protection de son seigneur : Osiris.

Au centre de la *Salle d'Or*, la grande cuve d'albâtre venait de recevoir les fonds emboîtés des différents sarcophages, alors que la momie, placée debout devant l'entrée de la tombe, allait être l'objet d'un dernier rite : celui de l'*Ouverture de la bouche et des yeux* [18], qui devait lui restituer l'usage de tous ses sens.

Cet acte essentiel allait être exécuté par le successeur du roi sur le trône. Mérenptah, vêtu de la dépouille du guépard et coiffé du *khépéresh* recouvert de peau probablement d'autruche, portant les sandales de peau blanche, utilisait les nombreux ustensiles placés à cet effet près de lui sur une sellette. Le geste ultime, qui clôturait cet « adieu au mort », devait être accompli au moyen d'une herminette, évoquant la silhouette d'une cuisse de bovidé qui, au nord du ciel, représentait la Grande Ourse.

Mérenptah, 13e fils et successeur de Ramsès II. (Musée du Caire)

Le cœur de la Vallée des Rois. (Cliché Lemaître)

II

L'ÉTRANGE ODYSSÉE D'UNE MOMIE ROYALE

L'adieu à Pharaon

En dépit des gémissements de la Grande Veuve, qui s'accrochait aux jambes de Ramsès, ce *beau voyageur parti vers la terre d'éternité*, et qui le suppliait encore de *ne pas l'abandonner*, les prêtres s'emparèrent de la momie, replacèrent sur sa tête et ses épaules le masque d'or, puis, redescendus dans la syringe, ils la déposèrent à nouveau dans les sarcophages emboîtés : les couvercles furent remis l'un après l'autre, et la lourde dalle lentement redescendue sur la cuve. Une fine tente de lin transparent, parsemée de rosettes d'or, soutenue par quatre piquets plaqués d'or, recouvrait l'ensemble sur lequel on allait alors édifier les quatre chapelles divines [1]. En effet, tout autour de la *Salle d'Or*, contre les murs marqués des chapitres des livres sacrés de *Ce qu'il y a dans l'au-delà*, ou encore du prestigieux *Livre des Portes* – œuvre post-amarnienne –, avaient provisoirement été déposés de nombreux panneaux de bois doré. Recouverts de textes et de figurations funéraires propres aux rites royaux, ces éléments qu'on allait réunir autour des sarcophages avaient, entre autres, pour rôle d'évoquer, par leur forme reconstituée, les chapelles essentielles au devenir du défunt : en deux exemplaires, on reconnaissait l'archaïque chapelle de la Mère primordiale du sud, Nékhabit, le vautour ; une troisième chapelle épousait la forme du très ancien sanctuaire de Ouadjet, le cobra, Mère primordiale du nord. Ces deux entités pourraient, ainsi, accompagner le défunt pendant tout son périple chthonien et, au reste, étaient rappelées sur tout son apparat funéraire. Une quatrième chapelle qui devait englober les trois autres épousait la forme du grand pavillon de la fête-*Sed* [2], la fête des grands jubilés renouvelés à partir de l'an 30 du règne. Son rôle allait être de contribuer à la régénération et au perpétuel renouvellement du défunt.

Le cortège réduit aux essentiels officiants remonta hors de la syringe en évitant le puits profond aménagé non loin de l'entrée et à double fin : évoquer le marécage que le candidat à l'éternité devait traverser, mais aussi capter les eaux des pluies diluviennes, rares mais ravageuses (détail unique : ses parois portaient un début de décor). En reprenant le long couloir qui les ramenait au jour, les prêtres purent retrouver, marquées au mur, la représentation des diverses phases de la cérémonie de l'*Ouverture de la bouche et des yeux* et, plus près de la sortie, ils s'arrêtèrent quelques instants devant les *Litanies de Rê le soleil*, pour en psalmodier certains passages.

Le banquet funéraire

À l'extérieur, dans la vallée, une grande tente avait été dressée, sous laquelle sièges et multiples petits guéridons allaient permettre aux membres de l'auguste assemblée de participer au banquet funéraire. Les convives furent parés de colliers de fleurs naturelles ayant, toutes, un rapport symbolique avec les rites de la survie. Dans le même esprit, ils furent aussi gratifiés de fleurs de lotus odoriférantes. La communion avec le défunt était principalement assurée par l'absorption de vins capiteux provoquant l'ivresse propre à engendrer l'extase divine. Les rites, qui pouvaient alors provoquer l'affrontement avec la terrible – mais aussi délectable – « fée » de la mort, comme de l'amour, Hathor redoutable mais désirée à la fois, étaient clôturés par des chants et des danses souvent lascives. Une symbolique plus discrète – et plus poétique – de ces pratiques avait été évoquée sur certains éléments du mobilier funéraire : ainsi, la veuve était-elle figurée dans le rôle joué par Isis après la mort d'Osiris, son époux. Le réveillant de sa léthargie, elle lui rendait momentanément sa virilité pour qu'il puisse la féconder du nouveau soleil. Au plus profond de ces rites, Hathor et Isis ne représentaient que les divers aspects d'un même et puissant symbole.

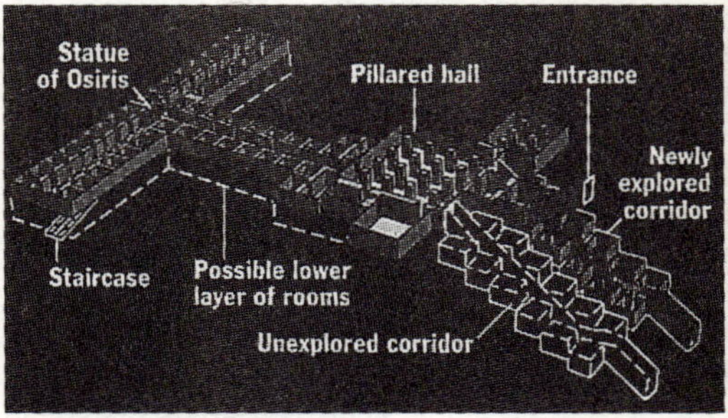

Tombe ou cénotaphe d'enfants de Ramsès : première étape des fouilles entreprises par K. Weeks (fin 1995).

Statue d'Osiris dominant le premier niveau de la structure, en dégagement (d'après K. Weeks).

En quittant la nécropole, le cortège côtoya l'entrée du grand caveau collectif (*Kher-en-Ahaou*) [3] où Ramsès avait jadis fait aménager en étages souterrains, d'innombrables petites chapelles rupestres aux noms de ses nombreux fils dont Imenherkhépéshef, Ramsès, etc.

La longue période de paix traversée par l'Égypte après le traité échangé avec les Hittites en l'an 21 du règne de Ramsès ne fut plus jamais vécue par les successeurs du grand roi. Au cours de la XXe dynastie, le troisième Ramsès [4] parvint à sauver son royaume d'une invasion plus redoutable encore que celle de la coalition réalisée par Mouwattali. En revanche, le pays, infiltré par une sournoise pénétration libyenne, et affaibli par de mauvais Nils – donc de mauvaises récoltes –, eut à subir l'aveuglement du pouvoir central et d'une administration souvent très défaillante. Il connut alors un appauvrissement et une détérioration morale permettant nombre d'exactions.

Le pillage de la tombe

Dans la région thébaine principalement, où les autorités locales devaient s'opposer aux prévaricateurs et s'efforcer d'enrayer la disette, on commença par violer – et piller – les tombes royales, ces véritables cavernes à trésors. Ainsi celle de Ramsès II fut-elle victime d'un essai de pénétration en l'an 29 de Ramsès III, puis d'intrusions sauvages, dès avant le règne de Ramsès IX [5], de même que le précieux équipement de son temple jubilaire, le Ramesséum.

Il fallut, avec les procédés les plus radicaux, interroger les coupables des déprédations, dont un certain Paykamen, pour qu'ils confessent leur crime et dénoncent leurs complices. Aucune tombe connue, jusqu'à présent, dans la *Grande Prairie* ne fut épargnée, sauf la petite « réserve » affectée à Toutânkhamon. Les momies royales, presque totalement privées de leur équipement funéraire, furent dans leur ensemble démaillotées grossièrement par les pillards, pour arracher bijoux et revêtements d'or. Ils vidèrent également en priorité les beaux vases d'albâtre, pour récupérer les précieux onguents... certains même avouèrent avoir goûté aux délectables vins des pharaons !

Les prêtres et le maire de Thèbes décidèrent alors de regrouper la majorité des dépouilles royales dans deux des plus belles tombes de la Vallée des Rois, celle de Séthi Ier et celle d'Aménophis II, dont les accès pouvaient être aisément surveillés [6]. Ainsi, la majorité des corps des pharaons de la XVIIIe à la XXe dynastie, odieusement malmenés, entourés des pauvres débris épargnés des fastueux mobiliers funéraires [7], furent réenterrés, mais sans aucun apparat : l'époque ne s'y prêtait plus ! Sous le règne des rois-prêtres de la XXIe dynastie, deux siècles plus tard, les momies presque dénudées furent enveloppées d'un pauvre suaire de lin assez grossier, et les précieuses parures dérobées furent remplacées par des guirlandes de feuilles et de fleurs naturelles (principalement feuilles de perséa et lotus bleus). Les « sauveteurs » réutilisèrent les sarcophages les moins détériorés : on déposa la momie de Ramsès dans celui, bien conservé mais privé de ses revêtements d'or, qui abrita sans doute le corps de son grand-père Ramsès Ier. Ce « sauvetage fut exécuté en l'an 6 de l'*Ère de la Renaissance* », le quinzième jour du troisième mois de la saison *Péret* (hiver-printemps), très probablement sous la responsabilité du Grand Prêtre Hérihor, durant le règne fantôme du neuvième Ramsès, aux environs de l'an 1090 avant notre ère.

Peu de temps après, en dépit d'une surveillance sans doute chancelante, des intrus pénétrèrent à nouveau dans la tombe de Séthi Ier, espérant trouver quelques débris de trésor : la momie de Ramsès fut à nouveau malmenée. Le Grand Prêtre d'Amon, Pinedjem Ier, la fit encore réparer en l'an 10, date tracée sur le suaire à la hauteur de la poitrine. Ce fut peut-être à ce moment que les prêtres glissèrent dans les mains du sarcophage royal momiforme les pauvres sceptres de bois de palmier, le fouet et le crochet d'Osiris, bien modeste allusion aux magnifiques insignes d'origine, en or et pâte de verre lapis-lazuli.

La cachette royale

Il s'avérait donc que la syringe de Séthi Ier n'était plus un emplacement de sécurité, alors que la tombe d'Aménophis II fut épargnée, et seulement remise au jour en 1898 par Victor Loret. Il fallait trouver un endroit secret pour mettre à l'abri les tristes reliques, dans un lieu éloigné de la nécropole royale vraiment trop fermée et trop à l'écart de tout. Les autorités cherchèrent l'emplacement adéquat au creux de l'un des grands cirques bordant le piedmont oriental de la montagne dominée par la Sainte Cime en forme de pyramide, face à la plaine thébaine. Leur choix s'arrêta sur l'hypogée [8] très probablement pillé de l'obscure reine Inhâpi, où l'on avait déjà mis à l'abri la momie d'Aménophis Ier, son époux divinisé, patron de la nécropole. Pour ne pas être repérés par des pillards éventuels, on décida de choisir le chemin le plus rapide, le plus discret mais le plus périlleux : passer par la crête de la montagne plutôt que suivre le long chemin trop exposé débouchant sur la plaine et longeant ensuite Deir el-Bahari. Le dangereux déménagement se fit donc au cours de trois nuits : une inscription marquée sur les cuisses du sarcophage momiforme où gisait Ramsès précise que le déplacement fut exécuté en l'an 10, quatrième mois de la saison *Péret*, le dix-septième jour du règne du pharaon Siamon (979-960 av. J.-C.). Ramsès et ses pairs étaient escortés par quelques très hauts fonctionnaires sacerdotaux, parmi lesquels Ânkhefenkhonsou, Nespakashouty et le Chef des sceaux de la nécropole. On fit coïncider l'événement avec les obsèques du Grand Prêtre d'Amon, Pinedjem, enterré dans les mêmes lieux avec son propre mobilier funéraire. Un nouveau procès-verbal fut alors tracé au sommet de la tête du sarcophage de Ramsès ; on y apprend que les rites furent accomplis par un autre groupe de prêtres, dont Djedkhonsouiouefânkh, Ounennéfer et Efenamon, en l'an 10, le même quatrième mois, mais le vingtième jour.

Cette « cachette » n'avait aucun point commun avec les fantastiques palais souterrains aux murs tapissés d'images divines et de figurations irréelles retraçant les avatars du *Fils du soleil* dans l'univers transitoire de ses épreuves chthoniennes. Les prêtres descendirent d'abord les sarcophages dans un puits de 12 mètres de profondeur sur 2 mètres de large. Puis, les « déménageurs » s'engagèrent dans un couloir d'un diamètre de 1,40 m sur 1,80 m, toujours taillé dans le calcaire thébain. Après un cheminement de 7,5 mètres, ils tournèrent à angle droit pour s'engager dans un autre couloir de 60 mètres qui aboutissait à cinq marches pour déboucher dans un caveau oblong de 8 mètres, sans aucune décoration. On imagine les difficultés rencontrées pour introduire et véhiculer les encombrants sarcophages !

Après 2 830 années !

Les épreuves rencontrées par Ramsès pour gagner son éternité venaient de cesser provisoirement, et pour une période de deux mille huit cent trente années. Elles allaient ressurgir à la fin du XIXe siècle de notre ère par la faute de nouveaux détrousseurs de trésors de la région, installés dans les antiques caveaux des nobles thébains !

Trente-six années après le sensationnel déchiffrement des hiéroglyphes par Champollion (1822), Auguste Mariette, devenu en Égypte Mariette Pacha [9], créa le premier service de protection des monuments pharaoniques dans ce pays où les inspecteurs du *Service des Antiquités* se mirent à surveiller et à endiguer les pillages modernes des vénérables nécropoles au bénéfice des marchands et collectionneurs friands de ce passé fabuleux.

Chemin de la Crête thébaine, en direction de la « Cachette royale ». (Cliché M. Kurz)

Entrée du puits de la Cachette
et extraction des premiers sarcophages royaux. (Archives G. Maspero)

Avant même que Maspero ne lui succède, la région thébaine continua à fournir aux « antiquaires », entre 1871 et 1874, des séries d'objets rassemblés provenant de trésors funéraires [10], et des papyri remontant à la XXIe dynastie. Une enquête confiée à deux de ses collaborateurs, les inspecteurs H. Brugsch et Ahmed Bey Kamal, aboutit le 6 juillet 1881 (encore la saison de l'Inondation !) à la découverte d'une bande de pillards issue d'une famille de Gourna (Thèbes-ouest), et de la célèbre « cachette de Deir el-Bahari » où ceux-ci, suivant leurs besoins, puisaient comme dans une généreuse banque les reliques à vendre.

Ce fut sans doute durant cette période que les pillards prélevèrent de la cachette les magnifiques vases de terre cuite vernissée d'un bleu intense, décorés à l'encre noire de motifs floraux et des cartouches de Ramsès II, sauvés du pillage et que les prêtres avaient déposés près de la dépouille de Pharaon. En forme de situle *, ils contenaient encore des linges ayant servi à la momification du roi. Peu de temps après la découverte de la cachette, ils passèrent sur le marché des antiquités. Seuls vestiges prestigieux connus à ce jour du mobilier funéraire du grand roi, ils sont depuis 1906 conservés au Musée du Louvre [11].

L'émotion fut indescriptible à la vue de ce pitoyable Saint-Denis des pharaons du Nouvel Empire, entassés dans le sinistre caveau du cirque de Deir el-Bahari. Il fallait agir rapidement pour éviter une éventuelle intervention des villageois, d'anciens bédouins, qui depuis des générations avaient établi leur habitat sur les antiques tombes voisines. Des renforts de police furent envoyés du Caire [12]. L'extraction des sarcophages, souvent énormes, se fit en quarante-huit heures... mais en plein jour ! Et leur transport vers Louxor fut achevé le 11 juillet. Trois jours après, arrivait le bateau envoyé par Maspero, qui repartait immédiatement, chargement effectué, vers Le Caire.

La nouvelle de cette découverte s'était répandue comme un coup de vent et la déception des détrousseurs de momies était cruelle ; mais les fellahs entre Louxor et Kouft, au moment où le bateau redescendait le fleuve, manifestèrent comme pour les funérailles du temps de leurs ancêtres leur profonde et déférente consternation, en se rendant sur les bords du Nil, les femmes

---

* Situle : vase rituel, à l'encolure haute et large, au fond ovoïde, muni d'une anse.

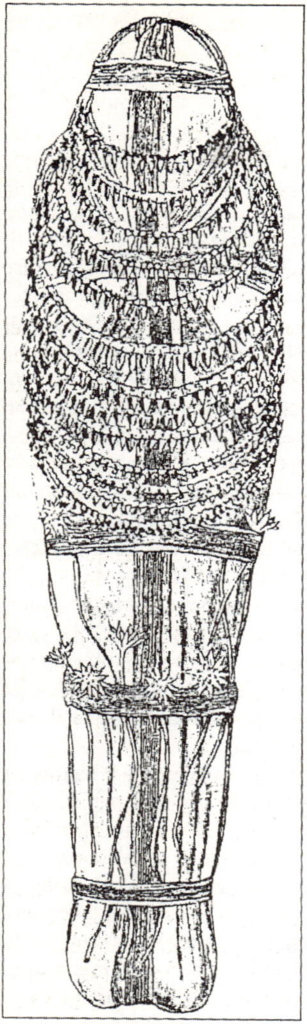

Dessin de la momie de Ramsès revêtue de son nouveau linceul, fleuri à la XXIe dynastie.

La momie démaillotée et meurtrie par les pillards, telle qu'elle apparut au Khédive d'Egypte en 1886. (Musée du Caire)

poussant les cris de deuil et répandant la poussière sur leur chevelure, les hommes tirant des coups de fusil : Ramsès avait retrouvé l'hommage de son peuple !

Ramsès au Caire

En compagnie des dépouilles des plus grands de son temps, la momie de Ramsès fut déposée au Musée de Boulaq [13]. Le ministre des Travaux publics de l'époque, Ismaïl Pacha Eyoub, fit construire une grande salle conçue pour les accueillir. Un autre ministre, Mahmoud Pacha Fahmy, ordonna, en 1882, de confectionner douze vitrines afin de protéger les momies les plus présentables. Enfin, le colonel Scott Moncrieff débloqua les crédits nécessaires pour *boiser en partie les murs auxquels elles étaient adossées*. Ces retards dans l'aménagement de leur conservation provisoire avaient déjà porté atteinte à l'état des momies royales, lesquelles – mis à part les dégâts causés par les pillards – n'avaient pas jusque-là souffert d'agressions climatiques ou microbiennes, en raison de la parfaite sécheresse de la montagne thébaine. Désormais Ramsès gisait près du Nil, à l'humidité extrêmement nocive durant la période de l'inondation.

Survint un autre épisode dans l'escalade des risques auxquels Ramsès devait maintenant faire face. Le Khédive d'Égypte, S. A. Mohammed Pacha Tewfik, désirait, en dépit des procès-verbaux tracés jadis sur les sarcophages, être assuré de l'identité exacte des momies, et principalement de celle de Ramsès II, par laquelle on commença, alors, le « déshabillage ».

Le 1er juin 1896 (= 28 shaaban 1303 de l'Hégire), à 9 heures du matin, la cérémonie débuta, en présence de dix-sept ministres ou hauts personnages du royaume, orchestrée par Gaston Maspero assisté d'Émile Brugsch et d'Urbain Bouriant. Il ne fallut pas plus d'un quart d'heure, écrivit Maspero, pour prélever la bande de lin rougeâtre et les linceuls qu'elle maintenait. Les tissus avec lesquels les prêtres de la XXIe dynastie avaient réenveloppé la momie étaient assez grossiers, mais sur celui couvrant la poitrine, le nom du roi, écrit par ordre de Hérihor, confirmait bien l'identité du corps. Le peu qui subsistait des bandelettes initiales, épargnées par les voleurs, révélait un lin si fin que Maspero put immédiatement le comparer à la *très transparente mousseline de l'Inde, souple, moelleuse et douce au toucher*. Lorsque Pierre Loti visita en 1907 l'actuel Musée du Caire, où le fonds de Boulaq avait été transféré, il fut introduit de nuit au premier étage, près des corps royaux qui y avaient été « entreposés ». Devant la momie de Ramsès,....... à la faible lueur de la lanterne que tenait Maspero, il apprit de ce dernier qu'au moment où, devant le Khédive, l'illustre figure était apparue, *l'émotion fut telle, que les grands personnages se bousculèrent comme un troupeau et que Pharaon fut renversé* ! Loti ajoutait à son récit : *Il a, du reste, beaucoup fait parler de lui, le grand Sésostris, depuis son installation au Musée. Un jour, tout à coup, d'un geste brusque, au milieu des gardiens qui fuyaient, hurlant de peur, il a levé la main qui est encore en l'air et qu'il n'a plus voulu baisser. Ensuite est survenue, dans ses vieux cheveux d'un blanc jaunâtre et le long de tous ses membres, l'éclosion d'une faune cadavérique très fourmillante qui a nécessité un bain complet au mercure* [14].

Entreposées dans la salle où Loti les avait vues, ces momies étaient à l'abri des regards bien indiscrets, car la visite était interdite au public. Puis, un jour, en 1935, on ne sait pour quelle raison, au départ de Pierre Lacau, Directeur du Service des Antiquités, elles furent reléguées dans le salon de fonction de la maison que venait de quitter ce haut fonctionnaire du Gouvernement égyptien. Lorsque le chanoine É. Drioton lui succéda, il trouva ces malchanceux corps dressés contre le mur du salon de cette maison, édifiée à l'entrée du musée et dans laquelle il allait habiter !

Le chanoine prit soin de les faire transporter dans le mausolée, encore vide à l'époque, préparé pour recevoir le corps de Saad Zaghloul. Lorsque la décision fut arrêtée d'affecter ces locaux à leur destinataire, les momies regagnèrent le Musée du Caire : la curiosité des rares hôtes d'honneur, ou de quelques égyptologues, pouvait être satisfaite seulement en soulevant les rideaux violets qui recouvraient leurs vitrines conservées dans une salle interdite au public.

Il faut soigner Ramsès

Nouveau drame : il y a une vingtaine d'années, les autorités du Musée du Caire décidèrent d'exposer à nouveau les momies royales. L'humidité ambiante, dégagée par les visiteurs, aggravait encore les conditions climatiques de cette dangereuse exposition sous une verrière, et dans les anciennes vitrines non étanches. Puis, les demandes de radiographier les corps, la tête, et surtout la dentition des pharaons commencèrent à affluer. Il y fut répondu sans que les conditions de conservation adaptées au déroulement d'un tel travail scientifique aient été réunies. Les momies risquaient de subir alors une fatale détérioration : l'odeur qui se dégageait particulièrement de la momie de Ramsès ne rappelait en rien les senteurs de résine et d'onguents qui l'avaient jadis parfumée. Séjournant au Caire pour la préparation de l'exposition Ramsès le Grand (Paris, 1976), je m'efforçai de faire rechercher les causes de ce phénomène. Les moyens manquaient sur place à cette époque et des Égyptiens autorisés me conseillèrent de tenter de faire soigner Ramsès à Paris. Il fut alors décidé de faire appel au doyen L. Balout, administrateur du Musée de l'Homme, et au professeur J. Dorst, directeur du Muséum d'histoire naturelle. Mais pour réaliser une telle opération, et emmener hors d'Égypte un de ses pharaons afin « qu'il vienne consulter les médecins en France », il était, avant tout, nécessaire d'obtenir l'accord des deux présidents Anouar el-Sadate et Valéry Giscard d'Estaing, et aussi l'essentielle prise en charge de Ramsès par le gouvernement français.

Enfin, entouré des soins du personnel technique du Muséum d'histoire naturelle et du Musée de l'Homme, notre roi fut préparé pour le voyage. J'avais demandé qu'un avion militaire français soit mis à sa disposition : ce fut un Bréguet deux-ponts.

Le 26 septembre 1976, Ramsès quitta le Musée du Caire dans un camion, sous la garde de soldats commandés par un général nommé... Ramsès ! La grande artère qui menait à l'aérodrome était l'interminable avenue... Ramsès ! Un vent de 150 km/h soufflait, présentant des conditions peu favorables à un vol devant garantir son auguste passager contre toute secousse nuisible à son équilibre. Il fallait cependant compter sur notre « faiseur de miracles », ces miracles qui avaient si opportunément et si bien servi la gloire de notre héros. Une fois de plus la chance se rangea de son côté. Au moment du décollage, le vent tomba brusquement. J'en profitai pour demander au pilote de faire passer Ramsès au-dessus des pyramides. Le directeur des laboratoires du Musée du Caire, le docteur Shaouky Nakhla, qui ne quitta pas Ramsès durant son séjour de sept mois au Musée de l'Homme, n'en croyait pas ses yeux : miracle des temps modernes ! Au bout

Les « officiels » accueillant Ramsès à son arrivée au Bourget-Dugny : Alice Saunier-Seïté, ministre des Universités, le général commandant la maison militaire du Président Giscard d'Estaing, l'ambassadeur d'Egypte S.E. Hafez Ismaël, le commandant de la base militaire du Bourget-Dugny.

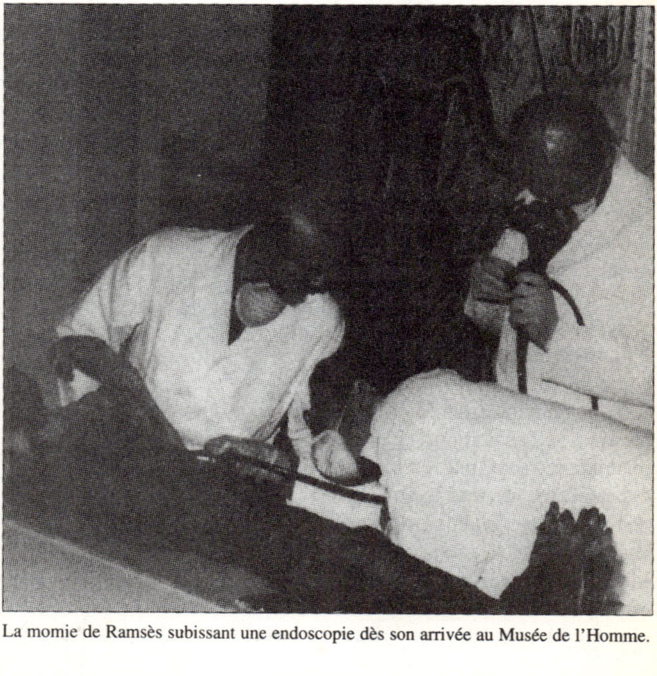

La momie de Ramsès subissant une endoscopie dès son arrivée au Musée de l'Homme.

de 3 190 années après sa mort, Ramsès sorti des ténèbres de la tombe passait dans le ciel au-dessus de la seule des Sept Merveilles du Monde qui ait été préservée ! L'avion prit ensuite tant d'avance en survolant la Méditerranée que nous fûmes contraints de faire une longue escale à Istres pour respecter l'horaire indiqué par le protocole. À 17 heures, Ramsès arrivait à la base aérienne du Bourget (Dugny), pour un accueil à la mesure de son rang.

Ramsès à Paris

En présence du ministre des Universités, Mme Alice Saunier-Seïté, déléguée par le président de la République, du chef de la Maison militaire du président, et de l'ambassadeur d'Égypte, à l'époque S. E. M. Hafez Ismaïl, la Garde républicaine rendit les honneurs : le gouvernement égyptien pouvait être assuré que la France recevait avec le respect voulu, et la discrétion demandée, le plus ancien et le très illustre chef d'État venu se faire soigner au cœur de Paris.

Sur le chemin emprunté par le convoi conduisant la dépouille de Ramsès au Musée de l'Homme, je ne pus résister à la tentation d'effectuer, aux côtés de Ramsès, le tour de l'obélisque, place de la Concorde. Ce monolithe de granit rose est bien l'une des deux « aiguilles » de pierre érigées précisément par ordre de Ramsès II devant le temple de Louxor. Chargé d'histoire et de symbole, le monument fut donné à la France par Méhémet Ali : Jean-François Champollion avait, en effet, rendu à l'Égypte trois mille ans de son passé.

Pharaon et ses cent dix soignants

Pendant sept mois, du 26 septembre 1976 (une fois de plus la saison de l'Inondation !) jusqu'au 10 mai 1977, Ramsès fut l'hôte de Paris et plus particulièrement celui du Musée de l'Homme, entre le Trocadéro et la Tour Eiffel.

Une salle spéciale, stérile, lui avait été affectée ; le doyen Balout avait su réunir pour détecter l'agent qui l'agressait et mettre au point son sauvetage, de même que sa nouvelle présentation, cent dix collaborateurs, tous bénévoles, dont soixante-trois chercheurs scientifiques [15]. Dans la limite des mesures de sécurité

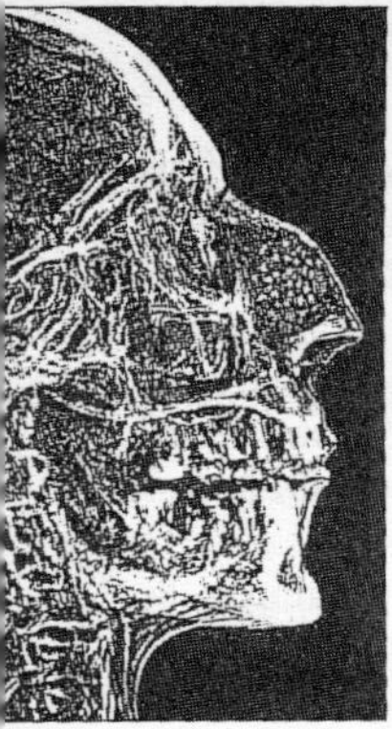

a

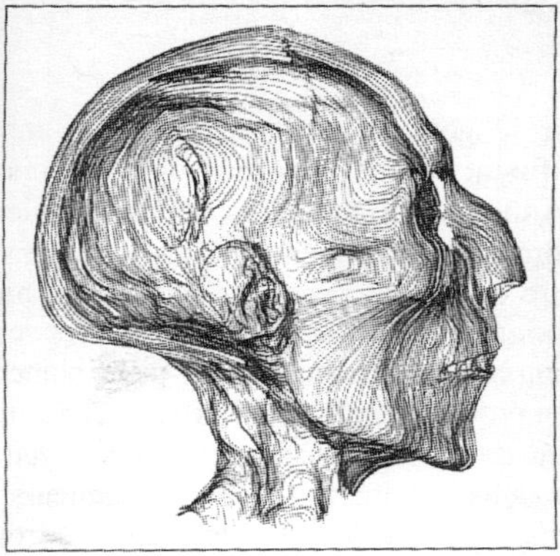

b

c

d

e

a. Radiographie de la tête royale, permettant de distinguer les grains de poivre introduits dans son nez (radio Dr Massard).
b. Courbes de niveau photogrammétriques du profil de Ramsès. (Cliché IGN)
c. Au pantographe, restitution du visage de Ramsès grâce aux courbes de niveau. (Cliché IGN)
d. La main de la momie détériorée par les voleurs.
e. Remise en état de cette main.

Séance de radiologie au Musée de l'Homme.

prescrites par le gouvernement égyptien, les moyens les plus sophistiqués furent utilisés pour interroger ce prestigieux témoin de la Haute Antiquité. On put, alors, apprendre que la taille du roi devait atteindre approximativement 1,75 m et que son décès avait pu se produire autour de ses quatre-vingt-cinq ans (d'après les preuves historiques on situe la mort du roi vers ses quatre-vingt-dix ans). Ramsès était leucoderme (à peau blanche), d'un type méditerranéen proche de celui des Berbères africains.

Au moment de sa momification, son torse avait été rempli de nombreux produits désinfectants : les embaumeurs avaient utilisé un fin « hachis » de feuilles de *Nicotiana L.*, trouvé contre les parois internes du thorax, à côté de dépôts de nicotine, certainement contemporains de la momification, mais qui posent problème, car ce végétal était encore inconnu en Égypte, semble-t-il. Des centaines de milliers de pollens d'une plante de la famille de la camomille furent également trouvés dans la cage thoracique, de même que des sauges, des renoncules, mélangées à de la gomme adragante, des feuilles de tilleul et de platane... et même quelques pollens de coton sauvage, tous végétaux du Delta. Des prospections endoscopiques permirent de détecter dans la cavité abdominale des fragments de tissus faits de fils bleus et d'or, couleurs symboliques des pharaons. Le cou portait encore les traces de pelures de bulbes d'oignon d'un genre de narcisse à l'odeur enivrante.

La radiographie des mâchoires et l'étude des prémolaires permirent de réfuter les observations rapides faites au moment de la découverte : le roi avait bien subi des lésions dentaires importantes, et fut atteint, sur le tard, d'une para-odontolyse. Par ailleurs, grâce à la xérographie, on put voir, quasiment obstrués, les vaisseaux sanguins dans la tête de Ramsès. Cela permet d'imaginer, preuves à l'appui, la façon pénible dont il se mouvait, penché en avant, appuyé sur sa haute canne, atteint d'une envahissante spondylarthrite ankylosante, pendant au moins les vingt dernières années de son règne.

Une constatation émouvante : dans la salle de travail du Musée de l'Homme où la momie fut transportée avant son irradiation, j'avais fait exposer contre le mur l'agrandissement de la photographie du roi défilant sur son char, sculpté dans la salle-cour du grand temple d'Abou Simbel. La comparaison du profil de la momie, présentant un nez proéminent, busqué, et un menton court et saillant, avec le profil de Ramsès vers sa trentième année, ainsi portraituré en Nubie égyptienne, à plus de 1 350 km de distance et après plus de 3 200 années, est saisissante.

Autre indication précieuse : Ramsès avait bien d'abord été momifié dans le nord de l'Égypte, près de sa capitale de Pi-Ramsès. Les grains de sable, d'origine désertique, mais aussi marine, encore collés aux cheveux, complètent les informations rassemblées, relatives aux lieux où il fut procédé, sur le cadavre, au début du processus de momification : ce devait être le Delta, en un site éloigné du Nil, car aucun pollen de plantes d'eau ne fut repéré, mais bien plutôt à proximité de champs, comme les pollens lourds de céréales l'attestent. En revanche, des traces de grains de quartz, provenant des minéraux lourds de Haute Égypte, apportent les preuves du milieu probable, sur la rive gauche de Thèbes, où les prêtres s'efforcèrent de panser les dégâts provoqués par les détrousseurs d'hypogées.

Une révélation inattendue et d'importance

Il faut maintenant aborder un point d'extrême importance et prêter attention aux recherches très poussées sur la magnifique chevelure du roi, encore souple et soyeuse, laquelle, après avoir été brossée délicatement, reprit ses contours naturels en d'harmonieuses et larges boucles. Dès le démaillotage, Maspero avait effectivement constaté que ces cheveux, devenus blancs, avaient été teints au henné ; ce fait demeure incontestable. Une tout autre raison, semble-t-il, serait à l'origine de la pigmentation rousse des cheveux subsistant encore à la base du crâne : il semblerait que nous soyons là en présence de leur teinte naturelle, dont chacun sait qu'en cet endroit elle se décolore en dernier au cours du vieillissement de l'individu, quelle que soit sa couleur originelle. Au cas où le glorieux pharaon aurait présenté une toison rousse (peut-être héritée de ses ascendants immédiats), la découverte serait d'un exceptionnel intérêt. En effet ceux qui, dans l'Égypte ancienne, possédaient, par malchance, ce système pileux, évoquant la couleur des sables stériles et celle du pelage des animaux du désert, étaient considérés comme des êtres un peu diaboliques, des êtres *typhoniens*, voués au Typhon des anciens, le dieu Seth. On les nommait péjorativement les *formes rousses*. Au fameux *Livre des Rêves*, leurs songes étaient analysés en un chapitre spécial comme étant ceux des *compagnons de Seth*. Pourtant, au début de la XIXe dynastie, deux pharaons dont les règnes sont intercalés entre ceux des premiers Ramsès ont été prénommés *Séthi* (c'est-à-dire *celui de Seth*). Il faut, alors, avoir en mémoire avec quelle réelle ostentation le second Ramsès du nom prône la forme divine de Seth, dont il déclare que ses ancêtres sont issus. Il va jusqu'à l'associer au Baâl des Asiatiques ; on note que Seth apparaît dans le mythe solaire, non seulement comme l'image de la perturbation nécessaire au déroulement des saisons, à l'équilibre des forces cosmiques, mais surtout comme l'allié de l'astre dans la barque duquel il monte pour mieux le défendre du Malin. En effet, le démon, le seul qui soit vraiment reconnu, n'est pas Seth, mais Apophis, le dangereux serpent. Il n'est pas alors seulement un mal nécessaire, le Caïn, le Caliban, mais s'affirme comme l'aspect fortement dynamique du divin répandant ses bienfaits sur l'Égypte.

Ramsès avait-il été contraint d'exorciser aux yeux de son peuple le redoutable préjugé – ou le danger qu'évoquait généralement l'aspect flamboyant de sa chevelure ? Ainsi donc, loin de masquer cette dernière, notre pharaon l'aurait-il alors fait accepter en la sublimant ?

Qu'il nous soit permis d'anticiper un instant sur le déroulement de son histoire. En suivant les conclusions des treize spécialistes, dont les ingénieurs et médecins du Laboratoire de l'Identité judiciaire, de l'Institut textile de France, de la société L'Oréal, – qui ont déclaré pouvoir affirmer avec une presque entière certitude la rousseur initiale de Ramsès, – nous reconnaissons d'emblée l'importance de cette découverte inattendue, qui éclaire très certainement les choix et l'attitude parfois provocante du grand roi. En effet, valoriser une particularité physique pouvant accabler moins subtil que lui, convertir un aspect néfaste en l'objet qui sublimait l'entité redoutée, n'était pas mince victoire ! Car loin de masquer ce qui, à d'autres époques, pouvait être dénoncé comme un handicap, il incita son peuple à considérer la rousseur qui le marquait telle la démonstration de son origine séthienne, expression divine présentée comme bienfaitrice de ses pères... les premiers rouquins de la famille royale sans doute !

Évitant de le déclarer clairement dans les textes, il « manœuvra » en sorte que son inhabituel système pileux illustre une bénédiction spécialement dispensée par Seth, une des nécessaires

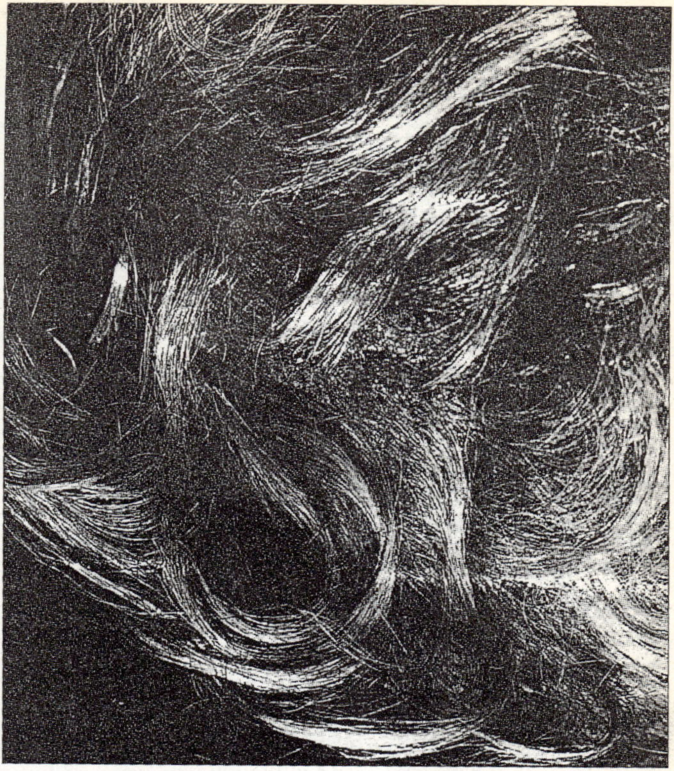

Les cheveux blancs de Ramsès, miraculeusement demeurés soyeux. (Cliché Tassigny)

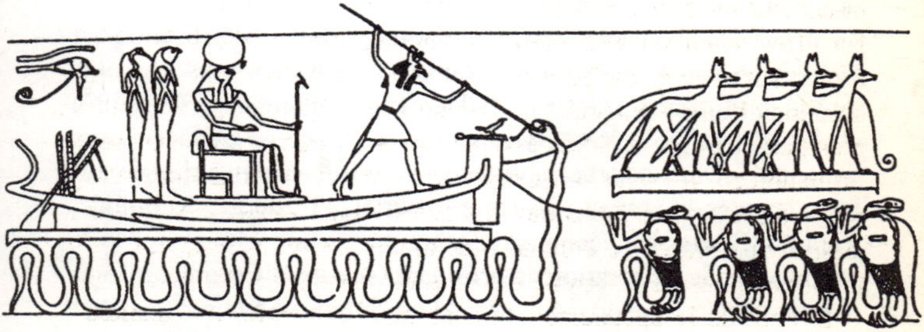

Seth protège la barque du Soleil, en s'opposant au serpent Apophis.
(Papyrus funéraire, Musée du Caire)

émanations du soleil. Ce faiseur de miracles manipulait avec dextérité une très psychologique diplomatie !

Le mal dont souffrait la momie

En obtenant du gouvernement égyptien l'autorisation de « soigner » Ramsès, promesse avait été faite qu'aucune publicité n'entourerait la présence du roi à Paris, et qu'aucune expérience ne serait tentée sur la précieuse relique : toute recherche et toute étude pour détecter le mal susceptible de l'avoir agressée seraient faites... de l'extérieur. Aussi, la toile rugueuse sur laquelle on l'avait posée dans son sarcophage moderne, après son arrivée au Caire, fut-elle découpée en morceaux confiés aux divers praticiens qui se penchèrent sur le problème. En définitive, ce fut un ingénieur chimiste d'origine égyptienne, stagiaire au Laboratoire de Cryptogamie du Muséum d'histoire naturelle, M. J. Mouchacca, qui détermina non pas le microbe, mais, *parmi une soixantaine d'espèces témoignant d'une activité fongique récente et intense*, le *Daedalea Biennis*, sorte de champignon proliférant sur le dos de Pharaon.

La cure du roi

Cette constatation allait permettre d'envisager le traitement à prescrire : était d'emblée écartée l'utilisation de gaz, ou de produits chimiques susceptibles d'agresser la momie. Restait l'irradiation gamma (cobalt 60). Après de nombreuses expériences sur des momies jadis déposées au Musée de l'Homme, effectuées au Centre d'Études Nucléaires de Grenoble, la radio-stérilisation fut décidée. Ainsi la dépouille de Ramsès, ayant reçu tous les soins de ses « infirmiers », fut réinstallée dans le sarcophage (restauré) où les prêtres de la XXIe dynastie l'avaient déposée. Placée alors dans une vitrine étanche fabriquée à cet effet, elle fut irradiée par les soins des ingénieurs du Commissariat à l'Énergie Atomique, Centre d'Études Nucléaires de Saclay.

La veille de l'opération, le président Giscard d'Estaing, accompagné de Madame le Ministre Alice Saunier-Seïté, vint saluer Pharaon, qui avait retrouvé toute son imposante noblesse et sa sérénité, et présenter leurs félicitations à tous ceux qui avaient

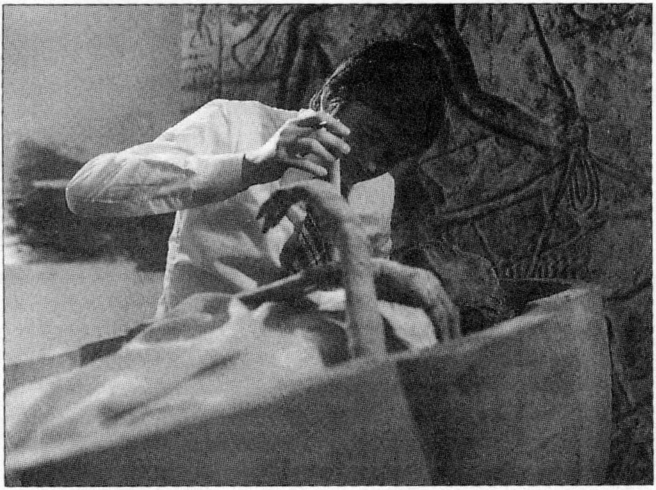

L'ingénieur de Tassigny prenant les dernières mesures sur la momie. (Cliché CEA.)

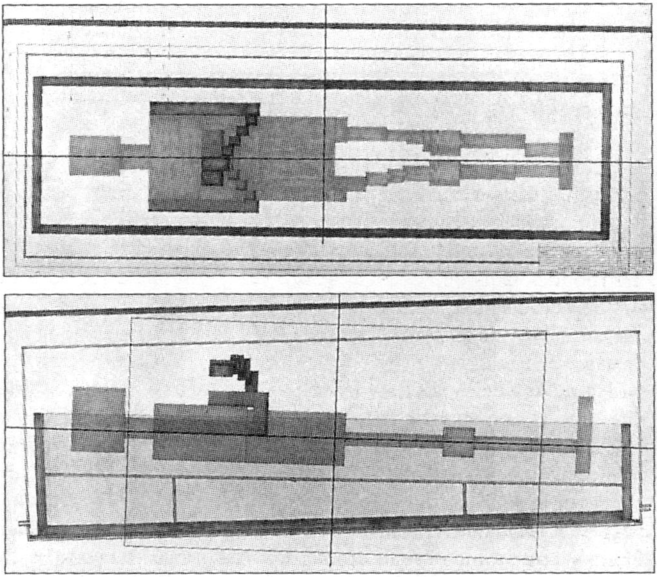

Schémas établissant la régulière densité de l'irradiation sur tous les points du corps de la momie. (Cliché Tassigny CEA.)

Base militaire du Bourget-Dugny : la momie irradiée dans sa bulle de protection et son emballage, recouverts du drap brodé des plantes héraldiques de Pharaon (Ch. Desroches Noblecourt et André Noblecourt).

Le précieux chargement va pénétrer dans l'avion Transall.

très généreusement contribué à la sauvegarde d'un hôte aussi vénérable.

Le retour de Pharaon au Caire se fit, comme pour l'arrivée, par un avion militaire français, un Transal ; je l'escortai à nouveau, accompagnée du doyen Balout et de l'ingénieur de Tassigny, auteur des calculs destinés à réaliser au mieux l'irradiation de la momie. J'avais fait exécuter par l'équipe des tapissiers du Musée du Louvre un magnifique drap qui devait recouvrir la grande caisse contenant la momie dans sa vitrine : un velours bleu lapis-lazuli doublé d'une faille couleur or, les deux teintes de la royauté pharaonique. À la tête et aux pieds avaient été brodées, au fil doré, les deux plantes héraldiques de l'antique Égypte, le faux « lis » et le papyrus, symboles des deux mères primordiales et tutélaires qui doivent veiller sur Pharaon jusqu'à sa renaissance d'éternité.

Ramsès guéri revint prendre sa place parmi les siens au cœur du vieux Musée, en attendant qu'un cénotaphe prévu soit aménagé pour le recevoir dignement, entouré de la presque totalité des pharaons ayant régné pendant les trois dynasties qui contribuèrent à la grandeur du Nouvel Empire.

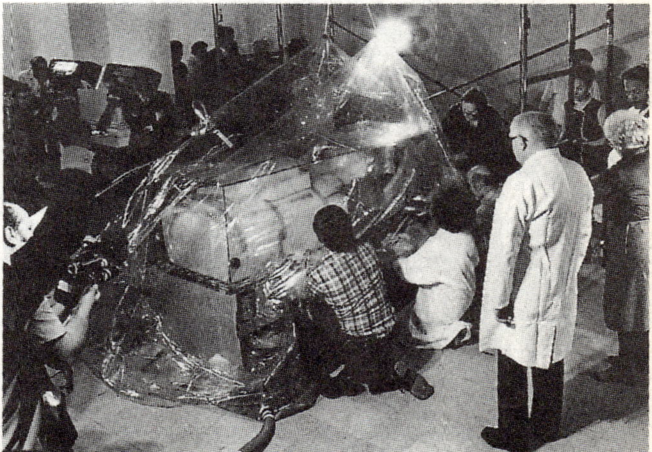

Musée du Caire : à travers la bulle, on prélève l'emballage de la momie. (Cliché Musée du Caire)

Visage de la Pharaonne Hatchepsout. (Metropolitan Museum. New York)

Le Général Horemheb récompensé par ordre de Toutânkhamon. Devenu Pharaon, il fit figurer l'uræus royale à son front. (Tombe civile d'Horemheb-Saqqara)

III

LA NAISSANCE D'UNE DYNASTIE

Quelques souverains de la XVIIIe dynastie

Toutânkhamon (vers 1340-1331 avant notre ère), le dernier héritier des souverains responsables de la splendeur et du rayonnement de l'Égypte, à la XVIIIe dynastie, venait de disparaître. Certes, ils ne furent, les uns et les autres, ni semblables ni aussi valeureux que ces pharaons du début du Nouvel Empire, princes du sud qui repoussèrent hors du pays les envahisseurs Hyksos : Sékénenrê, Kamosé, Iâhmès (1550-1525). Puis se détache le glorieux Thoutmosis, le troisième du nom (1479-1425), capable, en dix-sept campagnes asiatiques, d'assurer à l'Égypte une puissance incontestée et un rempart contre les intrusions venues de l'est.

Pendant les périodes de répit, Hatchepsout, la Pharaonne (1479-1457), fit réparer les destructions, rendit à son pays la joie de vivre, enfin rétablit des relations pacifiques et commerciales avec les lointains correspondants de sa Terre. Après l'implacable guerrier que fut le « roi-athlète » (Aménophis II), la nécessité des conquêtes protectrices devenue semble-t-il inutile, vint alors bientôt le « siècle d'or », celui d'Aménophis Nebmaâtrê (1386-1349) dont on considère, encore de nos jours, le règne comme celui de la beauté, d'un luxe mesuré jamais égalé, de la création artistique d'une grâce subtile, et aussi de la recherche d'une spiritualité qui tente de se dégager d'un dogme trop pesant.

Pourtant, en se reportant à l'histoire de ces hautes époques, il est rare de trouver chez les historiens modernes, à propos des valeureux maîtres de l'Égypte, un hommage souligné, rendu aux Dames royales dont le rôle fut pourtant d'importance. Les pharaons cependant ne les oubliaient pas. Iâhmès n'érigea-t-il pas, pour sa mère Iâhhotep, une splendide stèle en Abydos, où il tint à glorifier l'action essentielle de cette dernière durant les combats contre les Hyksos, en remarquable régente, prévoyante et active à l'arrière des troupes. Il lui décerna même la première décoration militaire octroyée à une femme : les trois *mouches de la vaillance* [1].

Plus tard, les contemporains d'Hatchepsout ne lui reprochèrent jamais – ainsi que certains égyptologues l'ont fait de nos jours – d'avoir été l'usurpatrice, la marâtre au plus mauvais sens du mot, de Thoutmosis. En fait, en occupant la place d'un pharaon à laquelle elle avait droit (fille du Roi et de la Grande Épouse royale, princesse héritière), vis-à-vis de l'enfant Thoutmosis, pourtant « bâtard » d'une concubine, elle sut à l'évidence se conduire en régente avisée, qui le prépara ainsi aux responsabilités d'un vigoureux pouvoir.

Enfin, la période d'Aménophis III n'aurait certainement pas été ce qu'elle fut sans la présence extraordinairement efficace de son épouse Tiyi, dans le domaine des arts et de la pensée de son époque [2], et aussi sans l'influence qu'elle exerça pour une part d'importance dans la « réforme » ayant marqué si profondément le règne de son fils Aménophis IV-Akhénaton (1356-1340).

L'expérience de celui-ci, tendant à s'éloigner d'une interprétation « touffue » du concept du divin, mais à se rapprocher d'une vérité « cosmique », en un mot « l'aventure amarnienne » du réformateur, aurait pu ne pas être écourtée et violemment combattue si elle avait été doublée d'un esprit politique réalisateur, soucieux de la sécurité au-delà des frontières, par le maintien des anciennes alliances et une sérieuse vigilance devant la montée de certaines puissances étrangères.

La fin d'une lignée

Après le règne de celui que l'on a pu appeler péjorativement le grand hérétique, et même « le scélérat », la lignée des Aménophis était en fait éteinte. Un prince Thoutmosis, l'aîné du troisième Aménophis, était mort très jeune. Le second (Akhénaton) venait de disparaître. Quant au troisième héritier, souverain-fantôme, Smenkarê, on ne peut en imaginer qu'un règne ou une éventuelle corégence de deux années : 1342-1340 ?

Enfin le quatrième rejeton, élevé dans la cité d'*Akhétaton* (Tell el-Amarna) créée par le réformateur, était à l'époque connu sous le nom de Tout-ânkh-Aton. Il fut contraint de monter sur le trône aux environs de son dixième anniversaire (1340-1331). Ses mentors, le vizir Aÿ et le général Horemheb, durent rétablir les relations les plus... diplomatiques avec les prêtres d'Amon, profondément frustrés par la rupture de la Couronne avec le dieu dynastique, imposée par Aménophis IV-Akhénaton. Les temples hérétiques furent très rapidement fermés, puis démontés, et suivant les textes, le petit roi *prit les couronnes dans l'Héliopolis du sud* (Hermonthis ou Erment au sud de Thèbes) : il devint alors Tout-ânkh-Amon [3].

Après dix ans d'un règne souvent exercé par personne interposée, le vieux vizir Aÿ lui succéda (1331-1327) sans gloire et comme pour assurer une courte transition.

Un général Pharaon

Alors ce fut la montée au pouvoir du général Horemheb (1327-1295) [4]. Quels droits avait-il à la couronne ? Son incontestable valeur, et la sécurité, garantie par sa forte personnalité, à une Égypte privée d'un guide valeureux. Résidant à Memphis, près des garnisons jadis actives, il avait, sous le pâle règne de Toutânkhamon, réprimé quelques révoltes en Canaan, près de la frontière orientale, et répondu aux appels au secours d'anciens alliés de Pharaon implorant protection. Il pouvait, aussi, faire valoir un lien... dynastique, à la relative élasticité, puisqu'il avait épousé une certaine Moutnédjémet, très probablement sœur de la belle Néfertiti. Cette dernière, très aimée d'Aménophis IV-Akhénaton, tenait son rang royal de son mariage avec le second fils de Tiyi ; nous ignorons encore tout de ses origines, sans doute égyptiennes car sa nourrice Ti, grande dame de la cour, était l'épouse du Chef de la cavalerie du roi, devenu le vizir Aÿ, puis successeur de Toutânkhamon.

Le pharaon Horemheb, militaire et administrateur dans l'âme, rétablit l'ordre et la sécurité dans une Égypte défaillante : son célèbre édit contre les prévaricateurs [5] souligne sans ménagements l'ampleur du « laisser-aller » dans le pays, les graves négligences, la corruption, le mépris des lois.

Sous la poigne d'un bon maître, l'Égypte regagnait l'estime et le respect de l'étranger. L'entourage d'Horemheb, ses collaborateurs avaient été choisis avec le plus rigoureux discernement. Parmi eux, le roi avait remarqué sans doute le plus brillant, un jeune militaire du nom de Pa-Ramessou, très vite devenu Commandant des troupes. Il était le fils d'un certain Séthi, originaire, comme on le verra [6] – son nom pouvait l'indiquer –, de la zone frontalière orientale du Delta, un des fiefs du dieu Seth.

C'était la région où jadis avait été implantée la ville d'Avaris, devenue la capitale des envahisseurs hyksos. L'endroit est situé sur les *Eaux de Rê* (la branche nilotique la plus orientale du Delta) en direction de la citadelle de *Tjarou* (Silé : el-Kantara ?), sur les *Chemins d'Horus* [7], point de départ de la route côtière traversant le pays de Canaan : Seth y était reconnu comme le Baâl des Asiatiques. La population évidemment mêlée y comptait des éléments autochtones, mais aussi d'autres habitants issus de souches hyksos, depuis longtemps intégrés avec les indigènes, eux-mêmes parfois originaires de Canaan et de pays plus lointains. Donner à son fils le parrainage de Seth était probablement vouloir marquer ses racines locales, mais aussi rappeler ses attaches familiales.

Pa-Ramessou devait être un peu plus jeune que son souverain : il gravit tous les échelons de sa carrière de militaire aux côtés de son pharaon, dont le premier souci avait été de rendre à l'armée la puissance nécessaire à la défense des intérêts de l'Égypte hors des frontières. Dépassant les fonctions occupées jadis par son père, on le retrouve Surintendant des écuries royales. Il fut par la suite tout naturellement promu dans le corps d'élite des chars. Devenu alors Conducteur de char, Horemheb lui confia l'un des postes les plus enviables : Envoyé royal auprès des pays étrangers, pour transmettre les courriers diplomatiques. Puis il fut nommé Général. Pharaon lui confia alors le commandement de la forteresse de Tjarou [8], poste frontière où passaient toutes les expéditions mili-

Deux statues de l'architecte Amenhotep fils de Hapou et deux statues du Vizir Pa-Ramessou, exhumées du temple de Karnak. (Archives G. Maspero)

taires se dirigeant vers l'Orient. Plus encore, la nouvelle charge de Surintendant des Bouches du Nil lui conférait le devoir d'assurer la sécurité du nord du pays, à l'est comme à l'ouest.

Le Vizir Pa-Ramessou

La gestion de toutes ces responsabilités, si remarquablement assurée, incita Horemheb à le désigner comme Vizir à ses côtés [9], en lui affectant de surcroît le titre de Député de tout le Pays, dans le nord et le sud, ce qui le conduisit à surveiller très probablement les multiples travaux de démontage, de transformation et d'innovations architecturales dans le temple de Karnak. En effet, pour ne pas s'attirer la vindicte du haut clergé d'Amon, Horemheb avait fait démonter le grand temple et toutes les chapelles en l'honneur du globe d'Aton, érigés à l'est de Karnak par Aménophis IV au début de son règne.

Une grande partie de leurs éléments [10] fut, sur ordre semble-t-il de Pa-Ramessou, enfouie à l'intérieur du pylône construit sous le règne d'Horemheb (le IXe pylône). Aussi reçut-il par permission royale l'honneur de faire figurer au pied de la tour orientale du pylône les deux statues le représentant accroupi, vêtu de sa vaste robe à collier de vizir, *dons de Sa Majesté*. Enfin lorsque Pa-Ramessou fut investi Prince héritier du pays entier, les dés étaient définitivement jetés. En fait, il venait d'être désigné pour succéder un jour à Horemheb – l'ancien compagnon d'armes de son père Séthi, simple Commandant de troupes –, car Pharaon n'avait pas d'héritier, et Pa-Ramessou, en revanche, avait l'avantage de posséder un fils actif, Séthi, ayant peut-être même été à cette époque désigné comme second Vizir [11].

Cette investiture fut fêtée en grande pompe. Il reçut la bague-sceau porteuse du titre, en présence des hauts fonctionnaires ; les danses et les chants l'accompagnèrent jusqu'à sa demeure où les festivités se prolongèrent en famille. Son épouse était la dame Satrê ; on lui connaissait un fils, Séthi [12], du nom de son grand-père, très probablement déjà marié à la demoiselle Touy, fille de Raïa, lieutenant de chars, et d'une chanteuse d'Amon, Rouïa. Le jeune couple possédait déjà une petite fille, Thiya. Certains vestiges sur les murs du temple de Karnak ont pu laisser supposer qu'un fils, décédé au cours de son adolescence, leur serait né [13].

Pa-Ramessou dans sa robe de Vizir. (Musée du Caire)

La reine Sat-Rê, grand-mère de Ramsès II, dans sa tombe de la Vallée des Reines.

Quoi qu'il en soit, un autre garçon vint au monde, auquel ses parents donnèrent, suivant la coutume, le nom de son grand-père : Ramsès. Sans doute à partir de cette époque Pa-Ramessou se fit-il appeler Ramessou, supprimant de son nom l'article démonstratif *Pa* qui donnait un aspect trop roturier.

Avènement du premier Ramsès

En 1295, Ramsès, fils de Séthi et de Touy, devait avoir atteint sa cinquième année, lorsque le pharaon Horemheb mourut. Il assista certainement au couronnement de son grand-père, Pharaon régnant sur la Terre du Sud et du Nord, le premier Ramsès Menpèhtyrê. Ce dernier devenait l'ancêtre-fondateur de la nouvelle dynastie, celle des Ramessides, la XIXe.

Afin de bien s'intégrer dans la lignée des pharaons précédents, Menpèhtyrê choisit dans la Nécropole royale abritée par la Sainte Cime, la *Grande Prairie* (*Ta-sékhet-âat*, que l'on appelle actuellement la Vallée des Rois), à l'ouest de Thèbes, l'emplacement où faire creuser son hypogée. Il supposait que les artisans de la corporation de la *Place de Vérité* [14] (la *Set-Maât*, l'actuel Deir el-Médineh), créée par le fondateur de la XVIIIe dynastie, auraient amplement le temps d'aménager une profonde syringe pour recevoir sa dépouille royale. De surcroît, il innova : fondateur avec Satrê d'une dynastie, il souhaita que sa reine pût alors bénéficier d'un caveau dans une nécropole destinée à recevoir les reines de la dynastie nouvelle, ce qui n'était pas le cas auparavant.

Le prince Séthi fut peut-être alors chargé de trouver l'emplacement le plus approprié. Son choix fut un ouadi largement ouvert sur la plaine occidentale thébaine, au sud de la Vallée des Rois, la *Set-Néférou*, que l'on appelle de nos jours la Vallée des Reines. C'était une nécropole déjà utilisée pour recevoir les sépultures de rares et très hauts fonctionnaires, et des enfants royaux de la dynastie précédente. Le site montagneux était dominé, non plus par la cime en forme de pyramide naturelle évoquant le membre créateur, mais par la Sainte Grotte, vouée au grand principe féminin Hathor, dans le sein de laquelle tous les défunts étaient reçus.

Puis le nouveau pharaon entreprit de réaliser un des projets auxquels il avait longtemps songé depuis qu'il était Vizir : poursuivre

Vallée des Rois : entrée de la tombe de Ramsès Ier. (Cliché M. Kurz)

Vallée des Reines : la Grotte Sacrée domine la Vallée.

l'œuvre architecturale du troisième Aménophis Nebmaâtrê, à Karnak, et célébrer par cela même, aux yeux des prêtres d'Amon frustrés et certainement malmenés durant l'aventure amarnienne, le retour au dogme amonien. Devant le pylône d'Aménophis (le IIIe pylône de nos jours), la grande cour, dès la fin du règne d'Horemheb, avait reçu en son centre une allée de douze très hautes colonnes – dominées par des chapiteaux papyriformes ouverts –, analogues à celles que l'on prête à Toutânkhamon, à Louxor. Il fit achever la colonnade et entreprit de la flanquer de séries d'éléments moins hauts et à chapiteaux papyriformes fermés : les travaux débutèrent par l'aile nord. Son projet, poursuivi par son fils Séthi et par son petit-fils, le deuxième Ramsès, était d'édifier une très large salle évoquant une immense forêt de papyrus, telle qu'on peut encore la voir actuellement dans le grand temple de Karnak. La décoration n'était pas encore exécutée, mais, sur des murs jadis ornés par ordre d'Horemheb, il fit substituer ses propres nom et prénom à ceux de son ancien maître [15].

Le prince Séthi, *Étoile de la Terre*

Memphis, à cette époque, était la capitale des militaires où le général, devenu pharaon, Horemheb avait alors remis de l'ordre dans toute l'organisation défaillante. Séthi secondait puissamment son père épuisé par une longue et si efficace carrière. En réalité, il remplissait auprès de lui l'action d'un corégent, et se plaisait à faire proclamer : « *Tandis qu'il était Rê-le soleil à l'aube rayonnante, j'étais à ses côtés comme une étoile de la terre* [16]. » Il voulut aussi faire preuve d'autorité dans les anciennes contrées vassales, là où l'on rencontre le *Kharou*, le *Djahy* et les *Fenkhou* qui avaient manqué de loyauté à son pays dès l'affaiblissement de l'Égypte. Il fallait, aussi, faire rentrer régulièrement les redevances, car les maires des villes étrangères assujetties devaient payer les impôts à la Couronne – et surtout au grand temple d'Amon, à chaque Nouvel An, comme leurs collègues des villes égyptiennes, de même que donner une partie de leur travail [17].

Comme nous le laissera supposer plus tard le grand Ramsès – désireux de montrer par tous les artifices son extraordinaire précocité –, il ne serait pas étonnant que le prince Séthi ait fait participer son jeune fils, à l'époque âgé de sept ans, à cette incur-

Intérieur de la tombe de Ramsès Ier, dans la Vallée des Rois :
à l'extrême droite, cuve funéraire du roi. (Archives A. Piankoff)

Tombe de Ramsès Ier : détail du serpent Méhen
et symbole des douze heures de la nuit, qu'il doit avaler. (Cliché Diradour)

sion en pays asiatique, longeant la côte méditerranéenne jusqu'au sud de la Phénicie (les *Fenkhou*). Les quelques captifs faits en Canaan, toujours accompagnés des femmes et des enfants, augmentèrent alors le personnel du temple de Bouhen (à la Seconde Cataracte, en Basse Nubie égyptienne). L'expédition fut conduite par Séthi qui, en la circonstance, fit ériger deux stèles commémoratives de l'événement [18], alors que Ramsès Ier résidait à Memphis en cette deuxième année de son règne, surveillant de près la fondation de sa nouvelle capitale, Pi-Ramsès (*le domaine de Ramsès*).

Le premier Ramsès dans la Vallée des Rois

Il mourut peu de temps après avoir confirmé son fils corégent en titre : il avait à peine régné deux ans [19], mais, en réalité, avait partagé avec Horemheb le poids et l'efficacité du pouvoir pendant de longues années. Ramsès le Premier (Menpèhtyrê) fut enterré au cœur de la *Grande Prairie*, dans une tombe inachevée, moins importante qu'il ne l'avait souhaitée, mais où figuraient des extraits d'un nouveau recueil de textes funéraires royaux : le *Livre des Portes*. Il avait très probablement contribué à sa rédaction du temps d'Horemheb. Sur un fond gris bleuté, le décor vivement coloré présente encore, de nos jours, une sobre élégance.

Satrê, son épouse, dut le suivre de peu dans le domaine d'Osiris : son petit caveau de la *Set-Néférou* (Vallée des Reines) fut hâtivement orné de quelques figurations au trait noir, rehaussées de retouches rouges.

L'ère ramesside venait de naître.

Visage du sarcophage de Ramsès Ier
dans lequel Ramsès II fut réenterré. (Musée du Caire)

◄ Noms et prénoms de Ramsès Ier et de Séthi Ier parmi les étoiles.
Détail du décor du plafond d'une salle réservée à Ramsès Ier, dans le temple jubilaire de son fils, à Gourna. (Cliché Fathy Ibrahim)

Séthi Ier montant sur son char. Karnak. (Cliché A. Bellod)

IV

LA CORÉGENCE DU PRINCE RAMSÈS SOUS LE RÈGNE DE SÉTHI Ier 1294-1279 AV. NOTRE ÈRE

L'exemple du père

Tous les égyptologues s'accordent pour reconnaître au brillant prince Séthi, couronné vers sa trentième année, l'intention de projets grandioses et les capacités pour les mener à bien. Il fallait d'abord s'attacher les différents clergés propres à équilibrer le poids des Prophètes de l'Amon thébain. Ainsi, à son couronnement, fit-il accompagner son nom de l'épithète *aimé de Ptah*, qui le rattachait à Memphis. Il se déclarait aussi l'*image de Rê (sur terre)*, la lumineuse forme divine adorée à Héliopolis, ne négligeant cependant pas le titre de *Taureau Puissant apparaissant dans Thèbes*, emprunté à l'un de ses modèles, le grand conquérant qu'avait été le troisième Thoutmosis.

Séthi n'en oubliait pas, pour autant, les remarquables réalisations architecturales d'Aménophis, le pharaon de Tiyi, roi du siècle d'or et du charme. Il sélectionna les meilleurs artistes, fit

L'enfant Ramsès, déjà couronné, corégent de son père.

confiance aux architectes héritiers d'un ancestral art de bâtir, et s'évertua à surpasser l'œuvre de ses prédécesseurs. Ce fut d'abord sa fondation d'Abydos. Puis il se devait de faire continuer l'édification de la grande salle hypostyle de Karnak. Dans la *Grande Prairie*, sa tombe est l'hypogée le plus profond et le plus somptueux de toute la vallée. Son règne devait être celui de la « Renaissance » à tous points de vue, la plupart de ses inscriptions datées étant d'ailleurs précédées de cette mention.

Il devait y avoir encore, certainement, parmi de nombreux chapitres de son vaste programme, une raison déterminante qui l'incitait à placer son règne sous le signe de la renaissance. D'abord, hanté par la gloire et les réalisations de son grand « ancêtre » Thoutmosis (III), il projetait avant tout de reconquérir la province (syrienne) d'Amourrou, perdue pendant les temps amarniens. Enfin, comme présage favorable à son règne et à la fondation de sa dynastie, il ne pouvait pas manquer l'occasion de souligner – en l'exploitant – ce *renouveau de l'Égypte* matérialisé par la célébration d'une période sothiaque, qui avait dû survenir vers 1314-1313 : mort d'Horemheb et avènement de Ramsès Ier.

Ce phénomène ne survenait que lorsque le calendrier solaire, des temples et des travaux agricoles – correspondant aux 365 jours 1/4 qui séparaient chaque inondation du fleuve –, et le calendrier des administrations, dans lequel le quart de jour n'était pas comptabilisé et qui perdait ainsi un jour tous les quatre ans, se rejoignaient. Pour que les deux cycles coïncident, il fallait attendre 1 460 années (c'est-à-dire 365 x 4). C'était alors un miraculeux Jour de l'An, car les deux calendriers étaient célébrés le premier jour du premier mois de la première saison de l'année (*Akhet*) [1] : l'étoile Sothis et le soleil apparaissaient à l'aube, presque au même moment et dans un très court intervalle, annonçant l'Inondation imminente.

Jour de miracle, présage de périodes favorables où tout se retrouvait « en place », augurant de la bénédiction du divin sur le pays et le règne de Pharaon. Séthi joua certainement de cet événement qui le touchait de si près. Cette atmosphère des plus dynamiques baigna la toute première jeunesse de Ramsès. Une précieuse petite stèle, conservée au Louvre, nous le montre assis sur un coussin, le doigt à la bouche, ayant sur le côté la mèche de cheveux de l'enfance, comme un garçon en bas âge. Il porte déjà un long pagne plissé comme les rayons du soleil, à la mode amar-

Le père et la mère de Touy, beaux-parents de Séthi Ier. (D'après Gaballa)

La reine Touy, en « porte-enseigne ». (Collection privée, USA)

◄ Thïa, scribe royal, Précepteur de Ramsès, adorant la tri-unité : Ptah-Horakhty-Amon.

La Mère Royale Touy, suivie de son gendre Thïa et de sa fille Thiya. (Musée de Toronto)

nienne, et remontant dans le dos ; le bandeau royal muni de l'uræus orne déjà son front. Devant lui, le nom de couronnement : Ousermaâtrê, semble indiquer son état de souverain, dès l'enfance. Une autre petite stèle, toujours au Louvre, en schiste vert, nous apprend que son auteur, son précepteur, instruisit Sa Majesté *dès l'œuf*.

Ce précepteur était un jeune homme de grande valeur, un certain Thïa, fils d'Amonouahsou, promu Scribe de la table du Maître des Deux Terres : il était donc maître des approvisionnements du Palais. Ce grand administrateur qui, plus tard, devint l'un des responsables du temple *de Millions d'Années* de son maître [2], sut certainement se faire apprécier de la famille royale, car il devint le gendre de Séthi Ier – donc le beau-frère du futur roi –, puisqu'il fut autorisé à épouser la princesse Thiya. Sa famille était sans doute très proche du défunt Horemheb, puisque leurs deux monuments funéraires, l'un construit par ce dernier lorsqu'il occupait le grade de général, et celui du couple princier, sont côte à côte sur le plateau de Saqqara [3].

La géographie fut certainement la branche dans laquelle le petit écolier devait exceller : hauts fonctionnaires, officiers de cavalerie, vizir, tous entretenaient Pharaon des expéditions guerrières préparées au Proche-Orient. Ramsès enfant était totalement familiarisé avec les villes des provinces de Canaan, de *Kharou* et de *Djahy*, d'*Oupi* (sud-Syrie), les places fortes à reprendre en pays d'Amourrou, et il savait que des guerriers hourrites habitant le Mitanni avaient été vaincus par Thoutmosis (III) Menkhéperrê au cours de sa huitième campagne asiatique. Il entendait parler de la ville de Yénoan, avait par ouï-dire appris qu'à Beth Shan une inscription (la seconde) rappelait les succès militaires de son royal père. De même, il n'ignorait pas qu'il fallait réprimer les troubles de Galilée. Il pouvait, déjà, faire la différence entre les turbulents *Shasous* et certains *Apirous* qui parfois venaient vendanger les vignobles royaux. Un jour, il entendit même le Vizir Nebamon faire allusion à la grande expédition qui devait remettre en état les citadelles et les puits égyptiens qui jalonnaient la grande route commerciale de la côte phénicienne, à travers Tyr, Sidon, Byblos, Simyra... Enfin, le nom des plus redoutables ennemis, les Hittites, avait frappé ses oreilles. Au Palais, on parlait d'une lutte longue et âpre : le petit prince aspirait déjà à partager les expéditions punitives conduites par Pharaon.

Séthi Ier partant à la reconquête des citadelles sur la route militaire en Palestine. (D'après A. Gardiner)

Très vite l'occasion se présenta. Les textes nous apprennent que, pour commencer, un titre honorifique lui fut octroyé à l'âge de dix ans : Commandant en chef de l'armée. Vers sa douzième année il semble qu'il ait accompagné son père au cours d'une action répressive contre les Libyens, ces *Tjéhénou* et ces *Mashaouash*, à l'ouest du Delta. Peu après, Séthi, au cours de la cinquième année de son règne, décida de faire participer son fils, âgé de treize ans, au combat contre les Hittites descendus d'Anatolie en Syrie. C'était l'occasion pour tenter de reprendre l'Amourrou et la ville de Qadesh, jadis conquise par Thoutmosis (III) Menkhéperrê.

Le prince Ramsès fut marqué par ces batailles, ébloui par la prise d'assaut de la citadelle de Qadesh, et très ému par l'inauguration d'une stèle de victoire érigée dans la ville conquise : il était fier de ce père, vaillant héritier d'une nouvelle dynastie qui avait prouvé la noblesse de son sang en « reprenant le flambeau », et restitué au trône, lui, le séthien, ce que jadis le pharaon thoutmoside avait su conquérir pour son pays. Pourtant cette victoire était provisoire. Séthi avait affronté la puissance grandissante des Hittites, personnifiée par un jeune monarque de caractère : Mouwattali, prince du Khatti (Kheta). Peu après, ce dernier reprit la citadelle, englobée à nouveau dans la mouvance hittite. Une entente provisoire – et des plus confidentielle – mit fin au conflit.

Cependant Ramsès, ce jeune rouquin impétueux, au menton volontaire hérité de sa mère, la reine Touy, n'allait pas oublier de sitôt cet échec, bien que son père, en contrepartie, se soit assuré de positions stables, pour l'ancrage commercial et le rayonnement de son pays, dans les régions intérieures et surtout côtières, jusqu'à la limite de Tyr au sud de la Phénicie.

L'enfance d'un surdoué

Il est parfois difficile de comprendre et de reconstituer l'histoire des événements dont les témoignages antiques sont fortement teintés par l'emphase et le mythe. Ramsès est souvent, de nos jours, jugé comme ayant dans ses expressions de fortes tendances à une orgueilleuse et lourde exagération, on a même évoqué la mégalomanie ! On pourrait se laisser prendre à ce juge-

Séthi Ier accompagné du jeune Ramsès, devant la liste des noms des « ancêtres royaux ». (Abydos, cliché IGN

Séthi Ier et le jeune Ramsès rendant le culte. (Abydos, cliché IGN)

ment sans rémission, si l'on ne tenait pas compte de deux facteurs essentiels. Le premier est de bien vouloir se reporter à l'époque où se passent les événements et se référer à la généreuse faconde des habitants de la terre d'Égypte. Le second est particulièrement politique et propre à l'homme Ramsès et au calcul visant un programme réalisé tout au long de son existence : avant tout créer et imposer son personnage hors de la norme, un être d'exception fait pour gagner. On le découvre dominateur mais bienfaisant, inspiré de Dieu, puisque de son essence même, lui, le parvenu, un rouquin, apparemment mal aimé d'Horus, issu de Seth, mais cependant fils du soleil sur terre, chéri d'Amon et pour tout dire l'homme du miracle.

Comment, alors, ne pas porter l'emphase sur son enfance exceptionnelle de surdoué, capable, dès son plus jeune âge, de seconder son royal père. C'est dans cet esprit que la fameuse grande inscription dédicatoire d'Abydos, à laquelle il faut se référer [4], a été conçue et gravée par ordre de Ramsès dès l'entrée du temple fondé par Séthi dans le domaine osirien de la ville sainte. Ramsès avait saisi, dans ce lieu fréquenté par le plus vaste et le plus populaire des pèlerinages, l'occasion de se confier ainsi à la postérité.

En prenant le texte à la lettre, on imaginerait facilement le jeune prodige sortant à peine du berceau lorsque son père voulut l'asseoir à ses côtés, sur le trône. Il faut faire la part des choses... ne doutons pas de l'événement – il est si rare qu'un souvenir historique de ces temps lointains nous ait été conservé –, mais... réduisons la flamme ! En parcourant ce récit d'une très grande importance pour l'histoire de la corégence [5], et pour Ramsès lui-même [6], on comprend que très vraisemblablement Séthi voulut affirmer l'impact de sa dynastie naissante en valorisant la formation et l'importance du prince héritier. L'événement relaté eut certainement lieu. Ramsès, cependant, devait être plus âgé.

Sans doute la réelle précocité de son fils incitait-elle Séthi à lui confier officiellement certaines responsabilités : nul ne pourrait, ainsi, lui contester des droits à la couronne. Très probablement, Séthi s'inspira de ce que Horemheb avait réservé à Pa-Ramessou en nommant son successeur désigné : *Prince héritier du pays entier*.

La corégence

L'événement dut se produire dans la période de paix succédant à l'accord – suivant une coutume très en vogue chez les Hittites – conclu avec Mouwattali, et ce, probablement, entre l'an 7 et l'an 8 du règne. Le prince Ramsès devait être entré dans sa quinzième année. Le souverain devant tous les grands de son royaume et les représentants du peuple rassemblés, probablement dans la vaste cour du temple de Memphis, présenta son fils pour l'investiture à ses côtés en tant que roi.

En commentant l'événement avec une insistance emphatique, Ramsès, laissant planer un doute, s'ingénie à déclarer sa légitimité : « *Je suis issu de Rê... alors que mon père Menmaâtrê* (Séthi Ier) *m'éleva. Le Tout-Puissant lui-même me fit grand, lorsque j'étais enfant jusqu'à ce que je règne. Il me fit don du pays lorsque j'étais (encore) dans l'œuf. Les grands se prosternèrent (reniflèrent la terre) devant moi lorsque je fus installé* en tant que fils aîné, *comme Prince héréditaire sur le trône de Geb. Lorsque mon père apparut en public, j'étais un enfant dans ses bras, et, me concernant, il déclara : "Couronnez-le comme roi, que je puisse contempler sa vigueur (*néfrou *: rayonnement ?) pendant que je vis à ses côtés." [Alors approchèrent] les chambellans, pour placer la double couronne sur ma tête*[7]. *Ainsi parla-t-il à mon propos quand il était sur terre : "Laissez-le organiser ce pays ! Laissez-le administrer ! Laissez-le se montrer au peuple !" Ainsi parla-t-il... parce que l'amour que je lui inspirais était dans ses entrailles. Il me gratifia d'une maisonnée provenant du Harem royal, comme pour le Palais ; il me sélectionna des épouses... et des concubines...* »

Pourquoi se justifier ?

À travers certaines invraisemblances du récit, on saisit l'insistance de Ramsès à présenter l'événement comme sanctionnant, dès l'origine, son réel état de Prince héritier, ce qui me paraît excessif s'il n'y avait pas eu doute à ce sujet.

Il semble évident que la rédaction de cette inscription s'est inspirée du texte de couronnement d'Hatchepsout, figurant dans le temple jubilaire de la reine, à Deir el-Bahari. Elle y apparaît dési-

Séthi Ier terrasse le Chef libyen.
L'image, à gauche, du prince
Ramsès a été regravée sur les
traces d'une silhouette antérieure.
(D'après J.H. Breasted, Karnak)

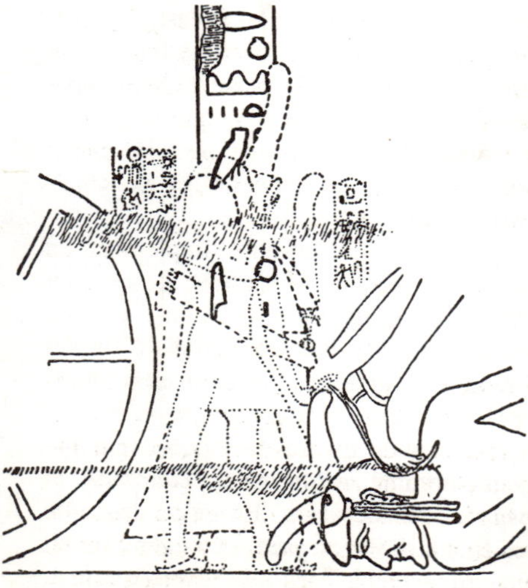

Gros plan de la superposition
des deux images figurant
derrière Séthi Ier.
(D'après J.H. Breasted, Karnak)

gnée par son père devant les dignitaires. Cependant, on constate une différence essentielle [8]. Si Thoutmosis Ier attendit que sa fille soit devenue une charmante jeune fille épanouie pour la couronner, il n'en fit pas sa corégente. Ramsès, en revanche, se présente comme un invraisemblable phénomène de précocité, mais il insiste sur le fait qu'*il fut installé en tant que fils aîné, Prince héréditaire, sur le trône de Geb*, comme s'il voulait montrer qu'il en avait reçu les prérogatives, sans que cela lui ait été donné dès le départ. Devant l'immense liste des noms des pharaons, les « ancêtres », en Abydos, le petit prince est représenté accompagnant son père, et leur rendant hommage.

Cette insistance de Ramsès à justifier sa légitimité persiste même en l'an 3 de son règne ; il fait dire à ses courtisans, sur la Stèle de Kouban : « *Lorsque tu étais encore dans l'œuf, tu formais déjà des projets en ta qualité de Prince héritier. Tu étais informé des problèmes des Deux Terres alors que tu étais très jeune, portant encore sur le côté la mèche de cheveux de l'enfance. Tu étais chef de l'armée, alors jouvenceau de dix années.* »

Une hypothèse avait été avancée, jadis, par le grand égyptologue américain de Chicago, James Henry Breasted. Se fondant sur un relief du mur extérieur de l'hypostyle de Karnak, où l'on voit derrière le char de Séthi la silhouette d'un petit prince (?), martelée et remplacée par celle du petit Ramsès, Breasted suggérait que cette substitution serait la preuve de l'assassinat par Ramsès de son frère aîné, afin de prendre sa place [9]. Cette hypothèse ne peut tenir si l'on se réfère à la scène du temple jubilaire de Séthi à Gourna, où le tableau du couronnement de Ramsès par Amon, en présence de son père Séthi Ier, prouve qu'il y avait parfaite entente entre le père et le fils.

Toutes ces justifications viseraient peut-être simplement un candidat au trône, extérieur à la famille de Ramsès, descendant oublié des derniers rois de la XVIIIe dynastie. Quoi qu'il en soit, le martelage de sa silhouette, après qu'il eut été admis à figurer sur un mur de Karnak, montre la victoire définitive des ramessides [10].

Rectifications faites de certaines invraisemblances, il apparaît, cependant, que le jeune homme *reçut bien les couronnes* et son *nom de couronnement* à cette occasion. En effet, dès cette époque, lorsque les textes font allusion au prince corégent, on lui affecte bien son nom de couronnement, que tout souverain investi reçoit en l'occurrence. Une inscription laissée au Sinaï, dans les mines de turquoise, par Ashahebsed, échanson de Séthi Ier, en est un excellent exemple : *Sois loué, ô Souverain, riche en troupes et en chars, Menmaâtrê Séthi* (Ier) *et son fils royal Ouser-Maât-Rê* [11] (puissant est l'ordre cosmique de Rê), *aimé d'Hathor...*, *Ramsès* (II) [12].

Le monde du corégent

Le palais du corégent fut sans doute édifié dans la ville de Memphis, et de charmantes nobles dames d'atour furent mises au service des deux premières Grandes Épouses royales de Ramsès, sans doute choisies par Séthi et Touy, aidés par le Surintendant du harem, Hormin [13].

Aucun renseignement ne nous est parvenu pour nous permettre de deviner l'origine de ces nobles dames. À ce jour, pas un seul document n'a livré les noms de leurs parents ; aucun texte n'est à même d'éclairer sur leur qualité. On sait que l'une s'appelait Nofrétari et l'autre Isisnofret : deux noms parfaitement égyptiens. La première, dont le charme et la beauté furent chantés par Ramsès, devait être de santé fragile : elle tint la première place auprès du roi, mais semble avoir disparu autour des années 24-25 du règne. La seconde, en revanche, Isisnofret, était encore en vie après l'an 40.

Très vite, l'une et l'autre donnèrent à Ramsès leur premier enfant. Nofrétari accoucha du premier fils, sitôt appelé *Imenherounémef* (Amon est à sa droite), alors qu'Isisnofret donna naissance à une petite fille, *Bentanat* (Fille de la déesse Anat). Pourquoi faire patronner son enfant par une déesse asiatique ? Isisnofret serait-elle née princesse syrienne, élevée dans le harem royal ? Aucun indice ne permet de répondre à cette interrogation. Il faut pourtant remarquer à quel point le culte de divinités asiatiques avait pénétré dans les mœurs égyptiennes, sans tenir compte des expéditions militaires menées par l'Égypte en Canaan ou dans l'Amourrou. Au reste, nombre d'étrangers, implantés depuis plusieurs générations dans le pays, y avaient fait carrière, car on ne répétera jamais assez que les fils de ce pays du Nil, s'ils furent toujours profondément patriotes, n'étaient pas xénophobes. Dans son adolescence, et cela continua pendant la

Allaitement de Ramsès
par Anouket,
faisant allusion à son
essence divine.
(Temple de Beït el-Ouali)

Evocation du couronnement du jeune corégent Ramsès,
par Seth et Horus. (Petit Temple d'Abou Simbel)

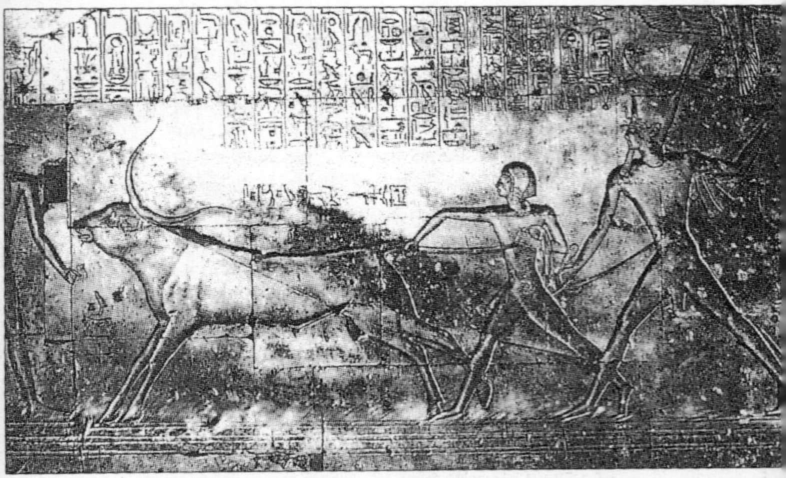

Ramsès II exerce son fils aîné à dompter le taureau sauvage.

Le Corégent Ramsès poursuit les bédouins Shasous. (Temple de Beït el-Ouali)

Le Vizir, suivi du prince héritier et du Vice-Roi de Nubie,
présente à Ramsès-corégent les vaincus asiatiques. (Temple de Beït el-Ouali)

maturité, Ramsès fut entouré de hauts fonctionnaires égyptiens auxquels vinrent se joindre des personnalités d'origine étrangère.

Pasar [14], fils du Grand Prêtre Nebnétérou, très jeune chambellan de Séthi et nommé Chef des secrets des Deux Dames, c'est-à-dire gardien des couronnes royales, avait certainement assisté à l'intronisation du prince corégent. Il posa probablement le *pschent* sur la tête de l'héritier royal. Près du prince se tenait Imenemipet [15], son ami d'enfance. En revanche, Ashahebsed, celui qui durant l'an 8 inscrivit les louanges de ses deux maîtres sur les montagnes du Sinaï, n'était sans doute pas d'origine égyptienne. Pourtant il fut promu à la très haute fonction d'Envoyé royal vers toutes les terres étrangères. De même le Général Ourhiya, natif du nord de la Syrie, donna à son fils le nom cananéen de Youpa. Un des plus anciennement implantés au service de Pharaon était le Chef des peintres du temple de Karnak, Didia, dont l'ancêtre Pédoubaâl était venu de Canaan en Égypte six générations auparavant [16].

Les activités du corégent

Ramsès corégent n'allait pas tarder, au cours de la huitième année du règne, à se pencher sur les dépêches envoyées à son père par Imenemipet, vice-roi de Nubie. Il s'agissait d'une révolte qui se préparait au pays de *Koush* (Soudan actuel), sur la terre d'*Irem*, à l'ouest de la Troisième Cataracte. Durant l'hiver 1287 avant notre ère, Séthi mit au point une stratégie qui permit à un détachement de chars accompagnant l'infanterie de réduire en sept jours la rébellion. Finalement Ramsès vit arriver à Thèbes, d'où les ordres étaient partis, un peu moins d'un millier de captifs, accompagnant un large butin de produits africains. Ce genre de répression n'était cependant pas assez vaste pour initier le corégent aux rencontres qui l'attendaient dans les années à venir, avec de rudes adversaires parfaitement organisés.

Pendant tout l'an 9 de son règne, le pharaon Séthi tint à surveiller personnellement l'édification de son temple en Abydos. Pour faciliter l'approvisionnement en or nécessaire à l'équipement de son sanctuaire, il améliora le sort des mineurs de ses expéditions par le forage, réussi, d'un puits profond dans le désert entre Edfou et la mer Rouge, dans les ouadis Mia et Abbad, et fit en conséquence creuser le spéos de Rédésiyeh.

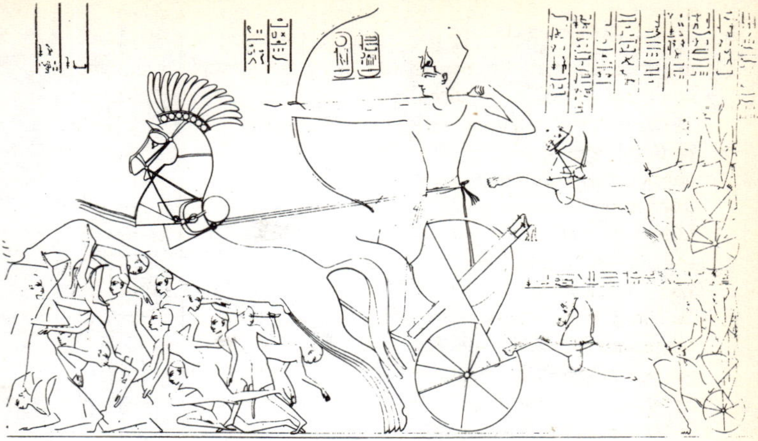

Ramsès, escorté de deux princes, poursuit des révoltés de Haute-Nubie.

Retour d'un blessé au village des révoltés. (Temple de Beït el-ouali)

Défilé des captifs, de leur famille et des tributs.

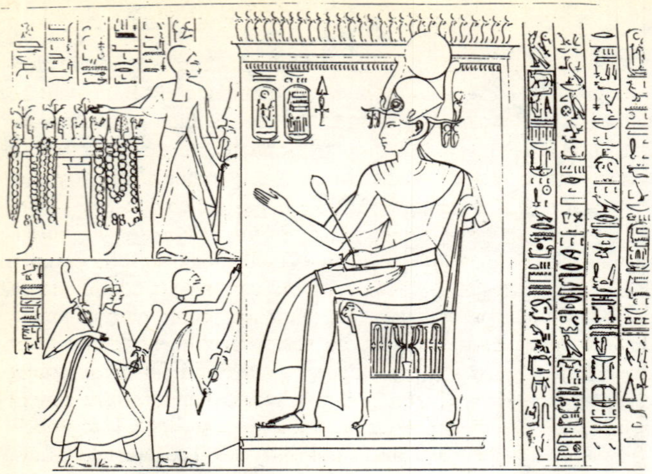

Imenherounémef, fils aîné de Ramsès, le Vizir et le Vice-Roi Imenemipet, présentent les tributs à Ramsès-corégent.

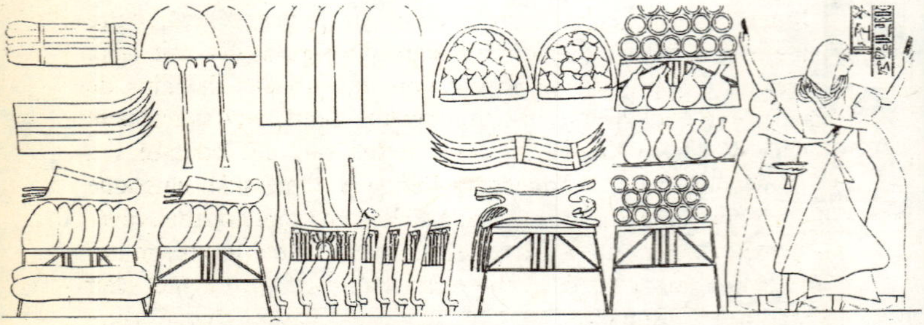

Décoration du Vice-Roi de Nubie, entouré des produits de Nubie collectés par lui.

Officiers égyptiens apportant des pièces d'orfèvrerie et introduisant des prisonniers de Haute-Nubie et des animaux en tributs. (Temple de Beït el-Ouali)

Il s'était alors déchargé sur le prince corégent de la surveillance de son vaste programme architectural. Il y avait le palais de Pi-Ramsès, à l'est du Delta, les sanctuaires dont il voulait jalonner l'Égypte, et aussi les monuments thébains. Sur la rive droite, à Karnak, dans l'immense domaine de la royauté, voué à Amon, c'était la grande salle hypostyle en construction, et sur la rive gauche, son temple *de Millions d'Années* à Gourna, dans lequel un local (au sud) était réservé au souvenir du premier Ramsès : notons que le petit-fils n'omit pas, avec la complicité du père, de faire représenter sur les murs son propre couronnement devant Amon. En compagnie de Pasar, récemment promu Vizir du sud, la grande syringe préparée pour Séthi fut aussi l'objet de leur particulière attention. Les travaux d'architecture étaient complétés par la collecte des matériaux nécessaires à leur embellissement. Et cela couvrait aussi bien les carrières de granit d'Assouan, pour les statues et les obélisques et leur transport fluvial, que la supervision des rentrées de l'or manufacturé afin de faire façonner pour son père une statue dans le métal précieux.

Toutes ces inspections procurèrent au prince régent, entre l'an 9 et l'an 10 (il devait avoir entre dix-sept et dix-huit ans), l'occasion d'approcher la corporation des artisans thébains de grand talent, et de découvrir leurs travaux. Leurs œuvres restaient presque toujours anonymes (nous retrouvons ces coutumes à notre Moyen Âge). Cependant, l'époque ramesside naissante allait rompre un peu avec cet usage. Des noms sont apparus, révélés principalement par les fouilles qui ont exhumé le village des artisans des tombes royales thébaines, la *Set-Maât*, l'actuel Deir el-Médineh [17]. Toujours en compagnie de Pasar, chargé entre autres du fastueux mobilier du temple de Karnak, des trésors royaux funéraires, et aussi responsable de la tombe royale, donc également de la corporation des ouvriers affectés à sa préparation, Ramsès Ousermaâtrê avait eu l'occasion de voir à l'œuvre Sennédjem et, dans sa jeunesse, celui qui deviendra plus tard le très brillant Chef d'équipe : Néferhotep.

La Vallée des Rois

Sous la direction de Sennédjem, les artisans travaillaient aux sépultures de Séthi Ier et de Touy. Les plans qui avaient été soumis

Portrait de Sennedjem, Chef décorateur thébain de Séthi Ier. (Sarcophage au Musée du Caire)

Séthi Ier reçoit, des mains de Thot, l'image des deux Déesses Tutélaires destinées à lui assurer la survie. (Temple d'Abydos)

à Pharaon ne présentaient rien de commun avec ceux des tombes de la famille royale du début de la dynastie. Pour Séthi, une immense syringe de presque cent mètres de long [18] s'enfonçait dans les rochers calcaires de la Vallée des Rois. Décor essentiellement réservé aux souverains, le contenu des livres funéraires allait évoquer les étapes du soleil qui reconstituait son énergie pendant les heures de la nuit, alors que les génies peupleraient les chemins mystérieux conduisant, par des méandres, vers la renaissance. Le long serpent *Méhen* au corps ondulé allait apparaître, ses replis dominés par le cheminement du disque incandescent, et sur les piliers, alors que Pharaon entretenait un perpétuel dialogue avec les dieux. Sur un des murs du long couloir, on tracerait toutes les étapes de l'*Ouverture des yeux et de la bouche* pour la momie.

Ramsès consultait les scènes figurées sur papyrus que le Chef dessinateur lui avait montrées, pour qu'elles soient reproduites sur les murs. Les carriers, travaillant le plus souvent avec des ciseaux de silex, qu'il fallait journellement tailler, venaient de terminer le creusement du couloir et des chambres, laissant alors le champ libre au *Kadja* [19] chargé de recouvrir les murs d'une couche de plâtre fin. Ramsès avait été étonné de constater qu'aucune trace de suie résultant des torches éclairant le travail n'était visible. Les peintres-dessinateurs Pashed et Baki lui avaient alors montré le sel qu'ils plaçaient autour de la flamme afin de faire disparaître la fumée. Sur la couche lisse de plâtre, le Scribe des images [20] devait tracer les dessins. Le sculpteur [21] (*celui qui porte le ciseau*) prendrait alors le relais, et reproduirait les décors et les textes en fins reliefs qui seraient, ensuite, enluminés.

Trois tableaux qui lui paraissaient originaux retenaient surtout son attention : d'abord une majestueuse vache dressée sur ses quatre pattes, sous le ventre de laquelle il reconnaissait des barques circulant et dominant des personnages marchant. Nebnétérou, père de son ami Pasar, qui au début de l'an 11 allait être nommé Grand Prêtre d'Amon, lui avait expliqué qu'il s'agissait de l'illustration du *Livre de la Vache du Ciel*, récit au cours duquel l'humanité avait failli sombrer en raison de son impiété – version nilotique du Déluge – et fut en définitive sauvée par la clémence divine.

C'était aussi l'image de quatre personnages de types et de costumes différents : quatre ethnies également représentées et parmi lesquelles on trouvait les Égyptiens. La première expression de cet humanisme était apparue dans la tombe de Ramose à Thèbes, du temps de la corégence Aménophis III-Aménophis IV, où l'Égyptien, l'Africain, l'Asiatique et le Libyen, côte à côte, saluaient le plus jeune roi [22]. Ramsès savait que tel avait été un des thèmes majeurs prônés par celui que les prêtres d'Amon voulaient faire oublier. Secrètement séduit par l'« aventure amarnienne », il tint à ce que le tableau fît partie du décor.

Enfin un troisième sujet passionnait déjà le jeune corégent : le déroulement du temps marqué par les astres et les constellations figurés sous le corps étiré de Nout, voûte céleste faite femme. Une immense composition – le plafond astronomique – allait alors dominer la *Chambre d'Or*, celle qui recevrait la momie du roi dans son apparat d'éternité.

Il était prévu que la tombe de Séthi serait achevée dans les trois années qui allaient suivre [23].

La Vallée des Reines

Plus au sud, Ramsès ne manqua pas de visiter la *Set-Néférou* (Vallée des Reines), où la Première Épouse royale de la dynastie – sa grand-mère paternelle – avait été inhumée. Il fallait inspecter le début du creusement du tombeau destiné à sa mère très vénérée, Touy. L'emplacement avait été fixé au bout de la terrasse rocheuse qui s'estompait en direction de la Sainte Grotte, dominant toute la vallée.

Le plan de la sépulture, très géométrique et harmonieux, sur deux niveaux, menait, par deux escaliers successifs, à deux salles souterraines principales. La dernière, très vaste, à quatre piliers réservés dans le rocher, devait recevoir le corps de la souveraine. Le projet des décors religieux très différents, de même que les textes, étaient tirés du *Livre des Morts*. Ramsès savait que sa mère était très proche de la si fine et radieuse Nofrétari, mère de son premier fils, Imenherounémef. Aussi profita-t-il de cette inspection pour choisir, à côté de la sépulture maternelle, l'emplacement qu'il allait réserver à sa bien-aimée.

Revenu à Memphis après un long séjour dans le sud, le prince couronné trouva sa famille florissante. Isisnofret, déjà mère de Bentanat et d'un petit Ramsès, venait de donner naissance à un autre garçon particulièrement vigoureux qu'il appela – en souvenir de son récent séjour à Thèbes, et peut-être d'un arrière-grand-oncle [24] – *Khâ-em-Ouaset*, ce qui veut dire : *qui apparaît dans Thèbes*. Une des filles que Nofrétari avait récemment mise au monde, Mérytamon, si jeune encore, présentait déjà la beauté et l'élégance de sa mère. Ramsès venait d'avoir vingt ans, et était resté très impressionné par son séjour en Haute Égypte, passé aux côtés de Pasar auprès des maîtres d'œuvre des grands temples, et des décorateurs thébains. De son côté, Séthi continuait à poursuivre son programme : non content d'y inclure le projet de la plus grande salle hypostyle qui existe en Égypte, il ordonna, la onzième année de son règne, d'en édifier une dans le temple du Gébel Barkal, sanctuaire d'Amon de Napata (Koush-Soudan) [25].

Ramsès n'oubliait pas la région des *Eaux de Rê*, branche orientale du Nil, dans le Delta, près du lac où jadis Iâhmès avait chassé les Hyksos. Séthi y avait fait agrandir le petit palais de son père. Ramsès seconda alors ce père désireux d'embellir la royale demeure. La ville de Memphis où séjournaient les céramistes les plus expérimentés possédait les fameux ateliers où les corégents firent exécuter les tuiles et dalles vernissées de teintes variées, mais où dominait le bleu turquoise [26]. Les portes et les fenêtres du palais en étaient encadrées ; des éléments analogues dallaient le sol du dais royal sous lequel Sa Majesté donnait audience, et qui était également orné de rampes d'accès bordées de groupes prophylactiques faits du même matériau chatoyant.

Le corégent guerrier

La paix entre l'Égypte et ses possessions extérieures, apparemment acquise, commençait à être fragilisée, d'après les rapports des messagers laissant pressentir de légers troubles prochains, aussi bien dans le sud que dans l'est : il convenait de les réduire rapidement. Sans doute Séthi confia-t-il à son fils, maintenant âgé de vingt-deux ans, le soin de conduire une petite expédition préventive en Canaan et dans les parages hantés par les bédouins *Shasous*. Il est, en tout cas, certain qu'il le chargea, vers les années 13-14 de son règne, de recevoir officiellement à sa place les tributs des pays de *Ouaouat* et surtout de *Koush* (Basse et Haute Nubie).

Le rôle du jeune corégent prenait effectivement une importance si grande qu'il fut autorisé à commémorer cette promotion personnelle sur les murs d'un hémispéos creusé dans la falaise nubienne, à soixante kilomètres au sud d'Assouan, devenu Beït el-Ouali [27] de nos jours. Sur les parois, Ramsès apparaît en pharaon à part entière. Ainsi, dans la cour à ciel ouvert, le mur nord est sculpté de reliefs résumant les campagnes asiatique et libyenne. On peut y voir Ramsès dans la fougue de sa jeunesse, enjambant le caisson de son char pour bouter un ennemi, de surcroît, terrorisé par son lion de bataille. Plus loin, une citadelle asiatique est attaquée.

Le spectacle encore plus riche en détails pris sur le vif est assurément le long registre sculpté, et jadis polychrome, présentant, de la gauche vers la droite du mur sud, le déroulement de l'action menée en Haute Nubie. D'abord, l'attaque d'une tribu d'un type africain très marqué, poursuivie par les forces armées de Pharaon conduites par Ramsès, debout sur son char ; pour la première fois, il est accompagné par deux de ses fils. L'aîné Imenherounémef, fils de Nofrétari, avait environ cinq ans, et Khâemouaset était son cadet d'une année : chacun des petits garçons, monté sur son propre char, était assisté d'un écuyer-conducteur. La charge au galop provoque la débandade complète chez les rebelles. On transporte un blessé ; hommes et enfants se précipitent au village, où les femmes s'affairent à préparer le repas en plein air.

Puis c'est l'interminable défilé des tributs portés ou conduits par les vassaux : l'apport des animaux de l'Afrique, lions, girafes, guépards, gazelles, singes cercopithèques... et les produits qui agrémenteront la vie en Égypte : défenses d'éléphant, plumes d'autruche, bois d'ébène, meubles fabriqués sur place dans le plus pur style égyptien, peaux d'animaux, épices, toutes sortes de pierres semi-précieuses, et enfin l'or en sachets, l'or en anneaux, et même des « pièces montées » décoratives d'orfèvrerie... Le défilé de ces richesses est introduit par les deux petits princes, accompagnés du Vice-Roi de Nubie, le vieil Imenemipet, prosternés devant Ramsès trônant en majesté, et par le Vizir Pasar.

Cette campagne de Nubie eut-elle réellement lieu à cette époque, ou faut-il voir dans la scène le rappel de l'expédition punitive de l'an 8 au pays d'*Irem* (*Koush*) ? Les types soudanais des habitants en fuite militeraient en faveur de cette hypothèse.

En l'an 8, époque de son mariage, le Prince ne pouvait évidemment pas faire allusion à une quelconque progéniture, mais au moment où le tableau a été composé, il aurait mélangé les deux périodes, celle de l'an 8 où les événements se seraient passés, et celle de l'an 13-14 où les princes avaient respectivement cinq et quatre ans. De même pour les événements de la paroi nord, ils ne seraient peut-être que le rappel des expéditions asiatiques et libyennes au cours desquelles il avait accompagné son père [28].

La montée vers le pouvoir

Telle est la leçon historique livrée par le premier des sept principaux sanctuaires fondés en Nubie par Ramsès. Il semble qu'il constitue, avant tout, le manifeste de sa prise du pouvoir personnel imminente, et du moment du déclin de Séthi Ier, très probablement affecté dans sa santé. Le fond du spéos, primitivement creusé dans la pierre de grès, présente Ramsès, seul, rendant hommage aux formes divines et, en définitive, faisant l'offrande régalienne et suprême de Maât, l'équilibre et le dynamisme en toute chose, constant souci de Pharaon, dont il doit assurer la présence et l'efficacité.

Pour que nul n'ignore son essence divine, on le voit, dans le saint des saints, apparaître à deux reprises en enfant-roi, mais coiffé du *khépéresh* du règne, allaité par Isis et par Anouket la sauvageonne, régnant sur les cataractes. Avec de tels antécédents, et après de tels exploits, comment pourrait-on douter qu'il est digne de conserver les couronnes ?

Entre sa quatorzième et sa quinzième année de règne, Séthi Ier, dont on pouvait croire qu'il était dans la force de l'âge, mourut, brusquement semble-t-il, en abordant sa cinquantième année : c'était vers la fin du troisième mois de *Shémou* (la forte chaleur de l'été). Ramsès venait d'avoir vingt-cinq ans.

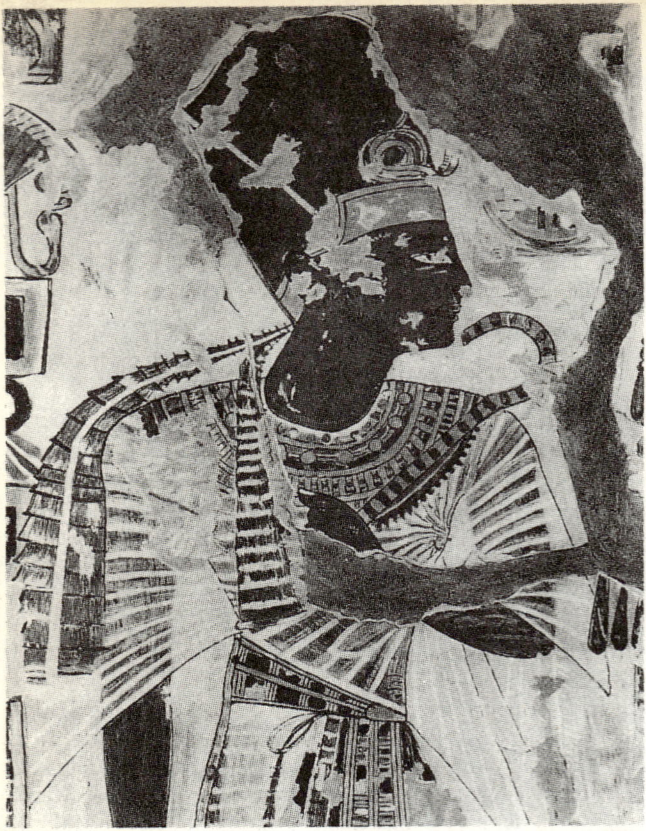

Visage royal
portant sa barbe
naturelle : Ramsès
en deuil de son père.
(Tombe thébaine)

Le vizir Pasar
qui assista au sacre
et coiffa son maître
de la double couronne
(le Pschent).

V

LE SACRE

L'avènement

Séthi *Menmaâtrê*, successeur du Général, Maître des Écuries royales Pa-Ramessou, devenu par la grâce d'Horemheb le premier Ramsès, s'était éteint, semble-t-il, entre la quatorzième et la quinzième année de son règne. Son fils et corégent, un nouveau Ramsès, devait s'affirmer comme le digne héritier d'une famille de valeureux soldats formés à la rigueur des armes et à la discipline du Palais. La dernière étape pour la possession absolue du trône se présentait maintenant à celui qui avait occupé le poste de corégent depuis ses jeunes années : traverser les épreuves du sacre et connaître les mystères de l'investiture suprême.

Au lendemain du décès de son père, le vingt-septième jour du troisième mois de l'été (*Shémou*), dès l'aube, son avènement avait été immédiatement proclamé. Il fallait, maintenant, attendre les soixante-dix jours de préparation au déroulement de la cérémonie grandiose dans la *Grande Prairie* (Vallée des Rois) pour l'inhumation qui devait avoir lieu au début du deuxième mois de l'Inondation : vers le milieu du mois d'août 1279 avant notre ère [1].

L'instant de forger son personnage

Tout était prêt, à Memphis et à Héliopolis, pour celui qui, déjà intronisé, se préparait à cette impressionnante initiation : il allait alors devenir réellement le détenteur à part entière de la Double Couronne. Pharaon serait, quoi qu'il en soit, l'homme voué aux vicissitudes terrestres, donc limité dans le temps ; mais, investi d'une double nature, il serait également celui dont l'irradiation participait du divin, de l'ordre cosmique même : les cérémonies du couronnement (*khâ* = apparition solaire) marqueraient le réel début des années de règne.

Durant la veillée précédant la réapparition de la lune et à l'aube du couronnement, Ramsès songeait à son destin. Certes, il était fils de roi, mais il sentait impérativement la nécessité, les festivités passées, de faire consacrer un long texte (cent seize lignes), pour affirmer avec une solennité marquée ses droits indiscutables à l'héritage du trône d'Horus. Voulait-il masquer des circonstances troubles survenues peut-être au moment où son père l'avait honoré du titre de corégent [2] ? Ou tenait-il essentiellement à faire oublier l'origine militaire de sa famille issue d'une zone frontalière à l'ethnie quasiment impure ? Un fait était certain, l'originalité de sa souche : le nom de Séthi, deux fois porté par ses ancêtres immédiats, n'était pas apparu dans l'onomastique royale égyptienne depuis les débuts des temps pharaoniques. Voué à un certain aspect de l'incarnation divine illustrée par Seth, ce nom propre avait, semble-t-il, été seulement utilisé pour la première fois dans l'histoire de l'Égypte [3], à partir d'Aménophis III [4] et au début de la période amarnienne. De surcroît, la rousseur de sa chevelure le classait inévitablement dans la catégorie des êtres séthiens. Il comptait aussi, parmi ses ancêtres, de hauts fonctionnaires dont les attaches avec le cercle du réformateur d'Amarna étaient connues : on se souvenait même que son grand-oncle, Khâemouaset [5], avait été marié avec la dame Taemouadjsy, supérieure du Harem et sœur du vice-roi de Nubie Houy, camarade d'enfance de Toutânkhamon [6].

Depuis Horemheb, les nouveaux maîtres du pays n'avaient pas montré une réelle animosité contre les temps amarniens ; le corégent Ramsès n'avait-il pas discrètement fait utiliser, dans l'hémispéos de Beït el-Ouali, le procédé du « relief dans le creux », innovation chère aux sculpteurs amarniens, qui procurait aux images sculptées le jeu solaire des ombres et des lumières propre au rendu plus réel des scènes figurées [7].

Devenir Pharaon

Il fallait se méfier de ce monde que représentait le fief amonien de Karnak, et veiller à maintenir continuellement l'équilibre de cette réelle puissance avec le poids des cultes voués aux autres aspects du divin. Ramsès façonnait son personnage et envisageait d'utiliser les moyens les plus audacieux pour faire admettre les réformes nécessaires à l'évolution de son pays, adaptées au monde étranger qui lui était ouvert.

Tout reposerait sur la crédibilité qu'il saurait inspirer à ses sujets sensibles au charisme d'un bon maître. Il lui faudrait donc forger sa légende, et surpasser au moyen d'exploits miraculeux le prestige gagné par ses prédécesseurs : il allait s'y employer ! Au reste, les temps s'y prêtaient. La période sothiaque survenant tous les mille quatre cent soixante années avait débuté en 1313 avant notre ère [8], et avait déjà permis à Séthi Ier de s'appuyer sur un *Renouvellement des Naissances* [9] très particulier, qui renforçait son pouvoir. Ramsès se promettait d'utiliser au maximum et d'une manière plus tangible cette opportunité. Entre l'an 1313 [10], où les deux calendriers avaient coïncidé, et la date de son couronnement, 1279, l'écart n'était que de trente-quatre ans. Le calendrier civil perdant un jour tous les quatre ans, les deux systèmes, à l'époque du couronnement, ne différaient donc que de quelques jours, une semaine au maximum. Notre pharaon pouvait encore passer pour le souverain sous le règne duquel l'Égypte bénéficierait de ce phénomène exceptionnel.

Au reste n'avait-il pas, peu de temps avant le décès de son père, repoussé, en une brève bataille navale, l'invasion de *Shardanes* alliés aux Libyens, ces « guerriers de la mer » [11] qui tentaient d'envahir le Delta. Il avait fait des prisonniers, confiés à ses officiers pour les transformer très rapidement – ô miracle ! – en précieux mercenaires fidèles à leurs nouveaux maîtres.

Ce programme d'avenir tracé ne laissait pas moins Ousermaâtrê dans l'expectative des jours impressionnants tant attendus, puisque dès son initiation, alors investi des secrets régissant l'univers, *le ciel frémirait, la terre tremblerait lorsqu'il prendrait possession du royaume de Rê.* Seuls quelques reliefs figurant l'acte premier et le déroulement essentiel de la cérémonie, c'est-à-dire la purification du Prince et l'imposition des couronnes par les divinités tutélaires, nous ont été conservés sur les murs des temples remontant au Nouvel Empire. Les sources écrites relatives à ces cérémonies capitales de la royauté devaient demeurer secrètes, et d'un rituel à préserver.

Le déroulement du parcours initiatique était répété certainement au cours de la *Confirmation du pouvoir royal* célébrée chaque année, au Jour de l'An, dans les *Temples de Millions d'Années* des rois, au moins dès le début du Nouvel Empire, et très probablement bien avant. Un papyrus mentionnant ce rituel est, par chance, conservé au Musée de Brooklyn [12] à New York.

La purification du Prince

Dès les premières lueurs de l'aube, des prêtres cérémoniaires pénétrèrent dans le palais, au réveil de Ramsès, et l'emmenèrent en chaise à porteurs devant la porte du pylône du temple [13], où le rituel du « Baptême de Pharaon » allait constituer la phase préliminaire des cérémonies. Ces rites devaient être accomplis devant quelques très hauts fonctionnaires. Il semble que la reine n'ait pas été présente.

Quatre prêtres, l'un portant le masque du faucon Horus, l'autre celui de l'ibis de Thot, puis encore celui de Seth, à l'animal non encore identifié rappelant la tête de l'oryctérope et parfois celle de l'âne, et enfin celui qui personnifiait *Doun-âouy* (*Celui aux ailes éployées*), encadrèrent le roi au sud et au nord, puis à l'est et à l'ouest. Avec une aiguière d'or ils versèrent sur la tête et les épaules d'Ousermaâtrê la libation sacrée figurée par un jet discontinu formé des signes *ânkh* et *ouas*, qui résument l'irradiation solaire (*Horus lui lave le visage, Seth le frotte*). Ainsi purifié par cette sainte aspersion émanant des quatre points cardinaux, Ramsès allait, à neuf reprises, recevoir l'onction des huiles saintes, protection assurée contre toute attaque du mal. Ce sont les onguents des sanctuaires vénérables de la Haute et de la Basse Égypte. Ils font aussi bénéficier les chairs du pharaon de la protection magique d'Isis.

– Le premier onguent doit donner à la peau royale une qualité divine.

Le roi (Séthi Ier) véhiculé sur la chaise à porteurs, vers l'endroit du sacre. (Abydos)

La « Montée royale » vers le sanctuaire.

« Purification rituelle » (baptême) du Souverain. (Fragments de la chapelle d'Hatchepsout, Karnak)

– Les deux suivants identifieront le roi au dieu solaire assis sur une estrade à degrés.

– Les quatrième et cinquième évoquent les deux barques solaires qui, de jour et de nuit, véhiculent l'astre de vie.

– Le sixième tend à assimiler Pharaon à Atoum..., etc.

– Enfin, le neuvième onguent est destiné au pagne royal. insigne de sa fonction [14].

Ces onguents, contenant des poussières des minéraux essentiels [15], couvraient entièrement le corps de l'homme en transfiguration, et l'imprégnaient des énergies issues de la matière initiale.

La phase de l'allaitement

Une seconde phase des rites allait commencer, dont le reflet se retrouvait dans la scène de l'allaitement parfois représentée aux murs des temples où Pharaon, intentionnellement figuré de petite taille mais vêtu en souverain, est allaité par une image divine féminine. Cette scène mimée devait confirmer l'essence même de Ramsès nourri dans le giron universel, et ayant ainsi reçu l'*eau-de-la-vie* [16]. Dès lors, toute origine humaine disparaissait du contexte royal.

Revêtement de parures et imposition des couronnes

Dans le saint des saints, le cérémoniaire chargé de la personne royale avait pris en main une longue étole de lin rouge. Elle portait, tracées à l'encre, trente images de couronnes blanches et trente images de couronnes rouges, décor complété par la silhouette de Ptah, maître de Memphis et des jubilés royaux. Les franges de cette étole doivent être nouées soixante fois, puis être placées autour du cou de Ramsès. On dépose ensuite dans les mains du roi deux sceptres : le *ânkh* et le *ouas*, signes solaires servant aussi à écrire le lait divin, combien symboliques, car utilisés par Aménophis IV pour signifier l'action solaire [17]. Ousermaâtrê reçoit encore deux parures frontales – le diadème-*séshed*, auquel est fixé l'uraeus, le bandeau-*shésep* –, et le lourd contrepoids de collier, le *méânkh : celui qui donne la vie divine*. De nombreuses amulettes sont ensuite fixées sur l'étole de lin rouge.

Ramsès allait aussi recevoir les sandales pures de peau blanche, et surtout le *bâton des pays étrangers* devant affirmer, au

Couronnement de Ramsès II protégé par les Deux Mères Tutélaires.
Le Pschent est conféré, ici, par Horus et Thot. (Karnak)

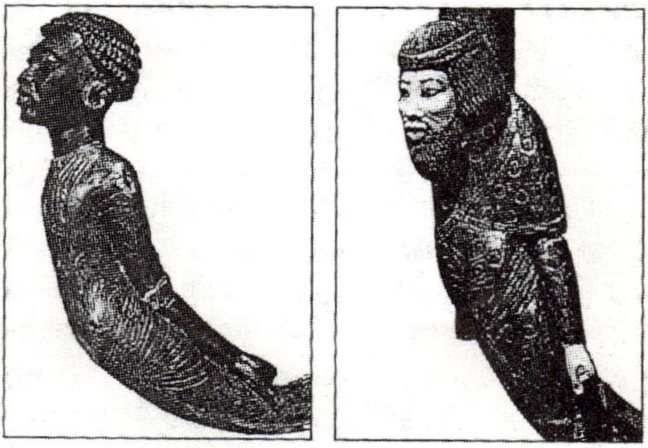

Cannes aux extrémités inférieures ornées des images symboliques de la nocivité que Pharaon doit « traîner dans la poussière ». (Trésor de Toutânkhamon, Le Caire)

Pyramidion de l'obélisque d'Hatchepsout avec l'image d'Amon coiffant la reine du Khépéresh, insigne de la fonction (*iaout*) d'Atoum. (Temple de Karnak)

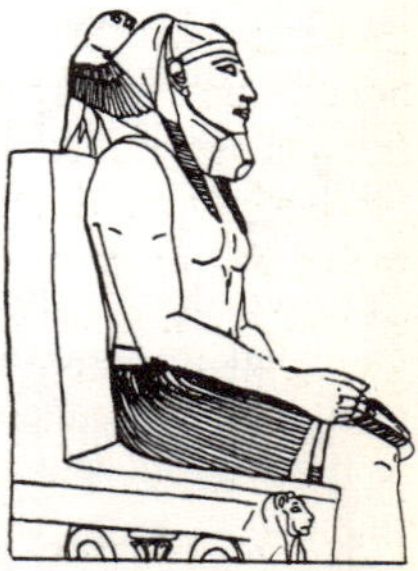

Le faucon d'Horus éploie ses ailes sur la nuque de Khéphrèn. (Musée du Caire)

moment des processions rituelles, sa maîtrise sur les forces du mal. On se souvient des scènes prophylactiques où les images de différentes ethnies ayant agressé l'Égypte sont dominées par Pharaon qui les menace de son arme : on reconnaît l'Africain et l'Asiatique. Or deux cannes aux extrémités inférieures recourbées et sculptées aux images de ces deux types humains avaient effectivement été déposées dans le mobilier funéraire de Toutânkhamon [18].

Puis les officiants procédèrent à l'habillage de Pharaon. Pour une action si riche en symboles, il n'était pas question de faire revêtir à Ramsès une de ces magnifiques tuniques en lin plissé apparues à profusion dans les garde-robes princières dès le début des règnes de Thoutmosis IV, puis d'Aménophis III. Les atours des premiers temps étaient de rigueur. Ousermaâtrê, torse nu, devait simplement porter le pagne dont le modèle royal était celui de Narmer [19], le premier pharaon de l'ère historique.

Alors, assis sur un siège archaïque placé sur une estrade, Ramsès, à nouveau encadré par Horus et Thot (ou Seth), rôle toujours joué par des prêtres qui lui apportent la couronne blanche du sud et la couronne rouge du nord, va recevoir le *pschent*, composé de la réunion de ces deux couronnes [20]. Les deux déesses (ou mères) primordiales, Nékhabit (souvent représentée par un vautour) et Ouadjet (le cobra femelle sacré), sont évoquées par deux prêtresses assises à côté de Ramsès : elles lui équilibrent le *pschent* sur la tête [21].

Des prêtres ayant coiffé des capuches à tête de faucon et à tête de chien, personnifiant les génies des villes de Pé [22] et de Nékhen [23], procédèrent alors, par des gestes rythmés des bras, à l'accueil du roi : ce sont les évocations des lointains ancêtres du roi. Puis, dans la chapelle reproduisant l'aspect du sanctuaire primitif de Nékhabit, le *Per-our* (*la Grande Maison*), et dans celle de Ouadjet et du nord, le *Per-neser* (*la Maison de la Flamme*) ou *Per-nou*, des coiffures liturgiques variées furent présentées au récipiendaire, successivement déposées sur sa tête, parmi lesquelles la couronne-*atef* de Rê, flanquée des plumes d'autruche, le bandeau de tête *séshed*, la couronne-*hénou*, la couronne-perruque *ibès*, les cache-perruque de lin dont le *némès*.

Enfin, révérence faite au maître de Karnak, Amon équilibrera sur le chef du nouvel initié le *khépéresh* de peau d'autruche, très improprement appelé « casque de guerre », dans la suite porté journellement par Pharaon, et témoignant de la *fonction d'Atoum* ainsi conférée pour exercer la royauté [24]. Amon assis sur son trône couronne ainsi le roi agenouillé, lui tournant le dos afin que le dieu puisse lui poser la main sur la nuque. Dès lors, Pharaon transfiguré par les rites de passage est situé hors du temps. Il lui est déclaré : *La terre t'est donnée en sa longueur et en sa largeur, nul ne la partage avec toi.*

L'établissement du protocole

Le moment de lui attribuer son protocole, formé des cinq grands noms régissant le programme de son règne, et établi par le scribe royal de la Maison de vie Samout [25], était venu. Il fallait en premier lieu considérer :

a/ le « nom de bannière », inscrit au-dessus de l'image de l'enceinte du Palais dominée par le faucon d'Horus : l'épithète de *Taureau puissant aimé de Maât* fut choisie ;

b/ puis, sous la protection des deux mères tutélaires symbolisées par le vautour et le cobra, il devient : *Celui qui protège l'Égypte et soumet les pays étrangers* ;

c/ vient le titre d'« Horus d'or » : il sera *Riche en années, grand de victoires.*

Quant aux deux derniers noms, ils sont contenus chacun dans un cartouche ovale, aboutissement du *shénou* rond, allusion à l'orbe du soleil :

d/ le premier cartouche, précédé du titre *Roi du sud et du nord*, est la simple répétition du nom qui lui a été attribué lorsqu'il a été couronné corégent de son père : *Ousermaâtrê, Puissante est la Maât* (facteur de cohésion, énergie essentielle à l'harmonie universelle) du *soleil*, à quoi, dans les très proches années, Ramsès ajoutera *Sétepenrê, Choisi par le soleil* [26] ;

e/ le deuxième cartouche contenait son nom de naissance, *Rameses*, que sa mère avait prononcé au moment de sa naissance. Bien plus tard, le roi le fera orthographier *Ra-mes-sou.*

Le Grand Prêtre avait rappelé à celui qui était, ainsi, transformé au moyen de rites millénaires, que les cinq noms canoniques, essentiels pour couvrir l'entière personnalité supra-terrestre du roi, avaient été réunis pour la première fois sous le règne de Pépi II, à la fin de l'Ancien Empire. Ce grand nom allait alors être adressé, par décret, vers les différentes provinces du pays.

Amon-Atoum et Séshat inscrivent les noms de couronnement de Ramsès sur les fruits de l'arbre-*ished* – Ramesséum. (Dessin Sabri)

Toute la liturgie sacrée, prononcée au cours de ces longues cérémonies, avait exalté Ramsès qui imperceptiblement se sentait passer dans un autre monde. C'était l'instant choisi pour que l'héritage millénaire lui soit transmis.

Transmission de l'héritage millénaire

Ramsès allait se prêter à l'onction au ladanum et à la remise, à son cou, d'amulettes prophylactiques, rituel exécuté cette fois aux accents de l'hymne à Horus. L'acte le plus important, la communion, sera exécuté par le successeur de Séthi.

Il lui fallait avaler une image symbolique comestible modelée dans de la mie de pain, évoquant le signe hiéroglyphique de la *fonction* (*iaout*), qu'on lui avait au préalable marqué sur la main avec de la gomme-résine humectée de salive. Il devait déclarer que le pouvoir de gouverner lui appartenait :

*

*Emblème-*iaout *dessiné sur la main.*
*Emblème-*iaout *fait en mie de pain qui a été mâchée.*
Il n'en donnera à aucun humain !
*Et quand lui est offert l'emblème-*iaout *de paix, il dira, quatre fois :*
*« L'emblème-*iaout *d'Horus est à lui. »*
Son pouvoir de gouverner est à lui !
« Il est affermi par iaout, *quand il le mange. »* [27]

Alors, il fallait évoquer les temps passés du précédent règne. Une galette avait été modelée avec *de l'humus de la zone inondée des champs*, à quoi étaient mélangés, à nouveau, divers éléments minéraux, cependant que certains insignes royaux, destinés à indiquer le pouvoir conféré, étaient placés au cou de Ramsès : images d'un faucon, d'une abeille [28] et des sceptres. Puis, il fut fait offrande de sept images divines de la *Maison de vie* du temple, en argile, sous leur forme animale, une flamme sortant de la bouche.

Maintenant, la nuit venue, une sorte d'incubation était imposée à Ramsès, qui allait l'introduire à une nouvelle existence, celle de son règne. Un lit avait été aménagé dans le saint des saints. On avait remis au roi quatre sceaux de bois. Deux étaient au nom de Geb [29], un à l'image de Neith [30], un dernier portant le nom de Maât. Il est écrit que ces sceaux furent alors *placés sous la tête du*

* Signe *iaout* servant à écrire le mot « fonction » (primitivement conférée à Pharaon par *Atoum*).

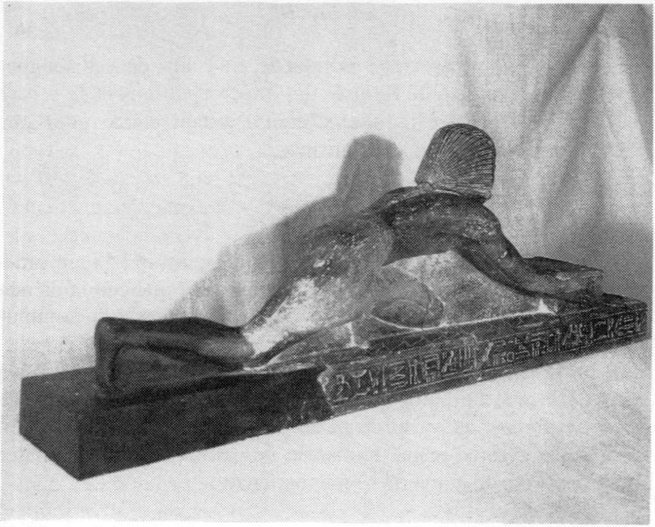

Ramsès rampant rituellement sur les branches de l'arbre-*ished*.

Détail de Ramsès poussant devant lui son offrande. (Musée du Caire)

roi quand il était couché ; Ousermaâtrê était déjà entré dans une semi-léthargie.

Après ce simulacre de mort symbolique, le « réveil » allait entourer Ramsès d'une étrange atmosphère magique (le souvenir de ces épreuves d'initiation a gagné en partie l'Occident et se retrouve encore dans le rituel de sociétés de compagnonnage, ou philosophiques). Avant tout, le nouveau souverain fut placé sur un *trône mystérieux construit sur une pierre*, naturellement prophylactique (qu'on se souvienne de la pierre angulaire, « la pierre d'Écosse » disposée rituellement sous le trône de couronnement du souverain d'Angleterre le jour de son sacre !). Ramsès devait tenir d'une main la galette d'humus, et de l'autre très probablement une hirondelle. Puis, le faucon d'Horus était amené par le cérémoniaire. L'hirondelle avait pour rôle de maudire ceux qui pourraient porter atteinte à Horus, alors que le faucon devait annoncer à Horus, lui-même, que son héritage venait d'être transmis : *Tu diras à Horus que Pharaon est ici, affairé à consolider sa position.*

Pour que la protection soit acquise au bénéficiaire du nouveau règne promis à des temps glorieux, un dernier rite devait se dérouler : celui de la destruction de toutes les forces nocives, illustrée par la décapitation de deux séries de sept plantes. Il faut d'abord que le roi sente leur odeur, avant de couper la tête de chacune d'elles. On peut alors habiller Pharaon d'une robe de lin rouge dont le revêtement est fait d'amulettes prophylactiques.

Puis Ramsès revient alors dans la *Maison de vie* pour recevoir l'offrande de neuf oiseaux vivants, d'espèces différentes, pendant que l'on suspend à son cou un faucon d'or, un vautour de fritte émaillée et un chat de turquoise. Parmi les oiseaux, on reconnaît le faucon, le vautour, un milan, l'oie du Nil (la *Chenalopex*), un oiseau-*mésyt*, une hirondelle, une grue, tous protecteurs. À un moment donné, on déployait les ailes du faucon, puis celles du vautour derrière la nuque du roi (cérémonie éternisée par la célèbre statue de Khéphren, conservée au Musée du Caire).

L'arbre-ished *et la longévité de Pharaon*

Cette imposante scène du couronnement qui se déroulait dans le secret du temple était le rituel le plus important de toute la royauté, et devait être répétée à chaque Jour de l'An, dans ses grandes lignes, afin de renouveler son efficacité. La première étape avait dû se passer à Memphis, pour Ramsès. Sans doute alors la liturgie s'était-elle terminée à Héliopolis, dans une des cours sacrées où le bel arbre-*ished* (un perséa) recevait tous les soins. Les Égyptiens savaient que les fruits des perséas, qui bordaient les canaux, mûrissaient peu avant l'arrivée de l'Inondation, comme pour faire bien augurer du Jour de l'An. Une des conclusions du sacre consistait donc à ce que les noms et prénoms des pharaons fussent inscrits sur les fruits de l'arbre sacré [31]. Ramsès était assis sur le trône archaïque devant le perséa dont les fruits, pour cette année de couronnement, présentaient un volume exceptionnel. Derrière lui s'était matérialisée l'image d'Atoum, l'autodémiurge qui l'assurait de la perpétuité de son pouvoir sur terre. Armé d'un calame [32], le *Maître des origines* [33], d'un noble geste, traçait sur un des fruits qu'il soutenait de la main le nom de couronnement : *Ousermaâtrê Sétepenrê* [34]. Face au roi, Séchat, *Maîtresse des écritures et souveraine des livres* – suivie de Thot, l'intelligence divine –, accomplissait le même rite sur un autre fruit, tout en tenant de l'autre main le signe des jubilés promis pour *des millions d'années*. Cette scène fut représentée sur un mur de la salle astronomique du temple royal *de millions d'années*, au Ramesséum. Dans son spéos d'Abou Simbel, Ramsès la fit également reproduire avec quelques variantes. Pharaon y figure agenouillé devant l'arbre sacré, recevant la bénédiction d'Horakhty et le signe des fêtes-*sed* (jubilaires). Derrière lui Thot inscrit son nom d'Ousermaâtrê sur les fruits de l'*ished* [35].

Quitté l'enceinte sacrée, la fête couvrait toute l'Égypte. Le roi s'était sans doute prêté aux rites célébrés en public, préfigurant les travaux d'Hercule, en terrassant le taureau sauvage, en poursuivant les cruelles autruches, en transperçant de ses flèches de lointaines et lourdes cibles, etc. Puis il allait défiler sur son char plaqué d'or, tel le soleil, au milieu de son peuple dont l'allégresse était renforcée par la clémence du nouveau souverain ayant accordé la remise de nombreuses condamnations (déjà l'amnistie !).

La grande fête d'Opet

La liesse reprendrait rapidement après les quinze jours au cours desquels on célébrait le Nouvel An – après l'arrivée de

Fête d'Opet : Prêtres, joueuses de sistres, harpiste et acrobates sacrées.
(Chapelle d'Hatchepsout, Karnak)

Défilé des bœufs gras de fête. (Louxor, cour de Ramsès II, archives Maspero)

Fête d'Opet : Sur le canal parallèle au Nil, entre Karnak et Louxor. La barque du roi accompagne les barques divines. Au registre inférieur : défilé de soldats.
(Louxor, époque de Toutânkhamon)

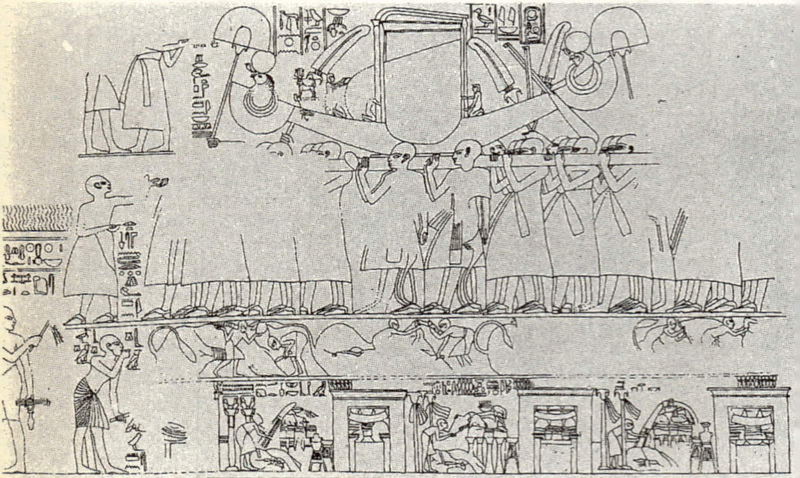

Etape de la grande fête d'Opet entre Karnak et Louxor : la sortie de la barque de Khonsou portée par des prêtres. Au registre inférieur, les petites boutiques de fête.
(Temple de Louxor)

l'Inondation –, puisque, dans cette période où l'activité était très ralentie par l'heureuse invasion de l'eau bienfaisante sur les terrains, la fête d'*Opet*, durant vingt-trois jours, allait être célébrée, cette année-là au mois de septembre, à Thèbes [36].

C'était l'occasion, pour tous les riverains, d'apercevoir au cours d'un défilé fastueux la barque sacrée, d'une richesse incroyable, véhiculant l'image d'Amon, suivie par les deux embarcations de la déesse Mout et de Khonsou, l'image du dieu-fils. La procession se déroulait entre le sanctuaire de Karnak et celui de Louxor, plus au sud, où le maître de Thèbes allait célébrer, pendant plus de onze jours dans le temple, son hymen avec la déesse, sa parèdre, et le renouvellement de son *ka*.

Empruntant le canal parallèle au Nil, plus proche du temple de Karnak, les barques divines étaient placées sur de grandes embarcations fluviales, halées sur trois kilomètres par les fidèles et la troupe : elles étaient durant tout le parcours l'objet de l'admiration et de la dévotion [37]. Sur les deux rives on dansait, on chantait ; les buvettes dressées regorgeaient de fruits, de fleurs, de boissons, jusqu'au parvis où les nacelles sacrées, portées par les prêtres sur des brancards, étaient déposées dans leurs chapelles respectives, en avant du pylône d'Aménophis III, là où aboutissait la grande colonnade érigée sous Toutânkhamon et achevée par Horemheb [38].

Le Grand Prêtre d'Amon venant récemment de décéder, Ramsès décida de conduire lui-même tout le déroulement du panégyrique. Il revêtit donc la peau sacerdotale de guépard, mais, fait unique dans les annales de l'Égypte, la légende écrite accompagnant la scène figurée lui donne le titre de *Premier prophète d'Amon, le Roi du sud et du nord, Ramsès Ousermaâtrê* [39].

Le jeune et impétueux souverain, à la fougueuse volonté confortée par la transfiguration du sacre, allait alors, dès ces journées et pendant les trente premières années de son règne, connaître une activité sans limites. Durant les mystères de l'hymen divin dans le saint des saints du temple de Louxor (*Ipet-résyt = le harem du sud*), le roi s'était fait ouvrir les salles secrètes des archives de la *Maison de vie* du temple d'Amon [40], afin de connaître les mystères de la divine irradiation de Thèbes, *Tertre original de la création, domaine d'Amon-Rê*. Ainsi apprit-il que l'œil divin droit était l'Héliopolis du sud (Hermonthis) et que l'œil gauche était l'Héliopolis du nord. Cet essai de syncrétisme marquait une nouvelle étape dans le programme tracé par le souverain [41].

Le roi bâtisseur

Pharaon accompagné de sa royale compagne de prédilection, Nofrétari, bénie du dieu pour lui avoir donné son fils aîné, allait ensuite célébrer la fête de Min, garant des riches moissons. Il ferait mieux encore : convoquant ses architectes, il leur ordonna de dresser les plans d'une immense cour aux portiques riches en statues, englobant les chapelles des barques, devant le temple de Louxor. Un imposant pylône [42] clôturerait l'enceinte sacrée, ornée sur le parvis de colosses et de deux obélisques [43].

Ousermaâtrê envisageait aussi, sans plus tarder, de tracer au sol la marque de son futur temple jubilaire, sur la rive gauche de Thèbes. Le meilleur endroit lui paraissait être celui qui jouxtait le petit édifice que, peu de temps avant la mort de son père, il avait projeté de faire ériger pour sa mère Touy, qu'il se plaisait maintenant à faire appeler Mout-Touy – habile façon de suggérer que cette mère procédait de la parèdre d'Amon.

Le choix d'un nouveau Grand Prêtre d'Amon à Karnak

Amon, cet aspect caché du divin (*Imen = le caché*) dont il fallait officiellement restaurer toute la puissance, mais surtout dans la mesure où son redoutable pouvoir... sacerdotal serait contrôlé par la Couronne ! Il fallait donc procéder à la nomination d'un nouveau Grand Prêtre, après le décès de Nebnétérou [44], dont Ramsès avait rempli l'office durant la fête d'*Opet*. L'entourage du jeune pharaon se prêta avec complaisance au rituel de sélection des candidats.

Amon, lui-même, devait choisir son nouveau grand serviteur, par le truchement de son oracle, lequel en définitive accepta le nom de Nebounénef parmi ceux de toutes les personnalités présentées. L'élu devrait alors quitter ses fonctions de Grand Prêtre d'Onouris à This et d'Hathor à Dendéra, pour mener à Karnak, avec la plus grande habileté, la diplomatie de Ramsès.

C'était maintenant le retour des barques sacrées vers Karnak. Elles devaient emprunter le chemin de terre, jalonné de chapelles-reposoirs où les nacelles déposées, rideaux ouverts, offraient à la foule le spectacle de petites statuettes plaquées d'or et incrustées de pierres rares, supports matériels de la force divine et invisible.

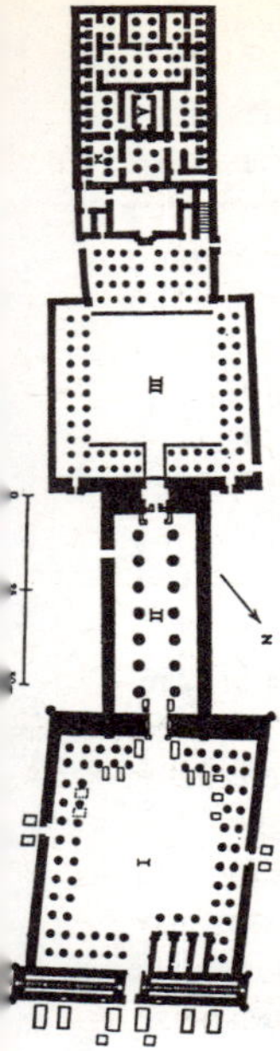

Plan du Temple d'Aménophis III
agrandi par Ramsès II.
Louxor (la cour antérieure).

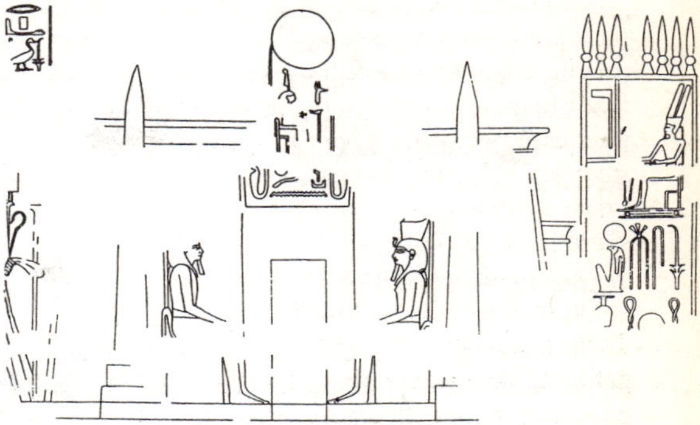

Première étape de la façade du pylône de Ramsès II à Louxor (face sud du premier pylône). (Dessin Sabri)

Seconde étape du décor de la façade du pylône de Ramsès à Louxor : le roi a fait ajouter deux groupes de statues debout, à gauche et à droite des obélisques (cour de Ramsès, Louxor, photo Fathy Ibrahim).

Les lourdes barques, étincelantes, étaient portées sur des brancards par les prêtres en longues robes de lin blanc, au crâne rasé, alors que les chevaux des attelages princiers caracolaient dans le cortège. Nofrétari escortait toujours Pharaon, et les enfants royaux, montés sur leurs petits chars personnels, étaient confiés aux soins des conducteurs sous l'autorité de l'Écuyer royal, Imenemipet, intime de Pharaon, et qui dans les premières années du règne serait nommé Surintendant des écuries.

D'autres constructions encore

Ne pouvant, durant cette période essentielle, parcourir la complète étendue de son domaine, Ousermaâtrê chargea son Vice-Roi de Nubie, Iouny, de marquer dans le sud une nouvelle activité de construction, témoin de son arrivée au pouvoir. Définitivement, la nouvelle résidence des Vice-Rois était confirmée : Aniba (*Miam*), en Basse Nubie, demeurerait la ville-entrepôt des richesses arrivant d'Afrique, mais l'autorité de Pharaon devait être davantage marquée plus au sud, en Haute Nubie (ou Nubie soudanaise, appelée par les Égyptiens *le vil pays de* Koush) ; la nouvelle capitale d'Amara qui venait d'être fondée sur ordre de Séthi par Imenemipet, sur la rive occidentale, allait rapidement s'épanouir. Au nord de la Deuxième Cataracte, Ousermaâtrê avait aussi chargé son Vice-Roi de jeter les bases d'un projet qui devait servir le grandiose programme du bouillant prince : à la fois s'inspirer de l'œuvre d'Aménophis III, et s'appuyer sur de nouvelles fondations architecturales, pour démontrer la grandeur de son règne et l'indiscutable nature divine du couple royal, maître et bienfaiteur du pays. Iouny devait choisir le site favorable au creusement de deux grottes sacrées, illustrant l'action cosmique des maîtres du pays, tout en surpassant le message des temples de Soleb et de Sédeïnga, érigés au Soudan et où planait encore le souvenir d'Aménophis Nebmaâtrê et de sa sublime Tiyi, là où de nombreux jubilés du roi avaient été célébrés.

Iouny choisit deux mamelons rocheux répondant exactement aux désirs d'Ousermaâtrê, celui de *Méha*, et, légèrement au nord, celui d'*Ibshek*, modeste lieu de culte d'Hathor.

La dernière visite à Thèbes fut encore pour le temple de Karnak : les travaux entrepris par Séthi Menmaâtrê avaient été arrêtés depuis la mort du roi et les festivités du couronnement, puis celles d'*Opet*. Ramsès les fit reprendre au plus vite afin que l'immense hypostyle puisse rapidement permettre le déroulement du fastueux culte amonien, tablant sur l'habile gestion de Nebounénef pour juguler d'éventuels débordements dans ce puissant monde sacerdotal.

Premiers actes du règne

Avant de quitter Thèbes, Pharaon réunit ses principaux fidèles : son chef du trésor, collecteur suprême des impôts et vérificateur des revenus, les hauts fonctionnaires, choisis parmi ses amis de jeunesse, dont certains, même, étaient d'origine asiatique (son père ne jurait-il pas, déjà, par Baâl ?). Il confia à Pasar, son vizir, le soin de l'informer sur l'ensemble des ressources du pays, et sur les différentes catégories de ses innombrables fonctionnaires, au service de l'administration. Enfin, il lui confirma une de ses tâches essentielles, lui qui était son intermédiaire pour faire régner l'équité : adresser à son souverain un rapport quotidien sur sa gestion et sur l'état du fleuve.

Séma-Taouy de Ramsès II, ornant les flancs des trônes du Roi. Façade du Grand Temple d'Abou Simbel. Les Génies de l'Inondation réunissent les deux plantes héraldiques assurant, chaque année, le renouveau du Pays et de Pharaon.

Statue en majesté de Ramsès portant la coiffe royale : *Kheperesh*. (Musée de Turin)

VI

LES QUATRE PREMIÈRES ANNÉES DU RÈGNE

Sacré à Memphis, domaine de Ptah, maître des jubilés, consacré à Thèbes par Amon lui-même, la fonction d'Atoum lui ayant été confirmée par Atoum à Héliopolis, restait maintenant, pour Ramsès, à souligner sa présence en tant qu'occupant du siège d'Horus, dans l'auguste domaine d'Osiris, en Abydos, auprès du prestigieux édifice voulu par son père et qui était encore en chantier.

La nomination du Grand Prêtre d'Amon

Il fallait aussi faire achever les salles des sanctuaires dédiés au fondateur de la dynastie, Ramsès Nebpèhtyrê. Tout concourait à ce que, sur son chemin de retour vers le nord, Abydos constituât une étape d'importance : ne devait-il pas annoncer personnellement au nouveau Grand Prêtre d'Amon, Nebounénef, l'heureuse sentence de l'oracle qui le désignait comme allié de Pharaon dans le puissant domaine thébain ? Au cours de cette première année

« Ro Setaou ». Montagne occidentale d'Abydos évoquant l'endroit où le soleil couchant pénètre dans le domaine d'Osiris. (Cliché A. Ware)

Ramsès, accompagné de Nofrétari, procède à la nomination de Nebounénéf en tant que Grand Prêtre d'Amon à Karnak. (Tombe de Nebounénéf, Thèbes-ouest)

de son règne, le vingt-troisième jour du troisième mois de la saison *Akhet* (Inondation), Ramsès Ousermaâtrê, toujours accompagné de Nofrétari, de la famille royale, des premiers membres de sa cour et du *Conseil des Trente* – depuis la « fenêtre d'apparition » du palais de la résidence royale jouxtant chaque grand temple, fit connaître, avec l'emphase voulue, l'heureux choix du dieu à son nouveau grand serviteur, devant un auditoire attentif. L'événement, qui marquait pour celui-ci le point culminant de sa carrière, fut reproduit fidèlement dans son tombeau, car il avait été choisi, non seulement de préférence à tous les prophètes des dieux et à tous les dignitaires de la Maison d'Amon, mais encore à tout le personnel de la Cour et au Chef des soldats [1] :

> (lignes 6 à 16) *Sa Majesté lui dit : « Tu es désormais Grand Prêtre d'Amon. Son trésor et ses greniers sont sous ton sceau. Tu es le chef de son temple et l'administration est sous ton autorité. Les biens* (le temple) *d'Hathor, maîtresse de Dendéra, seront à partir de maintenant sous l'autorité de ton fils* [2]*, ainsi que les fonctions de tes ancêtres...*
>
> *... J'avais placé devant (Amon) tout le personnel de la Cour, le Chef des soldats ; on lui nomma également les prophètes des dieux et les dignitaires de sa maison, alors qu'ils se tenaient devant sa face.*
>
> *Il ne fut satisfait d'aucun d'eux, excepté quand je lui dis ton nom. Sers-le bien, puisqu'il t'a désiré. Je sais que tu en es capable... ... Amon est un dieu puissant, qui n'a pas son pareil, qui sonde les cœurs, qui explore les âmes, lui l'intelligence qui connaît le fond du cœur. »*

> (lignes 22-23) : *Puis Sa Majesté lui donna ses deux bagues-sceaux d'or et sa canne en électrum, puisqu'il devenait Grand Prêtre d'Amon et Directeur de la Double Maison de l'argent et de l'or, Directeur du Double Grenier, Directeur des travaux, Chef de tous les corps de métier dans Thèbes. On fit partir un Envoyé royal pour annoncer dans le pays entier que la Maison d'Amon lui était remise et que tout le personnel était dans les mains de Nebounénef* [3].

Les monuments d'Abydos

Au cours de ce passage dans l'ensemble des édifices voués à Osiris, vers l'*Escalier (millénaire) du Grand Dieu* auprès duquel,

▲ Ramsès Ier devant la grande offrande funéraire pour son renouvellement annuel, au moment du retour de l'Inondation évoqué au registre inférieur. (Metropolitan Museum, New York)

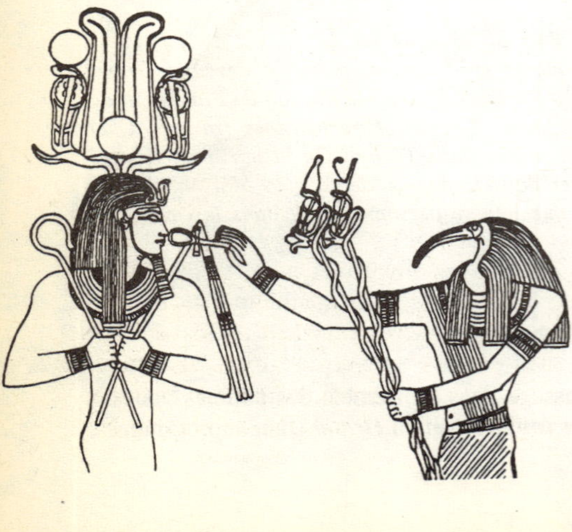

◄ Thot présente à la momie de Séthi Ier, l'image des deux Déesses Tutélaires, en vue de sa renaissance. (Temple de Séthi en Abydos)

depuis longtemps, les stèles des fidèles s'accumulaient, Ramsès constatait qu'il n'existait pas un endroit de pèlerinage plus propice où laisser à la postérité les traces de son histoire merveilleuse : celle d'un être hors du commun dont il s'efforçait de modeler l'image. Il décida donc de prêter à son père les déclarations relatées, avec tant de louanges, dans l'inscription dédicatoire dont il a déjà été question à propos de son enfance [4]. Il donna ordre, naturellement, que l'édifice voulu par Séthi fût achevé, et que le service du culte fût assuré.

Mais il n'oublia pas davantage de fonder son propre temple en ce lieu de vénération ; détail important : l'édifice allait être entièrement construit en calcaire, alors que partout ailleurs les monuments de Ramsès sont constitués d'assises de grès. De surcroît, les reliefs furent traités de la façon classique, et non pas en « relief en creux » comme pour ses autres fondations.

Ce fils respectueux de la mémoire de Séthi étendait sa vénération aux ancêtres qu'il voulait s'approprier. Nouvel épisode dans sa quête de légitimité, il eut à cœur de faire restaurer les très antiques sépultures des premiers rois dont, semble-t-il, aucun descendant n'avait pris soin. Il mit en place un service qui devait surveiller les restaurations et assurer la répartition des offrandes. Bien plus tard son exemple fut suivi par son douzième fils, Khâemouaset, lorsque ce dernier – archéologue dans l'âme – se pencha avec efficacité sur les antiques monuments délabrés de la nécropole de Saqqara et de Guizé. De plus, dans le temple de Séthi, où certains murs n'étaient pas encore entièrement décorés, il tint à se faire figurer enfant, auprès de son père, devant la liste impressionnante des ancêtres de la Couronne, ceci pour appuyer avec insistance ses droits au trône.

Les travaux à Pi-Ramsès

Rentré à Pi-Ramsès où les travaux d'agrandissement prenaient de l'ampleur, Pharaon réunit ses architectes pour les charger de composer le cœur de la ville au moyen de quatre majestueux bâtiments. Au nord de l'ancienne cité méridionale d'Avaris occupée jadis par les Hyksos, subsistaient le temple de Seth et les vestiges du temple de Séthi qui devait être agrandi. Le port de la future capitale était situé non loin de là, à la jonction du bras du Nil

Mây, architecte de Ramsès, qui œuvra principalement à Pi-Ramsès. (Musée du Caire)

Méry et son fils Ounennéfer, Grands prêtres d'Osiris en Abydos. (Musée du Caire)

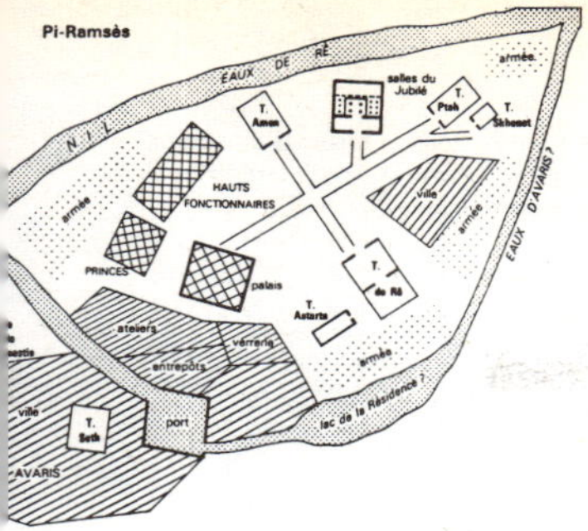

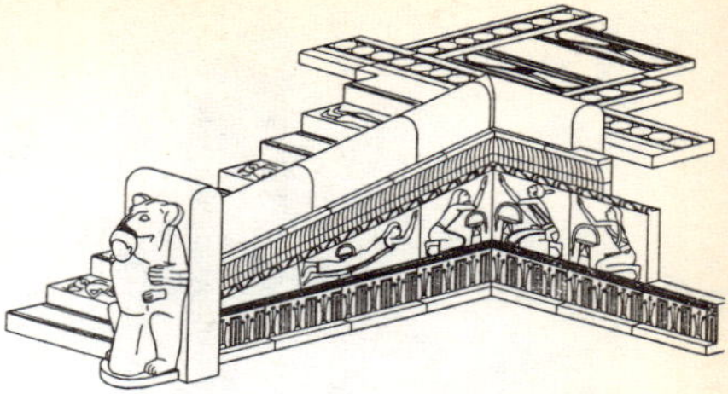

Escalier menant à l'estrade de la salle du trône dans le palais de Pi-Ramsès. (Reconstitution de W. Hayes)

◄ Plan schématique de Pi-Ramsès indiquant les principaux quartiers. (D'après K. Kitchen)

Les stèles au Nil du Gebel Silsilé.
Des offrandes étaient jetées au fleuve au moment de l'étiage. (Gravure au XIXe siècle)

Procession du Jour de l'An : les prêtres sortent du temple de Karnak et transportent le grand vase d'Amon contenant l'eau nouvelle de l'Inondation. (Tombe thébaine)

◄ Ramsès sous la forme d'un sphinx présente le vase d'Amon rempli de l'eau nouvelle. (Musée du Caire)

Ramsès accompagné de Nofrétari vénèrent le dieu Min. (Temple de Louxor)
▼

appelé les *Eaux de Rê*, à l'ouest, et des *Eaux d'Avaris*, à l'est, traversant le lac de la Résidence, auquel le souvenir de la bataille navale entre le libérateur et les envahisseurs restait attaché. Ainsi Pi-Ramsès était entourée d'eau. Au centre de la nouvelle ville, aux quatre extrémités de deux grandes artères qui se croisaient, Ramsès avait ordonné la construction de son palais et de trois sanctuaires : vers le nord, le temple de Ptah, flanqué de l'édifice consacré à Sekhmet ; à l'est, le bâtiment pour le culte d'Amon ; vis-à-vis, à l'ouest, le temple de Rê, le plus important. Enfin, au sud, un large périmètre abritant le grand palais. Des casernes étaient prévues sur presque tout le pourtour. Le responsable du programme architectural, agrandissement du palais compris, fut, semble-t-il, le Chef des travaux, Maÿ, qui avait également été un militaire de haut rang, et dont la carrière se poursuivit pour Ramsès à Héliopolis, puis sous le treizième fils de Ramsès, Mérenptah. Il devait donc être très jeune lorsque son talent le fit choisir par Ousermaâtrê. Très consciencieux, il accompagna ses ouvriers dans les carrières de granit d'Assouan d'où la majorité des obélisques de Pi-Ramsès proviennent. Il fut moins respectueux lorsqu'il préleva, très probablement, des blocs du revêtement de la pyramide de Khéphren à Guizé pour les monuments de la nouvelle capitale !

Il fallait aussi agrandir les éblouissants jardins dont Ramsès ne pouvait se passer, et créer de nouveaux vergers où pommes et poires, originaires du Proche-Orient, faisaient l'admiration des poètes chantant cet endroit de prédilection.

Un hymne au Nil

La saison de l'Inondation allait revenir à la fin de cette première année de règne ; c'était l'occasion de consacrer un grand hymne au Nil [5], afin de se concilier son essentielle et très abondante réapparition. Une grande stèle fut aménagée dans la paroi rocheuse du Gebel Silsilé, à l'endroit où le flot arrivant de Nubie semble pénétrer en Haute Égypte, au nord d'Assouan, à un rétrécissement du fleuve, bordé de carrières de grès. Ce fut l'an 1, le troisième mois de la saison *Shémou* (été), le dixième jour [6] (un mois avant juillet). De riches offrandes (statuettes, papyrus, victuailles) furent jetées au fleuve à cette occasion [7].

Des monuments à Thèbes

Les rapports de Pasar étaient régulièrement remis à Pharaon, à la grande satisfaction de celui-ci. Il pouvait suivre les progrès de l'extraction des rochers dans la Vallée des Rois, pour le creusement de sa tombe, à l'endroit qu'il avait choisi lors des obsèques de son père. En l'an 2, on avait rituellement donné le premier coup de ciseau dans le fin calcaire, avec un magnifique burin d'argent [8]. Il apprenait aussi que les travaux d'agrandissement du temple de Louxor touchaient à leur fin. Les carrières de granit d'Assouan avaient également fourni la belle pierre rose pour les colosses de Pharaon devant figurer entre les colonnes où les silhouettes royales, hautes de sept mètres, dominaient les images de Nofrétari, et plus tard des filles aînées du souverain.

La décoration sur les murs était très avancée, et les scènes religieuses ornaient la face intérieure du premier pylône déjà achevée. Il semble que le rapport concernant cette partie du temple ait été rédigé vers 1277 avant notre ère. Les obélisques, dont celui que Méhémet Ali offrit à la France, allaient être dressés devant les môles [9], mais la façade du pylône, tournée en direction de Karnak d'où arrivait annuellement la grande fête d'*Opet*, n'était pas encore historiée [10]. On allait retracer la grande voie qui reliait le temple de Karnak à la nouvelle façade de Louxor, et compléter la série des sphinx flanquant cette majestueuse voie processionnelle, déjà remise en état sous Toutânkhamon.

En fait l'Égypte était transformée en un vaste chantier de construction ; dans toutes les agglomérations d'importance on voyait s'élever de savants échafaudages d'éléments de bois fixés par des cordes de *halfa*, et le bruit des maillets scandait l'équarrissage des assises de pierre, avant qu'elles ne soient élevées par traîneaux sur des rampes de sable le long des murs en construction...

Dans le désert de Kouban, un puits pour les mineurs

Une des nouvelles parmi les plus importantes transmises à Pharaon, en cette troisième année du règne, était sans doute celle

Les ruines de Karnak à l'époque de l'Expédition de Bonaparte en Egypte.
Au premier plan, le terrain recouvre le lac sacré.

Vue analogue, de nos jours, après le dégagement des ruines et du lac sacré.

◄ Ramsès, en colosse, accompagné de Nofrétari. (première cour du Temple de Louxor)

qui provenait du Chef du trésor (nommé en l'an 2), Nébit, concernant les mines d'or. L'Égypte, certes, traversait une période d'opulence, et les mines d'or situées près du Ouadi Hammamat, entre Edfou et la mer Rouge, fournissaient une ample récolte du métal précieux, grâce à l'amélioration de l'approvisionnement en eau, que Séthi Ier avait facilité par l'aménagement d'un puits dans cette zone désertique. Il avait ensuite vainement tenté de faire rechercher l'eau en Basse Nubie, dans le Ouadi Allaki, sur le chemin d'autres mines d'or. À 120 km au sud d'Assouan, ce ouadi était gardé par une forte citadelle, dont l'importance était déjà reconnue au Moyen Empire. Plus tard, sous Thoutmosis III, le grand conquérant avait fait construire un sanctuaire à l'Horus de *Baki* [11] (Kouban), un des quatre aspects de l'Horus nubien à côté de ceux de *Miam* (Aniba), de *Bouhen* (Ouadi Halfa) et d'Abou Simbel (*Méha*) où Ramsès divinisé lui-même incarnait l'Horus local [12]. Une fois de plus la gloire du victorieux troisième Thoutmosis talonnait Ousermaâtrê : le site devait aussi porter sa marque. Le temple avait été érigé sur la rive gauche du fleuve : Ramsès fit élever un nouveau bâtiment religieux dans l'enceinte fortifiée de la rive droite, là où ses ruines furent découvertes. Il voulait reprendre l'œuvre de ses prédécesseurs, et surpasser l'action de son père, puisque, enfant chéri du divin, il pouvait forcer le destin...

En effet, après avoir fait forer jusqu'à 120 coudées de profondeur [13], Séthi avait été obligé d'arrêter la prospection. Maintenant, le Vice-Roi d'Ousermaâtrê suggérait au souverain providentiel de reconsidérer le problème ; le succès allait s'ensuivre très certainement. Une stèle d'un très grand intérêt [14], trouvée au XIXe siècle près du village de Kouban, non loin de l'imposante forteresse de *Baki* sur la désertique et redoutable piste des mines d'or, nous a conservé un texte édifiant à bien des points de vue. Certes il constitue naturellement le témoin d'un événement important pour l'histoire économique du règne, mais il nous livre aussi un des exemples les plus démonstratifs de l'exagération dans l'attribution des louanges décernées à Pharaon, et des limites jusqu'où pouvait aller la flagornerie. Sur ce sujet, et bien que la grandiloquence ait été de mise au Nouvel Empire dans les textes royaux laudatifs, Ramsès demeure le champion.

La Stèle de Kouban

Le choix des termes fut aussi l'occasion, pour notre pharaon, de reprendre son thème favori : rappeler son extraordinaire précocité, et souligner les commentaires qui en découlent, de la part de ses courtisans. Enfin, on décèle un des éléments de prédilection utilisés dans son « autopropagande » : se présenter comme l'homme providentiel, l'homme du miracle. Là où son père ne put réussir à faire détecter l'eau à plus de 120 coudées de profondeur, lui n'avait eu qu'à prêter attention au problème pour qu'il soit instantanément résolu au mieux. Laissons-lui la parole, car entre les lignes apparaissent le récit d'un événement et l'image de la gestion royale. La Stèle de Kouban constitue l'exemple le plus caractéristique de la littérature laudative et politique du début du règne de notre héros.

(Le tout-puissant pharaon se présente lui-même.)

La troisième année, au premier mois de la seconde saison (Péret : l'hiver) *le quatrième jour, sous la Majesté d'*Horus *Taureau puissant, aimé de Maât* (issu des) Deux Déesses *Protection de l'Égypte, qui fait se courber les pays étrangers, l'*Horus d'Or *riche en années, grand de victoires,* le Roi de Haute et de Basse Égypte *Ousermaâtrê Sétepenrê,* le Fils du soleil *Ramsès, aimé d'Amon.*

... Apparaissant sur le trône d'Horus des Vivants, comme son père, Rê, chaque jour ; dieu incarné, maître des terres du sud, Horus d'Edfou au brillant plumage, magnifique faucon d'électrum. Il protège l'Égypte de son aile, faisant de l'ombre pour les humains, tel un mur de vaillance et de victoire... ... Il incarne le Double Seigneur (Horus et Seth), *celui pour qui le jour de la naissance fut l'objet d'exultation dans le ciel. Les dieux déclarèrent : notre semence est en lui ! Et les déesses ajoutèrent : il est issu de nous pour exercer la royauté de Rê... ... Le taureau puissant contre Koush-le-vil, assommant les rebelles aussi loin que le pays des Noirs. Ses sabots ébranlent les troglodytes, et ses cornes... ... La terreur qu'il inspire a atteint Karoÿ. Son nom circule parmi les pays, en raison de ses victoires... ... L'or sort de la montagne à son nom comme pour son père, Horus seigneur de* Baki (Kouban), *qui inspire un grand amour dans les pays du sud comme Horus dans le pays de* Miam [15], *et seigneur de* Bouhen (Ouadi Halfa) [16]*... ...*

(Un projet du pharaon)

Lorsque Sa Majesté était à Memphis (Hetkaptah), accomplissant les rites pour ses pères et toute émanation du sud et du nord, car il en recevait force et victoire, et une longue vie de millions d'années... ... un jour (donc), lorsque Sa Majesté était assise sur le grand trône d'électrum, apparaissant avec la couronne flanquée des deux plumes, et dénombrait les régions d'où provenait l'or, et traçait des plans pour faire creuser des puits sur une route démunie d'eau, après avoir entendu dire qu'il y avait beaucoup d'or dans la région d'Akaÿta, où la route, en fait, manquait totalement d'eau... ... Il n'y avait que la moitié des « laveurs d'or » qui en revenaient parmi ceux qui s'y rendaient : ils mouraient de soif en route, avec les ânes qu'ils conduisaient devant eux, ni à l'aller ni au retour ils ne trouvaient de quoi remplir leur outre... ... Voilà pourquoi l'or n'était pas rapporté de cette région, en raison du manque d'eau.

(Ramsès fait convoquer les Princes de la Cour)

Sa Majesté donna ordre au Porteur du sceau royal qui était à ses côtés : « Appelle les Princes de la Cour, car Sa (Ma) Majesté veut s'entendre avec eux, à propos de cette région, et (décider) comment prendre les mesures nécessaires. » Immédiatement ils furent introduits devant le dieu incarné, les mains levées en hommage à son ka, *l'acclamant et se prosternant à terre, devant sa face éblouissante. On (= Pharaon) leur expliqua la nature du pays, et On prit leur conseil à propos de l'ouverture d'un puits sur la route en question.*

(Réponse des Princes de la Cour)

Ils dirent devant Sa Majesté : « Tu es comme Rê dans tout ce que tu fais... ... Si tu désires une chose au cours de la nuit, le matin est vite apparu. Nous avons été informés d'une multitude de merveilles, depuis que tu as été couronné en tant que roi des Deux Terres... ... En ce qui concerne tout ce qui sort de ta bouche, c'est comme les paroles de Horakhty. Ta langue est comme les deux plateaux d'une balance. Plus exactes sont tes deux lèvres que le juste peson de Thot [17]*... ... Quel est l'endroit où tu n'as pas été ? Il n'existe pas de pays que tu n'aies parcouru ! Tout passe par tes oreilles depuis que tu exerces l'autorité sur cette terre... ... Tu faisais déjà des plans lorsque tu étais dans l'œuf, dans ton rôle d'enfant du Prince* [18]*. Les affaires des Deux Terres t'étaient rapportées lorsque tu étais enfant, portant la boucle* [19] *; aucun monument n'était exécuté qui ne fût sous ton autorité... ... Tu étais Chef des armées lorsque tu étais un gamin de dix ans !... ... Si tu dis à l'eau : "Sors de la montagne !", le flot* *arrivera rapidement après tes paroles, car tu es Rê incarné et Khéper dans sa vraie forme. Tu es l'image vivante sur terre de ton père Atoum d'Héliopolis. Le goût (hou) est dans ta bouche, l'intelligence (sia) est dans ton cœur ; le siège de ta langue est le sanctuaire de Maât, Dieu réside sur tes deux lèvres... ... ... Tu existes pour toujours, il sera fait suivant tes plans, tout ce que tu dis est écouté, ô Souverain, notre Seigneur ! »*

(Intervention du Vice-Roi de Nubie)

En ce qui concerne le pays d'Akaÿta, le Vice-Roi du vil pays de Koush dit, à ce propos, à Sa Majesté, que « cela s'est présenté, depuis le temps du dieu. On y mourait, là, de soif et chacun des premiers rois avait désiré y (faire) forer un puits [20]*, mais sans succès. De même, le roi Menmaâtrê (Séthi Ier) en fit l'expérience et, de son temps, ordonna qu'on creuse un puits de 120 coudées* [21]*, ce fut en vain, sur la route aucune eau ne jaillit ! En revanche, si toi-même tu dis à ton père Hâpi, le père des dieux : "Fais que l'eau coule de la montagne", il agira conformément à tout ce que tu as dit, comme tous tes projets qui nous sont présentés, quoiqu'on n'en ait pas entendu parler (entre nous), parce que tes pères, tous les dieux, t'aiment, plus que tout roi qui a existé avant Rê ! ».*

(Ousermaâtrê décide le creusement du puits)

Sa Majesté dit aux Princes : « Combien vrai est ce que vous avez dit, (à savoir) qu'aucune eau n'a été trouvée dans ce pays, depuis le temps du dieu ! J'ouvrirai un puits, ici, qui fournira de l'eau chaque jour, comme [dans la vallée du Nil... » ...]...

(Ordre donné au Vice-Roi de Nubie)

Sa Majesté dit au Chef scribe royal... ... « Fais qu'un mois devienne un jour... ... (alors le) Chef scribe royal écrivit au Vice-Roi du vil pays de Koush, suivant ce qui lui avait été indiqué... ... [est-ce que l'eau qui est dans le pays inférieur l'entendra ? Alors ils creusèrent le puits...]... ...

(Lettre du Vice-Roi du vil pays de Koush à Sa Majesté)

On vint apporter une lettre du Vice-roi du vil pays de Koush, disant : « [Le] puits est fini ; ce que Sa Majesté a dit de sa propre bouche s'est réalisé : l'eau en est sortie à 12 coudées [22]*, et de 4 coudées en profondeur... ... Jamais pareille chose n'a été faite du temps du dieu... ... Le chef d'Akaÿta se réjouit d'une grande joie... ... L'eau qui est dans le monde inférieur l'entendit quand il creusa pour trouver l'eau dans la montagne... » ...*

Cintre de la Stèle de Kouban relatant le forage miraculeux d'un puits au Ouadi Allaki sur le chemin des mines d'or.

Abou Simbel. Charge de Ramsès contre les Asiatiques. (Cliché Fathy Ibrahim)

(Le puits est « baptisé »)

Sa Majesté ordonna de donner un nom à ce puits. (On l'appela) : Le puits de Ramsès Méryamon, fort en victoire.

Il faudrait trouver la raison pour laquelle le pharaon désira que son nom *de naissance*, et non celui du couronnement, soit affecté à l'objet de ce miracle.

Autre miracle ! Mais celui-là contemporain : lorsque furent répartis les emplacements où les diverses nations répondant à l'appel de la sauvegarde de la Nubie (avant qu'elle ne soit noyée par les eaux du grand barrage) devaient mener des fouilles, nos collègues russes choisirent le Ouadi Allaki et l'emplacement d'Akaÿta. Ils terminèrent leurs recherches par la découverte des vestiges du fameux puits, portant encore son nom de *Khénémet Ramsès Méryamon, ken-nakht* [23].

Il fallait certainement contribuer à l'enrichissement du trésor d'Amon en augmentant le rendement des mines d'or de Nubie, mais un autre mobile incitait vraisemblablement Ousermaâtrê dans cette détermination. Comme ses prédécesseurs, les libérateurs de l'Égypte, l'avaient fait, il convenait de favoriser cette armée, dont il était lui-même issu. L'octroi suivi de terres et les récompenses en or lui assureraient les meilleures garanties de loyauté, d'autant que de nombreux contingents d'origine étrangère, aussi bien mercenaires libyens, *Shardanes*, que les fidèles archers nubiens, composaient ou constituaient en partie les grandes divisions militaires.

La première campagne syrienne

C'était l'an 4 de son règne, Ousermaâtrê venait d'avoir vingt-neuf ans : les messages des informateurs (les « oreilles » !) du roi au Proche-Orient, rassemblés par son Vizir, concordaient tous pour lui faire savoir que le roi d'Amourrou, Bentéshima, depuis le traité passé entre Séthi et le roi des Hittites Mouwattali, ne semblait craindre aucune action belliqueuse de la part de l'Égypte, assuré qu'il était de l'appui de son puissant, mais assez lointain protecteur hittite. C'était le moment d'entreprendre la récupération de cette province, et de se préparer à investir la ville de Qadesh dont

Ramsès n'avait pu se résigner à accepter l'abandon, car propriété de l'Égypte depuis Thoutmosis III.

Située sur l'Oronte, à très peu de distance au sud-est de l'Éleuthère, c'était une place stratégique de la plus haute importance, au nord-est de Byblos. Ousermaâtrê, à la tête de ses troupes, se dirigea donc vers la Syrie durant l'été 1275 avant notre ère, en vue de préparer les affrontements avec les Hittites [24] du pays d'Anatolie (le *Khatti* ou *Kheta*) qui continuaient à menacer l'Égypte et lui avaient, déjà, arraché certaines cités syriennes soumises au protectorat de Pharaon.

Il traversa le pays de Canaan, passa à Gaza, longea Ascalon, laissa Mageddo à l'est, à l'intérieur des terres, rejoignit Tyr sur la côte méditerranéenne et remonta jusqu'à Byblos, toutes villes contenant des garnisons égyptiennes [25] et lui ayant ainsi facilité les étapes. Sans doute maîtrisa-t-il Irqata, là où l'Éleuthère se jette dans la mer, et s'enfonça-t-il à l'est dans le territoire d'Amourrou, où il anéantit facilement les forces de son roi Bentéshima, surpris semble-t-il par une attaque aussi fulgurante, et qui devint donc, immédiatement, vassal de l'Égypte, tout en gardant secrètement des liens avec son ancien maître hittite qu'il assura de sa piètre loyauté !

Ayant préparé le terrain – et imposé le tribut à Bentéshima –, Ousermaâtrê confiant dans sa stratégie revint par la Phénicie. À Byblos, non loin de la ville qu'il avait fondée à son passage et à laquelle il avait également donné le nom de Pi-Ramsès (*de la Vallée des Cèdres*), il édifia une stèle en l'honneur de son action, près du *Nahr el-Kelb* (*le Fleuve du Chien*) : l'an 4, le troisième mois de *Akhet* (saison de l'Inondation), deuxième jour. Deux autres stèles triomphales, dont une près de Tyr, furent encore dressées, dont les textes malheureusement sont maintenant très détériorés.

Préparation à la seconde campagne syrienne

On pourrait imaginer qu'avant de quitter l'Amourrou, Ramsès, préparant sa future expédition, ait fait prendre à Irqata leurs quartiers à un contingent de recrues extrêmement bien entraînées, les *Néarins*, chargés de rejoindre son armée lorsqu'il viendrait affronter les Hittites.

Soixante jours après son départ d'Égypte, Ramsès repassait devant la forteresse de *Tjarou* (el-Kantara), avant de regagner sa résidence sur les rives verdoyantes des Eaux de Rê. Il allait consacrer environ cinq mois – c'est-à-dire entre le troisième mois de la saison *Akhet* (Inondation) de sa quatrième année de règne, et le deuxième mois de *Shémou* (été), au milieu de la saison chaude – à mettre au point sa grande expédition de reconquête et d'affrontement avec le Hittite, ce que dans sa fougue il semblait désirer ardemment.

Les Grandes Épouses royales, Nofrétari et Isisnofret, la Reine mère Touy si fière de ce fils glorieusement engagé sur les traces de son père, les dames d'atour et les enfants royaux, pendant la saison de l'Inondation, avaient gagné le Fayoum, dans le domaine du grand harem royal. La fraîcheur du lac Karoun (*Mi-our*), les plaisirs de la chasse aux oiseaux, de la pêche, des longues promenades en bateau, les sports de grand air, les courses de chars pour les jeunes princes qui s'entraînaient à tirer à l'arc, étaient les délassements préférés, exercés moins librement à la cour. Les princes allaient aussi visiter les vignobles, différents de ceux du Delta, et les pressoirs où l'on obtenait un jus doré pour les vins sucrés. Quant aux princesses, elles s'initiaient déjà au filage et au tissage des grands ateliers royaux, dirigés par la Reine mère, et dont les magnifiques productions habilleraient la famille royale et permettraient de fournir les précieux présents de tissus arachnéens offerts aux souverains étrangers. Il fallait aussi se préparer à se joindre à la grande expédition qui s'annonçait : Ramsès devait être entouré de certains des siens, auxquels il voulait réserver l'inoubliable spectacle de la défaite ennemie.

Il savait que son adversaire, pour le combattre, s'était affairé à réunir alliés et vassaux en une confédération, et avait ainsi levé une immense armée, assez hétéroclite, sans grande discipline, et dont le noyau – le seul bien organisé – était la charrerie hittite. Mouwattali avait dû utiliser toutes les ressources de ses finances pour s'assurer d'une réelle mosaïque de combattants si divers. Les informations transmises à Ousermaâtrê faisaient état de deux armées massives, chacune d'une vingtaine de milliers d'hommes ; la cavalerie hittite s'élevait à 2 500 chars.

Mais lui, Ramsès pharaon d'Égypte, de quelles forces disposait-il ? Et pouvait-il, en quelques mois, être dans la position de rencontrer une si formidable coalition ? Tout laisse supposer qu'il en était persuadé.

L'armée égyptienne à la XIXe dynastie

Ceux qui se sont penchés sur l'histoire de l'armée égyptienne s'accordent à reconnaître que son organisation est mieux connue que sa tactique [26].

Certes, à cette époque, Ousermaâtrê bénéficiait d'une armée professionnelle bien entraînée, les soldats étaient « rentés » de surcroît. Un Inspecteur des scribes militaires avait pour charge d'enregistrer les effectifs en présence de Sa Majesté, *organisant les nouvelles générations de recrues et encourageant chaque homme à connaître son devoir dans la troupe entière* [27]. L'état-major général, entourant Pharaon, chef suprême de l'armée, était composé de Généraux en chef, princes de sang ou favoris qualifiés, et de quelques Généraux à titre honorifique.

Depuis l'introduction de l'arc composite et celle du cheval en Égypte, à la fin de la domination des Hyksos, archers et charrerie d'Égypte pouvaient semer la terreur. La noblesse fournissait les officiers de char, dont certains portaient des casques et des armures protégeant le torse. Les recrues de ces armes mobiles devaient acheter leur char ; leur entraînement était très rigoureux. Ils manœuvraient sous les ordres des Lieutenants-commandants de char et des Surintendants des écuries (les casernes étaient appelées *étables à chevaux*).

Les quatre divisions de l'infanterie

Il semble que durant ses guerres syriennes, Séthi Menmaâtrê n'ait utilisé que trois corps d'armée : la division de Rê, celle d'Amon et celle de Seth ; cependant certains indices, déjà à la XVIIIe dynastie, dans le texte relatant la bataille de Mageddo [28] sous Thoutmosis III, laissent supposer que le roi bénéficiait, déjà, de quatre divisions. Ramsès Ousermaâtrê disposait bien, lui, de quatre divisions composant les forces expéditionnaires organisées en prévision de la bataille qu'il voulait livrer pour reprendre la ville de Qadesh. Ses quatre divisions d'infanterie comprenaient chacune environ 5 000 hommes. La division fournie par les habitants du nord du Delta était placée sous la bannière de Seth. Celle de la pointe sud du Delta était sous la bannière de Rê. Celle de Ptah était formée des recrues de la région de Memphis. Enfin la région thébaine fournissait la division d'Amon et restait casernée en Haute Égypte, prête à intervenir surtout en Haute Nubie (Soudan).

Chacune des divisions, commandée par un Général divisionnaire, comprenait des compagnies de 250 hommes, sous le commandement d'un Capitaine *Chef des commandants de compagnie*, qui portait l'étendard du groupement. Cet étendard [29] les différenciait par l'illustration de leur qualité propre (*lion-bondisssant*, *forte-en-armes*, ou encore *aimée-d'Amon*, etc.). La compagnie était subdivisée en cinq sections de 50 hommes, chacune commandée par un *Chef des cinquante*. L'enrôlement dans les troupes se faisait par réquisition dans chaque province, à quoi on ajoutait un dixième du personnel des temples, ce qui, paraît-il, était très impopulaire [30].

Intendance, composition des effectifs

L'intendance était bien pourvue et placée sous l'autorité de fonctionnaires civils. À chaque division était affecté un scribe chargé des effectifs, et un autre du ravitaillement. Ils étaient de hauts dignitaires, assistés par vingt scribes militaires, chacun veillant aux besoins de 250 hommes, responsables à la fois des effectifs et du ravitaillement. Un exemple, donné par des scribes qui posaient le problème [31] de la répartition des vivres entre les soldats d'une campagne militaire en Syrie, souligne la proportion des mercenaires étrangers enrôlés dans une division. L'unité tactique se composait des

> *Soldats (égyptiens) qui sont devant toi, au nombre de 1 900. (Il y a en outre) 520* Shardanes [32], *1 600* Qéheqs [33], *100* Mashaouashs [34] *et 880 Noirs. Total 5 000 en tout, sans compter leurs officiers.*

On constate qu'à côté de 1 900 soldats égyptiens, 3 100 mercenaires complétaient la division, c'est-à-dire près des deux tiers des effectifs.

Les soldats en action

Cette infanterie marchait en rangs, portant des boucliers rectangulaires (sauf les *Shardanes* aux boucliers ronds) et des casques. Ce n'étaient pas des phalanges de charge, ne possédant pas d'armures et seulement équipés de dagues, de haches et de petits javelots. En revanche, les archers constituaient un corps éminemment efficace, divisé en bataillons. Ils employaient l'arc composite aux effets très destructeurs, extrêmement percutants de 50 à 60 mètres, assez sensibles encore à 175 mètres de distance. Les champions pouvaient atteindre des buts à 500 mètres !

Quant à la charrerie, elle était organisée en escadrons de cinquante véhicules, comprenant cinq unités tactiques de dix [35]. Chaque char était doté d'un conducteur et d'un guerrier. L'attaque se pratiquait en rangs et tirait sa principale force de la rapidité, beaucoup plus que de son armement. Le grade des officiers de char correspondait, *grosso modo*, à celui de Major ou de Colonel.

Arsenal et points d'appui

À Memphis, un arsenal pour la fabrication et la réparation des chars était établi dans les faubourgs de la ville [36]. Après s'être protégés des visées syriennes, à l'époque où l'Égypte était menacée d'un nouveau danger – celui des Hittites –, les établissements et postes militaires sur lesquels Ramsès pouvait s'appuyer, et que Séthi avait en partie rétablis, jalonnaient le chemin vers l'est. En tout premier lieu, une armurerie était implantée à la forteresse de *Tjarou* (Silé), à la hauteur d'el-Kantara, sur la frontière du Delta oriental. Bastion frontière des Égyptiens vers l'Asie, son commandant était un Lieutenant Général de la charrerie et Messager du roi dans les pays étrangers (ce dernier poste était le plus prestigieux de l'armée) [37].

Toutes les expéditions vers l'Orient franchissaient obligatoirement la frontière à cet endroit, et y repassaient à leur retour. Un peu plus au sud, le Ouadi Toumilat constituait le corridor par lequel pénétraient les Asiatiques en arrivant du nord Sinaï. En cet endroit s'élevait la forteresse de Tjékou [38] (en hébreu *Succoth*), quartier général de la police chargée de contrôler les tribus bédouines entrant dans le Delta pour y faire paître leurs troupeaux. Sur environ 160 km, la route du Delta à Gaza était, après les campagnes de Séthi, dotée d'environ douze points fortifiés protégeant des puits (*khénémet*). Les plus importants de ces lieux stratégiques étaient sous la responsabilité de Commandants de bataillons. À la XVIIIe dynastie, des garnisons égyptiennes étaient établies près de la côte, à Byblos et à Tyr. À la fin de la même dynastie, une garnison avait été installée à Jérusalem afin de protéger les monts de Judée. Beth Shan, au sud de la mer de Galilée, reçut aussi une petite garnison pour veiller sur le passage du Jourdain. Les troupes pouvaient stationner jusqu'à six ans de suite dans la même place fortifiée, et ces séjours étaient considérés un peu comme des punitions.

Il y avait, également, des sortes de quartiers généraux : Gaza en était un exemple, dont le rayonnement s'étendait jusqu'à la plaine d'Asdralon [39]. La vallée de la Béka au nord de Damas devint aussi un quartier général égyptien. Pour l'approvisionnement des troupes, Jaffa était un centre important de stockage des grains. Sous les Ramessides un dépôt de chars y fut établi ; enfin la forteresse de Mageddo fut responsable de la moisson de la plaine d'Asdralon. Naturellement, au cours des campagnes militaires, l'armée demeurait groupée et les divers pays occupés lui fournissaient subsistance pour les hommes et nourriture pour les chevaux d'attelage et autres animaux, dont le lion familier de Pharaon ! Revenus au pays, les éléments des divisions étaient naturellement dispersés dans leurs lieux de casernement et leurs demeures respectifs.

À la veille de la seconde expédition en Syrie

En l'an 5, fort de la puissance de son armée aux « rouages » semblait-il éprouvés, Ousermaâtrê, dans sa trentième année, se préparait à traverser le pays de Canaan pour aborder les Hittites en Amourrou.

Ses préoccupations guerrières ne lui faisaient pas, pour autant, négliger la bonne gestion du pays. Sur la demande du Vizir Pasar, il procéda à la nomination de Ramosé, le lettré, comme Scribe de la *Place de Vérité* (la *Set-Maât*, Deir el-Médineh actuelle). L'administration des précieuses nécropoles royales de Thèbes-ouest était ainsi renforcée.

Il allait alors engager une bataille qui, de nos jours, est citée comme la *première grande bataille de l'Antiquité*, et dont les commentaires, en grande partie fournis par Ousermaâtrê lui-même, nous ont conservé des informations historiques quasiment directes, par les écrits et les représentations. Le grand Thoutmosis, dont la geste était toujours présente à la mémoire de notre pharaon, s'était lui aussi déjà vanté d'avoir affronté un chef de Qadesh, retranché dans la ville de Mageddo [40] au nord du mont Carmel et à l'est de la plaine d'Asdralon. En fait, comme l'a démontré Louis Christophe, *il n'y eut réellement pas de bataille à Mageddo*. À l'issue de savantes manœuvres de Thoutmosis III, de la fuite des ennemis en plein désarroi, la citadelle fut assiégée pendant sept mois, le Prince de Qadesh ne fut pas fait prisonnier et put se retirer avec les honneurs de la guerre.

Assurément, on peut affirmer que l'affrontement entre les armées égyptiennes et la coalition rassemblée par les Hittites fut bien la première grande bataille de la Haute Antiquité.

VII

QADESH I
À PROPOS DE LA BATAILLE DE QADESH

Pourquoi Qadesh ?

Pourquoi cet affrontement des armées de Pharaon et de la confédération hittite revêtait-il tant d'importance ?

Il s'agissait de savoir qui, des deux souverains, Mouwattali ou bien Ousermaâtrê Sétepenrê, donnerait à son pays la place prépondérante entre Tigre-Euphrate et Méditerranée pour devenir le maître des échanges commerciaux, ce qui l'élèverait *ipso facto* à la tête de la plus grande puissance de l'époque.

Depuis la XVIIIe dynastie, les pharaons s'étaient efforcés de s'implanter, en s'opposant au Mitanni, sur la vallée de l'Oronte et surtout dans la citadelle de Qadesh (actuellement Tell Nébi Mend), qui commandait la marche vers l'Euphrate. Avant le début de l'époque ramesside, le danger mitannien avait disparu : la paix s'était établie, une fois de plus, par les mariages des pharaons – dont naturellement Aménophis III – avec les princesses du pays de Hanigalbat [1]. La région était alors administrée par des

Le conseil de guerre tenu par Ramsès, après l'arrestation des émissaires hittites. (Cliché Nims)

gouverneurs égyptiens, chargés d'entretenir une certaine harmonie entre les multiples princes locaux qui versaient alors régulièrement les impôts à la Couronne.

Cette organisation fut en partie disloquée lorsque l'Égypte, sous le règne d'Akhénaton, ne veilla plus à maintenir fermement ses positions asiatiques. Ainsi, profitant de cette faiblesse, le lointain voisin anatolien, le Hittite, veillait à se ménager une place enviable, dans ce Proche-Orient en conflit perpétuel, formé d'une poussière de cités-États. Il était alors facile de les soumettre, une à une ; *leurs princes vénaux, sans vision politique d'ensemble, jaloux de leur indépendance et de leurs dérisoires prérogatives, préféraient reconnaître la suzeraineté lointaine d'un pharaon ou d'un roi hittite plutôt que d'avoir, pour les combattre, à élire parmi eux un chef auquel ils auraient dû se soumettre* [2].

L'empereur hittite Soupilloulioma, contemporain d'Horemheb, s'empara aisément de la Syrie et de l'Amourrou, sans même que le Mitanni ait pu s'y opposer. Seule l'Égypte riposta, dans la plaine de la Béka et, à cette époque, n'aurait sans doute pas eu la force d'affronter une redoutable avancée hittite vers ses frontières si Soupilloulioma n'était pas décédé subitement : le point stratégique de rencontre entre les deux nouvelles forces, hittite et égyptienne, se trouvait être, une fois de plus, dans les parages de la ville de Qadesh. Par chance, le successeur de Soupilloulioma, Moursil II, semble avoir témoigné des sentiments pacifiques à l'égard de l'Égypte.

Les désordres, dès le début du règne de Séthi Ier, devaient venir des *Shasous*, bédouins qui infestaient la piste gardée militairement entre el-Kantara et Gaza. Ils s'étaient emparés des citadelles chargées d'assurer la sécurité de la route : Séthi Ier les en délogea [3] ; mais en pénétrant en Canaan, il dut faire face à une première coalition de princes soutenus par les Hittites. Avant que la jonction ne soit opérée entre eux, Séthi eut l'intelligence de les combattre séparément : il put ainsi s'assurer d'une grande partie de la Palestine en envoyant la division d'Amon combattre Hamath de Galilée ; la division de Rê vainquit celle de Beth Shan ; enfin, celle de Seth eut raison de Yénoan.

Ainsi qu'on a pu le supposer, Séthi avait tenu à initier à l'atmosphère de ces guerres asiatiques son jeune fils Ramsès [4] (il dut, au moins, remonter jusqu'à Tyr, si ce n'est jusqu'à Ougarit [5] où, après la mort d'Akhénaton, il semble que le roi Niqmat ait épousé une princesse amarnienne).

Séthi eut aussi à réprimer, et il le fit avec succès, une révolte des *Apirous* (dont on reparlera plus loin), ayant attaqué la ville de Raham alliée des Égyptiens. Ceux-là étaient des montagnards de Yarmouth et de Tirka-el [6]. Ainsi, la Palestine et Canaan semblaient ne plus poser de problèmes à Pharaon. Mais bientôt Séthi était contraint de revenir dans la vallée de l'Oronte. Chez le Khatti, Mouwattali succédait à Moursil II : il s'opposa à Séthi qui fut vainqueur à Qadesh, prise pour la seconde fois, après Thoutmosis III, par les Égyptiens. On sait que Bentéshima, roi d'Amourrou, reconnut la suzeraineté de Pharaon, mais on verra que Qadesh fut très vite reprise par Mouwattali, et que le vil Bentéshima fut emprisonné par le Hittite.

Au début du règne de Ramsès II, Mouwattali, son égal en âge, était encore à la tête du Khatti. De sa capitale de Boghazköy, il était beaucoup plus proche qu'Ousermaâtrê Sétepenrê des régions où les opérations militaires allaient reprendre, et pouvait porter des jugements très précis sur les terrains de rencontre, ce qui devait lui donner une grande supériorité sur l'Égyptien.

Peut-être pour endormir la vigilance de Ramsès, durant la première campagne de Syrie de ce dernier, Mouwattali n'intervint pas, et laissa croire à Pharaon qu'il pouvait à ce point être peu soucieux de ses intérêts. Il lui fallait en effet bénéficier de tout son temps pour s'assurer, « par la menace ou par la corruption », de la coopération de plus de vingt petites principautés d'Asie Mineure et de la Syrie septentrionale !

Une rencontre, inévitable maintenant, allait avoir lieu entre deux grands royaumes, chacun au sommet de sa puissance [7]. Cette bataille, attendue par chacun des deux antagonistes, devait avoir abondamment alimenté les archives des deux pays : elles sont, jusqu'à présent, seulement vraiment connues grâce aux documents égyptiens, n'ayant pas encore été retrouvées en Anatolie, à l'exception d'une lettre en cunéiforme de Ramsès à Hattousil III [8]. Du côté égyptien, Ramsès ordonna que le *bulletin* historique, rapport circonstancié de style plutôt militaire, soit consigné dans ses principaux temples. On en a retrouvé les exemplaires aux murs de cinq de ses sanctuaires : en Abydos, à Louxor, au Ramesséum, et deux en Nubie –, dans le grand temple d'Abou Simbel et dans celui de Derr [9]. Ce *bulletin* [10] est illustré de bas-reliefs évoquant les principales phases de la bataille, sur de vastes surfaces où la grande composition, animée par la mêlée des combattants et les exploits de Ramsès, est une réelle innovation au regard de l'ancien système des représentations traditionnelles, toujours réparties, depuis les origines, en registres décoratifs décomposant, pour ainsi dire, toutes les étapes de l'action [11]. Cette originale relation de la bataille était, pour les quatre temples métropolitains, assortie d'un texte indépendant, beaucoup plus détaillé – mais restrictif pour certains détails pourtant d'importance –, à tendance plus littéraire, dicté en l'an 9, vraisemblablement par Ousermaâtrê Sétepenrê lui-même à un de ses scribes nommé Pentaour. Le grand temple d'Abou Simbel, s'il est illustré d'une des versions les plus condensées et suggestives du *bulletin*, ne présente pas de version du *poème*. Trois papyrus, jusqu'à présent, ont conservé le souvenir du texte tracé par Pentaour [12].

Pour évoquer un tel moment historique vécu par Ramsès, et puisque les documents existent, il paraît essentiel – quitte à amputer le texte, par de légères coupures, des passages les plus marqués de répétitions – de donner la parole à Ousermaâtrê Sétepenrê lui-même, et d'enregistrer les instants privilégiés qu'il a désiré mettre en relief, ou au contraire ceux qu'il désirait passer sous silence.

La troisième [13] *bataille de Qadesh, d'après le* Poème de Pentaour

Ici commence la victoire du roi de Haute et Basse Égypte, Ousermaâtrê Sétepenrê, le fils de Rê, Ramsès Méryamon... ..., qu'il remporta dans le pays de Khatti [14]*, Naharina* [15]*, dans la terre d'Arzawa* [16]*, de Pidasa* [17]*, dans celle de Dardani* [18]*, celle de Keshkesh* [19]*, dans la terre de Masa* [20]*, la terre de Karkisha* [21] *et (celle) de Luka* [22]*, en Karkémish* [23]*, Kady* [24]*, le pays entier de Noukhashshé* [25]*, le pays de Qadesh* [26]*, celui d'Ougarit* [27] *(et de) Moushanet* [28] (Alep : oubliée [29]). *Sa Majesté était un seigneur plein de jeunesse... ... actif... ... ses membres puissants... ... son cœur vigoureux... ... sa force comme celle de Montou... ... parfait d'aspect comme Atoum, on se réjouissait à voir sa beauté... ... grand de victoires... ... on ne savait pas quand il désirait combattre ; (il était) un solide mur pour son armée ; leur bouclier le jour du combat, un archer sans pareil. Il est brave plus que des centaines réunies... ; comme le feu au moment où il se consume... ... un million d'hommes sont incapables de rester debout devant lui... ... ignorant la frayeur... ; comme un lion sauvage*

Mouvement des quatre divisions de l'armée égyptienne avant l'attaque des Hittites.

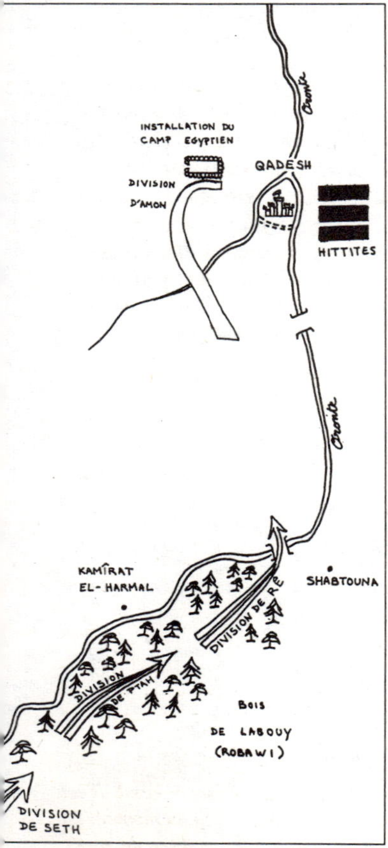

Position des quatre divisions, au moment de l'attaque. (Croquis E. David)

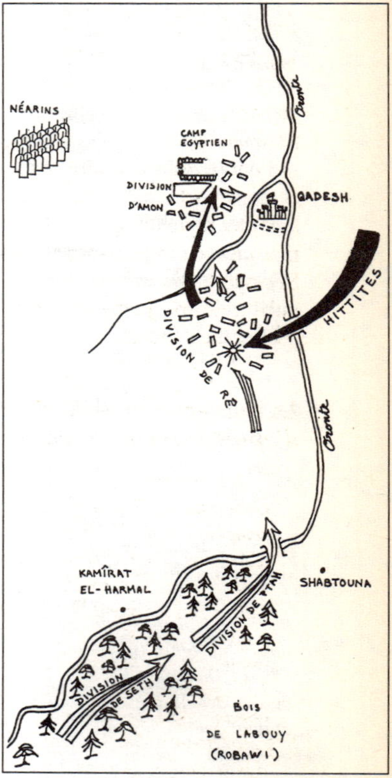

dans la vallée des animaux du désert ; ne parlant pas comme un vantard[30]*... ... sauvant son armée le jour du combat... ... ramenant au foyer ses suivants, et sauvant son infanterie, son cœur étant comme une montagne de cuivre...*

(Le départ de l'armée)

Lorsque Sa Majesté eut préparé son infanterie, sa charrerie et les Shardanes *des captures de Sa Majesté qu'elle a ramenés par la victoire de son bras vigoureux, et le plan de bataille leur ayant été confié, Sa Majesté partit en direction du nord, son infanterie et sa charrerie avec lui, et fit un bon départ la cinquième année, le second mois de la saison de l'été (fin mai), le neuvième jour.*

Sa Majesté passa la forteresse de Tjarou, puissant comme Montou dans son apparition, tous les pays étrangers tremblaient devant elle, et leurs chefs d'apporter leurs tributs... L'armée longea les étroits défilés, comme si elle prenait les routes en Égypte.

(De Tjarou à Qadesh)

Lorsque des jours eurent passé, Sa Majesté fut dans (Pi-) Ramsès-Méryamon, la ville-qui-est-dans-la-Vallée-des-Cèdres. Et Sa Majesté continua vers le nord, tel Montou, seigneur de Thèbes, et elle traversa le gué de l'Oronte[31] *avec la première division d'Amon (qui) donne la victoire à Ousermaâtrê Sétepenrê.*

(La coalition du vaincu de Qadesh)

Sa Majesté arrivait vers la ville de Qadesh et pendant que le vil vaincu de Qadesh était venu et avait rassemblé tous les pays étrangers jusqu'aux confins de la mer.

L'entière terre de Khatti (hittite) *était arrivée, de même que celle de Naharina, celle d'Arzawa, de Dardani, celle de Keshkesh, celle de Masa, celle de Pidasa, celle d'Arouwen (?), celles de Karkisha, Luka, Kizzouwadna*[32] *(Qodé), Karkémish, Ougarit, Kady, l'entière terre de Noukhashshé, Moushanet (et) Qadesh. Il ne laissa aucun pays s'abstenir, (même) les plus lointains, leurs chefs étant avec lui. Chaque homme avec son infanterie et sa charrerie dépassait, chacun, toute limite. Ils couraient les montagnes et les vallées : ils étaient comme les sauterelles, en raison de leur multitude.*

(Mais) il ne lui resta plus d'argent qu'il soutira de ses biens et qu'il donna aux pays étrangers pour qu'ils viennent combattre avec lui.

(Position de l'armée égyptienne)

Maintenant, le vil vaincu du Khatti, ensemble avec les nombreuses nations étrangères qui étaient avec lui, se trouvaient réunis et prêts au nord-est de la ville de Qadesh, mais Sa Majesté était seule, ayant à ses côtés ses suivants – la division d'Amon marchant à sa suite –, la division de Rê traversant le gué dans les faubourgs sud de la ville de Shabtouna [33]*, à une distance d'un* iter [34] *de l'endroit où était Sa Majesté – la division de Ptah étant au sud de la ville d'Aronama ; la division de Seth marchant le long de la route. (De plus) Sa Majesté avait composé sa « force de frappe »* [35]*. Ils avaient été rassemblés sur la rive du pays d'Amourrou.*

(L'attaque des Asiatiques)

Mais le vil vaincu, chef du Khatti, se trouvait au milieu de son armée qui était avec lui, mais ne vint pas combattre, de peur de Sa Majesté. Cependant il avait lancé hommes et chevaux dépassant la multitude comme (les grains) de sable : il y avait trois hommes sur un seul char [36] *qui était équipé d'armes et d'instruments de guerre. Ils avaient été rassemblés pour se cacher derrière la ville de Qadesh, et maintenant ils arrivaient du côté sud de Qadesh et coupaient l'armée de Rê en son milieu, alors qu'elle arrivait : elle ne sut plus où se préparer à combattre. C'est pourquoi l'infanterie et la charrerie de Sa Majesté furent désemparées, pendant que Sa Majesté était au nord de la ville de Qadesh, sur la rive ouest de l'Oronte. On alla informer Sa Majesté de l'attaque.*

Alors Sa Majesté apparut en gloire comme son père Montou ; il endossa l'équipement de bataille et enfila son corselet [37]*. Il était comme Baâl à son heure ; le grand attelage qui transporta Sa Majesté était « Victoire-dans-Thèbes »* [38]*, de la grande écurie d'Ousermaâtrê Sétepenrê, aimé d'Amon.*

(Le choc)

Alors Sa Majesté partit au galop et pénétra dans la horde des vaincus du Khatti, étant tout seul, aucun autre avec lui [39]*. Aussi Sa Majesté se mit à regarder autour de lui et il trouva que 2 500 chars l'entouraient, composés des meilleurs guerriers des vaincus du Khatti et des nombreuses contrées étrangères qui étaient avec eux, d'Arzawa, de Masa et Pidasa, étant trois hommes par char, agissant en force, alors qu'il n'y avait aucun officier supérieur avec moi, pas de charriers, pas de soldats de l'armée, pas de porte-boucliers, mon infanterie et ma charrerie s'étant dispersées devant eux et pas un n'étant resté pour les combattre.*

(Le recours à Amon)

C'est le moment où Ramsès, n'apercevant plus aucune issue humaine, se tourne vers la forme divine dont il commande la division. D'autres souverains suivirent son exemple...

> *Est-ce le rôle d'un père d'ignorer son fils ? Ai-je fauté envers toi ?... ... Je n'ai en rien désobéi à ce que tu m'as commandé ! Tiendras-tu compte, ô Amon, de ces Asiatiques si vils et si ignorants de Dieu ? Ne t'ai-je pas érigé de nombreux monuments, et rempli ton temple de mes butins ? Construit pour toi ma* Maison de Millions d'années *?... ... Je t'ai offert tous les pays ensemble pour enrichir tes offrandes... ... et j'ai fait faire les sacrifices pour toi de dix milliers de têtes de bétail et toutes sortes d'herbes à parfum... ... J'ai construit pour toi de grands pylônes, et érigé leurs mâts, moi-même, apportant pour toi des obélisques d'Éléphantine ; j'ai même fait le carrier et j'ai conduit pour toi des bateaux sur le* Grand Vert [40]*, pour t'apporter des produits des pays étrangers... ... Fais le bien pour celui qui s'en remet à Toi !*

(L'appel est entendu)

> *Je fis appel à toi, mon père Amon, quand j'étais au milieu de multitudes que je ne connaissais pas. Tous les pays étrangers étaient contre moi... ... étant seul... ... personne avec moi, ma nombreuse infanterie m'ayant abandonné, et aucun de mes charriers ne me chercha !... ... Je n'ai cessé de les appeler, aucun d'eux ne m'a entendu.*

Mais voici que Ramsès croit soudain avoir été entendu par Amon. Sa prière change de ton ; réconforté et confiant, comme touché par la grâce, il s'exclame :

> *J'ai trouvé Amon plus utile que des milliers de fantassins, que des centaines de milliers de charriers et même que dix milliers de frères et d'enfants unis d'un seul cœur !... ... Ô Amon, je n'ai pas outrepassé ta volonté. Vois, j'ai prié aux confins des pays étrangers et ma voix a atteint la ville d'Héliopolis du sud* [41]*. J'ai trouvé Amon quand je l'ai appelé... ... Il m'appelle derrière moi, comme si nous étions vis-à-vis : « Je suis avec toi, je suis ton père, ma main est avec toi, je suis plus utile que des centaines de milliers d'hommes. Je suis le seigneur de la victoire ! »... ...*

Ayant entendu le message d'Amon, et conforté par la protection divine, Ramsès est assuré qu'un miracle vient de se produire.

(Le miracle)

Je trouvais à nouveau que mon cœur était fort, et (sentais) ma poitrine en joie... ... J'étais comme Montou. Je tirais sur ma droite et capturais sur ma gauche ! À leurs yeux, j'étais comme Soutekh (Seth) *en action. Je voyais les 2 500 chars, au milieu desquels je me trouvais, s'écroulant devant mon attelage. Aucun ne possédait plus de main pour me combattre ; tous leurs bras étaient faibles, ils étaient incapables de tirer... ... Ils n'avaient pas le cœur de tenir leurs javelots ! Je les fis plonger dans l'eau comme plongent les crocodiles. Je semais la mort dans leur masse, comme je voulais. Quiconque parmi eux tombait ne pouvait plus se relever.*

(Contre-attaque hittite)

Mais le vil chef du Khatti se tenait au milieu de son infanterie et de sa charrerie, regardant le combat de Sa Majesté, toute seule, n'ayant ni son infanterie, ni sa charrerie... ... Il fit venir de nombreux chefs, chacun avec ses chars équipés de leurs armes de guerre : le chef d'Arzawa, celui de Luka, celui de Dardani, le chef de Karkémish, le chef de Karkisha, celui d'Alep, ses propres frères réunis en une place. Leur total était 1 000 chars qui se précipitèrent dans le feu. Je me portai au-devant d'eux, étant comme Montou, et les forçai de sentir la vigueur de ma main, en un instant, faisant un carnage parmi eux, étant frappés sur place. L'un d'eux, appelant son camarade, disait : « Ce n'est pas un homme qui est parmi nous, mais Soutekh grand de force, Baâl en personne !... ... Fuyons devant lui, et sauvons notre vie, que nous puissions (encore) respirer ! Voyez celui qui ose s'approcher de lui, ses mains et tous ses membres s'affaiblissent, on en devient incapable de prendre un arc ou des javelots... »

Sa Majesté les poursuivait comme un griffon. Je tuais parmi eux et ne m'arrêtais pas !

(Harangue de Ramsès à son armée)

Je haussais la voix pour appeler mon armée, disant : « Tenez bon ! Haut les cœurs, mon armée, que vous puissiez admirer ma victoire ! Seul (car) Amon a été mon protecteur ! »

Voici que Ramsès oublie qu'il relate son combat, et qu'il est encore dans la mêlée. Il saisit l'occasion pour adresser à son armée le sermon qu'elle mérite, profitant du moment pour souligner sa générosité à son égard :

« Combien couards sont vos cœurs, mes charriers ! Il n'y en a plus aucun (qui soit) digne de confiance parmi vous. Y en a-t-il un,

parmi vous, pour qui je n'aurais pas fait une bonne action ? Ne suis-je pas apparu comme maître lorsque vous étiez pauvres : je vous ai faits officiers supérieurs en vertu de mon bon vouloir, chaque jour, installant le fils sur les biens de son père, supprimant tout mal existant dans ce pays. J'ai (même) libéré vos serviteurs et vous en ai donné d'autres que vous aviez faits prisonniers. Je vous ai fait habiter dans vos villes, sans obligation de corvées militaires, mes charriers de même. Je les ai renvoyés dans leurs villages, disant : "Je les trouverai comme aujourd'hui au moment de me joindre au combat !" Mais voyez !... ... Pas un homme parmi vous n'est resté pour me tendre la main quand je combattais... ... Le crime que mon infanterie et ma charrerie ont commis est plus grand qu'on ne peut le dire ! »

Voyez, Amon m'a donné la victoire, alors qu'aucune infanterie ni aucune charrerie n'était avec moi... ... J'étais seul, aucun officier supérieur ne m'a suivi, aucun charrier, aucun soldat de mon armée, aucun capitaine. Les pays étrangers qui m'ont observé prononceront mon nom aussi loin que les contrées inconnues !... ... Tous ceux qui visent dans ma direction, leurs flèches s'égarent au moment de m'atteindre.

(L'armée se regroupe vers le camp)

Puis, quand mon infanterie et ma charrerie constatèrent que j'étais comme Montou, (que) mon bras (était) puissant et qu'Amon mon père était avec moi, me permettant de mettre en pièces les pays étrangers, alors ils se mirent à revenir au camp pour passer la nuit, au temps du soir, et ils trouvèrent tous les pays étrangers dans lesquels j'avais pénétré gisant dans leur sang, même les vaillants guerriers (du pays) de Khatti, même les enfants et les frères de leur chef... ...

(Louanges de l'armée à Ramsès)

Alors mon armée se mit à me louer... ... Mes officiers supérieurs se mettant à magnifier mon bras puissant, et ma charrerie fière de ma réputation et déclarant : « Quel excellent guerrier qui ranime le cœur ! Tu as sauvé ton infanterie et ta charrerie ! Tu es le fils d'Amon... ... Tu as dévasté le pays de Khatti par ton bras puissant... ... Un roi qui combat pour son armée le jour du combat... ... Tu es grand de victoires en présence de ton armée, en face du pays entier. Ne te vantant pas, protégeant l'Égypte et courbant les pays étrangers. Tu as cassé le dos du Khatti pour toujours ! ».

(Réponse de Ramsès)

Ainsi parla Sa Majesté à son infanterie, à ses officiers supérieurs, de même à ses charriers : ... ... « Est-ce qu'un homme ne se grandit pas dans sa ville quand il revient et qu'il s'est comporté en brave en présence de son seigneur ?... ... N'avez-vous pas réalisé, dans vos cœurs, que je suis un mur de fer ? Que diront les gens lorsqu'on entendra que vous m'avez abandonné, seul avec personne, et qu'il ne vint vers moi aucun officier supérieur, capitaine ou soldat pour me tendre la main, lorsque je combattais ? »

J'ai vaincu des millions de pays étrangers, étant seul (avec) mon attelage : Victoire-dans-Thèbes *et* Mout-est-satisfaite, *mes grands chevaux. C'est en eux que j'ai trouvé un appui lorsque j'étais seul, combattant de nombreux pays étrangers. Moi-même, je continuerai à leur faire manger leur nourriture, en ma présence, chaque jour, lorsque je serai dans mon palais. C'est eux que j'ai trouvés au milieu de la bataille avec mon écuyer Menna, les échansons de ma maison qui étaient à mes côtés, mes témoins en ce qui concerne le combat... ...*

(Le lendemain du combat)

Quand la terre blanchit à nouveau, je passai en revue les rangs, en vue du combat. J'étais prêt pour combattre comme un taureau en furie... ... J'entrais dans les rangs, combattant comme fond un faucon (sur sa proie), et Celle [42] *qui était à mon front fit tomber mes ennemis... ... J'étais comme Rê quand il apparaît en gloire à la pointe du matin, et mes rayons brûlaient le corps des rebelles, l'un d'eux criant à son camarade : « Prépare-toi, garde-toi, ne l'approche pas. Regarde ! Sekhmet la grande est celle qui est avec lui... ... Quant à quiconque vient à l'approcher, un souffle de feu vient à brûler son corps... ... »*

(Mouwattali demande l'armistice)

Sur ces entrefaites, le vil chef du Khatti envoya (un message) en rendant hommage à mon nom comme celui de Rê, disant : « Tu es Soutekh, Baâl en personne. Ta terreur est un brandon dans la terre de Khatti. » Alors il manda ses envoyés portant une lettre dans la main, au grand nom de Sa Majesté, adressant des salutations à Sa Majesté de la résidence de Rê-Horakhty, le taureau puissant aimé de Maât, le souverain qui protège son armée... ... Un mur pour ses soldats le jour de combattre, le roi de Haute et Basse Égypte Ousermaâtrê Sétepenrê, le fils de Rê, lion, seigneur au bras puissant, Ramsès Méryamon, doué de vie éternellement :

« Ton serviteur parle et fait que l'on sache que tu es le fils de Rê, sorti de son corps. Il t'a donné toutes les terres, réunies en une place. Quant au pays d'Égypte et au pays de Khatti, ils sont à toi, ils sont sous tes pieds. Rê, ton noble père, te les a donnés... ... Vois, ta puissance est grande, ta force est lourde sur le pays de Khatti. Il est bon que tu aies tué tes serviteurs [43]*, ton visage sauvage tourné vers eux, et que tu n'aies pas eu de pitié ! Vois, tu as passé hier, tuant des centaines de milliers. Tu es venu aujourd'hui et n'as laissé aucun héritier* [44]*. Ne sois pas dur dans tes actions, roi victorieux !*

La paix est meilleure que combattre, laisse-nous vivre ! »

(Réponse de Ramsès)

Alors Ma Majesté fut clémente, étant comme Montou en son temps, lorsque son attaque a remporté le succès. Puis Ma Majesté fit que me soient amenés tous les chefs de mon infanterie, de mes charriers et tous mes officiers supérieurs, réunis en une place, pour leur faire entendre le contenu de ce qui m'avait été écrit. Ma Majesté leur fit écouter ces mots que le vil chef du Khatti m'avait écrits. Alors ils dirent d'une seule voix : « La paix est extrêmement bonne, ô seigneur notre maître ! Il n'y a pas à blâmer une réconciliation quand tu la fais, car qui te résisterait le jour de ton courroux ? »

(Le retour en Égypte)

Alors Ma Majesté ordonna que ces paroles fussent entendues et je fis un repli pacifique en direction du sud. Ma Majesté s'en retourna en paix vers l'Égypte avec son infanterie et sa charrerie, toute vie, stabilité et domination étant avec elle... ... Le pouvoir de Sa Majesté protégeant son armée, et tous les pays étrangers rendaient des louanges à son beau visage.

Ayant atteint l'Égypte en paix à Pi-Ramsès-aimé-d'Amon-grand-de-victoire, et demeurant dans son palais de vie et de domination, comme Rê qui est dans son horizon – les dieux de son pays vinrent à lui, (l')honorant et disant : « Bienvenue, notre fils bien-aimé, roi de Haute et Basse Égypte, Ousermaâtrê Sétepenrê, fils de Rê, Ramsès Méryamon »... ... ...

*Ils le gratifièrent de millions de fêtes-*Sed*, pour toujours sur le trône de Rê, toutes les terres et tous les pays étrangers étant prosternés sous ses sandales pour l'éternité, sans fin.*

Le *bulletin* de Qadesh – récit militaire

Toute l'emphase dans l'angoisse d'un chef abandonné, désespéré mais déterminé à vaincre, puis l'ivresse de la victoire, et l'amertume aussi, se retrouvent dans ce texte, dicté par Ramsès à son scribe Pentaour, quatre années après cette exceptionnelle journée de combat. Délibérément, les épisodes des informateurs chargés de ce que nous appellerions de nos jours « l'intoxication », ont été gommés du récit. Certes Ousermaâtrê Sétepenrê savait qu'ils n'étaient pas pour servir sa gloire, et n'auraient souligné que son incroyable imprudence. Cependant, immédiatement après son retour, Pharaon avait donné ordre à ceux de ses proches témoins des événements – parmi lesquels certainement ses échansons et probablement son écuyer Menna – de retracer les épisodes principaux et d'en inspirer les sculpteurs chargés d'illustrer cette invraisemblable bataille, la première dans l'histoire dont on peut suivre la tactique déployée et connaître la disposition des deux armées [45]. En fait, le *bulletin* militaire daté du jour de l'affrontement fut inspiré par des témoins militaires ayant certainement vécu ces heures tragiques. Le texte est sobre et laconique, assorti de commentaires illustrés se référant à des incidents vécus.

C'est en se fondant sur ces documents plus proches du réel que l'on peut s'efforcer de reconstituer dans ses grandes lignes la journée de Qadesh, en y réintroduisant les malheureux incidents passés sous silence dans le *poème*.

Le départ de l'armée

Lorsque Ramsès, sur son char tiré par l'attelage préféré de sa grande écurie : *Victoire-dans-Thèbes* et *Mout-est-satisfaite*, quitta sa capitale, il entraînait ses quatre divisions vers l'Amourrou. En avant de la division d'Amon, Pharaon était précédé de ses officiers supérieurs qui encadraient le grand pieu à tête de bélier, insigne de la première division, solidement fixé sur un premier véhicule. Les 2 500 hommes de la division devaient immédiatement le suivre. Pharaon était entouré de ses échansons, formant en partie son escorte avec les *Shardanes*, sa garde personnelle. Le Vizir (celui du nord ?) – dont le nom n'est cité nulle part – était également présent, avec les officiers généraux, restés eux aussi anonymes. Les membres de sa famille faisant partie de l'expédition étaient certainement ses fils aînés, que les deux Grandes Épouses royales lui avaient donnés : leurs noms apparaissent sur les différents tableaux du *bulletin*. Au moment de l'attaque du camp, le nom d'une Épouse royale est cité : Moutnofret. Serait-ce une confusion du scribe pour Isisnofret, seconde Grande Épouse royale ? Il semble plutôt que cette Moutnofret ait fait partie du « harem de voyage », étant préférée parmi les épouses secondaires, car le texte précise bien qu'il faut *mettre à l'écart les Enfants royaux et ceux de Moutnofret*.

Derrière la division d'Amon venaient celle de Rê (ou Pa-Rê), puis celle de Ptah. Enfin, la division de Soutekh (ou Seth) fermait le long défilé guerrier.

On sait, d'après les dates minutieusement notées, que ce corps expéditionnaire mit, jour pour jour, un mois pour atteindre les parages de la ville de Qadesh : du neuvième jour du deuxième mois de l'été (*Shémou*) de l'an 5 (mai-juin), au neuvième jour du troisième mois du même été, c'est-à-dire juin-juillet 1274. L'intendance affectée à chaque division était chargée de la nourriture de base et du matériel de bivouac placé dans des chariots trapus, tirés par des bovidés (buffles ?) et des ânes.

Chaque division avait reçu ses plans de bataille et avait, avant le départ de Pi-Ramsès, été informée des différentes étapes qui devaient jalonner le chemin. Gaza fut, évidemment, une des premières. Ramsès remonta le long de la côte, peut-être au-delà de Tyr, vers Byblos. De là, il communiqua avec les forces *Néarins* [46] qu'il avaient installées quelques mois auparavant en prévision de son retour. Sans doute alors les envoya-t-il vers l'embouchure de l'Éleuthère, plus au nord, afin que, peu après (le trajet fut certainement calculé avec précision), ils longent cette rivière en direction de Qadesh, non loin de sa source. La jonction des deux armées se fit au jour indiqué, comme on le verra, et avec quel bonheur !

Abandonnant la côte, l'armée dut se diriger entre le Liban et l'Anti-Liban, dans la dépression de la Béka, pour arriver non loin de Damas (région d'*Oupi*) et de la station administrative fondée par Ramsès et nommée Pi-Ramsès-de-la-Vallée-des-Cèdres, en Amourrou, laissant loin derrière elle les *vassaux de Canaan* [47]. La division d'Amon atteignit les dernières hauteurs montagneuses sur la rive est de l'Oronte et passa la nuit, à la veille de la bataille, à l'emplacement qui de nos jours porte le nom de *Kamîrat el-Harmal*.

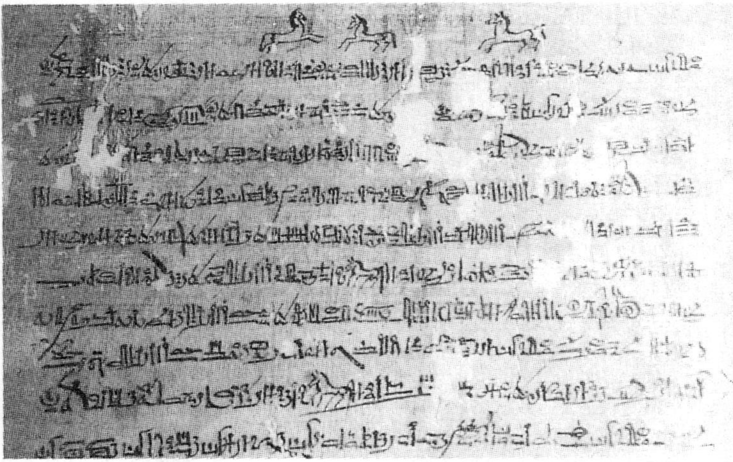

Fragment du poème dit Pentaour, écrit en hiératique, orné du croquis des chevaux.

La bague aux chevaux, réalisant le vœu de Ramsès de leur fournir, chaque jour, leur provende. (Musée du Louvre)

Sous la tente de Ramsès, à l'intérieur de camp de la Division d'Amon, Ramsès réunit d'urgence son Vizir et ses officiers.
Au registre inférieur Shardanes et fantassins égyptiens entourent la bastonnade des émissaires hittites. (dessins Clère et Fouad)

VIII

QADESH II
LE COMBAT DEVANT LA CITADELLE

La ruse ennemie

Au lendemain matin, Ousermaâtrê Sétepenrê, en costume de guerre, *vêtu de la panoplie de Montou*, impatient de gagner les abords de Qadesh, conduisit sa division à travers le long bois de *Labouy* où jadis Aménophis II, le roi athlète, venait tirer les gazelles. Il voulait passer au plus vite le gué, sur l'Oronte, au sud de la ville de *Shabtouna* [1], afin d'avancer sur la rive droite du fleuve, à 12,5 km environ de Qadesh.

Ses éclaireurs repérèrent des hommes qui semblaient se cacher : ils les appréhendèrent et constatèrent qu'il s'agissait de deux bédouins, de la tribu des *Shasous*, se présentant comme délégués par leur groupe compris dans la coalition hittite, mais désireux d'échapper à l'oppression de Mouwattali.

> *« Nos frères, chefs des tribus alliées au vaincu du Khatti, nous envoient à Votre Majesté pour dire que nous voulons être les serviteurs de Pharaon, et nous détacher du chef de Khatti. » Alors Sa Majesté leur dit : "Où sont-ils, vos frères, qui vous ont envoyés pour*

Le camp de la division d'Amon installé à l'ouest de la ville de Qadesh.
Les boucliers dressés limitent le terrain. L'entrée à gauche est ornée de deux petits sphinx.
Toute la partie gauche du camp illustre la vie des soldats et des animaux au repos
(y compris le dressage du lion de sa Majesté).

A droite, dans un enclos, la grande tente du roi et trois petites tentes de princes.
L'attaque hittite encercle la tente royale.
En haut, à droite, les émissaires de Pharaon ordonnent d'évacuer la famille royale.

parler de cela à Sa Majesté ?" Alors ils dirent à Sa Majesté : "Ils sont où se trouve le vil chef du Khatti, car le vaincu de Khatti est dans la terre d'Alep, au nord de Tounip, et il craint trop Pharaon pour se rendre au sud, lorsqu'il a appris que Pharaon se rendait vers le nord !" ».

Ramsès ne comprit pas qu'il s'agissait d'une manœuvre. Pourtant, son grand modèle, le troisième Thoutmosis, avait déjà utilisé la ruse pour investir la ville de *Joppé* (Jaffa) [2]. Manœuvre imaginée par Mouwattali dont les armées, environ 20 000 hommes, comprenaient 2 500 charriers. Ces forces étaient massées bien près de Pharaon, au nord-est de Qadesh, cachées derrière la citadelle.

Un plan de bataille dut immédiatement venir à l'esprit d'Ousermaâtrê Sétepenrê : en fonçant vers la forteresse si convoitée, et rendue plus vulnérable par l'absence de Mouwattali et de son armée, il pourrait sans grandes difficultés la prendre par surprise, puisqu'elle paraissait ne pouvoir être défendue par les forces hittites stationnant dans la ville d'Alep. Quelle revanche éclatante, quelle gloire aussi pour Pharaon, vainqueur aux yeux de tout le Proche-Orient !

Aveuglé par cet espoir enivrant, Ousermaâtrê perdit toute prudence, tout le contrôle que devait lui dicter la raison. Il omit aussi, sans doute, de consulter ses conseillers, ce qu'il ne manquait jamais de faire avant de prendre une décision importante. Il voulait arriver avec sa division, la première, laissant aux trois autres le soin de le rejoindre après l'assaut victorieux de la place forte. Aussi se hâta-t-il d'entraîner à sa suite la seule division d'Amon, afin de passer au plus vite le gué de Shabtouna, et de reprendre la marche sur la rive gauche de l'Oronte pour gagner le nord-ouest de Qadesh.

Installation du camp royal

Arrivés à l'emplacement du « bivouac » choisi par Pharaon, les hommes, sous la conduite des officiers et des scribes de l'intendance, procédèrent à l'organisation du camp et à l'installation de la tente royale ornée de l'image des pays étrangers, à genoux, vénérant le roi. Un immense périmètre rectangulaire fut immédiatement délimité par une légère palissade constituée de boucliers dressés sur tout le pourtour, d'une hauteur d'environ deux coudées. L'entrée du campement, au centre du petit côté ouest, était bordée de deux sortes de montants dominés par deux statuettes de lions couchés, que l'intendance n'avait pas manqué de faire figurer dans l'équipement de la suite royale, car il fallait toujours s'assurer la force des symboles [3].

Cette entrée donnait sur le passage central du camp, traversant l'aire où hommes, bêtes et matériel, de même que de petites tentes, prenaient place. Cette voie centrale conduisait directement à la grande tente royale, rectangulaire, au plafond arrondi, et à trois autres petites tentes, destinées certainement aux princes royaux. La vie dans ce camp présente une grande animation, qui semble brusquement se transformer en une tragédie à l'est du tableau.

Contemplons, pour le moment, la partie occidentale du grand enclos où les éléments de la division d'Amon se croient en parfaite sécurité. D'abord, l'entrée est surveillée par des gardes armés de piques : très près, les chevaux dételés, les uns devant leurs mangeoires, les autres en attente entre des files de chars, demeurent en rangs. Plus haut, les ânes de trait broutent, se couchent à terre ou reçoivent une correction d'un soldat. Des enfants de troupe figurent parmi le personnel qui s'occupe du matériel à entretenir, et assistent ceux qui pansent les bêtes, maintiennent en état les armes, inspectent les chars, préparent les repas ou encore soignent les « éclopés » de la route.

Au centre, ou presque, un grand lion couché, langue pendante, est désigné comme *le lion vivant de Sa Majesté, égorgeur de ses ennemis* [4]. Devant lui, son dompteur parfait son dressage. À l'opposé de cette tranquille activité et de ces instants de repos, subitement un mouvement anime les personnages du côté de l'est : des hommes en armes courent, boucliers en avant ; d'autres affrontent les occupants de chars hittites qui viennent de pénétrer dans le camp par la palissade orientale. Certains sont déjà tombés de leur véhicule : des soldats de Pharaon les mettent à mal. Voici qu'un officier royal, sur son char, surgit : il tend un bras comme pour donner un ordre. Il est précédé par deux autres chars conduits au galop, montés par des princes, et qui s'enfuient vers l'ouest. Sur une version du bulletin qui figure au Ramesséum, on lit :

> *L'arrivée du flabellifère de Pharaon pour dire aux enfants royaux et à ceux de Moutnofret : « Ne sortez pas de l'ouest du campement, et tenez-vous à l'écart de la bataille ! »*

Bastonnade des émissaires hittites.

Le char royal et l'écuyer Menenna.

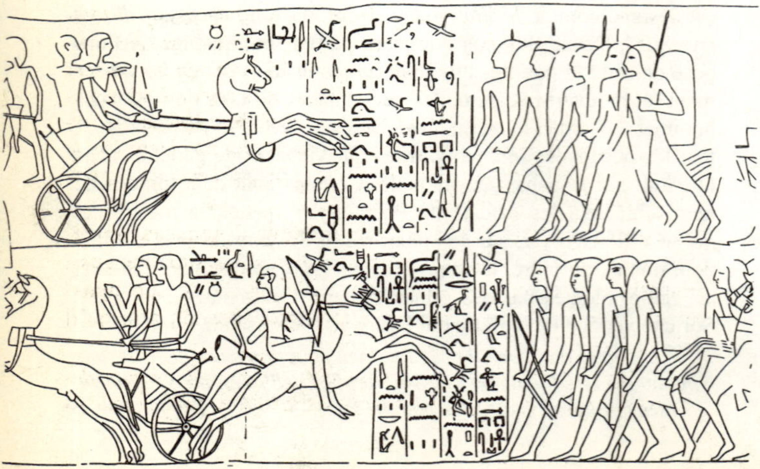

Le Vizir et un messager égyptien vont alerter la Division de Ptah pour hâter son arrivée.

À côté du camp, on retrouve l'image du même :
flabellifère à la droite du roi, le scribe royal, [grand] commandant de l'armée, [le premier charrier] de Sa Majesté, Parêherounémef.
Que se passe-t-il donc ?

Les conséquences de la ruse

Les deux *Shasous*, provocateurs chargés d'endormir tous soupçons, avaient conduit à la catastrophe Ramsès dans son impétuosité, dans sa rage à vouloir voler une victoire, dans son inexpérience, incapable d'entrevoir une félonie à son égard. L'ennemi, massé au nord-est de Qadesh, tapi derrière la citadelle et la végétation environnante, allait attaquer sur deux fronts, aussi bien le camp que la seconde division, celle de Rê, qui venait à son tour de passer le gué de Shabtouna, se disposant à rejoindre la première armée d'Amon.

Or, pendant que le campement s'organisait, Ousermaâtrê Sétepenrê, assis sur son tabouret de campagne plaqué d'or, était informé que deux éclaireurs ennemis en reconnaissance, rôdant dans les parages, venaient d'être interceptés. Roués de coups, ils avaient fini par avouer, devant Pharaon qui les interrogeait, la tragique vérité.

*« Nous (appartenons) au chef du Khatti ; c'est lui qui nous a envoyés pour épier l'endroit où se trouve Sa Majesté. » Alors Sa Majesté leur dit : « Où est-il lui-même, le vaincu du Khatti ? J'ai entendu qu'il était dans la terre d'Alep, au nord de Tounip. » Mais ils dirent à Sa Majesté : « Vois ! Le vil chef de Khatti est venu avec de nombreux pays étrangers qui sont avec lui ; ceux qu'il a amenés avec lui comme alliés (*suivent les noms de tous ceux qui sont cités dans le *poème). Ils sont équipés de leur infanterie et de la charrerie, portant leurs armes de guerre, et ils sont plus nombreux que le sable sur le bord de la rivière. Vois ! Ils se tiennent équipés et prêts pour combattre derrière Qadesh l'ancienne ! »*

La réaction d'Ousermaâtrê Sétepenrê fut à nouveau immédiate, et la rapidité dont il a fait preuve devant une situation aussi dramatique témoigne de sa présence d'esprit et de son indiscutable valeur : il convoqua son état-major, aussitôt, afin qu'il voie l'effroyable désastre qui se préparait :

« Voyez dans quelle situation se trouvent les gouverneurs des pays étrangers et les chefs des terres de Pharaon. Chaque jour ils

(venaient) dire à Sa Majesté : « Le vil chef du Khatti est dans la terre d'Alep et a fui devant Sa Majesté quand il a entendu que Sa Majesté arrivait. Mais voyez ! Je viens d'apprendre à l'instant, de ces deux éclaireurs du vaincu de Qadesh, que le vil vaincu du Khatti est venu avec de nombreux pays étrangers qui sont venus avec lui, des hommes et des chevaux, aussi nombreux que (les grains de) sable ; et voyez ! Ils se tiennent prêts derrière Qadesh l'ancienne (pendant que) mes gouverneurs des territoires étrangers et nos chefs sous l'autorité desquels sont les terres de Pharaon, ont été incapables de nous dire qu'ils étaient arrivés ! »

Ce n'était évidemment plus le moment de souligner les négligences coupables de son service de renseignements, alors que son conseil reconnaissait ces carences, constituant *un grand crime*. Il dépêche, d'urgence, le Vizir accompagnant le petit prince Parêherounémef, *Premier brave de l'armée*, *Surintendant des écuries*, et des messagers vers Shabtouna pour que la division de Ptah presse le pas. Elle était peut-être encore en partie engagée dans le bois de *Labouy*. Ne parlons pas de celle de Seth, la plus éloignée. Quant à la division de Rê, Ramsès jugeait qu'elle devait être prête à rejoindre celle d'Amon près du campement.

Pendant ce temps, Mouwattali déclencha son offensive, gardant par devant lui environ 10 000 fantassins, et envoyant 2 500 chars armés chacun de trois occupants (un conducteur, un écuyer, un archer) en direction de l'Oronte, traversant le gué le plus proche de Qadesh, pour rencontrer les Égyptiens sur la rive occidentale du fleuve. Bientôt, ses soldats s'efforceraient d'investir le camp de Pharaon.

La grande bataille de Qadesh, qui ne dura qu'à peine une journée, et dont Ramsès fit un événement capital, celle sur laquelle on demeure encore mieux documenté [5] que sur tout autre engagement militaire avant celui de Marathon (490 avant notre ère), venait de commencer.

La mêlée

Ramsès ignorait que la charrerie de Mouwattali venait de passer l'Oronte, et avait littéralement coupé en deux la colonne formée par la division de Rê, dont les éléments ne pouvaient s'attendre à une attaque aussi violente qu'imprévue. Les soldats, la cavalerie, s'efforçant d'échapper aux assaillants, se ruaient

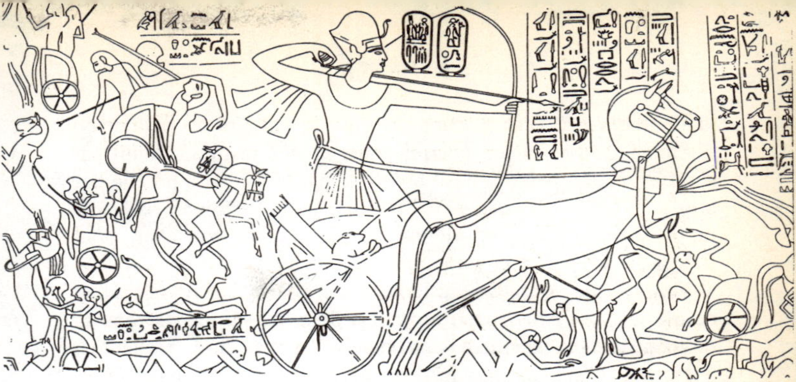

La charge de Ramsès, seul dans la mêlée.

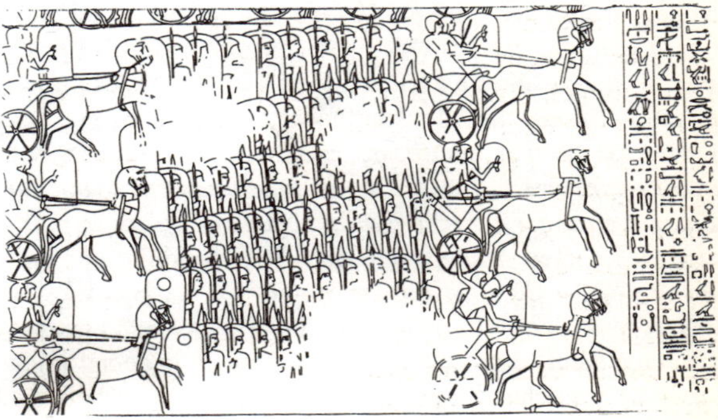

▲ Arrivée des Néarins.

◄ Affrontement des chars égyptiens et hittites.

vaille que vaille vers le camp de Ramsès entouré de la division d'Amon. Le conseil de guerre, pourtant très restreint, réuni par Ramsès, était à peine achevé qu'alerté par le fracas si proche des armes, Pharaon fit évacuer sa famille, réussit à réunir sa garde rapprochée, son écuyer Menna qui fit équiper son char, pour foncer dans la mêlée en un temps miraculeusement bref.

Poussant de véritables hurlements de guerre, sûr de la fidélité de Menna, son écuyer, qui arrivait à dominer sa peur devant un inimaginable engagement sans espoir, Ousermaâtrê, réellement Sétepenrê (*Choisi du dieu Rê*), venait de surpasser ses possibilités humaines. Entièrement confiant dans cette lumière divine qui l'habitait, mais aussi grisé par la rage, il tirait flèche après flèche, dirigeait son char par les rênes passées autour de ses reins, pour laisser les mains libres à Menna affairé à lui tendre les projectiles, tout en le protégeant de son bouclier. Ses chevaux, gagnés par l'ivresse de leur maître, passaient sur les cadavres, bousculaient les attelages hittites : *il ne se laissa pas émouvoir par des millions d'étrangers, il les regarda comme des fétus de paille*. La charge désespérée, aveugle presque, était conduite par un véritable démon ! « *Ce n'est pas un homme !* », hurlaient les adversaires, comme paralysés ou touchés à mort.

Effectivement, dans les inscriptions qui dominent l'image de Ramsès sur son char, en pleine action, sur les bas-reliefs du *bulletin*, on peut lire :

> *Il est comme l'ouragan lorsqu'il surgit du ciel, sa puissance est comme la flamme dans le chaume.*

L'arrivée des Néarins

À six reprises, Ramsès contre-attaqua ; sur le point d'être totalement dépassé, brusquement, les rangs ennemis venaient de s'éclaircir : surgissant de l'est, en direction du camp, le magnifique contingent des *Néarins*, dont l'arrivée avait été magistralement programmée par le roi, venait d'apparaître. Remarquablement formé de combattants éprouvés, et d'une discipline évidente à la seule vue de leur ordre de marche, tel un véritable « rouleau compresseur », le carré compact de soldats en rangs serrés, bouclier contre bouclier – préfiguration de la « tortue » romaine [6] –, venait de survenir, encadré de chars préparés à l'attaque.

Voici comment les officiers égyptiens les ont décrits dans la légende qui accompagne le tableau formé par leur arrivée :

> *L'arrivée des Néarins de Pharaon (venait) du pays d'Amourrou. Ils trouvèrent que la troupe des ennemis du Khatti avait pénétré dans le camp de Pharaon sur son côté ouest, alors que Sa Majesté était assise seule, son armée n'étant pas avec lui, la troupe de ses chars... ... ses soldats, pendant que l'armée d'Amon, dans laquelle Pharaon se trouvait, n'avait pas terminé de planter le camp, et que l'armée de Rê et l'armée de Ptah marchaient... ... n'étaient pas encore arrivées, (sortant du) bois de* Robawi (Labouy*). Et les* Néarins *foncèrent dans la troupe du vil vaincu de Khatti, alors qu'elle pénétrait dans le camp de Pharaon – les serviteurs de Sa Majesté les tuèrent et ne permirent à aucun deux d'échapper –, leur cœur étant assuré par la grande force de Pharaon, leur très bon seigneur, lui qui se tient derrière eux comme une montagne de cuivre et comme un mur de fer, pour toujours et à jamais.*

Prenant en tenaille les chars ennemis qui encerclaient Ramsès, ils dégageaient le fougueux pharaon sur le point d'être inexorablement submergé. Par le même effet, le camp livré au pillage était en partie libéré.

Poursuivant alors les ennemis vers le nord-est de la citadelle, épaulée par les *Néarins* – ce véritable commando de légionnaires ! –, la cavalerie égyptienne encore combattante, guidée par Pharaon, rassembla les éléments épars de la division de Rê, auxquels venait se joindre la division de Ptah, enfin arrivée à marches forcées, guidée par le Vizir. Ce fut, alors, le déploiement des deux cavaleries adverses qui s'affrontèrent.

Les reliefs qui illustrent les étapes majeures du *bulletin* ont rendu le déroulement de la rencontre en un magnifique registre médian qui réserve, à la partie inférieure, la place pour l'illustration du camp égyptien et le « conseil de guerre » présidé par Ramsès. En revanche, à la partie supérieure, entourant Pharaon puis la citadelle de Qadesh, c'est l'évocation d'une effroyable mêlée, l'amoncellement des cadavres d'hommes et de chevaux, de chars brisés.

Puis on assiste à la dernière phase du combat : la charge victorieuse de la cavalerie, guidée par Ousermaâtrê Sétepenrê, contre les chars hittites repoussés au sud de Qadesh, non loin du gué traversé dans l'autre sens par les Hittites, peu de temps auparavant.

La charge de la cavalerie égyptienne

Oui ! Ramsès dominait, maintenant, la situation ! Oui ! La situation maintenant renversée, les chars hittites repassaient le gué, mais surtout, dans le plus grand désordre, chars, chevaux et guerriers étaient poussés dans le fleuve, la plupart se noyant ! *Les Hittites se jettent au fleuve comme des crocodiles !*

Les détails figurés sur les bas-reliefs ont été pris sur le vif, tragiques souvent, mais parfois humoristiques ; ils sont restés profondément gravés dans la mémoire des combattants de Pharaon. De telles représentations visibles par tous, aux pylônes de Louxor ou sur les murs de Karnak, proposées à la vue de multiples spectateurs – ou même dans les sanctuaires pour que la force de l'image perpétue la victoire –, ne peuvent avoir enregistré des informations mensongères.

Sur le grand mur nord de la salle-cour du temple de Ramsès en Abou Simbel, ne voit-on pas, près des douves qui entourent Qadesh, l'image d'un des frères de Mouwattali, Pa-tjar, mort, flottant dans l'Oronte ou encore le « vil chef » de la ville d'Alep qui, tiré de l'eau à temps, est tenu par ses hommes les pieds en l'air et la tête en bas, pour le faire « dégorger » ?

Ces anecdotes imagées sont rendues avec une verve incroyable. Les artistes – et leurs inspirateurs – ont voulu faire participer le spectateur à l'ivresse désespérée du combat, à l'émotion de situations critiques et, en surplus, à des détails de la vie journalière. Le résultat est un chef-d'œuvre, qui doit beaucoup à la « libération » des arts véritablement imposée par Akhénaton, dès les essais du nouveau style qu'il sut matérialiser sur les murs des sanctuaires dédiés au globe d'Aton, érigés à l'est du périmètre sacré d'Amon à Karnak.

Après cette charge fulgurante vers les eaux de l'Oronte, le sort de la bataille avait définitivement changé de camp. La détermination désespérée d'Ousermaâtrê Sétepenrê avait été son premier atout incontestable dans cet affrontement démesuré. Il n'aurait pu résister longtemps sans l'arrivée des *Néarins*, prévue par Ramsès à qui on ne peut reprocher une totale insouciance dans la préparation du combat. On se demandera toujours si une armée sans chef suprême réellement présent sur le champ de bataille, même supérieure en nombre, peut résister à la pugnacité de divisions conduites par un général en chef audacieux et constamment présent sur le terrain.

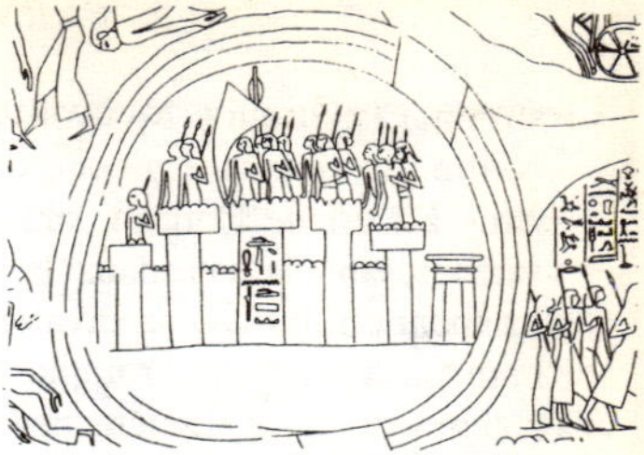

La citadelle de Qadesh entourée
par deux bras de l'Oronte,
reliés par un canal.

Un des frères du roi hittites est noyé,
le prince d'Alep « dégorge ».

Le roi des Hittites ordonne à ses troupes l'arrêt de la bataille.

Ainsi, pourquoi Mouwattali resta-t-il, pendant toute la rencontre, obstinément proche de son infanterie, sur la rive gauche, mais à l'est de Qadesh, sans participer lui-même à l'attaque, et surtout sans lancer dans la mêlée son immense infanterie, au moment critique où sa cavalerie était repoussée vers l'Oronte. Cet homme d'Anatolie, rompu à l'efficacité d'une diplomatie qui s'achevait généralement par un traité, voulait-il arrêter un carnage inutile ? Était-il abattu par le décès de frères et de proches tués dans le combat ? Ou était-il déjà affecté par la maladie qui allait très vite l'atteindre dans la force de l'âge ?

La fin du combat

On le voit, sur les reliefs illustrant le *bulletin*, debout sur son char, au sud-est de Qadesh : son cocher tient les rênes des deux chevaux ; il est entouré de Hittites armés de piques, celui de tête brandissant son bouclier caractéristique en forme de violon [7]. Devant les chevaux, on distingue d'autres guerriers parmi les confédérés, presque tous originaires des terres voisines de l'Anatolie, comme on a pu le constater par les noms des régions dont ils sont issus. Les hommes qui tiennent les grands boucliers au sommet arrondi, analogues à ceux des Égyptiens, doivent être originaires des contrées anciennement vassales de Pharaon.

Mouwattali, empoignant d'une main les guides des chevaux comme pour maintenir son char à l'arrêt, se retourne vers la citadelle, et lève l'autre main afin de faire cesser le combat. Peut-être trouvait-il que ses troupes devaient regagner la citadelle avant que les armées de Pharaon ne tentent de s'en emparer ? Ou était-il désespéré à ce point d'avoir perdu au combat tant de ses proches ? Les Égyptiens nous en fournissent même les noms :

Sapather, frère du vaincu de Khatti
Tergenenes, officier de char du vaincu de Khatti
Gerbétès, porte-bouclier du vaincu de Khatti
Âgem, capitaine de troupe, de la région de *Kébéset*
Kemyth, un des chefs des guerriers *Téher*
Kherpéser, courrier du vaincu de Khatti
Tyder, chef de la suite du vaincu de Khatti
Pys, officier de char du vaincu de Khatti
Sémertès, officier de char du vaincu de Khatti

Les milliers de fantassins hittites que Mouwattali ne voulut pas lancer dans la bataille.

Chars hittites ne participant pas à la bataille, et défilé d'une partie de l'intendance hittite.

Rébesnen, capitaine de troupe de la province *Inénès*
Khémétérem, frère du vaincu de Khatti
Tédèr, chef des guerriers *Téher*
Thouthès, capitaine de troupe de *Inès*
Bének (?), officier de char de Celui de Khatti,
etc...

Les textes entourant l'image du chef hittite, escorté de ses 18 000 guerriers *Téher*, qu'il renonce à engager dans la bataille, nous confirment l'état d'esprit de Mouwattali.

Le grand vil vaincu de Khatti, se tenant au milieu de la charrerie, son visage tourné en arrière, frémissant d'horreur et déconfit. Il n'est jamais sorti pour combattre, de peur de Sa Majesté, lorsqu'il a vu Sa Majesté gagnant sur les gens de Khatti de même que sur tous les pays étrangers qui étaient venus avec lui. Sa Majesté les a renversés en un moment, Sa Majesté étant comme un faucon divin. Il (le Hittite) rend grâce au dieu incarné en disant : « Il est comme Seth dans son heure, Baâl en personne. »

L'ordre est donc donné à l'armée hittite de se retirer dans la citadelle. Cette place forte, que contournait en partie un grand bras de l'Oronte rejoint par un petit canal, était ainsi entourée de larges douves. Deux ponts-levis, l'un au sud, l'autre à l'est, enjambaient ces douves. Les soldats confédérés s'engouffrèrent à la suite de Mouwattali, et les ponts-levis furent relevés.

Au soir de la bataille

On a parfois accusé Ramsès d'excessive vantardise à propos du « succès » de Qadesh. Si, d'un côté, le *poème* souligne inconsidérément la solitude totale de Ramsès au combat, les reliefs officiels du *bulletin* – et leur commentaire – rétablissent grandement la vérité. Les ordres donnés aux dessinateurs de coordonner les illustrations du *bulletin* entre les différents temples ont été strictement suivis. L'arrivée des *Néarins* et, au cours du combat, le registre où l'on voit l'affrontement des deux charreries adverses montrent délibérément que Ramsès ne fut pas seul au combat. De surcroît, et d'un seul coup d'œil, il est visible que l'intention était de montrer que la citadelle n'avait pas été investie : parmi les soldats hittites armés de piques, au sommet des tours supérieures, l'étendard ennemi flotte librement. Il n'a pas été transpercé par les flèches adverses, comme on le verra à l'occasion de la prise de Tounip, en l'an 8.

Au soir de la bataille, Ramsès fait dénombrer les ennemis morts (les scribes enregistrent chaque main gauche).
Les princes royaux amènent les prisonniers. Le Vizir et les officiers louent Pharaon.

Du côté égyptien, la division de Ptah finissant de regagner le champ de bataille fut, plus tardivement encore, rejointe par celle de Seth, et ne combattit pas. Il fallait ramasser les blessés, rassembler la charrerie, panser les chevaux, relever les morts égyptiens [8] et dénombrer les ennemis abattus. Pour faire le compte de ces derniers, et suivant la coutume, une main de chaque cadavre ennemi était coupée et enregistrée consciencieusement par les scribes ; leur accumulation formait plusieurs tas macabres devant Pharaon, à qui, sur plusieurs rangs, ses fils et certains de ses officiers supérieurs présentaient les chefs vaincus, les *maryans* de plusieurs pays, c'est-à-dire la classe supérieure des charriers les plus valeureux [9]. Le roi était assis sur le coussin de son char et recevait, ainsi, le témoignage de sa victoire. Au registre inférieur, son fils aîné, maintenant appelé *Imenherkhépéshef* [10], ainsi nommé pour la première fois à l'issue de la bataille, lui amène le groupe des prisonniers les plus importants, bras liés. Au registre médian, les louanges adressées au roi sont illustrées par le vizir (toujours anonyme !) et les trois généraux de division, les bras levés en signe d'acclamation. Le registre supérieur présente deux princes amenant une rangée d'autres prisonniers encordés, et des chevaux hittites.

La punition par l'anonymat semble avoir frappé les officiers supérieurs et le vizir, en raison de leur imprévoyance et de leur absence momentanée au combat. Les fils du roi sont représentés et nommés : on reconnaît, sans ordre, Parêherounémef, Ramsès, Khâemouaset, Méryamon, Séthi, Mérenptah, et un autre encore dont le nom est illisible, sans oublier Imenherounémef devenu Imenherkhépéshef.

La rude semonce faite à ses soldats pris de panique, consignée dans le pseudo-*poème*, a certainement été adressée durant cette cérémonie de fin du combat. Les louanges pour l'action sans faille de son écuyer Menna faisaient contraste, et Ousermaâtrê Sétepenrê n'oublia pas davantage les valeureux chevaux de son attelage, *Victoire-dans-Thèbes* et *Mout-est-satisfaite*, ainsi qu'il le consigna dans son *poème*. Il dut, par la suite, bien souvent visiter ses écuries à Pi-Ramsès et leur présenter de ses mains le foin le plus odorant. Mieux encore : leur image digne de mériter la reconnaissance royale traversa les siècles... et les frontières. Un jour, le Vice-Roi d'Égypte Méhémet Ali fit don à Charles X d'une exceptionnelle bague en or, trouvée dans les fouilles de la nécropole des taureaux Apis à Saqqara, dont le chaton était fait de deux minuscules chevaux en ronde bosse [11], devant leur mangeoire. Le vœu de Ramsès, ciselé par ses meilleurs orfèvres, avait aussi dû se concrétiser au doigt de Pharaon. Miracle ! Il est maintenant exposé au Musée du Louvre.

« La paix est meilleure que le combat. » (Mouwattali)

Bien que les termes du *poème* laissent supposer que Pharaon ait voulu engager à nouveau le combat le lendemain matin, il semble que cette hypothèse est à écarter.

La prise de Qadesh paraissait bien improbable à Ramsès ne disposant plus de ses quatre divisions intactes, si renforcées qu'elles auraient pu l'être par l'aide des *Néarins*, ces derniers ayant aussi certainement subi quelques pertes. Les 20 000 défenseurs de la citadelle auraient contraint les agresseurs à un long siège. De son côté, on a compris que le Hittite, vraisemblablement en proie à une certaine détresse, pouvait essayer l'arme de la diplomatie. Le *poème* relate le message envoyé par Mouwattali à Ramsès, et la décision quasi immédiate de Pharaon, après avoir pris conseil de ses officiers supérieurs et de sa garde rapprochée. Reculant devant une nouvelle imprudence, dont il connaissait maintenant le prix, il jugeait que cette missive de Mouwattali lui permettait de mettre fin – sans perdre la face – à un affrontement qu'il considérait certainement comme périlleux. Ousermaâtrê Sétepenrê profita donc de la porte de sortie qui lui était offerte : il annonça son « repli pacifique » vers le sud.

Le retour en Égypte

Comme il fallait s'y attendre, les messagers ayant été envoyés en hâte vers la capitale, Ramsès et ses troupes, ramenant certains prisonniers, mais... peu de butin, connurent le triomphe des braves, au commencement de la sixième année du règne, au début du quatrième mois (juillet 1274 avant notre ère).

On chanta leurs louanges, on ne parla pas trop des prises de guerre, qui consistaient essentiellement en armes saisies sur les ennemis tués, en chevaux, évitant de faire allusion à la perte d'équipements détruits au moment où le camp de Ramsès fut investi.

Ousermaâtrê Sétepenrê était totalement lucide, et avait retenu la leçon. Il avait aussi parfaitement compris combien faibles avaient été les alliances conclues avec les roitelets du Proche-Orient. Il savait également que son retour, après un départ aussi triomphal faisant augurer de l'invincible force de Pharaon, allait être analysé et jugé par ses agressifs voisins, voyant que Qadesh et l'Amourrou demeuraient dans les mains hittites. Il fallait « remonter la pente », et reprendre sans relâche le chemin de l'est, pour s'imposer à nouveau, reconquérir des portions perdues, et redonner à l'Égypte son rayonnement, garantir même, à nouveau, ses frontières.

En effet, dès le départ de l'armée égyptienne, Mouwattali avait complètement repris en main l'Amourrou. C'est à ce moment que son chef Bentéshima fut exilé dans la capitale de *Hattousha*, et remplacé, dans son fief, par un certain Shapilli. Enfin, Mouwattali reprit Damas et sa province.

À Pi-Ramsès, Ousermaâtrê Sétepenrê dut s'appliquer à rénover l'encadrement de ses divisions, et à organiser sérieusement son service de renseignements, car il avait été profondément marqué par la ruse hittite.

La triade thébaine : Amon, Mout et Khonsou. Sous leurs pieds, le flot du Nil indique le rapport du dieu avec l'Inondation. (Grand temple de Karnak. Cliché A. Bellod)

Ramsès fait brûler l'encens pour Ptah. Karnak. (cliché Bellod)

IX

RAMSÈS ET LE LANGAGE DES TEMPLES I SA FONDATION DU RAMESSÉUM

Conséquences immédiates de Qadesh

Imenherkhépéshef, fils aîné du roi, avait fait ses preuves au cours de l'engagement de Qadesh. Ramsès savait qu'il pouvait le charger de responsabilités, pendant que lui-même se rendait dans le sud du pays.

Au reste, le prince portait un grand attachement à deux des plus fidèles et très efficaces serviteurs de Pharaon, sur lesquels il comptait.

C'était d'abord le Vizir Pasar, très probablement demeuré dans la capitale du nord pour gérer les affaires du royaume, suppléant en quelque sorte son confrère chargé de la partie nord du pays, mais qui, en accompagnant Ousermaâtrê Sétepenrê dans son équipée amorrite de l'an 5, avait montré bien peu de discernement, au moment où les premiers émissaires de Mouwattali avaient livré de si fallacieuses informations. Il y avait aussi Imeneminet [1], l'intelligence et la loyauté faites homme : aussi Pharaon venait-il de lui confier la direction des services (spéciaux, déjà !) qui contrôlaient les agissements hostiles à l'Égypte dans les territoires étrangers. Il commençait, déjà, à tisser un réseau de renseignements concernant la situation réelle des provinces vassales au-delà des marches orientales du Delta.

La frontière orientale avait été renforcée. Des troupes fraîches cantonnaient, avec un déploiement inhabituel de forces, au-delà d'el-Arish [2], le long de la côte vers Gaza et Raphia, sur la route des citadelles [3], ce qui dissuadait momentanément les *Shasous*, bédouins pillards, de toute agressivité. Ces mesures immédiatement préventives allaient être assorties d'une certaine épuration dans les cadres supérieurs de l'armée, puis d'une instruction « repensée » des troupes – et même des officiers de char – afin de les contraindre à une discipline plus rigoureuse dans l'art du combat. Le prince Imenherkhépéshef, chargé de faire appliquer les réformes, était secondé très certainement dans ce rôle par le général Ourhiya, dont le fils avait à ses côtés participé à la bataille de Qadesh.

Quoi qu'il en soit, Ramsès savait que, pendant son absence de la capitale, la Reine mère Touy, Mout-Touy, se plaisait-il à la nommer, serait sa meilleure corégente... officieuse. Nul ne pouvait rivaliser avec sa sagesse et son esprit d'à-propos, qualités éprouvées durant ses premières expéditions syriennes, et que lui enviaient les deux Grandes Épouses royales, Nofrétari et Isisnofret.

Vers les temples du sud

Ramsès devait effectivement se rendre dans les terres du sud [4], et reprendre un contact direct avec les notables provinciaux auxquels Qadesh serait contée, car nul ne devait douter de l'extraordinaire exploit du maître de l'Égypte. De surcroît, Ousermaâtrê Sétepenrê désirait se rapprocher davantage de ses sujets. Il y avait aussi les grands travaux projetés, dès le début de son règne personnel, auxquels il prêtait la plus grande attention, puisqu'il n'avait pas voulu simplement faire appliquer un programme classique. Plus que jamais le temple, par son architecture et son décor même, devait faire allusion aux grands moments de l'histoire, mais aussi traduire mieux qu'auparavant certaines forces cosmiques dont dépend l'équilibre du monde.

Il fallait d'abord, et partout où les édifices avaient été érigés à la gloire des multiples aspects du démiurge, faire éterniser le miraculeux combat de géant qu'il avait livré, quasiment seul, devant l'adversaire le plus puissant parmi les pays du nord et de l'est. L'impact magique des reliefs entretiendrait son invincibilité dans toutes ses actions à venir. Le réseau prophylactique, ainsi dressé autour de l'Égypte, renforcerait l'effort de ses armées et plairait aux formes divines dont il attendait, en retour, la protection.

La tri-unité après Aménophis IV

Mais de quelles formes divines s'agissait-il ? Son grand et secret inspirateur, Aménophis IV, n'en reconnaissait apparemment qu'une seule, celle qu'il avait détectée au cœur du globe solaire. Au-delà de cette image répandue sur les murs de ses temples et ceux des chapelles des tombes amarniennes [5] – et qui consistait en une représentation du soleil, évoqué pour la première fois dispensant ses rayons, terminés par de petites mains communiquant sur terre chaleur, lumière et vie à tout ce qu'elles touchaient –, que de spéculations secrètes à l'intérieur des sanctuaires où les prêtres physiciens et les savants d'Hermopolis [6], disciples de Thot, se livraient à leurs recherches !

Si l'on voulait résumer le concept d'un enseignement religieux, tel qu'Ousermaâtrê entendait le diffuser, on pourrait très succinctement se référer à certains termes d'un papyrus actuellement conservé à Leyde [7], porteur d'un texte contemporain de l'époque post-amarnienne et du début de la XIXe dynastie. Suivant ses préceptes, n'était-il pas plus aisé de concevoir la grandeur du Tout-Puissant, et la variété de ses manifestations, si l'on envisageait que ces formes divines n'appartenaient, en réalité, qu'à *un seul et même corps* ? Témoignage du syncrétisme de l'époque, on se réfère, alors, à la tri-unité : Amon - Rê - Ptah, trois dieux n'ayant réellement qu'une seule volonté. Voici le passage du chapitre 300 de l'hymne à Amon où le rédacteur a tenté d'analyser le système élaboré :

> *Trois sont tous les dieux : Amon - Rê - Ptah ! Ils n'ont pas de pareils. Caché est le nom (= le principe) en qualité d'Amon ; la face est Rê ; son corps Ptah.*
>
> *Leurs villes sur terre sont établies à jamais : Thèbes, Héliopolis et Memphis, jusqu'à l'éternité.*

Quand du ciel est envoyé un divin message, il est entendu à Héliopolis, on le répète à Memphis, au juvénile-de-visage (= Ptah) ; on le rédige en une lettre de l'écriture de Thot, (on l'envoie) à la ville d'Amon qui possède leurs biens. À Thèbes on y répond : « Allez, disent les dieux, cela appartient à l'ennéade (?) : tout ce qui sort de sa bouche est Amon. » Les dieux sont établis grâce à lui, suivant ce qu'il a ordonné. Un message divin est-il envoyé ? Il peut supprimer ou faire vivre. Pour tous, la vie ou la mort dépendent de lui... ... Amon, Rê [et Ptah], tous, ensemble trois.

Ce texte n'est pas, naturellement, sans quelque obscurité ; la seule clarté qui ressort nettement est que le dogme de la tri-unité y est suffisamment mis en relief pour qu'on le regarde comme indiscutable. Cet aspect de la nouvelle religion d'Amon, après la réforme d'Aménophis IV [8], sera encore amendé par Ramsès, à propos d'Amon :

(chapitre 40 de l'hymne)... *se façonnant lui-même, dont personne ne connaît les formes, élaborant ses images, se créant lui-même, réunissant sa semence à son corps pour créer son œuf dans le plus profond de lui-même. Devenant une forme, image des naissances...*

Le retour de Seth

À cette trinité, Ramsès voudra associer l'image de Seth, celui de ses racines, celui qui, avec Horus, dominait le premier des grands noms de Pharaon, celui que, dans l'intimité, la reine contemplait parallèlement avec l'aspect d'Horus, celui que les rois passés avaient pu invoquer au moment où le danger menaçait le pays. Séthi l'avait introduit à la tête de la quatrième division de son armée ; Ousermaâtrê Sétepenrê comptait bien sur l'action de la division de Seth, issue de sa nouvelle capitale Pi-Ramsès-la-victorieuse, où l'impact de son temple le plus ancien, au sud de la ville, était complété par celui des sanctuaires d'Amon, de Rê et de Ptah, aux trois autres points cardinaux de la métropole.

Le concept d'Amon (*Imen = le caché*) était, maintenant, largement commenté, et s'emparait progressivement des autres formes divines. On trouvait Amon-Atoum affairé à inscrire le nom du souverain sur les fruits de l'arbre-*ished*, dans le temple *de Millions d'années* de Ramsès (le Ramesséum) ; on rencontrait Amon-Min, également maître des ardeurs génésiques de la terre,

Amon-Nil trônant au mur de la salle hypostyle de Karnak, sur une base constituée par les eaux de l'Inondation. La corne de bélier d'Amon était employée pour indiquer, au côté du visage de Pharaon, sa divinisation sur terre...

Amon n'avait-il pas répondu à l'appel poignant de Ramsès devant la citadelle de Qadesh, au moment le plus tragique de son existence ? En enrichissant le domaine déjà acquis de la tri-unité, Ramsès renforçait l'esprit universaliste de son programme et minimisait la puissance d'un seul clergé. Amon pouvait, aussi, coiffer l'impact des diverses théologies : chacun reconnaissait en lui « son » dieu, principalement ceux qui n'avaient pas accès aux temples. Il pouvait présenter l'aspect du « Dieu des Humbles », suivant l'heureuse formulation de B. Gunn. Ramsès voudra les favoriser et recommandera plus tard à son Grand Prêtre Bakenkhonsou de ménager un espace sur la face est du grand temple de Karnak pour permettre l'accès à l'*Amon-qui-écoute-les-prières*. Il faut retenir qu'au même emplacement, Hatchepsout la novatrice avait déjà fait reproduire dans un magnifique bloc d'albâtre son effigie à côté de celle d'Amon.

Le programme architectural

Ousermaâtrê Sétepenrê savait qu'il faudrait bien deux cycles d'Inondation afin que les réformes mises en œuvre pour « moderniser » son armée deviennent efficaces : il partirait alors en force à la conquête des terrains perdus. Il disposait donc largement du temps pour réaliser ce qui lui tenait particulièrement à cœur : la concrétisation de son programme de symbolique architecturale. Avant d'atteindre le domaine d'Amon, il s'était arrêté en Abydos, près de son temple sur le point d'être achevé, et avait ordonné que le *bulletin* de la bataille figurât sur les murs extérieurs nord et ouest.

Arrivé dans la belle région thébaine, Ousermaâtrê Sétepenrê retrouva l'ambiance des années de sa jeunesse où, en compagnie de Pasar, il avait visité les chantiers de la rive gauche, et l'ambiance de Karnak lors de l'« Installation » du Grand Prêtre d'Amon, Nebounénef. Mais, depuis lors, le sacre en avait définitivement fait le fils du dieu, et il se présentait de plus en héros de Qadesh.

Vue aérienne du Ramesséum, prise en 1913, avant l'« aménagement » de la région.
On remarquera l'importance des annexes qui entourent les ruines du temple jubilaire de Ramsès II.

Dans la « maison » d'Amon, il avait choisi le mur extérieur sud de l'hypostyle pour y faire sculpter le déroulement imagé du *bulletin* (ce thème fut, plus tard, remplacé par d'autres scènes guerrières). Le même thème fut traité le long des abords sud-ouest du temple. À Louxor, à l'extérieur des cours et sur la face nord des tours du pylône, il tint à faire évoquer à trois reprises les phases principales du *bulletin*, livrées ainsi à la contemplation des foules.

Temple de prédilection : le Ramesséum

Enfin, après la traversée du fleuve, il venait s'attarder dans son temple *de Millions d'années*, le Ramesséum, ainsi nommé par Champollion, mais qu'aux temps tardifs où Diodore de Sicile visitait l'Égypte on considérait comme le *tombeau d'Osymandias* [9]. C'était le sanctuaire le plus cher au cœur de Ramsès avec ceux d'Abou Simbel. Il l'avait appelé *Le château d'Ousermaâtrê Sétepenrê qui s'unit à Thèbes dans le domaine d'Amon* [10].

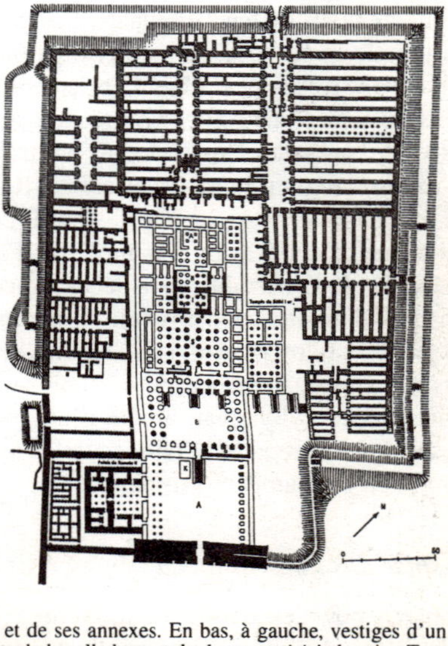

Plan du temple et de ses annexes. En bas, à gauche, vestiges d'un palais local de Ramsès. À droite de la salle hypostyle, le *mammisi* de la reine Touy.

L'architecture était presque intégralement achevée [11], mais non pas tout le décor. Alentour, le domaine était complété par de nombreux magasins où le trésor du temple commençait à s'accumuler : sur les flancs nord, ouest et sud, d'immenses greniers aux toits voûtés recevaient les réserves de grain pour la rétribution des prêtres et des ouvriers de la nécropole, mais aussi tout le matériel pour enrichir le mobilier rituel et les éléments du culte, et une grande quantité des présents offerts à la Couronne au Jour de l'An. S'y ajoutaient certaines habitations de prêtres, des bureaux administratifs, des laboratoires, la bibliothèque, la *Maison de vie* comprenant un vaste scriptorium. À l'angle sud-ouest était réservé, en plein air, un atelier pour tailler les vases sacrés et les statues que les prêtres animeraient en procédant à l'ouverture magique des yeux et de la bouche. Des chemins dallés permettaient une agréable circulation. Enfin, à l'angle sud-est avait été construit le petit palais du roi, afin de le recevoir à l'occasion du rite annuel de régénération. L'enceinte devait être limitée sur les trois côtés nord, ouest et sud, par une allée double de sphinx à corps de lion : à l'ouest, les sphinx possédaient une tête humaine, et protégeaient entre leurs pattes une statuette de Pharaon debout. Au nord et au sud, ils auraient été dotés de têtes animales. Les trois parties traditionnelles du temple, précédé d'un immense pylône à deux tours trapézoïdales, étaient respectées. Mais la première partie comportait deux cours au lieu d'une seule. La seconde partie était avant tout constituée de la salle hypostyle, et la troisième par un ensemble de salles entourant le saint des saints. Ramsès avait lui-même étudié le plan de cette architecture, dont il constatait maintenant la réalisation, mais il avait demandé que l'on attendît son arrivée pour décider de l'ensemble de la décoration des murs.

Ainsi choisit-il, dans la seconde cour, le registre inférieur du mur oriental pour y faire figurer l'évocation de la bataille de Qadesh, alors qu'il avait demandé de surseoir au décor du mur intérieur occidental du pylône car, à côté d'une nouvelle figuration de Qadesh, il se réservait d'y faire sculpter ses futures campagnes syriennes en Canaan et en Amourrou.

Ramsès s'inspire des innovations d'Aménophis IV

Une des raisons pour lesquelles il était venu à Thèbes était le très vif penchant qui, depuis sa jeunesse, l'attirait vers l'aventure

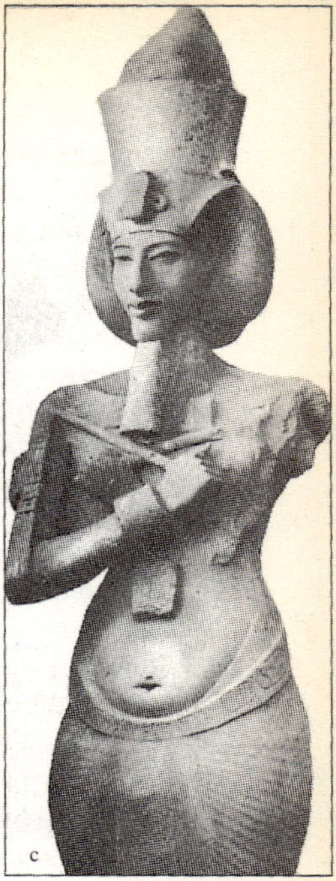

a. Un des piliers osiriaques
d'Hatchepsout à Deir el-Bahari.
Ses mains tiennent les sceptres
osiriens et les signes solaires.

b. Statue d'Aménophis IV nu et privé
de son sexe, dans l'attitude osirienne,
Karnak-est. (Musée du Caire)

c. Statue d'Aménophis IV,
dans l'attitude osirienne mais
en costume des vivants (pagne royal
et jambes nues). (Musée du Caire)

Akhénaton et Néfertiti distribuant
des récompenses. Au-dessus d'eux,
le globe solaire aux rayons terminés
par des mains qui tiennent
des signes solaires ☥ et [illegible].

amarnienne. Elle présentait de multiples faces et n'avait pas manqué de laisser des traces dans l'interprétation donnée, comme on l'a vu, à l'image d'Amon. Mais, par ailleurs, il y avait le dogme osirien, qui régissait tous les rites funéraires, progressivement accessibles à tout le peuple d'Égypte, et dont le mystère pesait sur le comportement de ses fidèles. De nombreuses contradictions se présentaient à Pharaon, avant même sa corégence, et progressivement disparaissaient au cours d'entretiens avec les prêtres-savants des *Maisons de vie*, et particulièrement avec ceux d'Hermopolis dont la sagesse l'avait éclairé sur l'expérience d'Aménophis IV, soldée par un apparent et dramatique échec.

Il était persuadé que la notion divine d'Aton, le globe solaire, était présente en Égypte depuis la nuit des temps ; elle n'avait pas été inventée par Aménophis IV, mais il avait voulu en donner une image plus... scientifique. Il savait bien, aussi, que les diverses formes du divin, ayant de tous temps peuplé les temples, ne tendaient qu'à mieux rendre accessible au commun des mortels l'infinie variété du pouvoir créateur, telle que l'hymne à Amon la professait après « l'hérésie ».

Osiris, vu par Aménophis IV

Bref, Ousermaâtrê Sétepenrê avait réellement saisi le combat d'Akhénaton. Comment continuer à prêter au réformateur le rejet du mythe osirien, alors qu'il s'était lui-même fait représenter dans l'attitude d'Osiris, jambes réunies (donc statique), bras croisés sur la poitrine, et mains tenant les insignes du dieu : le crochet et le fouet ? Il en avait fait l'ornement des « piliers osiriaques » de son grand temple à Aton, à l'est de Karnak, au début de son « hérésie ». N'avait-il pas, aussi, fait préparer son apparat funéraire, cuve, sarcophage destiné à recevoir la momie « osirienne », assorti des essentielles statuettes funéraires, les *shaouabtis*, si typiquement conformes aux rites classiques dont le premier bénéficiaire avait été Osiris lui-même, le dieu-martyr ! L'existence de ces fameux « piliers osiriaques » du roi hérétique, prônant le culte d'Aton à l'exclusion de tout autre, était apparue à Ramsès, au premier abord, comme une invraisemblable contradiction. Il s'était informé, avait consulté les archives secrètes, et avait enfin trouvé la réponse. Il n'existait pas deux vérités fondamentales et opposées, celle qui tendait sans cesse à mieux approfondir les secrets des forces vitales, et celle qui sondait les mystères de la mort : il n'y avait que deux faces d'un phénomène unique et continu. Vie et mort, l'une ne fonctionnant pas sans l'autre, l'une étant complémentaire de l'autre et englobant toutes les manifestations du divin.

L'animation créatrice, positive, et le négatif, le stérile, l'inerte, l'une succédant à l'autre en un mouvement continu, illustrés par le jour et la nuit, la clarté et les ténèbres, dont la succession ininterrompue constitue l'éternité : Aménophis IV-Akhénaton voulut certainement commenter cette réalité dont la simplicité faisait l'incomparable grandeur. Il espérait faire disparaître une certaine ambiguïté, une ignorance entretenue par les mythes : ces derniers, destinés à faire comprendre les grandes lois de la nature, les avaient souvent brouillées, voire éloignées de leur sujet originel. Ainsi fallait-il être grand clerc pour apercevoir à travers la si poétique légende osirienne toute la vérité cosmique cachée par l'enchaînement des anecdotes qu'elle contenait.

Les piliers osiriaques

Dans les temples, les fameux piliers osiriaques, composés d'un pilier carré devant lequel le roi était serré dans la gaine funéraire d'Osiris, étaient apparus dès le Moyen Empire. La statue du roi était figée dans l'attitude du dieu mort momifié, cependant debout, et tenant en main les sceptres d'Osiris. Pour commenter la complète signification de cette image, en rapport avec les cérémonies jubilaires du Jour de l'An, qui se déroulaient dans des temples *de Millions d'années*, il fallait démontrer qu'elle était le symbole des forces en léthargie *d'où surgirait une nouvelle vigueur*. Ainsi, Aménophis IV se résolut-il à bien souligner les deux aspects successifs revêtus par Pharaon au cours de ces cérémonies de *réaffirmation du pouvoir royal*, en révélant par la même occasion, et d'une façon cruellement réaliste, le vrai mystère qui entourait ces mythes osiriens célébrés en grand secret dans le domaine du dieu en Abydos [12]. Ce mystère avait toujours été soigneusement masqué par le suaire du dieu martyr, dont l'ultime blessure avait entraîné la perte de sa virilité. Décomposant le drame en ses deux phases essentielles, Aménophis IV eut l'audace de faire sculpter, pour évoquer la phase négative, son effigie dénudée et émasculée, osant ainsi soulever le voile maintenu jalousement par un clergé soucieux d'entretenir le mythe

Deuxième cour du Ramesséum,
bordée de piliers
osiriaques classiques.
Au fond, la salle hypostyle.

a

b

a. Gros plan d'un pilier osiriaque classique au Rammesséum.
(Cliché Fathy Ibrahim)

b. La première cour est ornée de piliers osiriaques solaires. Très déteriorés, au Ramesséum, on peut les comtempler dans la salle-cour d'Abou-Simbel. Le pagne royal est parfois plus volumineux. Ces images ramessides peuvent être flanquées de membres de la famille royale.

secret. Alternant avec cette provocante image, privée de son suaire, et coiffée du pschent osirien, l'effigie du roi à la vigueur renouvelée apparaissait, sur le second type de pilier, torse nu, portant le pagne du roi vivant, et dont les diverses coiffures évoquaient tous les ornements solaires.

Le scandale dut, certainement, ébranler le clergé d'Amon, si conformiste en matière de liturgie, mais l'offense aux prérogatives de la puissante Abydos ne fut, sans doute, jamais pardonnée par les prêtres d'Osiris et, tôt ou tard, devait entraîner la perte d'Akhénaton. Pourtant l'idée avait fait son chemin, et dès lors il paraissait de moins en moins possible d'admettre une opposition entre la notion de Rê et celle d'Osiris : en fait, la démonstration réalisée par Aménophis IV répondait à ce célèbre passage du *Livre des Morts* [13] : *Quant à Osiris, c'est hier, quant à Rê, c'est demain.*

La « réforme » vue par Ramsès

Cette réforme audacieuse, traduite dans l'architecture même, n'avait pas échappé à Ramsès. En ordonnant la construction du Ramesséum, sur la rive gauche de Thèbes, avec ses hommes de confiance, Nebounénef, Grand Prêtre de Karnak [14], Ounennéfer, Grand Prêtre d'Osiris en Abydos, et le lettré de la région, le scribe Ramose, très proche du Vizir Pasar, il avait envisagé les moyens de reprendre plus discrètement, sans choquer l'ensemble du clergé, cette éclatante démonstration des rites de régénération. Ramose lui avait alors suggéré de prendre modèle sur ce qui avait déjà dû inspirer Aménophis IV, et que l'architecte Sénenmout, un précurseur de la réforme, avait réalisé pour la reine Hatchepsout : les mains de l'image momiforme de la reine dans sa grande galerie de piliers osiriaques à Deir el-Bahari tenaient effectivement, non seulement les sceptres osiriens, crochet-*Héka* et fouet-*Nékhakha*, mais *aussi les deux signes solaires, ânkh* signe de vie et *ouas* souffle et force solaire, qu'Aménophis IV à son tour placera dans les petites mains terminant les rayons d'Aton. Cependant, Ramsès préférait de beaucoup utiliser les deux images conçues par Aménophis IV, moins intellectuelles, plus explicites, en les dépouillant néanmoins du réalisme amarnien.

Il fit donc ajouter une seconde cour au plan prévu initialement pour son temple : l'une d'elles devait être bordée d'un péristyle orné de piliers osiriaques traditionnels, évoquant l'état du souverain au début de la cérémonie de régénération, c'est-à-dire enveloppé du suaire ; l'autre cour, d'architecture semblable, était également entourée de piliers, mais contre lesquels l'image du roi, les pieds encore joints, était vêtue du pagne des vivants, et portait la coiffure solaire. Ces images du roi renouvelé étaient flanquées de statuettes d'enfants royaux. Lorsque Ousermaâtrê Sétepenrê, après que sa nef eut abordé devant le quai du temple, passa à travers la grande porte du pylône du Ramesséum, sa satisfaction fut totale à la vue de ses effigies en image « solarisée », telles que la foule pourrait l'admirer au sortir du sanctuaire, une fois rénové pour l'année entière. Après avoir contemplé son immense colosse flanquant le montant sud de la porte, au fond de la cour, et constaté les préparatifs pour l'érection du colosse nord [15], passant alors dans la seconde cour avant d'aborder la salle large à colonnes papyriformes, il put retrouver l'image royale momiforme dressée devant chaque pilier ; comme les précédentes, ces statues mesuraient 16 coudées : la hauteur de l'inondation idéale. On retrouvera ces dimensions en Abou Simbel, principalement sur les piliers osiriaques de la salle-cour. Plus que jamais, la statuaire participait à la signification et à l'efficacité du rite sur le cheminement de Pharaon, durant les fêtes du Nouvel An.

Certes, on est assuré que le temple égyptien reflète sur terre l'image de ce monde où le démiurge a situé l'homme : la maison du dieu, placée sur le tertre de la création, devait matérialiser les concepts les plus élargis. S'inspirant des essais de ses prédécesseurs – ainsi la colonnade de Louxor dont l'environnement ne fut jamais terminé – puis de l'élaboration de l'immense salle hypostyle de Karnak, aux proportions gigantesques, il avait décidé de donner un sens concret à la grande salle centrale à colonnes de son temple personnel [16].

Le symbole principal de l'hypostyle

Chaque retour de l'Inondation marquait le début d'une nouvelle année, formée de trois saisons de quatre mois, d'où le pays entier, hommes et bêtes, tirait les moyens de l'existence. Ce cycle dont l'Éyptien souhaitait ardemment la régularité avait été, depuis des millénaires, divisé en douze mois de trente jours (plus cinq jours 1/4 supplémentaires), lesquels formaient, à raison de trois

Plafond et chapiteaux de l'allée centrale
de la salle hypostyle, au Ramesséum. (Cliché Fathy Ibrahim)

« semaines » de dix jours chacun, les trente-six décans des trois saisons. Il fallait, par tous les moyens, inciter, encourager, prier pour que la révolution des mois se produise, et que l'année s'achève automatiquement par l'apparition tant attendue du flot nourricier.

Ramsès avait donc voulu que son hypostyle puisse constituer la charpente du cycle parfait, les douze mois matérialisés par les douze colonnes [17] papyriformes à chapiteaux épanouis. Sur le flanc de chacune de ces colonnes, le roi apparaissait en majesté, faisant offrande à une forme divine. Il était escorté de l'image de son *ka*, génie évoquant son potentiel divin, portant sur la tête la « bannière » contenant le nom d'Horus de Pharaon. Les douze colonnes étaient flanquées, de part et d'autre, à l'est et à l'ouest, de dix-huit colonnes plus petites, toujours papyriformes, mais à chapiteaux fermés. L'année était, ainsi, escortée de ses trente-six décans. Ce circuit solaire devait, naturellement, aboutir à la matérialisation du Jour de l'An, mis en relief dans la salle suivante.

La salle astronomique

Une grande porte à corniche, dominée par une longue frise de signes évoquant l'éternité solaire [18], face à la colonnade centrale, faisait communiquer l'hypostyle avec une salle rectangulaire ornée de huit colonnes à chapiteaux papyriformes fermés. Cette salle peut être appelée « astronomique » en raison de la partie du plafond soutenue par les quatre colonnes de la partie nord du local, ornée de symboles de constellations et dominée par un véritable calendrier linéaire. Son déroulement se fait de l'est à l'ouest, et débute, à l'est, contre le mur commun à l'hypostyle et à la salle astronomique, près d'une grande lucarne horizontale destinée à laisser passer une lumière frisante sur le décor céleste.

Le calendrier

Les instructions d'Ousermaâtrê Sétepenrê avaient été formelles : le calendrier serait disposé de telle façon que l'indication du Jour de l'An occuperait le milieu du plafond [19], il marquait le commencement de la première saison, *Akhet*, formée par les quatre mois pendant lesquels l'Inondation recouvrait toutes les terres arables de l'année, jusqu'aux sables des déserts libyque et arabique. Ensuite, venait la seconde saison, *Péret* (hiver-printemps), et ses quatre mois pendant lesquels le cultivateur avait le temps de préparer la terre riche en alluvions nouvelles, sortie de l'eau, et de l'ensemencer puis d'amorcer le début des récoltes. *Shémou* constituait la troisième partie de l'année, au cours de laquelle on achevait de rassembler le produit des cultures avant que les fortes chaleurs n'arrivent, avec leur cortège de désagréments assez redoutables, mais qui se terminait par les heureuses vendanges et l'annonce de l'an neuf.

Au Ramesséum, le tracé du calendrier débutait donc par les deux derniers mois de l'hiver-printemps, et se terminait par les deux premiers mois de la même saison. Ainsi, les ordres de Ramsès avaient-ils été scrupuleusement suivis. La place du Jour de l'An figurait exactement au milieu du calendrier, entre le quatrième mois de la saison *Shémou* (l'été) et le premier mois d'*Akhet* (Inondation). Immédiatement en dessous, l'axe du Jour de l'An est encadré par l'image d'Orion et de Sothis, l'étoile miraculeuse réapparaissant à l'aube dans l'horizon oriental du ciel après soixante-dix jours d'invisibilité [20]. Immédiatement après, à ses côtés surgissait le soleil levant. Ce lever héliaque de l'étoile Sothis (autour du 18 juillet) était suivi de peu par l'arrivée de l'Inondation.

Toujours en suivant l'axe nord-sud du calendrier, en bas du plafond, était représentée l'image du cynocéphale de Thot, le maître du temps, assis de face sur le pilier-*Djed* [21], et regardant le sud [22].

Le Jour de l'An

Or c'est du sud qu'arrive le flot tant désiré, annoncé par l'étoile Sothis. Par cette nouvelle image scientifico-symbolique Ramsès marquait, là encore, l'enseignement qu'il voulait éterniser dans son temple [23]. Ce dernier était fondé sur une véritable mécanique céleste, aux rouages parfaitement étudiés : les douze mois, les trois saisons, les trente-six décans vibraient dans le grès solaire dont son sanctuaire était construit. Dans la salle astronomique, les murs portaient, entre autres, l'image de l'arbre-*ished*, conçue pour entraîner perpétuellement sa rénovation cyclique, lui dont l'énergie issue du dieu (encore fallait-il le prouver, comme nous le verrons !) était le garant de la vie du pays.

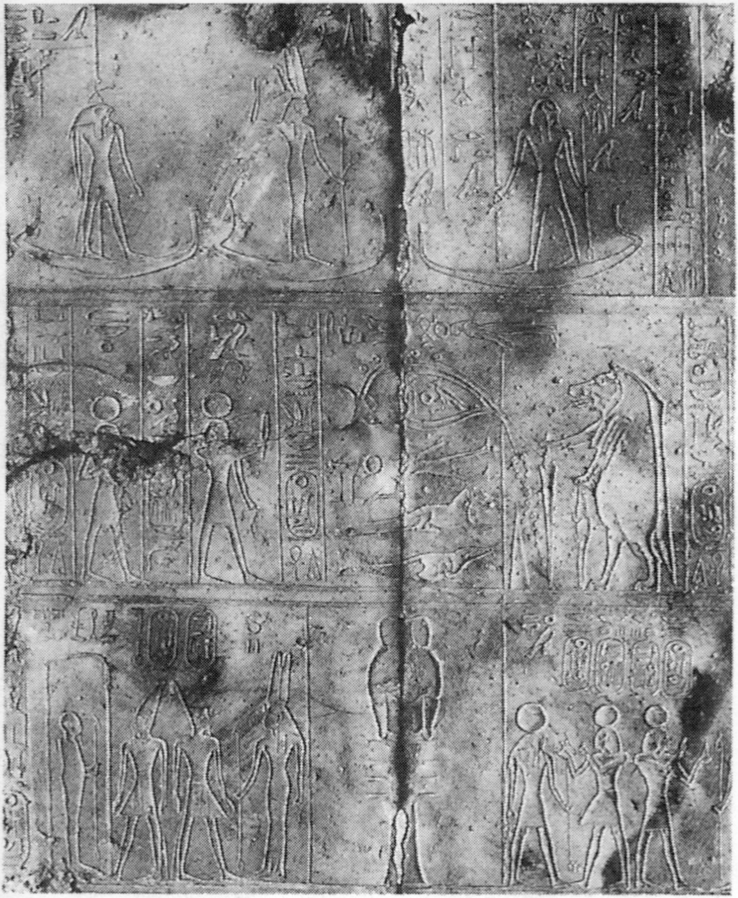

Centre du plafond astronomique, depuis Sothis et Orion, au sommet, jusqu'au singe de Thot sur le pilier-Djed, qui représente l'arrivée de l'Inondation, au jour de l'An.

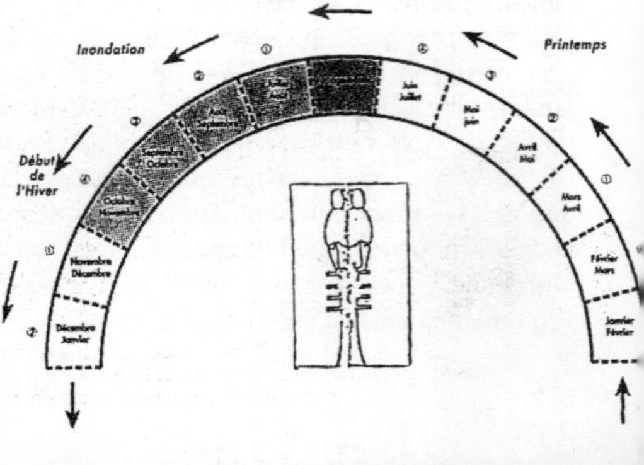

En courbant la ligne indiquant les mois de l'année sur le plafond du Ramesséum, on rejoint la succession, dans le même ordre, des signes du zodiaque dominant le narthex de la basilique Sainte-Madeleine de Vézelay.

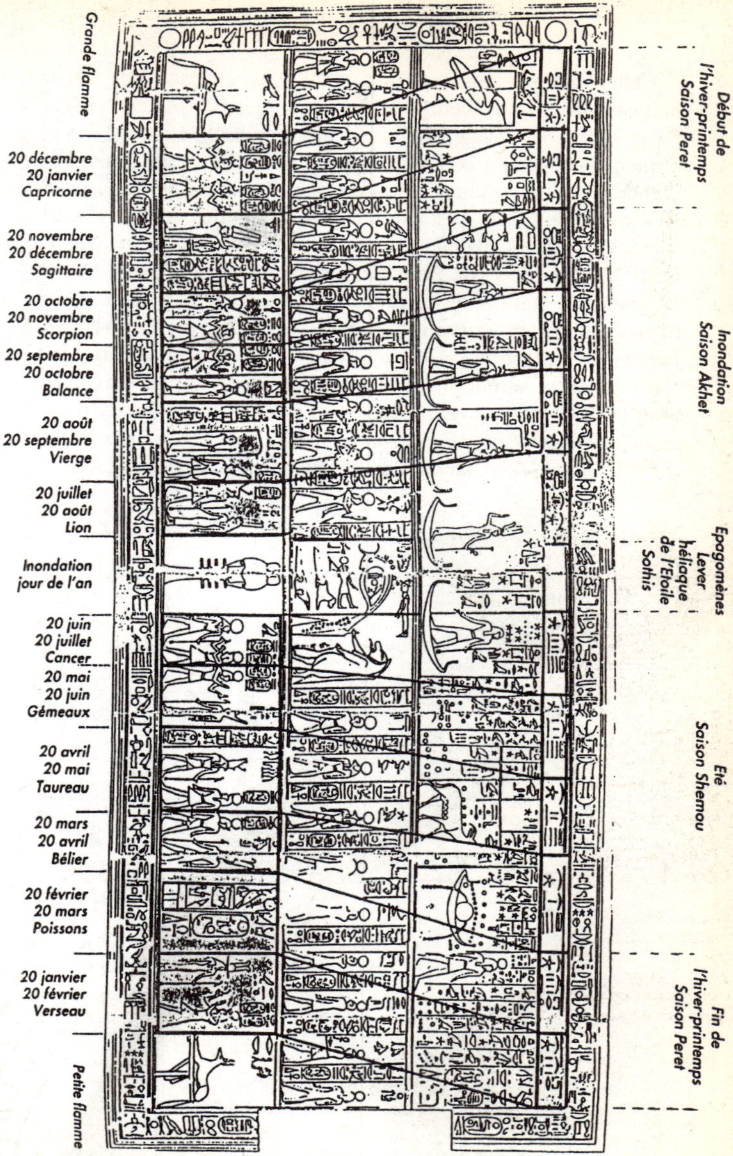

Dessin du plafond astronomique du Ramesséum (d'après Parker).
Les lignes obliques mettent en rapport l'énoncé des mois de l'année (au sommet) et les dates correspondantes (registre inférieur).

Cette salle astronomique présentait, aussi en bas-relief, sur le mur oriental, la procession des barques du génie royal, de la sainte de la nécropole royale (Ahmès-Nofrétari), de la triade thébaine (Amon-Mout-Khonsou), et d'Iménet. Fait intéressant : les plus grandes et lourdes étaient celles de Khonsou et d'Iménet, car portées par vingt-quatre prêtres, alors que les autres étaient placées sur des brancards maintenus, chacun, par dix-huit prêtres seulement. Ce Jour de l'An, Ramsès Ousermaâtrê tenait, avant tout, à le souligner, était celui du retour du flot divin contenant en lui tout espoir de vie, et par lequel Amon-le-caché, jumelé avec Rê-Horakhty, s'exprimait. Ce flot, ramené par l'effet solaire, que l'arrivée de la barque d'Amon-Rê symbolisait, c'était bien celui dont Ramsès tenait à encourager la venue aux frontières méridionales de l'Égypte, là où il allait se rendre vers les rochers sacrés d'*Ibshek* et de *Méha*, au nord de la Seconde Cataracte nubienne.

Une horloge de pierre

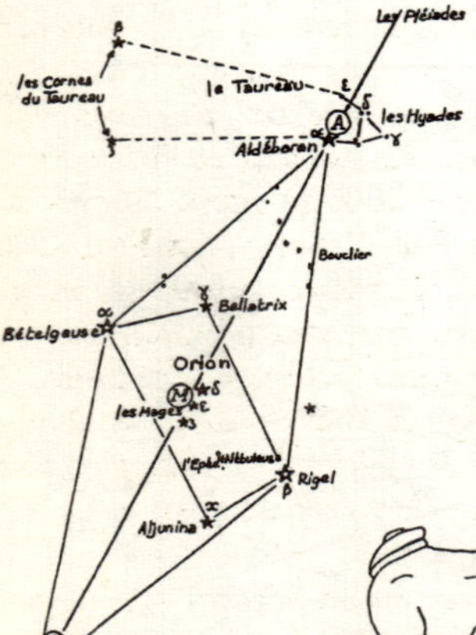

Constellation du Grand Chien dont la plus brillante étoile est Sothis (Sirius).

L'image de Sothis-Isis, au plafond astronomique du Ramesséum.

Petite chienne proto-historique et son pendant de l'époque romaine d'Égypte : images populaires de Sothis, apparaissant fin juillet, ce qui a inspiré le nom de canicule (canicula : petite chienne).

Parmi les symboles astronomiques, les 24 heures de l'apparente révolution solaire devaient ne pas avoir échappé aux préoccupations royales : on pourrait proposer de retrouver la mention de ces 24 heures dans les trois salles successives à huit colonnes du saint des saints (la première étant la « salle astronomique »), édifiées en prolongement de l'axe de la salle hypostyle. Il ne faut pas oublier que ces locaux avaient, en grande partie, été réservés pour la *Confirmation du pouvoir royal*, célébrée chaque année, et que, non seulement le jour, mais encore la nuit – pendant laquelle le roi reposait sur un lit rituel –, constituaient le cadre final pour la régénération cyclique de Pharaon [24].

Le saint des saints et la jouvence royale

Toutes les étapes du rite réservé à Pharaon pour cette cérémonie essentielle avaient été soigneusement étudiées par Ousermaâtrê Sétepenrê. Il avait tenu à faire aménager, au sud de la troisième partie de son temple (l'ensemble des pièces réservées au saint des saints), les locaux où, s'intégrant aux diverses périodes vécues par la nature par des stations rituelles, il assurerait au pays sa provende, par le phénomène de la « magie sympathique ». Dans les salles osiriennes, situées au sud-ouest, on le voyait, sur un bas-relief, revivre successivement les trois saisons de l'année osirienne, manœuvrant d'abord la charrue : il faut y reconnaître, en quelque sorte, la responsabilité qui est sienne d'assurer l'étendue des cultures. Puis, faucille en main, il moissonnait, matérialisant ainsi l'entier succès des récoltes. Alors, après les fortes chaleurs, arrive le Jour de l'An, symbolisé par l'image de Hâpi l'Inondation : Ramsès lui rendait grâce pour que les quatre mois de cette « manne » répandue sur le pays entier puissent assurer le réveil de la nature.

À l'opposé, au nord-est, des salles « solaires » devaient sanctionner le réveil annuel, garant de la perpétuité sous toutes ses formes, et vers quoi tous les rites convergeaient [25]. On peut constater avec quelle méthode, quelle logique Ousermaâtrê Sétepenrê sut plier tout un complexe architectural en harmonie avec les grandes lois cosmiques, afin de les inciter à ne pas dévier vers le chaos tant redouté.

Amon protège Ramsès

Il y avait encore bien d'autres thèmes à traiter dans ce *Château de Millions d'années* que Ramsès entendait partager avec Amon-le-caché. Le dieu ne lui avait-il pas, en dépit de toutes les embûches, assuré une protection surnaturelle ? Aussi le mur sud-ouest de l'hypostyle fut-il réservé à un somptueux décor montrant Pharaon recevant la *harpè* [26] victorieuse des mains du seigneur de Karnak trônant en majesté, accompagné de Mout sa parèdre. Priorité, naturellement, était accordée aux scènes de la bataille de Qadesh que Pharaon voulait faire graver sous le portique nord-est de la seconde cour et contre la face occidentale du premier pylône. Mais, rappelons-le, il ordonna aux décorateurs d'attendre ses prochaines campagnes prévues en Canaan et en Amourrou pour illustrer les succès futurs, qu'il espérait alors complets.

Ramsès (III) accomplissant rituellement les « travaux agraires », dans les salles osiriennes de son temple jubilaire.

Introduction de la famille

La famille du roi, alors qu'il venait de vivre sa trentième année, s'était enrichie d'une déjà nombreuse progéniture. Après Abou Simbel, le fait nouveau dans un temple se répétait : un double registre, de part et d'autre de la porte de l'hypostyle conduisant à la salle astronomique, avait déjà été consacré, au nord, au défilé de ses filles et, au sud, à la liste, également sans cesse enrichie, des princes. De surcroît, les noms respectifs des fils, sculptés dans des colonnes verticales, étaient – chacun – accompagnés d'une colonne restée vide, destinée à recevoir des inscriptions complémentaires au fur et à mesure de la croissance des princes. Ainsi vit-on que le treizième nom, celui de Mérenptah, jeune prince, fut complété après la soixante-septième année du règne d'Ousermaâtrê Sétepenrê par l'indication des titres et du nom de couronnement de celui qui avait déjà enterré un certain nombre de ses frères [27].

Les artisans du Ramesséum

Il était temps de récompenser en dons d'argent et d'or le Directeur des travaux Penrê, le Grand du corps des policiers-*Médjaÿ*, œuvrant, dès les fondations, au Ramesséum, l'architecte Imeneminet et ses adjoints les grands contremaîtres, et tous les corps de métier, pour l'œuvre remarquablement exécutée, portant déjà, en partie, la polychromie sur fond blanc, ayant pour but d'animer reliefs et ronde-bosse, comme dans tous les édifices religieux. Il ne fallait pas davantage oublier ceux qui avaient été responsables de la main-d'œuvre égyptienne, et naturellement aussi étrangère, à cette époque. Parmi ces derniers, on retrouvait des *Apirous*, dont certains avaient été ramenés prisonniers de Canaan par Séthi Ier. Aussi étaient-ils souvent commandés par des militaires, les chefs du corps des policiers-*Médjaÿ*, qui comptaient également dans leurs troupes des Nubiens. Imenemipet, Surveillant des travaux au Ramesséum, en tant que Chef des soldats et des *Apirous*, était de ceux-là. Il fallait aussi que Ramsès s'adresse au chef *Médjaÿ*, Hatiaÿ, dont le père érigea les énormes statues du Ramesséum [28] et participa très certainement à la mise en place du plus grand des colosses, au sud du second pylône. Il devait, un peu plus tard, ériger les mâts devant le temple d'Amon. Ousermaâtrê Sétepenrê tint également, désireux qu'il était de se pencher sur le sort de ceux qui l'avaient servi, à remercier un autre chef *Médjaÿ*, valeureux *gendarme chargé d'assurer l'ordre dans le pays*, Iouny, qui devait avoir grandement contribué à l'édification de la salle hypostyle.

Autour de Ramsès était présent Thïa, qu'il avait dès son couronnement nommé Intendant du trésor et du bétail du Ramesséum. Thïa, époux de sa sœur, était une référence, mais il n'avait pas hésité à charger des hommes d'origine étrangère, autres que Nubiens, de postes de confiance dans l'administration du Ramesséum : ainsi Ramsèsemperrê. En réalité, ce Cananéen, originaire

Ramesséum : au fond de la salle hypostyle, Ramsès reçoit, des mains d'Amon, le Khépesh de la victoire. Au registre inférieur, défilé des premiers fils de Ramsès. (Cliché Fathy Ibrahim)

Vestiges de la grande salle à colonnes, dans les annexes nord-ouest du Ramesséum. Ces colonnes cannelées proviennent du temple jubilaire d'Hatchepsout à Deir el-Bahari. Au fond, les greniers voûtés. (Cliché Fathy Ibrahim)

de la localité de *Zin-Bashan*, avait dû être élevé, après son arrivée (sous le nom de Ben-Azen) comme prise de guerre, à l'école du *kep*, près du palais, ou du harem. Il était devenu un des très fidèles serviteurs de Pharaon. Plus tard un autre fonctionnaire, lui aussi d'origine étrangère, devint Chef Intendant du Ramesséum : Youpa, fils du Général Ourhiya [29], qui succéda à son père dans cette charge.

Les mobiles cachés de Ramsès

Durant son séjour sur la rive gauche de Thèbes, Ousermaâtrê Sétepenrê s'était-il aperçu que, si la majorité des structures de son temple avaient été construites avec les blocs de grès extraits des carrières du Gebel Silsilé, auxquels des éléments de granit rose, de granit noir et d'albâtre avaient été substitués là où la symbolique l'imposait, les chefs *Médjaÿ* n'avaient pas hésité à prélever dans les temples jubilaires voisins, de la XVIIIe dynastie, le matériau qu'ils pouvaient ainsi se procurer facilement. Le fouilleur anglais Quibell, qui dès 1898 œuvra sur le terrain, releva nombre de vestiges aux noms d'Aménophis II, Hatchepsout, Thoutmosis III et IV. Il repéra même des assises provenant de la chapelle d'Anubis à Deir el-Bahari. Trois mille ans et plus après ce rapt, il put remettre en place les pierres prélevées dans le domaine de Hatchepsout. Il me fut, à mon tour, possible, entre 1968 et 1980, lorsque nous menions les recherches sur le terrain et que j'étudiais le temple, de repérer dans les annexes les colonnes fasciculées de beau calcaire, provenant du même temple de la reine et, toujours dans les annexes, des dalles de la même pierre. Une fois retournées, ces dalles livrèrent un décor d'étoiles prouvant qu'elles avaient appartenu à un plafond de sanctuaire ; mais il n'était pas possible de leur restituer leur emplacement primitif, car elles faisaient dorénavant corps avec la construction d'Ousermaâtrê Sétepenrê.

Au cas où Ramsès aurait été informé des « emprunts » faits au sanctuaire de la grande reine, faudrait-il alors lui prêter une responsabilité dans les martelages et destructions systématiques qui blessèrent profondément le *Djéser-djésérou* (*la merveille des merveilles*), au chevet de laquelle, depuis un siècle, plusieurs générations d'égyptologues et d'architectes se penchent, pour la reconstituer ? La réponse apparaîtra sans doute en regardant de très près le grand défilé des ancêtres royaux présenté par Ramsès, dans le temple d'Abydos comme au Ramesséum. Ainsi, dans ce dernier temple, la présentation des statuettes des supposés ancêtres du roi, portées par des prêtres, comporte bien, en ce qui concerne les rois du Nouvel Empire, les effigies de tous ceux qui ont régné jusqu'au temps de Ramsès, à l'exception de Hatchepsout, puis des acteurs des temps amarniens : Aménophis IV-Akhénaton, Smenkarê, Aÿ et Toutânkhamon. La liste reprend à Horemheb.

Comment expliquer pareille omission ? Sans doute parce qu'il importait de donner des gages aux clergés d'Amon et d'Osiris. Les initiatives de Hatchepsout et d'Aménophis avaient inspiré Ramsès ; il voulait les faire adopter, mais en les « déguisant », en en masquant les sources ; c'était, en conséquence, devoir en réprouver visiblement les auteurs ! On comprend mieux, alors, pourquoi le monument de Deir el-Bahari et la ville d'Akhétaton furent victimes de destructions sous le règne d'Ousermaâtrê Sétepenrê.

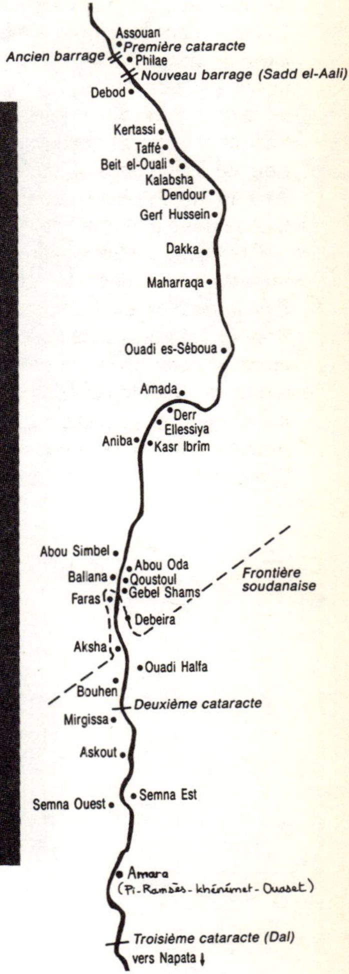

Nofrétari (vestiges) et sa belle-mère Touy,
jouant des sistres et se dirigeant vers le *mammisi*. (Salle hypostyle du Ramesséum)

Carte des pays de Ouaouat et de Koush, depuis Assouan jusqu'à la 3e cataracte.

Petit temple ptolémaïque de Médinet Habou :
réutilisation d'une assise provenant du *mammisi* de Touy : scène de théogamie.

La scène complête au temple de Louxor. (époque d'Aménophis III)

X

RAMSÈS ET LE LANGAGE DES TEMPLES II
LE MAMMISI DU ROI À THÈBES
RAMSÈS ET LES TEMPLES DE NUBIE

Le mammisi du roi

La Reine Mère

Une préoccupation était toujours présente au cœur de Pharaon : la vénération et la reconnaissance qu'il témoigna sans cesse à sa mère Touy. Cette grande dame de caste militaire et noble, devenue Reine, avait connu la vie active avant d'aborder, aux côtés d'un valeureux prince, les devoirs de la royauté. Dès sa jeunesse, il lui était arrivé de seconder ce dernier, et elle était donc mieux préparée que les princesses royales à assumer des responsabilités lorsque Séthi, sacré Pharaon, guerroyait en Syrie, ou dans le *vil pays de Koush*. Depuis que son fils régnait, elle l'assistait, comme jadis elle l'avait fait pour son époux : Ramsès en était resté très impressionné depuis son retour de Qadesh. C'est la raison pour laquelle elle joua, officieusement, le rôle de corégente pendant les absences, la plupart du temps guerrières, de son fils, durant plus de dix années.

Pour cette mère et épouse exceptionnelle, que dans leur dévotion le père et le fils se prenaient à comparer à Iâhhotep, mère et épouse des libérateurs, Séthi et son corégent le prince Ramsès avaient déjà jeté, sur la rive gauche de Thèbes, les bases d'un édifice dont les *dépôts de fondation* marquaient clairement l'identité des fondateurs.

À la mort de Séthi, Ramsès fit reprendre les travaux et amplifier le programme. Non seulement le temple serait consacré à sa mère (*Il a fait ce monument pour sa mère*, lit-on encore sur les rares traces du bâtiment demeurées en place), mais il y réserverait des éléments pour Nofrétari et la « cohorte » de ses enfants, ainsi qu'en témoignent encore les vestiges retrouvés dans les parages.

L'intention de Ramsès était aussi de consacrer ce temple au mythe de la naissance royale, ce qui devait faire oublier qu'au moment où la Dame Touy l'avait mis au monde, elle n'avait pu être visitée par Amon le géniteur : il fallait donc recréer l'événement qui devait en faire l'enfant engendré par le dieu, par le mystère de la théogamie.

La théogamie

Depuis le temps des pyramides, les allusions, dans la littérature à défaut des reliefs de temples disparus, permettaient de découvrir la notion de la théogamie, cet acte par lequel le dieu se substituait à Pharaon au moment de l'hymen royal : ainsi, l'enfant à naître devenait le fils du dieu. Remontant certainement aux *débuts des temps*, cette théogamie devait se perpétuer tout au long de la royauté pharaonique... et même au-delà [1]. Seul l'esprit divin, fécondateur, pouvait changer d'aspect. À la Ve dynastie, il était sous la forme de Rê [2]. Au Nouvel Empire, le géniteur prend l'aspect matériel d'Amon. Ainsi, la pharaonne Hatchepsout, fille de Thoutmosis Ier et de la reine Iâhmès, fut-elle engendrée par le maître de Thèbes. On peut encore apercevoir sous la colonnade nord du temple de Deir el-Bahari, en dépit des martelages, la succession des reliefs où les étapes essentielles du miracle sont figurées, à partir de la scène de l'hymen, puis celle de l'annonce du prodige à la reine, la naissance de l'enfant divin incarné et de son *ka*, jusqu'à la présentation du nourrisson à son auguste père.

a

b

c

d

e

a. «L'annonce» faite à la reine, par Thot.
b. Khnoum façonne, sur son tour, l'enfant divin et son *Ka.*
c. La reine conduite vers la salle d'accouchement.
d. La reine délivrée, les nourrices allaitent l'enfant et son *Ka.*
e. L'enfant divin et son *Ka* présentés à leur géniteur Amon.
Temple de Louxor

Une scène analogue est conservée dans le temple de Louxor : une salle y était consacrée à la rencontre charnelle d'Amon et de Moutemouïa, mère du futur Aménophis III, le bâtisseur du sanctuaire. Jusqu'à cette époque, un seul local dans le même temple était réservé à cette évocation de la divine aventure sanctifiant l'origine supra-terrestre de Pharaon. Ceci se passait dans le secret du sanctuaire. Voici que Séthi probablement, et Ramsès certainement, rompaient la tradition. Leur intention d'extraire la salle de la théogamie du bâtiment principal avait pour objet de l'amplifier et de l'intégrer dans un sanctuaire à part entière. En lui donnant cette importance visible de tous, et cette autonomie, en enrichissant le sanctuaire de locaux supplémentaires, on pouvait aussi faire bénéficier la famille, et les descendants représentés dans les reliefs, du rayonnement divin.

Ainsi, à mettre encore à l'actif de Ramsès, voici que par sa volonté un nouveau type de sanctuaire, que l'on croyait voir apparaître seulement à l'époque gréco-romaine, sous la forme d'une chapelle de la naissance d'Horus fils d'Isis (confondu avec Pharaon), venait d'être créé. Le premier mammisi avait donc existé sous Ousermaâtrê Sétepenrê, évoquant sa naissance miraculeuse. Ramsès avait tracé les plans de son propre *Château de Millions d'années* de manière que la salle hypostyle soit flanquée, au nord, par son mammisi. Il m'a été donné de faire cette découverte dès 1970, lorsque je dirigeais les recherches sur le site.

Comment on reconstitue un monument disparu

Sur les arasements du monument, où seules subsistent quelques bases de colonnes et, au sol, les traces de certains murs, je repérai une pierre, enfoncée dans les gravats provenant d'une rampe d'accès, qui portait l'inscription, déjà citée, *Il a fait ce monument pour sa mère*... Plusieurs années après, un fragment de chapiteau de colonne hathorique m'indiqua le style du monument, ainsi consacré à une entité féminine. Les vestiges des noms de Ramsès et de Nofrétari me permettaient de progresser dans mon enquête. Il ne me restait plus alors qu'à me reporter à des éléments architecturaux portant des représentations en rapport avec des scènes de théogamie ramessides, qui avaient été remployés dans un édifice tardif, non loin de là, à Médinet Habou. Enfouis dans les murs, incomplets, placés à l'envers, on voyait un

Uniques vestiges, au sol, du *mammisi :* bases de colonnes. (Ramesséum)

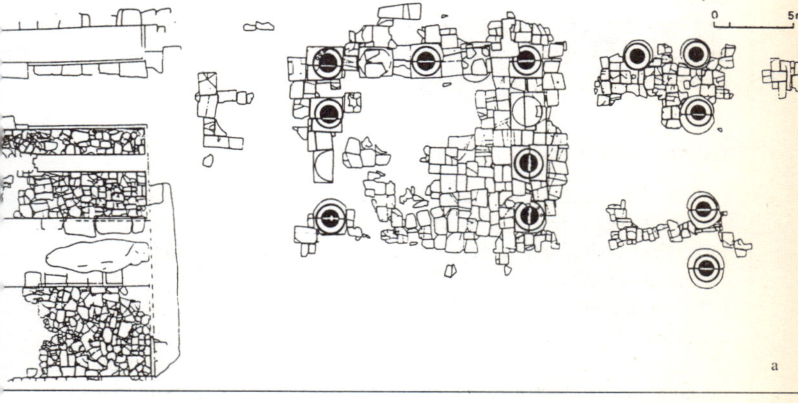

a. Dessins des vestiges au sol.

b. Dédicace de Ramsès à sa mère.

c. Fragment de chapiteau hathorique.

morceau de la scène figurant l'hymen royal, ou encore la présentation de l'enfant à son divin père, ailleurs une partie du défilé des filles royales, ou la partie inférieure du défilé des fils. Partout des blocs du plafond portant des textes de fondation pour la reine mère *Mout*-Touy. Enfin, l'encadrement d'une porte était fait de morceaux d'un chapiteau hathorique dominé par les noms de Ramsès et de *Mout*-Touy. Ce « puzzle » architectural dévoilait, par lambeaux, le corps et l'âme du sanctuaire où Ramsès s'était révélé fils d'Amon. Les ruines dispersées portaient encore le nom de la principale bénéficiaire : *Mout*-Touy, puis celui de Nofrétari, et ceux des enfants du fils du dieu... bientôt déifié sur terre [3].

La promotion d'une reine mère

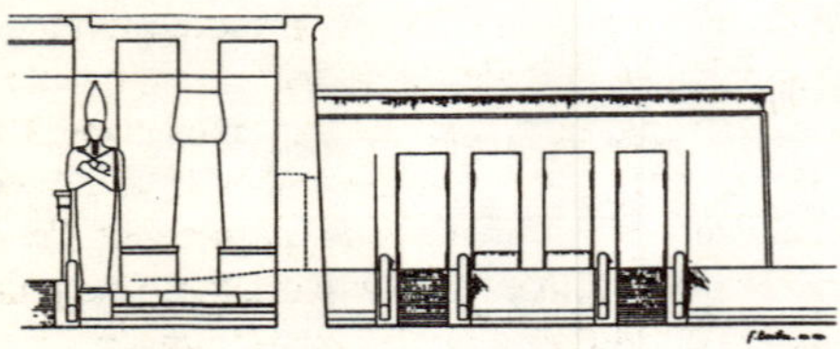

Élévation de la façade reconstituée du mammisi de Ramsès, parallèle à celle du vestibule de l'hypostyle du grand temple de Ramsès.

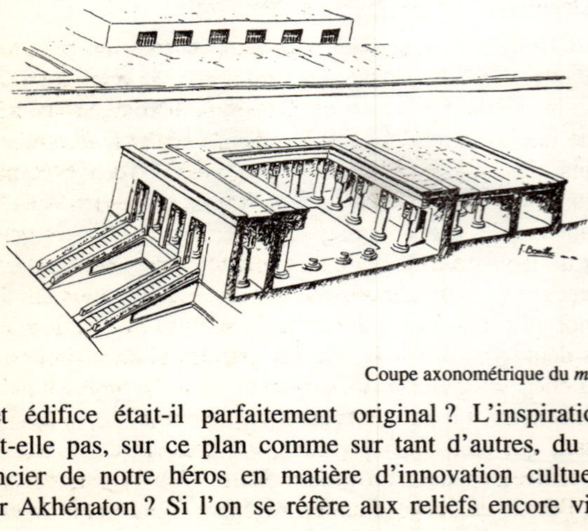

Coupe axonométrique du *mammisi.*

Cet édifice était-il parfaitement original ? L'inspiration ne venait-elle pas, sur ce plan comme sur tant d'autres, du grand devancier de notre héros en matière d'innovation cultuelle, à savoir Akhénaton ? Si l'on se réfère aux reliefs encore visibles sur les murs des tombes des seigneurs amarniens, celle de Houy, Grand Chambellan de la reine douairière Tiyi, on découvre une scène édifiante : Akhénaton, tenant la main de sa mère, l'entraîne vers un édifice dont l'élément central est constitué d'une cour à ciel ouvert, bordée d'un péristyle à cinq colonnes latérales. La cour, reconstituée dans le mammisi du Ramesséum grâce aux bases des colonnes, devait présenter le même aspect.

Ainsi donc, le mammisi, devenu un monument indépendant glorifiant l'hymen d'Amon et de *Mout*-Touy, fut l'œuvre de Ramsès, sans doute influencé par son secret inspirateur. Sur ce sujet, il fit à nouveau encore mieux que son prédécesseur. Les premiers souverains se glorifiaient assurément de leur divin géniteur ; aucun, cependant, n'avait encore suggéré ou revendiqué l'essence divine de leur mère. Ramsès semble avoir tenté l'expérience. N'ajoute-t-il pas la plupart du temps le nom de Mout, parèdre (divinité associée) d'Amon, à l'appellation initiale de sa mère ? Fréquentes sont les citations de *Mout*-Touy, du vivant de la reine, jusqu'à utiliser le nom de la déesse pour créer familièrement le diminutif *Mouty*. Toutes ces nuances dans l'expression permettent de déceler à maintes reprises la détermination d'Ousermaâtrê Sétepenrê à gommer ses origines non seulement civiles, mais humaines !

Reine douairière et Grande Épouse royale

Deux chapelles avaient été réservées, au fond du petit temple, aux deux grandes dames du début du règne : la reine mère Mout-Touy et la Grande Épouse royale Nofrétari, mère du prince héritier. Comme une transition entre le temple *de Millions d'années* et le mammisi, les images des deux reines avaient été représentées à l'entrée de l'hypostyle [4], toutes deux jouant des sistres-naos [5] et se dirigeant vers le petit temple qui leur était consacré. Les quelques détails de leurs coiffures, à eux seuls, lorsque l'on sait décrypter les formes et les symboles, permettent de déceler le moment de leur existence au cours duquel le ciseau du sculpteur a fixé leur image. Toutes deux portent sur la tête les grandes plumes droites. Pour l'une d'elles, seules les plumes figurent : nous sommes en présence de la douairière, à la fécondité assoupie. En revanche, la coiffure de Nofrétari, qui marche la première, est complétée par les hautes cornes effilées, encadrant le globe solaire : c'est l'ornement type de Sothis, l'étoile qui, chaque année, régénère l'année et le souverain.

Panorama d'Abou Simbel. Le grand temple de Ramsès II, creusé dans le mamelon de Méha

L'avancement des travaux au Ramesséum suivait le rythme désiré, et Pharaon se promettait de revenir à Thèbes en constater les progrès, après les futures campagnes syriennes. Sans cesse de nouveaux reliefs enregistraient de nouvelles étapes dans la geste du roi. La dernière touche au mammisi serait l'édification de deux rampes d'accès à la terrasse, qui ne peuvent être antérieures à l'an 8 du règne [6].

Vers un nouveau message architectural

Avant de regagner sa radieuse capitale nordique, Ousermaâtrê devait prendre le chemin de la province nubienne afin de poursuivre son programme d'édification de sanctuaires voués aux formes protectrices de son empire, dont dépendait l'annuelle manifestation de Hâpi, l'Inondation créatrice.

Ramsès et les temples nubiens projetés

Ayant quitté l'Héliopolis du sud, Ramsès reprit la remontée du fleuve sur son vaisseau royal. Lorsque le rétrécissement des deux rives apparut, au Gebel Silsilé, là où il avait fait ériger une grande stèle en l'honneur de Hâpi, dès les premières années de son règne, Ousermaâtrê Sétepenrê sut qu'il arrivait dans les parages de la Première Cataracte.

Assouan

C'était véritablement la porte de l'Afrique. Depuis toujours, Syène, que nous appelons de nos jours Assouan, constituait le plus grand marché de tout le continent. Là se côtoyaient les ethnies les plus diverses, là se troquaient les produits, d'une incroyable variété, arrivant des contrées les plus méridionales. Les soldats des garnisons de Pharaon, détachés de la division d'Amon généralement basée à Thèbes, voisinaient avec les policiers-*Médjaÿ* à la redoutable poigne, garants du respect de l'ordre. Un très important mouvement de l'or, extrait des mines nubiennes et la plupart du temps traité sur place, transitait dans la vallée, contrôlé par le Gouverneur de la province.

Des entrepôts divers livraient régulièrement vers le nord tout ce que les tributs – ou le troc – avaient réuni dans les vastes magasins sous la responsabilité des Vice-Rois de *Ouaouat* et de *Koush*, c'est-à-dire de la Basse et de la Haute Nubie (cette dernière étant le futur Soudan), chargés de maintenir l'ordre et de recevoir, chaque année, les impôts en nature : l'or, d'abord, en anneaux ou en poudre livrée en petits sachets, les bois précieux les plus divers, acajou, palissandre, ébène, apportés en longues bûches, ou même déjà en arcs, en boucliers, ou en meubles manufacturés dus à l'habileté des ébénistes de Basse Nubie, formés depuis des siècles par les artisans égyptiens. Défilaient aussi, sous les yeux admiratifs, des peaux de fauves, des œufs et des plumes d'autruche, des défenses d'éléphants, des pierres semi-précieuses, des animaux pour le jardin exotique de Sa Majesté : cercopithèques, hamadryas, guépards, panthères, lions, girafes... Enfin, les Nubiens étaient passés maîtres en construction navale, de nombreux bateaux fabriqués non loin de Kouban gagnaient Assouan avant d'être dirigés vers la métropole.

L'arrivée de Nofrétari

Nofrétari, dont la nef avait rejoint celle du roi, vivait des instants exceptionnels, sous ce climat d'une sécheresse lumineuse, où les énormes rochers de granit rose, noircis par l'érosion, évoquaient à fleur d'eau des troupeaux d'éléphants. L'île de *Abou*, dont les Grecs firent Éléphantine, était habitée par les notables du pays, dont les demeures fleuries entouraient le temple où les images locales du divin étaient vénérées : Satet et Anouket entourées de Khnoum à tête de bélier, cet « Africain » qui avec les alluvions et les eaux de la cataracte façonnait, sur son tour de potier, l'humanité. La citadelle existait encore, mais sa présence si nécessaire au Moyen Empire était maintenant presque sans objet.

Le pays de Ouaouat

Les présents offerts au couple royal ne cessaient d'affluer, mais il fallait lever l'ancre pour profiter de la période des hautes eaux du Nil afin de franchir la Première Cataracte, et parcourir, suivant l'itinéraire fixé par le Vice-Roi de Nubie Iouny, un trajet souhaité par Pharaon.

Reconstitution de la forteresse de Bouhen. (Ouadi Halfa)

Double porte fortifiée sur la face orientale de la forteresse. (dessins de W. Emery)

Les grandes citadelles du temps de la pénétration égyptienne, aux glacis profonds, aux tours crénelées, jalonnaient encore les rives de cet étroit pays de *Ouaouat* (Basse Nubie), à la population devenue très pacifique. Ces forteresses ne servaient plus qu'à protéger les petites agglomérations – garnisons et habitat –, et surtout les temples égyptiens, des attaques de bédouins, principalement ceux du désert arabique.

La première partie de cette remontée fluviale devait aboutir, sur la rive droite, au débouché du Ouadi Allaki qui conduisait aux mines d'or, près de la ville de *Baki* (Kouban), où le roi avait fait ériger la fameuse stèle du creusement du puits destiné aux mineurs, là où subsistait encore l'énorme et haute forteresse du Moyen Empire. Non loin, et sur la rive gauche (occidentale), les souverains purent contempler le temple, historié de si harmonieux reliefs aux couleurs éclatantes, érigé par ordre de Thoutmosis III. Le style très pur des sculptures était aussi soigné que celui d'un monument analogue, érigé par ordre du même souverain à Éléphantine.

L'hémispéos de Gerf Hussein

Cette région septentrionale du pays de *Ouaouat* était, maintenant, choisie par Ousermaâtrê Sétepenrê pour y faire creuser, à l'avenir, un hémispéos en l'honneur de Ptah de Memphis et de Pi-Ramsès, patron d'une des divisions de son armée et membre du grand corps divin : ce serait l'emplacement connu de notre temps sous le nom de Gerf Hussein. Pâle reflet d'Abou Simbel, le décor fut certainement exécuté par des artisans locaux.

Spéos et hémispéos

Les grands temples du Delta et de Thèbes étaient édifiés sur des assises de pierre, et ils étaient précédés par d'imposants pylônes à deux tours en forme de trapèze, dont la symbolique mythologique était d'enfanter, chaque matin, le soleil. Les trois parties de la demeure divine (cour exceptée) étaient recouvertes de plafonds formant terrasses. L'ensemble constitué du temple proprement dit et des annexes était entouré de hautes murailles de briques de terre crue, qui lui donnaient des allures de bastion. La maison divine, en Égypte, n'était pas un point de mire tel que les Grecs pouvaient la

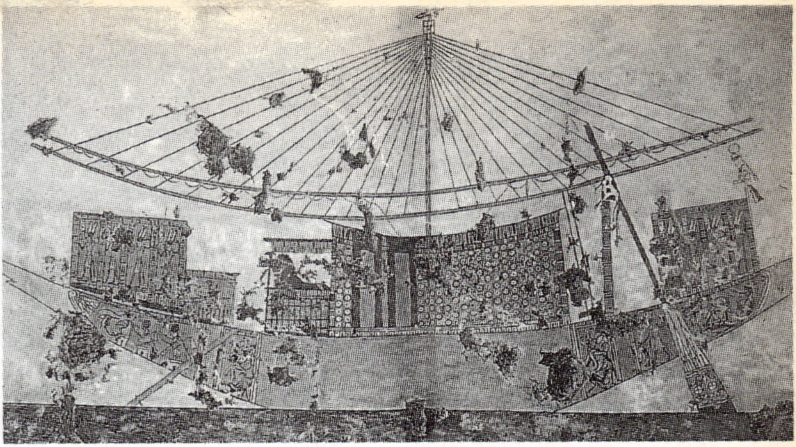

Bateau du Vice-Roi de Nubie. (Tombe thébaine de Houy)

Colonne proto-dorique,
à l'intérieur du spéos de Beït el-Ouali.

Niche au fond du speos, de Beït el-Ouali,
contenant les statues de Ramsès
de Khnoum et d'Anouket.

concevoir, et n'était pas davantage accessible à tous comme le furent nos cathédrales. Le *Château* divin était, avant tout, conçu pour entretenir la « machine cosmique », servi dans ce but par un personnel hiérarchisé, spécialisé, serviteurs compris, entouré de savants de toutes disciplines, mais aucunement ouvert au public.

Ramsès connaissait l'innovation architecturale introduite par Hatchepsout dans son monument de Deir el-Bahari, ce temple en gradins dont la dernière terrasse donnait sur des chapelles creusées dans la montagne contre laquelle l'édifice était adossé. Le temple-grotte en Moyenne Égypte, le Spéos Artémidos, fut encore inventé par Ḥatchepsout. Plus tard, Séthi Ier reprit le type de la grotte, qu'il fit creuser à Rédésiyeh sur le chemin des mines destinées à fournir l'or à son temple d'Abydos. Car des entrailles du rocher, la force surgit, la base minérale constitue la véritable matrice de la création [7].

Sur les rives nubiennes, Ramsès fit construire pour le véhicule divin des reposoirs, empruntant l'aspect de spéos (grottes) ou d'hémispéos dédiés aux quatre formes divines. Les sanctuaires à Pi-Ramsès veillaient sur les quatre points de l'horizon. On se souvient aussi que déjà, à la fin de sa corégence, Ramsès avait fait aménager le petit sanctuaire de Beït el-Ouali, suivant le type de l'hémispéos.

Les quatre originales fondations projetées en Nubie par Ousermaâtrê Sétepenrê devaient, on le verra, être en étroite liaison avec le phénomène de l'Inondation, et constituer la plus évidente démonstration de l'action royale en liaison intime avec les forces dont l'Égypte dépendait. Ramsès attendait la plus grande efficacité de ce programme qui ne devait, en aucune manière, gommer l'impact du culte de l'action solaire implanté bien auparavant, et matérialisé par les quatre Horus de Nubie : Horus de *Baki* (Kouban), Horus de *Miam* (Aniba), Horus de *Méha* (Abou Simbel) et Horus de *Bouhen* (Ouadi Halfa, à la frontière avec le pays de *Koush*, près de la Seconde Cataracte).

Ainsi donc, Ousermaâtrê Sétepenrê ferait un jour creuser en grotte une partie du sanctuaire dédié à Ptah, à 100 km au sud d'Assouan, au nord de Kouban et rive gauche. À l'avant, une cour ornée de piliers osiriaques à l'effigie du roi en costume « des vivants » rappellerait l'innovation illustrée par Aménophis IV et reprise au Ramesséum.

Paysages de Nubie

Plus le cortège remontait vers le sud, plus le paysage de Nubie devenait verdoyant. Palmiers-dattiers, palmiers-*doum* et mimosas sauvages odoriférants ponctuaient les rives : chaque agglomération était embellie par la présence d'un majestueux sycomore, ornement de la place du village à l'ombre duquel palabraient calmement les vieillards. Femmes et enfants accouraient vers le fleuve pour admirer le défilé des barques royales aux voiles ornées de dessins géométriques et de rinceaux, tissées de fils de couleur ; les embarcations étaient escortées par celles du Vice-Roi de Nubie et de la garde officielle. Les Nubiens adultes, en revanche, en nombre extrêmement réduit puisque la plupart de ces hommes du pays de *Ouaouat* étaient enrôlés dans l'armée égyptienne ou employés dans les administrations de Haute et de Basse Égypte, fournissaient de surcroît une très active et honnête domesticité.

Nofrétari cherchait en vain, à l'horizon de la rive gauche qui défilait devant ses yeux, les charmantes chapelles funéraires coiffées de pyramidions, si nombreuses dans la région thébaine à laquelle, depuis son enfance, elle était très attachée. Ces Nubiens, gagnés à la civilisation égyptienne, n'en demeuraient pas moins fidèles à leurs racines et à leurs traditions. Revenus au pays, ils étaient tous enterrés à la mode nubienne, très simplement, dans une peau de chèvre. Seules quelques élites – très rares – tenaient à se faire enterrer à la mode égyptienne, dans un caveau-chapelle taillé dans le rocher, tel un certain Hékanéfer, fils d'un chef nubien, élevé à l'école du Palais (le *kep*), et camarade de classe de Toutânkhamon, revenu dans sa Nubie natale aux environs d'Aniba, la capitale à cette époque, pour y exercer les fonctions de Gouverneur.

Ouadi es-Séboua

Les bateaux firent halte – les amarres furent lancées et les piquets enfoncés – au débouché des caravanes venant du désert libyque occidental. Le site présentait les conditions requises pour y implanter, dans les années qui viendraient, un grand temple dédié au puissant Amon, que les voyageurs aux destinations les plus diverses imploreraient comme l'*Amon des Chemins*.

Ce sanctuaire, encore un hémispéos, « sauvé des eaux » comme la majorité des temples nubiens, porte de nos jours le nom de Ouadi es-Séboua, la Vallée des Lions, en raison des sphinx qui composent son dromos [8]. Ramsès se réservait d'utiliser le décor lorsque le moment serait venu, pour y exprimer les étapes de sa divinisation et de sa chronique familiale sans cesse en évolution [9]. Jadis, sur le même site, Aménophis III avait consacré à Amon un petit hémispéos, contre lequel devait être érigé le nouveau sanctuaire.

Amada

La région toute proche au sud, vers laquelle les souverains naviguaient, présentait alors un intérêt quasi archéologique. En effet, le couple royal s'était arrêté à la hauteur d'Amada, toujours sur la rive gauche, la plus lumineuse, parée de sables dorés, pour visiter le délicat sanctuaire érigé par trois pharaons successifs de la XVIIIe dynastie, Thoutmosis III, Aménophis II et Thoutmosis IV. Les reliefs du fond de l'édifice, exécutés sous les règnes de Thoutmosis III et d'Aménophis II, étaient une révélation pour Ramsès, qui s'attendait à retrouver le décor des grandes silhouettes divines illustrant les fondations religieuses de Thoutmosis III qu'il avait rencontrées sur son parcours, à ou à *Baki* (Kouban), ou même celles de la partie antérieure du temple qu'il visitait, achevé par Thoutmosis IV. Au fond de l'édifice, les murs présentaient des scènes miniaturisées, évoquant, avec des détails poétiques, des cérémonies rituelles du culte, et les étapes principales de la fondation du temple lui-même. La polychromie était d'une qualité exceptionnelle. Déjà, comme Ramsès le reproduisait régulièrement en Nubie, la partie sud du temple était consacrée à Amon, alors que son pendant était réservé à Rê-Horakhty.

Au fond de la dernière salle centrale, une majestueuse stèle couverte d'hiéroglyphes incrustés de pigments bleu lapis occupait toute la hauteur sous le cintre. Consacrée par Aménophis II, elle évoquait les répressions dont il avait été l'auteur à l'issue de ses campagnes au Proche-Orient, et l'exemple qu'il entendait en donner aux populations du *vil pays de Koush*, dans la direction duquel il se dirigeait. Ramsès savait les difficultés qu'il allait rencontrer, lui aussi, lorsqu'il serait obligé de retourner guerroyer dans ces régions, mais ce qui retenait surtout, pour l'heure, son

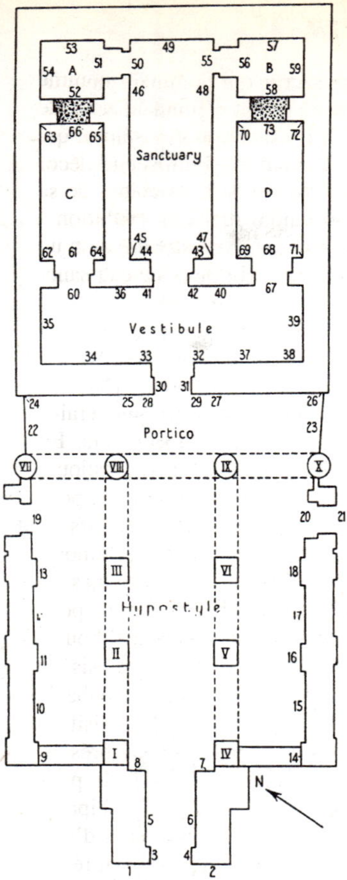

a

b

a. Plan du temple d'Amada.

b. Amada : Isis-Scorpion embrasse Thoutmosis IV.

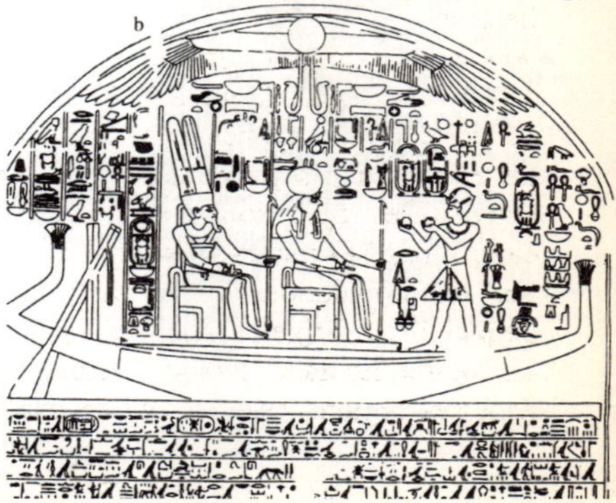

Cintre de la grande stèle historique d'Aménophis II. Le roi dans la barque divine fait offrande à Horus et à Amon.

attention, était l'image de la barque sacrée qui dominait toute la scène, et devant laquelle Aménophis II faisait offrande des vases de vin. La stèle était datée de l'an 3, troisième mois de la saison d'été (*Shémou*), le quinzième jour, c'est-à-dire à quinze jours près de l'arrivée normale de l'Inondation. Le vin de la vendange, toujours associé à la fin du cycle et au renouvellement de l'année, était l'offrande traditionnelle pour provoquer ce dernier événement. La date n'était donc pas fortuite, le décor de la stèle était en rapport avec ce que l'on attendait d'un tel *ex-voto* : encourager, si ce n'est provoquer l'arrivée du flot bienfaiteur. Amon et Rê, assis côte à côte sur la barque sacrée, évoquaient ainsi par leur image la force cachée qui se manifesterait par l'action du soleil. Cet édifice était donc, avant tout, un reposoir pour la barque divine ramenant l'Inondation, au cours de son cheminement vers les sanctuaires métropolitains et la terre d'Égypte.

Les reposoirs de la barque

Le « déclic » s'était produit, le message des sanctuaires qu'il avait l'intention de consacrer sur les rives nubiennes venait de prendre sa forme définitive : les quatre principaux sanctuaires dont Ousermaâtrê allait doter la Nubie seraient d'immenses reposoirs de la barque divine d'Amon-Rê, symbolisant l'arrivée de l'Inondation ayant franchi la Seconde Cataracte sur son chemin vers l'Égypte, pour lui redonner vie. Mais il y aurait aussi les deux mamelons d'*Ibshek* et de *Méha* (Abou Simbel) pour révéler le mystère du Jour de l'An, lui assurer son fonctionnement régulier, et associer l'action du couple royal au phénomène qui dispensait la vie à son royaume.

Avant de quitter Amada, Ousermaâtrê avait donné ordre de restaurer les reliefs où les images d'Amon avaient jadis été martelées par le zèle des serviteurs du globe d'Aton, du temps d'Aménophis IV-Akhénaton. Les grossières restaurations, visibles encore de nos jours, témoignent d'un travail rapide, confié à des artisans sans grand souci d'esthétique : l'essentiel avait été de fournir un nouveau gage visible au clergé d'Amon. Mais, quoi qu'il en soit, Ramsès avait donné au maître de Thèbes une autre dimension, souligné aussi la réelle identité attribuée dès lors à cette force cachée.

Le pays de « La Dorée »

Entre Amada et *Miam* [10], Nofrétari était éblouie par la splendeur du paysage. Plus rien ne lui rappelait les teintes d'un vert bleuté que les cultures prenaient dans le riant Delta. Ce n'était pas davantage la pâleur des sables du gebel thébain, de la rive gauche, dominé par le cime sainte sous la protection de laquelle les artisans de Pharaon creusaient et décoraient les « maisons d'éternité ». L'air si lumineux de Nubie, loin des poussières de l'humus soulevées par les vents du printemps, semblait contenu dans le cristal le plus pur. La nef de Nofrétari avançait sur un fleuve aux longs sillons – couloirs de turquoise, d'améthyste ou de péridot, au gré des heures et des jours. À l'arrivée du crépuscule, toujours très bref, le ciel et l'eau réunis devenaient de l'or en fusion, traversé d'une mince lame brillante projetée par le soleil mourant. La reine comprenait pourquoi l'évocation de cette région était toujours jumelée avec celle de l'or. Oui, certes, les gisements en étaient riches, mais les sables eux-mêmes en semblaient couverts. Ces régions hantées par la légende de la Lointaine [11], Hathor aux multiples faces, celle de la mort, mais aussi de l'amour qui redonne vie, avaient légué à la déesse un de leurs noms : Hathor était bien la Dorée, la *Noubet*.

Miam et *Toshké*

Les rochers noircis par l'éternelle érosion limitaient ces interminables et si étroites bandes côtières, et prenaient maintenant des formes pyramidales. Le terrain cultivable, sur la rive gauche du Nil, s'élargissait encore : la flottille allait arriver dans la région de la capitale de *Ouaouat*, la ville de *Miam*, jusqu'à cette époque résidence du Vice-Roi. Depuis peu, Ramsès avait donné ordre de déplacer plus au sud le fief de son administration, dans le pays de *Koush*. Cette nouvelle résidence avait également été nommée Pi-Ramsès. Il paraissait opportun de souligner ainsi une présence égyptienne officielle dans ces régions du Nord-Soudan, l'antique pays de *Iam*, peuplées de guerriers à l'originale et rude civilisation, peu enclins à s'intégrer vraiment aux mœurs plus amènes de leurs conquérants.

La zone de *Toshké* allait être dépassée. C'était, depuis l'Ancien Empire, un autre point d'aboutissement des caravanes parties d'Assouan, traversant les sables avec leurs ânes, d'oasis en oasis. La région était réputée pour ses carrières fameuses. Non seulement on en avait extrait la diorite – la statue de Khéphren (Musée du Caire) en avait été façonnée – mais encore les jaspes précieux, entre autres, en provenaient. Avec leurs petites embarcations, les mineurs vinrent en faire hommage à la Grande Épouse royale.

El-Lessiya

Sur la rive droite, les rochers commençaient à prendre un certain relief : les souverains étaient passés devant la grotte d'el-Lessiya, autre discrète fondation de Thoutmosis III dont les murs étaient couverts de reliefs illustrant les cérémonies essentielles de la confirmation royale au Jour de l'An. Cependant, sur tous ces sanctuaires, Ramsès ne rencontrait aucune allusion, aucune touche personnelle concernant le règne et l'entourage de ses prédécesseurs, mis à part la stèle d'Aménophis II qu'il venait d'admirer. Un peu plus au sud, il salua l'inscription que son père, le vaillant Séthi, avait fait graver sur le rocher. Ousermaâtrê se jurait de dépasser cette rigueur, cette rigidité en l'humanisant et en faisant participer les membres de la famille royale à l'image immuable et impersonnelle de Pharaon – suivant une fois de plus les initiatives du grand réformateur.

Avant l'arrivée des souverains au quai de *Miam*, le Gouverneur et les notables, empruntant leurs embarcations parées de grandes feuilles de palmier-*doum*, s'étaient rendus, porteurs de présents en hommage de bienvenue, au-devant du cortège royal.

L'artisanat de Nubie

L'ancienne capitale demeurait encore le grand entrepôt où transitaient les produits véhiculés depuis le grand sud. Elle possédait toujours de nombreux ateliers d'ébénisterie, d'orfèvrerie, de peausserie. Fauteuils, chaises et tabourets y étaient remarquablement exécutés, faits de bois durs d'Afrique, incrustés d'ivoire, plaqués d'or. Des coussins recouverts de peau de guépard, des queues d'apparat tirées des dépouilles de girafes et de taureaux, de magnifiques sandales, au bout relevé afin de protéger les orteils, y étaient façonnés pour le Palais. Enfin, certains objets de toilette, et surtout les étranges « pièces montées » d'orfèvrerie dominées par les statuettes de petits Nubiens grimpant aux palmiers-*doum*, y étaient ciselés avec bonheur : les plus belles productions venaient d'être offertes aux souverains, assorties de la rituelle offrande des célèbres dattes du pays de l'or.

Derr et Ibrîm

Sur la rive droite, avant d'atteindre Aniba, une agglomération [12], Korosko, était le point de départ de l'immense piste caravanière, évitant la grande courbe du Nil, et qui aboutissait directement au Soudan, vers le site appelé maintenant Abou Hamid.

Sur cette route orientale était l'endroit choisi par Ramsès pour indiquer à son Vice-Roi de l'époque, Iouny, où il conviendrait de consacrer une fondation à Rê-Horakhty : l'actuel hémispéos de Derr [13].

Les emplacements des futurs hémispéos consacrés à Ptah, Amon, Rê-Horakhty étaient déjà désignés. Restait la quatrième entité divine du programme : Seth, patronnant la quatrième division de l'armée. Ce maître des ancêtres ramessides était, en quelque sorte, incarné en la personne même d'Ousermaâtrê Sétepenrê, le rouquin, combattant intrépide, défenseur de la barque solaire [14] : il se confondait avec le souverain, dans le lieu sacré d'*Ibshek* vers lequel Ramsès et Nofrétari se dirigeaient, et où l'on vénérait déjà l'Horus de *Méha*.

Les souverains allaient auparavant passer, au sud de Derr, devant l'imposant rocher d'Ibrîm, au pied duquel trois petites niches-chapelles, faites chacune d'une seule pièce, avaient été creusées en l'honneur des manifestations divines locales et des thoutmosides. La plus typique, ornée comme les deux autres de la statue du souverain flanquée de deux images de dieux réservées dans la masse rocheuse du mur du fond, était celle d'Aménophis II. Son Vice-Roi, Ousersatet, lui faisait l'hommage de tous les produits de *Ouaouat* et de *Koush*.

L'entrée de ces grottes, comme celle d'el-Lessiya qu'il avait visitée plus au nord, et même l'ouverture du petit temple rupestre d'Horemheb donnant à pic sur le Nil, un peu au sud-est d'*Ibshek*, toutes très étroites, ne portaient aucune trace de décor extérieur. Le temps était venu de rompre le mystère, et de rendre éclatante la geste du roi-miracle.

Abou Simbel

L'admiration de Nofrétari

Pour Nofrétari, le jour très attendu venait d'arriver. Depuis le couronnement, elle savait que son pharaon, dépassant tout ce qui avait été réalisé auparavant, projetait de créer deux sanctuaires-grottes complètement souterrains (et non plus en hémispéos), où il lui serait réservé de participer plus que partout ailleurs à des rites essentiels. Ramsès et elle-même en seraient les acteurs, en symbiose avec deux éléments nécessaires à la vie de l'Égypte. Et pour ce faire, ils seraient intégrés au monde des dieux, qui ne cesseraient de leur dispenser les radiations nécessaires pour s'y maintenir.

Cependant, la reine ne pouvait avoir imaginé le spectacle qui se présentait déjà à ses yeux. Les deux mamelons de *Méha* et d'*Ibshek*, celui du sud beaucoup plus imposant que celui du nord, avaient déjà été creusés dans le grès rose local, très fragile, mais les portes d'accès ne se présentaient pas comme de simples ouvertures sans décor, réservées aux chapelles-grottes. La façade en haut-relief du plus important spéos, celui de *Méha* au sud, rappelait celle des temples construits par assises. Certes, la reine ne retrouvait pas les deux tours des pylônes classiques, mais quatre fantastiques colosses assis, chacun haut de vingt mètres, encadrant la porte, le tout compris dans un seul cadre architectural en forme de trapèze, dominé par une frise de vingt-deux cynocéphales debout, adorant le soleil [15]. Elle n'avait jamais vu pareille merveille, dont le prestigieux décor dépassait celui du pylône élevé par Aménophis III, à l'ouest de Thèbes, orné seulement de deux colosses [16]. Les artisans avaient déjà sculpté les corps de ces gigantesques statues incarnant certains aspects divins du roi, chacun doté d'un nom spécifique. Les échafaudages étaient encore en place pour permettre aux meilleurs sculpteurs des ateliers royaux, convoqués en Nubie, de « modeler » les délicats visages.

Grand Temple d'Abou Simbel. Depuis la Salle-cour jusqu'au Sanctuaire où Ramsès trône avec la tri-unité.

*Le mamelon d'*Ibshek*, au nord*

Au nord, le rocher d'*Ibshek* offrait un tableau bien différent. La façade, présentant une inclinaison, un « fruit », était constituée de six niches disposées en deux groupes encadrant l'ouverture du spéos. La reine apercevait, de loin, six statues sculptées à même le rocher, qui occupaient, sur une hauteur d'environ huit mètres, chacune des niches. Le travail était plus avancé, car la fondation présentait des proportions beaucoup plus réduites que celles du spéos sud. En se rapprochant, elle reconnut de chaque côté de l'entrée deux statues du roi debout, chacune encadrée de deux des fils qu'elle avait mis au monde, l'aîné, Imenherkhépéshef, et Méryatoum, tous deux également debout, mais de plus petite taille. Le sculpteur avait visiblement donné à ces deux statues royales un aspect très hiératique, qui différait de celui des autres effigies. Ramsès expliqua à la reine que leur style soulignait leur nature de « colosse », représentant chacun une épithète royale personnifiée, sorte d'hypostase [17]. Leurs noms étaient marqués sur leurs épaules. Celui du sud était *Héka-taouy-aimé-d'Amon*, celui du nord, *Rê-en-hékaou-aimé-d'Atoum*, auquel Ramsès tenait particulièrement : ce *Soleil-des-princes-aimé-d'Atoum* se trouvait également gravé sur un des colosses assis de la façade de *Méha*, et sur un colosse osiriaque de la salle-cour [18]. Il en était de même pour l'un des colosses de Louxor, un autre du Ramesséum [19], pour l'un de ses régiments et un de ses bateaux !

À l'extrême sud de la façade, une statue du roi un peu plus haute que les autres le représentait debout, entouré des princes Méryatoum et Méryrê. À l'extrême nord, les deux enfants royaux flanquaient la statue du roi, portant la coiffure de Ta-ténen. Enfin, entre les deux groupes à l'image de Pharaon, sur les parties nord et sud de la façade, Nofrétari voyait sa propre silhouette radieuse, dominée par la coiffure de Sothis, comme si elle sortait de la montagne en un élan irrésistible. Elle était accompagnée, à sa droite et à sa gauche, par les deux princesses Mérytamon et Hénouttaouy. Des détails d'importance lui sautèrent aux yeux : ses propres figurations avaient exactement la même taille que celles du roi, et de surcroît, les statuettes de ses filles étaient plus hautes que celles de ses fils. L'audace de Ramsès était grande. L'hommage rendu au rôle éminent joué par la féminité était ainsi souligné avec éclat.

Le Vice-Roi Iouny, contemporain du roi Séthi, à qui succéderait bientôt Hékanakht, avait surveillé les progrès des travaux dans ce spéos nord. Il venait, en conclusion, de faire graver dans le rocher, à gauche de la grotte sacrée, un grand tableau illustrant l'hommage qu'il rendait à Pharaon, où il se déclarait, avec fierté, originaire d'Hérakléopolis. Tenant à guider les souverains sur le chantier en pleine activité, il les entraîna jusqu'à la terrasse du grand spéos.

Le mamelon de Méha, *au sud*

Là, la vision était tout à fait différente : les quatre colosses étaient sculptés assis, entourés de deux grandes dames royales, deux princes et six princesses non encore mariées, ce qui laisse supposer qu'à l'époque où la composition du groupe fut élaborée, la famille était évoquée au temps du premier quart du règne.

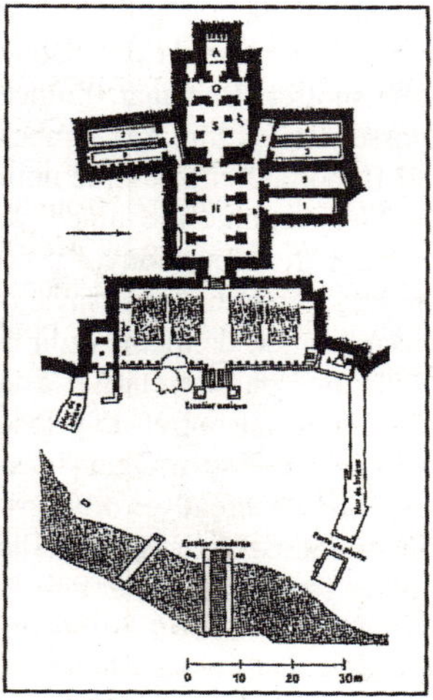

Plan du temple de Ramsès II.

La façade

Nofrétari et la reine douairière Mout-Touy étaient à l'honneur, par deux fois chacune, puis les deux fils aînés des deux Grandes Épouses royales. Cependant, la reine Isisnofret n'était pas représentée, là comme ailleurs en Haute Égypte à cette époque. On a beaucoup épilogué sur ce phénomène : certains ont imaginé un drame de la jalousie entre les deux Grandes Épouses, et l'éviction d'Isisnofret. D'autres l'ont fait mourir avant l'âge ! Il est une raison sans doute essentielle dont il faut avant tout tenir compte : Nofrétari avait mis au monde le fils aîné, prince héritier, Imenherounémef, devenu Imenherkhépéshef.

Sur cette façade, la place de chacun des membres de la royale famille situe leur importance propre aux yeux de Ramsès, qui avait voulu faire des sanctuaires d'*Ibshek* et de *Méha* le mémorial résumé de son œuvre. Ainsi, encadrant le colosse sud situé près de la porte d'entrée, Nofrétari d'abord, puis de l'autre côté la statue de la reine mère. Près du colosse nord, en parallèle, Nofrétari, puis la petite princesse Baketmout, fille d'Isisnofret. Enfin, entre les jambes du premier colosse sud, debout, tenant un flabellum, l'image du fils aîné Imenherkhépéshef [20] avait été sculptée, alors que le premier colosse nord présentait devant lui le prince Ramsès, fils d'Isisnofret.

Entre les jambes du second colosse sud se trouvait la figuration de la petite Isisnofret II, portant le nom de sa mère, et de chaque côté du colosse deux autres filles d'Isisnofret, Bentanat, l'aînée et Nébettaouy. Restait le second colosse nord. Entre ses jambes avait été représentée la petite Nofrétari II, portant elle aussi le nom de sa mère. À gauche était figurée Mérytamon, fille aînée de Nofrétari, et à l'extrême droite : la reine mère Mout-Touy à nouveau statufiée. Entre tous ces personnages, l'équilibre était savamment dosé. Primauté à la mère du prince héritier, de même qu'à la reine douairière. Au sud, priorité au fils aîné de Nofrétari et à la fille aînée d'Isisnofret. Au nord, le fils aîné d'Isisnofret, le prince Ramsès, et la fille aînée de Nofrétari. Les préséances étaient respectées. Le géniteur divinisé, aux expressions créatives transposées dans le colossal, régnait avec une grandiose sollicitude, tel le génie créateur du fleuve, sur le groupe familial : honneur à la maternité, importance soulignée de la féminité, bien qu'en réalité, le nombre des princes eût égalé au moins celui des princesses. Deux grands absents : le père pourtant vénéré, mais défunt, et l'autre Grande Épouse royale du moment, qui réapparaîtra pourtant, plus tard ; voici de quoi susciter bien des interrogations.

La salle-cour

Dès l'étroite porte d'entrée franchie, la première salle souterraine évoquait la cour en plein air, aux piliers osiriaques de

Grand temple d'Abou Simbel : piliers osiriaques (solaires) de la salle-cour (côté nord).

Dans la salle-cour, mur nord-est : Ramsès extermine les adversaires asiatiques devant Horakhty. Au registre inférieur, défilé des filles royales.

temple classique, à ceci près que Ramsès, dans l'attitude osirienne, *portait le pagne des vivants*. Sur les murs, les scènes guerrières affirmant le souci du maître de l'Égypte à chasser le mal hors des frontières, étaient quasiment achevées. Les croquis sur papyrus, retraçant les étapes essentielles de la bataille de Qadesh, avaient été apportés pour le chef décorateur par Ashahebsed, homme du roi, Premier Échanson de Pharaon, chargé, selon ses propres termes, de l'aménagement de la *Demeure des Millions d'années creusée dans la montagne* [21].

Les dessinateurs avaient commencé la mise au carreau de l'immense scène, sur toute la paroi nord de la salle. Le mur sud de la salle-cour, lui faisant face, devait être porteur d'autres images de conquêtes « protectrices », se référant aux premiers exploits du roi. D'abord, la prise d'une citadelle syrienne où Pharaon apparaît sur son char, accompagné de trois de ses fils : Imenherkhépéshef, Ramsès et Parêherounémef, chacun sur leur petit char individuel. Suit l'extermination d'un chef libyen, tableau repris d'une scène analogue figurant à Karnak, mais dont le héros était Séthi Ier. Enfin, le couple royal pouvait admirer à la suite, toujours figurée en très grands reliefs, l'image du souverain victorieux, campé avec une majesté suprême sur son char, accompagné du lion qui lui est familier ; devant lui, deux rangs de prisonniers originaires du pays de *Koush*, faisant sans doute allusion à la répression exercée en *Irem*, au moment de la corégence. Ces scènes, de même que la présence de jeune enfants royaux, militent bien en faveur de la date de fondation des spéos, contemporains des premières années du règne [22]. En conclusion des tableaux militaires figurés au sud, Ramsès faisait hommage de ses conquêtes koushites au couple divin Amon-Mout. Le registre décoratif dominant la scène du défilé des prisonniers koushites se terminait par un tableau aussi original qu'important. On pouvait admirer Amon de Napata, dans son sanctuaire rupestre. Sous son image assise passait le corps d'un immense cobra, qui se dressait entre Amon et Ramsès honorant la forme divine, à coup sûr l'image du Nil serpentant depuis ses sources, prêt à venir dispenser son Inondation sur la Terre de Pharaon [23].

En vis-à-vis, après la mêlée de Qadesh, Ousermaâtrê Sétepenrê se présentait devant Horakhty et Iousas – une des formes « de charme » prises par la divine Hathor –, traînant deux files de prisonniers hittites.

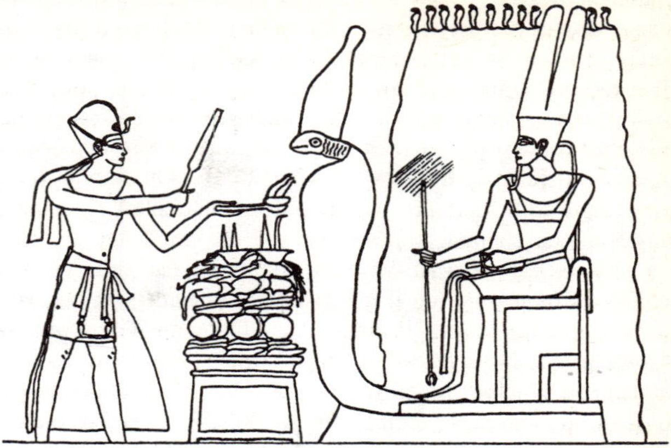

Consécration par Ramsès d'offrandes à l'Amon-Nil de Napata.

Une fois de plus, Pharaon avait tenu à souligner l'importance de sa progéniture, déjà nombreuse à cette époque (ans 6-7 du règne). Sur la partie inférieure des murs encadrant la porte d'entrée apparaissaient, sculptés, les défilés des premiers fils (placés rituellement au sud) et des premières filles (logiquement au nord). L'égalité est presque parfaite, cependant les fils (des deux lits) n'étaient qu'au nombre de huit : Imenherkhépéshef, Ramsès, Parêherounémef, Khâemouaset, Montouherkhépéshef, Nebenkharou, Méryamon, Sethemouïa.

Ousermaâtrê vérifia qu'on avait bien tracé la silhouette de neuf filles, accompagnées de leurs noms : il retrouvait les images stéréotypées de Bentanat, Baketmout, Nofrétari (II), Mérytamon, Nébettaouy, Isisnofret (II), Hénouttaouy, Ournyro et Nédjemetmout.

L'hypostyle

La salle hypostyle, succédant à la salle-cour, avait pour objet principal de présenter sur les murs sud et nord la figuration de la barque d'Amon – ornée de la tête du bélier sacré –, et celle de Rê, décorée de la tête de faucon, barques auxquelles le couple royal devait rendre hommage. Les reliefs n'étaient pas encore sculptés, cependant Ramsès tenait à expliquer à Nofrétari que ces deux images de barques prévues n'en faisaient, en réalité, qu'une seule. C'était, en fait, la nef d'Amon-Rê... décomposée ; au reste, un socle réservé à même le sol dans le saint des saints devait bien recevoir cette unique nef cultuelle. Sur les murs de cette dernière salle étaient aussi prévues, au sud l'image de la barque d'Amon-Rê, au nord celle de Ramsès lui-même déifié. On pouvait reconnaître dans cette dernière image celle de Horakhty. De même, dans la petite chapelle rupestre au sud du grand temple, sur le mur sud, la barque d'Amon était remplacée par celle de Thot, évoquant l'Inondation qu'il maîtrisait et ramenait, comme Amon lui-même, en qui le roi s'incarnait. Cet amalgame n'était pas pour décontenancer Nofrétari, déjà suffisamment initiée aux aménagements du syncrétisme ramesside. De surcroît, cette symbolique lui devint encore plus tangible lorsque Ramsès et ses architectes, secondés par Ashahebsed, vérifièrent devant elle l'orientation du grand temple par rapport aux quatre statues qui devaient orner le mur occidental du saint des saints.

L'illumination du saint des saints

L'axe avait été calculé pour que, deux fois l'an, le premier rayon du soleil levant frappe d'abord une des statues assises prévues sur le mur du fond du sanctuaire. Il avait été également projeté que soient sculptées dans la masse rocheuse, du sud au nord, les effigies de Ptah, d'Amon, d'Ousermaâtrê Sétepenrê et enfin de Rê-Horakhty. En raison du mouvement du soleil (que nous reconnaissons de nos jours comme apparent), se levant chaque jour un peu plus vers le nord à mesure qu'on se rapproche du solstice d'été, et un peu plus vers le sud en se rapprochant du solstice d'hiver, ces rayons ne pénètrent profondément dans le temple que durant deux périodes de l'année. Du 10 janvier au 30 mars, le « balayage » solaire s'exerce, et les rayons empruntant l'axe du temple le *20 février* éclairent progressivement trois des statues. Puis, entre le 10 septembre et le 30 novembre, la pénétration directe jusqu'à l'axe du saint des saints survient le *20 octobre*. Le 20 février donc, l'illumination commence par la statue d'Amon : la lumière se pose ensuite sur l'effigie du roi. En revanche, le 20 octobre, le soleil illumine d'abord la statue de Rê-Horakhty, puis se dirige vers la statue de Ramsès. Ainsi, les deux

Grand temple d'Abou Simbel : les quatre statues du Saint des Saints :
de gauche à droite : Ptah, Amon, Ramsès II et Rê-Horakhty.

Façade du petit temple de Nofrétari. Abou Simbel.

formes divines transmettent successivement au souverain, deux fois l'an, cette irradiation nécessaire pour entretenir sa nature habitée par le divin, et qui pourrait perdre de son intensité au cours de l'année. Le roi est de cette manière illuminé par Amon et Rê, leur barque est sa barque, et cette barque doit redescendre le Nil au Jour de l'An : c'est l'image, le symbole du génie de l'Inondation elle-même ! Quant à la statue de Ptah, – le dieu qui surgit des ténèbres et les fait surgir –, seule son épaule gauche est touchée par le soleil.

Le rôle du petit spéos

Il n'y avait pas que ces périodes magiques de l'année pendant lesquelles le miracle se manifesterait dans l'éperon béni choisi par Ousermaâtrê. Le sanctuaire d'Hathor, dédié à la reine, devait être le complément d'un autre événement majeur. La grotte aux chapiteaux hathoriques, vouée à la féminité, où les reliefs éclataient littéralement de charme et de jeunesse comme nulle part ailleurs, évoquait les souverains tout au début de leur règne, et leur aspect juvénile ajoutait encore à la poésie du sanctuaire. Ce dernier avait donc une définition très précise, exprimée en conclusion par l'image de la vache sacrée d'Hathor au fond du saint des saints, allusion directe au renouvellement annuel du roi, lié au retour de l'Inondation, et qu'elle semblait faire sortir de la montagne. Pour ce faire, les rites devaient passer, en une première étape, par la personne de la souveraine, en ces lieux de prédilection. Sur un des murs, elle apparaissait, droite et svelte, recevant d'Hathor (l'*éros*) et d'Isis (la maternité) la couronne de Sothis, l'étoile disparue puis visible de nouveau afin de provoquer l'apparition du soleil au début de l'année. Voici pourquoi le nom du spéos, gravé en colonnes d'hiéroglyphes sur la façade, avait été composé par Pharaon en ces termes : *Nofrétari par amour de laquelle se lève le soleil.* Enfin, le bon fonctionnement de cette marche cosmique serait garanti par l'autel solaire projeté au nord du grand spéos.

Ayant pu constater l'élaboration de cette grande scène où se déroulerait, à la fin des travaux, le spectacle cosmique dont elle-même et Ramsès seraient les acteurs essentiels, Nofrétari reprit avec son pharaon la direction de l'Égypte du nord, vers Pi-Ramsès, leur capitale de rêve.

a

Intérieur du petit temple
de Nofrétari.

a. La reine offre des papyrus
et joue du sistre-porte pour
Anouket.

b. Nofrétari accomplit
le même rite.

c. Nofrétari tient le flagellum
et joue du sistre cintré.

d. Dessin d'un des piliers
hathoriques de la première
salle du temple.

b

c

d

La guerre en pays de Moab : mouvement tournant éxécuté par Ramsès II et son fils Imenherkhépéshef et leur rencontre à Rabath Batora.
(Croquis E. David)

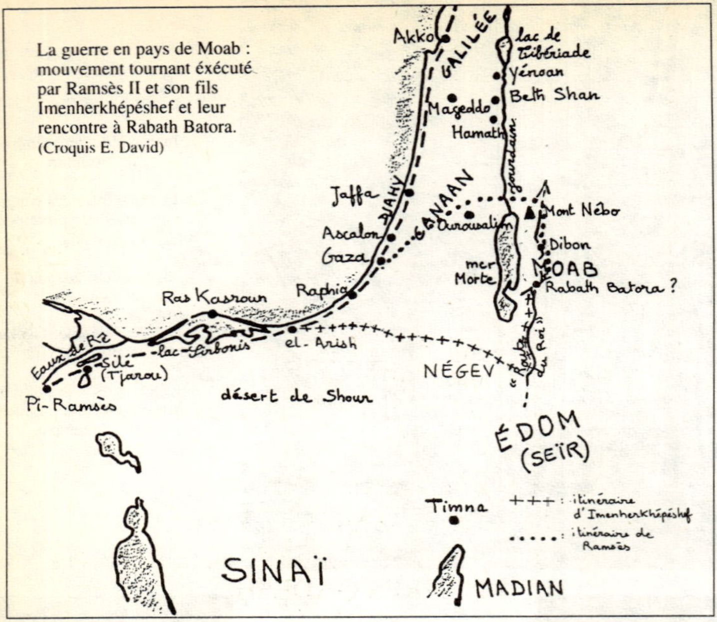

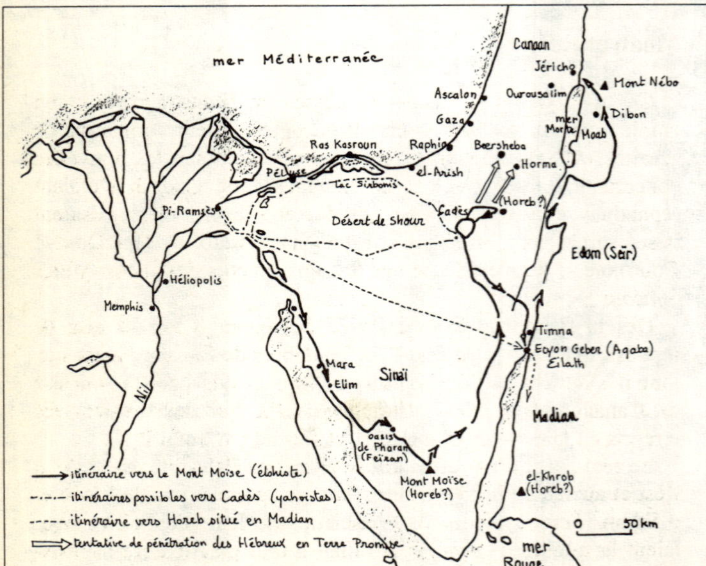

Carte montrant les divers éventuels chemins de l'Exode.
(D'après le catalogue de l'exposition Ramsès le Grand)

XI

L'APRÈS QADESH

Moab et Édom

Ces quelques mois, à peine, passés en Haute Égypte et en Nubie, avaient fort heureusement décuplé l'ardeur combative de Ramsès. À son retour, il perçut bien vite combien les nouvelles concernant le déroulement de la bataille de Qadesh s'étaient répandues à travers Canaan, quel état d'esprit elles faisaient peser sur le comportement des anciens vassaux de la « Double Couronne », de même que sur les agissements des incorrigibles *Shasous* [1].

Dès la fin de la sixième année du règne, il lui fut aisé de repousser ces nomades vers l'est, en dehors de Canaan ; mais surtout il s'attacha à faire rentrer les impôts dus par les vassaux de Canaan, taxés depuis Thoutmosis III, qui déjà avaient été « repris en main » par Horemheb, et surtout par Séthi Ier.

Le réel souci d'Ousermaâtrê se situait en Palestine orientale, à l'est et au sud de la mer Morte, là où les populations de Moab et d'Édom (*Seïr*) avaient pris conscience de leur identité, et rejetaient la tutelle égyptienne. Il fallait à tout prix réduire la résistance de ces régions trop proches des frontières égyptiennes, sans cesse capables de fomenter des troubles de toutes sortes, et gagnées à l'habile propagande hittite [2], afin de pouvoir engager par la suite la reconquête de l'Amourrou, État tampon essentiel pour se prémunir d'une nouvelle coalition. Ramsès avait jugé son fils aîné au combat : l'heure était venue de lui confier une importante responsabilité dans la stratégie qu'il entendait entreprendre.

C'était en 1273-1272 avant notre ère, en l'an 7 de son règne, Ramsès avait 32 ans. L'objectif premier était d'anéantir les résistances dans les territoires qui encerclaient largement la mer Morte. Pour ce faire, en partant des collines du Negev, deux divisions devaient effectuer leur jonction en Moab. Le prince Imenherkhépéshef allait conduire ses troupes vers l'est jusqu'au sud de la mer Morte, et en remontant s'emparer en Édom (*Seïr*) de Rabath Batora (l'ancienne *Butartu*). Dans l'autre sens, Ramsès traversa le centre de Canaan, à l'ouest de la mer Morte, remonta jusqu'à ses limites nord, laissant *Ourousalim* (la future Jérusalem) à sa gauche, puis, redescendant à l'est de la mer Morte, en Jordanie actuelle, il prit la ville de *Dibon*. Progressant vers le sud, il opéra la jonction avec son fils aîné, qui semble l'avoir attendu à *Butartu*, tout en s'efforçant de pacifier la région.

Le chemin était libre, alors, pour remonter directement, ou presque, vers le nord, sans rencontrer de résistance notoire, en direction de la province d'*Oupi*, que Ramsès avait perdue après la bataille de Qadesh. Il s'arrêta à *Témesq* (une autre Pi-Ramsès, de nos jours Damas), pour gagner, semble-t-il, la ville de *Koumidi*. Cet itinéraire s'appelait « La route du roi ».

L'Exode se situerait-il sous Ramsès II ? (1272-1271)

Ces combats, dont le point de départ était le nord du Sinaï, avaient fait naître une certaine effervescence dans la région. Les bédouins *Shasous*, et surtout les semi-nomades *Apirous*, « les poussiéreux » (*Hapirous* dans les textes cunéiformes, que l'on a rapprochés de *Heperer*, Hébreux), de génération en génération se transmettaient des récits, vite amalgamés, transformés en légendes. Faut-il situer à cette époque – le règne de Ramsès – l'origine de l'Exode, et surtout tel que la Bible en fait état, comme un événement réellement historique, donc vécu ? Rien de précis dans les

Carte du Proche-Orient pendant les guerres de Ramsès. (Croquis E. David)

textes égyptiens, pourtant des plus nombreux à avoir survécu depuis les temps d'Ousermaâtrê Sétepenrê, ne nous y autorise. Cependant, le nom biblique de la ville *Ramsès* peut naturellement être rapproché de celui de Pi-Ramsès, pour la construction de laquelle on sait que furent enrôlés les *Apirous* [3], avec les soldats du roi, *à tirer les pierres vers le pylône du palais de Ramsès II* [4], et bien d'autres monuments.

Moïse était-il égyptien ?

Le nom de Moïse, issu de Mosé (*mès* = enfant, *mésy* = mettre au monde, etc.), constitue également la déviation du nom très égyptien dont la première partie est constituée d'un nom divin : *Thot*mès, *Ra*mès, etc. Beaucoup d'Égyptiens, à la XIXe dynastie, portaient le nom de *Mès* (ou *Mosé*). Certes, à cette époque de même qu'à la XVIIIe dynastie, les prisonniers asiatiques pouvaient être employés dans les grands travaux de creusement et de construction de tombes royales et de sanctuaires. Au reste, les prisonniers de guerre n'étaient pas les seuls dont on attendait une efficace main-d'œuvre : nombre d'Asiatiques et de Bédouins parfaitement libres venaient se faire engager comme ouvriers-manœuvres, tels les *Apirous* pour confectionner les briques et haler les pierres des constructions [5] de Pi-Ramsès [6], ou comme saisonniers pour, régulièrement, faire les vendanges.

Les ouvriers étrangers de Pharaon

Certains d'entre eux et certains prisonniers affranchis demeuraient définitivement en Égypte et, surtout, leurs enfants étaient éduqués à l'égyptienne. Les fils de chefs étrangers suivant l'enseignement du *kep* du palais, ou du harem royal, retournaient dans leur pays nourris de culture égyptienne. Beaucoup faisaient ainsi carrière dans le pays : on les retrouvait, parfois, dans l'entourage immédiat de Pharaon. Il n'est donc pas impossible que Moïse ait été de ceux-là, lui dont les Actes des Apôtres [7] rapportent qu'il aurait été *instruit de toute la sagesse égyptienne qui l'a rendu puissant en paroles et en actes*, après avoir été élevé à la cour jusqu'à l'âge d'homme (Exode 2, 10-11). Il ne faut jamais oublier que l'Égyptien est connu pour être, de tous temps, nationaliste sans jamais tomber dans la xénophobie. Des exemples ont subsisté, dans la documentation écrite de la XIXe dynastie, où l'on apprend par exemple qu'une dame égyptienne, après avoir fait affranchir trois de ses « esclaves », les avait adoptés [8]. Ainsi, que Moïse ait été présenté comme le fils adoptif de la fille de Pharaon n'a rien d'impossible.

Des ouvriers indispensables ?

On en vient, alors, à se demander sur quels critères sérieux on pourrait s'appuyer pour légitimer un pareil exode de travailleurs étrangers (d'un pays de cocagne qu'ils regrettent mille fois !), exode auquel Pharaon se serait opposé, allant même jusqu'à les poursuivre, alors que ses préoccupations immédiates et majeures étaient d'un ordre plus élevé que celles ayant trait à une main-d'œuvre en définitive remplaçable. Il n'existe, en fait, aucun événement rapporté par les documents égyptiens qui fasse allusion à un départ – ou à une expulsion – d'étrangers hors du pays à cette époque ; tout au plus pourrait-on supposer un amalgame, dans la légende, avec l'expulsion des Hyksos, troupe d'Asiatiques occupant le pays, organisée, et très armée au moment où les princes de Thèbes les avaient chassés, à l'aube du Nouvel Empire. En dernier lieu, on peut peut-être avancer une hypothèse, si l'on place le début de l'Exode durant la période préliminaire à l'expédition de Ramsès et d'Imenherkhépéshef pour la traversée du Negev vers Édom : en fait, la raison pertinente qui aurait pu pousser Pharaon à refuser de laisser partir les *Apirous* était qu'éventuellement ils étaient susceptibles d'opérer une jonction avec les *Shasous*, ce qui aurait pu gêner le mouvement des troupes égyptiennes [9].

Les plaies d'Égypte [10] ?

Parmi les « plaies » infligées, paraît-il, à l'Égypte pour que Pharaon laisse partir les Hébreux, la Bible cite les cendres qui se seraient répandues sur le pays. Elles rappellent peut-être un exemple puisé dans le lointain cataclysme dont l'île de Santorin a été en grande partie la victime [11], et qui a causé dans l'environnement des dégâts annexes considérables, parmi lesquels des projections de matières volcaniques qui auraient même pu atteindre le nord du Sinaï [12]. Il faut encore compter avec des phénomènes qui s'expliquent par les crues du Nil, pendant la période qui entoure les jours épagomènes et les méfaits de la déesse lointaine [13] : épidémies, peste des animaux, prolifération des grenouilles, eaux du fleuve qui prennent la couleur du sang, etc. Il apparaît aussi, dans le texte biblique, des détails qui n'appartiennent ni aux coutumes ni à l'environnement égyptien. Ainsi, la mise à mort des enfants mâles, appliquée aux aînés, pourrait être asiatique, même phénicienne, aucunement du pays de Pharaon [14]. Quant à la pluie de sauterelles, l'orthoptère, très nocif dans toute l'Afrique du Nord, est généralement considéré en Égypte comme bénéfique, luttant contre le mal. On le trouve dans le décor prophylactique des tombes depuis l'Ancien Empire ; il prête sa forme aux récipients à onguents, et on va même jusqu'à le comparer aux braves soldats des quatre divisions armées de Pharaon [15].

Certes, Ousermaâtrê Sétepenrê fut le géniteur d'un nombre impressionnant d'enfants ; il perdit effectivement plusieurs fils avant leur trentième année d'existence. Faire référence à ce qui devient une légende est facile. Il ne faut cependant pas perdre de vue que son fils aîné Imenherkhépéshef était loin d'être mort au début du règne, puisqu'il semble bien avoir participé aux échanges diplomatiques, peu avant l'an 21, qui préparaient le traité de paix entre Hittites et Égyptiens.

L'avis d'égyptologues

Une impression se dégage maintenant d'elle-même : il apparaît, après cette brève analyse, que le récit en question est le résultat d'un brassage de faits indépendants les uns des autres, remontant à diverses époques, recueillis très tardivement et recouvrant probablement un événement très mineur, en tout cas aux yeux des Égyptiens, qui aurait été mis en relief pour former un récit « héroïque » cohérent. L'historien K. A. Kitchen [16], qui est bien placé pour affirmer que *L'exode biblique ne trouve aucun écho dans les fières inscriptions de Ramsès*, aurait tendance à situer un éventuel souvenir de ce qui a été appelé l'Exode sous le règne de Ramsès II, comme un « incident sans lendemain », bien que désagréable : les Hébreux, plus tard, l'auraient transformé en un événement mémorable.

De son côté, M. Bietak [17], qui depuis des années interroge le site hyksos d'Avaris, considère que les Proto-Israélites auraient fait partie des *Shasous* cités dans les textes égyptiens, mais pense que l'Exode a dû se produire quoi qu'il en soit avant la cinquième année du règne de Mérenptah.

Quant à D. Redford [18], il en est même arrivé à penser que les « historiographes bibliques » ne connaissaient pas très bien l'histoire en général, et particulièrement la façon dont les Égyptiens gouvernaient la Palestine. Il estime que la légende de l'Exode ne reflète pas la situation de l'Égypte des XVIIIe et XIXe dynasties, mais bien plutôt la période de la XXVIe dynastie – le rédacteur étant, selon lui, familier de la topographie du Delta durant cette dynastie et le début de la période perse. Sa conclusion est qu'il ne faut, en tout cas, accepter que les grandes lignes du récit, dont la rédaction est tardive.

On voit que les éléments sur lesquels on peut réfléchir sont donc extrêmement minces, et assez peu concluants : le point de vue d'un des derniers auteurs qui se soit penché sur le problème, J. Mélèze-Modrzejewski [19], rejoint les pertinentes recherches de H. Cazelles [20] : ce à quoi nous étions déjà arrivés en 1976, en organisant l'exposition Ramsès II, au Grand Palais, à Paris [21].

L'Exode : essai de reconstitution

En définitive, on pourrait conclure, en tenant compte de certaines études menées avec la plus grande prudence et objectivité, que s'il y eut escarmouche, et peut-être conflit, entre les autorités de Pharaon et un groupe de travailleurs d'origine sémitique qui abandonnèrent leur tâche et fuirent l'Égypte, l'événement prit une dimension majeure pour les *Apirous* (sans doute les futurs Hébreux), qui le situèrent à l'origine de leur histoire. Voici comment, dans les lignes qui vont suivre, on pourrait alors tenter de reconstituer l'aventure : quoi qu'il en soit, elle serait liée indiscutablement à l'Égypte ramesside, en se fondant sur ce qui vient d'être brièvement analysé.

Pharaon, dès l'aube de la XIXe dynastie, porte un soin extrême aux relations qu'il doit entretenir avec ses proches voisins. De jeunes Sémites de haut rang, élevés à l'égyptienne, sont souvent adoptés et confiés à l'éducation dispensée par les princesses du grand harem. Très vite assimilés, ils seront utilisés dans les rapports avec les diplomates étrangers. Moïse était certainement l'un d'entre eux. Il devint par la suite *un très grand personnage en pays d'Égypte, jouissant de la faveur des courtisans de Pharaon et de son peuple* [22]. Comment situer les événements qui le concernent ? Moïse est témoin de sévères punitions qu'un contremaître inflige à un de ses *compatriotes* (il n'est donc pas complètement « intégré », comme on dit maintenant) ; ceci se passe au moment où Séthi Ier entreprend les travaux à Pi-Ramsès.

Moïse s'interpose alors entre l'ouvrier et le contremaître, qu'il frappe mortellement. Il ne se constitue pas prisonnier, et s'enfuit de peur d'être jugé et de subir éventuellement le sort de ceux qui ont porté atteinte au *troupeau de Dieu*. On imagine, alors, son odyssée en pays de *Madian* (il connaît donc bien les routes du désert), on apprend son union avec la fille du Grand Prêtre de la région, l'événement du Buisson Ardent, et l'ordre surnaturel qu'il reçoit de conduire les Hébreux (*Apirous* ?) hors d'Égypte (Ex. 3, 13-15).

La mort de Séthi Ier survient à point [23] pour que Moïse tente alors de regagner l'Égypte, uniquement, paraît-il, pour réaliser les instructions divines qu'il a reçues, sans tenir compte des répercussions éventuelles dans le pays : le *nouveau roi qui n'avait pas connu Joseph* [24] va l'accueillir à nouveau. On croit deviner que le nouveau pharaon, Ousermaâtrê Sétepenrê, avait ignoré, ou pardonné, la mort du contremaître, dont Moïse était responsable. Ce dernier reprend donc sa place éminente auprès du maître de l'Égypte, et s'autorise bientôt à lui demander la permission d'emmener son peuple à trois jours de marche dans le désert, pour faire un sacrifice. Il n'est certes pas un homme de guerre (il laisse ce rôle à Josué) mais, sûr de son autorité, de la place occupée au Palais, et de l'inspiration de son dieu, il ne paraît pas avoir pris en considération ce que Pharaon aurait été en droit de lui reprocher. Meurtre d'un Égyptien, privation subite d'une main-d'œuvre à laquelle l'Égypte avait ouvert ses portes [25], et dédain complet des circonstances traversées par le pays après la perte de l'Amourrou, les hostilités à ses frontières et les complots ourdis par les Hittites. Vraiment, il y avait de quoi irriter Pharaon, et c'est ce qui se produisit. Pourtant Moïse, profitant de circonstances favorables à ses yeux, s'oppose alors violemment à Pharaon et, se faisant menaçant, couvre, paraît-il, l'Égypte de plaies devant lesquelles le souverain est obligé, en définitive, de s'incliner. Il apparaît que Moïse aurait aussi méconnu l'autorité et la détermination de Ramsès, affairé à préparer avec Imenherkhépéshef l'immense mouvement tournant englobant le nord du Negev, Canaan, Moab et Édom.

C'est alors la sortie d'Égypte, après la prétendue mort du fils aîné de Pharaon, qui constitue la dixième plaie d'Égypte. Les Hébreux (*Apirous* ?) sont alors *expulsés* [26]. C'est le récit *yahviste* qui les fait partir directement de Pi-Ramsès (= Ramsès) après que Moïse leur a recommandé, entre autres, d'emporter les trésors qu'ils pourraient réunir. La troupe se dirige alors, par la *Route des Philistins*, en direction de *Cadès* (au sud du Negev, et non Qadesh), mais elle reçoit l'ordre de *rebrousser chemin* [27]. Les Hébreux remontent en direction de *Baâl-Saphon* (Ras-Kasroun). L'endroit était réputé très dangereux. Des vents violents y accumulent des sables, le lac semble disparaître, on peut se noyer dans les plages mouvantes, véritable « mer de roseaux » où les chars de Pharaon auraient pu être engloutis. Alors les « expulsés » s'enfoncent dans le désert de *Shour*.

Il existe une deuxième tradition, l'*élohiste*, adepte de l'Exode-fuite. Elle semble plus logique, car elle rejette l'utilisation de la route des forteresses de la côte méditerranéenne, beaucoup trop vulnérable pour les *Apirous*, car jalonnée de citadelles égyptiennes. Dans ce cas, la troupe de fuyards se serait dirigée vers le sud, en direction de l'oasis d'*Ayoun Moussa* (Source de Moïse), puis de l'oasis de *Pharan* [28] (Feïran), lieu de culture sémite qui avait fourni aux Égyptiens des ouvriers pour les mines de *Sérabit el-Khadim*, d'où l'on extrayait la turquoise. Le mont Horeb serait plus au sud encore. Lorsque l'on parcourt ces lieux d'une beauté prenante, cernés de montagnes presque irréelles où l'Esprit semble souffler, l'endroit paraît encore prédestiné à livrer un message. Cependant, on ne connaît pas avec certitude de lieu de pèlerinage juif ancien dans le Sinaï.

Les Yahvistes situent le mont Horeb, de la révélation à Moïse, non loin de *Cadès*, au Gebel Halâl. Les Élohistes le placent au sud, dominant de sa masse inspirée le site où plus tard fut élevé le monastère-forteresse fondé par Justinien, qui au XIe siècle fut consacré à sainte Catherine, martyre en l'an 296 de notre ère.

Groupe chassé ou groupe en fuite, comme l'a défini le Révérend Père de Vaux [29], les deux traditions se seraient regroupées vers *Cadès*, avant la pénétration en Canaan. Cependant, il faudra aux fuyards vivre encore de pénibles aventures, dont l'hostilité du roi d'Édom (*Seïr*), qui leur refusa le passage, après qu'ils eurent cependant vaincu les Amalécites [30], au sud du Negev. Ils furent donc contraints, en remontant vers le nord, de contourner Édom et Moab, de vaincre les Amorrites... Du mont Nébo où les Hébreux parvinrent enfin, après quarante années de cheminement, de « miracles » et d'épreuves, Moïse, avant de mourir, put apercevoir *Ourousalim* et sa « Terre Promise ».

Dans l'état actuel de nos connaissances, où l'on ne peut mettre en regard la chronologie, pratiquement fiable, établie pour le règne de Ramsès, et celle du récit biblique à ce jour inexistante, il paraît donc bien hasardeux de fixer à l'Exode une date précise. Les quelques indices relevés permettraient de placer l'événement au début du règne de Ramsès II. La logique voudrait que ce soit la période durant laquelle, en l'an 7 du règne, Ramsès et Imenherkhépéshef auraient effectué leur double expédition « punitive » vers Édom et Moab [31]. Mais les indices demeurent bien minces ; une remarque pourtant : cette expédition guerrière coïncide avec les démêlés des Hébreux avec Édom, et certains points de leur trajet dans ces régions auxquelles la Bible fait allusion [32].

Il semble en tout cas bien difficile de placer l'époque de l'Exode dans les années qui suivront, la région en question étant de nouveau contrôlée par les forces de Pharaon, et celui-ci ayant reporté ses efforts guerriers loin de ses propres frontières, à la reconquête d'Amourrou.

Les voisins libyens

Au lendemain de Qadesh, dès que Ramsès eut décidé la réorganisation de son armée, des bases d'entraînement furent installées dans la zone occidentale du Delta, assez près de la mer, là où de tous temps des incursions de semi-nomades libyens survenaient sporadiquement à la frontière. Des menaces de dangereuses pénétrations étaient à craindre. Il ne s'agissait donc plus d'attendre le retour éventuel de ces événements, mais de les prévenir en équipant cette région, sur plusieurs centaines de kilomètres – dépassant le site moderne d'el-Alamein –, d'une chaîne de châteaux forts analogues à ceux chargés de la défense de la Nubie, ou encore à ceux qui formaient le *Mur du Prince*, à la frange orientale du Delta. Les mouvements et opérations des troupes égyptiennes, entraînées par des officiers formés à une tactique modernisée, permirent de mieux connaître le terrain, et le comportement de ceux qui le parcouraient en direction de l'Égypte.

Grâce à cette activité savamment dirigée, il fut alors possible de choisir les meilleurs points stratégiques où implanter les citadelles. Les investigations menées dans ces régions, il y a une quarantaine d'années, par l'égyptologue égyptien Labib Habachi, ont déjà révélé l'existence de trois de ces forts, englobant comme à l'habitude des bâtiments pour les troupes, la demeure du Commandant de la place, et un temple [33]. On connaît même le nom d'un responsable du fort exhumé à Zawiyet Oum el-Rakham, à plus de 300 kilomètres de la branche occidentale du Nil, dans le Delta. C'était le scribe royal, Commandant d'armée Nebrê [34].

Ramsès, les carriers et les artistes

Entre son inspection aux frontières de la Libye, l'expédition qu'il préparait avec le plus grand soin pour reconquérir les villes de Galilée, et le châtiment qu'il réservait aux rebelles de l'Amourrou en raison de leur trahison permanente, Ousermaâtrê Sétepenrê payait de sa personne pour prospecter lui-même les carrières. Il voulait en effet mettre ses carriers à l'œuvre pour l'extraction des magnifiques pierres destinées à embellir ses temples de prestigieuses statues.

Il ne faisait pas qu'exercer, une fois de plus, ses talents exceptionnels, propres à le conduire vers le filon qu'aucun autre n'avait su détecter, mais il suivait aussi la ligne dans laquelle il avait décidé de s'engager pour appliquer et diffuser les innovations de son remarquable père dans le domaine social. Ainsi voit-on apparaître, dans les textes, son souci du bien-être de ses artisans, et le soin qu'il prend à les rétribuer le plus équitablement possible, en ce pays de l'humanisme naissant.

Ainsi, en l'an 8, le deuxième mois de la saison hiver-printemps, le huitième jour, il commença sa prospection dans les carrières. Après avoir rendu grâce à la forme divine vénérée à Héliopolis (Horakhty) et à la matrice minérale (Hathor), il se rendit dans le désert tout proche de la *Montagne Rouge*, le Gebel Ahmar : *C'est alors que Sa Majesté trouva un énorme bloc, tel qu'on n'en avait pas découvert de semblable depuis le règne de Rê : il était plus haut qu'un obélisque de granit !* Voilà qui pouvait permettre la fabrication d'un nouveau colosse, dont il précise même le nom : *Ramsès-aimé-d'Amon, le dieu*, et au sujet duquel il indique qu'il en a confié la réalisation à *des ouvriers d'élite, habiles de leurs mains*. Les détails donnés sur le temps d'exécution dépassent ce que l'on peut imaginer quant à l'effort fourni normalement par des artisans. Pour exécuter ce tour de force, il fallut consacrer seulement une année, à un mois près, puisque le travail fut achevé en l'an 9, le troisième mois de la saison hiver-printemps, le dix-huitième jour.

Ce colosse bienfaisant devait affirmer la divine protection royale sur tout le pays, pendant que Pharaon allait fortifier lui-même les frontières, en s'assurant au-delà de celles-ci de la neutralité d'Amourrou, État tampon qui devait protéger son pays de la convoitise hittite. Ousermaâtrê Sétepenrê ne se limitait évidemment pas à la seule « mise au monde » de ce nouveau colosse. Il prospecta encore, lui-même, alentour parmi les veines de quartzite, et trouva *celles qui ressemblent au bois*-méry, *de couleur rouge, afin de tailler des statues pour le temple de Ptah* (de Memphis) ; *on leur donna des noms (inspirés) par le Grand Nom de Sa Majesté* : Ramsès-aimé-d'Amon, fils de Ptah. *D'autres statues (furent) pour le temple d'Amon-de-Ramsès-aimé-d'Amon et le temple de Ptah-de-Ramsès-aimé-d'Amon à Pi-Ramsès-la-Grande-de-Victoire.*

Il précise, par souci d'information : *Je remplis le temple de Rê de nombreux sphinx, de statues, de statuettes de Pharaon prosterné présentant un vase, et du roi tenant une table d'offrandes.* Tous détails certainement exacts, car ils concernent des œuvres destinées au Sacré, à qui on ne peut mentir.

Quittant le Delta, Ousermaâtrê Sétepenrê n'oublia pas le sud du pays, cher à son cœur, se rendit dans l'île d'Éléphantine et en amont de celle-ci, là où la dernière barrière opposée au cheminement du Nil, avant son entrée en Égypte, est constituée de masses granitiques. Il repéra les différentes carrières et, sitôt découvertes, leur donna des noms. Ainsi : *carrière de Ramsès-aimé-d'Amon-aimé-comme-Ptah, carrière d'Ousermaâtrê-Sétepenrê-souverain-des-Deux-Terres, carrière de Ramess*ou [35]*-aimé-d'Amon-aimé-comme-Rê*. Il précisa même qu'une grande veine de granite noir, détectée en ce dernier emplacement, serait réservée à des *colosses assis* dont le pschent (la double couronne) serait taillé dans de la quartzite.

Pour compléter ce récit où l'on devine le souci de Ramsès de jouer pleinement son rôle de père du pays au bien-être duquel il doit veiller, on constate qu'il l'a assorti d'un exposé sur sa satisfaction devant un travail engagé dans les meilleures conditions, et de l'annonce d'une juste rétribution, bien méritée. Le fait pourrait paraître banal, et même superflu de nos jours, mais peut-on oublier que le texte dont proviennent les informations données ici remonte à 1272-1271 avant notre ère : trois mille années et plus nous en séparent ! Ainsi déclare Ousermaâtrê Sétepenrê : *Je m'engage à répondre à tous vos besoins... ... ainsi, pour vous, les greniers débordent de blé, pour que vous ne passiez pas un seul jour sans nourriture... ... À votre intention j'ai rempli les magasins de toutes sortes de choses : du pain, de la viande, des gâteaux, de l'équipement, des sandales, des vêtements, des onguents en grandes quantités, pour oindre vos têtes chaque jour de repos* [36]*. J'ai mis à votre disposition ceux qui peuvent vous prémunir contre la disette : des pêcheurs pour apporter les produits du Nil, et beaucoup d'autres, des jardiniers pour les légumes, des potiers travaillant au tour, qui façonnent des récipients capables de rafraîchir votre eau pendant la chaleur... et la canicule !* [37]

Durant l'absence prévue du souverain, le programme des travaux était donc bien tracé : l'activité serait bénéfique à tous, car la largesse des rétributions allait assurer le bien-être de nombreux travailleurs.

La reconquête de la Syrie

La récente expédition au sud de la Palestine avait porté ses fruits : on avait compris, en Galilée et en Canaan, que Ramsès allait reprendre le combat avec une détermination totale ; aussi la résistance à l'arrivée de Pharaon fut-elle limitée. À la fin de la huitième année, et pendant la neuvième de son règne, vers 1271 av. J.-C., Ousermaâtrê Sétepenrê put facilement avancer le long de la côte, aussi loin que Simyra, en passant par les ports reconquis de Akko, Tyr, Sidon, Beyrouth, Byblos, Irqata ; il semble que les Hittites ne se soient pas opposés au retour des Égyptiens dans ces stations du sud de la Phénicie.

Au nord de Gaza, Ramsès reprit Ascalon (que plus tard Ramsès III rasera complètement), et quelques autres villes cananéennes, telles Béthanat, Mérem, Shérem, qui très probablement s'étaient toutes révoltées contre Ousermaâtrê Sétepenrê. Puis, remontant vers le nord d'Amourrou, Ramsès évita Qadesh, qui restait cependant pour lui une véritable épine dans le cœur, cette ville devant laquelle un des miracles dont il avait si souvent été coutumier s'était produit, mais qu'il n'avait pu reprendre. Il souffrait aussi d'ignorer le sort finalement réservé à la stèle triomphale que son père Séthi le Premier avait fait ériger à l'intérieur de la ville, en l'honneur de sa victoire. Aussi s'était-il juré de s'inspirer de cette initiative, et de laisser sa trace personnelle plus au nord, au-delà de l'Euphrate, région que les Hittites occupaient, et où les troupes égyptiennes n'avaient pas pénétré depuis 120 années !

Première prise de Dapour

Parmi les victoires – assez temporaires – à l'actif de Pharaon à la fin de l'an 8, celle de la ville de Dapour, au sud d'Alep, sur le territoire de la cité-État de Tounip [38], demeure la plus belle (et néanmoins bien transitoire) conquête, au regard des poussières de petites citadelles prises sur son chemin : dix-huit de ces villes capturées avaient été représentées sur la face occidentale du premier pylône du Ramesséum (massif nord), quatorze sont encore visibles [39].

De toutes les cités fortifiées qui, sensibles à la propagande hittite, s'étaient insurgées, celle de Dapour présentait le plus d'importance aux yeux de Ramsès : elle pouvait, à elle seule, évoquer le succès de la reconquête, d'autant que, située au nord-ouest de Qadesh, Dapour [40] constituait la place forte de la zone de pénétration hittite la plus septentrionale qu'il avait pu atteindre. Par deux fois il avait fait de la prise de la ville un tableau glorieux : dans le temple de Louxor, au mur occidental de la première cour [41], et surtout, fait remarquable, dans la salle hypostyle de son temple jubilaire, le Ramesséum. Ainsi, dans ce prestigieux espace réservé aux actes religieux (mais ponctué par les défilés de ses déjà nombreux enfants), peut-on encore contempler exceptionnellement cette scène de bataille, animée d'un mouvement endiablé, dans laquelle le roi a fait revivre les différentes étapes de l'assaut jusqu'à la reddition des chefs de la ville [42].

Sur le mur sud-est de l'hypostyle, le spectacle surgit. À gauche, en taille héroïque, le roi conduit ses deux chevaux tout en décochant ses flèches sur un amoncellement d'ennemis morts, tombés de leurs chars dans leur fuite vers la citadelle, représentée sur tout le côté droit de la scène. Dans la mêlée, on distingue un

La première bataille de Dapour. Ramesséum. (Dessin Sabri)

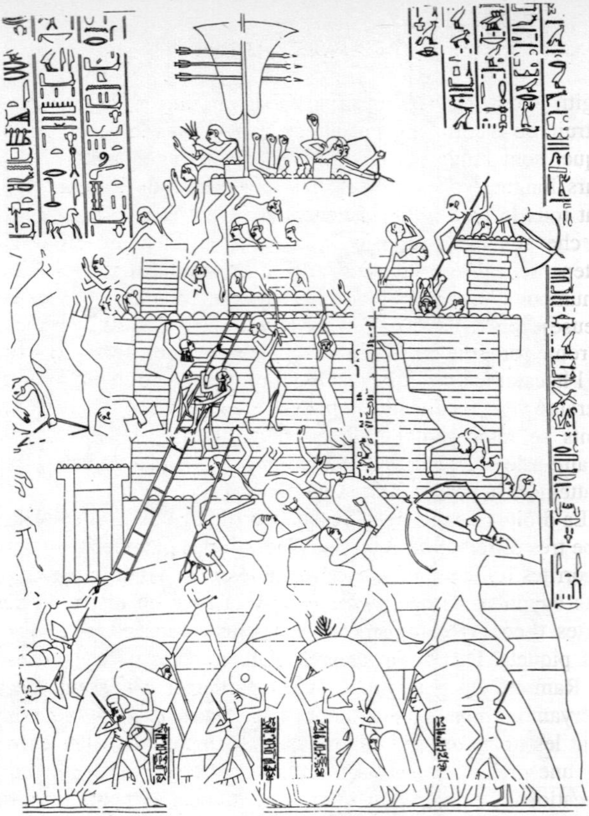

La citadelle de Dapour.

Ramsès vise un chef hittite en fuite.

fugitif monté sur le cheval qu'il a pu sauver de son attelage détruit, ou encore, plus près du char royal, un véhicule ennemi sur lequel sont renversés ses deux occupants agonisants. Vêtus de leurs longues robes étroites, les adversaires de Ramsès présentent tous le type hittite, au menton fuyant et à la lourde mèche de cheveux tombant dans le dos : ostensiblement Ousermaâtrê Sétepenrê a désiré montrer qu'il avait bien affronté les Hittites. L'humour n'est pas absent de la scène et, comme pour les nombreuses représentations de la bataille de Qadesh, une pointe d'ironie rompt le tragique de la mêlée centrale. Ainsi, au sommet de l'hécatombe des ennemis, peut-on reconnaître ceux d'un char entraîné vers la citadelle au galop de ses chevaux : les deux occupants se retournent en direction de Ramsès à leur poursuite, affairé à les prendre pour cible : une flèche – ô dérision – vient d'atteindre le postérieur de l'un d'eux.

La droite du tableau est réservée à l'image de la citadelle, d'un type très différent de celui des places fortes égyptiennes et même amorrites (*cf.* celle de Qadesh). Celle-ci est assaillie par des soldats égyptiens et des *Shardanes*. À la base on distingue quatre sortes d'écrans coniques en forme de carapaces, soutenus par des piquets. Ils ont été dressés pour protéger quatre jeunes fils de Ramsès, qui paraissent vouloir participer à l'assaut. Ce sont Méryamon, Imenemouïa, Séthi et Sétepenrê. Deux autres princes, dont les noms ne sont pas indiqués, grimpent, bouclier en main, sur une grande échelle afin d'atteindre le second étage des fortifications. Les derniers niveaux sont occupés par les ultimes défenseurs, tirant à l'arc et lançant des pierres. Certains, touchés, tombent des créneaux la tête en bas, alors que, tournés du côté de la mêlée, trois assiégés de type hittite, dont l'un brûle de l'encens, demandent grâce, montrant ainsi que la citadelle va se rendre.

Alors se déroule le dernier épisode : la scène de capitulation. Deux des fils aînés d'Ousermaâtrê Sétepenrê, Khâemouaset et Montouherkhépéshef, se préparent – ou font mine de se préparer – à égorger les chefs ennemis, pendant qu'un vénérable vieillard, accompagné de porteurs d'offrandes et de bétail à cornes, implore avec dignité les princes. Au sommet de la ville fortifiée, l'oriflamme est bien transpercée de flèches, confirmant ainsi l'investissement de la cité (alors que l'oriflamme de Qadesh où Ramsès ne put pénétrer flottait librement sur les remparts).

Les bas-reliefs ont été sculptés avec un sens affirmé de la composition, par les meilleurs artistes qui ont su allier une grande liberté d'expression à la suprême élégance : l'action a été étudiée dans ses plus infimes détails. Il paraît certain que Ramsès lui-même a donné des instructions très précises et a surveillé l'exécution de ce chef-d'œuvre, dès son retour en Égypte. Toutefois, il ne quitta pas la place conquise au nord de Qadesh sur les confédérés avant d'y avoir fait ériger sa propre statue, qu'il avait pris la précaution de charger parmi l'équipement véhiculé par l'intendance.

Cinq des six princes dont les noms sont indiqués dans la scène sont des fils d'Isisnofret, le sixième, Séthi, ayant été mis au monde par Nofrétari [43]. Deux autres demeurent anonymes.

La récompense des guerriers

Durant les combats de la huitième année, en Galilée et en Amourrou, soldats égyptiens et mercenaires d'origine étrangère, dont les *Shardanes*, s'étaient montrés à la hauteur de toutes les situations. Les sermons virulents dont Ramsès avait abreuvé officiers et simples combattants, à l'issue de la bataille de Qadesh, n'étaient plus d'actualité. C'était une armée disciplinée, motivée... et victorieuse. Tout comme au pays il avait su reconnaître l'excellence de ses artisans, il fallait maintenant récompenser et renter officiers et soldats. Ousermaâtrê Sétepenrê allait leur distribuer des terres, mais surtout il allait, au retour, en l'an 9, les honorer en public. De nombreuses stèles furent gravées à cette occasion, sur lesquelles l'on peut encore admirer l'image du roi debout sur les genoux d'un de ses colosses – très souvent celui qui avait pour nom *Rê-en-hékaou* (*Soleil-des-Princes*) [44] –, distribuant coupes, objets et colliers d'or à ses valeureux militaires, et cela dans l'allégresse générale.

La contre-offensive des confédérés

Il ne paraît pas que, durant cette dernière campagne de Ramsès en Syrie du nord, le Hittite Mouwattali, sans doute proche de sa mort, ait eu l'intention ou la possibilité de rassembler une nouvelle coalition. Il est cependant hors de doute qu'il avait envoyé des renforts à ses alliés du nord-Amourrou et du Naharina (le

Cintre de la Stèle de l'an 8 (Musée du Caire)

Ramsès monté sur un de ses colosses lance divers objets précieux aux militaires (partie inférieure d'une stèle de Qantir). (Musée de Hildesheim)

Hanigalbat), principalement aux princes d'Alep et de Karkémish (le type ethnique parfaitement hittite de ceux que Ramsès combattit à Dapour en fait foi), mais cela n'avait pas suffi à protéger la forteresse. Cependant, dès le départ de Pharaon et son retour en Égypte, la petite garnison égyptienne laissée sur place ne put s'opposer à l'assaut des alliés voisins du Khatti, et la place forte fut reprise. Quant à l'effigie de Ramsès, elle fut capturée, à défaut de pouvoir l'emprisonner lui-même.

Reconquête de Dapour

L'obligation se présentait à Ramsès de repartir, une fois de plus, avec ses troupes, pour affirmer la présence de la puissante Égypte en ce point stratégique du Proche-Orient. Il avait atteint sa trente-cinquième année, et tenterait encore de reprendre la forteresse, alors, pensait-il, que la mort de Mouwattali, qui venait de survenir, pourrait affaiblir l'ardeur des princes syriens. Vers 1270-1269 av. J.-C., il passa de nouveau près du Nahr el-Kelb, où il fit ériger une troisième stèle. La rage au cœur, il conduisit une attaque si précipitée dès son arrivée sur le terrain qu'il descendit de son char et, à pied, campé devant la citadelle comme le montre le relief du temple de Louxor, il l'attaqua de ses traits puissants, à la tête de ses hommes.

Pendant les deux premières heures, dans sa détermination à vaincre, il avait même oublié de revêtir sa cotte de mailles, précise le texte. Son invulnérabilité miraculeuse et légendaire le servit une fois encore. Il semble qu'il n'ait été victime d'aucune blessure, et qu'il put à nouveau pénétrer dans Dapour. On ne sait si les défenseurs prudents avaient préservé la statue de Pharaon, et purent la remettre en place en témoignage de soumission, pour obtenir la clémence de leur vainqueur.

En revanche, on est assuré qu'après le départ de Pharaon, les villes syriennes retombèrent sous la coupe de leur puissant et très proche voisin. Le roi de Karkémish, Vice-Roi des Hittites en Syrie, devint alors l'adversaire attitré de Ramsès.

La mort de Mouwattali

Il est loisible de supposer qu'à cette époque, Ousermaâtrê Sétepenrê a dû regretter d'avoir prêté une oreille distraite aux

Quelques villes rebelles reprises aux Asiatiques. (Ramesséum)

Seconde bataille de Dapour. Louxor. (D'après Wreszinski)

propositions de paix faites par Mouwattali au lendemain de Qadesh. Le moment n'était plus favorable à la réalisation de ce projet, alors que le *Soleil du Khatti* venait de décéder, et que son successeur, le fils d'une concubine, était monté, indûment semble-t-il, sur le trône. Ce prince, Ourhi-Teshoub, intronisé sous le nom de Moursil III, était un personnage sans envergure, qui prenait ombrage de son oncle Hattousil, une forte personnalité : il l'éloigna au nord du royaume. Moursil III commença à régner dans une atmosphère d'intrigues et de bassesse, limitant son action personnelle aux strictes frontières de son royaume.

Cependant, face à la rude opposition syrienne et trop éloignées du territoire égyptien, les courageuses incursions armées de Ramsès ne pouvaient lui garantir des positions stables dans cette région. Le grand ancêtre Thoutmosis III, à l'issue de dix-sept campagnes militaires, s'était assuré dans ce secteur le contrôle nécessaire à la sécurité de son pays. Le Khatti n'avait pas, à cette époque, les mêmes visées territoriales.

Plus qu'auparavant, Ousermaâtrê Sétepenrê jugeait que la diplomatie lui assurerait une sécurité supérieure à celle que pouvaient lui fournir ses valeureuses expéditions, coûteuses en hommes, au détriment du bonheur et de la prospérité de son peuple. Beaucoup plus sage était de consolider les positions sérieusement acquises, et de profiter des dissensions chez les Hittites, ce qui lui vaudrait un *statu quo* au-delà de la zone qu'il n'avait pas les moyens de contrôler de façon constante.

Pendant les six années qui suivirent, l'action des gouverneurs égyptiens remplaça progressivement les répressions armées. Ainsi purent-ils maintenir l'ordre en Canaan et dans une partie de l'Amourrou.

XII

LE LONG CHEMIN VERS LA PAIX

Le bien-être du pays

En l'an 10 du règne, Ramsès vivait sa trente-cinquième année. Revenu d'une nouvelle campagne syrienne, il ne nourrissait plus réellement l'espoir de reconquérir l'Amourrou par les armes : il s'était résolument tourné vers une solution plus diplomatique, afin d'éviter les événements qui, tôt ou tard, pourraient menacer ses frontières. Très averti des difficultés créées par l'avènement d'Ourhi-Teshoub, monté sur le trône des Hittites sous le nom de Moursil III, et tablant sur la lutte entre le neveu et l'oncle – Hattousil, réellement digne de diriger le pays –, Ramsès savait qu'il allait par là même connaître dans ses possessions du Proche-Orient un relatif répit. Il le mettrait à profit, d'autant que ses diligents observateurs à l'étranger, Imeneminet en tout premier, le tenaient informé des visées expansionnistes de l'Assyrie en direction des pays vassaux du Khatti, le *Hanigalbat* principalement.

Les impôts rentraient régulièrement chez les percepteurs, aussi bien dans le pays que dans les bureaux des gouverneurs d'Asie et du Vice-Roi de Nubie. Les Deux Terres connaissaient l'opulence et tout était calme dans les deux parties de la *Terre noire : Kémi* [1], que les Asiatiques appelaient déjà *Misr*.

Durant la douzième année du règne, à Karnak, le pontificat de Nebounénef, Grand Prêtre (son vrai titre était *Premier prophète*) d'Amon, venait de s'achever. Ramsès, qui abordait ses trente-sept ans, procéda à la nomination du nouveau titulaire en la personne d'Ounennéfer, père de son fidèle Imeneminet. Au retour de cette cérémonie à Thèbes, il ne manqua pas de visiter les chantiers des temples dont, progressivement, il enrichissait son territoire : celui d'Akhmim lui tenait particulièrement à cœur. La cité avait été le foyer de la famille de Tiyi, Grande Épouse d'Aménophis III, dont il connaissait l'indiscutable influence exercée sur son fils, le quatrième Aménophis. Autour du temple principal de la ville, les prêtres-savants, en rapport étroit avec le clergé d'Hermopolis (*Khéménou, la ville des huit*), formaient toujours un foyer d'études astronomiques où avait été instruit Aanen, le propre frère de Tiyi. Aussi Ramsès II avait-il tenu à consulter les travaux de ces infatigables chercheurs au moment de la fondation de ses temples, principalement ceux d'Abou Simbel et du Ramesséum.

Ousermaâtrê avait décidé d'ériger un autre sanctuaire dans la ville : il visiterait lui-même de nouvelles carrières, lorsque les pylônes seraient édifiés, pour les orner de colosses le représentant entouré de ses filles aînées, principalement Mérytamon, qui figuraient déjà, bien jeunes, sur la façade du spéos de *Méha*, mais qui auraient atteint l'âge rituel de devenir Grandes Épouses royales dès l'achèvement de la construction du nouveau temple [2].

Trois années plus tard, c'était l'an 15, Ramsès marquait une fois de plus sa présence dans le sud et, descendant le courant, avait fait arrêt en Abydos où, régulièrement, le Grand Prêtre d'Osiris, un autre Ounennéfer, lui consacrait une statue en or, comme Ramsès lui-même l'avait fait pour son père.

La révolte en *Irem*

Avant même qu'il n'ait regagné Pi-Ramsès, un messager du Vice-Roi de Nubie Iouny le rejoignit pour l'informer de troubles qui se manifestaient au lointain *Irem*, dans la région de la Troisième Cataracte où, sans doute, la présence efficace – ou bienfaisante – du Vice-Roi ne s'était pas fait sentir depuis le début du règne... sinon en la personne des agents (*idénous*) collecteurs d'impôts ! Comme à l'accoutumée, la réaction d'Ousermaâtrê Sétepenrê fut immédiate. Il dépêcha des forces armées cantonnées à Thèbes, puisées dans la division d'Amon, et délégua à la tête de ses troupes, à côté du Vice-Roi, quatre de ses fils en cours d'entraînement militaire à Memphis, dont Sethemouïa [3] et Khâemouaset.

Pour servir d'exemple en pays de *Koush*, Ousermaâtrê Sétepenrê ordonna de faire figurer sur les murs de la grande porte de la nouvelle résidence du Vice-Roi, en Amara-ouest, le bilan de l'expédition répressive : la capture de 7 000 rebelles en un très court laps de temps. Les félicitations de Pharaon à son Vice-Roi furent nuancées, et ce dernier fut prié d'inspecter plus régulièrement la province du grand sud, où plus aucun incident ne se produisit.

Choix de fils royaux pour la guerre

Le fait que le fils aîné de Ramsès, Imenherkhépéshef, n'avait participé ni aux sièges et batailles de Dapour, ni à la répression d'*Irem*, a laissé croire que le prince héritier avait pu disparaître de la scène – tout au moins publique – après la grande expédition palestinienne des années 7-8 (1272-1271 av. J.-C.). Cette absence pourrait, au contraire, accréditer l'intention d'Ousermaâtrê Sétepenrê de mettre en avant les fils d'Isisnofret, à l'occasion de la prise de Dapour, alors que les fils de Nofrétari avaient déjà eu l'occasion de faire leurs précoces preuves à Qadesh : Imenherkhépéshef alertant le campement au moment de l'attaque et Parêherounémef (le troisième enfant de Nofrétari) dépêché avec le vizir vers la division de Ptah, afin de hâter l'arrivée des renforts. Ce dernier prince fut déclaré *Premier brave de l'armée* et porta le titre de Premier Charrier du roi, comme le cinquième fils royal, Montouherkhépéshef.

Quant à la répression des incidents d'*Irem*, qui n'avaient pas été assez graves pour requérir la présence royale, il y avait fait participer équitablement Sethemouïa, son huitième fils, né de Nofrétari, et Mérenptah, son treizième fils, né d'Isisnofret, qui ne figurait pas sur la liste des enfants en Abou Simbel, lorsqu'elle fut sculptée sur un mur de la salle-cour.

En ce qui concerne sans doute le plus lettré des fils royaux, Khâemouaset, fils d'Isisnofret, qui très tôt avait été spectateur des combats menés en Nubie, et représenté à Beït el-Ouali, il avait effectivement joué un rôle au moment de la reddition de la ville de Dapour, mais il était entré très vite au service de Ptah de Memphis. À 20 ans, devenu Prêtre-*sem*, et rapidement apprécié du Grand Prêtre (le *Chef des Artisans*), il allait, en l'an 19 du règne, aux côtés du Vizir Pasar et du fils aîné d'Isisnofret, le Général Ramsès, son frère et deuxième fils du roi, participer à l'ensevelissement fastueux du premier taureau Apis décédé pendant le règne de son père.

La diplomatie de Ramsès et les conflits au Proche-Orient

Les services de renseignements d'Ousermaâtrê observaient avec la plus grande attention la lutte, d'abord sournoise, puis ouvertement livrée par Moursil III à son oncle Hattousil. La rupture définitive entre les deux hommes survint lorsque le neveu s'installa dans la capitale *Hattousha*, et tenta de priver Hattousil des derniers petits États sur lesquels il régnait encore, excepté le centre de *Hapkis* sur lequel il rayonnait efficacement. Hattousil ne pouvait supporter de tels affronts, et décida de soumettre l'attitude agressive de son neveu au jugement de la déesse Ishtar de *Samouha* et du dieu du temps de *Narik*. Entouré de ses partisans, Hattousil s'opposa ensuite aux attaques de Moursil III (Ourhi-Teshoub) et le fit capturer dans *Samouha* même, puis, faisant preuve de clémence, il l'envoya simplement en exil en *Noukhashshé* au sud d'Alep, en Syrie septentrionale, plutôt que de le condamner à mort. Ramsès suivait personnellement, et avec satisfaction, les intrigues ourdies par l'irréductible neveu de Hattousil, trouvant écho jusqu'à la cour du roi de Babylone, si bien que le Hittite fut contraint de déporter son neveu félon dans les parages d'*Ougarit* (Ras Shamra), plus à l'ouest, sur la côte méditerranéenne : imprudente générosité...

Pendant ce temps, Ousermaâtrê Sétepenrê avait contracté une alliance avec le roi de Babylone Kadashman-Tourgou ; puis il tenta de se rapprocher de Salmanasar Ier, maître des Assyriens. En l'an 18 de son règne, profitant d'une situation très propice à ses

Khaemouaset,
Grand Prêtre de Ptah à Memphis,
présente au Taureau Apis,
dont il célèbre les obsèques,
le matériel de l'« ouverture de la
bouche et des yeux ».

a. Statue monumentale
de Meryt-Amon, récente découverte
à Akhmim. (Calcaire polychrome)

b. Statue colossale
de Ramsès, en porte-enseigne,
flanquée de la statue de Bentanat,
fille d'Isis-Nofret. (Ouadi-es Séboua)

Statue colossale de Ramsès : la nouvelle, « Grande Epouse royale »,
Meryt-Amon, occupe la place qui était celle de Nofrétari. (Louxor)

a

b

projets, et qui lui était offerte fortuitement semble-t-il, Ramsès « accepta » d'accueillir en Égypte Moursil III, « échappé » à nouveau de son exil, et qui – paraît-il – avait demandé asile à Pharaon. Peut-on soupçonner Ousermaâtrê d'avoir su manœuvrer pour en arriver à une telle situation ? Hattousil pouvait craindre un nouveau conflit avec son neveu, appuyé cette fois par un ennemi très puissant. Il était assuré néanmoins de la loyauté du roi de Babylone, Kadashman-Tourgou ; ce dernier prit, en effet, la décision de rompre les relations diplomatiques avec l'Égypte, et proposa même de la châtier aux côtés des Hittites : ce que Hattousil refusa avec fierté... et une certaine noblesse.

Ainsi Ramsès possédait, sur ses terres, un atout d'importance, dont il était bien décidé à jouer contre le Hittite. Il sentait l'heure venue d'une possible revanche, tant attendue, et commença à mobiliser ses troupes, sur lesquelles il comptait pour entraîner ses vassaux à Beth Shan et à Mageddo, en Canaan. Il attendit fermement à Beth Shan les signes avant-coureurs d'une attaque venant de la nouvelle coalition hittite, qui ne se produisit pourtant pas. Il tint alors à marquer son nouveau séjour hors des frontières par l'érection d'une autre stèle à Beth Shan même, en l'an 18, le premier jour, le quatrième mois de la saison printemps-hiver. Comme à l'accoutumée, les louanges ne lui étaient pas mesurées. Les savants calculs de K. Kitchen précisent que cela se passait bien en février 1261 avant notre ère [4].

Recul obligé du Hittite

Sur ses gardes, Ramsès attendait toujours la réaction hittite. La dix-huitième année de son règne était commencée et les nouvelles, transmises par ses informateurs zélés, le remplissaient d'aise. L'Asie Mineure en totalité connaissait des bouleversements considérables. Ce fut d'abord le rôle tenu par Shattuara II, Prince du Mitanni (*Hanigalbat*), qui joua le renégat. Après avoir juré fidélité à l'Assyrie, il avait d'abord trahi le roi Salmanasar Ier pour rallier le Hittite avec son allié le roi de Karkémish. L'Assyrien les attaqua, détruisit complètement la glorieuse Karkémish, de même que neuf autres citadelles d'importance, et pilla cent quatre-vingts colonies. Salmanasar Ier fit, en tout, 14 000 à 15 000 prisonniers, et mit ainsi définitivement sous tutelle le *Hanigalbat* dont la civilisation avait fourni de si radieuses princesses au harem d'Aménophis III.

Sans avoir levé les armes, Ousermaâtrê profitait d'une nouvelle conjoncture favorable pour garantir la sécurité de son pays. Maintenant, les frontières de l'Assyrie rejoignaient celles des Hittites au nord de l'Euphrate, lesquels s'étaient également emparés des provinces syriennes. Ramsès savait que Hattousil, sur la défensive, ne pourrait plus l'attaquer : il avait désormais devant lui une autre action diplomatique à mener, d'autant que des signes avant-coureurs lui laissaient supposer que son adversaire se disposait à prendre contact avec d'habiles ambassadeurs officieux, chargés d'assurer le roi hittite de ses éventuelles intentions pacifiques.

De nouvelles Grandes Épouses royales

Le grand roi venait de fêter son quarante-quatrième anniversaire, en l'an 19 de son règne, en 1260 avant notre ère. Il possédait un nombre assez impressionnant d'épouses secondaires, égyptiennes mais surtout asiatiques, fruits des accords conclus avec les vassaux asiatiques, et aussi des filles des chefs du pays de *Ouaouat*, aussi fécondes les unes que les autres : il ne comptait plus les concubines qui peuplaient les maisons des Dames. Naturellement le harem de *Mi-our*, près du poétique lac du Fayoum, dirigé par la reine mère, abritait les fastueuses demeures des Grandes Épouses royales, des petits princes et des premières filles royales, issues de ces Grandes Épouses ; mais d'autres harems étaient implantés dans les provinces, qui recevaient les visites de Pharaon : celui de Memphis était dirigé par un certain Imenmès.

Ses deux Grandes Épouses royales Nofrétari et Isisnofret lui avaient déjà donné de nombreux princes et princesses, dont certains, de santé délicate parmi les enfants de Nofrétari, laissaient deviner sans doute la frêle constitution de la mère de l'héritier. Les premiers enfants qu'il avait tenu à faire figurer sur les façades des deux spéos de *Méha* et d'*Ibshek*, et à l'intérieur de la salle-cour de *Méha*, étaient maintenant devenus adultes [5].

Les deux filles aînées, pour suivre le protocole religieux remontant dès avant le temps des pyramides, allaient être appelées à jouer auprès de Pharaon le rôle que la fille du Démiurge avait tenu auprès

[illegible] de Méha : le Grand Temple de Ramsès II, au moment de l'inauguration. (Abou Simbel, sud)

d'Atoum. Elles recevraient à leur tour le titre de Grande Épouse royale, sans pour autant « détrôner » le moins du monde leurs mères vénérées. La fille aînée d'Isisnofret, Bentanat, serait intronisée la première. C'était l'année même où les grottes sacrées de *Méha* et d'*Ibshek*, dans le pays de *Ouaouat*, étaient achevées. Du décor du grand spéos, là où Ramsès tenait à éterniser les instants essentiels de sa vie, il ne restait plus qu'une des faces du troisième pilier sud-ouest encore libre : en l'honneur de cet événement, elle reçut l'image sculptée de la princesse, dont le nom fut accompagné de son nouveau titre : *Hémet-nésout-ouret, Grande Épouse royale.*

L'intronisation de Mérytamon, fille aînée de Nofrétari, allait bientôt suivre. Cependant, un problème était posé. Tous les murs et piliers de la salle-cour, réservés à la « chronique familiale » si l'on peut dire, étaient entièrement illustrés. Aussi, ce fut sur une des parois de la montagne de *Méha* que le nouveau Vice-Roi de Nubie, Hékanakht, représenta la double scène rappelant la très récente nomination de la Princesse auprès de Pharaon ; et puisque la place n'était pas mesurée sur la paroi rocheuse, c'était l'occasion d'accompagner l'image de Mérytamon, l'élue, de celle de sa respectable mère Nofrétari. La stèle, taillée à même le roc [6], comporte ainsi deux registres superposés.

Le registre du bas, toujours consacré – suivant les règles de l'implantation du décor – à ce qui est le plus immédiatement proche du spectateur, montre Nofrétari assise sur un siège royal, recevant l'hommage du Vice-Roi. La reine porte, sur la tête, la coiffure de Sothis : deux hautes plumes devant lesquelles le globe solaire est flanqué de deux cornes élancées. On reconnaît la parure des Grandes Épouses royales dans la plénitude de leur fécondité, disposées, telles Sothis, à mettre au monde l'incarnation solaire. Au registre supérieur, faisant offrande à la triade divine, on voit Ramsès accompagné de Mérytamon fraîchement promue, la tête surmontée seulement des hautes plumes et de l'image du soleil : les cornes effilées de Sothis et de la fécondité ne sont pas encore son apanage [7].

L'inauguration de *Méha* et d'*Ibshek*

La famille royale se transformait progressivement et, proches des deux Grandes Épouses royales, deux émanations directes de

Pharaon venaient ainsi renforcer, maintenant, la virilité du délégué divin sur terre. Alors qu'Ousermaâtrê avait scrupuleusement veillé à ce que Nofrétari et Isisnofret ne soient jamais représentées ensemble, il se plaisait à faire figurer, jumelés, des colosses flanqués respectivement de deux images de Bentanat et de deux images de Mérytamon [8].

Le groupement familial rassemblé autour de Ramsès était maintenant constitué de quatre Grandes Épouses royales, mais avant tout de la reine douairière, puis des princes et autres princesses, issus des deux premières Grandes Épouses. Tous allaient, en cette dix-neuvième année, assister aux festivités d'inauguration des deux spéos d'Abou Simbel, autrement dit l'acte de *Donner la maison à son maître*, cérémonie qui en l'occurrence revêtait un caractère tout particulier, en raison de la nature même des sanctuaires et du rôle exceptionnel qui leur était dévolu.

Le message des temples

Chaque année, lorsque l'étoile Sothis (Sirius) était à nouveau resplendissante à l'horizon, après soixante-dix jours d'invisibilité, elle faisait apparaître près d'elle le soleil. C'était le renouveau de l'astre (incarné en Pharaon), et le retour d'Osiris (qui se prolongeait dans l'image de son fils Horus), se manifestant dans les eaux fécondatrices de Hâpi, l'Inondation. Le maintien de ce phénomène, de caractère cyclique, devait être garanti par l'action de Pharaon, dont le rôle essentiel était d'en assurer le déroulement infaillible par des rites appropriés. Aussi Ousermaâtrê avait-il décidé, en créant au nord de la Deuxième Cataracte les deux grottes sacrées, près du secteur où le Nil pénétrait en Nubie égyptienne, de constituer ainsi le lieu mythique où se jouerait le miracle du Jour de l'An. Le début de l'année (18-20 juillet) conciliait la réapparition de Sothis, le renouveau du soleil – c'est-à-dire le *lever héliaque de Sothis* – et l'arrivée providentielle de l'Inondation.

Pour matérialiser le projet à caractère cosmique d'Ousermaâtrê, les deux sanctuaires, indépendamment de leur message historique, étaient donc parfaitement complémentaires pour illustrer le phénomène sans lequel l'Égypte n'existerait pas. Leur présence, en cet endroit, devait avant tout évoquer cette rencontre – ou plutôt cette mise au monde – de l'astre rénové à l'aube de

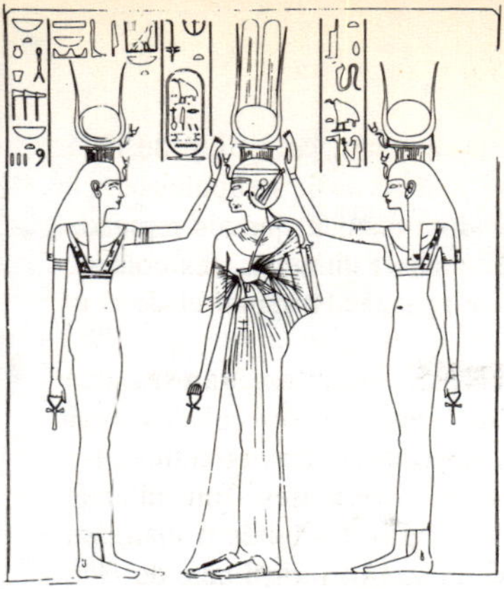

Transformation de Nofrétari en Sothis (Sirius) par les soins d'Hathor et d'Isis, dans le mamelon d'Ibchek, Petit Temple de Nofrétari.
(Abou Simbel, nord)

Ramsès et Nofrétari font offrande à « la Grande » (Toueris) pour un heureux renouvellement annuel.
(Abou Simbel, Ibchek)

Entre deux piliers hathoriques, la Vache Hathor fait apparaître le roi renouvelé.
(Fond du temple d'Ibchek)

Saint des Saints : encadrant la porte, les génies de l'Inondation sortent de la grotte d'Ibchek après la rencontre d'Isis-Sothis et de Rê-Harakhté.

l'année par la divine étoile que l'on appelait, déjà, il y a cinq mille années, l'étoile du Chien [9].

Le soleil s'incarnait en Ramsès, dominant la porte du grand temple ; aussi apparaissait-il sous l'aspect d'un athlète au visage du faucon d'Horus, s'appuyant sur deux signes hiéroglyphiques : la puissance (divine) *ouser* et l'équilibre *maât.* La tête de l'homme étant surmontée du globe, Rê : voici qu'apparaît *Ouser-maât-Rê*, le nom de couronnement de Ramsès.

Quant à l'étoile Sothis, Ramsès avait voulu que son royaume la reconnaisse en la personne de Nofrétari [10], celle qui avait mis au monde l'héritier du trône, Imenherkhépéshef. Pour en jouer le rôle, elle en avait été investie par deux des formes féminines du divin : Hathor et Isis ; cette transformation avait été reproduite en une scène dont la sobre composition, mais aussi l'élégance, le charme, la grâce et la beauté à la fois n'ont jamais été égalés [11]. Tout, dans la grotte d'*Ibshek* où cet avatar divin est représenté : personnages, offrandes, fleurs, prière du couple royal à *Ta-Ouret* (*La Grande*) pour obtenir l'heureuse naissance (de l'année), tout évoque la féminité.

Le spectacle

Après les cérémonies mystérieuses du saint des saints, le rite final était mimé, à l'aube du jour prescrit, par deux acteurs essentiels du drame cosmique : Ousermaâtrê et Nofrétari, devant les deux grottes, en présence des prêtres du Nil et des grands de la Cour entourant la famille royale. L'Inondation se manifestait, alors, en un flot impétueux gonflé par les alluvions abyssines. Elles étaient évoquées, à l'intérieur de la grotte de la reine, par deux images du génie nilotique jaillissant des entrailles du rocher et se dirigeant vers la sortie du sanctuaire, leurs mains soutenant une table d'offrandes garnie de *tous les produits de l'Égypte* [12].

Sur la façade d'*Ibshek*, la lumineuse statue de Nofrétari, portant avec une majesté impressionnante la coiffure de Sothis, semble surgir telle l'étoile à l'horizon, tandis que, dominant l'entrée du grand sanctuaire, Ramsès-Rê-Horakhty apparaît, tel l'astre du jour au firmament.

Alors la divine barque de Thot, celle du Temps, conservée dans la salle creusée à même le rocher à l'extérieur, au sud du temple, allait être placée sur la nef royale qui la ramènerait vers l'Égypte,

Ramsès-Harakhty domine la façade de Méh

Nofrétari-Sothis, sur la façade d'Ibchek.

Nord du Grand Temple : petit pylone de l'autel solaire.

Intérieur de l'autel : les deux obélisques
et les quatre cynocéphales. A droite le naós
contenant un cynocéphale assis et le scarabé

symbole de l'Inondation provoquée par Pharaon confondu avec ses pères Amon et Rê, en compagnie desquels il siégeait au fond de son sanctuaire de *Méha*. L'accueil de cette barque était fêté à Thèbes, à l'arrivée du flot. Au Ramesséum, les nacelles des formes divines, rappelées sur les reliefs du mur oriental de la salle au plafond astronomique, seraient extraites du temple sur des brancards portés par les prêtres, pour aller souhaiter la bienvenue à la force cachée qui se manifestait à nouveau.

À la fin de la cérémonie, Ramsès se rendit, seul, devant le spéos d'*Ibshek*, pour contempler de plus près le dernier colosse sud, qui le représentait : il était effectivement un peu plus haut que les cinq autres statues de la façade. Il avait demandé que cette image soit légèrement différenciée par sa taille, afin qu'un œil averti en fasse la constatation. Ce colosse mesurait en effet, de la plante des pieds à la limite [13] de sa couronne blanche (la *hédjet*), exactement seize coudées [14] : la hauteur des eaux de la plus bénéfique des inondations ! Ramsès était donc bien le garant du flot, et se confondait avec lui ! Ce corps royal de seize coudées représentait ainsi la première image de la puissance magique de l'Inondation idéale en son débit le plus bénéfique.

Puis, Ousermaâtrê Sétepenrê était passé devant l'autel solaire, au nord de *Méha*, masqué par un petit pylône sans porte. Cependant, l'échancrure entre les deux tours s'ouvrait, à l'intérieur du réduit, sur un large autel encadré de deux petits obélisques, supportant quatre cynocéphales debout adorant le soleil. Contre le mur, au nord, une chapelle contenait la statue d'un immense scarabée dominé par le globe solaire – image de Horakhty –, et celle du cynocéphale assis de Thot coiffé du croissant lunaire. Le dos au nord, chacun des deux animaux était symboliquement orienté pour que le singe évoquant la lune soit à l'est, l'endroit où elle se lève afin de prendre le relais du soleil (le scarabée) s'enfonçant à l'occident. Lune et soleil se succédant, c'est le circuit fermé : c'est l'éternité. À l'aube, en ce début d'année, avant de prendre le chemin du retour, Ramsès monterait les quelques marches de l'autel et, face à l'est, il ferait apparaître le nouveau soleil entre les deux obélisques, garantissant ainsi l'éternelle révolution du temps cyclique [15].

En revenant enfin devant le grand spéos, sur l'esplanade libérée de tous ceux qui avaient assisté à l'étrange cérémonie destinée à mimer le miracle cosmique, Ramsès demeurait à contempler ses immenses colosses assis, parmi les membres essentiels et vivants de sa famille : père nourricier d'une lignée sans fin, autre version de la divine Inondation qu'il voulait incarner pour que l'Égypte vive... Les visages sublimes des images gigantesques le fascinaient. Lors de sa dernière visite sur le site, elles étaient seulement équarries, et quasiment masquées par les échafaudages. Maintenant elles dominaient, les yeux baissés vers lui, dans la splendide certitude de matérialiser réellement le divin qui l'habitait. Brusquement, devant cette sublime grandeur, Ousermaâtrê Sétepenrê fut pris d'un violent vertige, et se sentit infiniment vulnérable...

Retour aux réalités terrestres

Avant de reprendre la direction du Delta, l'arrêt à Thèbes permit à Ramsès et à la famille royale de pénétrer dans la grande cour du temple de Louxor, que les architectes du roi faisaient achever. Des colosses du roi venaient d'y être érigés [16] entre chacune des colonnes entourant la cour. Debout, coiffée du *némès* souvent dominé par le pschent, l'effigie royale était flanquée, dans la partie méridionale de la première cour, des images de trois des quatre Grandes Épouses royales. Seule, Isisnofret était absente, comme elle l'était dans les autres temples thébains et dans tous les temples de Nubie. En revanche, sa fille aînée, Bentanat, nouvelle Grande Épouse, figurait en bonne place, de même que la plus récente des Grandes Épouses, Mérytamon, née de Nofrétari, dont une autre figuration était répétée contre un des colosses debout, devant la tour occidentale du pylône. Les trois Grandes Épouses furent ensuite admises à pénétrer dans les salles secrètes du temple, car elles entretenaient des liens très étroits avec le *ka* royal [17] dont c'était le sanctuaire.

Les tractations de paix

Dès son retour à Pi-Ramsès, Pharaon apprit que de nobles voyageurs hittites étaient arrivés dans la capitale nordique et avaient pris contact avec le *Bureau des Affaires étrangères*. Les rapports qui n'avaient cessé de lui être adressés par ses observateurs à la cour de Hattousil lui confirmaient les manœuvres de celui-ci pour se prémunir contre les pressantes visées assyriennes, et s'efforcer de neutraliser une éventuelle agression égyptienne.

Il fallait donc laisser pressentir un relatif apaisement dans les positions égyptiennes à l'égard de l'adversaire essentiel. Le marchandage traditionnel fut utilisé du côté égyptien, et les exigences de Ramsès, perfidement informé par Ourhi-Teshoub, furent étudiées avec patience, et une certaine dignité, par Hattousil. Les deux souverains finirent par se mettre d'accord sur une solution de compromis acceptable par les deux parties, bénéficiaires en définitive d'avantages appréciables.

Certes, Ramsès devait abandonner le rêve de posséder Qadesh et de dominer l'Amourrou ; mais il serait en revanche loisible à nouveau, pour les Égyptiens, de circuler librement sur la route commerciale qui, en longeant la côte, aboutissait à *Ougarit*, face à Chypre. Le protectorat égyptien sur toute la région était renforcé et le pays de *Kémi* retrouvait la totalité de ses droits sur les ports phéniciens. Le Khatti surveillerait l'Amourrou, *Oupi* demeurerait neutre, et l'Égypte garderait ses droits sur Canaan. Cela allait tacitement de soi... on ne parla même pas de frontières ! Enfin, entre le Khatti et l'Égypte, un traité solennel de paix serait signé. Pendant presque deux années, les messagers circulèrent entre les deux pays (à raison d'une durée d'un mois au minimum pour accomplir le trajet [18]), jusqu'à ce que les lignes générales d'un accord soient définitivement mises au point.

Le traité de paix

Remise et aspect de la tablette

Le texte du traité – le premier connu de l'histoire – fut rédigé en babylonien, langue diplomatique de l'époque. Il semble, d'après les expressions utilisées, qu'il ait été l'œuvre des juristes de Hattousil, rompus aux formules précises de leur pays, et d'une pratique courante. Mais il avait été aménagé avec la collaboration de trois éminents hommes de loi égyptiens, délégués par Pharaon. Les membres de ce comité mixte prirent alors le chemin de l'Égypte, traversant la Syrie sur leurs chars, escortés d'hommes d'armes et faisant étape dans les villes et citadelles où peu d'années auparavant d'incessants et stériles conflits avaient propagé leurs ravages. Ils arrivèrent à Pi-Ramsès en l'an 21 du règne, environ trois décades après leur départ de *Hattousha* (Boghazköy), et se présentèrent au palais de cérémonies le vingt et unième jour du premier mois de l'hiver, vers novembre-décembre 1259 avant notre ère : Ousermaâtrê Sétepenrê avait alors quarante-six ans.

Ce jour, Sa Majesté se trouvait dans la cité de Pi-Ramsès, faisant ce qui plaît aux dieux.

Arrivèrent les trois envoyés royaux de l'Égypte... ... de même que le premier et le second envoyés royaux du Khatti, Tili-Teshoub et Ramosé, et l'envoyé de Karkémish, Yapoulisi, portant la tablette d'argent que le grand souverain du Khatti, Hattousil, envoyait à Sa Majesté le pharaon Ramsès-aimé-d'Amon, pour demander la paix.

C'était une grande tablette d'argent, très brillante, gravée sur les deux faces de signes cunéiformes. Au centre de la tablette, Ramsès pouvait voir le grand sceau de l'État hittite :

Qu'y a-t-il au centre de la tablette d'argent ?

Sur le verso, l'image en relief de Seth étreignant une effigie du Grand Prince du Khatti, entourée d'une inscription disant ceci : « Le sceau de Seth, souverain du ciel, le sceau du traité fait par Hattousil, le grand maître du Khatti, le puissant fils de Moursil »...

... Sur l'autre côté ? Un relief avec un portrait de la déesse du Khatti, étreignant une figure féminine représentant la grande souveraine du pays, entouré d'une inscription disant : « Le sceau de la déesse-Soleil d'Arinna, la souveraine du pays, le sceau de Poudoukhépa, la grande souveraine du pays de Khatti, fille du pays de Kizzouwadna, prêtresse de la ville d'Arinna »... ...

Majestueux, dominant la salle sur son trône plaqué d'or et incrusté de pierres semi-précieuses et de pâte de verre colorée aux couleurs de cornaline, de turquoise et de lapis-lazuli, Ousermaâtrê Sétepenrê, coiffé du *khépéresh*, entouré de Pasar et des plus éminents de ses conseillers, fit appel à son scribe-interprète pour que la traduction du traité lui soit immédiatement communiquée, et qu'il puisse comparer avec la version en langue égyptienne qu'il possédait déjà.

Après quelques légères modifications apportées au texte babylonien, les copies sur papyrus furent déposées au *Bureau des Affaires étrangères*, et des tablettes d'argile reçurent la version définitive, toujours en langue babylonienne : elles furent confiées à une mission diplomatique chargée de les remettre, dans son palais de *Hattousha*, au souverain hittite Hattousil. Ce dernier fit déposer le texte égyptien sous les pieds du dieu Teshoub, alors qu'à Héliopolis, Pharaon fit placer la tablette hittite sous les pieds d'une statue du dieu Horakhty.

Enfin, Ramsès donna ordre que le précieux document, le premier traité international de l'histoire, fût gravé à Thèbes, en hiéroglyphes naturellement, sur les murs de Karnak – où il fut pour la première fois déchiffré par Champollion qui ne connaissait pas encore l'existence du Khatti –, et aussi au Ramesséum, près de la scène de la bataille de Qadesh. Il paraît évident que les murs des temples de Pi-Ramsès devaient en porter une version, mais les fouilles, exécutées sur un site ravagé et gagné par les cultures modernes, n'ont encore rien révélé à ce sujet [19].

Contenu du traité

Ce traité proposait, avant tout : *Fraternité belle et paix.* C'est, dans ses grandes lignes, un pacte mutuel de paix, de non-agression réciproque, d'extradition et de traitement humain des extradés, aussi d'assistance mutuelle contre tout agresseur. Il traite, enfin, de l'alliance des familles régnantes pour assurer le respect du principe de légitimité [20]. Son contenu présente des traits du droit international encore en vigueur de nos jours ! Notons que les susceptibilités sont méticuleusement respectées, car chacun des deux souverains précise bien que son interlocuteur avait, le premier, pris l'initiative de la démarche...

Si les versions hittite et égyptienne comportent quelques légères variantes, les deux textes demeurent néanmoins en parfait accord, dans la partie conservée qui leur est commune. Elles présentent une vingtaine de paragraphes concernant les points essentiels, et se réfèrent plusieurs fois à l'accord passé avec l'Égypte au moment où Soupilloulioum, contemporain des rois amarniens, régnait sur le Khatti. De très graves événements avaient soumis cette convention à une épreuve, lorsque le prince Zananza, son fils, à qui la veuve de Toutânkhamon avait pensé en faire son époux, fut assassiné sur le chemin de l'Égypte, très probablement sur l'ordre d'Horemheb [21].

Voici, en regard, les passages importants de l'introduction contenus dans les deux textes [22].

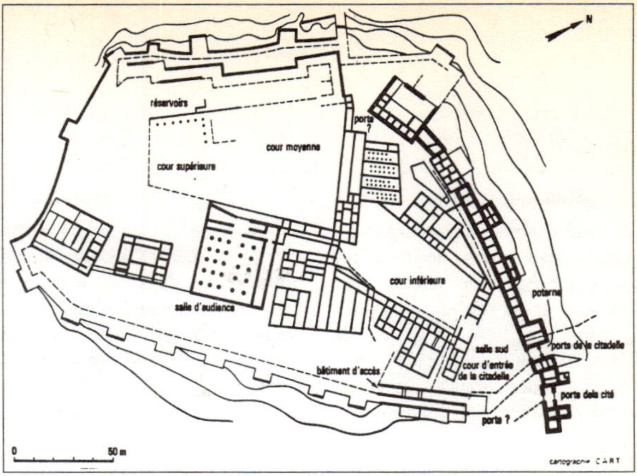

Hattousa : la citadelle et les remparts. (D'après A. Kitchen)

Sceau hittite, celui de Mourshil et celui de Toudliya IV où l'on voit figurer également le roi et la reine.

Dessin reconstituant
l'ensemble de l'« Acropole » d'Hattousa.

Karnak. Version hiéroglyphique
du traité de paix avec les Hittites.

Texte du traité

Rédaction hittite

Le traité de Riamasea-mai-Amana (Ramsès-aimé-d'Amon), le grand roi du pays d'Égypte, le héros, avec Hattousil, le grand roi, le roi du pays de Khatti, son frère, pour établir la paix belle et la fraternité belle dans les relations des grands royaumes entre eux pour l'éternité, voici ce qu'il dit :

Riamasea-mai-Amana, le grand roi d'Égypte, le héros, petit-fils de Min-pahtaria (Menpèhtyrê = Ramsès Ier), le grand roi, le roi du pays d'Égypte, le héros, à Hattousil, le grand roi du pays de Khatti, le héros, fils de Moursil, le grand roi, le roi du pays de Khatti, le héros, petit-fils de Soupilloulioum a, le grand roi, le roi du pays de Khatti, le héros.

Vois, à présent j'ai donné la fraternité belle et la paix belle entre nous, pour donner la paix belle et la fraternité belle dans les relations du pays d'Égypte avec le pays de Khatti, pour l'éternité.

Traduction égyptienne

Le traité que le grand maître du Khatti, le héros, fils de Moursil, le grand maître du Khatti, le héros, petit-fils de Soupilloulio uma, le grand maître du Khatti, le héros, fit rédiger sur *une tablette d'argent* pour Ousermaâtrê Sétepenrê, le grand roi d'Égypte, le héros, fils de Menmaâtrê, le grand roi d'Égypte, le héros :

ce traité de paix et de fraternité honnête, qu'il donne la paix et la fraternité entre nous, grâce à ce traité entre le Khatti et l'Égypte, pour l'éternité !

Accord pour un nouveau traité

[rédaction hittite dégradée]

En ce qui concerne Mouwattali, le grand maître du Khatti, il combattit le grand souverain d'Égypte. Lorsqu'il eut succombé à son destin, Hattousil prit sa place sur le trône de son père... ... Aujourd'hui il s'est mis d'accord par un traité pour établir la relation que Rê a faite, entre la terre d'Égypte et la terre du Khatti, pour écarter les hostilités entre eux, à jamais... Que les enfants du grand maître du Khatti demeurent en paix et en fraternité avec les enfants des enfants de Ramsès...

Un pacte de non-agression

Riamasea-mai-Amana, le grand roi d'Égypte, ne doit pas attaquer le pays de Khatti pour le piller, pour l'éternité. Hattousil, le grand roi du pays de Khatti, ne doit pas attaquer le pays d'Égypte pour le piller, jusqu'à l'éternité... ...

.... Le grand maître du Khatti ne violera jamais la terre d'Égypte pour la piller. Ousermaâtrê Sétepenrê, le grand roi d'Égypte, n'envahira jamais la terre de Khatti pour la piller...

Renouvellement de l'ancien contrat

Vois le commandement de l'éternité que Shamash et Teshoub ont donné pour le pays d'Égypte avec le pays de Khatti, de maintenir la paix et la fraternité pour ne pas faire naître l'inimitié entre eux.

Vois, Ramsès, le grand roi, le roi du pays d'Égypte, y souscrit pour répandre le bien-être à partir de ce jour. Vois, le pays d'Égypte et le pays de Khatti, ils sont en paix et en fraternité, éternellement.

Quant à l'ancien traité en vigueur à l'époque de Soupilloulioumа, le grand maître du Khatti, de même que le traité permanent datant de l'époque de Mouwattali, le grand maître du Khatti, mon père, j'y souscris à présent. Vois, Ramsès, le grand roi d'Égypte, maintient la paix qu'il a conclue avec nous à partir de ce jour...

La défense commune

Si un ennemi vient dans le pays de Khatti, et si Hattousil, le grand roi, le roi du pays de Khatti, envoie un messager pour me dire : « Viens à mon secours contre lui », que Ramsès le grand roi, le roi d'Égypte, envoie ses soldats et ses chars et qu'il massacre son ennemi, assumant la vengeance pour le pays de Khatti.

Si un ennemi quel qu'il soit attaque les territoires d'Ousermaâtrê Sétepenrê le grand roi d'Égypte, et que ce dernier envoie son messager au grand maître du Khatti pour lui dire : « Viens à mon secours et marchons contre lui », le grand maître du Khatti viendra à son secours et massacrera l'ennemi.

Si, cependant, le grand maître du Khatti ne veut pas lui-même venir combattre, qu'il envoie ses troupes et ses chars pour battre les ennemis.

... ...

Succession au trône hittite

Le royaume du pays de Khatti doit revenir au fils de Hattousil, le roi du pays de Khatti, à la place de

[texte trop corrompu]

Hattousil son père, après de nombreuses années de règne.

Si les grands du pays commettent des faits contre lui, le roi du pays d'Égypte doit envoyer ses soldats et ses chars pour les punir...

(À partir d'ici, seule la traduction égyptienne est citée, la rédaction hittite étant trop dégradée ou disparue.)

Extradition de réfugiés puissants

Si un homme important s'enfuit du pays d'Égypte et arrive dans le pays du grand maître du Khatti, ou dans une ville, ou dans une région qui appartiennent aux possessions de Ramsès-aimé-d'Amon, le grand maître du Khatti ne doit pas le recevoir. Il doit faire ce qui est nécessaire pour le livrer à Ousermaâtrê Sétepenrê, le grand roi d'Égypte, son maître.

Extradition de simples réfugiés

Si un ou deux hommes sans importance s'enfuient et se réfugient dans le pays de Khatti pour servir un autre maître, il ne faut pas qu'ils puissent rester dans le pays de Khatti ; il faut les ramener à Ramsès-aimé-d'Amon, le grand roi d'Égypte.

Amnistie pour les réfugiés

Si un Égyptien, ou encore deux ou trois, s'enfuient d'Égypte et arrivent dans le pays du grand maître du Khatti,... ... dans ce cas, le grand maître du Khatti l'appréhendera et le remettra à Ramsès, grand souverain d'Égypte : il ne lui sera pas reproché son erreur, sa maison ne sera pas détruite, ses femmes et ses enfants auront la vie sauve et il ne sera pas mis à mort. Il ne lui sera infligé aucune blessure, ni aux yeux, ni aux oreilles, ni à la bouche, ni aux jambes. Aucun crime ne lui sera imputé (suit la clause de réciprocité du côté hittite, empruntant exactement les mêmes termes).

Dieux des deux pays témoins du traité

En ce qui concerne les paroles du traité que le grand maître du Khatti a échangées avec le grand roi d'Égypte Ramsès-aimé-d'Amon, elles sont inscrites sur cette tablette d'argent. Ces paroles, mille dieux et mille déesses du pays de Khatti, et mille formes divines mâles et femelles les ont entendues et en sont les témoins : le soleil mâle maître du ciel, le soleil féminin de la ville d'Arinna

Seth du Khatti, Seth de la ville d'Arinna, Seth de la ville de Zippalanda, Seth de la ville de Pittiyarik, Seth de la ville de Hissaspa, Seth de la ville de Saressa, Seth de la ville de Haleb (Alep), Seth de la ville de Luczina, Seth de la ville de Nérik, Seth de la ville de Noushashé, Seth de la ville de Shapina, Astarté de la terre du Khatti

... la déesse de Karahna, la déesse du champ de bataille, la déesse de Ninive... ... la reine du ciel, les dieux maîtres du serment

... la souveraine des montagnes et des fleuves du pays de Khatti, les dieux du pays de Kizzouwadna, Amon, Rê et Seth, les formes divines mâles et femelles, les montagnes et les fleuves du pays d'Égypte ; le ciel ; la terre ; la grande mer ; les vents ; les nuages, l'orage.

La protection du traité

En ce qui concerne les paroles qui sont gravées sur cette tablette d'argent de la terre de Khatti et de la terre d'Égypte, les mille formes divines de la terre de Khatti et les mille formes divines de la terre d'Égypte détruiront la maison, la terre et les serviteurs de celui qui ne les respecterait pas.

Quant à celui qui respectera ces paroles inscrites sur cette tablette d'argent, Hittite ou Égyptien, et qui en tiendra compte, les mille formes de la terre de Khatti et les mille formes divines de la terre d'Égypte lui assureront prospérité et vie, à sa maison, son pays, ses serviteurs.

Premiers résultats

Les empreintes du sceau hittite avaient fortement impressionné Ousermaâtrê Sétepenrê. Ne contenaient-elles pas l'image de Seth protégeant le roi hittite, Seth le patron de sa famille, Seth le rouquin comme lui, si puissant dans le pays hittite avec lequel il avait fait alliance, celui que Hattousil n'avait pas hésité à citer exceptionnellement à onze reprises, alors que les autres formes divines n'apparaissaient qu'une fois dans le texte ? Et puis, autre innovation, voici qu'une des faces du sceau officiel du royaume hittite était réservée à la reine, considérée comme l'égale de Hattousil, *souveraine du pays*. Alors, pour se montrer aussi « libéral » que le Hittite, Ramsès souligna que les femmes de sa famille tenaient aussi leur place dans les affaires de l'État [23] : Touy et Nofrétari devaient montrer l'intérêt prêté à ces échanges diplomatiques ; elles entreraient en correspondance avec la reine Poudoukhépa.

Certes, ce fut en grand apparat que Pharaon reçut cette fameuse tablette d'argent, métal qui avait été si rare sur les rives du Nil. Les paroles de respect qui entouraient la citation des noms des deux souverains témoignaient de l'estime réciproque dans laquelle se tenaient ceux qui se considéraient déjà comme les deux maîtres du Proche Orient, « traitant sur un pied d'égalité absolue ». Mais l'esprit qui régnait encore entre les deux anciens antagonistes – réellement deux grands hommes d'État – n'aurait certes pas permis leur rencontre, dont on ne sait même pas si elle se fit jamais, en dépit des liens de famille qui les uniraient un jour.

Il y eut, cependant, des festivités dans les deux pays ; un échange courtois de félicitations et de premiers présents fut véhiculé par des messagers vigilants. Puisque, dans cet État hittite aux coutumes d'un modernisme très... indo-européen, la reine partageait les plus éminentes responsabilités du souverain, Poudoukhépa, parallèlement à Hattousil qui écrivait à Ramsès, s'adressa à Nofrétari (*Naptéra* en babylonien), ignorant Isisnofret, l'autre Grande Épouse royale ; elle lui exprima sa satisfaction pour la paix fraternelle qui unissait dorénavant les deux pays. Pour répondre à des paroles aussi chaleureuses, Nofrétari fit venir un des interprètes du ministère des *Relations avec les pays étrangers*, qui transcrivit en cunéiforme babylonien sa réponse à Poudoukhépa [24] :

> *Alors Naptéra, la grande reine d'Égypte, dit : « Pour Poudoukhépa, la grande reine du Khatti, ma sœur, je parle ainsi.*
>
> *Pour moi, ma sœur, tout va bien, avec mon pays tout va bien. Pour toi, ma sœur, que tout aille bien.*
>
> *Vois, maintenant, j'ai apprécié que toi, ma sœur, tu m'aies écrit à propos des relations de bonne paix et de fraternité dans lesquelles sont entrés le grand roi, le roi d'Égypte, et son frère le grand roi, le roi du Khatti.*
>
> *Puissent le dieu-Soleil et le dieu de l'Orage (Seth) t'apporter la joie ; puisse le dieu-Soleil faire que la paix soit bonne et accorde la fraternité au grand roi, le roi d'Égypte, avec son frère le grand roi, le roi du Khatti, pour toujours.*
>
> *Je suis en amitié et en relation fraternelle avec ma sœur, la grande reine (du Khatti) de nos jours et à jamais. »*

Le Prince héritier modifie son nom

La reine mère Mout-Touy, à son tour, avait adressé des missives d'une grande noblesse aux souverains hittites ; le Vizir Pasar [25] aussi naturellement, ayant contribué aux échanges de vues préliminaires à la rédaction définitive du traité. Dans les archives de la capitale hittite, miraculeusement retrouvées, figurait entre autres la contribution épistolaire du Prince héritier égyptien, mais le nom n'était pas le même. Il ne s'agissait plus d'Imenherkhépéshef, mais de Sethherkhépéshef. Certains historiens ont sans doute trop vite imaginé que le premier était décédé. Mais aucun document ne permet de l'affirmer, d'autant que ce fils aîné de Ramsès avait, déjà, changé une première fois de nom [26].

De *Imenherounémef*, tel qu'il accompagne pour la première fois son père à la guerre, le petit garçon, qui était ainsi sous l'aura protectrice d'Amon, devient à l'issue de la bataille de Qadesh *Imenherkhépéshef* : *Celui qui reçoit d'Amon son arme victorieuse*. Après le traité de paix où les relations avec le Khatti rapprocheront l'empire de Ramsès de celui de cet autre grand pays qui vénère Seth, patron du Khatti et de tant de ses villes, il avait paru opportun de remplacer le nom du dieu thébain par celui de Seth, l'ancêtre de la *gens* ramesside, dans le nom du Prince héritier. Ce dernier était appelé à entretenir de nombreux rapports avec son « père » hittite ; au reste, le prince écrivit sans tarder au maître du Khatti, non seulement pour le féliciter, mais aussi pour l'avertir qu'il *avait adressé des présents à mon père, par l'envoyé Parikhanaoua*.

La nouvelle de ce traité de paix fut diffusée par les chancelleries ; des lettres officielles furent adressées aux États avec lesquels le Khatti et l'Égypte entretenaient des relations diplomatiques. La question d'Ourhi-Teshoub avait été le sujet de rupture avec Babylone, fidèle à son pacte avec les Hittites. Aussi Hattousil tint-il à avertir le roi babylonien Kadashman-Tourgou de sa nouvelle position à l'égard de l'Égypte :

> *À propos de l'accord avec le roi d'Égypte, au sujet duquel mon frère m'écrit, j'écris à mon frère ceci : le roi d'Égypte et moi avons fait alliance et nous sommes devenus frères, voilà pourquoi nous serons tous deux ennemis d'un ennemi de chacun de nous, et nous serons amis d'un ami de chacun de nous.*

Le traité de paix faisait son chemin, et la situation ainsi créée conduisit bientôt à la reprise des relations entre l'Égypte et Babylone : par la suite, Ramsès accueillit une princesse babylonienne dans son harem ; enfin, Hattousil finit par s'entendre avec Salmanasar Ier d'Assyrie. Mais il fallut que les années passent pour que le différend interne, toujours latent entre Ramsès et Hattousil à propos d'Ourhi-Teshoub, s'estompe. La susceptibilité du second était irritée par l'attitude du premier, qui ne voulut pas appliquer une clause du traité et remettre à l'oncle le fugitif impénitent.

Portrait de la Reine Touy, trouvée dans sa tombe. (Bouchon de vase Canope, Musée de Louxor)

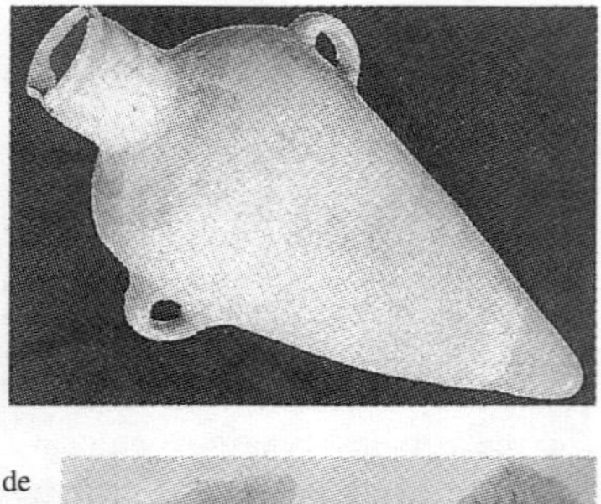

Jarre à vin provenant de la cave de Ramsès II, portant une inscription qui donne la date 22.

Vestiges de l'« appellation contrôlée » (en hiératique) relative au vin contenu dans la jarre.

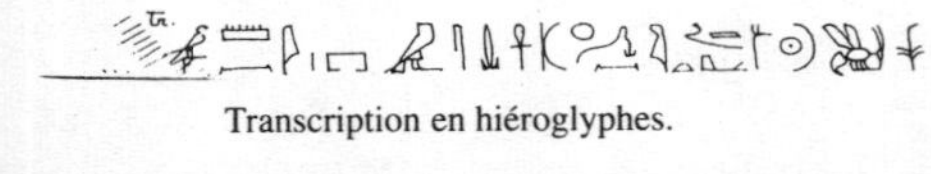

Transcription en hiéroglyphes.

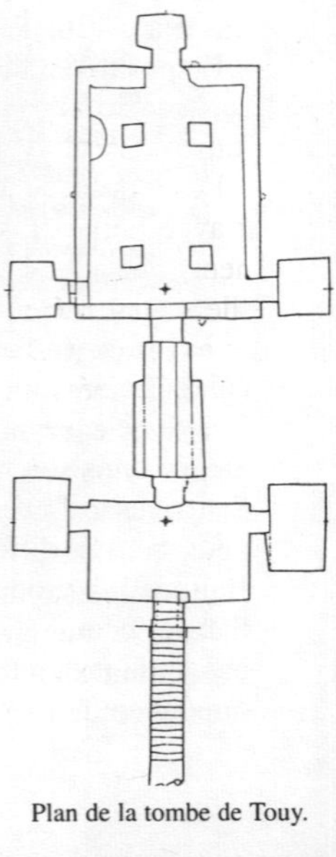

Plan de la tombe de Touy.

XIII

RAMSÈS AU TOURNANT DE SA VIE

Le trépas de la Reine Mère

Peu de temps après que la paix entre les deux pays eut été scellée, Ramsès connut de très vives inquiétudes : sa mère Mout-Touy montrait les plus grands signes de faiblesse.

Les très sages avis de la douairière avaient pesé, de tous temps et avec bonheur, sur le comportement de son fils, et très récemment tout au long de la mise au point des conditions du traité. Elle s'était même élevée, avec une grande fermeté, pour apaiser les excès orgueilleux de son royal rejeton, et avait peiné pour que soient retirées certaines clauses élaborées par Ramsès, assez blessantes et propres à faire avorter l'entente. Elle avait été, seule, capable d'obtenir un retrait, dans le texte proposé. L'effort pour y parvenir avait eu raison de son cœur. Les inquiétudes, puis l'émotion, et l'immense joie devant l'événement survenu après une aussi longue attente, jalonnée d'épreuves, firent le reste.

Dans le courant de l'an 23 [1] de son règne, Ousermaâtrê Sétepenrê allait aborder sa quarante-huitième année sur terre : il était à l'apogée de sa puissance. Il venait de réaliser un projet qui lui tenait à cœur depuis le conflit de Qadesh : la paix totale pour son pays et, quoi qu'il en soit, l'entente essentielle, et flatteuse vis-à-vis des voisins, avec l'adversaire le plus puissant de l'époque.

Cependant, ce *Soleil d'Égypte, qui courbe les pays étrangers, l'élu de Rê dans la barque du soleil, l'étoile du ciel, le soleil des princes, la montagne d'or et d'électrum, le grand de victoires, l'image parfaite de Rê, le taureau puissant, la provende de l'Égypte...* n'était plus qu'un homme seul, effondré, un orphelin : il venait de perdre celle pour laquelle il éprouvait une si profonde vénération, la grande dame Touy, sa mère.

Dans la Set-Néférou

La sépulture de la reine mère avait été creusée et aménagée depuis longtemps dans la *Set-Néférou*, que nous appelons depuis Champollion la Vallée des Reines [2]. C'était la première d'une rangée de syringes situées dans le flanc occidental du ouadi, où seraient inhumées d'abord, immédiatement vers le sud, la reine mère, puis, en allant vers le nord, Nofrétari suivie de celles des filles de Ramsès qui devinrent, à leur tour, Grandes Épouses royales (à l'exception de Hénouttaouy, née de Nofrétari), pour finir par la dernière, quasiment inconnue mais très aimée de sa grand-mère, Hénoutmirê [3].

La tombe de Touy

C'était un modèle d'équilibre, aux proportions très harmonieuses. Elle comportait deux niveaux souterrains, accessibles chacun par un escalier également taillé dans le calcaire. La première « descenderie » conduisait à une antichambre rectangulaire, flanquée de deux petites pièces latérales. Puis un second escalier, dans l'axe du premier, bordé de deux banquettes aménagées dans le rocher, menait à une vaste salle également entourée de larges banquettes taillées dans le calcaire sur ses quatre murs, et comportant au centre quatre piliers carrés, réservés dans la montagne au moment du creusement du caveau. Les décors avaient, en grande partie, inspiré ceux de la dernière demeure de Nofrétari, préparée peu après celle de Touy.

Au moment où j'ai pu retrouver dans la Vallée des Reines cette tombe « perdue », ses locaux souterrains étaient presque entièrement comblés par les vestiges de plusieurs couches de sépultures aménagées dans la syringe, déjà pillée une première fois dès avant la fin du Nouvel Empire. Entassées les unes sur les autres, les strates funéraires mélangées aux gravats et aux cendres des inhumations, brûlées avant chaque nouvelle utilisation, révélaient des occupations « sauvages » jusqu'à l'époque romaine. Cependant qu'aux murs, quelques rares fantômes de reliefs demeuraient, seuls, témoins quasiment muets du cadre prestigieux préparé pour la mère chérie du roi.

Pourtant, en les interrogeant avec l'acharnement et la patience propres à l'archéologue, les rares indices subsistants permettent de faire un peu revivre ces ruines de splendeurs oubliées. Lorsque les locaux furent entièrement vidés, couche après couche, ce qui dura pendant plusieurs saisons de fouilles, on put constater que cette tombe, comme toutes les autres sépultures de la *Set-Néférou*, était aménagée dans un très mauvais calcaire. Cette particularité obligea les artistes à ne pas sculpter, comme ce fut le cas dans la Vallée des Rois, les parois trop friables, mais à les recouvrir d'une couche de plâtre fin, sur laquelle ils modelèrent le décor avant de le polychromer [4].

L'état de la tombe

Les violateurs successifs de la tombe, qui détruisirent le revêtement des murs pour en neutraliser la portée magique, épargnèrent quelques rares témoins plus résistants que d'autres. Ainsi, dans la première salle, un mur porte encore les reliques d'une grande décoration où domine l'image de la montagne thébaine, celle du gebel, devant laquelle un immense signe de l'Occident, l'*Imentet*, indique qu'il s'agit de la nécropole, domaine d'Osiris. Des cynocéphales adorateurs du soleil gravissent les différents plissements de la montagne, pour vénérer l'astre de la renaissance vers lequel ils s'élèvent.

Ailleurs, on distingue quelques rares silhouettes de personnages divins, mais surtout l'image de la reine, sous la forme d'une sphinge [5] faisant l'offrande d'un onguent. Une des découvertes les plus importantes dans cette tombe est concrétisée par les noms et titres de la défunte, qui à quelques rares endroits demeurent lisibles sur les murs : *Mère royale Touy*. Nulle part n'est mentionnée l'appellation *Mout*-Touy, que Ramsès s'était plu à conférer à sa mère durant son existence terrestre, et sur tous les murs et plafonds de son mammisi. Sans cesse il s'était efforcé d'affirmer la nature exceptionnelle de sa mère, ce qui l'habilitait à recevoir les faveurs d'Amon afin de mettre au monde « pour lui » son héritier terrestre. Il avait fait mieux encore, puisque certains monuments la présentaient comme issue de, ou même assimilée à Mout [6], parèdre d'Amon, d'où son appellation de Mout-Touy, un très habile jeu de mots, puisque *Mout* signifie aussi *mère* !

Mais on ne peut tromper le monde divin dans lequel pénètrent les trépassés. La dame Touy, mère royale, redevint sans conteste, pour celui à qui on ne peut rien cacher, simplement Touy.

Ce simple nom, accompagné de ses titres, était aussi mentionné sur tous les objets retrouvés dans la tombe.

Lorsque l'immense amas de dépôts d'occupation de plus d'un millénaire fut prélevé, le niveau antique contemporain de celui de Ramsès apparut sur une hauteur d'à peine 0,30 m, où étaient entassés, dans des déchets de toutes sortes, les débris brisés du mobilier funéraire de la reine douairière, ceux qui avaient été négligés par les premiers pillards. Ainsi a-t-il été possible de reconstituer *grosso modo* l'utilisation des diverses chambres de la sépulture.

Antichambre, annexes

Au premier niveau, l'antichambre et l'annexe de gauche devaient avoir reçu, avant tout, les vases canopes destinés à contenir les viscères momifiés, et les statuettes funéraires ou *shaouabtis* [7] évoquant le mort tel Osiris, confondu avec la force de l'Inondation, contribuant ainsi à œuvrer après son trépas à la fertilité du pays [8]. D'importants fragments me permirent de reconstituer trois des magnifiques vases canopes de l'albâtre le plus fin, aux inscriptions de pâte bleu lapis-lazuli, au nom de la *Mère royale Touy*. La chance voulut qu'une des quatre têtes-couvercles, représentant la figure de la reine, fût préservée [9] : elle est d'une rare délicatesse. Vue de face, son aspect de grâce et d'extrême jeunesse est frappant. Mais, de profil, on peut constater les méfaits de l'âge, traduits surtout par un certain empâtement du bas du visage.

Quant à ceux des *shaouabtis* subsistants, souvent brisés, en fritte émaillée bleu clair, les plus rituellement simples, ils étaient tous au simple nom de Touy ; sous leurs pieds, des chiffres à l'encre noire montraient qu'ils avaient été numérotés !

Il semble que la petite pièce de droite, à ce premier niveau, ait été plutôt réservée aux grandes et élégantes jarres à vin. De très importants fragments ont pu être rassemblés, portant leur appellation contrôlée, dont celle qui a donné la datation de l'an 22 du règne de Ramsès.

La chambre funéraire

Cette sépulture avait été dotée d'un trésor au moins aussi riche (si ce n'est plus) que celui de Toutânkhamon, réparti sur le sol de toutes les pièces, et sur les banquettes. Le second niveau comprenait avant tout la chambre funéraire, ornée de quatre piliers rappelant les quatre points cardinaux, au centre desquels la grande cuve funéraire de granit rose devait recevoir la momie de la défunte dans ses diverses enveloppes dorées et d'or pur. Sous le linceul et tout au long de l'emmaillotage de bandelettes de lin, une quantité de bijoux prophylactiques avaient dû être glissés, sans oublier les doigtiers d'or, pour les mains et les pieds. Rien de tout ce viatique magique ne subsiste, sauf les fragments de la cuve elle-même, taillée dans le plus beau granit rose d'Assouan et couverte de textes et de génies de la famille osirienne, incrustés et aussi peints, aux couleurs traditionnelles, jaune, rouge, vert et bleu.

Tout autour, les objets et le matériel le plus précieux, nécessaires à l'ultime transformation de la trépassée, avaient été placés. En témoignaient des fragments de récipients d'albâtre, au décor en relief parfois floral, et parfois aux noms de Séthi, le défunt époux, du fils et de la bru préférée : Ramsès et Nofrétari. Ces vases et godets avaient certainement contenu les onguents les plus recherchés et les parfums les plus réputés du pays. D'autres portaient sur leur panse, écrits à l'encre, les noms des huiles qu'ils contenaient. Il y avait aussi de petites « cuillers à fard » ; l'une d'elles, en albâtre, demeurée intacte, avait été taillée en forme de canard au corps évidé. Une trouvaille assez inattendue fut celle de trois importants fragments d'un vase à parfum en verre *parfaitement transparent* [10]. Plusieurs autres vestiges de pots à parfum étaient en verre opaque, constitué de plusieurs couches superposées de pâte de diverses couleurs, et obtenu par un travail au mandrin.

Parmi toutes ces émouvantes reliques brisées, mais combien évocatrices, figurait une fiole fragmentaire dont la forme primitive avait été celle d'un cœur. En fritte émaillée bleu turquoise *mâle* (= foncée), haute de 5 cm, elle portait une inscription propre à éclairer un problème impossible à résoudre, faute de preuve absolue, jusqu'au moment de la trouvaille : à la couleur noire, était tracée sur le flanc *Grande Épouse royale Bentanat.* Ainsi, dès l'an 22-23, cette fille de Ramsès et d'Isisnofret avait été investie de cette fonction qui, jusqu'alors, ne lui était reconnue qu'à partir des alentours de l'an 38 du règne ! Enfin des fragments d'immenses poteries pansues, en fine terre cuite rosâtre, à la large ouverture bordée d'un épais bourrelet, constituaient les reliques ultimes des coffres à linge de la douairière.

La dernière demeure terrestre de Touy, bien qu'odieusement pillée, défigurée, usurpée et transformée pendant une dizaine de siècles, avait livré par d'infimes vestiges plusieurs témoins essentiels pour la reconstitution de l'histoire.

Opulence de l'Égypte

Aux obsèques de Touy, Ousermaâtrê Sétepenrê devait avoir abordé, nous l'avons dit, sa quarante-huitième année, vers l'an 23 du règne. Il était déjà entouré de dizaines d'enfants ; les plus nombreux étaient ceux que ses reines secondaires et concubines lui avaient donnés. Certains étaient déjà décédés, alors qu'un des fils de Nofrétari, Parêherounémef, Messager du roi à Qadesh, avait dû s'engager, également, dans le royaume d'Osiris, aux environs de l'an 20.

Peu de temps après, Ousermaâtrê était allé inspecter les travaux de son temple de Derr, en pays de *Ouaouat*, consacré à Horakhty. Mais cette dernière fondation n'était pas encore décorée complètement.

Entre les années 23 et 26, les détails manquent sur l'existence et les activités des membres de la famille royale ; en revanche, nombreuses sont les preuves de l'opulence répandue dans le pays, sans parler des richesses qui s'accumulaient particulièrement dans le temple d'Amon à Thèbes [11]. Les chefs les plus brillants du Trésor de Sa Majesté, affectés à la collecte des impôts, mais aussi, en contrepartie, à la distribution aux fonctionnaires

Temple de Derr : Ramsès devant l'arbre *Ished.*

Temple de Derr : à droite la figuration de Ramsès est conçue en rébus qui se lit : *Ouser-Maât-Rê*, nom de couronnement du roi.

Abou-Simbel : Chapelle de Thot. La déesse Maât devant la barque divine. Son image forme rébus qui se lit également : *Ouser-Maât-Rê.*

innombrables d'une juste rétribution, furent, sous le règne du grand pharaon, Panéhésy puis Souty.

Voici, à titre d'exemple, la lettre que Panéhésy adressait à Hori, prêtre d'Amon à Thèbes, pour l'informer de l'état des fermages de son dieu, *dans le seul Delta* du pays [12], en 1256 avant notre ère :

> *Le scribe royal et chef du trésor... dans la région du nord, Panéhésy, au prêtre d'Amon, dans la ville du sud, Hori : « Salut ! Cette présente lettre t'informe de l'état des domaines d'Amon qui sont sous ma responsabilité dans les terres du nord,... jusqu'aux limites du Delta ; sur les trois bras du fleuve : le Grand Fleuve* (central), *le fleuve de l'ouest et les* Eaux d'Avaris (ou les *Eaux de Rê,* à l'extrême est du Delta).
>
> *J'envoie par la présente les listes de chaque homme qui y travaille, avec femmes et enfants... J'ai établi leurs impôts... en l'an 24, le vingt et unième jour de la saison d'été, sous la majesté du roi.*
>
> *Pour informer le prêtre Hori au sujet de chaque homme, en rapport avec son travail, à savoir :*
>
> *Cultivateurs : 8 760 hommes, produisant chacun 200 sacs d'orge. Vachers : chaque homme s'occupant de 500 bêtes. Chevriers : 13 080 hommes... Responsables de bêtes à plumes : 22 430 hommes surveillant chacun 34 230 volatiles. Pêcheurs : ... leur prise correspond à 3* débens [13] *d'argent annuels. Âniers : 3 920 hommes gardant chacun (?) 2 870 bêtes. Chasseurs d'onagres : 13 227, chassant chacun (environ) 550 bêtes... »*

K. A. Kitchen a calculé que les revenus correspondaient ainsi à un million 3/4 de sacs d'orge chaque année, approximativement six millions de bovins, comme de chèvres ; et des millions de têtes de gibier à plumes dans les marécages du Delta. Il faut encore ajouter onze millions 1/4 d'ânes et sept millions 1/4 d'onagres qu'il fallait capturer ! En comparant avec d'autres données, ces chiffres paraissent conformes aux possibilités du pays. N'oublions pas qu'ils indiquent une partie des ressources du temple d'Amon, ensuite distribuées journellement au personnel innombrable qui en dépendait ! Il faudrait ajouter, encore, ce qu'on extrayait des mines d'or, les ressources en électrum naturel, trouvé en quantité au pays de *Pount*, mais que chimistes et métallurgistes égyptiens savaient maintenant fabriquer, et bien d'autres produits exotiques dont Pharaon était le généreux donateur pour le trésor du temple, pour l'ornement des objets du culte, les placages et incrustations des barques sacrées, des portes des sanctuaires...

Deux fils de Ramsès

Aux entours de l'an 25, le fils aîné d'Ousermaâtrê Sétepenrê était promu Général d'armée, fonction qu'il occupa de l'an 25 à l'an 50 de son père (entre 1254 et 1229 avant notre ère). Cependant, les annales ne sont pas prodigues à son sujet. La même discrétion entoure le prince Méryatoum, seizième fils du roi, mis au monde par Nofrétari. Il avait été une fois question de lui, en l'an 8, lorsqu'il accompagna le Premier Échanson du roi, Ramsès-ashahebsed [14], au cours d'une expédition aux mines de turquoise du Sinaï. Il venait, maintenant, d'être nommé Grand Prêtre de Rê à Héliopolis, et exerça cette charge pendant vingt années.

Changement de Vice-Roi en Nubie

Lorsque la vingt-sixième année du règne débuta, un nouveau Vice-Roi de Nubie fut nommé, pour remplacer Hékanakht. Ramsès choisit un certain Pasar, que lui avait recommandé son cher ami Imeneminet, cousin de ce dernier. Au reste, Pasar avait maintes fois visité en *Ouaouat* et au pays de *Koush* son oncle, le Commandant des troupes en Nubie, Pennésouttaouy, et son fils et successeur, Nakhtmin. Il avait, en leurs personnes, d'excellents informateurs, ce qui représentait pour Ramsès une garantie d'importance. Le nouveau « gouverneur » devait exercer ses fonctions en Nubie jusqu'à l'année 38.

La mort de la Grande Épouse royale Nofrétari

L'épreuve allait, à nouveau, frapper Ramsès. Depuis le décès de la douairière Touy, Ousermaâtrê Sétepenrê était profondément affecté par la santé de la belle Nofrétari. La reine ne cessait de décliner, sans que les *sinous* (médecins) [15] les plus réputés, à la science répandue au-delà des frontières et que bien des étrangers venaient consulter, puissent détecter son mal et la guérir. Pas même le Médecin-chef de la Résidence de la reine, Khaÿ, fils de Houy, dont tous les frères étaient également parmi les meilleurs praticiens du pays, ne réussit à sauver la souveraine.

Nofrétari-méry-Mout s'éteignit, très probablement dans le courant de la vingt-sixième année du règne de Ramsès, alors âgé de cinquante et un ans. Les deux deuils, si proches de lui, qui avaient atteint Pharaon en l'espace de trois années, lui rappelaient très cruellement que, bien que fils du dieu incarné sur terre, il n'en était pas moins un homme de chair et de sang, un homme qui souffrait dans la splendide solitude d'un souverain, puissant, doté d'une famille à la généreuse multitude. Il avait maintes fois surveillé l'aménagement de la syringe destinée à son aimée, *par amour de qui le soleil se lève* [16] devant les mamelons de *Méha* et d'*Ibshek*, le jour où elle avait été intronisée Incarnation de Sothis. Les lamentations funèbres étaient conduites par les grandes pleureuses, les filles de la reine : Mérytamon, Hénouttaouy, Baketmout et Nofrétari II. On apprenait que Nofrétari allait parvenir dans le domaine céleste de l'étoile, et nulle ne la remplacerait jamais sur terre. Aussi, pendant toute la préparation de la momie, Ramsès laissa-t-il pousser sa barbe en signe de grand deuil, de même que les fils de la reine : Sethherkhépéshef l'aîné, Sethemouïa le huitième, Séthi le neuvième, Méryrê le onzième et Méryatoum le seizième.

La tombe de la reine

Reine et souveraine, nul ne pouvait en douter, Nofrétari se présentait, seule, sans assistance devant son destin, en compagnie des formes divines chargées de l'accueillir et de la juger.

Le style de la tombe

La syringe de Nofrétari empruntait la forme générale de celle de sa belle-mère, la reine douairière, près de laquelle elle croyait pouvoir reposer. Comme pour cette dernière, le caveau fut violé et le mobilier funéraire pillé ; la momie fut déchiquetée par les impies en quête d'or et d'onguents précieux. La tombe fut retrouvée par la mission italienne au début du siècle, et les maigres vestiges sortis des déblais sont conservés au Musée de Turin [17]. Si le mobilier funéraire fut pillé – comme on s'y attendait – et si son contenu est impossible à imaginer de nos jours, les peintures d'une extraordinaire qualité recouvrant les murs ont été préservées, par un de ces miracles propres à la geste d'Ousermaâtrê,

a

a. La reine jouant au « Sénet »
son passage parmi les épreuves.

b. Plan et coupe du caveau funéraire
de Nofrétari.

c. Le phénix de l'éternel retour.

d. Momie de la reine
pendant les épreuves du « passage »,
protégée par Isis et Nephthys.

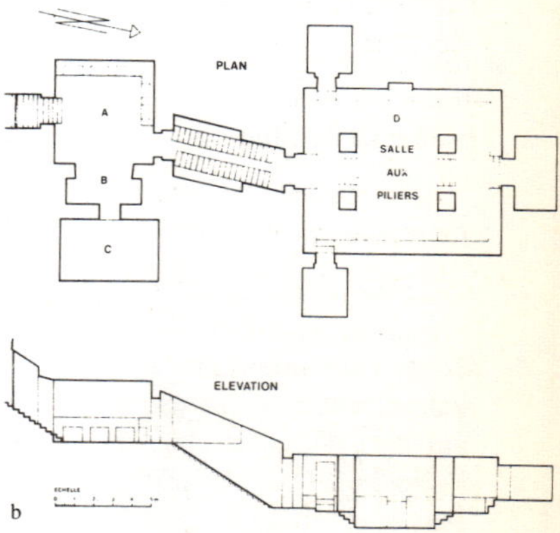

b

c d

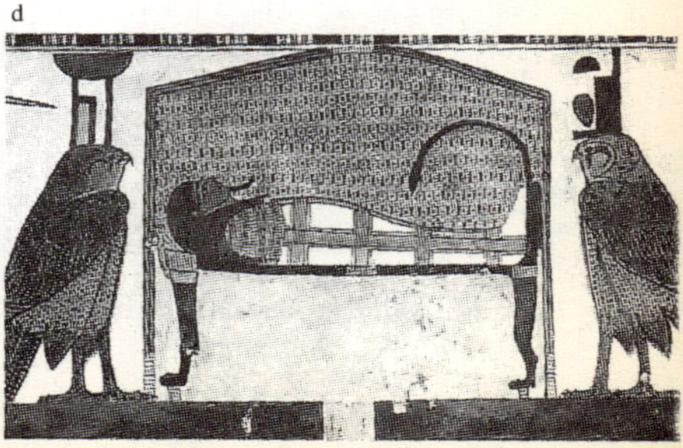

dont Nofrétari fut la bien-aimée. Elle constitue la plus belle et la mieux conservée des sépultures de la Vallée des Reines, et présente sur ses murs les plus exceptionnelles peintures connues de cette époque.

Ramsès avait voulu que la dépouille de sa reine pût reposer dans l'autre univers, également dominé par des étoiles, alors que son « âme » pénétrerait dans sa résidence céleste : la totalité des plafonds du caveau rappelle ce monde de l'au-delà, ce passage vers l'éternité. Partout la souveraine est accueillie par d'élégantes formes divines qui rivalisent en noblesse avec la représentation de Nofrétari. Cependant leurs images, statiques, et les franches couleurs, sans nuances, utilisées pour les peindre, font contraste avec la silhouette presque charnelle de la reine ; pour ce court instant, la peinture décorative se transforme en un art réellement indépendant : les ombres apparaissent sur le corps de la reine aux joues légèrement fardées ; la transparence du lin plissé des longs vêtements blancs laisse apercevoir un corps au modelé éclatant de jeunesse. Lorsque, dans le vestibule, on la voit pousser les pions du jeu de *sénet* (= *du passage*), son partenaire est resté invisible parce qu'il constitue, dans le « purgatoire » à traverser, les épreuves et les éléments nocifs contre lesquels Nofrétari doit lutter – et gagner – pour accéder à la félicité.

La « descenderie »

La profonde descente donnant accès à la chambre funéraire n'est plus dans l'axe de l'antichambre, comme dans le caveau de Touy, mais emprunte une direction oblique. Sur les murs de la « descenderie », on retrouve la belle reine faisant offrande du vin de l'ivresse divine, devant la forme féminine d'Hathor qui s'apprête à l'accueillir dans son giron et à la faire renaître à la vie éternelle. Jusqu'à cette ultime transformation, Nofrétari sera assistée par Anubis, à l'aspect d'un chien noir, à la fois son guide dans les méandres du monde souterrain, et le propre aspect de la défunte en mutation.

Le caveau

Le second niveau (inférieur) du caveau est constitué de la grande salle aux quatre piliers, entre lesquels la grande cuve de

a

b

a. La reine conduite par Horus, fils d'Isis.

b. Nofrétari présente le vin de l'extase divine, pour Hathor, passage de la mort à l'amour.

c. Transformation par Isis et Nephthys de Nofrétari-Osiris en Nofrétari-Soleil.

c

Vue générale de la chambre funéraire : au premier plan, les prêtres chargés des rites, au fond deux des quatre piliers, ornés du Djed, qui veillaient sur la momie et son équipement. ▼

granit rose avait été descendue. En pénétrant dans cette salle, le premier décor visible, sur les faces des deux premiers piliers, représentait deux officiants royaux en costume sacerdotal, mais portant la mèche latérale de cheveux propre aux princes, et revêtus de la peau de guépard. Ils sont prêts à l'accueil de la momie. Sans doute leur rôle fut-il tenu par les deux fils aînés de Nofrétari, encore vivants à cette époque : Sethherkhépéshef, le prince héritier, et Méryatoum, le Grand Prêtre de Rê à Héliopolis.

Une fois les couvercles successifs des sarcophages refermés sur la momie, et celui de la cuve de granit remis en place, le sort de la défunte fut confié aux quatre immenses signes *Djed*, décorant entièrement les faces internes des piliers, les plus proches de la cuve. En remontant l'escalier, les officiants regagnèrent le premier palier, et se dirigèrent vers l'unique pièce latérale de ce niveau, introduite par deux figurations de Nofrétari sous la forme d'Osiris, aux chairs vertes du grain de la germination, peintes de chaque côté du passage. C'était un Osiris très particulier, où l'on peut déceler la personnalité voilée de la reine en mutation, grâce à la présence de la grande ceinture rouge, de lin gaufré, qui orne toutes ses robes. Puis les officiants passèrent par le large vestibule où apparaissent à nouveau les images de la souveraine, vêtue de ses plus beaux atours, « prise en main » par les formes divines et, se dirigeant vers la salle de sa renaissance, ils furent guidés par les étoiles à cinq branches du plafond.

Retour vers la lumière

Cette pièce évoque bien la dernière étape du périple à parcourir par Nofrétari avant de se transformer, de l'état d'Osiris à celui du soleil. Les bandelettes de lin dont sa momie a été enveloppée sont par elle présentées à Ptah, maître des jubilés et des réapparitions. Elle sacrifie, ensuite, à Thot à tête d'ibis, en lui présentant la tablette du scribe, afin d'obtenir la maîtrise des textes sacrés, alors que sur le même présentoir l'image de la grenouille *Hékat* lui assurera la perpétuelle réapparition.

Nofrétari, ensuite, gagnera le pouvoir sur les sept années de « vaches grasses » [18], les sept années de généreuse inondation, régulièrement renouvelées, et figurées sur un mur : elle participera ainsi, en bienfaitrice, à l'existence même du pays. Enfin, en conclusion, une extraordinaire image symbolique la représente, momiforme et munie de la tête verte du bélier, dominée par un splendide disque rouge, symbole du soleil mort en renouvellement [19]. Cette allégorie évoque à la fois Osiris-Soleil en léthargie, et le futur soleil prêt à se reconstituer. C'est la traduction pictographique de la célèbre phrase du chapitre 17 du Livre des Morts : *Quant à Osiris, c'est hier, quant à Rê, c'est demain.*

Dernière étape de Nofrétari dans le monde transitoire de la mort, elle est alors prête à se manifester dans la force solaire, à l'aube de son éternité.

Isisnofret apparaît

Coïncidence, ou phénomène intentionnellement exprimé, voici qu'entre les années 24 et 30 apparaissent, en Haute Égypte – et même pour la première fois à notre connaissance –, l'image et la mention d'Isisnofret, accompagnée des membres les plus proches de sa famille. Sur une paroi granitique de la région d'Assouan, une stèle rupestre présente Ramsès devant Khnoum, seigneur de la Cataracte, accompagné d'Isisnofret, jusqu'à présent appartenant au domaine des ombres, et de Khâemouaset, puis de Bentanat, sa fille aînée, du Général Ramsès, son fils aîné et, dans la liste des princes, second fils d'Ousermaâtrê, et enfin du treizième fils, et en définitive successeur, Mérenptah [20]. Peut-être, avant cette époque, occupa-t-elle une place de premier plan dans le décor officiel des palais et des temples de Memphis et de Pi-Ramsès, loin de Thèbes, mais aucun vestige n'en est apparu encore, dans les ruines très bouleversées de la prestigieuse capitale.

Cependant, il semble qu'à partir de la disparition de Nofrétari un tabou soit levé. Un peu plus tard, on retrouvera un autre groupe familial autour du roi et d'Isisnofret : ainsi voit-on représenté, au Gebel Silsilé, Pharaon faisant l'offrande de Maât à Ptah. Devant lui, le prêtre-*sétem* Khâemouaset. Le roi est suivi d'Isisnofret et de Bentanat. Au registre inférieur, figurent le Scribe royal et Général Ramsès, et le treizième fils Mérenptah [21]. Ces figurations demeureront néanmoins rares et épisodiques. Cependant, les enfants d'Isisnofret lui resteront fidèles, principalement Khâemouaset qui lui élèvera monuments et *ex-voto*. À Saqqara et au voisinage du Sérapéum, des fragments architecturaux retrouvés [22] dernièrement ont permis de supposer qu'un monument avait dû être dédié par le Grand Prêtre de Ptah, Khâemouaset, à sa mère vénérée Isisnofret.

Une énigme à résoudre

La reine absente réapparaît donc *dès* la mort de Nofrétari, mais non pas *après* la mort du fils aîné de celle-ci. Pourquoi cette mise à l'écart ? Il est difficile d'admettre qu'une rivalité, peut-être bien compréhensible, entre les deux Grandes Épouses royales ait pu influencer à ce point Ramsès, pour qui chacune des options publiques, chacun de ses monuments, avait valeur essentielle de message.

Faute de mieux comprendre, il paraît certain en tout cas que l'accent ait porté, jusqu'à son décès, sur Nofrétari, celle qui avait enfanté le premier fils, et non sur ce premier fils lui-même, à cette époque encore héritier présomptif. Au reste, dans les titres affectés à ses premiers fils, un certain flou subsiste, qui ne permet pas de discerner lequel est réellement considéré comme héritier présomptif. Un fait est certain, Ramsès, contrairement à son père Séthi, ne désigna apparemment jamais de corégent.

Il semble que des dispositions analogues n'avaient pas lieu d'être appliquées pour le second duo de Grandes Épouses royales, toutes deux, il est vrai, filles d'Ousermaâtrê Sétepenrê, Bentanat et Mérytamon : ainsi les trouve-t-on représentées strictement en parallèle, sur deux colosses du roi provenant du temple d'Hérakléopolis [23]. Si, à cette époque, Isisnofret était encore en vie, elle était devenue la reine douairière.

Un nouveau Grand Prêtre d'Amon

Au cours des ans, le brillant Vizir Pasar avait accumulé des charges de plus en plus absorbantes, entre sa luxueuse résidence de Pi-Ramsès et ses bureaux de Thèbes, n'abandonnant pas pour autant la responsabilité des nécropoles royales de la rive gauche et de ses fameux artisans. Il avait, entre autres, assumé le culte particulier des colosses royaux, images divines de Pharaon.

Décharger de ses trop lourdes tâches un si fidèle serviteur, son aîné et de constitution moins vigoureuse, était devenu le

Sur un rocher d'Assouan : Ramsès, Isis-Nofret, Khaemouaset. Le Général Ramsès, la Princesse Bentanat et le prince Merneptah rendent hommage à Khonsou, seigneur de la Cataracte.

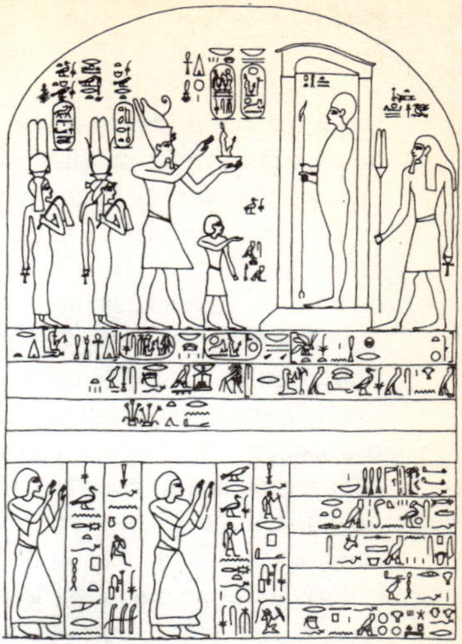

Grotte du Gebel Silsilé. Ramsès offre Maât à Ptah. Il est précédé de Khaemouaset, suivi de la Grande Epouse royale Isis-Nofret et de la Princesse Bentanat ; au registre inférieur, le Général Ramsès et Merneptah.

Pa Sar accompagne la barque d'Amon.

Au cours de la « Belle Fête de la Vallée », Ramsès encense la barque d'Amon suivie par le Vizir Pa-Sar.

a. Pa Sar invoque Hathor de l'Occident, qui accueille Ramsès.

b. Pa Sar invoque Hathor de Thèbes (Sothis), qui redonne vie à Ramsès.

(graffiti : Thébes-ouest)

souci majeur d'Ousermaâtrê, maintenant âgé de cinquante-deux ans. La disparition du Grand Prêtre d'Amon, le Premier Prophète Ounennéfer, père d'Imeneminet, permit de proposer le Pontificat au meilleur des vizirs. Avant de quitter ses fonctions, en l'an 27 du règne, Pasar visita à nouveau toute l'équipe des ouvriers des nécropoles royales, sur laquelle il avait toujours veillé [24]. Il participa à la dernière *Belle fête de la Vallée* (la fête pour le réveil des morts) qu'ils célébraient sous son autorité, le deuxième mois de l'été. Il accompagna avec dévotion la barque divine pendant la procession, qui sur son parcours pénétra au Ramesséum, et fut déposée dans l'hypostyle. Elle y fut accueillie par Ramsès lui-même, chargé d'encenser la nef sacrée d'Amon, l'*Ouserhat*, à son arrivée pour sa station dans le temple jubilaire [25].

Puis Pasar se rendit sur le chemin qui, de la plaine occidentale, au pied du gebel, conduisait à travers un ouadi desséché vers celui de la *Grande Prairie*. À l'embranchement d'un ouadi secondaire, la *Vallée des Singes* (Gabbanat el-Gonsoud), dite encore la *Vallée de l'Ouest*, il choisit, au flanc de la montagne de calcaire, un rocher à la surface évoquant le vieil ivoire poli, qui bordait la route, et fit graver deux tableaux sous forme de graffiti, par lesquels il tenait à confirmer la protection *post mortem* accordée à son maître pour sa demeure d'éternité, au sujet de laquelle il n'avait cessé d'œuvrer. D'un côté, sa prière pour Ramsès s'adressait à la vache sacrée, symbole d'Hathor, patronne de la nécropole, la grande mère qui reçoit le désincarné dans son sein, assimilé au caveau creusé dans la montagne, et prépare ainsi le nouveau soleil qui se reforme en elle. Sous cet aspect hathorique, la tête de la vache est dominée par les deux plumes d'autruche au sommet recourbé, encadrant le soleil. De l'autre côté, Pasar, toujours agenouillé en prière, s'adresse au même animal, mais symbolisant alors la déesse sur le point de mettre au monde Ramsès-Soleil, renaissant à l'horizon de Thèbes. Le bovidé porte alors, sur sa tête, les plumes droites et les hautes cornes de Sothis [26].

Affaires intérieures : Ramsès fait appliquer la Maât

Pour succéder, vaille que vaille, à l'irremplaçable Pasar qui, avec lui, avait façonné son royaume, Ousermaâtrê Sétepenrê fit appel à Khaÿ, intronisé Vizir du sud et du nord. Ce fut le début de l'époque où la paix hors des frontières et l'opulence affirmée dans le pays laissèrent le champ libre à certaines convoitises détectées dans le comportement de quelques hauts fonctionnaires, en charge de biens accumulés dans les temples et les entrepôts royaux. Au cours des années 28-29 du règne, un véritable scandale éclata [27] dans la région occidentale de Thèbes, dénoncé par le très scrupuleux scribe Hatiaÿ. Ce dernier avait observé avec patience le manège de l'épouse d'un assez important personnage, qui se rendait sans aucune raison valable dans les réserves d'un magasin royal de la rive gauche, pour y faire des « prélèvements ».

L'honnête Hatiaÿ se décida à porter plainte devant le tribunal : « *Pourquoi,* précisa-t-il, *visite-t-elle si souvent l'entrepôt de Pharaon, sans que les contrôleurs en soient avertis ?* »

Le tribunal procéda à une enquête préliminaire, et s'aperçut que la dame était, en fait, l'épouse d'un opulent responsable des magasins où étaient entreposés les biens de plusieurs temples jubilaires (*Châteaux de Millions d'années*) de la rive gauche. On soupçonna, puis on découvrit que ce notable n'avait pas résisté à la tentation de prélever régulièrement des « échantillons », sélectionnés dans cette manne confiée à sa charge. Ayant toute la confiance du nouveau Vizir, il avait été promu Inspecteur des Troupeaux dans le nord du Delta, où la qualité des bêtes était très prisée, en raison de la richesse des pâturages. La source des profits était trop belle pour disparaître avec le départ de son ancien responsable : la femme et la fille continuèrent les prélèvements... au nom de celui qui n'exerçait plus la responsabilité du poste.

Pharaon, toujours désireux d'exercer une puissante vigilance sur tout son territoire, fut aussitôt alerté : il ne pouvait être question de lui cacher un tel méfait. L'affaire fut très sérieusement traitée, car s'il ne réagissait pas rapidement et avec la plus extrême rigueur devant de tels événements, d'autres cas viendraient à surgir, qui déstabiliseraient l'ordre dans le pays [28], Maât, l'équilibre dont il est garant et doit sans cesse faire offrande au Créateur. Il chargea donc le prince héritier lui-même, Imenherkhépéshef devenu Sethherkhépéshef, entouré des grands dignitaires, de présider la Grande Cour de justice devant laquelle l'indélicate matrone fut convoquée.

Alors le procès commença : « Donne-nous la raison pour laquelle tu as ouvert deux salles du magasin du domaine royal, sans que le

Contrôleur soit averti ? » Alors elle répondit : « Les endroits où j'ai pénétré étaient contrôlés par mon mari ! » Les juges lui répliquèrent alors : « Ton mari était dans la place pour son administration. Maintenant il ne remplit plus la fonction, il a été nommé à un autre poste : l'inspection du bétail dans le nord du pays. Tu as commis un forfait. »

C'est ce qui a été tranché.

L'enquête révéla, ensuite, que les vols commis par les deux femmes, mais également par l'homme avant sa promotion, avaient été considérables : 20 000 boisseaux de grain, des quadrupèdes dont 30 taureaux et 10 chèvres, puis 30 oies ; 30 chars avec leur équipement, 1 300 morceaux de minerai de cuivre, 424 vêtements de lin, 440 sandales de cuir, des jarres de vin de crus divers (parmi lesquelles devaient, sans doute, figurer les élégantes bouteilles de vin de Chypre).

À ces larcins s'ajoutèrent d'autres encore, reprochés au nouveau Contrôleur des troupeaux du Delta, lorsqu'il fut convoqué à son tour par le tribunal :

« Or vois, Pharaon lui-même envoya un officier de transport... ... et deux hommes pour arrêter ta femme et ta fille. Elles ont été amenées par un Chef de la Grande Écurie de Ramsès [avant le] jubilé, pour suivre les termes du document présenté à Pharaon. Ainsi vois, ta femme a ouvert les magasins du temple de feu (le premier) Thoutmosis. Elle a volé 200 débens *de cuivre, 300 rouleaux de laine* [29]*, 5 jarres de vin de grenade, 10 fioles en cuivre, 4 « pioches » en cuivre et 3 chaudrons (aussi) en cuivre, (et) elle les a déposés dans ton magasin !*

(En conséquence) elle a été arrêtée et ne connaîtra plus jamais la liberté... »

La mauvaise foi et le cynisme étaient coutumiers à l'homme ; mis en présence de ces indiscutables larcins, il les contesta avec morgue, en une véritable contre-attaque digne de figurer dans les annales des procès vécus de nos jours. Il n'hésita pas à prêter serment devant les assesseurs et jurés, mettant en cause les gardes eux-mêmes, leur reprochant les prélèvements dont il était lui-même accusé. Puis il clama bien haut son innocence :

Jurant d'après le Seigneur, devant les magistrats, et disant : « Si l'on trouve quoi que ce soit dans les entrepôts de mon père (pendant la préparation de) la fête [30]*, j'en verserai le double ! Si l'on prouve que ce qui manque est en ma possession, alors on apportera ces* *prélèvements aujourd'hui même dans les quatre grandes salles (de justice ?).*

Mais ce sont les gardes des biens de Pharaon, les uns comme les autres, qui se sont saisi de ces biens ! J'irai parler à leur sujet devant Pharaon – mon bon maître ! – lorsqu'il fera son apparition à la fête du jubilé, puisque l'année dernière déjà, ils m'ont accusé. »

(Donc) les juges se saisirent de la déclaration et se mirent à interroger les gardes, de leur côté.

La suite des événements, malheureusement, ne nous est pas conservée. Il est pourtant probable que le procès fut expéditif, puisque Pharaon veillait lui-même à réprimer avec force et sans délai [31] le manquement au bon fonctionnement d'une des institutions fondamentales de son pays. Il y eut certainement de nombreuses arrestations, car on ne peut faire disparaître, sans témoins ni complices, des chars, une énorme quantité de sacs de grain, 1 300 blocs de minerai de cuivre, des taureaux, etc. Le nombre des arrestations, et la gravité des peines, ne se limitèrent pas simplement aux trois membres de la famille en question.

Affaires extérieures : le début d'une amitié

L'alliance avec le Khatti avait, sans aucun doute, procuré à l'Égypte une stabilité intérieure et une sécurité remarquable dans ses relations avec les pays étrangers : ce que Ramsès s'affairait à entretenir avec vigueur et vigilance. On avait bien compris, au loin, que s'attaquer à l'Égypte serait, par contrecoup, encourir la réaction du Khatti soucieux de faire honneur au traité et à la parole donnée. Une harmonie si idyllique existait-elle entre les deux grands ? Certainement moins qu'on ne peut l'imaginer au lendemain des accords. Les échanges commencèrent d'abord à se manifester entre l'Égypte et le Khatti, sur le plan commercial ; puis, grâce à ces premiers contacts, les Hittites ne manquèrent pas de faire appel à la science des Égyptiens, dans les domaines où leurs recherches n'égalaient pas les leurs. Ce furent avant tout les médecins et les pharmaciens, des bords du Nil aux multiples plantes médicinales, qui brillèrent le plus au pays de Khatti. Aucune terre ne pouvait égaler une production de lin aussi transparent que les merveilleux tissages égyptiens. Aucun orfèvre n'était aussi habile à produire des bijoux aussi harmonieux, élégants, que les praticiens égyptiens. En revanche, l'Égypte possédait de bien pauvres mines de fer, alors que la province de *Kizzouwadna*, celle dont la reine Poudoukhépa était originaire, disposait de la plus riche industrie. Ce métal était indispensable à Pharaon, pour moderniser ses troupes qu'il fallait, par prévoyance, équiper de solides rapières, de casques et d'armures (de torse) capables d'affronter les armes de ces peuplades – les futurs *envahisseurs de la mer* – dont les Hittites, pour le moment, constituaient le rempart. Il fallait aussi que l'Assyrie demeure assurée de la grande force de Pharaon.

En ce qui concerne l'attitude des deux anciens antagonistes, les documents qui subsistent à ce jour laissent supposer qu'Ousermaâtrê Sétepenrê n'avait pu se défaire de l'arrogance avec laquelle il avait souvent traité les petits États du Proche-Orient. Il lui fallut apprendre que son nouveau partenaire était de l'étoffe d'un noble sage, et qu'il serait vain de jouer au plus fort. Pour calmer son orgueil enraciné, il n'y avait plus, près de lui, le frein salutaire constamment actionné par la reine mère, ni la douce présence de Nofrétari qui savait si bien apaiser ses emportements. Ce fut le rôle de Hattousil – également celui de Poudoukhépa – de savoir aborder le bouillant Pharaon, et de lui montrer, parfois très fermement, l'efficacité de la juste mesure à observer dans leurs relations.

Le ton de certaines missives, retrouvées dans la correspondance échangée entre les souverains, laisse entrevoir des mises au point émanant de Hattousil, auxquelles l'Égyptien répondait par quelques flatteries et une profession de foi [32], afin de masquer ses faux pas, craignant visiblement de troubler la bonne entente ; en voici un exemple donné par Ramsès lui-même :

> *Je viens maintenant d'apprendre ce que mon père m'écrit ainsi : « Pourquoi m'écris-tu, toi, mon frère, comme si je n'étais qu'un de tes sujets ? » Tu m'offenses, mon frère, lorsque tu écris « comme si je n'étais qu'un de tes sujets ». Voyons, tu as accompli de grandes choses sur toutes les terres : tu es, assurément, le grand roi des terres du Khatti ! Le dieu du soleil et le dieu de la tempête t'ont accordé de t'asseoir (sur le trône) de ton grand-père.*
>
> *Pourquoi t'écrirais-je, moi, comme à un sujet ? Souviens-toi que je suis ton frère, tu devrais parler avec des mots chaleureux ! Ainsi « puisses-tu te sentir bien chaque jour » ! Pourtant, à la place de cela, tu prononces des mots insensés qui ne sont pas dignes d'un message !* [33]

De toutes ces correspondances, il ressort les très grandes différences de caractère entre les deux souverains ; le sage, le patient, le pacifique Hattousil, et le bouillant, le tumultueux, mais aussi le mystique et habile Ramsès. Cependant, à l'usure du temps et de l'expérience commune, ils sauront donner l'image de l'entente et de la paix.

XIV

DES JUBILÉS ET DES PRODIGES

Le premier jubilé de l'an 30

En l'an 29 du règne, l'Égypte entière se préparait à rendre hommage à Pharaon, qui abordait sa cinquante-sixième année. Sa Majesté ne montrait encore aucun signe militant en faveur de la remise en état de ses forces physiques, mais il était impératif de célébrer la grande fête-*Sed* à l'occasion de la trentième année du règne. Les pharaons n'y accédèrent pas tous, et certains, en raison de circonstances non encore élucidées, vécurent avant ce terme ces très antiques festivités. Les rites de la lointaine préhistoire, indispensables pour revigorer le vieux chef affaibli par les ans, se doublèrent très vite de bien d'autres mobiles. Certes, les fêtes du Jour de l'An contribuaient déjà chaque année à maintenir en Pharaon l'héritage qu'il tenait de l'influx divin, lequel affermissait le potentiel de son pouvoir royal.

Lorsqu'arrivait le temps de la grande fête trentenaire, répétée ensuite tous les trois ans, Pharaon devait durant les épreuves passer par le stade de l'incorporation totale avec le maître de la vie (Osiris), afin de régner sur le trône des vivants [1]. Comme pour toutes les cérémonies touchant à des cérémonies secrètes, les documents propres à les faire comprendre constituent des allusions difficiles à interpréter. La reconstitution de la fête demeure, à ce jour, impossible. On doit se limiter à l'analyse de quelques représentations qui ont transgressé le mutisme des prêtres, et à partir desquelles on ne perçoit qu'un bien pâle reflet des événements. Une des rares et meilleures allusions à ces festivités et mystères est conservée sur un mur entier de la tombe de Khérouef, contemporain d'Aménophis III [2] (XVIIIe dynastie). Plus tard, du temps d'Osorkon II (XXIIe dynastie), au IXe siècle avant notre ère, le temple de Bubastis [3] livra certaines illustrations évoquant des scènes analogues à celles représentées dans la tombe de Khérouef. Cela permet d'imaginer certaines étapes essentielles du rituel maintenu encore durant ces cinq siècles, où se situe la fête-*Sed* de Ramsès.

Ousermaâtrê Sétepenrê fit construire à Pi-Ramsès, pour cette cérémonie, une immense salle décorée avec faste. Très probablement, des reliefs ornant les murs des chapelles environnantes devaient faire allusion à l'aspect général des mystères ; on ne les a pas encore retrouvés. On sait, en tout cas, que les cérémonies et festivités étaient préparées une année à l'avance, et duraient tout un cycle du Nil. Ce jubilé (fête-*Sed*) devait être officiellement « proclamé » par les plus hautes autorités sacerdotales du pays, en rapport avec ce rituel particulier, et le chef du gouvernement. Ce furent donc le prince Khâemouaset, Grand Prêtre de Ptah, maître des jubilés, et Khaÿ, le nouveau Vizir, qui annoncèrent l'événement. Tout le pays fut concerné, et si les cérémonies religieuses essentielles se déroulèrent pour Ousermaâtrê à Pi-Ramsès puis à Memphis, elles furent aussi célébrées jusqu'en Nubie, dans les temples d'Abou Simbel et d'Aksha.

« L'utilisation du miracle », dont il savait si bien tirer avantage, jalonnant l'existence de Ramsès, apparut encore à l'occasion de ce premier anniversaire trentenaire : ce fut une providentielle « année de vaches grasses » [4]. Ainsi, un scribe écrivit-il sur son aide-mémoire :

> *Grande inondation pour le premier jubilé de Ramsès Méryamon, qui apporte la coudée* (c'est-à-dire la seizième). *Aucune digue ne peut y résister, (les rives reculées jusqu'au) gebel regorgent de poisson et de gibier.*

Des scènes entrevues à Pi-Ramsès

Il apparaît, dans les lignes générales, à quel point Hathor, la grande maîtresse, par le sein de laquelle tout candidat au renouvellement doit passer, joue un rôle essentiel auprès de Ramsès, de même qu'auprès de son épouse attitrée. Nofrétari étant morte, une question doit se poser. Isisnofret, mère de Khâemouaset, l'ordonnateur du jubilé, fut-elle appelée à tenir auprès du roi le rôle d'Hathor, et Bentanat celui de Sothis ? Ou bien les secondes Grandes Épouses royales, Bentanat et Mérytamon, figurèrent-elles les deux déesses encadrant Sa Majesté, trônant au début des festivités ?

Ramsès apparut à la porte de son palais, et parmi sa brillante escorte de dignitaires figuraient aussi les membres de l'*équipage de la barque*, car une partie des cérémonies devait se dérouler sur le lac de la résidence, principalement pendant la nuit. Des récompenses furent, dès le début, distribuées, chargées d'une signification symbolique : figurines de canards et de poissons en or et en argent, de même que des rubans verts. Chacun, occupant sa place rituelle, fut nourri du petit déjeuner du roi ; certains avaient été désignés pour haler les barques du soir et du matin, amenées ainsi tout près des marches du trône. Vint alors le temps des libations versées devant le dais royal, *pour que le souverain continue à vivre*, et faites par les filles des *Mentiou*, probablement filles des princes bédouins ou asiatiques ; elles tenaient en main des vases d'or et des aiguières d'électrum.

Danseurs et musiciens exécutèrent ensuite un concert rythmé, agrémenté de sortes de pantomimes acrobatiques et dansées. Des chants s'élevaient en ce *jour d'exalter ce qui doit être exalté*, les musiciennes entonnant l'hymne pour Hathor :

> *Viens, je ferai pour toi la jubilation au crépuscule et de la musique le soir ! Ô Hathor, tu es exaltée dans la chevelure de Rê* [5] *parce que le ciel t'a donné la profonde nuit et les étoiles. Grande est Sa Majesté lorsqu'elle est apaisée ! Adoration à la Dorée quand elle brille au ciel... Ô Majesté, viens ! Viens et protège le roi... Maintiens-le en santé sur le côté gauche du ciel ! Pour qu'il soit heureux, prospère et en bonne santé dans l'horizon.*

Lorsque le roi, accompagné de la reine, sortit du palais, il portait la courte robe du jubilé, dégageant les genoux. Après la cérémonie *d'attacher la barque de la nuit*, le souverain participa

Pharaon en costume jubilaire, flanqué d'Hathor et de la reine en Sothis.

Le roi et la reine sortant du palais se rendent aux cérémonies jubilaires. Au registre inférieur : libations faites par les *Mentyou* (filles des princes étrangers).

Départ du couple royal sur la barque de la nuit.
Au registre inférieur ; danses rituelles des femmes des Oasis.

à la procession sur l'eau, véritable navigation rituelle. Alors les princesses de la famille royale entrèrent, c'étaient les *filles royales aimées de lui*, jouant des sistres avec les chanteuses d'Amon. Groupées comme les *filles des Mentiou*, les sistres qu'elles tenaient en main étaient dominés par l'image d'une porte de temple, symbolisant mieux encore qu'un discours la sortie à l'issue des rites, c'est-à-dire le passage vers un état nouveau [6].

Tous les officiants accompagnèrent le couple royal lorsqu'il prit place dans la barque de la nuit. Cela devait constituer le commencement du voyage symbolique, une procession nautique devant s'effectuer simultanément avec l'arrivée du *Grand Nil* : l'Inondation (*Hâpi-âa*). Les Génies du jubilé furent transportés dans l'embarcation. À l'aube, l'*ouverture de leur bouche* [7] fut faite sur la barque solaire, accompagnée des offrandes de gros et de petit bétail.

Le rite essentiel à Memphis

Il semble que l'un des chapitres finals de tout le mystère de la grande fête jubilaire consistait, pour Pharaon, en l'*érection du pilier-Djed*, emblème par excellence d'Osiris au moment de sa résurrection. La scène devait se dérouler au sud de Guizé, dans la *Shétyt* (ou *Shétaÿt*) du dieu *Sokar* [8]. Ramsès, suivi de la Grande Épouse royale et des princesses, du mystérieux prêtre-*sétem* et du Chef de la Maison des artisans, allait lui-même procéder, à l'aube, à l'érection du pilier-*Djed* : ce pilier représentait le *ka* (des ardeurs génésiques latentes) ; aussi les princesses allaient-elles lui présenter les objets sacrés propres au renouvellement par l'action de la belle Hathor [9] :

> *À toi,* Ka, *(voici) le sistre (sonore) pour ta face suave, et le collier-*Ménat*, puis le sistre-porte quand tu te lèves, ô pilier-*Djed *auguste, Osiris-Sokar, seigneur de* Shétyt*, pilier-*Djed *d'Osiris, le grand, qui réside dans* Shétyt.

Le chant des choristes masculins, maintenant, avait pour effet de rythmer les pas rituels des danseurs, pendant que Ramsès, tenant en main les cordages attachés à un grand pilier-*Djed*, relevait lentement l'emblème du cycle accompli aux quatre points cardinaux du monde organisé. Alors les *doubles portes du monde souterrain étaient ouvertes* pour Osiris-Sokar.

Pharaon accompagné de la reine redresse le pilier-*Djed*. Les princesses royales jouent des sistres.

Pharaon s'adresse à l'Osiris-*Djed*.

Le couple royal reçoit l'hommage de la coupe rituelle.

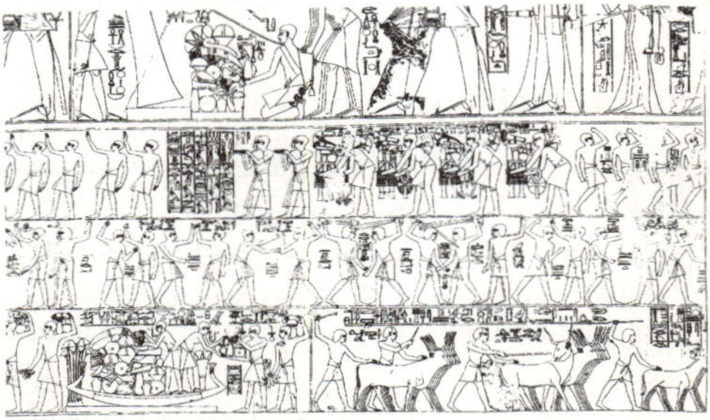

Lutte symbolique et défilé rituel des bovidés et des ânes.

La coupe rituelle contenant l'image du souverain « renouvelé » par les deux plantes sacrées.

Les voix s'élevaient à nouveau :

Alors que Rê est rajeuni dans le ciel, Atoum apparaît en gloire quand il te salue, tu as été réuni au monde, comme le disque solaire dans le ciel.

Cette image de l'auguste pilier-*Djed*, ce *Ka* qui est dans la Maison de Sokar, était aussi Ptah-Sokar, confondu avec Pharaon à la virilité rénovée : le vieillissement des ténèbres était chassé et remplacé par la radieuse lumière. Des hommes armés de grandes tiges de papyrus – ceux des rites archaïques des villes de Dèp et de Pé – devaient, lors du redressement du pilier symbolique, croiser leurs armes des marécages, simulant ainsi la lutte des forces en opposition. Ils devaient frapper fort, mais en définitive l'ordre était rétabli, et il était déclaré :

Horus apparaissant en vérité a dominé.

Alors les Pères Divins devaient à nouveau recevoir des nourritures dans leur barque, cependant qu'une dernière pratique, durant la cérémonie d'érection du *Djed*, était évoquée par le défilé du gros bétail et d'un troupeau d'ânes, conduit par un officiant qui tournait, à quatre reprises, autour des murs de la *Shétyt* où résidait l'emblème.

Le pilier-*Djed*, muni maintenant de ses yeux placés au sommet des quatre plateaux qui dominent son fût, avait été coiffé du soleil et des plumes osiriennes : il devait toujours demeurer dans la Maison de Sokar, garant du succès de la cérémonie, et être continuellement honoré par des offrandes et des soins, jusqu'au jubilé suivant :

Ô Osiris, dans la Maison de Sokar... Ô Ounennéfer, fils de Nout, celui qui se réveille non blessé dans sa maison du monde souterrain.

Le roi et les « mères primordiales »

L'ultime offrande symbolique probablement présentée au couple royal terminait les cérémonies à Pi-Ramsès. Ce dernier rituel peut aussi avoir été accompli par Khâemouaset lui-même pour son père dans le grand temple de Ptah à Memphis, qui comportait aussi un grand bâtiment jubilaire, et dont la salle hypostyle était la réplique de celle du temple *de Millions d'années* au Ramesséum. Pour cette ultime cérémonie, Ousermaâtrê Sétepenrê était assis près de la Grande Épouse royale sous le double dais de la renaissance, aux colonnettes ornées de trois chapiteaux floraux. Le papyrus et le faux « lis », faisant allusion au milieu aquatique dans lequel le germe divin, entouré ainsi des deux « mères primordiales » [10], se reconstituait ; puis du « lis » jaillissait le lotus, donnant naissance à toute vie [11].

L'hommage au souverain était rendu par des objets symboliques d'orfèvrerie, dont l'élément essentiel était une coupe au calice rappelant un lotus épanoui, et les anses latérales ciselées en forme de têtes de bouquetin. Au sommet de l'objet, figurait une scène inattendue et bucolique au centre de laquelle une minuscule image de Ramsès se détachait devant un buisson fait de « lis » et de papyrus. D'une main, Ousermaâtrê ramenait contre sa poitrine trois tiges de papyrus ; de l'autre, il empoignait, devant lui, trois tiges de « lis ». Il faut voir, dans cette composition si originale, une très poétique allusion au bassin contenant les eaux primordiales. Le décor qui le domine est, en réalité, celui de la scène gravée à l'intérieur, montrant la renaissance de l'enfant solaire royal à sa nouvelle vie terrestre, une fois accomplis les rites jubilaires.

Tout ce mystère, où le milieu aquatique est largement évoqué par la seule barque de la nuit, rappelle l'omniprésence d'Hathor, matrice universelle, et son rôle essentiel au cours du jubilé. L'entière population de l'Égypte était associée au déroulement de certains chapitres publics de la cérémonie, alors que dans l'enceinte de la capitale Pi-Ramsès, les représentantes des pays vassaux alliés, parmi lesquelles les filles des *Mentiou* et des provinces – on comptait même des danseuses des oasis –, accompagnaient le déroulement des mystères.

La nouvelle vigueur de Pharaon

La jouvence renforcée, circulant à nouveau provisoirement dans les veines de Ramsès, allait stimuler la prodigieuse aventure de sa vie. La paix régnait maintenant au Proche-Orient ; l'alliance entre les deux grands pays s'affirmait très positive, mais Ramsès visait encore plus haut, et s'était mis à rêver d'une union qui aurait pu le rapprocher de la famille royale hittite, et renforcer d'autant l'image de sa puissance. Cependant, l'héritière de Hattousil et de Poudoukhépa ne pouvait être comparée aux

petites princesses du Proche-Orient, trop flattées d'entrer dans le harem de Pharaon, comme un gage de soumission. Le fier et noble Hattousil n'avait jamais proposé un tel marché à Pharaon.

Ousermaâtrê se tenait aussi régulièrement au courant de l'avancement des travaux d'aménagement souterrain qu'il avait fait reprendre, au moins dès la dix-neuvième année de son règne, dans la Vallée des Rois. C'était face à l'entrée de sa propre syringe qu'il avait décidé de faire creuser d'immenses appartements souterrains, sorte de tombe-cénotaphe dédiée, avec ses multiples cellules, aux innombrables fils et petits-fils qu'il comptait déjà. Au fond de la première grande galerie centrale, il avait fait sculpter, à même la paroi, une statue d'Osiris debout, maître de ces lieux [12]. Il entendait qu'une silhouette analogue lui fasse pendant, au fond de sa propre sépulture, dans une des salles secrètes flanquant la *Chambre de l'Or*, où sa belle cuve d'albâtre attendait sa momie.

Comme à son habitude, il désirait être averti de tous les détails concernant les activités de son pays, même ceux qui visaient la rémunération des ouvriers et artisans œuvrant dans les nécropoles royales. C'est ainsi qu'il reçut, aux environs de son année jubilaire (an 30 ou 31), un message de son Chef du Trésor Souty, scribe royal, qui l'informait par l'intermédiaire du Vizir Khaÿ de la qualité et du volume de la nourriture délivrée aux *Ouvriers de la Tombe*, pour l'année entière [13] !

Méha victime d'une secousse sismique

Vers l'an 31, on avertit Sa Majesté que des secousses sismiques avaient été ressenties dans la région thébaine. Peu après, le Vizir Khaÿ puis le Vice-Roi de Nubie Pasar firent savoir à Sa Majesté, avec un souci louable de ménagement, que son temple de prédilection, le grand spéos d'Abou Simbel, en avait été une victime spectaculaire. Ousermaâtrê Sétepenrê prit immédiatement le chemin du sud pour constater lui-même l'étendue des dégâts. Près de la porte d'entrée, le premier colosse sud était cruellement atteint : son torse et sa tête gisaient à terre, fracassés. De surcroît, le bras droit du premier colosse nord risquait de tomber d'un instant à l'autre. À l'intérieur de la salle-cour, le second pilier osiriaque nord était profondément fissuré, et les deux piliers sud étaient sur le point de s'effondrer [14].

Les ordres furent immédiatement donnés au Vice-Roi Pasar, responsable des travaux, pour faire dresser les échafaudages à l'intérieur de la salle-cour [15]. Les dégâts furent réparés au mieux, principalement sur le second pilier osiriaque nord, et entre les deux piliers sud ; par précaution et pour renforcer leur solidité, on édifia un mur de soutien en blocs de pierre de grès. Le plus tragique était l'état du grand colosse assis de la façade, en partie effondré. La nature pulvérulente du grès ne permettait pas de refixer et de compléter la partie supérieure de cette effigie de la fonction royale divinisée. Elle fut abandonnée sur place.

Devant une telle atteinte à l'harmonie de cette unique et majestueuse façade, Ramsès revoyait les scènes exaltantes de l'inauguration. Cette blessure infligée à la montagne devait avoir une signification : devait-il y déceler la colère de Seth, maître des perturbations ? Quelle était la portée réelle de son message ? Quoi qu'il en soit, il fallait l'interpréter au plus vite, et trouver une réponse qui fût à son avantage. Non, ce ne pouvait être Seth ! La terre avait tremblé, ces secousses ayant blessé l'entrée du spéos devaient être du domaine de Ptah, seigneur des jubilés, en sa forme de *Ta-ténen* : « La terre qui se soulève » ! Aussi fit-il vœu, sur-le-champ, de consacrer une longue adresse au maître de Memphis et aux louanges si particulières auxquelles il avait lui-même droit, sans manquer de conférer à la catastrophe les meilleurs présages. Ce texte couvrirait le muret de consolidation qui serait dressé entre les deux piliers osiriaques sud de la salle-cour. L'inspiration lui en viendrait à la première occasion...

À son départ de *Méha*, le bras droit du colosse nord avait été soutenu par un petit muret : on avait gravé sur la réparation les cartouches du roi. Ce travail trop rapide fut repris sous Séthi II qui, à son tour, fit marquer ses cartouches sur la nouvelle restauration.

Les intrigues d'Ousermaâtrê

Les manœuvres occultes des envoyés de Ramsès auprès de Hattousil et de son entourage avaient fait leur chemin, d'autant que le Khatti traversait une série d'épreuves, dont une extrême sécheresse qui se prolongeait d'une façon inaccoutumée et très inquiétante. À son retour dans la capitale du nord, Pharaon reçut des nouvelles très satisfaisantes de ses informateurs, propres à conforter les projets qu'il caressait : épouser la fille aînée de Hattousil – qu'on lui avait dit fort belle – pour en faire, exceptionnellement, sa Grande Épouse royale. Mais la proposition devait venir de Hattousil lui-même. Ousermaâtrê Sétepenrê, souverain du grand pays de *To-méry*, fils de Séthi, revirilisé par l'œuvre des deux Mères Tutélaires, ne sollicitait rien... Au reste, l'Égypte entière allait bientôt se mobiliser à nouveau pour célébrer durant de fastueuses fêtes son second jubilé, qui devait se prolonger au cours de toute la trente-troisième année de son règne.

Propositions de fiançailles

Pendant cette année du second jubilé, proclamé à nouveau par Khâemouaset et le Vizir Khaÿ, vers la fin de l'Inondation, l'initiative tant attendue prit corps : Hattousil fit parvenir à Ramsès des messages où il proposait à Pharaon l'union, dans l'esprit de cimenter l'alliance entre les deux pays.

Une fois l'enthousiasme et les congratulations d'usage exprimés, les échanges épistolaires abordèrent la phase des réalisations pratiques. Ramsès condescendit-il à faire savoir qu'il accepterait une dot digne de sa grandeur, ou bien le Hittite aborda-t-il de lui-même, spontanément, le sujet pour séduire celui dont il semblait, maintenant, obtenir l'appui ? Toujours est-il qu'une de ses lettres adressées à Pharaon subsiste, dans laquelle il annonce que :

> *La dot sera plus belle que celle du roi de Babylone, et que celle de la fille du roi de B...(?). J'enverrai cette année ma fille ; des serfs, du bétail, des moutons, des chevaux l'accompagneront : mon frère (de son côté) devra envoyer (une escorte) en pays d'*Aya *pour les accueillir.*

Ce pays d'*Aya* était situé à la frontière de la présence hittite en Syrie méridionale, près de la province centrale d'*Oupi*. Ramsès répondit avec empressement :

> *J'ai écrit au Gouverneur de* Souta, *dans la ville de Ramsès* (Koumidi) *qui se trouve dans la province d'*Oupi, *pour recevoir ces troupeaux en marche – le petit et le gros bétail – qu'elle apportera, et il les accompagnera jusqu'à ce que (ma) future épouse atteigne l'Égypte.*

Il avait aussi averti le Gouverneur de la troisième ville de Pi-Ramsès (Gaza), plus près de la frontière égyptienne, en Canaan, pour veiller aux besoins de l'escorte, car on approchait de la saison froide.

Isisnofret et le second jubilé

Pour l'arrivée de l'Inondation et du second jubilé, la montée des eaux fut sanctionnée par des inscriptions au Gebel Silsilé, considéré par les Égyptiens comme l'endroit de la véritable pénétration de l'Inondation en Égypte. Encore une fois, Isisnofret, la Grande Épouse royale, apparut sur une stèle rupestre, escortant Pharaon, et accompagnée des trois aînés qu'elle avait donnés au roi, dont Bentanat qui avait succédé à sa mère en tant que Grande Épouse royale. L'autre nouvelle Grande Épouse royale, Mérytamon, la belle, enfant de Nofrétari, ne participait pas à la cérémonie. Elle semblait, pourtant, être demeurée très proche du roi, mais au Gebel Silsilé, là où le Nil pénètre vraiment en Égypte après le rétrécissement des deux rives, les faveurs allaient à la cellule familiale d'Isisnofret. Pourtant l'héritier de la couronne, fils de Nofrétari, Imenherkhépéshef devenu Sethherkhépéshef, était toujours vivant !

Le choix du Gebel Silsilé n'était pas fortuit. Il semble que l'on puisse en saisir la portée si l'on se réfère à la place d'abord désignée par Ramsès pour sanctionner l'arrivée de l'Inondation et le lever héliaque de Sothis : *Méha* et *Ibshek*. Nofrétari partageait avec lui la vedette de l'événement, près des lieux où le Nil pénétrait en Nubie égyptienne.

Mais il est aussi un lieu sacré, où le flot arrive en Égypte métropolitaine, là où les berges du Nil présentent un resserrement notoire : le Gebel Silsilé. *Ta-Ouret*, la *Grande mère*, appelée par les Grecs Thouéris, y règne, garante de la fertilité promise à l'Égypte [16]. Déjà Hatchepsout y avait fait aménager des « cénotaphes » pour les plus proches des siens, dont le Grand Intendant Sénenmout. Des cérémonies essentielles, au moment où le fleuve était réduit à l'étiage, y étaient célébrées. Les hymnes au Nil gravés sur les rochers par ordre des Ramessides avaient pour but de ramener l'*Eau pure*, l'onde nourricière : Nofrétari y avait déjà rendu hommage. Isisnofret n'avait pas été présente au déroulement du grand mystère nubien. Nofrétari maintenant disparue, sa place devait revenir à l'autre première Grande Épouse royale encore vivante, à l'occasion des rites dédiés au Nil en vue de son heureuse arrivée dans le pays de *Kémi*.

Ces inscriptions rupestres du Gebel Silsilé [17] et d'Assouan [18], en étroit contact avec les rives du Nil et l'Inondation, sont une bien faible compensation donnée par Ramsès et Khâemouaset, Grand Prêtre de Ptah, à la « reine absente », car elle était destinée à rester dans l'anonymat pendant les grandes heures du règne de Ramsès : aucun des documents officiels trouvés à ce jour, et notamment la correspondance échangée entre les deux Cours au sujet du traité de paix, ne fait allusion à la reine, ni à son nom d'Isisnofret. Cependant, plus tard, à Memphis, Khâemouaset et le Général Ramsès, ses deux fils aînés, lui élevèrent des monuments [19].

Les abusives revendications de Ramsès

Les nouvelles du Khatti se firent moins fréquentes et, brusquement, Hattousil ne parla plus de la dot promise. Suivant son habitude, Ousermaâtrê Sétepenrê réagit avec impatience, et sans beaucoup de ménagements. Il exprima son étonnement au sujet du retard dans les « tractations », et ses réserves en ce qui concernait la dot qu'il jugeait être d'importance, comme on le lui avait promis. Sans doute afin d'éviter que la situation ne s'envenime entre potentats de si grande puissance, la réponse hittite se fit par l'intermédiaire de la reine Poudoukhépa, à qui il était probablement permis plus de liberté d'expression. Sa réponse à Ramsès laisse entrevoir les sujets développés dans la lettre envoyée par ce dernier, où il déclarait avoir besoin de la dot promise pour *assainir son budget* !

La réaction de la reine fut assez cinglante. Les termes utilisés sont précis, les arguments directs : assurément les Hittites n'étaient pas des « Orientaux »...

> *Quant à toi, mon frère, tu m'écris ceci : « Ma sœur m'a écrit : je t'enverrai (ma) fille. Pourtant tu la retiens loin de moi, sans gentillesse ; pourquoi ne me l'as-tu pas encore donnée ? »*
>
> *Tu ne devrais pas te méfier, mais croire ! Je t'aurais envoyé ma fille depuis longtemps, mais (des accidents sont survenus...) ... brûlés dans le palais. Ce qui reste, Ourhi-Téshoub le donna aux grands*

dieux. Puisque Ourhi-Téshoub est là (à tes côtés), demande-lui s'il en est ainsi ou pas ? Quelle fille sur terre ou dans le ciel puis-je donner à mon frère ?...

L'obligerais-je à épouser une fille de Babylone, de Zoulabi ou d'Assyrie ?

Mon frère ne posséderait rien ? (Sauf) si le fils de la déesse solaire ou le fils du dieu de l'Orage n'a rien... ... (alors) je croirai que tu n'as rien aussi !...

Que toi, mon frère, tu désires t'enrichir à mes dépens... ... n'est ni fraternel, ni à ton honneur !... ...

Poudoukhépa, au cours de cette véritable réprimande, avait saisi l'occasion de reprocher à Ramsès sa position fautive par rapport aux termes du traité de paix, puisqu'il n'avait jamais accepté de renvoyer dans son pays d'origine le fugitif Ourhi-Téshoub, réclamé par son oncle Hattousil : c'était, évidemment, le mettre dans une situation très gênante. Et, pour faire pleine mesure, elle avait assorti sa correspondance d'allusions à certains échos tendancieux, relatifs au comportement peu loyal d'Ousermaâtrê Sétepenrê, qui circulaient à la cour de Babylone.

Ainsi se tissaient de solides liens de famille !

Tout se calma pourtant assez vite, et d'une manière, semble-t-il, assez inattendue, puisque Ramsès put écrire à Poudoukhépa, avec la plus grande aménité :

J'ai vu la tablette que ma sœur m'a envoyée et j'ai bien retenu tous les sujets sur lesquels la grande reine du Khatti, ma sœur, m'a gracieusement écrit... ... Le grand roi, le roi du Khatti, mon frère, m'a écrit en disant : « Que des gens viennent, afin de verser l'huile fine sur la tête de la vierge, et puisse-t-elle être conduite dans la maison du grand roi, le roi d'Égypte. »

Excellente, excellente est cette décision au sujet de laquelle mon frère m'a écrit... ... Les deux grands pays deviendront une (seule) terre, pour toujours !

Ramsès veilla à ce que l'on ne perdît plus de temps, et fit partir au plus vite sa délégation, qui vint rituellement oindre la princesse avec les huiles les plus fines, si prisées par tous les voisins de l'Égypte. Ceci se passa très probablement au début de *Shémou* (la saison chaude) de l'an 1246 avant notre ère, et fit déclarer à Poudoukhépa, avec solennité :

L'huile fine fut versée sur la tête de (ma) fille, (alors) les dieux de l'enfer furent chassés. Ce jour-là, les deux grands pays devinrent une (seule) terre, et vous, les deux grands rois, vous avez découvert la véritable fraternité.

Ramsès et sa capitale attendent la princesse

La merveilleuse cité de Pi-Ramsès se préparait à recevoir la princesse, belle entre les belles – Ramsès n'en doutait pas, car son ambassadeur spécial auprès de Hattousil, Houy, Lieutenant des Conducteurs de chars et Commandant de la forteresse de Silé (Tjarou), le lui avait confirmé.

Les travaux à Pi-Ramsès ne cessaient de se succéder. La ville, au plan d'urbanisme savamment étudié, réunissait autour du palais royal le siège de l'administration civile et militaire.

Certes, Memphis avec ses arsenaux, ses casernes, ses docks (*Pérou-Néfer*), demeurait la cité forte ; mais Pi-Ramsès doublait ces installations, tout autour du palais et de ses temples des quatre points cardinaux. Des casernes les entouraient ; les habitations des hauts fonctionnaires et la résidence princière de Pasar au nord étaient situées non loin des sanctuaires de Ptah et de Sekhmet. Tout près, le grand espace de fête érigé à l'occasion du premier jubilé, en l'an 30, possédait un parvis orné de six obélisques de granit. La grande salle aux colonnes centrales de six mètres de haut rappelait, en des proportions moins impressionnantes, la grande salle hypostyle de Karnak. Les colosses de Pharaon, matérialisant dans leur gigantisme la fonction royale divinisée, augmentaient sans cesse en nombre ; et déjà Ramsès avait commandé à ses carriers et sculpteurs la fabrication d'une immense statue le figurant debout, flanquée, contre sa jambe gauche, d'une harmonieuse statue féminine évoquant la fille du Khatti, près de laquelle il resterait seulement à graver le nom qu'elle inspirerait à Sa Majesté lorsqu'elle lui apparaîtrait.

Les demeures réservées à la future Grande Épouse royale et au personnel de sa suite étaient en construction.

Pour la princesse, sa résidence comporterait des appartements à l'aménagement très raffiné, aux murs ornés de peintures évoquant une gracieuse nature ; les dalles des sols reconstituaient des parterres fleuris, des bassins figurés où les lotus jalonnaient le parcours silencieux des poissons bénéfiques aux écailles miroitantes. Les terrasses munies d'élégantes loggias permettaient d'apercevoir au loin le lac de la résidence, élargissement des *Eaux d'Avaris* qui contournaient la ville, issues de la branche nilotique appelée *Eaux de Rê*. Le jardin était planté à la hâte pour que la floraison de printemps puisse charmer les yeux de la princesse. Des roses trémières, des touffes de camomille, des pavots et des bleuets importés de Canaan et d'Amourrou, mais aussi des papyrus et des lotus plus typiquement égyptiens, émaillaient déjà les allées et la pièce d'eau, non loin des tonnelles de vigne, des sycomores, des palmiers-dattiers et des perséas repiqués dans le riche humus.

Une telle poésie, ces bassins colorés, ces volières aux douces tourterelles n'entouraient point les demeures hittites, et lorsque la princesse prendrait possession de son nouveau domaine, elle comprendrait pourquoi Pi-Ramsès, aux fenêtres et aux portes encadrées de dalles vernissées aux couleurs prophylactiques, était appelée *La ville turquoise*.

On blanchissait à nouveau les façades et les murs d'enceinte des maisons, on dallait les allées, on nettoyait les rues, on intensifiait les jardins floraux autour des temples (qui fourniraient de nombreux « bouquets montés » de fête) ; les vergers de figuiers, de grenadiers, de poiriers et de pommiers, les vignes recevaient les soins décuplés des jardiniers. Les maraîchers et les apiculteurs de la maison royale s'affairaient à préparer une abondance accrue pour le temps de la princesse.

Peut-on imaginer le déploiement des ressources accumulées dans les entrepôts, et propres à encourager un luxe de bon aloi ? le produit des ébénistes de Nubie les plus talentueux, pour les fauteuils, les chaises et les coffres à vêtements ? le travail si raffiné des orfèvres ? Proches du palais, les ateliers de verrerie préparaient les vases, et, pour les onguents, les parfums les plus rares et les fards pour les yeux, les artisans coulaient des pâtes colorées ou même transparentes comme le cristal.

Les produits du pays de *Pount* seraient répandus dans les appartements princiers ; les « pièces montées » d'orfèvrerie orneraient les sellettes des locaux de réception. La couche de la princesse, toujours garnie des draps parfumés, du meilleur lin, serait protégée par une imposante moustiquaire soutenue par des colonnettes de bois du pays de *Koush*, incrustées d'ivoire ou plaquées d'or, comme le lit au sommier de chanvre tressé, mais au matelas rempli de duvet de tourterelle.

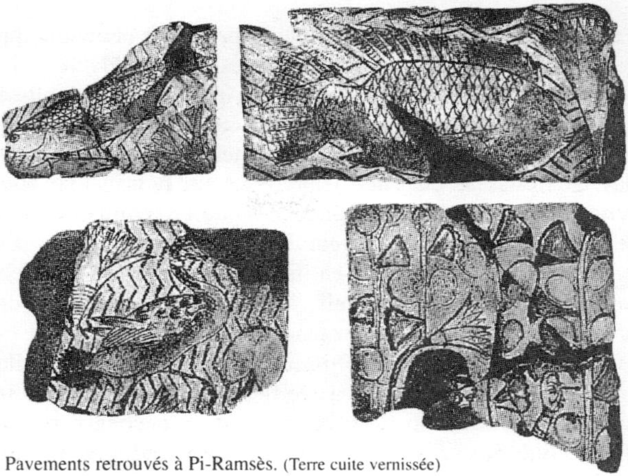

Pavements retrouvés à Pi-Ramsès. (Terre cuite vernissée)

Peinture du Nouvel Empire représentant un jardin typiquement égyptien.

Enfin, les appartements privés de la princesse étaient complétés par un vestiaire où l'attendaient les pièces de lin [20] si fin qu'elles étaient transparentes, déposées près des robes plissées, aux manches en forme d'ailes d'oiseau, complétées par des ceintures tissées de couleurs vives, parfois mélangées à de minuscules perles. Ce trousseau était nécessaire pour que la princesse adopte la mode égyptienne, plus élégante et surtout moins lourde que celle de l'Anatolie au rude climat. De hautes boîtes garnies d'une sorte de champignon central, en bois, contenaient les différentes perruques, de cheveux naturels, à l'architecture très élaborée, pour se parer suivant les circonstances.

Des vases d'albâtre de *Hatnoub*, conservant la fraîcheur, étaient déjà remplis des essences de fleurs et déposés dans la salle d'onction proche de la pièce réservée aux douches parfumées, munie d'un dispositif d'écoulement des eaux analogue à celui de l'installation sanitaire voisine. Tout serait prêt pour l'arrivée à l'issue du grand voyage, car voici, d'après la description des scribes, comment se présentait alors la ville de rêve, déjà marquée de gloire car Ramsès en était parti pour ses campagnes syriennes ; elle avait aussi, déjà, vécu les instants les plus émouvants de la diplomatie internationale, au moment du traité de l'an 21.

> *Sa Majesté... ... a construit le palais appelé* Grand-de-victoire. *Il est placé entre* Djahy *(la Syrie) et* To-méry *(l'Égypte)...*
>
> *C'est une belle province dont le pareil n'existe pas, et ayant l'étendue de Thèbes* [21].
>
> *La résidence est agréable à vivre... ... le soleil se lève et se couche dans son horizon...*
>
> *Tous ont déserté leurs villes et vont vivre dans ses environs...*
>
> *La campagne voisine est pleine de toutes bonnes choses et il y a de la nourriture et des victuailles chaque jour. Ses étangs ont des poissons, ses bassins des oiseaux. Les prairies sont verdoyantes d'herbages. La plante-*iadès *y est haute d'une coudée et demie, et le caroubier a le goût du miel, dans le sol humide. Ses greniers sont pleins d'avoine et d'orge, qui poussent près du ciel ! Les oignons et les poireaux..., les laitues..., les grenades, les pommes et les olives, les figues du verger et les vins doux de* Kakémé *surpassent le miel en douceur.*
>
> *Les poissons-*ouadj *du lac de la résidence vivent sur les fleurs de lotus ; et toutes autres sortes de poissons... de la* Bouche du fleuve.
>
> *Les* Eaux d'Horus *sont salées, et les eaux du* Pa-her *contiennent*

du natron, ses vaisseaux vont et viennent de sorte que la nourriture et les victuailles y sont chaque jour.

La joie y habite et personne ne peut dire : « Ah ! Si je pouvais posséder ! » Le petit, en elle, est comme le grand...

La jeunesse de Grand-de-victoire *est en vêtements de fête tous les jours, la douce huile de moringa sur la tête, leur chevelure finement tressée. Ils se tiennent à côté de leur porte, leurs mains baissées tenant des feuillages... ... des tiges de lin des* Eaux d'Horus, *lorsque Ousermaâtrê Sétepenrê, Montou-des-Deux-Terres, entre au matin de la fête de* Khoïakh... ...

Le mariage exceptionnel

La chronique relatant le voyage de la princesse hittite, depuis la capitale de Boghazköy, en Anatolie, et l'arrivée en présence d'Ousermaâtrê Sétepenrê dans son palais de Pi-Ramsès, fut gravée par ordre de Sa Majesté en Abou Simbel, sur une grande stèle réservée à même le rocher de *Méha*, au sud de la terrasse du spéos, car il n'y avait plus de place à l'intérieur du sanctuaire, où Ramsès tenait à faire enregistrer les événements essentiels de son règne. Le lointain souvenir de la rencontre de Qadesh, si pesante par la suite sur le comportement du roi et les derniers rebondissements de toute son action guerrière et diplomatique, trouvait une prodigieuse conclusion dans le mariage avec la fille de son ancien et très puissant adversaire, qui constituait certainement le point culminant de son règne.

Pharaon fit également figurer le texte, plus ou moins abrégé, dans le temple de Karnak, à Éléphantine et en Haute Nubie, dans les temples d'Aksha et d'Amara-ouest.

Introduction de la stèle

La stèle [22] débute, naturellement, par une accumulation d'éloges dithyrambiques exaltant le pharaon-des-prodiges :

L'an 34... ... lui dont les régions les plus lointaines mentionnent la victoire... ... mur de silex autour de l'Égypte... ... Champion de son infanterie, défenseur de sa charrerie... ... époux de l'Égypte...

Ici commence ce monument impérissable, destiné à magnifier la force du maître du bras, à exalter (sa) vaillance, à vanter (sa) puissance : monument (évoquant) les grandes merveilles mystérieuses advenues au maître des Deux Terres... ... lui qui est Rê en personne, plus que toute forme divine, et à qui, à peine mis au monde, la vaillance a été départie, Ramsès !... ... Il est la semence divine de tout dieu (= forme divine), il a été mis au monde par toute déesse, il a été élevé pour le Bélier, maître de Mendès, dans la grande demeure d'Héliopolis, Ramsès ! Image de Rê, symbole de Celui-qui-réside-à-Héliopolis. Lui dont les chairs sont en or, les os en argent, les membres de lapis-lazuli, fils de Seth, nourrisson d'Anat (déesse syrienne)... ... *Utile en Haute Égypte, aimé du Delta, lui à la vue de qui tous les êtres jubilent ; sa vigueur est pour eux comme l'eau et l'air, son amour comme le pain et le vêtement, orbe solaire de l'Égypte entière... ... Toutes les Deux Terres se réunissent comme un seul homme, disant à Rê, à son lever : « Donne-lui l'éternité dans la royauté, pour qu'il brille pour nous chaque jour, comme toi ; accorde qu'il se renouvelle sans cesse pour nous, comme la lune, et qu'il prospère [comme] le ciel ! »*

Laetitia, la mère de l'Empereur (Napoléon), aurait plus prosaïquement dit : *Pourvou que ça doure !!!*

Aurait-on forcé la main de Hattousil ?

Suivent des passages de lecture et de compréhension difficiles, d'où il semble apparaître que le roi hittite, sous le coup d'un désastre (auquel Poudoukhépa avait fait allusion dans sa réponse à Ramsès), et prenant conseil de ses officiers, avait bien consenti en définitive à livrer à Ramsès d'importants présents, à la tête desquels il délégua sa fille aînée. À l'annonce de cette décision, Ramsès ne put cacher sa joie devant le résultat de toutes ses manœuvres :

Aussitôt donc, Sa Majesté fut saisie de plaisir et elle découvrit le palais en joie quand elle apprit cette situation inouïe, qu'on n'avait jamais connue du tout en Égypte auparavant[23]*... ... Alors Hattousil fit amener sa fille aînée et des tributs magnifiques d'or, d'argent, de bronze, de serfs, d'attelages de chevaux, de bétail, de chèvres, de béliers par milliers, en dons pour Pharaon.*

(La satisfaction de Ramsès)

Sa Majesté se complut à s'entendre dire : « Vois, le grand souverain du Khatti a envoyé sa fille aînée avec un riche tribut ; la princesse et les grands du Khatti ont parcouru une longue route pour l'apporter. Ils

Sommet de la stèle.

Abou Simbel, extérieur du Grand Temple.
La « stèle du Mariage ».

Dessin de la scène du mariage.
La princesse, accompagnée par Hattousil, s'avance vers la salle du trône où Ramsès est entouré de Seth et de Ptah-Tenen.

Détail de la princesse.

ont traversé de lointaines montagnes et de dangereux défilés, et maintenant ils vont atteindre les frontières de Ta Majesté (entre Amourrou et Canaan). Puisses-tu envoyer l'armée et les grands les accueillir en hâte, ô Ramsès ! »

Alors Sa Majesté se mit à réfléchir sur le sort de l'armée à dépêcher (vers le cortège) :

(L'accueil de la princesse)

Comment feront ceux que j'envoie en Syrie en ces jours de pluie et de neige ? Alors il offrit une riche offrande à son père (Seth), disant : « Le ciel est sur tes mains, la terre sous tes pieds, tout ce qui se produit est ce que tu as ordonné ; comme le fait que tu n'as provoqué de pluie, de froid et de neige, pour que me touche le prodige que tu m'as donné en lot [24]*. »*

Alors son père Seth prêta attention à tout ce qu'il avait dit : aussitôt le ciel s'apaisa et les jours de l'été (Shémou) *remplacèrent ceux de l'hiver-printemps* (Péret) *; aussi son armée et les grands prirent la route d'un pas léger et le cœur joyeux.*

Voyez, lorsque la fille du grand souverain du Khatti entra en Égypte, les fantassins, les charriers et les envoyés de Sa Majesté l'escortèrent, se mêlant aux fantassins, aux charriers et aux grands du Khatti... ... Ils mangeaient et buvaient ensemble, unis comme des frères. Personne ne traita son compagnon avec mépris, la paix et la fraternité régnaient entre eux, pareilles à celles qui habitaient le dieu lui-même, Ramsès !

*Aussi les chefs des pays traversés (par le cortège) s'inclinaient, suffoqués à la vue de tous ces gens du Khatti unis à l'armée du roi d'Égypte... ... Même le ciel est à ses ordres (*sur son sceau*), faisant réaliser tous ses désirs...*

(La rencontre avec Pharaon)

Sa Majesté vit qu'elle était belle, la première parmi les femmes, et les grands (la considéraient comme) une réelle déesse.

Voyez, c'était un grand événement hors du commun, un prodige inappréciable qu'on ne connaissait pas, on n'en avait pas entendu parler de bouche en bouche, que les écrits n'avaient pas enregistré depuis le temps des dieux [25] *: la fille du grand souverain du Khatti, entrant et pénétrant en Égypte pour rencontrer Ramsès Méryamon ! Elle fut agréable au cœur de Sa Majesté qui l'aima plus que tout. Elle constituait pour lui un événement d'exceptionnelle importance, une victoire que son père Ptah-Ténen lui avait ménagée !*

Son nom [26] *fut proclamé : « Grande Épouse royale Maât-Hor-Néférou-Rê, qu'elle vive ! Fille du grand souverain du Khatti et fille de la grande reine du Khatti »...*

Elle fut installée dans le palais royal, accompagnant chaque jour le souverain, son nom rayonnant sur la terre... ...

Aussi, après ce prodige, un homme ou une femme qui allait en Syrie pour affaires pouvait gagner le pays de Khatti sans que la peur soit dans son cœur, grâce aux victoires de Sa Majesté.

L'itinéraire suivi par la princesse

Après ce long voyage de la princesse, dont le trajet avait été sans doute préparé par des éclaireurs, des sapeurs pour égaliser le passage des défilés de montagne et les chemins, puis jalonné par des relais militaires, les communications entre les deux pays devinrent beaucoup plus aisées. En quittant Boghazköy, la future Maâthornéférourê et son fastueux cortège avaient dû gagner *Kadish*, vers le sud-est, puis s'étaient dirigés directement vers le sud, par les défilés du Taurus, vers Adana, non loin de la côte méditerranéenne, en passant par le *Kizzouwadna* pour gagner Alep, et enfin Qadesh sur l'Oronte. Dans les parages de Pi-Ramsès du Canaan, à la frontière de Témesq (Damas), la reine Poudoukhépa avait fait ses adieux à sa fille qu'elle avait ainsi accompagnée jusqu'aux limites méridionales du pays d'Amourrou.

Explication du second prodige

La compréhension de cette fantastique aventure était encore tout récemment teintée d'une certaine zone d'ombre. On avait pu saisir qu'à un moment du voyage seulement, Seth, maître de la dynastie, pour éviter à la belle voyageuse, et bien plutôt aux émissaires envoyés par Pharaon à sa rencontre, les inconvénients des pluies, du froid et de la neige, à la demande de Ramsès avait fait appel à un de ces « miracles » que le roi savait utiliser : un subit climat estival aurait remplacé momentanément les rigueurs de l'hiver syrien. En réalité, astucieux politique et utilisant tout événement à sa portée pour le transformer à son avantage, Ousermaâtrê aurait profité du phénomène de l'*été de la Saint-Martin*, bien connu de ses astronomes et de ses géographes, pour prendre à son compte un nouveau prodige [27].

Le premier prodige

En revanche, une nouvelle étude du texte permet de déceler deux « miracles » provoqués par Ramsès, et de retenir d'abord un événement antérieur qui serait à la base du revirement subit constaté dans l'attitude de Hattousil vis-à-vis de Ramsès [28]. Le Khatti, ainsi qu'il a été indiqué, connut une période de sécheresse très grave, prolongée par une chaleur anormale au début de l'hiver, menaçant de mettre ce pays – après des années d'hostilités – sous la dépendance de l'Égypte. Ainsi peut-on lire, dans la Stèle du Mariage, ces paroles sorties de la bouche de Hattousil [29] :

> *Les tributs... nous les porterons à ton auguste palais. Nous voici à tes pieds, ô roi puissant, fais-nous tout ce que tu auras décidé, ô Ramsès !*
>
> *Le grand chef des* Kheta *envoya des missives pour apaiser Sa Majesté d'année en année, Ramsès. Mais pas une fois il ne prêta l'oreille. Quand ils virent leur pays en cette situation malheureuse, sous l'empire des Grandes Âmes du maître des Deux Terres, Ramsès, alors le grand chef du Khatti dit à son armée et à ses chefs :*
>
> *« Qu'est-ce donc ? Notre pays est dévasté, notre maître Soutekh* (Seth) *est fâché contre nous, le ciel ne donne plus d'eau en face de nous* [30]*... ... Dépouillons-nous de tous nos biens, en tête desquels ma fille aînée, et portons nos présents d'honneur au dieu vivant, pour qu'il nous accorde la paix et que nous vivions, ô Ramsès ! »*

Ces graves perturbations de climat auraient été utilisées par Pharaon pour faire pression sur Hattousil, et le contraindre à s'incliner devant ses exigences (union flatteuse avec la princesse, accompagnée d'une fastueuse dot). Ayant enfin obtenu ce que Ramsès réclamait, Seth n'avait plus aucune raison d'exercer sa colère sur les Hittites. Il rétablit les saisons à leur place, et la sécheresse disparut : la princesse prit alors le chemin de l'Égypte sous un climat hivernal. Ramsès avait joué d'un premier miracle.

Un second miracle allait alors se produire. C'est ainsi que Ramsès avait envoyé une délégation à la rencontre de la princesse : profitant de l'imminente apparition de l'été de la Saint-Martin, il proclama bien haut qu'il ne pourrait supporter que ses délégués en vinssent à souffrir des rigueurs d'un climat auquel ils n'étaient pas habitués, et fit croire à une nouvelle intervention de Seth sur les intempéries [31], pour que *des jours d'été surviennent en hiver*.

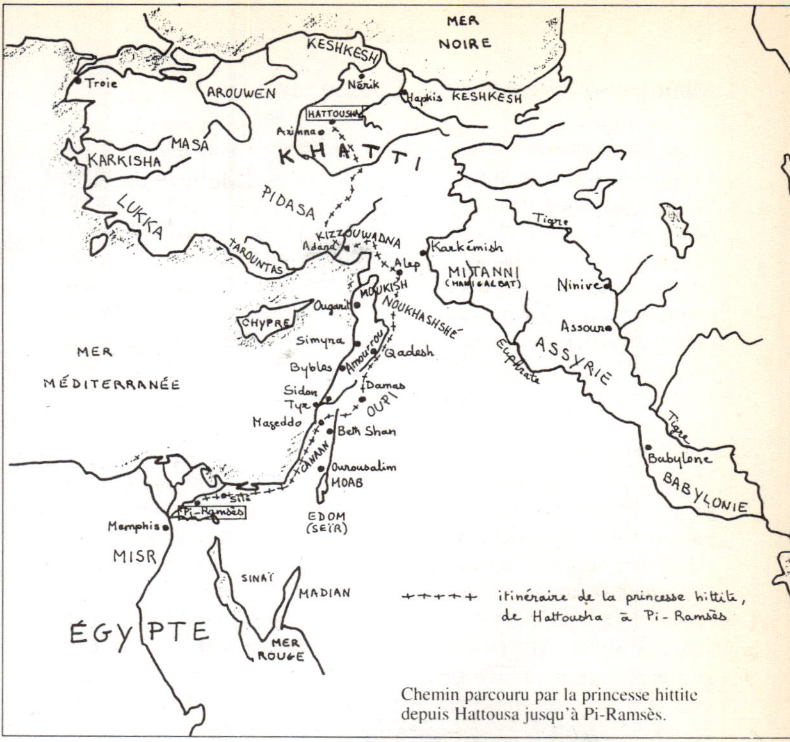

Chemin parcouru par la princesse hittite depuis Hattousa jusqu'à Pi-Ramsès.

Intérieur du Grand Temple d'Abou Simbel :
le « Décret de Ptah » entre les deux derniers piliers osiriaques sud.

Maâthornéférourê Grande Épouse royale

Le troisième mois de la saison hiver-printemps (*Péret*) de l'an 34 du règne de son exceptionnel fiancé, la princesse hittite fut introduite au palais d'Ousermaâtrê Sétepenrê, en présence des souverains et vassaux étrangers, et au cours de manifestations grandioses. Elle fut baptisée d'un nom égyptien immédiatement enregistré sur les monuments préparés en attendant son arrivée. Elle devint *Celle-qui-voit-Horus-incarnation-de-Rê* (*Maât-Hor-néférou-Rê*), allusion à sa première entrevue avec celui qui occupait le trône du grand dieu. Elle fut certainement louée très haut, pendant les festivités célébrées à cette occasion.

Au sommet de la grande Stèle du Mariage gravée en Abou Simbel, on distingue encore, en dépit de la dégradation de la pierre, Pharaon sous le dais de la grande salle d'audience du palais, entouré de deux formes divines, celles qui réalisent ses miracles : Seth et Ptah. La princesse est représentée se dirigeant vers lui, suivie de son père Hattousil coiffé du premier exemple connu de bonnet phrygien. L'inscription gravée devant elle fait savoir qu'elle est la fille du grand roi du Khatti. Il n'existe pourtant aucune preuve écrite mentionnant que Hattousil aurait vraiment présenté lui-même sa fille à Ramsès ; les textes rapportent seulement la présence de Poudoukhépa auprès de la princesse jusqu'à la limite des zones d'influence entre les deux pays.

Des scarabées au nom de Maâthornéférourê furent émis ; des poètes purent lui dédier, à la mode du moment, des hommages en forme de rébus plastiques, des amulettes composées de cryptogrammes [32] servant à écrire sa dénomination égyptienne, mais les preuves concernant sa personne sont rares, et l'on ne connaît pas son nom hittite. Cependant, les archives de Boghazköy ont conservé, sortie d'une telle zone d'ombre, copie d'une lettre que Hattousil adressait à Ramsès après l'annonce que ce dernier avait faite à son « compère », concernant une petite-fille récemment mise au monde par Maâthornéférourê. La réponse de Hattousil fut édifiante : *Il est dommage que ce ne soit pas un fils, je l'aurais volontiers destiné à mon trône* [33].

La Bénédiction de Ptah

Ainsi, l'hymen de Ramsès et de Maâthornéférourê avait été béni par Seth, mais aussi par Ptah-Ténen. Serait-ce en partie pour cette raison que la grande inscription, appelée de nos jours la *Bénédiction de Ptah*, fut gravée en Abou Simbel ?

Le point culminant du texte consistait en l'allusion faite à un nouveau grand miracle [34], annoncé trois années auparavant : l'arrivée de Maâthornéférourê à Pi-Ramsès, au mois de février de l'an 34 du règne. Approximativement neuf mois après le mariage, en l'an 35, le premier mois de la seconde saison, le treizième jour, cette date pouvait coïncider avec la naissance de la descendante égyptienne du grand roi des Hittites, ce qui, n'en doutons pas, devait avoir une très grande importance. Il semble que, pour suivre un usage fréquent en Égypte, le nom de la nouvelle princesse fut formé sur celui de sa mère : elle fut appelée Néférourê [35].

Un tremblement de terre prémonitoire

Tout ceci procédait du prodige. Le tremblement de terre ayant, en l'an 31, sérieusement ébranlé la partie antérieure du grand spéos de *Méha*, fournissait encore à Ramsès une occasion supplémentaire à ne pas manquer, pour franchir une nouvelle étape vers sa complète divinisation. Avec un sens inimaginable de l'opportunité, et l'attrait du symbole poussé à l'extrême, il transforma la catastrophe survenue en une bénédiction et un message prémonitoire. Il s'était, en temps voulu, tourné vers Seth pour infliger au Hittite une sécheresse menaçante puis, après avoir poussé Hattousil à se plier à ses exigences, il avait encore obtenu de son Patron le retour de l'hiver au pays des Hittites. Il lui fallait, maintenant, souligner l'action de Ptah-Taténen, *la terre qui se soulève*, régnant sur les forces telluriques, et présent dans la fondation de *Méha*, à l'ombre, au fond de son sanctuaire.

Encore un miracle

Ousermaâtrê Sétepenrê va désormais se placer sous l'égide du grand maître des jubilés, en accolant à son *nom d'Horus* l'épithète de *Seigneur des fêtes*-Sed *comme son père Ptah-Ténen*. Le résultat du séisme ayant ébranlé son temple de prédilection, en défigurant surtout un des colosses de la façade, aurait pu être interprété comme un désaveu, une malédiction même, sur la personne de Pharaon. Bien au contraire ! C'était démontrer que la terre avait tremblé en signe de faveur divine, et pour annoncer la merveille qui allait survenir : obtenir son union avec la fille de son ancien et encore très puissant adversaire... Gagner, enfin, « sa » bataille de Qadesh ! Une telle intervention, si méritée, mais encore inaccessible, ne pouvait venir que d'un père dont il détenait un état de grâce, aux lendemains de ses deux premières fêtes-*Sed*. Il allait donc reprendre un thème déjà exploité dans la Stèle du Mariage, mais pour l'occasion en un véritable dialogue avec celui qui deviendra son père : Ptah-Ténen [36], supplantant Amon dans le rôle de géniteur.

Dans le grand temple de *Méha*, le mur élevé entre les deux piliers osiriaques sud de la salle-cour, afin de les étayer après le tremblement de terre, reçut une longue inscription en hiéroglyphique dont une version fut également retrouvée dans le temple d'Aksha. Peut-être découvrira-t-on un jour d'autres exemplaires à Memphis et à Pi-Ramsès. Dès le début, la divine procréation du roi est établie. Ptah-Ténen, dans cette nouvelle étape de l'existence royale, a supplanté Amon [37]. La légitimité de son pouvoir lui a été redonnée par Ptah ; la parenté par Touy semble évanouie ; Sekhmet, parèdre du maître des jubilés, est citée comme sa mère.

Ramsès dans la famille divine

> *Je suis ton père parmi les dieux, de sorte que tes chairs sont celles du dieu. J'ai fait ma transformation en* Banebdjedet. *Je t'ai procréé dans ta noble mère, car je savais que tu serais un protecteur et que tu accomplirais de bonnes actions pour mon* ka. *Quand tu naquis au lever de Rê, je t'ai élevé devant les dieux.*

Certes, l'inscription rapporte tout ce dont Ramsès et le pays seront bénéficiaires : bonheur, sagesse, pouvoir, richesse agricole, minière et industrielle ; mais l'essentiel était de rappeler que si le mariage avec la princesse hittite avait pu se produire, c'est que le dieu avait agi en conséquence, et en avait averti son fils :

> *J'ai provoqué des secousses* (mènmèn) *pour toi afin de t'annoncer* (sèr) *le grand miracle sacré ; le ciel a tremblé (*kètkèt*), et ceux qui*

étaient là se sont réjouis de ce qui t'arrivait. Les montagnes, les eaux et les murs qui sont sur la terre ont été secoués (mènmèn) *parce qu'ils ont vu le décret que j'ai pris pour toi... ... Les gens du Khatti seront les serfs de ton palais... ... J'ai placé cela dans leurs cœurs pour les amener courbés devant ton* ka, *les tributs de leur chef et leurs présents pour la puissance de Ta Majesté, et sa fille (aînée) à leur tête...*

Après de telles faveurs, où l'on doit reconnaître le point culminant du règne de Ramsès, ce dernier tint à assurer Ptah-Taténen de sa très grande piété filiale, d'où la description des nombreuses fondations dédiées à ce père, dans Memphis sa cité aux murs blancs. Le grand temple memphite de Ptah présente encore des ruines permettant d'imaginer son étendue, ses annexes, les chapelles élevées aux formes divines associées, telle *Hathor-du-sycomore-méridional*. Les ruines des pylônes et les statues monumentales jalonnent encore les voies triomphales [38]. Certaines effigies du roi ont été exhumées dans la palmeraie de Memphis, dont le grand colosse couché, chef-d'œuvre incontesté de l'art ramesside, au même titre que la très célèbre statue d'Ousermaâtrê conservée au Musée de Turin.

Pour conclure, Ousermaâtrê Sétepenrê déclare solennellement qu'il a effectivement agrandi :

le temple de Ptah dans Hetkaptah *(Memphis), construit en matériaux d'éternité, en excellente maçonnerie de pierre parachevée avec de l'or et de réelles gemmes* [39]*... ... Je l'ai équipé avec des prêtres et prophètes, serfs, champs, bétail, je l'ai rendu propre à y célébrer des fêtes avec des offrandes sacrées et des myriades de choses...*

a

b

Tombe brûlée de Bentanat. (Vallée des Reines)

a. La Grande Epouse royale Bentanat et la fille qu'elle conçut de Ramsès.

b. Bentanat faisant l'offrande royale de Maât.

Buste polychrome de Mérytamon.
(Musée du Caire)

XV

LE TEMPS DE LA GRANDE PAIX ET LE ROI-DIEU

Ces grandes dames royales

On ne sait quels rôles particuliers furent confiés aux secondes Grandes Épouses royales d'Ousermaâtrê Sétepenrê : Bentanat et Mérytamon. Elles occupaient les places d'importance auprès de Pharaon, avant même le décès de la reine mère Touy (aux environs des années 22-23). Douze années après (ans 34-35), elles allaient être supplantées par Maâthornéférourê, aux côtés de qui une autre fille de Ramsès, Nébettaouy, serait une nouvelle Grande Épouse royale : elle en reçut effectivement le titre et son hypogée fut préparé pour elle dans la *Set-Néférou* (tombe n° 60).

Bentanat semble avoir occupé, dans le royaume, une place d'autorité auprès du roi : dans sa sépulture de la *Set-Néférou* (tombe n° 71), on la voit en effet représentée sur un des murs, faisant l'offrande de Maât, c'est-à-dire assumant le maintien de l'équilibre dans le royaume, et contribuant ainsi à l'harmonie universelle : une fonction royale. De surcroît, elle donna à Pharaon une fille, représentée par deux fois dans la même sépulture que sa mère [1], et décrite comme *Fille du roi, de son corps.*

Son nom, Bentanat (*fille de la déesse Anat*), indiquerait-il, encore une fois, les attaches syriennes de sa mère ? Au vrai, aucun écrit ne peut aider, à ce jour, à déceler aussi bien les origines d'Isisnofret que celles de Nofrétari.

Ces dernières, désignées par Séthi et probablement Touy, au moment où fut constitué le harem du jeune corégent, devaient avoir été choisies avec le plus grand souci de sélection, parmi les héritières princières les plus notoires, pour qu'elles deviennent les Grandes Épouses royales. Aucune indication précise ne subsiste : leurs origines ne sont jamais mentionnées.

Si néanmoins on tentait quelques suggestions à leur propos, on pourrait imaginer que pour l'une des deux, Nofrétari, on aurait fait appel à une éventuelle héritière des pharaons de la XVIIIe dynastie. Quant à Isisnofret, elle aurait pu être choisie parmi les descendantes des grands ancêtres évoqués sur la Stèle de l'an 400, que Ramsès se préparait à ériger dans le temple de Seth.

Notons toutefois que plus de six années après l'union de Ramsès avec la princesse hittite, celui-ci avait encore fait représenter l'image statufiée de Bentanat contre un de ses colosses « porte-enseigne », à l'entrée de son temple nubien dédié à l'*Amon des Chemins* (sur le site moderne de Ouadi es-Séboua), construit entre les années 38 et 44 du règne. Ce choix montre la place indiscutable encore occupée par l'aînée des Grandes Épouses royales du moment, alors que Mérytamon, Nébettaouy et Maâthornéférourê étaient également proches d'Ousermaâtrê.

Ramsès et le prince Khâemouaset [2]

De tous les fils issus d'Ousermaâtrê Sétepenrê, Khâemouaset, mis au monde par Isisnofret, est demeuré le plus célèbre, le plus talentueux aussi. Les aînés des deux premières Grandes Épouses royales adoptèrent soit la carrière militaire – ils apparaissent successivement dans les batailles jusqu'en l'an 15 –, soit la prêtrise... le sabre et le goupillon ! Rien ne permet de relever, parmi les quinze premiers fils connus, de forte personnalité. Le cas est tout différent pour Khâemouaset, quatrième fils du roi.

On pourrait, avec une certaine familiarité, le présenter comme « l'intellectuel » de la famille, ne cessant de procéder à des recherches dans les archives sacrées, et soucieux des monuments érigés par les ancêtres (disposition déjà décelée chez Ramsès). Dès sa vingtième année, voué au sacerdoce de Ptah de Memphis, on l'a vu jouer un rôle très actif aux obsèques du taureau sacré Apis [3] en l'an 16. On le retrouve en l'an 30, encore organisant l'enterrement d'un nouvel Apis : la momie fut déposée dans la tombe du précédent, afin de les faire bénéficier ainsi d'une chapelle commune. C'était l'occasion, pour Khâemouaset, également versé dans les travaux d'architecture, de repenser le système de ces sépultures, et d'innover le percement de galeries souterraines, comprenant des salles dont le nombre était augmenté suivant les décès des nouvelles hypostases habitées par le génie de Ptah-Sokar-Osiris. Son exemple fut suivi jusqu'aux époques tardives pour les cimetières des animaux sacrés ; le plus célèbre est celui de Touna el-Gebel, près d'Hermopolis, aux cynocéphales et aux ibis du grand Thot, enterrés dans un véritable réseau de galeries. Khâemouaset n'avait-il pas été influencé par les projets de Ramsès, créateur d'un original et vaste panthéon souterrain (plutôt que *campo santo*), face à sa propre tombe de la *Grande Prairie* ?

Khâemouaset fit également élever, au-dessus de la nécropole sacrée, un temple réservé au culte commun pour les Apis, et aux cérémonies précédant leur ensevelissement.

Archéologue dans l'âme et sensible aux fastueux monuments du passé, Khâemouaset entreprit alors leur restauration, dans le désert de Saqqara et de Guizé. Sans doute se souvenait-il de l'initiative prise par son père, aux jours lointains de son sacre, lorsqu'il fit réparer les tombes des premiers pharaons en Abydos. C'est ainsi que, inspiré et certainement encouragé par ce dernier, il fit restaurer, au nom de Ramsès et en son propre nom, la pyramide à degrés de Djéser (IIIe dynastie), celle de Shepseskaf (IVe dynastie), celles d'Ounas et de Sahourê (V^e dynastie), et le temple solaire de Néouserrê (V^e dynastie). Une inscription accompagnait chaque réfection, précisant le nom du souverain dont le monument était rénové, de même que la mention du service réorganisé pour les offrandes, et celui du personnel [4].

Khâemouaset mit à l'ouvrage des carriers affectés à la réédification des parties endommagées du grand mur d'enceinte en calcaire de Djéser à Saqqara : un graffito de maçon fit savoir que l'entreprise débuta le dixième jour du troisième mois d'été (*Shémou*) de l'an 36 (1243 avant notre ère) [5]. Ramsès abordait alors sa soixante et unième année.

Le prince avait dû influencer certains jeunes scribes de sa génération, passionnés à suivre les recherches de leur savant maître qui leur avait commenté l'œuvre du premier pharaon de l'Ancien Empire, Djéser, et de son architecte Imhotep, qui avaient abandonné l'architecture de bois et de pisé pour édifier le complexe funéraire. Aussi, du temps de Ramsès, parlait-on à juste titre de Djéser comme *l'inaugurateur de la pierre.*

Le bon sens des lettrés

Cependant, à constater les dégâts causés par le temps et les hommes, en dépit des soins apportés aux monuments par Ramsès et le Grand Prêtre de Ptah (*Maître des Artisans*), les lettrés et les sages ne pouvaient s'empêcher de philosopher sur l'inanité de ces prestigieux témoins matériels, quoi qu'il en soit périssables au regard de la pérennité de l'esprit créateur :

Les scribes savants,... ils ont achevé leur vie,
tous leurs contemporains sont tombés dans l'oubli,
ils ne se sont pas érigé des pyramides d'airain
aux stèles de fer,
ils n'ont pas su laisser d'héritiers nés de leur chair,
et qui puissent proclamer leur nom,
mais ils ont laissé en guise d'héritiers
les livres d'enseignements qu'ils avaient composés.
Ils ont confié à leurs œuvres la mission d'être
leurs prêtres funéraires,
et leurs tablettes à écrire sont devenues leur « fils chéri »,
leurs ouvrages sont leurs pyramides,
leur calame est leur rejeton et la pierre gravée leur épouse.
Les puissants et les humbles sont devenus leurs enfants.
Car le scribe, c'est lui leur chef.
On leur avait construit des portes et des châteaux,
mais portes et châteaux sont anéantis.
Leurs « prêtres de double » ont disparu,
leurs stèles sont couvertes de poussière,
leurs tombes sont oubliées.

On proclame cependant leurs noms
à cause de l'excellence de leurs œuvres,
et le souvenir des auteurs est éternel.
Sois un scribe, et mets ceci dans ton cœur
pour que ton nom ait le même sort :
plus utile est un livre qu'une stèle bien gravée
ou qu'un mur solide.
Il tient lieu de temple et de pyramide,
pour que le nom soit proclamé.
... L'homme périt, son corps redevient poussière,
tous ses semblables retournent à la terre ;
mais le livre fera que son souvenir
sera transmis de bouche en bouche.
Mieux vaut un livre qu'une solide maison,
ou bien qu'un temple dans l'occident,
mieux qu'un château fort encore
ou qu'une stèle dressée dans un sanctuaire.
... Ils ont passé les savants prophètes
et leurs noms seraient oubliés,
si leurs écrits ne perpétuaient leur souvenir.
(Extraits du papyrus Chester Beatty IV, verso, Nouvel Empire.)

La réputation de Khâemouaset traversa les siècles, comme celle de Ramsès. La littérature de la Basse Époque souligne encore les talents de savant et de magicien du fils préféré de Ramsès, et du temps où Hérodote visita l'Égypte ; ce dernier rapporte qu'il avait eu connaissance d'une inscription indiquant encore l'action du prince au bénéfice de la pyramide de Khéops. Premier égyptologue de l'histoire, n'est-ce pas lui qui exhuma de ses fouilles de Guizé la statue du fils aîné de Khéops, le prince Kaouâb, et qui l'exposa dans le temple de Memphis ?

Grand Prêtre de Ptah, et par conséquent administrateur de tous ses biens, son assistant le plus proche fut son fils aîné, un nouveau Ramsès, alors que son second rejeton, Hori, devint par la suite Grand Prêtre de Ptah, à son tour. Puis le petit-fils, du même nom, accéda à la charge de Vizir du nord, bien plus tard. Très proche d'Ousermaâtrê, sa fonction de Grand Prêtre de Ptah à Memphis le désignait tout naturellement pour proclamer et organiser les fêtes-*Sed* de Pharaon : il s'en acquitta avec talent, aidé en cela par le Vizir Khaÿ, pendant les cinq premières festivités, jusqu'à l'an 42 du règne.

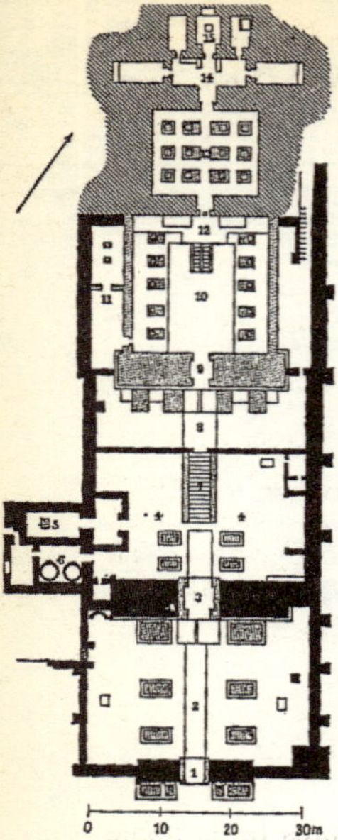

Détail de la partie sud du *dromos.*

Plan du Temple de Ouadi es-Seboua.

L'ensemble du *dromos* et du pylône.

L'image de Ramsès à Ouadi es-Seboua
figure directement parmi les formes divines.

Retouche sur les premiers reliefs d'Abou Simbel : l'image de Mout est repoussée pour introduire, auprès d'elle, celle du roi sous forme du fils divin Khonsou.

▼

Du troisième au quatrième jubilé

Le troisième jubilé

Aussi fastueux que le précédent, ce jubilé fut donc une fois de plus préparé et conduit par Khâemouaset. À cette occasion, les princes étrangers furent à nouveau accueillis à Pi-Ramsès, puis à Memphis, durant ces jours de liesse. Cela se passa entre les années 36 et 37 du règne. Ousermaâtrê Sétepenrê, Ramsès Méryamon, au cours de sa soixante-deuxième année, maintenant irradié des effluves de son divin père Ptah-Ténen, devait en conséquence faire rectifier les anciennes images de sa personne royale, représentées dans ses premiers sanctuaires : désormais, il était partie intégrante de la famille divine !

Le nouvel aspect de Ramsès

Pharaon convoqua Houy, l'ancien envoyé auprès de la noble dame hittite, et promu Vice-Roi de Nubie à la place de Pasar. Il lui confia le soin de faire rectifier toutes les représentations qui, dans le spéos de *Méha*, le montraient accomplissant un rite devant un couple d'images divines : sans faute, il fallait glisser sa silhouette parmi les formes divines. Houy fit araser une des figures de chaque groupe sacré, pour la regraver un peu en arrière. Dans l'espace alors ménagé entre les deux sujets, il introduisit la représentation de son roi, en tant que membre héritier à part entière dans la triade ainsi constituée. Le plâtre masquant les retouches ayant de nos jours disparu, on peut encore détecter, dans la salle-cour et dans l'hypostyle de *Méha*, la trace des compositions d'origine.

Cette affirmation de sa promotion divine faisait vraiment partie du programme depuis longtemps tracé. La décoration du temple nubien de Derr, voué à la gloire de Rê, étant en cours de réalisation, point ne fut besoin de modifier les reliefs. Son image divine figure, en tant que rébus vivant de son nom de sacre : stature humaine, dominée par le globe solaire *Rê* ; il tient d'une main le sceptre-*Ouser*, et de l'autre la plume de *Maât* : *Ouser-Maât-Rê*, le nom de couronnement. Dans les salles latérales sud du « trésor » de *Méha*, les reliefs sur les murs rappelant les précieuses statuettes du culte déposées sur les banquettes réservées dans le rocher furent complétés : la représentation de Ramsès, au visage humain, corne divine cernant l'oreille, ou encore à tête de faucon, y figure parmi les dieux. Il y est appelé tout simplement *Pa-nétjer, le dieu* !

Les rapports cordiaux avec le Khatti

S'il est un domaine où Ramsès semble se dégager de l'attitude et du langage d'un dieu sur terre, c'est bien celui de ses relations avec la famille royale hittite. Les rapports n'avaient cessé de s'améliorer entre les deux souverains. Les échanges de lettres nous apprennent que le prince héritier Hishmi-Sharouma se rendit en Égypte durant les mois d'hiver. K. Kitchen [6] suppose justement qu'il sut tirer profit de son séjour pour s'imprégner de cet art de vivre égyptien si différent de celui des Hittites. Il admira sans réserve les décors en relief des édifices religieux, leurs hiéroglyphes monumentaux, leurs sanctuaires de pierre, sous l'influence desquels le grand temple anatolien de Yazilikaya, proche de Boghazköy, fut sans doute construit et orné.

Il est certain que les contacts s'engagèrent entre le prince et les fils de Ramsès, Sethherkhépéshef, Khâemouaset et sans doute aussi Mérenptah. On demeure cependant étonné qu'après ces échanges devenus chaleureux, et surtout après l'hymen d'Ousermaâtrê Sétepenrê et de Maâthornéférourê, Pharaon n'ait pas jugé opportun d'envisager le mariage d'une de ses filles, née d'une reine secondaire (puisqu'une princesse royale ne pouvait épouser un étranger), avec Hishmi-Sharouma. Du moins, il n'existe aucune trace de cet éventuel projet.

À son habitude, Ramsès voulait encore plus que la venue du prince : il lui fallait recevoir la visite de Hattousil lui-même. Plusieurs des propositions faites à son « frère » hittite sur ce sujet demeurèrent sans réaction positive. Une des réponses les moins amènes de Hattousil à Ramsès fut cette phrase lapidaire : *Que mon frère m'écrive et me dise, au moins, ce que nous irions faire là-bas ?* Alors Ramsès s'efforça d'être plus convaincant :

> *Le dieu-Soleil d'Égypte et le dieu de l'Orage du Khatti agirent de façon que mon frère voie son frère. Puisse mon frère accepter cette bonne suggestion de venir me voir. Alors nous nous connaîtrons l'un l'autre à l'endroit où le roi (Ramsès) se tient sur son trône. J'irai*

moi-même en Canaan, afin de rencontrer mon frère et de le voir en face à face, et de le recevoir au cœur de ma terre.

Ces rapports avec la cour de Boghazköy favorisaient une activité soutenue entre les deux chancelleries, d'autant que les demandes adressées à Pharaon étaient fréquentes, principalement au sujet de remèdes et de médecins égyptiens dont la réputation avait dépassé les frontières depuis plusieurs siècles.

Un Vice-Roi bâtisseur

Cependant, Ramsès désirait reprendre le programme de constructions élaboré pour la Nubie égyptienne – le pays de *Ouaouat* – dès la fondation des spéos de *Méha* et d'*Ibshek*. Il allait remplacer Houy, son vieux et habile serviteur, par un jeune, dynamique et très entreprenant haut fonctionnaire, Séthaou, qui avait été « pupille », puis Premier Scribe du palais. Il le plaça à la tête de sa grande province méridionale. À partir de l'an 38 du règne, ce nouveau Vice-Roi exerça son autorité sur les régions de *Ouaouat*, mais aussi de *Koush*, et prit plus spécialement soin d'établir de nouvelles fondations. Il allait œuvrer pour le complet achèvement de Derr, consacré à Rê, mais aussi entreprendre la construction du grand temple d'Amon, au débouché des caravanes arrivant du vaste désert libyque, jouxtant presque une petite chapelle dédiée à la même forme divine par Aménophis III.

C'était un nouveau reposoir pour la barque sacrée flottant sur les eaux de l'Inondation : ainsi, à son départ de *Méha* et d'*Ibshek*, la nef était reçue dans la station de Derr. Elle en repartait, pour s'arrêter à nouveau dans le domaine d'Amon, appelé de nos jours Ouadi es-Séboua (*La Vallée des lions*, en raison de l'allée de sphinx à têtes humaines, et aussi hiéracocéphales, menant au pylône d'entrée). Au cours de cette nouvelle construction, il importait d'introduire directement l'image de Ramsès parmi les représentations divines. On peut encore admirer sur les murs de cet hémispéos Sa Majesté trônant, dès l'âge de soixante-trois ans, en compagnie de diverses expressions divines, ce qui n'excluait pas l'hommage qu'elle rendait elle-même à la réunion des grands génies parmi lesquels elle figurait !

Le Grand Prêtre d'Amon, Bakenkhonsou.
(Musée du Caire)

Temple de Derr. Le roi accompagne la barque sacrée sur son chemin vers l'Egypte.

Cintre de la « stèle de Bakhtan »,
où il est fait allusion à la seconde princesse hittite. (Basse Epoque)

Le Premier Prophète d'Amon, Bakenkhonsou

En l'an 39, après le retrait, ou le décès, du brillant Pasar (an 38), Ramsès procéda à la nomination du nouveau Grand Prêtre d'Amon, Bakenkhonsou [7], un exceptionnel fonctionnaire sacerdotal dont la carrière se déroula entièrement au service du temple. Fils du Second Prophète Roma, il passa sa tendre enfance, de 1 à 4 ans, auprès de celui-ci. Puis, pendant douze années, après avoir suivi l'école du temple de Mout à Karnak, il fut affecté au poste de Chef de l'écurie d'entraînement de Séthi Ier. Ensuite, de 17 à 20 ans, il devint simple prêtre-*ouâb* (*pur*). Dès sa vingt et unième année, jusqu'à la trente-deuxième, c'est-à-dire pendant onze ans, on le nomma *Père Divin*. Alors, il reçut la charge de Troisième Prophète pendant quinze ans, entre ses trente-troisième et quarante-huitième années. Ensuite, jusqu'à 59 ans, il fut pendant onze ans Deuxième Prophète. Il était juste qu'il occupât le siège de Premier Prophète d'Amon durant ses vingt-six dernières années de sacerdoce, entre sa soixantième et sa quatre-vingt-sixième année.

Contemporain de Pharaon, sans doute légèrement plus jeune que lui d'à peine quelques années, il mena probablement à sa *demeure d'éternité* celui auquel il voua une fidélité sans faille. Avec les encouragements de Sa Majesté, désireuse de consacrer chaque jour davantage son temps aux œuvres pieuses, Bakenkhonsou réserva toute son activité à son sacerdoce, et à l'enrichissement architectural du Temple des Temples : de son temps, Karnak connut de nombreux embellissements. Il sut s'entourer d'architectes et d'artisans très efficaces, tel le petit-fils du Général Ourhiya et le Chef des Gendarmes, Hatiaÿ, lequel, entre autres, *érigea les grands mâts d'oriflammes dans le temple d'Amon*, et enfin Nakhtdjéhouty, Surintendant des Charpentiers et Chef des Orfèvres. Ce dernier demeura fameux pour avoir plaqué de feuilles d'or et d'électrum plusieurs portes dans les sanctuaires et, paraît-il, jusqu'à vingt-six barques sacrées portables : il faut croire que le Vice-Roi de Nubie Séthaou appliquait une ferme détermination à faire rentrer de l'or de Nubie !

Vers une approche populaire du dieu

Ce n'était pas seulement de l'enrichissement des sanctuaires de Karnak que Ramsès était soucieux en cette période de grande opulence du pays. Il pensait, en priorité, à l'évolution du culte suivant la réforme qu'il avait entreprise depuis de nombreuses années, réforme que les guerres et la diplomatie avaient différée. Il avait tenté, avec un certain succès, d'élargir l'entendement du divin. Il voulait, maintenant, entreprendre d'ouvrir au commun des mortels un accès à la maison du dieu, de même qu'il avait ouvert à l'écriture la corporation de ses artisans.

Le résultat s'était déjà fait sentir dans les humbles prières adressées par les gens du peuple, révélant ce que l'on a pu appeler la *religion du pauvre* [8]. Pour réaliser son projet, il choisit l'est de Karnak, sur le chemin des fondations d'Aménophis IV, là où Hatchepsout avait déjà fait ériger deux obélisques, et marqué encore sa présence par une statue où elle siégeait au côté d'Amon. N'était-ce pas aussi proche de l'endroit où les prédécesseurs d'Aménophis III avaient fait ériger l'*obélisque unique* [9], signe indiscutable d'un culte solaire dans le domaine d'Amon ?

En avant de l'axe dans lequel l'obélisque avait été dressé, il fit construire un nouvel édifice, contenant une statue monumentale d'Ousermaâtrê ; à travers une sorte de large fenêtre donnant à l'extérieur vers l'orient, les prières devaient être directement adressées par ses sujets à Pharaon-dieu pour qu'il intercède auprès de ses pairs, dans le domaine des forces supérieures.

Bakenkhonsou avait bien mérité de ceux à qui il avait réservé sa fidélité : il avait exercé son sacerdoce avec bonté et ses talents de constructeur et de décorateur, – parfois aussi de juge –, lui avaient donné droit à ériger sa statue dans le temple. Sur les inscriptions du monument, il déclarait :

> *Je fus un bon père pour ceux que je commandais, élevant les jeunes gens, tendant la main vers celui qui était indigent, assurant la survie à ceux qui étaient frappés de pauvreté, réalisant des choses utiles dans le temple, étant Directeur des Travaux de mon maître. Je fis pour lui un temple appelé* Ramsès-aimé-d'Amon-qui-écoute-les-prières (Ramsès-méry-Amon-sédjem-néhet). *J'ai élevé des obélisques de granit dont la beauté atteint le ciel. Un pylône s'élève face à Thèbes. Il est irrigué et ses jardins plantés d'arbre. Je fis de très grandes portes (plaquées) d'électrum qui rejoignent le ciel. Je (fis) tailler deux très grands mâts et les fis dresser dans l'auguste paroi, devant son temple. Je construisis de grandes barques fluviales pour Amon, Mout et Khonsou...*

Aussi Bakenkhonsou implore-t-il Amon pour que, dans sa clémence, il lui accorde *une existence de cent dix années.*

Du temps de sa splendeur, ce temple de *Ramsès-aimé-d'Amon-qui-écoute-les-prières* devait être une des plus belles réalisations architecturales de Bakenkhonsou. Il laissa son nom attaché à la façade du monument, que l'on appelait de son temps *la porte de Béki* [10].

Le temps du quatrième jubilé

À la veille de l'année jubilaire, en l'an 39 du règne, le second fils du roi, le Général Ramsès, reçut un titre d'*Héritier* dont on ne connaît pas exactement la portée : cela se passait quelques semaines avant le soixante-cinquième anniversaire du roi.

L'an 40 du règne commençait en même temps que le quatrième jubilé était annoncé dans tout le pays, une fois de plus, par le Grand Prêtre de Ptah, Khâemouaset, et le Vizir Khaÿ. Au nom de *Ramsès-aimé-d'Amon* était dorénavant ajouté *dieu, souverain d'Héliopolis.* Les temps étaient lointains où la belle capitale du roi guerrier était appelée *Grande-de-victoire*. Le règne de la spiritualité allait déteindre sur le rayonnement de la ville qui devint *La-grande-âme* (Ka) *de-Rê-Horakhty.*

L'Égypte commençait à s'habituer à ces très spectaculaires cérémonies de fêtes-*Sed* qui s'ajoutaient encore aux fêtes et pèlerinages traditionnels. Pour l'occasion, en Abydos, le Grand Prêtre d'Osiris avait une fois de plus commandé de nouvelles statues de métal précieux en l'honneur du roi.

L'opulence peut engendrer les excès

Les provinces étrangères venaient régulièrement verser leurs tributs, la Nubie continuait à fournir son or, l'opulence régnait sur un pays sans plus aucune levée de troupes pour les guerres, maintenant bien éloignées. Seuls les grands travaux de construction provoquaient les réquisitions classiques de main-d'œuvre, principalement pendant les périodes d'inondation. L'administration connaissait une grande stabilité, à condition que les fonctionnaires en charge des différents secteurs demeurent irréprochables. Ce n'était plus le cas dans la corporation des artisans de la *Place de l'équilibre* (*Set-Maât*), où le départ de Ramosé, Scribe de la tombe (royale), favorisa l'introduction, dans ses fonctions, de son fils adoptif Quenherkhépéshef. Des pratiques malhonnêtes, vieilles comme le monde, furent décelées : utilisation d'ouvriers et d'artistes pour des besoins personnels, etc.

Par ailleurs, le Vizir Khaÿ n'était pas aussi vigilant que l'ancien Vizir Pasar, en ce qui concerne le bien-être des artisans qu'il avait à charge, sur la rive gauche de Thèbes. Le Vizir Khaÿ, fort occupé dans tout le pays par la préparation du quatrième jubilé, avait laissé se créer des sujets de mécontentement, dont des réclamations sur les salaires différés. Un relâchement dans le travail commença à se faire sentir. Les congés excessifs, les excuses fallacieuses apparaissent sur les fiches des scribes contremaîtres : causes d'ivresse, de maladies diverses et souvent factices, de fêtes de famille trop fréquemment répétées, de travaux personnels... ou pour le compte du Scribe de la tombe... le mauvais exemple était donné.

La visite de Hattousil ?

Les rites jubilaires devenaient, maintenant, nécessaires au rajeunissement effectif de Sa Majesté. À soixante-cinq ans, Ousermaâtrê Sétepenrê était gagné par les débuts d'une arthrose cervicale [11]. Toujours portant beau, il devait se mouvoir avec, déjà, une certaine difficulté, et tenir la tête légèrement inclinée sur le côté.

Son souci majeur était axé sur les travaux de Karnak, l'entretien de son harmonieux temple d'Abydos, et surtout ceux de Nubie et leur message essentiel. Avant tout, pour l'heure, il désirait la visite de Hattousil au palais de Pi-Ramsès. Plusieurs essais infructueux ne l'avaient pas fait abdiquer dans ses efforts, mais il rencontra une nouvelle difficulté : l'état de santé du chef du Khatti. L'excuse donnée pour ce nouveau report du voyage fut une maladie contractée par Hattousil, atteint d'une douloureuse inflammation des pieds. Il ne semble pas qu'il ait été question d'une échappatoire. On apprit, en effet, que la reine Poudoukhépa, inquiète, fit un rêve à ce sujet, au cours duquel un esprit supérieur lui aurait conseillé, pour obtenir la guérison :

> *de faire un vœu à la déesse Ningal comme suit : si la maladie de Sa Majesté, brûlure des pieds, guérit rapidement, alors je ferai dix flacons de lapis-lazuli sertis d'or pour Ningal.*

La déesse reçut rapidement les dons de Poudoukhépa, puisque plusieurs indices – allusions dans la littérature égyptienne, nouvelles échangées entre souverains voisins, et surtout une lettre dans laquelle on apprend que le Khatti *avait quitté la ville* pour se diriger vers l'Égypte – nous laissent supposer qu'enfin, les deux grands signataires du Traité se rencontrèrent. Y eut-il retrouvailles entre l'oncle et Ourhi-Teshoub, le neveu repenti ? La chronique demeure muette sur ce point.

Ce sujet mis à part, les échanges entre les deux potentats ne devaient rencontrer aucun problème majeur, bien au contraire : les rapports entre les deux pays s'intensifièrent, soucieux de maintenir la paix qu'ils avaient su faire régner. La science égyptienne était aussi sujet d'admiration pour ces rudes habitants de l'Anatolie.

Il fallait laisser une trace tangible de cette visite extraordinaire rendue par Hattousil au « grand soleil » d'Égypte : il était, maintenant, question d'une autre princesse propre à redonner à Pharaon une nouvelle jeunesse, que les jubilés paraissaient, désormais, incapables de lui assurer. Hattousil y consentit, et dès son retour dans sa capitale de Hattousha, en informa la grande et vénérable Poudoukhépa.

Consultations de médecins

Comme à l'accoutumée, les demandes hittites adressées à Pharaon concernaient fréquemment les merveilleux médecins capables de guérir, grâce à leur connaissance des plantes et à leur savante préparation, mais aussi parce qu'ils avaient une connaissance approfondie du corps humain [12]. Aux alentours du quatrième jubilé remonte une correspondance entre les deux cours, dans laquelle on apprend que certains vassaux des Hittites sollicitaient l'aide des praticiens égyptiens. Lorsque Hattousil transmit à Ramsès la demande du roitelet Kourounta, grand seigneur, Ousermaâtrê Sétepenrê répondit qu'il lui enverrait son meilleur spécialiste, déjà maintes fois mandé à l'étranger :

> *Alors j'ai convoqué le Scribe royal et Médecin-chef : le (docteur) Pariamakhou va être envoyé pour préparer des simples pour Kourounta, roi de la terre de Tarountas. Il a réuni toutes les herbes correspondant aux (symptômes) que tu m'as décrits.*

Une anecdote des plus réjouissantes, propre à souligner l'omniscience prêtée aux médecins égyptiens, et aussi l'humour caustique et impertinent que l'arthrose n'avait pas encore fait disparaître chez Ramsès, est celle qui se rapporte à une requête personnelle de Hattousil. Il s'agissait de la stérilité avancée de sa sœur. Voici la réponse de Pharaon :

> *Voyons ! Maintenant à propos de Maranazi, la sœur de mon frère.*
>
> *Moi, ton frère, je la connais (bien). Elle aurait (seulement) cinquante ans ?... Jamais ! Elle en a soixante, c'est évident !*
>
> *Personne ne peut fabriquer de médicaments lui permettant d'avoir des enfants (à cet âge) !*
>
> *Mais, naturellement, dans le cas où le dieu-Soleil et le dieu de l'Orage le souhaitent, j'enverrai (un bon magicien) et un bon médecin capables et ils lui prépareront quelques drogues en vue de la procréation...*

Un nouveau mariage de Pharaon

À la fin de cette quarantième année de règne, Pharaon, désormais *dieu, souverain d'Héliopolis* [13], qui entamait sa soixante-sixième année, se préparait à recevoir une seconde princesse hittite. Maâthornéférourê, qui résidait à Pi-Ramsès, se réjouissait-elle de retrouver sa sœur ? Certes, les nouvelles de son pays n'avaient point manqué. Tour à tour elle avait vu arriver au palais des messagers du Khatti, et les festivités n'avaient cessé de s'amplifier entre la visite de son frère et celle du *dieu (vivant) de l'Orage*. Mais, maintenant, allait-elle demeurer dans le palais, ou plutôt connaîtrait-elle les appartements du grand harem de Mi-our, ou celui de Memphis, pour laisser auprès de Ramsès la place à sa sœur, comme on l'a supposé ? Nul ne peut encore répondre.

En revanche, on sait que la dot accordée par le Khatti paraît avoir été considérable, d'autant que les souverains vassaux avaient fortement contribué aux efforts de Hattousil et de Poudoukhépa. Ce nouveau témoignage d'entente entre les deux puissants de l'époque dut faire grand bruit, et déjà alimenter une légende qui traversa les siècles. En Égypte, les poètes furent de nouveau sollicités, et plusieurs temples abritèrent des stèles par lesquelles on apprend que les trésors de la dot furent apportés, ô miracle, sans l'aide ni la protection des hommes, mais bien avec ceux des dieux, comme seul pouvait le mériter le fils de Ptah-Ténen !

> *Ce ne furent ni les troupes, ni les chars qui les amenèrent, mais la puissance des dieux d'Égypte et des dieux de chaque pays... ... Ce furent des enfants des chefs souverains des terres du Khatti qui présentèrent leurs tributs... ... aucune troupe ne les accompagna, aucun char ne les accompagna, aucun porteur ne les accompagna.*
>
> *C'était Ptah-Ténen, père des dieux, qui déposait toutes les terres et tous les pays de ce beau dieu (Ramsès) pour toujours !*

En dépit de cette abondante littérature, le nom de la seconde épouse hittite d'Ousermaâtrê Sétepenrê demeure encore inconnu. Fut-elle nommée Grande Épouse royale ? Si oui, fit-elle « tandem » avec une des dernières princesses royales (elle-même fille de Grande Épouse royale) ? Serait-ce alors Hénoutmirê dont la tombe fut aussi préparée dans la *Set-Néférou* [14] ? Les documents manquent pour cette dernière période de la vie du grand souverain.

La mort de Hattousil

En l'an 42 du règne, les pigeons voyageurs, les messagers ensuite vinrent informer Ousermaâtrê Sétepenrê que le Grand du Khatti venait de passer dans le vaste et redoutable domaine du dieu de l'Orage. Le prince Hishmi-Sharouma lui succéda sous le nom de Toudkalia IV. Il paraît certain que les bonnes relations entre les deux pays furent maintenues jusqu'à s'amenuiser progressivement après le trépas de Ramsès.

Le temps du cinquième jubilé

Le prince Khâemouaset, toujours secondé par le Vizir Khaÿ, célébra lui-même, pour la dernière fois, le cinquième jubilé de son père qui allait entrer dans sa soixante-huitième année. Quelques mois auparavant, Ramsès avait fait organiser une fête pour l'union de son vingt-troisième fils, Samontou [15], sans doute fils d'une épouse secondaire, avec la jeune Iryet, fille d'un opulent capitaine de navire syrien... La tentaculaire famille de Pharaon se répandait dans diverses directions ! Et Pharaon entendait, sur le plan politique comme sur le plan des croyances religieuses, élargir les frontières.

L'achèvement du temple d'Amon

Ramsès ne cessait de porter toute son attention sur les fondations de Nubie. Aussi lui semblait-il que l'édification du temple d'Amon au débouché des routes caravanières (Ouadi es-Séboua) tardait un peu. En l'an 44 il fit savoir à Séthaou, son Vice-Roi, qu'il devait hâter l'achèvement de l'hémispéos, et pour ce faire l'autorisa à lever une main-d'œuvre dans les régions voisines, ce qui neutraliserait aussi certains bédouins attirés par les produits véhiculés en caravanes. Ayant les mains libres, Séthaou, que les scrupules n'étouffaient certes pas, ordonna à Ramosé [16], Commandant de la compagnie locale de Ramsès II nommée *Amon-protège-son-fils*, d'opérer une razzia dans les oasis du sud de la Libye, au pays d'*Irem*, probablement celles de Dounkoul et de Kourkour, et fit ainsi travailler les *Tjéméhou* originaires de la Marmarique à l'achèvement du grand temple d'Amon en Nubie.

L'hémispéos de Gerf Hussein [17]

L'ensemble de Ouadi es-Séboua sitôt achevé, doté d'un imposant dromos entre désert et fleuve, Séthaou devait, suivant les ordres pressants d'Ousermaâtrê Sétepenrê, faire procéder au creusement et aussi à l'érection du monument qu'il convenait de dédier en hémispéos à Ptah-Ténen, grand maître des jubilés. À l'image du sanctuaire précédent, celui qui allait maintenant être entrepris sur la même rive occidentale, mais plus au nord de Kouban et du Ouadi Allaki, devait être aussi constitué d'une partie antérieure construite, avec une allée de sphinx en accueil et une cour à ciel ouvert bordée d'un péristyle aux piliers ornés de statues osiriaques. Puis on pénétrait dans le saint des saints, creusé dans le rocher.

Séthaou ne semble pas avoir été l'exigence même pour l'exécution des travaux, commencés en l'an 45 du règne et dont l'achèvement devait être rapide. Certains artistes de la métropole avaient été convoqués sur le site, afin de sculpter, sur place, des reliefs « modèles ». Dans le temple de Ouadi es-Séboua, dédié à la forme locale d'Amon (*des Chemins*), on peut encore constater la différence entre ces derniers et le reste du décor, exécuté par de piètres artisans locaux : la différence est très marquée dans le traitement des sphinx et des colosses osiriaques, aux visages...

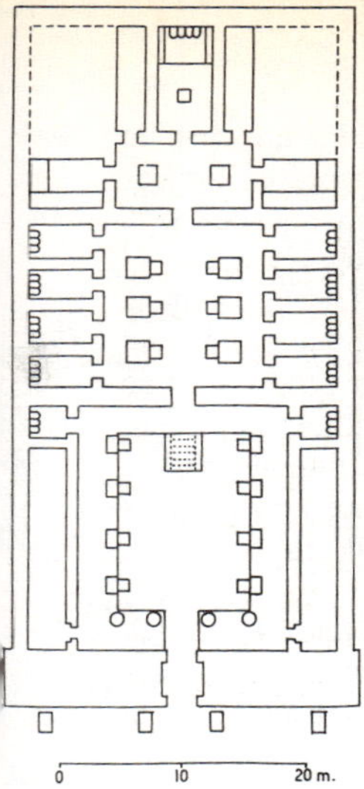

Terrasse du Temple dominant le Nil.

Plan du temple de Gerf Hussein.

Salle-cour, en speos, ornée de piliers osiriaques.

Détail du pilier osiriaque « modèle ».

éprouvants ! En ce qui concernait l'hémispéos de Ptah, le résultat dépassait encore la médiocrité. Les statues groupées et abritées dans les différentes niches du spéos, et principalement celles de la grande niche du fond, avaient subi de nombreuses retouches, et les colosses osiriaques de la salle-cour du spéos faisaient peine à voir. Seul, le premier colosse de la rangée sud, sculpté par un artiste qualifié, possédait un visage traité avec un certain sens de l'esthétique [18] ; mais tous les autres spécimens osiriaques présentaient une lourdeur qui contribuait à conférer à l'hémispéos de Ptah-Ténen l'aspect d'une bien triste parodie du prestigieux spéos de *Méha*. Avait-on voulu accentuer le caractère chthonien du sanctuaire ?

Quoi qu'il en soit, c'est bien après avoir été révélé fils de Ptah que Ramsès avait désiré consacrer une quatrième grande fondation pieuse en Nubie. Chacune de celles-ci devait accueillir la barque sacrée, partie de *Méha* et d'*Ibshek*, pour qu'elle puisse glisser sur les eaux de l'Inondation venant ainsi de pénétrer dans la Nubie égyptienne (le pays de *Ouaouat*), et conduire le flot nourricier, de relais en relais, jusqu'à *To-méry*.

Le sanctuaire devait encore être le réceptacle provisoire de la barque sacrée. Au fond du saint des saints, une large niche avait été réservée, non pas à trois, mais à quatre formes divines, assises sur une banquette. Du sud au nord se trouvent les statues de Ptah, la tête dominée par un faucon aux ailes éployées, puis Ramsès côtoyant Ptah-Ténen, et enfin Hathor. Ramsès était également représenté au-dessus de cette niche, dans une scène où il faisait offrande à la barque divine.

Fait encore nouveau, Ramsès est maintenant cité, au moins à sept reprises, comme Ramsès-*le-dieu* [19] (*pa-nétjèr*). De plus, la salle-cour, présentant en son milieu les six piliers « osiriaques » toujours flanqués de statues du roi en « costume des vivants » (torse nu et pagne d'apparat), a été creusée sur ses murs sud et nord de huit niches se faisant vis-à-vis, qui contiennent, réservées dans la masse du rocher de grès, les statues debout de Ramsès entouré de formes divines toutes différenciées. Il s'agit de *Ramsès-dans-la-demeure-de-Ptah*, de *Ramsès-dans-la-demeure-d'Amon* et de *Ramsès-dans-la-demeure-de-Rê*, allusion aux trois autres cénotaphes destinés à recevoir la barque en marche vers l'Égypte : Gerf Hussein, Ouadi es-Séboua, Derr. Le point de départ était *Méha*, lieu de la nacelle : Ramsès-Inondation, réunissant en elle tout le divin Ramsès-*pa-nétjèr* (la quatrième entité incarnée dans Ramsès, c'est-à-dire Seth).

Dans cet ultime hémispéos, sa divinité est ainsi pleinement affirmée dans le sanctuaire même de celui qui lui avait déjà conféré tous ces droits par le *Décret de Ptah* dans le temple de *Miam*.

Avec ce retour de l'Inondation jalonnée par les trois sanctuaires, Ramsès était étroitement associé au renouveau annuel, en tant qu'« enfant solaire ». *Voici pourquoi les piliers osiriaques de ses quatre grands sanctuaires nubiens le figuraient vivant, torse et jambes nus, vêtu du pagne royal court, et non pas aussi revêtu du suaire des morts.*

En présence de cette dernière fondation, restait une ultime constatation à faire. Pharaon avait dédié ces temples aux trois grandes formes divines : Rê (Derr), Amon (Ouadi es-Séboua) et Ptah (Gerf Hussein), trois des patrons des grandes divisions de son armée, et de surcroît l'évocation de la tri-unité. On pourrait se demander si l'imposant spéos de *Méha*, où Ramsès, dans le saint des saints, était encadré de ces trois formes divines, lui le « rouquin », le séthien, n'était pas lui-même, effectivement, une des formes visibles de Seth, patron de la quatrième division de son armée, en ce temple où les siens et ses actions mémorables constituaient le livre de sa vie ?

Vigilantes stations du parcours annuel et miraculeux de l'Inondation, les quatre sanctuaires nubiens de Ramsès constituaient son invincible garde.

Le sixième jubilé

À la fin de la quarante-cinquième année du règne, le temps du sixième jubilé était arrivé. La répétition de ces festivités devenait une réelle routine.

Si Ramsès prenait de l'âge et en connaissait cruellement les désagréments, Khâemouaset se sentait déjà moins alerte. Il délégua ses lourdes charges d'organisateur des jubilés au Vizir Khaÿ.

Les années 46 et 47 du règne

Pharaon venait d'atteindre ses soixante-dix ans. S'appuyer sur une canne était devenu nécessaire pour se mouvoir, dos courbé en avant [20], tel l'image d'Atoum.

Une cour de justice occupait Bakenkhonsou à Thèbes, dans un tribunal composé des Deuxième et Troisième Prophètes, du Chef des Prophètes de Mout, de celui de Khonsou, de quatre autres prêtres et du Secrétaire auprès de la Cour. Il s'agissait d'un procès entre deux héritiers pour qu'une part des biens en litige revienne au temple de Mout. Il fut un temps où Ramsès tenait à être informé de pareils détails, et aurait délégué un des siens. Ces jours-là étaient bien révolus.

Constatant son déclin physique, Pharaon, dans son fastueux palais, demeurait avant tout soucieux d'affermir les racines de sa dynastie et l'avenir de son œuvre pacifique.

La Stèle de l'an 400

Aussi décida-t-il de faire ériger, dans le temple de Seth (le plus anciennement construit, au sud de sa future capitale), une stèle dédiée à cette forme du divin qu'il affirmait être son ancêtre, afin d'en clarifier l'histoire. Cette stèle, connue sous le nom de *Stèle de l'an 400*, fut découverte à Tanis par A. Mariette en 1863 [21]. Elle constitue un élément historique d'extrême importance mais présente encore certaines ambiguïtés d'interprétation.

Dès l'abord on comprend bien que, pour Ramsès, le doute n'existait pas : son ancêtre était bien Seth. Le cintre de la stèle est composé de l'image centrale de Ramsès faisant offrande de vases de vin à Seth, représenté dans le costume de Baâl l'Asiatique, mais tenant d'une main le sceptre-*ouas*, égyptien, et de l'autre le signe *ânkh*. Derrière lui, probablement, comme semble l'indiquer l'énoncé de ses titres, Séthi, son père, est représenté avant qu'il n'accède à la royauté. Cependant, sans doute pour indiquer sa prédestination à monter sur le trône [22], la longue queue animale pend à l'arrière de son pagne, à l'image de celle que porte Ramsès.

Le texte de la stèle, par endroits encore peu clair, laisse entendre que Ramsès a fait ériger la stèle en l'honneur du *grand nom de ses pères* (ses ancêtres), afin de mettre en valeur le nom du *père de ses pères* (Seth) et aussi celui du défunt Séthi, son propre père. Suit la date indiquée : *an 400*. Pour la première fois dans l'histoire de l'Égypte, il est question d'une ère, car à chaque règne, depuis la Ire dynastie, recommençait une nouvelle numérotation des années !

Cintre de la stèle de « l'an 400 ».

Ramsès, suivi du premier Séthi
de la famille, vénère Seth-Baal. (dessin)

a

b

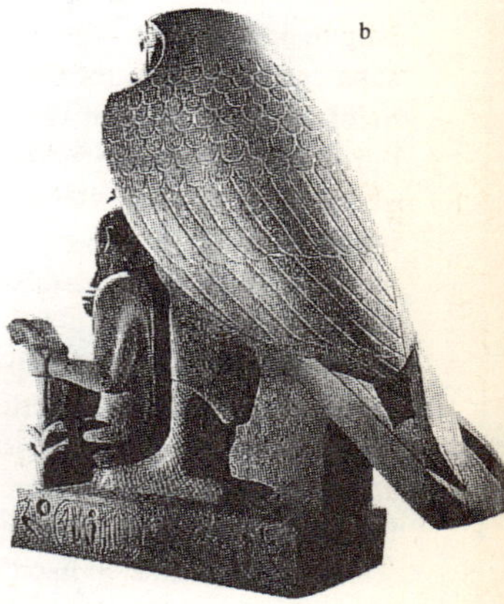

a. Horus-Houroun
protège Ramessou, écrit en rébus.

b. Le rébus :
ra = globe solaire
mes = l'enfant royal
sou = la plante
qu'il tient en main

Ramsès nous l'enseigne : quatre cents années auparavant, Seth-*noubty*, fils de Rê, le grand ancêtre, était vénéré en ces lieux (ce qui pourrait correspondre, d'après certains, au début de l'occupation hyksos) [23]. Ainsi, quatre siècles après, continue l'inscription de la stèle, le quatrième mois de l'été, le quatrième jour de ce règne, arrive, en cette même place : *Séthi* (maintenant défunt).

Suivent tous les titres portés avant son accession au trône, dont celui de Vizir : *Fils du prince héréditaire, Maire de la ville, Vizir, Chef des archers, Gouverneur des pays étrangers, Gouverneur de la citadelle de Tjarou, Scribe royal, Intendant de la charrerie, Paramessou, défunt, mis au monde par la maîtresse de maison, Chanteuse de Rê, Tiou, défunte.*

Ainsi, les ancêtres de Ramsès étaient tous séthiens, enracinés dans cette région où l'on retrouve Paramessou et Séthi, deux très hauts fonctionnaires, avant qu'ils ne fondent la XIXe dynastie, laquelle, ainsi que la Ve, fut portée dans son sein par une Chanteuse de Rê : c'était une allusion à la première théogamie connue.

Seth, patron des rouquins, avait transmis son ardente chevelure à ses descendants, dont le plus illustre est Ramsès, n'en doutons pas. L'atmosphère solaire et séthienne, dans laquelle baigne la dynastie, est encore révélée par la série frappante et sans conteste intentionnelle de références au nombre quatre. Les théologiens désiraient-ils suggérer, à l'aide de cette date fictive (an 400), que Seth était *le quatrième dieu sur un pied d'égalité avec la triade d'État ?* se demande E. Hornung [24]. Seth, dont la présence est marquée en Abou Simbel par la personne même de Ramsès, dans le saint des saints de *Méha*, entouré de la triade d'État ?

Cette Stèle de l'an 400 paraît bien réellement constituer la mise au point de Ramsès, au crépuscule de sa vie [25], sur ce qu'il fut et ce qu'il voulait être. Issu de Seth, il entendait une dernière fois affirmer ses origines, d'où sa légitimité ; mais aussi, par cette image hybride – œcuménique, pourrait-on dire – de Seth-Baâl, souligner l'identité indiscutable des formes divines entre elles, et, par cela même, facteurs de paix entre pays.

La mort de Méryatoum

Cet enfant de Nofrétari, le prince Méryatoum [26], seizième fils de Ramsès, résidait à Héliopolis, dont il était devenu le Grand

Prêtre. Au moment où son père abordait sa soixante et onzième année, il venait de décéder : c'était l'an 47 du règne. À ses obsèques, parmi les membres innombrables de la famille, figuraient ses trois frères aînés : le Prince héritier, fils aîné de Nofrétari et de Ramsès, Sethherkhépéshef, le Général Ramsès, et le Grand Prêtre de Ptah, Khâemouaset, tous deux fils d'Isisnofret.

Le septième jubilé

En l'an 48, de nouveau, furent célébrées les cérémonies dont Ramsès commençait à espérer, en vain, un si grand secours, et sans que les effets s'en fassent sentir. Son Grand Prêtre d'Osiris et ami, Ounennéfer, venait de lui consacrer une nouvelle statue en Abydos.

Deux décès

En l'an 50, Ounennéfer rendait l'âme, pour rejoindre Osiris. La fonction s'était immédiatement transmise à son fils, Hori. Plus tard, Youyou, son petit-fils, lui succéderait. Le deuil ne quittait plus le palais. Peu de temps après, le fils aîné d'Isisnofret, le Général Ramsès, décédait à son tour.

Le huitième jubilé

Ainsi, les fils aînés des deux premières Grandes Épouses royales de Ramsès commençaient à quitter Pharaon, qui, à soixante-seize ans, avait perdu toute sa verdeur. Les cérémonies du jubilé, auxquelles il semble n'avoir assisté que de loin, le lassaient.

Le dernier rébus de Ramsès

Mais il lui fallait continuer à favoriser l'harmonie des croyances et des cultes, en conclusion du Traité signé avec le Khatti. Dans ce domaine, il pouvait encore œuvrer. Aussi, commanda-t-il l'exécution d'un imposant groupe statuaire de granit gris, représentant un magnifique et monumental faucon, à la face réservée en calcaire, protégeant dans ses pattes l'image d'un enfant royal accroupi, dominé par le globe solaire : *Ra*, et le doigt à la bouche : *mès* ; l'image plastique tient dans une main la plante-*sou* : voici reconstitué le nom de naissance de Pharaon : *Ra-mès-sou*. Quelle que soit la forme du divin exprimée, il est le fils de la force solaire. Ainsi, dominé par l'image du faucon, on s'attendrait à lire, dans l'inscription du socle de l'oiseau monumental, le nom d'Horus. Il n'en est rien. Le souverain est *aimé de Houroun*, aspect divin adoré avant tout dans les régions sémitiques de Syrie-Palestine [27], mais qui avait aussi gagné le pays des Hittites [28]. Les colonies asiatiques de cette région orientale du Delta devaient être satisfaites de reconnaître un aspect de Houroun dans le puissant Horus.

Au reste, l'Égypte du Delta avait accordé le droit d'asile à ce dieu cananéen depuis la XVIIIe dynastie et les guerres orientales d'Aménophis II.

Le décès de Sethherkhépéshef

En l'an 52, les inscriptions laissent supposer que, par ordre de Pharaon, le prince Khâemouaset, Grand Prêtre de Ptah, était considéré comme prince héritier (mais non pas corégent). On en comprend mieux la raison lorsque l'on apprend le trépas de Sethherkhépéshef, peu après, l'année 53 du règne.

Le neuvième jubilé

Les festivités se déroulèrent en l'an 54. Le prince Mérenptah, dont l'importance croissait chaque jour, délégua Youpa, fils d'Ourhiya, Grand Intendant du temple d'Amon et du Ramesséum, pour annoncer l'événement (1226-1225 avant notre ère). Durant cette période, Pharaon eut la douleur de se faire transporter au chevet du Grand Prêtre de Ptah à Memphis, qui s'éteignait.

Mort de Khâemouaset

En l'an 55, Khâemouaset n'était plus. Pour ses quatre-vingts ans, il restait à Ramsès à pleurer ce fils si proche de son cœur, et qui avait tant œuvré avec lui pour édifier de nouveaux sanctuaires, et mieux pénétrer les secrets du divin.

Khâemouaset, Grand Prêtre de Ptah et premier archéologue du monde, disparut après quarante années au service de Ptah-Ténen. Il semble qu'il ait tenu à être inhumé dans une des galeries souterraines du Sérapéum de Memphis, dont il fut l'initiateur. Quoi qu'il en soit, Auguste Mariette, Directeur général des Antiquités de l'Égypte [29], découvrit en 1853, dans ces locaux, des vestiges ayant certainement appartenu à l'équipement funéraire du prince : son masque d'or et des éléments du trésor, parmi lesquels de fastueux bijoux en or cloisonné, au nom de Pharaon, qui sont très probablement des dons de son père [30].

Le dixième jubilé de Ramsès

Ce jubilé se déroula en l'an 57, pour les quatre-vingt-deux ans de Pharaon, et fut organisé par le nouveau Vizir du sud, Néferrenpet.

Au début de l'année 60, le trône était virtuellement vacant. Le prince Mérenptah, dernier des fils susceptibles de régner issus des premières Grandes Épouses royales, fut très probablement investi des responsabilités de régent. On peut supposer qu'il avait épousé sa sœur Isisnofret II [31], et aussi Bentanat II, la fille de sa sœur aînée Bentanat I [32], sa nièce et sa jeune sœur à la fois, car elle était le fruit du mariage de Ramsès avec sa fille Bentanat I, devenue Grande Épouse royale !

Le onzième jubilé de Ramsès

Cependant les jubilés se succédaient, encore et toujours. Le onzième fut proclamé durant les années 60-61 par le Vizir du sud, Maire de Thèbes, Néferrenpet. Naturellement, Pharaon ne quittait plus son palais : les circuits sanguins de sa tête étaient attaqués progressivement par les séquelles d'une artériosclérose [33]. Son existence végétative était rythmée par les exigences du protocole du service du roi, soucieux de respecter l'étiquette appliquée au dieu sur terre, et qui le concernait à tous les instants de la journée [34]. Du lever au coucher de Pharaon, les hauts fonctionnaires veillaient à la toilette du dieu, à ses purifications rituelles, à son habillement au cours duquel chaque vêtement et chaque parure lui étaient remis cérémonieusement. Les coiffeurs, manucures, pédicures, dentistes, barbiers, demeuraient affairés autour d'un être quasiment absent.

Puis le *Maître des largesses* veillait au service de bouche, au cours duquel les mets étaient présentés avec solennité, comme on le faisait dans les temples pour les statues divines.

Les médecins, parmi lesquels des prêtres de Sekhmet, vainqueurs de tant de maux en Égypte, et mandés si fréquemment à l'étranger, se déclaraient impuissants à guérir le mal. Seules les merveilleuses plantes dont ils tiraient de savantes décoctions pouvaient apaiser les douleurs : on les faisait absorber à Ramsès, souvent mélangées au *Kyphi*, breuvage préféré de Pharaon, et qui maintenant lui procurait des instants de sommeil.

Les douzième, treizième et quatorzième jubilés

Alors, on précipita le rythme des fêtes-*Sed,* misant sur leur mystérieuse puissance afin d'obtenir un dernier miracle :

Le douzième jubilé fut célébré durant les années 61-62.

Le treizième jubilé pendant les années 63-64.

Le quatorzième jubilé au cours des années 65-66.

La soixante-septième année du règne venait de commencer [35]...

... alors le cœur de Ramsès, qui battait depuis 92 années, s'arrêta : le Grand Guide, le fidèle Anubis à la tête de chien venait de lui prendre la main. C'était au début de l'Inondation, en 1213 avant notre ère.

Ramsès prêt à reprendre son voyage d'éternité devant son image de gloire en Abou Simbel
(67 années de règne effectif).

TEL ÉTAIT RAMSÈS, LE SOLEIL D'ÉGYPTE

Ainsi vécut Ousermaâtrê Sétepenrê, Ramsès Méryamon.

Aucun pharaon n'a laissé autant d'écrits sur ce qu'il voulait être et avait accompli ; aucun, sinon lui, n'a livré d'aussi nombreux témoignages monumentaux permettant de saisir les mobiles de ses entreprises.

– Faut-il, cependant, prendre à la lettre l'exagération étourdissante de certains récits propres à transformer en exploits la terne réalité ?

– Est-il insensé de faire crédit à l'évocation de sa jeunesse d'une exceptionnelle précocité le décrivant comme capable, à peine sevré, d'assister en corégent un père à la valeur incontestée ?

– Doit-on le croire lorsque, par d'ostentatoires prises de position, il renie vigoureusement les acteurs de la réforme amarnienne ?

– Serait-il possible de s'extasier devant les prodiges et miracles qui jalonnent son existence ?

Certes, tout paraît démesuré à nos yeux de modernes Occidentaux, à commencer par son étonnante longévité, la durée de son règne, son innombrable progéniture, évident objet de son orgueil et de ses soins.

Cela est certain, il procréa plus de cinquante fils, et non moins de filles. Plus que d'autres pharaons, il reçut dans ses harems les nombreuses princesses étrangères et nobles dames égyptiennes ayant contribué à enrichir sa descendance. Cependant, à considérer de près le cercle de ses Grandes Épouses royales, ce sont bien les fils des deux premières, Nofrétari et Isisnofret, qui constituent le nombre assez restreint des princes capables d'accéder au trône. En définitive, l'existence de cette féconde production ne peut nous étonner, si l'on pense au personnage moderne d'Abdel-Aziz Ibn Séoud, doté de quarante-trois fils !

Laissons à l'irritation de nombre d'entre nous l'emphase étourdissante – délirante, selon les termes de Cl. Vandersleyen – des titres et des louanges adressées à celui qui, pour mener au mieux son action, crut nécessaire de se présenter devant son peuple non plus comme le fils du dieu, ainsi que les autres pharaons le faisaient, mais tel l'incarnation du dieu lui-même.

On peut cependant déceler une réalité évidente dans les écrits inspirés par le roi. Surdoué, il le fut certainement ; très jeune corégent de son père, la preuve est indiscutable. Dès cette époque, il reçut effectivement le cartouche royal contenant son nom de couronnement.

La fameuse bataille de Qadesh : une défaite ? Dans l'immédiat, ce fut un « match nul », comme on dit, une catastrophe, due à une impardonnable imprudence, ayant été évitée de justesse. Imprudence certes, pour avoir, en faisant crédit à des informations non contrôlées, foncé vers la citadelle désirable, accompagné de la seule division d'Amon. Deux faits d'importance, pourtant, contrebalancent ce comportement. Ramsès avait pris soin, dans sa stratégie, de fixer au jour dit l'arrivée de sa troupe d'élite de *Néarins* : ce facteur fut essentiel pour redresser une situation semble-t-il perdue d'avance. Le roi ne s'est-il pas racheté par sa bravoure hors du commun et sa remarquable présence d'esprit, en réagissant devant le spectre de l'anéantissement ? Non ! Ramsès n'a pas menti : en faisant illustrer le *bulletin* de la bataille, il prit soin de représenter la citadelle ennemie <u>non investie</u>.

Le souvenir de cette bataille, à laquelle le Hittite semble avoir voulu mettre un terme, constitue certainement la hantise de Pharaon durant de longues années : reconquérir les positions perdues aux pays de Canaan et d'Amourrou fut son objectif, provisoirement atteint lors de l'éphémère prise de Dapour. Il lui apparut, alors, que la lutte s'avérait inégale et inutile, contre un adversaire aussi puissant que le Hittite, bénéficiant de la complicité de cités-États toujours prêtes à se retourner contre Pharaon. Mieux valait utiliser la diplomatie !

Lorsque Pharaon put enfin reprendre avec l'adversaire les pourparlers en vue d'une paix patiemment préparée, il semble qu'il songeait, déjà, à viser encore plus haut. Pour effacer définitivement la douloureuse épreuve de Qadesh (et la perte de l'Amourrou), il fallait en quelque sorte montrer sa supériorité, en obtenant la fille de celui qui l'avait combattu. Ce fut là, certainement, le point culminant de son règne, mais sa grande chance fut d'avoir à traiter avec un homme aussi respectable, loyal et pacifiste que le Hittite. Le vrai Ramsès se révèle dans la correspondance échangée avec Hattousil et la reine Poudoukhépa. On découvre alors un homme aux réactions assez directes, parfaitement lucide, à l'humour très caustique, aux exigences parfois excessives, mais sachant adroitement – et sans vergogne – assouplir ses positions suivant les circonstances. Il sut habilement mêler à tous ces événements, qui clôturaient une aussi longue attente, un fond de scène où surgissaient prodiges sur prodiges.

Au reste, les subterfuges ont jalonné son existence, et façonné son personnage. Il fut l'homme de la *baraka*, l'homme des miracles. Tout fut exploité, et à tous les niveaux : aussi bien ses étonnantes capacités juvéniles que le miraculeux forage d'un puits dans le désert du Ouadi Allaki, l'intervention d'Amon durant le combat de Qadesh, la sécheresse en Anatolie, l'été de la Saint-Martin, les secousses sismiques fracassant un de ses colosses, l'Inondation exceptionnelle pour son premier jubilé trentenaire...

Ses racines non royales, toujours présentes à son esprit, et la particularité de sa rousseur (probablement atavique), qui le classait dans la catégorie des fervents de Seth-le-perturbateur, l'avaient certainement incité à exorciser, en quelque sorte, ce qu'il pouvait considérer comme un handicap à son prestige. Il lui fallait, plus que d'autres, s'affirmer comme un être exceptionnel, réalisant des actes mémorables. Dans cette optique, Ramsès fut le premier « homme de communication ». Il parla, s'expliqua, fit écrire, agrémenta ses récits religieux et historiques de détails pris sur le vif, d'explications pratiques... en un mot, il voulut informer, et en vint à ébaucher l'Histoire.

Sa longue existence, bien qu'on ait parfois pu s'y méprendre, fut loin d'être constamment consacrée à la guerre : au début de son règne, quinze années à peine d'expéditions ou de combats sporadiques mais opiniâtres, sur soixante-sept années ! La deuxième période concerne en partie l'établissement de la paix et des accords qui devaient en découler. Le troisième volet de sa présence sur le trône d'Égypte lui permit, à la faveur de longues années de paix au Proche-Orient et d'une grande opulence dans le pays, de gouverner pour le bien de l'Égypte dans des conditions exceptionnelles.

Esprit éclairé, entouré d'un cercle de hauts fonctionnaires remarquables où se côtoyaient des Égyptiens et – en dépit des guerres – des Orientaux sémites très proches de lui, d'origine principalement cananéenne, amorrite, hourrite, Ramsès apparaît comme le secret continuateur de la réforme amarnienne. Non seulement il incita les artistes à reprendre certains procédés du décor, mais il avait, parallèlement, compris la nécessité d'infiltrer dans les croyances un concept élargi, « épuré », du divin. Cependant, pour masquer et protéger cette évolution, il lui fallait ouvertement renier ceux qui l'avaient inspirée. Aussi fut-il renégat : contribuant fortement à la détérioration du temple de Deir el-Bahari, et à celle des cénotaphes des proches de Hatchepsout au Gebel Silsilé, puis à la destruction de la ville d'Akhétaton, enfin à la disparition des reliques amarniennes à travers le pays. Il supprima aussi, sciemment, Hatchepsout et les princes de l'hérésie amarnienne des listes royales publiques.

Plus proche que ses prédécesseurs du peuple, de ses besoins et de ses aspirations, Ramsès le social fut aussi l'œcuménique. Aidé par la proximité de sa capitale Pi-Ramsès avec la frontière orientale du pays, il s'efforça de rapprocher le concept des formes divines de sa terre de celui des voisins sémites. Des monuments furent élevés à Seth-Baâl, à Horus-Houroun, à Hathor-Astarté. Partout où soldats et artisans étrangers vivaient sur les bords du Nil, leurs divinités avaient droit de cité : Quadesh, Anat, Astarté, Réshep, etc., furent vénérés dans leurs demeures.

Sachant exploiter, au bénéfice de sa gestion du pays, les événements qu'il côtoyait, il ne manqua pas d'utiliser et de s'attacher à l'ère sothiaque durant laquelle sa famille avait accédé au trône.

Il allait monopoliser le lever héliaque de l'étoile Sothis et l'arrivée de l'Inondation au Jour de l'An, et présenter le phénomène comme le résultat de son œuvre personnelle, partagée avec la belle Nofrétari *par amour de qui le soleil se lève*. Maître de l'Inondation, tel qu'Aménophis-Akhénaton avait déjà voulu se présenter lui-même, il dominait ainsi le calendrier dont dépendait le rythme de toute vie. On retrouve encore la marque de ce programme au Ramesséum, monument parmi tant d'autres érigés par lui, et dont chacun traduit une réalité cosmique.

La seule interrogation à laquelle aucun de nous ne peut encore apporter de réponse concerne le réel comportement de Ramsès vis-à-vis de la reine Isisnofret.

Potentat incontesté, la seule malchance de ce maître des prodiges fut de régner pendant de trop nombreuses années, durant lesquelles il vit disparaître la plupart de ses fils aînés.

En 1213 avant notre ère, son successeur, le treizième prince, Mérenptah, était déjà un homme âgé lorsqu'il recueillit son héritage.

En disparaissant, Ramsès laissait derrière lui les sources de son mythe. De son innombrable descendance, seul Khâemouaset à la renommée de savant et de magicien a su alimenter la littérature de Basse Époque, cependant que la geste de son père traversait les siècles. Dans le temple de Khonsou à Karnak, le souvenir du fastueux mariage avec la princesse hittite était encore évoqué au IVe siècle avant notre ère ! Mais des confusions s'étaient infiltrées, les prêtres prêtaient à la princesse une maladie, que la statue guérisseuse de leur dieu devait soigner. Le récit fut gravé sur une stèle où l'histoire de la princesse de *Bakhtan* était contée : le monument est conservé au Louvre, et Leconte de Lisle s'en inspira dans les *Poèmes barbares*.

Au-delà des frontières, les rédacteurs de la Bible évoquèrent à maintes reprises le pays de Ramsès et sa fastueuse capitale. Puis, lorsqu'au milieu du Ve siècle avant notre ère Hérodote visita l'Égypte, on lui parla de « Rhampsinite » et des pylônes de son temple de Memphis. Il entendit encore chanter la gloire du pharaon dont le nom ne faisait qu'un avec celui de l'antique Sésostris. On lui rapporta aussi comment le clergé de Ptah avait refusé à Darius d'ériger pour lui, devant leur temple, *un colosse de trente coudées comparable à ceux de Sésostris l'Égyptien*, entouré de sa femme et de ses enfants. Le grand roi convint que *n'ayant pu vaincre les Scythes, il n'avait pas accompli des exploits qui puissent égaler ceux de Pharaon* (Hérodote, *Histoires,* II, CX).

Plus tard encore, Diodore de Sicile (I, 54 et 73) évoquait la naissance miraculeuse du roi, *Fils de Ptah-Héphaïstos*. Informé par Hécatée, il visita et décrivit le Ramesséum, qu'il nommait le *Tombeau d'Osymandias* (déformation d'Ousermaâtrê). Il admira le fameux colosse effondré de la première cour, et fit allusion au *cercle d'or* brillant sur le toit-terrasse ; il commenta même la bataille de Qadesh contre le pays des Hittites, qu'il appelait *Bactria*...

Le nom de Ramsès brille encore de nos jours, il symbolise à lui seul toute la gloire des pharaons. Peut-être nous réserve-t-il quelques surprises par la découverte d'un nouveau « prodige » !

NOTES
ET
RÉFÉRENCES

Pourquoi écrire encore sur Ramsès (p. 7 à 9)

1. N. Grimal, *Histoire de l'Égypte ancienne*, Paris, Fayard, 1988, p. 298-329.

2. C. Vandersleyen, *L'Égypte et la Vallée du Nil – 2 : De la fin de l'Ancien Empire à la fin du Nouvel Empire*, Paris, PUF (Nouvelle Clio), 1995, p. 513-556.

3. K.A. Kitchen, *Pharaoh Triumphant. The Life and Time of Ramesses II, King of Egypt*, Warminster, 1983. Traduction française : *Ramsès II, le pharaon triomphant*, Monaco, Éditions du Rocher, 1985.

4. K.A. Kitchen, *Ramesside Inscriptions, Historical and Biographical*, huit volumes, Oxford, 1972-1990.

5. CNRS : Centre National de la Recherche Scientifique.

6. CEDAE : Centre d'Étude et de Documentation sur l'Ancienne Égypte.

7. Mon ancienne équipe y poursuit travaux et recherches depuis deux années.

Chapitre I : Le dernier miracle de Ramsès (p. 11 à 25)

1. Pour une récente étude sur les cinq jours épagomènes, cf. A. Spalinger, « Some Remarks on the Epagomenal Days in Ancient Egypt », *JNES* 54, n° 1 (1995), p. 33-47.

2. Pour les fêtes du Nil, principalement d'après les auteurs de la période gréco-romaine, il faut consulter avec profit le livre de D. Bonneau, *La Crue du Nil, divinité égyptienne, à travers mille ans d'histoire (332 av.-641 ap. J.-C.)*, Paris, Klincksieck, 1964.

3. *Cf.* le papyrus Anastasi I, pl. XII, 3 ; pl. XVIII ; vol. II,

pl. V, fig. 5. K. Sethe, « Der Name Sesostris, der Kurzname Ramses II », *ZÄS* XLI (1904), p. 53-57. W. Hayes, *The Scepter of Egypt* I, New York, 1959, p. 345. À la fin des temps pharaoniques, la gloire de Sésostris III et celle de Ramsès II étaient confondues dans la légende, parce que le diminutif *Sésou*, tiré de la syllabe terminale du mot Ramessès, fut attribué au nom *Sésoosis*, déformation de Sésostris.

4. Pour les rites funéraires en général, on consultera avec intérêt l'étude d'I. Franco, *Rites et croyances d'éternité*, Paris, Pygmalion/Gérard Watelet *(Bibliothèque de l'Égypte ancienne)*, 1993.

5. Anubis, le chien noir qui vit dans les ténèbres parce qu'il est attaché au sort du défunt pendant tout son périple chthonien. Il semble accueillir le mort à son entrée dans l'au-delà, le protéger et le guider jusqu'à la sortie de son « purgatoire ». Il est la préfiguration de saint Christophe, mais présente un aspect complexe dont on peut déduire qu'il se confond avec le mort lui-même durant sa transformation d'Osiris-le-père en Horus-l'héritier. Ainsi, Horus est sa forme visible. Il est vraiment la transition entre la mort et la vie, raison pour laquelle on lui prête parfois la tête du bélier du soleil en transformation. Pour Anubis-lune, cf. R.R. Ritner, « Anubis and the Lunar Disc », *JEA* 71 (1985), p. 149-155, suivi d'un complément donné par Dom Bede Millard U.S.B., in *JEA* 73 (1987), p. 238.

6. Ces entités sont toujours citées dans le même ordre. Sur les représentations funéraires elles ont l'aspect de petites momies debout sur une fleur de lotus jaillissant devant Osiris trônant dans l'au-delà. Protégeant généralement le foie (Amset), la rate (Hâpi), le poumon (Douamoutef) et l'intestin grêle (Kebehsenouf) : S. Aufrère, *RdE* 36 (1985), p. 23 ; on rencontre parfois des inversions dans les affectations : Amset pour l'estomac, Hâpi pour l'intestin grêle. Elles sont essentielles à la recomposition du futur Horus et forment la « corporation divine placée par Anubis en protection du sarcophage ». Elles sont censées résider dans la partie septentrionale du ciel, « derrière la Cuisse » (la Grande Ourse) : P. Barguet, *Le Livre des Morts des anciens Égyptiens*, Paris, Cerf (Littératures Anciennes du Proche-Orient 1), 1967, p. 60 (chapitre 17). Elles constituent tout le mécanisme qui redonnera au corps sa vitalité, en réunissant le cœur et les reins, remis dans la momie.

7. Seuls les textes émanant des auteurs gréco-romains ayant visité l'Égypte nous ont laissé des descriptions cohérentes des procédés de momification. Il s'agit d'Hérodote, *Histoires*, Livre II (Euterpe), § 85-88, et de Diodore de Sicile, *Naissance des dieux et des hommes*, Livre I, § 10c 1.

8. Ces grains de poivre dans les narines de la momie de Ram-

sès ont été décelés lorsque le corps du pharaon a été étudié et « soigné » à Paris. La même remarque s'applique à l'anneau d'or qui attachait le cœur, ou encore à la présence de tabac sauvage dans la paroi abdominale.

9. Détail particulier à la momie de Ramsès et à celle de son père Séthi Ier : la position des bras sur la poitrine. Lorsque les officiants croisèrent les bras royaux entourés des bandelettes, ils firent passer le bras gauche sur le bras droit, à l'inverse de ce qui s'est fait précédemment : G. Elliot Smith, *The Royal Mummies*, Catalogue général du Musée du Caire, Le Caire, 1912, p. 61 et 64.

10. La présence, au front des sarcophages royaux, de ces deux animaux et le fonctionnement de ces symboles sont expliqués dans Ch. Desroches Noblecourt, *Lointaine*, chapitre IV, p. 93-117.

11. Cette dernière, symboliquement orientée vers l'est dans l'univers de la tombe, devait présenter son côté gauche au nord, et son flanc droit au sud. Effectivement, le cobra avait été placé sur la jambe gauche, et le vautour contre la jambe droite (le fait a été constaté sur la momie de Toutânkhamon).

12. Le rapprochement avec la *couronne de la justice*, que l'on retrouve à plusieurs reprises dans les Évangiles, a été fait par N. de Garis Davies et A. H. Gardiner, *The Tomb of Amenemhet*, Londres, 1915, p. 111 n. 3. Pour la *couronne de justification*, *cf.* l'étude de Ph. Derchain, « Essai d'analyse d'un rite ptolémaïque », *CdE* XXX, n° 60 (juillet 1955), p. 225-287.

13. Comme on le sait, aucune syringe de la Vallée des Rois ayant contenu les sépultures des pharaons du Nouvel Empire (XVIIIe-XXe dynasties), à l'exception du tombeau de Toutânkhamon, n'a été épargnée par les pillards antiques. J'ai donc fondé les descriptions de l'apparat et du mobilier funéraires de Ramsès sur le magnifique exemple fourni par le petit roi. Cependant, les rares indices retrouvés dans les tombes pillées m'ont permis de constater que le rituel était sensiblement le même pour les autres pharaons. Pour de plus amples détails, se référer à Ch. Desroches Noblecourt, *Toutankhamon, vie et mort d'un pharaon*, Hachette/Rainbird, 1963, dernière édition française, Pygmalion/Gérard Watelet, Paris, 1977.

14. Pour la « confirmation du pouvoir royal au Nouvel An », voir J.-Cl. Goyon, *Confirmation du pouvoir royal au nouvel an* [Brooklyn Museum papyrus 47.218.50], Le Caire, IFAO (*Bibliothèque d'étude* 52), 1972.

15. On a pu repérer — grâce aux « appellations contrôlées » figurant sur les vestiges des jarres à vin de Ramsès déposées au Ramesséum — que les vignobles du roi étaient localisés dans au moins trente-quatre sites différents.

16. *Cf.* Ch. Maystre, « Le Tombeau de Ramsès II », *BIFAO*

XXXVIII (1939), p. 183-190. Très détériorée par les ravages des hommes et par les effondrements du rocher, il y a 3 000 ans, cette tombe de Ramsès II (n° 7 de la Vallée des Rois) n'avait jamais été fouillée systématiquement après son pillage dans l'Antiquité, et était par conséquent très mal connue. Elle avait fait l'objet d'une étude préliminaire de Ch. Maystre et A. Piankoff, il y a plus de cinquante années : ces derniers y avaient relevé, puis publié les *Litanies du Soleil*. J'avais mis son étude au programme des travaux entrepris à l'ouest de Thèbes, par le CNRS français et le CEDAE égyptien principalement, et relatifs aux monuments du grand roi. Mes successeurs en ont entrepris depuis deux années la prospection, qui réservera sans doute d'importantes découvertes. Vis-à-vis de l'entrée du tombeau, Ramsès avait fait creuser une immense structure souterraine consacrée à ses fils. Les recherches y sont actuellement poursuivies par Américains et Égyptiens.

17. Cette déclaration du démiurge est rencontrée, pour la première fois, dans les *Textes des Sarcophages*, 464 a-b, chap. 1130.

18. À propos de ce rite, se reporter à une récente étude d'A.M. Roth, « Fingers, Stars and the Opening of the Mouth : the Nature and Formation of the *Ntrwy*-blades », *JEA* 79 (1993), p. 57-59.

CHAPITRE II : L'ÉTRANGE ODYSSÉE D'UNE MOMIE ROYALE (p. 35 à 57)

1. Ainsi que j'en ai averti le lecteur — et puisque le mobilier funéraire de Ramsès a été pillé dans l'Antiquité —, j'ai fondé la description de l'apparat funéraire de Ramsès sur celui de Toutânkhamon, pourtant antérieur d'environ cent vingt ans. Un esprit chagrin pourrait imaginer que des changements se seraient produits au cours de cette période dans les coutumes funéraires. Il n'en est rien. Nous en avons la preuve par un dessin antique sur calcaire (ostracon), donnant le plan de la syringe de Ramsès IV, qui mourut soixante-cinq ans après Ramsès II : on peut constater — sur ce dessin partiellement conservé, en ce qui concerne l'emboîtage des quatre chapelles dorées — l'indication des quatre piquets soutenant la toile de lin, le tout déposé dans la cuve du roi.

2. Une étude complète des quatre chapelles en bois doré de Toutânkhamon, conservées au Musée du Caire, a été faite par A. Piankoff, *The Shrines of Tut-Ankh-Amon*, 2 vol., New York, Pantheon Books (*Bollingen Series* XL), 1954-1955.

3. Ou *Kher-ahaou* : ce terme encore unique, rencontré dans le papyrus Abbott V, 3, doit s'appliquer à cette grande structure

souterraine récemment remise au jour dans la Vallée des Rois, dont la fouille est maintenant entreprise : elle révélera certainement de nombreuses surprises. Le fouilleur américain K. Weeks a pu lire sur les murs de cette étrange syringe les noms de trois des fils de Ramsès : Imenherkhépéshef, Ramsès et Séthi. Il doit reprendre la suite du dégagement dès juin 1996.

4. Au sujet de l'histoire de ce dernier grand roi du Nouvel Empire, voir l'étude très complète de P. Grandet, *Ramsès III, histoire d'un règne*, Paris, Pygmalion/Gérard Watelet *(Bibliothèque de l'Égypte ancienne)*, 1993.

5. C'est ce que nous apprend le papyrus Mayer, conservé au Free Public Library Museum de Liverpool. On consultera avec intérêt l'étude passionnante des procès les plus retentissants relatifs aux pillages des tombes royales et à l'histoire de leurs auteurs, grâce aux documents qui en furent heureusement retrouvés : P. Vernus, *Affaires et scandales sous les Ramsès, la crise des valeurs dans l'Égypte du Nouvel Empire*, Paris, Pygmalion/Gérard Watelet *(Bibliothèque de l'Égypte ancienne)*, 1993.

6. Dans la tombe de Séthi Ier, avaient été déposées entre autres les momies d'Aménophis Ier, de Thoutmosis Ier et de Thoutmosis III, de Séthi Ier, de Ramsès Ier, de Ramsès II et de Ramsès IX. Dans la tombe d'Aménophis II, les momies de Thoutmosis IV, d'Aménophis III, de Mérenptah, de Siptah, de Ramsès IV et de Ramsès VI. Coïncidence : les souverains que Ramsès avait fait supprimer des listes royales évoquées dans ses temples ou sur les murs des chapelles de ses contemporains sont absents. Les momies de ces derniers ne paraissent pas avoir figuré dans les deux cachettes royales. Le hasard (ou le destin), une fois de plus, semble avoir plié les circonstances à la volonté de Pharaon.

7. Le chapitre 166 du Livre des Morts, portant la formule magique relative au chevet placé sous la tête du mort pour sa protection, est d'une rédaction remontant à cette époque de la XXIe dynastie. Le texte se termine par l'indication fournie par les prêtres mentionnant que *le livre a été trouvé au cou du roi Ouser-Maât-Rê* (Ramsès II) dans la nécropole. Cette découverte fut sans doute faite lorsque l'on constata le pillage de la tombe de Ramsès II. Ainsi apprend-on qu'une formule de protection, sur papyrus, avait été placée à la XXIe dynastie sous la nuque du roi. Le texte a été traduit par J. Cerny, *BIFAO* XLI (1942), p. 118 *sqq*.

8. *Cf.* G. Maspero, *Les momies royales de Deir el-Bahari*, Le Caire (*MMAF* I), 1889, p. 511-526.

9. Sur la vie de cette personnalité hors du commun, on consultera avec intérêt le livre d'É. David, *Mariette Pacha, 1821-1881*, Paris, Pygmalion/Gérard Watelet *(Bibliothèque de l'Égypte ancienne)*, 1994.

10. Il est vraisemblable que le plus ancien shaouabti connu en bronze, au nom de Ramsès II (Berlin n° 2502, P.A. Clayton, « Royal Bronze Shawabti Figures », *JEA* 58 (1972), p. 167-175), provient du pillage de la cachette royale de Deir el-Bahari, de même que les très beaux vases rituels cylindriques en fritte émaillée bleu turquoise à décor noir (appelés faussement canopes) conservés au Musée du Louvre.

11. H. Burton, qui pénétra dans la tombe très détériorée de Ramsès en décembre 1913, retrouva dans les gravats qui la remplissaient des fragments de vases exactement analogues (N. Reeves, *Valley of the Kings, a Decline of a Royal Necropolis*, New York, 1990, p. 321). Pour l'histoire de la difficile acquisition de ces vases par le Louvre, *cf.* M. Kanawaty, « Les vases bleus de Ramsès II », Memnonia VI (1995), p. 175-191.

12. L'aventure, romancée, de cette découverte a été retracée en 1969 par le très bon film égyptien *La Momie*, de Chadi Abdel Salam.

13. Le second de son genre, après celui que Bonaparte avait organisé au Caire en 1798. La pierre de Rosette y avait été déposée au lendemain de sa découverte, dans le Delta.

14. Pierre Loti, *La mort de Philae*, Paris, Calmann-Lévy, chapitre IV, *Le Cénacle des momies*, p. 47-66, et particulièrement p. 59-60.

15. Toute l'aventure de Ramsès, depuis son départ du Caire jusqu'à son retour, et la description des diverses interventions dont il a été l'objet, sont exposées dans L. Balout et *al.*, *La momie de Ramsès, contribution scientifique à l'égyptologie* (Introduction et Conclusion : Ch. Desroches Noblecourt), Paris, éditions Recherches sur les civilisations (ADPF), 1985, abondamment illustré.

Chapitre III : La naissance d'une dynastie (p. 59 à 70)

1. Trouvé dans les vestiges du mobilier funéraire de la reine, à Thèbes-ouest, ce magnifique collier fait d'une lourde chaîne d'où pendent trois grandes mouches stylisées, également en or, est conservé au Musée du Caire.

2. *Cf.* le catalogue de l'exposition consacrée à ce règne de la beauté et de la force, *Aménophis III, le pharaon soleil*, Paris, Grand Palais, 1993.

3. *Cf.* Ch. Desroches Noblecourt, *Toutankhamon, vie et mort d'un pharaon*, Rainbird, 1963, Pygmalion/Gérard Watelet, 1977.

4. R. Hari, *Horemheb et la Reine Moutnedjemet ou la fin d'une dynastie*, Genève, Belles Lettres, 1965. Pour la tombe d'Horemheb, *cf.* E. Hornung, *Das Grab des Haremhab im Tal der Könige*, Berne, 1971.

5. J.-M. Kruchten, *Le Décret d'Horemheb*, Université de Bruxelles, 1981.

6. Pour l'identité du père de Pa-Ramessou, futur Ramsès Ier, *cf.* E. Cruz-Uribe, « The Father of Ramses I », *JNES* 37, n° 3 (juillet 1978), p. 237-244, à propos de la stèle 0.1.11456 du Commandant de troupes Souty < Séthi. Il faut observer que le nom de *Séthi* n'apparaît qu'à partir de l'époque amarnienne (W.F. Albright, « Cuneiform Materials », *JNES* 5 (1946), p. XI. Sur les origines de la famille, *cf.* la Stèle de l'an 400 (voir plus loin). Une bonne édition en a été donnée par R. Stadelmann, « Die 400-Jahr-Stele », *CdE* XL, n° 79 (janvier 1965), p. 46-60.

7. Pour l'emplacement des *Chemins d'Horus*, D. Valbelle, « La (les) route (s) d'Horus », Le Caire, *IFAO* (*Bibliothèque d'Étude* 106-4), 1994, p. 379-386, démontre bien qu'il s'agit du point de départ du chemin qui part en direction de Gaza, et non pas du chemin lui-même. Redford était de la même opinion. A. Gardiner attribuait ce nom à la route côtière allant jusqu'à Tyr, « The Ancient Military Road between Egypt and Palestine », *JEA* 6 (1920), p. 99-116.

8. Pour la citadelle de Tjarou, A.H. Gardiner, *Ancient Egyptian Onomastica* II, Londres, 1947, p. 202*-204*, et A.R. Schulman, *JARCE* IV (1965), p. 66.

9. À cette époque, Pharaon aurait dû être assisté de deux vizirs. Mais on ne sait pas si Pa-Ramessou fut le Vizir du nord ou celui du sud, ou même s'il y eut vraiment deux vizirs auprès d'Horemheb. On a souvent mis en avant le prince Séthi, qui sur la Stèle de l'an 400 est signalé comme Vizir.

10. Les assises des murs étaient composées de petits blocs de grès. Il en fallait trois pour égaler la taille des blocs utilisés auparavant, d'où leur nom de *talatates*, tiré du chiffre *talata* = trois, en arabe.

11. W. Helck, *Zur Verwaltung des Mittleren und Neuen Reichs*, Leyde, 1958, p. 310-311 et p. 447.

12. Certains auteurs, dont K.A. Kitchen, estiment que Séthi fils de Pa-Ramessou devait être approximativement âgé d'une vingtaine d'années à cette époque (*cf.* K.A. Kitchen, *Ramsès*, p. 39).

13. Voir plus loin à propos du couronnement de Ramsès, chap. IV, p. 84.

14. Pour la corporation des ouvriers affectés à la tombe de Pharaon, *cf.* chap. IV, note 17.

15. Il faut donc réviser notre compréhension moderne de ce que l'on appelle « usurpation ». Ramsès est certainement resté fidèle à la mémoire d'Horemheb ; s'il en avait été autrement, on serait obligé de constater une monstrueuse ingratitude de la part de l'ancien Vizir.

16. K.A. Kitchen, *op. cit.*, p. 41. Ce texte avait été gravé sur le socle d'une statue de Ramsès Ier, consacrée dans le temple de Médamoud (au sud de Louxor).

17. Une fois l'opulence revenue, voici un exemple édifiant remontant à la XXe dynastie : le temple d'Amon à Karnak possédait 56 villes cananéennes, et celui de Rê, 103 villes ! *Cf.* A.H. Gardiner, *JEA* 27 (1941), p. 23-24, et B. Menu, *Le régime juridique des terres et du personnel attaché à la terre dans le Papyrus Wilbour*, Lille, 1970, p. 92-93.

18. Ces stèles furent découvertes en 1829 durant la fameuse expédition franco-toscane en Égypte, organisée par Champollion. Ce dernier ramena l'une d'entre elles, aujourd'hui au Musée du Louvre (C 59).

19. L.A. Christophe, « Les dernières années des rois Ramsès Ier et Ramsès II », *ASAE* LI, 2e fascicule (1951), p. 352.

CHAPITRE IV : LA CORÉGENCE DU PRINCE RAMSÈS (p. 73 à 97)

1. *Cf.* Ch. Desroches Noblecourt, *Lointaine*, p. 41 *sqq.*, et Ch. Desroches Noblecourt et Ch. Kuentz, *Le petit temple d'Abou Simbel* I, Le Caire, CEDAE, 1968, p. 118-119. R. Parker, *The Calendars of Ancient Egypt*, Chicago *(Studies in Ancient Oriental Civilization* 26), 1950, p. 30-51. Le « lever héliaque de l'étoile Sothis » marque donc ce jour béni où les deux années (l'agraire et religieuse d'une part, la civile d'autre part) coïncidaient, et cette rencontre se faisait à l'arrivée de l'Inondation sur la terre d'Égypte, autour du 18 juillet. Une « date sothiaque » est l'indication donnée par les Égyptiens du Jour de l'An où, pour le calendrier civil, l'étoile Sothis qui devient invisible pendant soixante-dix jours, réapparaît à l'aube. Puisque l'année civile perdait un jour tous les quatre ans, on réalise que dans ce calendrier les saisons étaient décalées. Ainsi le papyrus Ebers (Urkunden IV, p. 44, 5-6) indique la réapparition de l'étoile Sothis (Sirius) observée la neuvième année du règne sous la Majesté du roi de Haute et de Basse Égypte *Djéserkarê* (Aménophis Ier) : fête de l'An Nouveau, troisième mois de l'été, neuvième jour : lever de Sirius. Pour les paysans, l'Inonda-

tion (leur vrai Jour de l'An) et le lever héliaque de Sirius (c'est-à-dire l'apparition de Sothis et du soleil presque simultanée) survenaient toujours le premier jour du premier mois de la première saison (*Akhet* : Inondation).

2. Ce temple *de Millions d'Années* de Ramsès II, édifié pour le renouvellement annuel de Pharaon, appelé de nos jours Ramesséum, fut chanté jadis par Shelley, sous le nom de *Tombeau d'Osymandias* (altération du nom de couronnement de Ramsès : Ousermaâtrê).

3. La tombe du couple Thïa et Thiya (*cf.* André et Andrée !) fut retrouvée par G.T. Martin : *JEA* 69 (1983), p. 5-12, et *JEA* 70 (1984), p. 25-29. Le décor très vivant hérite encore du genre pittoresque adopté à l'époque amarnienne ; ainsi le couple nous apparaît halé dans son bateau de plaisance, ayant fait monter à bord du remorqueur les deux chevaux des princes, en route pour le pèlerinage d'Abydos.

4. Grande inscription dédicatoire d'Abydos, lignes 43 à 48.

5. Le problème de la corégence, on ne sait pourquoi, a souvent été contesté. Le fait est actuellement généralement admis. La discussion porte, maintenant, sur sa durée. Pour le cas de Ramsès du temps de son père, voir K.C. Seele, *The Coregency of Ramses II with Sethy I and the Date of the Great Hypostyle Hall at Karnak*, Chicago, 1940, pour les couronnements, p. 23 à 49. Voir aussi W.J. Murnane, « The Earlier Reign of Ramesses II and his Coregency with Seti I », *JNES* 35 (1976), p. 153-190 ; *Id.*, « The Early Reign of Ramesses II », *GM* 19 (1976), p. 41-43 ; *Id., Ancient Egyptian Coregencies*, Chicago, 1977, p. 60 *sqq.* Voir aussi A. Spalinger, « Traces of the early Career of Ramesses II », *JNES* 38, n° 4 (janvier-octobre 1979), p. 271-286 : à cette occasion, Spalinger démontre que, dans les documents gravés par ordre de Séthi, il serait bien question du prince Ramsès, et non d'un défunt frère aîné (p. 274). K.A. Kitchen, *JNES* 39 (1980), p. 169 *sqq.*

6. Aussi exagérés qu'aient été les termes de ce récit, il est impensable que Ramsès n'ait pas tiré parti d'un événement réel. Un texte de cette qualité, tracé en hiéroglyphes, écriture des dieux, et dans un site sacré, ne pouvait se référer à un événement fictif.

7. Pasar, à cette époque Chef des secrets des Deux Déesses, gardien des couronnes réunies sous forme de *pschent*, lui déposa très probablement ces augustes emblèmes sur la tête.

8. J.H. Breasted, *Ancient Records of Egypt* III, Chicago, 1906, p. 95 : *It is clear that this entire coronation of Hatchepsout, like the supernatural birth, is an artificial creation, a fiction of the later origin, prompted by political necessity. As such it is closely paralleled by the similar representation of Ramses II in his great*

Abydos inscription, with the sole difference that his father is stated to have remained as coregent on the throne.

9. *Cf.* J.H. Breasted, « Ramses II and the Princes in the Karnak Reliefs of Seti I », *ZÄS* 37 (1899), p. 130-139, et *Ancient Records of Egypt* III, p. 59-67 et fig. 3-6.

10. Le nom de ce personnage fantôme, dont la figuration a été remaniée par Ramsès, a été déchiffré : il s'agit d'un certain *Méhy.* Le mystère cependant demeure entier. Est-ce un prétendant au trône ? Est-ce un assistant du roi qui exceptionnellement aurait eu le droit de figurer immédiatement derrière le roi à cette place privilégiée ? *Cf.* W.J. Murnane, *The Road to Kadesh*, Chicago, 1985, p. 163-175.

11. Lorsque Ramsès devint pharaon à part entière, il fit peu après suivre son nom de couronnement *Ouser-Maât-Rê* par l'épithète *Sétep-en-Rê* : « choisi par le soleil ».

12. A.H. Gardiner-T.E. Peet-J. Cerny, *Inscriptions of Sinai* II, Londres, 1955, p. 176-177.

13. Le Louvre possède une magnifique stèle (C 213) représentant le Surintendant du harem de Memphis Hormin, récompensé par son roi Séthi, lequel, de la « fenêtre d'apparition » de son palais, lui décerne des colliers d'or.

14. Pour Pasar, qui devint Vizir, cf. J. Yoyotte, *Annuaire EPHE* 74 (1966), p. 87-88, et V.A. Donohue, « The Vizier Paser », *JEA* 74 (1988), p. 103-123.

15. À ne pas confondre avec Imenemipet, Vice-Roi de Nubie à la même époque, qui apparaît sur un mur du temple de Beït el-Ouali.

16. Une magnifique stèle de Didia, en granit noir, présentant des images divines en haut-relief, et marquée de toute sa généalogie, est conservée au Musée du Louvre (C 50).

17. J. Cerny, *A Community of Workmen at Thebes in the Ramesside Period*, Le Caire, IFAO (*Bibliothèque d'Étude* 50), 1973, est l'ouvrage de base. Voir aussi D. Valbelle, *Les ouvriers de la tombe. Deir el Medineh à l'époque ramesside*, Le Caire, IFAO (*Bibliothèque d'Étude* 96), 1985 ; M.L. Bierbrier, *Les bâtisseurs de Pharaon, la confrérie de Deir el Medineh*, Monaco, Éditions du Rocher, 1986, qui est la traduction française de *The Tomb-Builders of the Pharaohs*, 1982.

18. E. Hornung, *Das Grab Sethos 'I*, Zürich, 1991.

19. Le *Kadja* emploie du *kedj* > *gesso.*

20. Scribe des images : *sesh-ked.*

21. Sculpteur : *tja-médjat.*

22. N. De Garis Davies, *The Tomb of Ramose*, Londres, The Egypt Exploration Society, 1941, pl. XXXVII.

23. Aussi surprenant que cela paraisse, il semble que la tombe de Séthi Ier fut bien creusée et décorée en une dizaine d'années. D'autres syringes, presque aussi importantes, celles de Ramsès IV et de Ramsès VI, ont dû être exécutées dans des délais analogues. Ces constatations — ou estimations — ont pu être faites lorsque nous avons étudié les inscriptions laissées par les ouvriers sur les rochers des vallées funéraires royales. *Cf.* J. Cerny et Ch. Desroches Noblecourt, *Les Graffiti de la montagne thébaine* I, Le Caire, CEDAE, 1970, p. XVI-XVII.

24. Il existe, à l'Oriental Institute de Chicago, une stèle fragmentaire (O.I. 11456), sur laquelle le père de Pa-Ramessou (Ramsès Ier), du nom de Souty (Séthi), est entouré de son fils et de son frère : *Khâemouaset*, tous militaires, naturellement. *Cf.* E. Cruz-Uribe, « The Father of Ramses I », *JNES* 37, n° 3 (juillet 1978), p. 239-240.

25. *Cf.* Nicolas Grimal, *Histoire de l'Égypte ancienne*, Paris, Fayard, 1988, p. 300.

26. W.C. Hayes, *Glazed Tiles from a Palace of Ramesses II at Kantir*, New York, The Metropolitan Museum of Art *(Papers 3)*, 1934.

27. L'hémispéos de Beït el-Ouali, au cours des opérations de sauvegarde des temples de Nubie, a été transféré au sud du grand barrage d'Assouan (le Sadd el-Âli), et placé au nord-ouest du temple de Kalabsha, également déplacé. La partie en spéos a été naturellement introduite dans les rochers. À l'époque chrétienne, le petit sanctuaire avait été transformé en église. Une des particularités des décors consiste en ce qu'ils ont été traités partiellement en « relief en creux », comme à l'époque amarnienne.

28. Dans ce cas, les deux panneaux ne constitueraient que le commentaire décoratif des scènes traditionnelles des pylônes, où Pharaon s'oppose symboliquement, au sud comme au nord, aux agresseurs de son pays. Le prototype figure, déjà, sur la palette de Narmer (Musée du Caire).

CHAPITRE V : LE SACRE (p. 99 à 119)

1. Les dates de l'époque ramesside ne sont pas encore complètement fixées, et varient dans une « fourchette » d'une dizaine d'années. Certains la font débuter vers 1304 avant notre ère, d'autres en 1290. Nous avons choisi de suivre la chronologie établie par Kitchen qui — tenant compte des dates fournies par les pays voisins — semble le mieux convenir. *Cf.* M. L. Bierbrier, *JEA* 66

(1980), p. 177-178, compte rendu de l'étude de E. Wente et Ch. van Siclen sur la chronologie du Nouvel Empire, et les discussions sur l'accession au trône de Ramsès II. Voir aussi R. Redford, « The Earliest Years of Ramesses II, and the Building of the ramesside Court at Luxor », *JEA* 57 (1971), p. 110-119 ; K.A. Kitchen, comptes rendus des études de J. D. Schmidt et F. Gomaá sur le règne de Ramsès II, *in JEA* 61 (1975), p. 269, et R. Krauss, « Zur historischen Einordnung Amenmesses und zur Chronologie der 19./20. Dynastie », *GM* 45 (1981), p. 30. Le sacre de Ramsès, célébré après les obsèques de Séthi, se déroulait sous les meilleurs auspices, puisqu'il avait lieu pendant la saison de l'Inondation : Urk. IV, 262, 7-8.

2. Sur l'insistance de Ramsès à montrer qu'il était bien le prince héritier : Ch. Desroches Noblecourt, « Une coutume égyptienne méconnue », *BIFAO* 45 (1947), p. 185-232, notamment p. 209.

3. W. F. Albright, « Cuneiform Materials », *JNES* 5 (1946), p. 21.

4. Qu'on se souvienne des célèbres architectes de Louxor, sous Aménophis III, Hor et Souty.

5. E. Cruz-Uribe, « The Father of Ramses I », *JNES* 37, n° 3 (juillet 1978), p. 237-244.

6. Nina de Garis Davies et A.H. Gardiner, *The Tomb of Houy Viceroy of Nubia in the Reign of Tutankhamun*, n° 40.

7. Le procédé fut appliqué dans le décor de l'aile sud de l'hypostyle de Karnak, alors que l'aile nord, remontant à l'époque de la corégence, est ornée de bas-reliefs traditionnels.

8. *Cf.* R. Parker, *The Calendars of Ancient Egypt*, Chicago (*Studies in Ancient Oriental Civilization* 26), 1950, p. 39, § 198.

9. Ou *Répétition des naissances*, qualifiée de commencement de l'éternité. Cette expression fut même utilisée pour des périodes moins « cosmiques », par Amenemhat Ier, Hatchepsout, Toutânkhamon et Horemheb. *Cf.* E. Blumenthal, *Untersuchungen zum ägyptischen Königtum des Mittleren Reiches*, Berlin, 1978.

10. La période sothiaque aurait débuté au plus tôt en 1318, au plus tard en 1312. *Cf.* R. Parker, *op. cit.*, p. 38 et 59. Il précise : le 5 juillet 1313 à Memphis-Héliopolis. L.A. Christophe, « Les fêtes agraires du calendrier d'Hathor », *Cahiers d'Histoire Égyptienne* VII (Le Caire, février 1955), p. 44 et n° 43. Cette ère nouvelle, *Renouvellement des naissances (Ouhem mesout)*, devait coïncider avec l'ère décrite par Théon d'Alexandrie comme *Ère de Ménophrès*, identifiée avec ce dernier cycle sothiaque avant Jésus-Christ, et l'avènement de Séthi Ier. *Cf.* J. von Beckerath, *Tanis und Theben, hist. Grundlagen der Ramessidenzeit in Ægypten, ägypto-*

logische Forschungen 16, Munich, 1951, p. 105 *sqq*. Pour le renouvellement de la période sothiaque sur la stèle de Nauri (Nubie), *Cf.* F.Ll. Griffith, « The Abydos Decree of Seti I at Abydos », *JEA* 13 (1927), p. 193-208, et K. Sethe, « Sethos I. und die Erneuerung der Hundsternperiod », *ZÄS* 66 (1930), p. 1-7.

11. Les *Sha-ra-d-ny. Cf.* stèle de Tanis, J. Yoyotte, « Les stèles de Ramsès II à Tanis (1re partie) », *Kêmi* 10 (1949), p. 66-69.

12. J.-Cl. Goyon, *Confirmation du pouvoir royal au Nouvel An [Brooklyn Museum papyrus n° 47.218.50]*, Le Caire, IFAO (*Bibliothèque d'Étude* 52), 1972.

13. P. Barguet, *Le temple d'Amon-Rê à Karnak, essai d'exégèse*, IFAO (*RAPH* 21), Le Caire, 1962, p. 314.

14. D'après D. Meeks et Ch. Favard-Meeks, *La vie quotidienne des dieux égyptiens*, Paris, Hachette, 1993, p. 276-278.

15. S. Aufrère, *L'univers minéral dans la pensée égyptienne*, Le Caire, *IFAO* (*Bibliothèque d'Étude* 105/1 et 2), 1991.

16. Ch. Desroches Noblecourt, *Lointaine*, p. 24, p. 99-106, p. 115-117.

17. Au début du règne d'Aménophis IV, ces signes sont tenus par les petites mains terminant l'image des rayons solaires, et communiquant la vie aux narines du couple royal. *Cf.* La scène de la fenêtre d'apparition, d'où les souverains distribuent des récompenses, dans la tombe thébaine de Ramose, et Ch. Desroches Noblecourt, *op. cit.*, fig. p. 106.

18. *Cf.* Ch. Desroches Noblecourt, *Vie et mort d'un pharaon, Toutankhamon*, Hachette/Rainbird, 1963, Pygmalion/Gérard Watelet, Paris, 1977, p. 82, fig. XVIII. La forme de ces cannes avait peut-être été influencée par celle du cadmus des Hittites.

19. Voir la célèbre palette de Narmer, conservée au Musée du Caire, Ch. Desroches Noblecourt, *Lointaine*, p. 20 et 22.

20. *Id., ibid.*, p. 47-50.

21. Cette scène connaît des variantes : à Karnak, en Abydos, Ramsès est entouré des mères primordiales également assises. En Abou Simbel, dans le petit temple, Ramsès debout est encadré par Horus et Seth, seulement ; les deux mères primordiales ne sont pas visibles, mais le *pschent* repose bien sur la tête du roi. Ce résumé extraordinairement contracté fait aussi allusion à la remise de l'autre couronne, le casque de peau d'autruche porté par Pharaon au cours de ses occupations journalières. En effet, l'inscription qui domine l'imposition du *pschent* rappelle que Pharaon reçoit également le casque de peau, le *khépéresh* (Ch. Desroches Noblecourt et Ch. Kuentz, *Le petit temple d'Abou Simbel*, Le Caire, 1968, t. II pl. XLI-XLII, t. I p. 55 et n. 230 p. 186).

22. Pé : Bouto, ville sainte du Delta, située au niveau le plus bas de la terre d'Égypte.

23. Nékhen : Hiérakonpolis, ville sainte de Haute Égypte, située sur le point culminant du terrain.

24. Cette cérémonie se déroulait-elle, peut-être, dans le temple même de Karnak, au cours d'une étape ultérieure ? Certains reliefs de temples ou de spéos représentent ainsi Pharaon couronné par une forme divine locale. La plus harmonieuse de ces images est conservée sur le pyramidion de l'obélisque effondré de la reine Hatchepsout, dans les parages du grand lac sacré du temple d'Amon à Karnak.

25. Samout, scribe de la Maison de vie comme son fils et ses deux petits-fils, fit également graver ce protocole dans le Temple de Millions d'années de Ramsès, le Ramesséum : « Dessinateur du seigneur des Deux Terres dans tous ses monuments appartenant à Karnak (Ipet-Sout). Celui qui écrivit le grand nom du dieu vivant au Ramesséum, dans la Maison d'Amon à l'ouest de Thèbes. » *Cf.* A.H. Gardiner, « The Coronation of King Haremhab », *JEA* 39 (1953), p. 28, et *JEA* 24, p. 160-161. Pour l'annonce du protocole du roi dans toutes les provinces, voir Urk. IV, p. 80-81.

26. Cette épithète semble apparaître vers la fin de l'an 2, troisième mois de la saison de l'été *(Shémou)*, vingt-sixième jour.

27. Papyrus de Brooklyn, XVI, 6-7.

28. Ch. Desroches Noblecourt, *Lointaine*, p. 85-89.

29. Geb, ayant pour parèdre Nout, la voûte céleste, évoque toutes les forces que contient la terre.

30. Neith, une des seules formes divines féminines considérée comme démiurge. Sa très riche théologie, consignée sur les murs de son temple d'Esna, en Haute Égypte, a été publiée d'une façon magistrale par S. Sauneron, *Les fêtes religieuses d'Esna aux derniers siècles du paganisme*, Le Caire, IFAO *(Esna V)*, 1962.

31. L'arbre-*ished* est, par excellence, l'arbre de Rê, mais il ne faut pas oublier que l'âme d'Osiris réside en lui. *Cf.* S. Sauneron, *Le rituel de l'embaumement, papyrus Boulaq III et papyrus Louvre 5.158*, Le Caire, 1952, p. 29, 13-15.

32. Le calame *(âref)* est un roseau mâchonné à une de ses extrémités en forme de pinceau, avec lequel les scribes écrivaient.

33. Ch. Desroches Noblecourt, *Lointaine*, p. 130-135.

34. Le fait que l'épithète *Sétepenrê* ait été ajoutée au nom de couronnement indique bien que la représentation évoque la répétition du couronnement, un ou deux ans après l'acte initial. Sur cette composition du Ramesséum, la perspective est suggérée par les niveaux différents où figurent les acteurs de la cérémonie. Atoum

incarne également Amon en cette période jubilaire du retour de l'Inondation.

35. Le Musée du Caire conserve une précieuse statuette de schiste vert représentant Ramsès, torse rituellement nu et vêtu du simple pagne court plissé, rampant sur une grande branche de perséa aux fruits inscrits de son nom Ousermaâtrê : ex-voto évident du couronnement, et contemporain de celui-ci. En effet, dès la seconde année de son règne, le nom de couronnement de Ramsès est suivi de l'épithète *Sétepenrê, élu du soleil. Cf.* W. J. Murnane, *Ancient Egyptian Coregencies*, Chicago, 1977, p. 63 *sqq.* (Le Caire n° 37.423, provient de la « cachette » de Karnak).

36. Elle commença le dix-neuvième jour du deuxième mois de la saison *Akhet.*

37. Ces festivités revêtaient une telle importance qu'elles ont défié les siècles. Les populations thébaines ont prolongé l'auguste procession jusqu'à nos jours entre les deux temples, et le transport d'une barque couverte de banderoles, escortée d'une cavalcade de danses et de musique, se déroule encore chaque année, en une festivité musulmane qui est venue se greffer sur le thème antique. Il s'agit de la fête d'un saint homme local appelé Abou el-Haggag, à qui on attribue certains miracles, et dont le tombeau-mosquée a été introduit contre la face méridionale de la tour est du premier pylône du temple de Louxor.

38. Les murs latéraux de cette imposante colonnade sont de précieux témoins pour l'étude de cette fête dont toutes les étapes ont été sculptées sur les parois. *Cf.* W. Wolf, *Das schöne Fest von Opet*, Leipzig, 1931.

39. Gustave Lefebvre, *Histoire des grands prêtres d'Amon de Karnak jusqu'à la XXIe dynastie*, Paris, Geuthner, 1929, p. 117-118.

40. Pour le temple d'Amon à Karnak *(Ipet-sout)*, *cf.* la magistrale étude de Paul Barguet, *Le temple d'Amon-Rê à Karnak, essai d'exégèse*, Le Caire, IFAO (*RAPH* 21), 1962. Le temple proprement dit a pour nom *Ipet-sout*, p. 307.

41. *Cf.* Ch. Kuentz, *La face sud du massif est du pylône de Ramsès II à Louxor*, Le Caire, CEDAE *(Collection Scientifique)*, 1971. La grande inscription dédicatoire où il est question de la visite de Ramsès à la Maison de vie figure aux planches XXI à XXV.

42. *Id.*, *op. cit.*, pl. XXI, où la façade projetée du pylône est représentée. Elle est composée de deux tours en forme de trapèze devant lesquelles on aperçoit deux colosses assis et deux obélisques. Lorsque la grande cour fut achevée, la façade du temple fut à nouveau reproduite sur le mur sud de la cour. Ramsès avait encore

embelli sa fondation à cette époque, et deux colosses debout avaient été ajoutés aux extrémités des tours est et ouest. Ces colosses subsistent encore devant le temple.

43. Les textes nous apprennent que le travail fut achevé en l'an 3 du règne, quatrième mois de l'Inondation, le dixième jour.

44. Nebnétérou, père du Vizir de Haute Égypte, Pasar.

CHAPITRE VI : LES QUATRE PREMIÈRES ANNÉES DU RÈGNE (p. 121 à 145)

1. G. Lefebvre, *Histoire des grands prêtres d'Amon de Karnak jusqu'à la XXI*[e] *dynastie*, Paris, Geuthner, 1929, p. 119-123.

2. Ce fils s'appelait Hori.

3. Il fut à ce point fidèle à la politique de Ramsès qu'il reçut la permission de se faire construire à Thèbes-ouest un temple parmi ceux des rois, *cf.* B. Porter et R. Moss, *Topographical Bibliography of Ancient Egyptian Hieroglyphic Texts, Reliefs, and Paintings* II. *Theban Temples*, Oxford, Clarendon Press, 2e éd. 1972, p. 421.

4. L'inscription est datée de la première année du règne, troisième mois de *Akhet* (Inondation), vingt-troisième jour (mois de *Hathyr*). La première bonne publication de ce texte est due à H. Gauthier, *La grande inscription dédicatoire d'Abydos*, publiée avec notes et glossaire, Le Caire, IFAO (*Bibliothèque d'Étude* 4), 1912.

5. R.A. Parker, *The Calendars of Ancient Egypt*, Chicago (*Studies in Ancient Oriental Civilization* 26), 1950, p. 30-51, et § 197.

6. H. Gauthier, *Le Livre des rois d'Égypte* III-1, Le Caire, IFAO (*MIFAO* 19), 1913, p. 33-34.

7. Ch. Desroches Noblecourt, *Lointaine*, p. 171-175.

8. Cl. Vandersleyen, *L'Égypte et la vallée du Nil*-2 : *De la fin de l'Ancien Empire à la fin du Nouvel Empire*, Paris, PUF (Nouvelle Clio), 1995, p. 515-516, d'après un ostracon du Ramesséum (E. Wente, « The Gurob Letter to Amenhotep IV », *Mélanges Nims*, 1980, p. 209).

9. G. Lefebvre a supposé que le Grand Prêtre Bakenkhonsou aurait été le responsable de l'érection des deux obélisques de Louxor. Il apparaît que les aiguilles de pierre auraient pu être dressées du temps où Nebounénef, son prédécesseur, occupait la fonction.

10. Trois ans plus tard, Ramsès pouvait commander à ses sculpteurs d'y faire figurer les divers épisodes de la bataille de Qadesh. Le pays tout entier bourdonnait sous l'activité architectu-

rale commandée par Ousermaâtrê. Lorsqu'il n'était pas question de créations, le roi avait ordonné de compléter les constructions de ses prédécesseurs, ou encore de les enrichir à son nom. C'est la raison pour laquelle on lui a beaucoup reproché de s'être emparé des sanctuaires de ses devanciers. Ce n'est pas exactement la réalité. Nombre d'autres souverains ont substitué leurs noms à ceux des pharaons précédents ; ce fut aussi le cas pour Ramsès, et souvent pour des raisons religieuses concernant cette longue chaîne pharaonique aux maillons successifs. Souvent, également, Ramsès s'est contenté d'ajouter son protocole à côté de celui d'un de ses prédécesseurs. Un bon exemple est fourni par un tambour de colonne conservé au Musée du Caire, au nom de Thoutmosis IV (provenance Éléphantine) et dont le décor fut complété par Ramsès. Il y fit graver son effigie coiffée du *khépéresh*, offrant des papyrus, et complétée par ses deux cartouches, sous la protection du faucon d'Horus (Le Caire n° 41.560). Catalogue de l'exposition *Ramsès le Grand*, Paris, 1976, n° X, p. 57.

11. Lorsque le temple de Dakké, érigé à la très Basse Époque et dédié en cet endroit à Thot, maître de l'Inondation, où les Romains avaient fixé la limite de leur extension en Nubie (le *Dodécaschène*), fut démonté pour être reconstitué hors des eaux du lac Nasser, on découvrit ses soubassements. Ils étaient faits d'assises provenant d'un édifice dédié par Thoutmosis III à l'Horus de *Baki*. Ce sanctuaire possédait des reliefs d'une très grande beauté, revêtus encore de leur polychromie en dépit de leur submersion dans la zone inondée huit mois par an, après la construction du premier barrage d'Assouan. Tous les blocs, malheureusement, ne purent être sauvés.

12. Sous l'aspect duquel il faut vraisemblablement détecter la force séthienne.

13. La coudée royale *(méh)* mesure 523 millimètres ; *cf.* H. Carter et A.H. Gardiner, « The Tomb of Ramesses IV and the Turin Plan of Royal Tombs », *JEA* 4 (1917), p. 136.

14. La Stèle de Kouban est maintenant conservée en France... et à Grenoble, dans la ville chère à Champollion. Elle fut découverte vers 1843 par Prisse d'Avennes dans les ruines de la forteresse de Kouban. Elle fut acquise par le comte Louis de Saint-Ferriol qui la transporta dans son château d'Uriage-les-Bains. En 1916, son fils, le comte Gabriel, la donna au Musée de Grenoble. Une des éditions complètes du texte fut faite par l'abbé P. Tresson, *La Stèle de Kouban*, Le Caire, IFAO (*Bibliothèque d'Étude* 9), 1922. La traduction a été donnée par J.H. Breasted, *Ancient Records of Egypt* IV, § 282-293, p. 117 *sqq.* A. Moret et G. Davy, *Des Clans aux Empires*, rappellent en 1923 (p. 171) que *Pharaon est le roi de l'eau,... il est dénommé « celui qui donne l'eau à la*

terre » (Gardiner, *Admonitions of an Ancient Sage*, p. 55) ; et même, dans le désert, *l'eau surgit à sa voix dès qu'il l'appelle* (Moret-Davy, *op. cit.*, p. 252, 4-5). Enfin, au moment critique, lorsque le Nil est au plus bas, Pharaon jette au fleuve l'ordre écrit de commencer la crue (stèle de Silsilé, Ramsès II et Ramsès III). Pour l'étude du roi et de l'eau, *cf. Colloque A. Voguë* 1992, édité par B. Menu, IFAO (*Bibliothèque d'Étude* 110), Le Caire, 1994.

15. *Miam* = Aniba. Capitale de la Nubie égyptienne jusqu'à la fin de la XVIIIe dynastie, qui fut remplacée dès le début de la XIXe par Amara, et devint la nouvelle résidence du Vice-Roi.

16. *Bouhen*, à la hauteur de la Seconde Cataracte, actuellement Ouadi Halfa, à la frontière du Soudan ou pays de *Koush* (Haute Nubie dans l'Antiquité).

17. Dans la scène de pesée des actes du défunt par une balance — scène que les Grecs ont approximativement appelée psychostasie, Thot au bec d'ibis vérifie l'exactitude du peson de cette balance.

18. *Enfant du Prince*, allusion au fait que Séthi, son père, n'avait pas encore succédé à Ramsès Nebpèhtyrê (Ramsès Ier).

19. Grosse tresse latérale de cheveux, insigne des jeunes princes.

20. On a effectivement repéré, dans les graffiti rupestres de Basse Nubie, l'indication de rois des premières dynasties.

21. 120 coudées, un peu plus de 62 mètres.

22. 12 coudées : 6,50 mètres environ.

23. Information aimablement communiquée par J. Piotrovsky, directeur de l'expédition archéologique de l'URSS dans le Ouadi Allaki.

24. La découverte de la capitale hittite, Hattousha (Boghazköy), est due au pionnier de cette science, Charles Texier. Un de nos meilleurs spécialistes du hittite était, il y a encore quelques années, Emmanuel Laroche. Les *Dossiers de l'Archéologie* n° 193 (mai 1994) donnent une bonne vision des monuments de ce pays (en Turquie actuelle).

25. Ces garnisons s'épuisaient à réprimer les révoltes locales organisées par les Hittites.

26. Pour l'organisation de l'armée égyptienne, *cf.* R.O. Faulkner, « Egyptian Military Organization », *JEA* 39 (1953), p. 32-47. L.A. Christophe, « L'organisation de l'armée égyptienne à l'époque de Ramsès II », *La Revue du Caire* 1957, p. 387-405. A.R. Schulman, *Military Rank, Title and Organization in the Egyptian New Kingdom*, Berlin, 1964. J. Yoyotte et J. Lopez, « L'organisation de l'armée et les titulatures des soldats au Nouvel Empire égyptien », *BiOr* XXVI, n° 1/2 (janvier-mars 1969), p. 14 *sqq*. D. Redford,

Egypt, Canaan and Israel in Ancient Times, Le Caire, The American University in Cairo Press, 1992, p. 214-221.

27. D. Redford, *op. cit.*, p. 217.

28. *Cf. Urk.* IV, 1659, et D. Redford, *op. cit.*, p. 218.

29. Pour l'étendard précédant les troupes en marche, cf. R.O. Faulkner, « Egyptian Military Standards », *JEA* 27 (1941), p. 17 et pl. VI.

30. *Cf.* Papyrus Harris I, 57, 8-9.

31. L.A. Christophe, « L'organisation de l'armée égyptienne à l'époque de Ramsès II », *La Revue du Caire* 1957, p. 300.

32. Les *Shardanes* autrefois implantés en Asie Mineure s'efforcèrent d'envahir l'Égypte. Ceux qui furent faits prisonniers devinrent de vaillants membres de l'armée égyptienne. Ceux qui furent plus tard repoussés par les armées de Ramsès III trouvèrent refuge dans une île de la Méditerranée occidentale, au sud de l'Italie, à laquelle ils donnèrent leur nom : Shardanes > Sardaigne.

33. Les *Qéheqs* étaient originaires du désert occidental.

34. Les *Mashaouash* étaient des habitants du désert libyque.

35. D. Redford, *Egypt, Canaan and Israel in Ancient Times*, Le Caire, The American University in Cairo Press, 1992, p. 219, et A.R. Schulman, *JARCE* 2 (1963), p. 75-98.

36. *Cf.* S. Sauneron, « La manufacture d'armes de Memphis », *BIFAO* 54 (1954), p. 7-12.

37. K.A. Kitchen, *Ramsès*, p. 197.

38. D. Redford, *op. cit.*, p. 203.

39. La police formée des *Médjaÿ*, d'origine nubienne, était efficace. Pour la transplantation des populations rebelles de Canaan et l'action des maires de cette région, *cf.* D. Redford, *op. cit.*, p. 207-208, et surtout W. Helck, *Die Beziehungen Ägyptens zu Vorderasien im 3. und 2. Jahrtausend v. Chr.*, Wiesbaden (ÄA 5), 2e éd. 1971, p. 342-343.

40. La stèle triomphale dédiée à ce propos par Thoutmosis III, dans le temple d'Amon à Karnak, est maintenant conservée au Musée du Caire (*Urk.* IV, 662, 5). On doit à L.A. Christophe une très claire et lucide étude de la bataille d'après les textes eux-mêmes : « Notes géographiques. À propos des campagnes de Thoutmosis III », *RdE* 6 (1950), p. 97-106. Sous Thoutmosis III, il n'y eut pas de bataille à Mageddo. *Cf.* W. Helck, *Der Einfluss der Militärführer in der 18, ägyptischen Dynastie*, Leipzig (*Untersuchungen zur Geschichte und Altertumskunde Ägyptens* 14), 1939, p. 14, et R.O. Faulkner, « The Battle of Megiddo », *JEA* 28 (1942), p. 2-15.

CHAPITRE VII : QADESH I (p. 147 à 161)

1. Hanigalbat est le Mitanni, longeant le nord-ouest de l'Euphrate.

2. P. Grandet, *Ramsès III, histoire d'un règne*, Paris, Pygmalion/Gérard Watelet *(Bibliothèque de l'Égypte Ancienne)*, 1993, p. 30.

3. A.H. Gardiner, « The Ancient Military Road between Egypt and Palestine », *JEA* 6 (1920), p. 99-116.

4. *Cf.* chapitre III, p. 68.

5. L'actuelle Ras Shamra, située sur la côte, face à l'île de Chypre. Pour les relations du premier Niqmat avec la fin de l'époque amarnienne, *cf.* Ch. Desroches Noblecourt, « Interprétation et datation d'une scène gravée sur deux fragments de récipient en albâtre provenant des fouilles du palais d'Ugarit », *in* Cl. Schaeffer, *Ugaritica* III, p. 179-230. Un second prince Niqmat d'Ougarit régnait sur la ville à l'époque de Ramsès II. Une épée de Mérenptah fut trouvée également dans les fouilles.

6. Région située entre Beth Shan et Yénoan.

7. A. H. Gardiner, *The Kadesh Inscription of Ramesses II*, Oxford, Oxford University Press, 1960, p. 4.

8. Cette lettre fait allusion à la bataille, lettre à laquelle on peut encore ajouter quelques renseignements hittites sporadiques. Les détails généraux concordent, dans leurs grandes lignes, avec ceux fournis par les documents égyptiens.

9. Ce qui subsiste maintenant de ces scènes de bataille, à l'entrée de l'hémispéos de Derr, est en grande partie détérioré et demeure très peu visible.

10. La bibliographie relative au *bulletin* de la bataille de Qadesh est importante. Les titres généraux auxquels on peut se référer sont tout d'abord la magistrale publication comparative des différents textes, établie par Ch. Kuentz, *La bataille de Qadesh*, Le Caire, IFAO (*MIFAO* 55), 1928 ; les meilleures traductions : J.H. Breasted, *Ancient Records of Egypt* III, 1906, § 306 *sqq.*, p. 134 *sqq. Id., The Battle of Kadesh, a Study in the Earliest Known Strategy*, Chicago *(University of Chicago's Decennial Publications)* , 1903. A. M. Blackman, *The Literature of the Ancient Egyptians*, 1927, p. 261 *sqq.* (traduction d'après A. Erman, *Die Literature des Ægypter*, 1923, p. 325 *sqq.*) J. Wilson, « The Texts of the Battle of Kadesh », *AJSL* 43 (1927), p. 266. R.O. Faulkner, « The Battle of Kadesh », *MDAIK* 16 (Mélanges Junker, 1958), p. 93-111. A.H. Gardiner, *The Kadesh Inscriptions of Ramesses II*, Oxford, Oxford University Press, 1960 (traduction avec commen-

taire philologique des textes du bulletin et du poème). Pour les différentes illustrations du bulletin, voir l'album de W. Wreszinski, *Atlas zur altägyptischen Kulturgeschichte* II, Leipzig, 1935, reproductions photographiques et dessins complémentaires pl. 63-95. Pour l'étude complète du *bulletin* de la bataille figurant dans le grand temple d'Abou Simbel, accompagnée du dessin de tout le bas-relief publié sur une feuille pliée de 2,70 m de long, Ch. Desroches Noblecourt, S. Donadoni, E. Edel *et alii, Grand temple d'Abou Simbel : la bataille de Qadesh*, Le Caire, CEDAE *(Collection Scientifique)* , 1971, pl. IV.

11. *Cf.* l'article de Ch. Kuentz, « Épopées et tableaux historiques », dans le numéro spécial de *L'Amour de l'Art* consacré à l'Égypte (n° III, série 34, 35, 36), p. 230-234.

12. Il s'agit du papyrus Sallier III, conservé au British Museum de Londres, d'une page du papyrus Raïfé au Musée du Louvre, et d'un mauvais texte fragmentaire, papyrus Chester Beatty III verso : *cf. Hieratic Papyri in the British Museum* III, Londres, 1935 (édition A.H. Gardiner), pl. 9 et 10. Dans les quatre temples où le *poème* figure, il est toujours gravé sur un mur différent de celui qui présente le *bulletin.*

13. La première est une victoire de Thoutmosis III, la seconde est la conquête très provisoire de Séthi Ier.

14. *Khatti* : pays des Hittites en Asie Mineure, dont la capitale était *Hattousha* (Boghazköy), sur les hauts plateaux à l'est du fleuve Halys.

15. *Naharina* correspondait au royaume de Mitanni, à l'est de l'Euphrate. Sous le règne de Ramsès II, il s'étendait jusqu'à Alep, à l'ouest du fleuve.

16. *Arzawa (Irthou)* : au sud-ouest du Khatti, le long de la Méditerranée.

17. *Pidasa*, au sud-est de *Hattousha* et au nord de la terre d'*Arzawa.*

18. *Dardani*, nom qui se trouve dans l'*Iliade (Dardanoi)* , se trouvait à l'ouest de l'Asie Mineure.

19. *Keshkesh*, au nord-est de *Hattousha*, et probablement le long de la mer Noire.

20. *Masa*, au sud-ouest de l'Asie Mineure, à peu de distance de *Karkisha.*

21. *Karkisha*, près de la côte ouest de l'Asie Mineure, au sud de Macander.

22. *Luka*, sur la côte méridionale de l'Asie Mineure.

23. *Karkémish*, sur le cours supérieur de l'Euphrate, au nord-est d'Alep.

24. *Kady*, au nord de la Syrie.

25. *Noukhashshé*, peut-être entre Homs et Alep ?

26. *Qadesh*, sur l'Oronte, aujourd'hui Tell Nébi Mend.

27. *Ougarit*, moderne Ras Shamra, près de la mer, à onze kilomètres de Lattaquié *(Laodicea)*.

28. *Moushanet* ? Non identifié.

29. Alep *(Halab)* : oubliée, faisait partie de la coalition, dont on voit qu'elle était presque toute d'Asie Mineure (et que l'on retrouvera en partie dans l'*Iliade*). Alep est une grande ville, à 200 kilomètres au nord de Qadesh.

30. Il paraît être sincère !

31. À l'endroit situé au sud de la ville de Shabtouna. Sa vocalisation consonantique est *I-r-n-t* : l'actuel Nahr el-Âsi coule entre le Liban et l'Anti-Liban, et se jette dans la Méditerranée.

32. *Kizzouwadna* : coin sud-est de l'Asie Mineure, près de la côte, qui devint la Cilicie.

33. *Shabtouna* : c'est maintenant le village moderne de Riblah, mentionné plusieurs fois dans l'Ancien Testament.

34. Un *iter* : environ 10,5 km.

35. Cette « force de frappe » était constituée par les *Néarins* qui sont représentés sur les reliefs illustrant le *bulletin*, arrivant de l'est vers le camp de la division, pour le sauver du désastre.

36. Les Égyptiens, en revanche, montaient à deux sur leur char : le propriétaire du char (la plupart du temps un officier), et son cocher. À la bataille ou au défilé, Ramsès est toujours figuré seul sur son char, de même qu'on lui prête une taille « héroïque ». Cependant, il faut restituer à côté de lui son écuyer, en l'occurrence, à la bataille, le fidèle Menna.

37. Armure de torse.

38. C'est le nom d'un des deux chevaux de l'attelage, qui est aussi mentionné au moyen du nom du second cheval : *Mout-est-satisfaite*.

39. Légère exagération, comme les illustrations du *bulletin* le prouvent.

40. Le *Grand Vert* signifie, à cette époque, la mer, mais pouvait parfois faire référence aux grands marécages au sud du Soudan, le *Soudd*. *Cf.* Ch. Desroches Noblecourt, *Lointaine*, p. 132-134.

41. Héliopolis du sud, Hermonthis – Ermant et toute la région thébaine.

42. *Celle*, c'est-à-dire la fille du soleil, la Lointaine qui était partie au loin et qui, revenue, est placée au front du démiurge et de Pharaon. C'est l'uræus femelle, la *iâret* dont les Classiques firent l'uræus. Ce serpent bénéfique et redoutable crache le feu

et protège le roi. De nombreuses légendes lui sont attachées, *cf.* Ch. Desroches Noblecourt, *Lointaine*, p. 1-45.

43. *Tes serviteurs* = les gens de Mouwattali.

44. Aucun héritier auprès de Mouwattali. Ce n'est pas tout à fait exact, car son fils lui succéda. Néanmoins deux frères de Mouwattali au moins (Sapather et Khéméterem) périrent dans la bataille.

45. Comme le souligne si justement J.H. Breasted, *Ancient Records of Egypt* III, p. 126.

46. Les Néarins, mot asiatique sémitique signifiant à la fois *jeunes soldats* et *vétérans de l'armée*, pourraient avoir été originaires d'une province située entre *Takhésy* et *Naharina*. Ce sont certainement eux qui sont décrits comme étant *la première force de combat, formée de l'élite de l'armée (de Pharaon), qui stationnait sur la côte du pays d'Amourrou.*

47. Un itinéraire légèrement différent est aussi proposé par certains commentateurs : Ramsès aurait traversé la Galilée et les sources du Jourdain. La route prise par ses armées est donc encore sujette à caution. Une autre suggestion paraît devoir être abandonnée, suivant laquelle Ramsès, ayant reçu confirmation de la présence hittite près d'Alep, aurait tenté d'atteindre l'ennemi en le contournant par l'est. Dans ce but, il aurait traversé la montagne à 2 000 mètres d'altitude. L'hypothèse est fondée sur un document imprécis (la lettre d'un général hittite). Pour cette éventuelle stratégie, *cf.* É. de Vaumas, « Sur le mouvement tournant effectué par Ramsès II à la veille de la bataille de Qadesh », *Mélanges de l'Université Saint-Joseph* 46 (*Mélanges offerts à Maurice Dunand*, t. II), 1970-1971, p. 53-67.

CHAPITRE VIII : QADESH II. LE COMBAT DEVANT LA CITADELLE (p. 163 à 182)

1. *Shabtouna*, aujourd'hui la bourgade de Riblah.

2. Voir le conte populaire très apprécié à la XVIIIe dynastie, intitulé « Comment Thoutii prit la ville de Joppé ». *Cf.* G. Lefebvre, *Romans et contes égyptiens de l'époque pharaonique*, Paris, Maisonneuve, 1949, p. 125-130.

3. Le lion, symbole royal classique, est aussi connu comme gardien des issues, *cf.* par exemple, Ch. Desroches Noblecourt, *Lointaine*, p. 139.

4. Ce lion est apparu auprès de Ramsès dans sa rencontre avec les Asiatiques, représentée sur un mur du temple de Beït el-Ouali.

De même en Abou Simbel, il galope auprès du char royal introduisant les prisonniers de *Koush (Irem)* devant le trône d'Amon.

5. D. Redford, *Egypt, Canaan and Israel in Ancient Times*, Le Caire, The American University in Cairo Press, 1992, p. 184.

6. À cette différence près que les boucliers ne protégeaient pas la tête des combattants, mais leur corps.

7. D'autres boucliers ennemis sont rectangulaires et de petite taille.

8. On comprend que le corps d'un officier supérieur, grand personnage décédé au combat, ait pu être traité superficiellement pour recevoir la momification et l'enterrement en Égypte, suivant le vœu de tout Égyptien. Qu'advenait-il, en pays lointain, des soldats tués à la bataille ? Furent-ils enveloppés dans des peaux de mouton et jetés au fleuve, pour recevoir une sépulture analogue à celle d'Osiris, le noyé, le *hésy* ? Le problème n'a pas encore été soulevé.

9. Voir à ce sujet E. Edel, *ZDPV* 69, p. 164, et A.H. Gardiner, *The Kadesh Inscriptions of Ramesses II*, Oxford, Oxford University Press, 1960, p. 44.

10. Durant son enfance et une partie de son adolescence, ce fils aîné que lui avait donné Nofrétari fut appelé *Imenherounémef*, ce qui fait allusion par sa signification (Amon est à sa droite) à la protection que le jeune prince recevait du dieu dynastique. Ayant sans doute gagné ses premiers galons au cours de la bataille, son nom rappelle maintenant qu'Amon a su armer son bras : *Imenherkhépéshef = Amon est (sur) son bras armé.*

11. Hauteur des chevaux : 7,7 mm ; longueur : 8 mm.

CHAPITRE IX : RAMSÈS ET LE LANGAGE DES TEMPLES. SA FONDATION DU RAMESSÉUM (p. 185 à 210)

1. Voir une récente étude sur Imeneminet : M. Trapani, « La carriera di Imeneminet, Soprintendente ai lavori di Ramesse II », *BSEG* 19 (1995), p. 49-68.

2. El-Arish, sur la côte méditerranéenne, était un lieu où on envoyait ceux qui avaient commis de sérieux délits, et dont la punition — après jugement — était l'ablation des cartilages du nez (punition rappelée, contre les prévaricateurs, par Horemheb dans son fameux édit). Les Grecs, instruits de cette coutume, appelèrent la ville *Rhinocoroura (la ville des nez coupés)*.

3. Cette même route réouverte par Séthi Ier, où chaque fortification protégeait le passage et les points d'eau.

4. Du temps où Hérodote visita l'Égypte (Ve siècle avant notre

ère), il fallait neuf jours de bateau pour aller d'Héliopolis à Thèbes (*Histoires*, livre II, chapitre IX).

5. *Amarniennes*, du nom moderne Amarna, donné au site de la capitale fondée par Aménophis IV, qu'il appela *Akhet-Aton (l'horizon d'Aton)*. À la même époque, le roi prenait le nom d'*Akhénaton (Celui qui plaît* (ou *qui est utile) au globe solaire)*.

6. Hermopolis, ainsi nommée par les Grecs pour traduire la ville qui abritait le grand temple de Thot, dans la personnalité duquel ils reconnaissaient leur dieu Hermès. Dans l'Antiquité, cette agglomération s'appelait *Khéménou, la ville des huit*, les huit génies des forces initiales, quatre mâles, quatre femelles, résidant dans la « soupe initiale », sans lumière, et dont la rencontre provoqua, hors des eaux primordiales, la naissance du soleil, c'est-à-dire le « grand boum ».

7. Papyrus Leyde I 350, A.H. Gardiner, « Hymns to Amon from a Leiden Papyrus », *ZÄS* 42 (1905), p. 12-42 ; J. Zandee, *De hymnen aan Amon van Papyrus Leiden I 350*, Leyde (*OMRO* 28), 1947, 4, 21-22 ; et la traduction française de A. Barucq et F. Daumas, *Hymnes et prières de l'Égypte ancienne*, Paris, Le Cerf (*Littératures anciennes du Proche-Orient* 10), 1980, p. 206-229.

8. Le regroupement de ces trois formes divines entoure déjà l'image de Toutânkhamon sur une des trompettes de son trésor, catalogue de l'exposition *Toutankhamon et son époque*, Paris, 1976, p. 182, et E. Hornung, *Les dieux de l'Égypte, l'Un et le Multiple*, Monaco, Éditions du Rocher, 1986, p. 200.

9. Diodore de Sicile, I, 47.9. *Osymandias* correspondait au prénom déformé de Ramsès : Ousi (r) mandias.

10. Lorsque Diodore de Sicile visita le « tombeau d'Osymandias », le temple était encore, apparemment, en bon état, mais notre voyageur semble s'être informé auprès de sources vieilles d'environ 300 ans, et qui lui furent plus ou moins bien rapportées : ainsi pour l'état du grand colosse effondré.

11. La longueur totale du temple proprement dit était 180 m, sa largeur 60 m.

12. On trouvera toutes explications complémentaires à ce bref exposé dans l'étude que j'ai faite à propos d'un buste d'une de ces statues ayant appartenu aux piliers osiriaques d'Aménophis IV, dans « La statue colossale fragmentaire d'Aménophis IV offerte par l'Égypte à la France », Fondation Eugène Piot (Académie des Inscriptions et Belles-Lettres), *Monuments et Mémoires* 59 (1974), p. 1-44.

13. *Livre des Morts*, chapitre 17 : *Quant à Osiris, c'est hier... Quant à Rê, c'est demain*.

14. Son titre exact était *Premier Prophète d'Amon*.

15. Il semble qu'aucun vestige n'ait été repéré dans les ruines, pour affirmer que l'immense colosse effondré avait son pendant au nord de la porte. L'esprit de symétrie, si fort dans la mentalité égyptienne, inciterait pourtant à se demander si telle n'avait pas été l'intention de Pharaon. Plusieurs auteurs en sont persuadés, ainsi N. Grimal, *Histoire de l'Égypte ancienne*, Paris, Fayard, 1988, p. 321.

16. Ce temple, le Ramesséum, où le culte du roi était jumelé avec celui d'Amon.

17. Ces douze colonnes se retrouvent naturellement dans la nef des églises romanes. Elles sont encore en place dans l'église de Justinien du monastère de Sainte-Catherine du Sinaï, commencée en 542 et achevée 9 ans plus tard. Chacune figure un mois de l'année. Le saint qui lui est affecté est vénéré pendant le mois entier. Ces colonnes sont monolithes, peintes en blanc ; leurs chapiteaux sont verts et décorés de raisins.

18. Frise constituée par la répétition du mot *neheb*.

19. C'est durant les longues années d'études et de relevés dans le Ramesséum, avec mon équipe de la formation du CNRS que je dirigeais, les confrères que j'avais pu faire venir par l'UNESCO, et les membres du CEDAE égyptien, qu'il m'a été possible de procéder à toutes les constatations sur l'architecture du Ramesséum exposées ici même. La plupart sont encore inédites.

20. Ces phénomènes sont commentés dans Ch. Desroches Noblecourt, *Lointaine*, p. 37-45.

21. Les explications permettant d'identifier les éléments composant le pilier-*Djed* sont diverses, mais non définitives : arbre ébranché, socle supportant quatre plateaux évoquant les quatre points cardinaux ? À la Basse Époque, ce signe *Djed* aurait été interprété comme la colonne vertébrale d'Osiris. Ce dont il faut être persuadé est qu'il évoque la notion de cycle accompli, et que son origine est solaire.

22. Sur tout le mur extérieur sud de son temple, Ramsès projetait de faire figurer une immense liste des fêtes célébrées au cours de l'année : un véritable *Calendrier des fêtes*, accompagné d'indications concernant les offrandes préparées pour chacune de ces festivités, qui duraient souvent plusieurs jours.

23. Là encore, Ramsès s'inspirait des réformes amarniennes, en grande partie attachées à l'impact de l'année : les 365 tables d'offrandes du grand temple, ou encore les 12 bassins du sanctuaire de *Marou-Aton*, en Amarna, orientés vers le sud. *Cf.* Ch. Desroches Noblecourt, « Les trois saisons du dieu et le débarcadère du ressuscité », *MDAIK* 47 (*Festschrift für Werner Kaiser*, 1991), p. 72-76.

24. *Cf.* chapitre V, *Le sacre*.

25. Les vestiges importants, présentés par les ruines du Ramesséum, et dont les structures du saint des saints ont en partie disparu, ont pu être complétés par comparaison avec les bâtiments du temple de Médinet Habou, qui étaient quasiment la réplique du temple de Ramsès II.

26. Arme d'origine asiatique adoptée par les Égyptiens dès leurs contacts guerriers avec les voisins de l'est. Une *harpè* au nom de Ramsès est conservée au Musée du Louvre ; *cf.* Ch. Desroches Noblecourt *et alii*, Catalogue de l'exposition *Ramsès le Grand*, Paris, Grand Palais, 1976, n° 47, p. 229.

27. Chaque temple érigé par Ramsès comportait la liste sans cesse croissante de ses enfants, en longs défilés de filles et de fils. Au nombre restreint de ceux qu'il avait fait mentionner dans son sanctuaire de *Méha*, succédait une liste plus importante, à Derr et à Ouadi es-Séboua, ou encore en Abydos. Au Ramesséum, on dénombre jusqu'à présent vingt-trois fils : Imenherkhépéshef, Ramsès, Parêherounémef, Khâemouaset, Montouher*khépéshef* (à Louxor il est appelé Montouher*ounémef*), Nebemkharou, Méryamon, *Imene*mouïa (aussi *Sethe*mouïa), Séthi, Sétepenrê, Méryrê I, Horherounémef, Mérenptah, Imenhotep, Itimen, Méryatoum, Nebentaneb, Méryrê II, Imenemipet, Sénakhtenimou, Ramessou-Méryenrê, Djéhoutymès, Samontou. K.A. Kitchen donne une liste des fils de Ramsès connus à ce jour, accompagnée de leurs titres : elle compte 49 noms (*Ramesside Inscriptions* II, p. 858-868), relevés dans les temples du Ramesséum, de Louxor, de Karnak, de Tanis, d'Abou Simbel, de Derr, de Ouadi es-Séboua, de Gerf Hussein, d'Abydos, et sur un ostracon du Musée du Caire. Pour les fils de Ramsès au Ramesséum, voir Ch. Leblanc et M. Mohamed Fekri, *Memnonia* I (1990-1991), p. 91-108. La liste totale des princesses est légèrement plus longue. Ainsi qu'on pourra le constater au cours de ce livre, la majorité de ces rejetons est restée dans l'ombre ; une douzaine au plus est sortie de l'anonymat.

28. Pour les fonctionnaires ayant œuvré au Ramesséum, on peut encore consulter W. Helck, *Materialien zur Wirtschaftsgeschichte des Neuen Reiches* 1/1, Mainz, 1960, p. 103.

29. Comme on l'a vu, Youpa, qui avait assisté, ou peut-être participé à la bataille de Qadesh, était à cette époque palefrenier dans les étables des chevaux royaux. Cinquante ans plus tard, il était devenu le grand responsable de tout le domaine du Ramesséum, et de ses opulentes dépendances. En l'an 54 du règne, il participa à la proclamation du neuvième jubilé du roi. Son fils Hatiaÿ devint le chef de la milice des *Médjaÿ*, et fut un des collaborateurs du Grand Prêtre d'Amon, Bakenkhonsou, dans la construction du temple de Ramsès II à l'est de Karnak. Pour des recherches

approfondies sur les monuments de la famille d'Ourhiya et Youpa, majordomes du Ramesséum, consulter J. Ruffle et K.A. Kitchen, « The Family of Urhiya and Yupa, High Stewards of the Ramesseum », *Studies in Honour of H.W. Fairman*, Warminster, Aris & Phillips, 1979, p. 55-74. Ces Grands Intendants étaient néanmoins soumis aux contrôles effectués par des Inspecteurs des temples du pays, tels Amenmosé, fils de Pendjerty, qui exerça cette profession sous Ramsès II ; *cf.* L. Habachi, « The Royal Scribe Amenmose, Son of Penzerti and Mutemonet : his Monuments in Egypt and abroad », *Studies in Honor of G. Hughes*, Chicago (*Studies in Ancient Oriental Civilization* 39), 1977, p. 83-103. Voir aussi le compte rendu de cet article par M. Gitton, *CdE* 55, n° 109-110 (janvier-juillet 1980), p. 103, qui discute des origines (méridionales) de l'individu.

Chapitre X : Ramsès et le langage des temples, le Mammesi du roi à Thèbes. Ramsès et le temple de Nubie (p. 213 à 244)

1. Pour un exposé sur l'évolution du phénomène, *cf.* Ch. Desroches Noblecourt, *Lointaine*, p. 121-126, et aussi le chapitre IV, *Symbole universel et déesse mère*, p. 93-117.

2. À la Ve dynastie, le génie fécondateur apparaît sous la forme du soleil Rê, ainsi que le conte du papyrus Westcar le relate ; *cf.* G. Lefebvre, *Romans et contes égyptiens de l'époque pharaonique*, Paris, Maisonneuve, 1949, p. 86-88.

3. Pour la reconstitution de l'édifice, voir mon article : « Le mammisi de Ramsès au Ramesséum », *Memnonia* I (1990-1991), p. 26-43 et pl. 3-6.

4. Les deux reines devaient probablement être évoquées dans la première cour, Mout-Touy, en tout cas, contre le flanc droit de la statue effondrée du roi. Si un pendant était prévu à ce colosse, son côté gauche aurait jouxté une statue de Nofrétari.

5. Pour la signification des sistres, et spécialement du sistre-porte, *cf.* Ch. Desroches Noblecourt, *Lointaine*, p. 100-115.

6. Comme on peut le déduire des inscriptions portant la seconde orthographe du nom du roi, non pas *Ramesses*, mais *Ramessou.* Cette dernière orthographe semble n'apparaître qu'à partir de l'an 8 du règne, et est usuellement utilisée pendant la seconde moitié du règne. Elle figure au temple de Derr ; *cf.* A. Spalinger, « Historical Observations on the military Reliefs of Abu

Simbel and other ramesside Temples in Nubia », *JEA* 66 (1980), p. 96-97.

7. Pour la symbolique de la grotte, voir entre autres Ch. Desroches Noblecourt, *La Grande Nubiade*, Paris, Stock-Pernoud, 1992, p. 485-497.

8. Sauvé des sables... et de l'inondation grâce à la sauvegarde des monuments de Nubie, il a été légèrement déplacé, à l'arrière des anciennes rives, et constitue le point de mire d'une aire dans laquelle le temple de Dakké et la chapelle de Maharraqa (Basse Époque) ont aussi été réédifiés dans la « languette » de Nubie sauvée des eaux, soixante mètres plus haut.

9. Ainsi, chaque année, le nombre de ses fils et filles augmentait. Au moment des travaux de sauvetage des monuments en Nubie, j'avais confié au Professeur Jarosláv Cerný, en mission de l'UNESCO auprès du CEDAE, le soin d'établir la liste des noms des enfants de Ramsès sur les murs de Ouadi es-Séboua, temple qui comprend les listes les plus complètes, 50 fils et 51 filles, semble-t-il. Mais aussi les plus difficiles à lire, en raison de la pierre grêlée par les vents de sable ! Ces copies inédites sont déposées au CEDAE.

10. La future Aniba, maintenant disparue sous les eaux du lac Nasser.

11. Pour la légende et ses immenses conséquences, *cf.* Ch. Desroches Noblecourt, *Lointaine*.

12. C'est l'emplacement qui, jusqu'à sa disparition sous les eaux du Grand Barrage, avait pour nom Korosko.

13. Le temple de Rê-Horakhty a été extrait de son rocher et réintroduit dans une colline rocheuse de grès rose dans un des plus beaux sites de Nubie, où sont réunis le temple d'Amada et la tombe du Vice-Roi de Nubie sous Ramsès IV, le seigneur Pénout.

14. Pour Seth, *cf.* H. te Velde, *Seth, God of Confusion. A Study of his Role in Egyptian Mythology and Religion*, Leyde, Brill (*Probleme der Ägyptologie* 6), 1967, 2e éd. 1977 ; thèse inédite d'É. David, *Les villes du dieu Seth en Égypte*, Université Lyon 2, 1987. Pour quelques points essentiels, *cf.* Ch. Desroches Noblecourt, *Lointaine*, p. 84. Il peut paraître contradictoire de proposer l'assimilation de Ramsès divinisé avec Seth, mais cela ne devait pas poser de réel problème dans l'entendement de Pharaon. Confondu, dans ce lieu de *Méha*, avec l'Horus local, n'était-il pas, depuis le plus archaïque des protocoles, Horus et Seth réunis, que l'on retrouve dans le décor des caveaux royaux sous la forme du génie à deux têtes (faucon et animal de Seth) ? De surcroît, Seth était toujours présent dans la phraséologie royale. Ne disait-on pas de la reine : *Celle qui voit son Horus et son Seth* ?

15. Les ruines du Ramesséum, comme celles du temple de Médinet Habou, nous montrent que les cynocéphales adorateurs du soleil ne dominaient pas les pylônes, mais seulement la porte d'entrée flanquée des deux tours.

16. Il s'agit des deux colosses subsistant, seuls, des ruines de la fondation d'Aménophis III, sur le site actuel de Kôm el-Hettan. On les appelle communément *colosses de Memnon*, mais seul celui du nord avait été ainsi baptisé par les Grecs.

17. G. Roeder, « Ramses II. als Gott », *ZÄS* 61 (1926), p. 65, pl. 2. Ramsès distribue des récompenses à ses soldats, campé sur les genoux d'un de ses colosses de Pi-Ramsès. Ce colosse s'appelle également *Rê-en-hékaou*. Pour le culte rendu aux colosses, *cf.* J. Yoyotte, *Kêmi* 10 (1949), p. 87-88, J.-J. Clère, *Kêmi* 11 (1950), p. 28, 32, 38. Sur le colosse nommé *Héka-Taouy*, Ch. Desroches Noblecourt et Ch. Kuentz, *Le petit temple d'Abou Simbel* I, Le Caire, CEDAE, 1968, p. 148 et n. 67, p. 149 et n. 73. Pour divers autres noms de colosses, dont celui de Karnak appelé *Mou-en-Kamoutef*, *cf.* F. Le Saout, *Karnak* VII (1978-1981), p. 267-268.

18. Ces colosses recevaient un culte et plusieurs indices laissent supposer qu'un des desservants de cette fonction aurait été Pasar, le Vizir lui-même : *cf.* V. A. Donohue, « The Vizier Pasar », *JEA* 74 (1988), p. 103-123.

19. Le colosse effondré de la première cour du Ramesséum en constitue les vestiges. À droite du roi était représentée sa mère vénérée. Si ce colosse reçut jamais un pendant, il devait être accompagné de l'image de Nofrétari. Voir note 4.

20. On voit donc bien que cette façade a été sculptée après l'an 5, date de la bataille de Qadesh, à l'issue de laquelle le prince a reçu son nom définitif.

21. Ashahebsed, qui venait de consacrer au sud d'Abou Simbel un septième sanctuaire à « Ramsès, grand dieu maître de la Nubie », sur le site d'Aksha, avait fait graver sur la roche une inscription précisant que Sa Majesté avait *amené maints ouvriers captifs de son bras puissant, originaires des terres étrangères*. Il est vraisemblable qu'aussi bien les prisonniers hittites que ceux de Canaan et ceux d'Amourrou participèrent au creusement des grottes, aux côtés des Égyptiens. Ce proche du souverain avait toute la confiance du roi, qui le chargea aussi de *réorganiser la terre de Koush au grand nom de Sa Majesté*.

22. Mon opinion rejoint celle d'A. Spalinger, exposée dans le *JEA* 66 (1980), p. 83-99 : « Historical Observations on the military Reliefs of Abu Simbel and other ramesside Temples in Nubia ».

23. Ch. Desroches Noblecourt, *Lointaine*, p. 149-154.

CHAPITRE XI : L'APRÈS QADESH (p. 247 à 268)

1. Pour les *Shasous* : R. Giveon, *Les bédouins Shasou des documents égyptiens*, Leyde, 1971. L. Stager, *Eretz Israel* 18 (1985), p. 56-64 : les *Shasous* ne sont certainement pas des Israélites.

2. Les textes qui accompagnent les représentations de l'expédition de Ramsès en Édom et Moab laissent comprendre qu'à un moment déterminé, Imenherkhépéshef put s'entretenir avec un important Moabite à qui il fit reproche d'avoir fait le jeu du « mauvais homme » du Khatti. *Cf.* K. A. Kitchen, « New Light on the Asiatic Wars of Ramses II », *JEA* 50 (1964), p. 47-70, et J. C. Darnell et R. Jasnow, « On the moabite Inscriptions of Ramesses II at Luxor Temple », *JNES* 52, n° 4 (octobre 1993), p. 263-274, principalement p. 268-273.

3. Exode 1, 11.

4. *Cf.* papyrus de Leyde I 348, verso 6, 6-7.

5. Des *Apirous* sont signalés *occupés à casser des pierres*, au cours d'une construction au Ramesséum ; *cf.* Y. Koenig, « Les textes hiératiques du Ramesséum, à Strasbourg », *Memnonia* III (1992), p. 54. Pour le problème des *Apirous, cf.* J. Bottero, *Le problème des Habiru*, Paris, 1954.

6. Exode 1, 11 : pour la construction des villes-entrepôts Pithôm et Ramsès.

7. Actes des Apôtres 7, 22.

8. Voir, entre autres, le papyrus n° 1945.96 de l'Ashmolean Museum d'Oxford.

9. À ce sujet, voir J. Méléze-Modrzejewski, *Les Juifs en Égypte, de Ramsès II à Hadrien*, Paris, Armand Colin, 1991, p. 48.

10. Exode 7 à 12.

11. À propos de cette catastrophe, qui évidemment pourrait être à l'origine du récit de l'Atlantide, *cf.* R. L. Scranton, « Of Myth and Santorin », *Studies in Honor of George R. Hughes*, Chicago (*Studies in Ancient Oriental Civilization* 39), 1976, p. 191-199. Il faut également consulter la récente étude de K. Polinger Foster et R. K. Ritner : *Texts, Storms and the Thera Eruption*, in J.N.E.S. 55, vol. 1996, n° 1.

12. Mohammed Maksoud, Inspecteur en chef du Sinaï, qui dirige les fouilles égyptiennes du nord-Sinaï, a trouvé au cours du dégagement des vestiges d'une citadelle de la frontière orientale (niveau daté de la « Deuxième Période Intermédiaire », entre le Moyen et le Nouvel Empire) un fragment de lave, analysé en France : il a été identifié comme analogue à ceux qui provenaient de la catastrophe de Santorin.

13. *Cf.* Ch. Desroches Noblecourt, *Lointaine*, p. 37-39, p. 136 pl. III-IV.

14. Pour les principales « plaies d'Égypte », se reporter à Ex. 7, 14-25 : le sang ; Ex. 7, 26-28 : les grenouilles ; Ex. 9, 1-7 : la peste du bétail ; Ex. 10, 21-29 : les ténèbres ; Ex. 11 et 12, 29-42 : la mort des premiers-nés.

15. *Cf.* Ch. Desroches Noblecourt, « Le bestiaire symbolique du libérateur Ahmosis », *Sonderdrück aus Studien zur Sprache und Religion Ägyptens (Festschrift W. Westendorf)*, Göttingen, 1984, p. 883-892. À propos de la plaie provoquée par les sauterelles (Ex. 10, 1-20), là encore, on saisit l'influence d'idées reçues, et non point le résultat d'observations vécues. Si, comme on le sait, l'invasion des sauterelles (plus précisément de criquets) est redoutée en Orient et surtout en Afrique du Nord, à de rares exceptions près la sauterelle en Égypte est protectrice. Dès l'Ancien Empire, dans les scènes où l'hippopotame du mal est harponné, on a voulu représenter des sauterelles protectrices sur les plantes aquatiques (de même que les grenouilles de la renaissance, *cf.* Ch. Desroches Noblecourt, *Lointaine*, p. 97). Une fois de plus, cette tradition des temps pharaoniques était si forte qu'elle s'est transmise en Occident, et a pénétré la symbolique chrétienne primitive : dans les *moralia* du pape Grégoire le Grand, les sauterelles deviennent le symbole des païens qui se rallient au Christ, et se rassemblent en essaims pour lutter contre Satan. Citons encore un chapiteau de Vézelay, du XIIe siècle, où une sauterelle tient tête à un basilic, figure de l'Antéchrist, ou encore, au XIVe siècle, la Madone attribuée à Giovanni Baronzio da Rimini, qui porte sur ses genoux l'enfant Jésus tenant dans sa main gauche une énorme sauterelle !

16. K. A. Kitchen, *Ramsès*, p. 101-104.

17. M. Bietak, « Canaanites in the eastern Nile Delta », *Egypt, Israel, Sinai – Archaeological and historical Relationships in the biblical Period*, Symposium 1982, publié par F. Rainey, Tel-Aviv, p. 41-56. Il exprime une opinion plus nuancée dans « Comments on the Exodus », *ibid.*, p. 163-171.

18. D. Redford, « An Egyptological Perspective on the Exodus Narrative », *ibid.*, p. 137-169.

19. J. Mélèze-Modrzejewski, *Les Juifs en Égypte, de Ramsès II à Hadrien*, Paris, Armand Colin, 1991.

20. Les plus récents écrits de H. Cazelles sur ce sujet : *À la recherche de Moïse*, Paris, 1979 ; « Peut-on circonscrire un événement Exode ? », *La protohistoire d'Israël* (réunion d'études de plusieurs auteurs, dirigées par Laperrousaz), Paris, 1990, p. 29-65.

21. Catalogue *Ramsès le Grand*, Paris, Galeries nationales du Grand Palais, 1976 : ouvrage collectif publié sous ma direction.

Pour l'Exode, voir A.-M. Loyrette, p. XLIII-XLVI. La question de l'Exode demeure encore un sujet d'études et de discussion parmi les savants ; on rencontrait même, à la fin du XIXe siècle, l'opinion suivant laquelle le Pentateuque (les cinq premiers livres bibliques, dont celui qui se rapporte à l'Exode) ne renfermait pas un corps de traditions, mais seulement des symboles, des fables morales, et que la migration d'Égypte n'était qu'une fiction, une allégorie sans fondement réel (M. L. Wogue, professeur au Séminaire israélite de Paris). Sans être aussi catégoriques, de récents auteurs ont tenté depuis lors des études critiques posant le problème sur le plan strictement scientifique : G. W. Ahlström, *Who where the Israelites ?* Winona Lake (Indiana), Eisenbrauns, 1986, ou encore, avant lui, G. E. Mendenhall, « The Hebrew Conquest of Palestine », *BA* 26 (1962).

22. Ex. 11, 3 — Actes 7, 22.

23. Ex. 2, 23.

24. C'est ainsi que le texte biblique désigne le pharaon de l'Exode.

25. Sans compter les vols de trésors, avant de s'enfuir, Ex. 11, 2-3 — 12, 35-36 : *Spoliation des Égyptiens — ... Quand vous partirez, vous ne partirez pas les mains vides. La femme demandera à sa voisine et à celle qui séjourne dans sa maison des objets d'argent, des objets d'or et des vêtements. Vous les ferez porter à vos fils et à vos filles et vous en dépouillerez les Égyptiens.*

26. Ex. 12, 29-32 ; 13, 20 ; 14, 2.

27. Ex. 14, 2.

28. Ex. 13,17.

29. Il était Directeur de l'École Biblique de Jérusalem.

30. Ex. 17, 8-16.

31. L'an 7, en 1273-1272 avant notre ère, est très justement indiqué par K. A. Kitchen, *Ramsès*, p. 93, et non pas plus tard, ainsi que le proposaient A. R. Schulman, qui plaçait les guerres moabites après l'an 10 de Ramsès (« The Treaty of Year 21 », *Aspects of Ramesside Diplomacy, JSSEA* 8 (1978), p. 125-126), et même A. Spalinger, qui proposait de placer ces événements « avant l'année 15 » (« Historical Observations on the military Reliefs of Abu Simbel and other Ramesside Temples in Nubia », *JEA* 66 (1980), p. 96).

32. À propos des guerres moabites et de l'expédition d'Imenherkhépéshef et de Ramsès en Palestine méridionale, il ne faut pas manquer de signaler qu'au nord du golfe d'Aqaba-Eilat, à l'emplacement des supposées mines d'or du roi Salomon, le Professeur B. Rothenberg a mis au jour une exploitation de mine de cuivre. Les mineurs sémites exploitaient les produits de leur métal-

lurgie de concert avec les Égyptiens du temps de Séthi Ier et de Ramsès II : B. Rothenberg, *The Egyptian Mining Temple at Timna. Researches in the Arabah 1959-1984*, vol. I, Londres, 1989 : *The discovery of the ramesside mining, dedicated to the Egyptian goddess Hathor, was a turning point in the history of the Arabah research. The identification through this discovery of the large scale copper mining and smelting operations in the Arabah as Egyptian industries, where* Egyptian mining expeditions worked together with local inhabitants, the midianites from north-western Arabia and the Amalekites from the Negev mountains, *has meant fundamental changes in the cultural-historical concepts concerning the areas adjacent to the Gulf of Eilat-Aqaba.*

The old ideas of King Solomon's mines and the Solomonic copper smelters on the shores of the Red Sea have had to be completely changed in the light of this new archaeological evidence, which proves that the south-western Arabah came into the sphere of influence of the Pharaohs of New Kingdom Egypt.

The identification of a Midianite phase of the Timna Temple with numerous unique votive gifts, like the superb « brazen serpent », is of considerable significance also for the Biblical story at the time of the Exodus.

33. *Cf.* L. Habachi, « Les grandes découvertes archéologiques en 1954 », *Revue du Caire, Supplément* 1955, Le Caire, p. 62-65.

34. K.A. Kitchen, *op. cit.*, p. 105.

35. L'orthographe Ramess*ou* est donc bien utilisée dès l'an 8.

36. La « semaine » étant une décade : tous les dix jours.

37. Ces informations sont consignées sur une magnifique stèle (2,10 m de hauteur) en calcaire rosâtre, trouvée près d'Héliopolis, à Manchiyet es-Sadr, et connue sous le nom de *Stèle de l'an 8.* La première publication est due à son inventeur, Ahmed Bey Kamal. Elle a été réétudiée par Bernadette Letellier à l'occasion de l'exposition *Ramsès le Grand*, Paris, 1976. *Cf.* Catalogue de l'exposition, n° IX, p. 50-55 (texte hiéroglyphique complet).

38. Les textes ajoutent : *dans la terre de Naharina* ; et pour la ville de Dapour, ils ajoutent : *dans la terre de Khatti* (temple de Louxor) ou encore : *dans le pays d'Amourrou.*

39. W. Wreszinski, *Atlas zur altägyptischen Kulturgeschichte* II, Leipzig, 1935, pl. 90. Parmi les quatorze villes encore visibles sur le premier pylône du Ramesséum, il faut noter Jérusalem, Damas, Ascalon, Béthanat et Mérem.

40. J.H. Breasted (*Ancient Records of Egypt* III, § 356) suggère, suivant Horst Kengel, que Dapour pourrait être identifiée à Tell Touban, à 25 km au nord de Homs.

41. W. Wreszinski, *op. cit.*, pl. 78.

42. Tous les détails de cette scène, à la composition très recherchée, sont décrits et analysés dans la publication du CEDAE *(Collection scientifique)*, au Caire : *Le Ramesseum* IV – *Les batailles de Tunip et de Dapour*, 1977.

43. Ostracon du Louvre N 2261.

44. Ainsi les stèles provenant de Qantir ; *cf.* G. Roeder, « Ramses II. als Gott », *ZÄS* 61 (1926), p. 65 et pl. 2. Il s'agit, ici, de soldats de l'une des garnisons de Pi-Ramsès. Certains d'entre eux, comme on l'a déjà dit, étaient des Sémites originaires du Proche-Orient. L'un d'eux s'appelait *Redj-québout*, nom égyptianisé, à l'origine *Ratsé-Qébôt* : « l'éventreur » !

CHAPITRE XII : LE LONG CHEMIN VERS LA PAIX (p. 269 à 293)

1. Les Égyptiens avaient donné à leur pays plusieurs noms, dont la grande majorité se référait à des symboles religieux et géographiques. Un des plus « civils » était *Kémi* ou *Kémet*, la terre noire, en raison de la couleur très sombre de l'humus apporté annuellement par l'inondation. Ce nom fut emprunté par les Grecs pour définir la véritable science utilisée par les Égyptiens, et qu'ils découvrirent en arrivant dans le pays des pharaons. D'où le terme de *chimie*, que nous utilisons encore de nos jours.

2. Les vestiges de ce temple ont été retrouvés fortuitement il y a une quinzaine d'années, grâce à l'action d'une pelleteuse lors des travaux de fondation d'un groupe scolaire. À environ sept mètres de profondeur est apparue une statue monumentale de la princesse Mérytamon devenue Grande Épouse royale. Effondrée, son visage intact portait encore ses couleurs. Les chevilles étaient brisées. Cette statue flanquait, sur un côté, un colosse de son père. Des fouilles scientifiques sont de nos jours, bien entendu, poursuivies. *Cf.* Y Al-Masri, « Preliminary Report on the Excavations in Akhmim by the Egyptian Antiquities Organization », *ASAE* 59 (1983), p. 7-11.

3. Sethemouïa, qui est aussi appelé Imenemouïa.

4. K.A. Kitchen, *Ramsès*, p. 109.

5. Ainsi, un des plus jeunes fils de Nofrétari, Méryrê l'aîné, qui figurait sur la façade du petit spéos d'*Ibshek*, à côté de son père, était *le onzième* dans la liste des princes (K.A. Kitchen, *Ramesside Inscriptions* II, p. 859). Il figure aussi sur les deux listes du Ramesséum, et dut mourir avant la trentaine (K.A. Kitchen, *Ramsès*,

p. 145). Il y avait donc au moins *onze princes* déjà mis au monde au cours des premières années du règne.

6. Toutes les stèles sculptées en témoignages d'événements importants, sur ordre de et pour les Vice-Rois, entouraient les deux mamelons. Elles ont été déplacées de même que les deux spéos, et encadrent à nouveau les sanctuaires dans le nouveau site, 60 mètres plus haut.

7. *Cf.* à ce propos Ch. Desroches Noblecourt, « Abou Simbel, Ramsès et les Dames de la Couronne », *Fragments of a shattered Visage* (*Monographs of the Institute of Egyptian Art and Archaeology* I, 1991), p. 127-166, particulièrement p. 134-135, et fig. 11-12 p. 156-157.

8. Ainsi les deux colosses de Ramsès provenant d'Hérakléopolis, actuellement exposés dans les jardins du Musée du Caire (Journal d'Entrée 45.975). Ces statues remontent probablement au Moyen Empire : Ramsès les fit remanier à son compte. Les images des deux princesses, portant la mèche de cheveux latérale, sont accompagnées de leurs noms, gravés à la place de celui de leur première propriétaire. Ramsès avait également réutilisé deux autres colosses de la XIIIe dynastie et les avait fait ériger devant le pylone qui précède la grande hypostyle de Karnak. Sur l'un il était accompagné de l'image de Bentanat (au sud), sur l'autre il avait fait figurer Mérytamon (au nord). Ces colosses auraient été réemployés après la seconde fête-Sed, c'est-à-dire après l'an 34 du règne et le mariage du roi avec la princesse Hittite. *Cf.* H. Sourouzian, *Les Colosses du IIe pylone du temple d'Amon-Ré à Karnak, remplois ramessides de la XVIIIe dynastie*, in Cahier de Karnak, X, 1995, p. 522-524.

9. *Cf.* Ch. Desroches Noblecourt, *Lointaine*, p. 39-45.

10. Nofrétari était décrite dans le temple comme *Belle de visage, élégante avec sa double plume, aux mains pures lorsqu'elle joue des sistres, faisant plaisir à son père Amon.*

11. Elle figure, ainsi que la prière à *Ta-Ouret* (Thouéris), dans l'antichambre du petit temple.

12. Il s'agit ici d'une image exceptionnelle, évoquant bien la sortie des flots de l'Inondation, issus de la grotte mystique, et qui vont se répandre sur le pays. Lorsque les temples portent l'image classique des génies de l'Inondation sur leur soubassement, les personnages, toujours munis de leurs tables d'offrandes, *pénètrent* en longues théories à l'intérieur du temple, rendant hommage à la force créatrice. Dans la grotte de la reine, deux génies seulement sont représentés, *dans le sens de la sortie* : c'est l'apparition du flot, provoquée par le miracle mimé par le couple royal.

13. Cette limite est indiquée par E. Iversen, *Canon and Pro-*

portions in Egyptian Art, Londres, Sidgwick and Jackson, 1955, p. 70 : *The standing male figure is measured from the sole of the feet to the point where the wig or the hair meet the forehead.*

14. C'étaient les seize coudées atteintes par les inondations bénéfiques, à la hauteur de la ville d'Hérakléopolis. De plus, le chiffre 16 était, en Égypte, associé à l'idée de la *joie* (*deliciae*, écrivait plus tard Pline l'Ancien). La joie donc pour les années fastes. Jamais, à l'époque pharaonique, l'arrivée de l'Inondation égyptienne n'a été représentée ; pourtant, à l'époque gréco-romaine, cela est courant : l'image d'un homme barbu couché, entouré de seize *putti*, qui représentent les seize coudées !

15. Tous les éléments de l'autel solaire (le seul entièrement préservé) figuraient à l'exposition *Ramsès le Grand* à Paris. Mis au jour par Barsanti, G. Maspero les mit à l'abri au Musée du Caire (Journal d'Entrée 42.955), car exhumés depuis presque un siècle ils auraient certainement été détériorés : G. Maspero, « La chapelle nouvelle d'Ipsamboul », *ZÄS* 48 (1911), p. 94 ; Catalogue de l'exposition *Ramsès le Grand* au Grand Palais de Paris, 1976, p. 151-160.

16. Une longue étude de Lanny Bell prouverait que les colosses sont des « statues du *ka* » royal : « Luxor Temple and the Cult of the Royal *Ka* », *JNES* 44, n° 4 (octobre 1985), p. 251-294, notamment p. 256.

17. *Cf.* la note 16.

18. À propos de la durée du voyage entre l'Égypte et le Khatti, *cf.* E. Edel, *Geschichte und altes Testament*, Tübingen, 1953, p. 54.

19. Voir par exemple E.B. Pusch, « Recent Work at Piramesse, Results of Excavations by the Pelizaeus Museum, Hildesheim, at Qantir », *Fragments of a shattered Visage* (*Monographs of the Institute of Egyptian Art and Archaeology* I, 1991), p. 199-208.

20. La rédaction de ce traité a suscité l'intérêt de juristes, qui en ont constaté le réel modernisme. Une des dernières études en date a été publiée par le juge Ch.-P. Loubière, « Les chroniques égyptiennes : le traité de paix égypto-hittite, une négociation vieille de 3 200 ans », *Journal du Tribunal de Grande Instance de Paris*, 1993, p. 1-22. Il conclut en ces termes (p. 15) : « Le traité est ainsi un *acte soumis au droit international...* et qui s'affirme vraiment comme tel, *lorsqu'il met la guerre "hors la loi"*. Ce principe fondamental n'est pas sans rappeler la Charte de l'ONU, qui prohibe le recours à la force comme mode de règlement des différends entre États ; la guerre, désormais conçue comme illicite, fait place aux procédures pacifiques de négociation. »

21. *Cf.* Ch. Desroches Noblecourt, *Toutankhamon, vie et mort*

d'un pharaon, Hachette/Rainbird, 1963 ; Pygmalion/Gérard Watelet, 1977, p. 275-276 : la veuve de Toutânkhamon répugne à prendre un de ses serviteurs comme époux, et demande au souverain hittite de lui envoyer un de ses fils.

22. Pour l'édition du texte cunéiforme : S. Langdon et A.H. Gardiner, « The Treaty of Alliance between Hattusili, King of the Hittites, and the Pharaoh Ramesses II of Egypt », *JEA* 6 (1920), p. 179-205, et E.F. Weidner, *Politische Dokumente aus Kleinasien*, Leipzig, 1923, p. 112-123.

23. Au Nouvel Empire de nombreux textes nous indiquent le rôle éminent et complémentaire de la reine auprès de Pharaon : *cf. Urk.* IV, 1866, *Elle est dans la suite de Ta Majesté, comme Maât à Rê*. Voir Ch. Desroches Noblecourt et Ch. Kuentz, *Le petit temple d'Abou Simbel*, Le Caire, CEDAE, 1967, p. 181 n. 225. On connaît l'action des reines mères, régentes depuis l'Ancien Empire. Les textes remontant au Nouvel Empire, trouvés en plus grand nombre, nous laissent entrevoir l'influence exercée par Tiyi, l'élue d'Aménophis III, à qui les souverains étrangers écrivaient, ou encore celle de Néfertiti et de Nofrétari.

24. Pour les échanges de lettres véhiculant les félicitations de Nofrétari, de Touy et de Sethherkhépéshef aux souverains hittites, voir E. Laroche, *Catalogue des textes hittites*, Paris, 1971, p. 23, n° 167-169.

25. Lettre de Pasar (= babylonien *Pashijra*), *cf.* E. Edel, *Der Brief des ägyptischen Wesirs Pasijara an den Hetiter-König Hattusili und verwandte Keilschriftbriefe*, Göttingen, 1978.

26. Déjà J. Yoyotte considérait que les deux noms devaient appartenir au même personnage : *BiOr* 26 (1969), p. 14-15. K.A. Kitchen, *Ramesside Inscriptions* II, p. 850 et 860 (notes en bas de pages), se posait la question : *Imenherounemef... perhaps : Sethherkhopshef*, de même que M.L. Bierbrier, *JEA* 71 (1985), p. 206-207. Enfin, K.A. Kitchen, *Ramsès*, p. 145, en 1982, repose la question. Puis, plus récemment, M.L. Bierbrier, « Elements of Stability and Instability in ramesside Egypt : the Succession to the Throne », *Fragments of a shattered Visage* (*Monographs of the Institute of Egyptian Art and Archaeology* I, 1991), p. 11 : *In view of other examples in royal names of the interchange between Seth and Amun at this period, such as Prince Sethemouia, alias Amenemouia, it seems logical to view the names, Amenherkhopshef and Sethherkhopshef, as variants denoting the one and the same crown prince.* Il faut également souligner que des titres analogues sont accolés aux deux noms : *Prince héritier* (Répât), *scribe royal et général.*

CHAPITRE XIII : RAMSÈS AU TOURNANT DE SA VIE (p. 295 à 317)

1. La découverte que j'ai faite de la tombe de Touy, mère de Ramsès, étudiée de 1969 à 1973, m'a permis d'exhumer parmi les vestiges du mobilier funéraire, pillé dans l'Antiquité, des « appellations contrôlées » de jarres à vin, déposées par ordre du roi. La plus tardive des dates marquées sur la panse des récipients remonte à l'an 22. Cette offrande de vins nouveaux, provenant des vignobles royaux du Delta, permet donc de situer les obsèques de la reine douairière au cours de l'an 23, ou 24 au plus tard. Avant cette découverte, on ne possédait plus de traces de la reine après l'an 12 du règne de son fils. *Cf.* Ch. Desroches Noblecourt, *Le Courrier du CNRS* 9 (juillet 1973), p. 261-262, suivi d'un commentaire de E. Edel, « Zwei Originalbriefe der Königsmutter Tuja in Keilschrift », *SAK* 1 (1974), p. 105-146.

2. *Néfer* signifie « bon, beau, vivant (dans le sens de *vigoureux*) ». Au pluriel *néférou*, le mot sert à exprimer les forces vives, créatrices. Les *néférou* sont les jeunes recrues militaires. Les *néférou* sont les jeunes filles en âge de se marier. Les *néférou* du dieu constituent son pouvoir fécondateur. *Néfer* est également un lotus d'où surgit le soleil levant. La *Set-Néférou* est donc en rapport avec la renaissance des défunts qui sont enterrés dans cette nécropole : « la place de ceux qui redonnent la vigueur (les lotus) ».

3. Ainsi la voit-on représentée contre la statue de Mout-Touy conservée au Musée du Vatican.

4. Toutes les tombes aménagées dans la Vallée des Reines auraient risqué d'être victimes du mauvais état du calcaire dans lequel elles ont été creusées. En conséquence, leurs parois ont toutes été recouvertes de plâtre fin, et les décors ont été modelés en surface. En dépit de cela, le ouadi a été choisi pour recevoir des sépultures princières. La raison en est que ce cirque rocheux était dominé par une immense grotte haute de 25 mètres, dédiée à Hathor, le giron universel, celui de la Grande Déesse incarnant la mort, mais aussi la joie et l'amour. Elle accueillait en son sein les trépassés, et devait les faire renaître à la vie éternelle. L'endroit était devenu un lieu de pèlerinage et d'incubation dès, au moins, le début du Nouvel Empire. *Cf.* Ch. Desroches Noblecourt, *La Grande Nubiade*, Paris, Stock, 1992, chapitre 23 et plus spécialement p. 490-497. C'est de là, en définitive, que dépendait très probablement la renaissance des trépassés royaux inhumés dans la montagne thébaine.

5. L'apparition de la sphinge en Égypte semble remonter à

l'époque de Horemheb, où elle est représentée couchée près de la reine Moutnedjemet, sur le groupe du Musée de Turin : H.W. Müller, « Die liegende und geflügelte weibliche Sphinx des Neuen Reiches », *MIO* 3 (1955), p. 1-10.

6. *Cf.* une statue de la reine, dans une collection privée américaine, où Touy, reine porte-enseigne exceptionnellement, est assimilée à Mout : Ch. Desroches Noblecourt, « Touy, mère de Ramsès II, la reine Tanedjemy et les reliques de l'expérience amarnienne », *L'Égyptologie en 1979, axes proritaires de recherche* (*Colloques internationaux du CNRS* n° 595), p. 227-243 ; pour la statue, p. 238 fig. 65.

7. Tous en fritte émaillée bleu pâle, retouchés de couleur noire, ils ne dépassent pas 0,10 m. La reine devait posséder des statuettes funéraires bien plus luxueuses, en bois plaqué d'or, analogues à celles qui furent trouvées dans le trésor de Toutânkhamon.

8. *Cf.* Ch. Desroches Noblecourt, *Lointaine*, chapitre VII (les habitants de l'onde), p. 157-167.

9. Après avoir été présentée à Paris, à l'exposition *Ramsès le Grand*, ce charmant portrait a voyagé au Canada et aux USA avec cette même exposition. Il est maintenant visible au Musée de Louxor. *Cf.* catalogue de l'exposition *Ramsès le Grand* à Paris, Grand Palais, 1976, n° V, p. 28-31.

10. Ces fragments furent analysés au Laboratoire du Musée du Louvre (avant de retourner en Égypte) ; cela permit de bien préciser qu'ils provenaient d'un objet fabriqué avec des sables d'Égypte, très ferrugineux. D'autres fragments en verre complètement transparent avaient déjà été trouvés au cours des fouilles de Tell el-Amarna, site remontant à la XVIIIe dynastie. Cela n'a rien d'étonnant si l'on songe aux yeux du scribe du Louvre dont la cornée, sans doute faite de verre transparent selon une analyse de l'Institut d'Optique de Paris, remonte à l'époque des pyramides (IVe-V^e dynasties) ! Je signale, en passant, que les yeux des deux têtes de lion encadrant le grand siège d'apparitions de Toutânkhamon sont, eux aussi, en verre transparent (Musée du Caire). Les manuels faisaient remonter la fabrication du verre transparent seulement à l'époque arabe !

11. Thèbes, ainsi appelée par les Grecs, sous les pharaons *Ouaset*, était située dans la région d'Hermonthis, l'Héliopolis du sud.

12. Le texte cité est choisi parmi ceux réunis par K.A. Kitchen, *Ramesside Inscriptions* III-5, p. 138-140, et *Ramsès*, p. 104. Pour la première édition, A.H. Gardiner et J. Cerny, *Hieratic Ostraca I*, Oxford, 1957, pl. 81-82.

13. Le *dében* pèse 91 grammes, et correspond approximativement au poids de 1 400 grains.

14. Ce nom, formé de celui du roi suivi de *asha-heb-sed*, « riche en jubilés », laisse supposer qu'il s'agit d'une personne d'origine étrangère, ayant pris cette appellation en devenant fonctionnaire de Séthi Ier, sous le règne de qui elle débuta sa carrière.

15. On consultera avec profit l'ouvrage sur la médecine égyptienne de G. Lefebvre, *Essai sur la médecine égyptienne de l'époque pharaonique*, Paris, Geuthner, 1956.

16. *Nofrétari par amour de qui le soleil se lève* était le nom du spéos de la reine en Abou Simbel. Elle y avait été intronisée sous l'aspect de Sothis, par Hathor et Isis.

17. L'expédition d'Ernesto Schiapparelli (*Relazione sui lavori della missione archeologica italiana in Egitto-Anni 1903-1920.* Vol. I, *Esplorazione della « Valle delle Regine » nella Necropoli di Tebe*, Turin, 1923) retrouva même les émouvants vestiges d'un pied momifié de la reine. La maquette de la tombe est exposée au Musée de Turin. La reconstitution photographique en couleurs, grandeur nature, fut présentée une première fois à l'occasion de l'exposition *Ramsès le Grand* à Paris. Je pus la faire réaliser par les soins des membres de mon équipe de chercheurs du CNRS et des membres du CEDAE du Caire, affectés aux fouilles de la Vallée des Reines. Les supports photographiques furent offerts par Kodak-France. Depuis, cette reconstitution fut présentée dans plusieurs musées français. D'autres pays ont maintenant pris la même initiative. Actuellement, la tombe de Nofrétari, restaurée après les dégâts provoqués par les infiltrations d'humidité, est l'objet de nombreux commentaires dans la presse ; *cf.* par exemple Ch. Desroches Noblecourt, *Archéologia* 291 (juin 1993), p. 42-53. Fermée au public depuis l'achèvement des travaux, elle vient d'être réouverte à la visite sous certaines conditions de sécurité pour la conservation de son précieux décor.

18. *Cf.* Ch. Desroches Noblecourt, *Lointaine*, p. 167-170.

19. *Id., op. cit.*, pl. XXIII.

20. *Id.*, « Abou Simbel, Ramsès et les Dames de la Couronne », *Fragments of a shattered Visage* (*Monographs of the Institute of Egyptian Art and Archaeology* I), 1991, fig. 13, p. 132-133. Il faut rectifier les dates que j'ai indiquées pour cette époque (an 36), et placer ces représentations aux environs du premier jubilé.

21. *Id., ibid.*, fig. 14, p. 132.

22. Communication faite par le fouilleur de l'Organisation des Antiquités à Saqqara, à l'occasion du sixième Congrès International d'Égyptologie à Turin (1-8 septembre 1991). *Cf.* Mohammed Ibrahim Aly, « À propos du prince Khâemouas et sa mère

Isetneferet ; nouveaux documents provenant du Sérapéum », 6e Congrès International d'Égyptologie, *Abstracts of Papers*, p. 220-221. Il semble que le monument où apparaît le cartouche d'Isisnofret, accompagnant le défilé des génies de l'Inondation, pourrait provenir d'une chapelle élevée par Khâemouaset en souvenir de sa mère. Consulter également S. Tewfik, « Recently Excavated Ramesside Tombs at Sakkara », *MDAIK* 47 (1991), p. 403-409.

23. Voir à ce propos les deux statues royales trouvées à Hérakléopolis, flanquées de Bentanat et de Mérytamon, signalées *supra* chap. XII, note 8.

24. Les ouvriers affectés à la nécropole royale habitaient dans une agglomération connue sous le nom moderne de Deir el-Médineh. La publication de base a fourni de volumineux rapports de fouilles, sous la plume de Bernard Bruyère. Les textes, nombreux, trouvés sur le site et aux alentours, ont été avant tout étudiés en un premier volume par J. Cerny, *A Community of Workmen at Thebes in the Ramesside Period*, Le Caire, IFAO (*Bibliothèque d'Étude* 50), 1973. De nombreuses études sont encore consacrées à la vie de ce village. Voici des ouvrages d'ensemble, dus à D. Valbelle, « *Les ouvriers de la tombe* », *Deir el-Médineh à l'époque ramesside*, Le Caire, IFAO (*Bibliothèque d'Étude* 96), 1985, ou encore M.L. Bierbrier, *Les bâtisseurs de Pharaon, la confrérie de Deir el Medineh*, Monaco, Éditions du Rocher, 1986, qui est la traduction française de *The Tomb-Builders of the Pharaohs*, 1982.

25. La scène est représentée sur la stèle n° 43.591 du Musée du Caire, *cf.* Catalogue de l'exposition *Ramsès le Grand* à Paris, p. 124-127 (commentaire de Bernadette Letellier). Pour la *Belle fête de la Vallée*, voir S. Schott, *Das schöne Fest vom Wüstentale*, Wiesbaden, 1953.

26. Les deux graffiti jumelés, en forme de stèle rectangulaire, ont été publiés par J. Cerny, Ch. Desroches Noblecourt et *alii, Graffiti de la montagne thébaine*.

27. *Cf.* A.H. Gardiner et J. Cerny, *Hieratic Ostraca* I, pl. 74, 75. K.A. Kitchen, *Ramesside Inscriptions* II-7, p. 380-385. S. Allam, *Hieratische Ostraka und Papyri aus der Ramessidenzeit*, Tübingen, 1973, p. 20-24.

28. Ce qui survint, malheureusement, après le règne du grand roi. On en rencontre les néfastes échos dans les retentissants procès illustrant la fin de cette époque ramesside. La récente étude de P. Vernus est très édifiante à ce sujet : *Affaires et scandales sous les Ramsès*, Paris, Pygmalion/Gérard Watelet (*Bibliothèque de l'Égypte ancienne*), 1993.

29. On a prétendu que les Égyptiens n'utilisaient pas la laine, parce qu'on n'a pas retrouvé de vêtements ou d'étoffes de laine

dans les tombes pharaoniques. La raison en est simplement qu'il ne convenait pas de déposer dans les sépultures des éléments qui auraient pu être détruits par la vermine.

30. *La fête*, probablement le jubilé trentenaire de Ramsès.

31. Qu'on se souvienne de l'interminable procès de Mès, ou Mosé, à propos du partage d'une propriété. Le litige dura un siècle : il débuta sous Horemheb, et ne se termina que sous Ramsès II, ce qui fournit un exemple supplémentaire du bon fonctionnement de la justice sous le règne du grand roi. Mosé fit graver le récit du conflit, de même que certains des documents produits, sur les murs de sa tombe à Memphis. A.H. Gardiner, *The Inscription of Mes, a Contribution to the Study of Egyptian Judicial Procedure*, Leipzig (*Untersuchungen zur Geschichte und Altertumskunde Ägyptens* IV), 1905, p. 89-140, et G.A. Gaballa, *The Tomb-chapel of Mose*, Warminster, 1977.

32. Pour apaiser Hattousil, il souligne avec emphase que ce dernier est bien le descendant légitime de Soupilloulіouma Ier sur le trône, convoité par l'usurpateur Ourhi-Teshoub.

33. Cette lettre « d'apaisement » de Ramsès à Hattousil est publiée par Goetze, *Journal of Cuneiform Studies* (1947), p. 241-251.

Chapitre XIV : Des jubilés et des prodiges (p. 318 à 347)

1. Une très abondante bibliographie a été réunie par E. Hornung et E. Staehelin, des nombreux articles et références se rapportant à la fête-*Sed*. Ces sources seront indispensables à l'égyptologue qui abordera ce sujet extrêmement complexe et mystérieux, sur lequel aucun audacieux n'a encore osé se lancer jusqu'à présent : *Studien zum Sedfest*, Genève, 1974.

2. La tombe de Khérouef, Majordome de la reine Tiyi, fut découverte au XIXe siècle, puis, son entrée ayant été obturée, de nouveau redécouverte par A. Fakhry ; elle a été publiée par l'Université de Chicago : *The Tomb of Kherouef, Theban Tomb 192*, Chicago (*Oriental Institute Publications* 102), 1980, traduction des textes par E. Wente.

3. E. Naville, *The Festival Hall of Osorkon II in the Great Temple of Bubastis*, Londres, EES (*EEF* 8), 1892, pl. XIV (3).

4. Citation du haut Nil pour le premier jubilé de Ramsès : A.H. Gardiner et J. Cerny, *Hieratic Ostraca* I, pl. 9.

5. *La chevelure de Rê* : très probablement le rayonnement solaire, la *crinière du lion solaire*.

6. *Cf.* Ch. Desroches Noblecourt, *Lointaine*, p. 109-111.

7. C'est-à-dire l'acte de redonner vie à leurs statues.

8. Pour la *Shétaÿt*, voir I.E.S. Edwards, « The Shetayt of Rosetaou », *Egyptological Studies in Honor of Richard Parker*, p. 27-36. L'antique Rosetaou du nord semble avoir couvert l'aire qui s'étendait du sud du plateau de Guizé jusqu'à Zaouyet el-Aryan.

9. Ch. Desroches Noblecourt, *Lointaine*, chap. IV, p. 93-115, et *id.*, « Abou Simbel, Ramsès et les Dames de la Couronne », *Fragments of a shattered Visage (Monographs of the Institute of Egyptian Art and Archaeology* I*)*, 1991, p. 138 et 164.

10. Ch. Desroches Noblecourt, *Lointaine*, p. 56-61.

11. Ch. Desroches Noblecourt, *Lointaine*, p. 61-75.

12. Cette image d'Osiris a été récemment dégagée dans la tombe n° 5 de la Vallée des Rois, par le Kent Weeks (Université américaine du Caire).

13. Ostracon Berlin 12337, K.A. Kitchen, *Ramesside Inscriptions* III-5, p. 145-146.

14. Pour les dégâts provoqués par la catastrophe, voir L.A. Christophe, *Abou Simbel et l'épopée de sa découverte*, Bruxelles, 1965, p. 206-209.

15. Les trous, au sol et contre les parois, ayant reçu les extrémités des madriers de bois, étaient encore visibles lorsque nous avons étudié l'architecture interne du temple avant son déplacement. Les mêmes constatations ont été faites près des piliers sud, dont la consolidation a été obtenue grâce à un mur de maçonnerie entre ces deux piliers. Quelques années plus tard, Ramsès fera graver sur ce mur le *Décret de Ptah*. Le grand problème, en dépit de tous les efforts tentés par Pasar, était celui du premier colosse sud.

16. Ch. Desroches Noblecourt et Ch. Kuentz, *Le petit temple d'Abou Simbel, étude archéologique et épigraphique* I, Le Caire, CEDAE, 1968, n. 375, p. 111-114, p. 209-210 ; Ch. Desroches Noblecourt, *Lointaine*, p. 170-172.

17. Gravure rupestre du Gebel Silsilé : K.R. Lepsius, *Denkmaeler aus Ægypten und Æthiopien* III, Leipzig, 1849-1856, pl. 174 e.

18. Gravure rupestre d'Assouan, *id.*, *op. cit.*, pl. 175 h.

19. Ainsi, un groupe fragmentaire de la reine, dédié par Khâemouaset et le Général Ramsès, ses deux fils aînés : Louvre E 2272. Voir aussi chapitre XIII, n. 21.

20. Certaines de ces pièces étaient de 28 coudées et 4 palmes de long sur 4 coudées de large (c'est-à-dire plus de 12 mètres de long et 2 mètres de large), ou de 15 coudées de long sur 4 de large (donc de 6 mètres de long sur 2 mètres de large).

21. Papyrus Rainer 53 et ostracon Queen's College d'Oxford.

A.H. Gardiner, « The Delta Residence of the Ramessides », *JEA* 5, 1918, p. 185, et R. Caminos, *Late Egyptian Miscellanies*, Oxford, 1954, p. 73-74 *(Reports on the Delta residence).* Voir aussi E. Uphill, *The Temples of Per-Ramesses*, Warminster, 1984, p. 225, citant M. Bietak qui décrit la ville comme *a huge preplanned town of the ramesside period, covering 4-5 sq. km.*

22. Le texte, si difficilement lisible, de la *Stèle du Mariage* en Abou Simbel fit l'objet d'un très long travail de relecture, qui nécessita plus de 300 heures sur place, en copie et déchiffrements nouveaux, entre 1955 et 1958, par le Professeur J. Cerny (travail collationné par le Professeur E. Edel, tous deux en mission de l'UNESCO auprès du CEDAE du Caire, que je venais de fonder). Les merveilleuses copies, ultimes mises au point à la suite de lectures précédentes, ont été reprises par K.A. Kitchen, dans ses *Ramesside Inscriptions.* Une importante mise au point et une nouvelle amélioration du texte, sur les publications précédentes, avaient déjà été données par Ch. Kuentz, *ASAE* 25 (1925), p. 182-238.

23. Traduction de P. Vernus, *Essai sur la conscience de l'histoire dans l'Égypte pharaonique*, Paris, 1995, p. 139.

24. Cette adresse de Ramsès à Seth a été traduite par P. Vernus, qui en donne une nouvelle version, *op. cit.*, p. 139.

25. *Id.*, *op. cit.*, p. 139.

26. Pour la lecture de ce nom, *cf.* Ch. Desroches Noblecourt, « Hommage d'un poète à la Princesse Lointaine », *Kêmi* 12 (1952), p. 34-45.

27. Cette très ingénieuse interprétation a été proposée par Ch. Kuentz, *ASAE* 25 (1925), p. 181-238.

28. J.-F. Borghouts, « The First Hittite Marriage Record : Seth and the Climate », *Mélanges Adolphe Gutbub*, Montpellier, 1984, p. 13-16.

29. Stèle du Mariage lignes 30 à 32 : Ch. Kuentz, *op. cit.*, p. 231 *sqq.*

30. Le papyrus Anastasi II, pl. II, 1-5 et pl. IV, 7-10 (publication A.H. Gardiner, *Late Egyptian Miscellanies*), fait aussi allusion à ce manque d'eau au pays de Khatti, dans une invite du chef de Khatti au chef de *Kodé* : « Équipe-toi pour nous rendre en Égypte, faisons des ouvertures à Ramsès, car il laisse vivre celui qu'il veut ! Et chaque pays dépend de lui ; le Khatti est en son seul pouvoir, si le dieu (Seth) n'accepte pas ses offrandes, il (le pays de Khatti) *ne verra pas la pluie.* »

31. Comment tenir rigueur à Ramsès d'avoir utilisé son dieu pour intervenir sur le climat, dont dépendra le succès ou la gloire d'une entreprise, alors que l'on retrouve, 3 200 années plus tard, le même état d'esprit, les mêmes procédés, la même foi en un dieu

complice, capable de transformer les conditions atmosphériques, pour obtenir une victoire ? En effet, le 22 décembre 1944, pendant la bataille des Ardennes, il neige sur Bastogne et les Ardennes, l'aviation alliée est paralysée, les blindés également... Je cite la relation qui suit de P. Montagnon, *La Grande Histoire de la Seconde Guerre mondiale : Juillet 1944/Décembre 1944 – De la reconquête des Philippines à la Bataille des Ardennes*, Paris, Pygmalion/Gérard Watelet, 1994, p. 297-298 :

Patton vient de mettre un autre atout dans son jeu : l'Éternel ! Il a mandé son aumônier et lui a intimé, en substance : « Padre ! Faites une prière pour que nous ayons du beau temps. »

Le saint homme s'est exécuté — on ne résiste pas à une injonction de Patton — et a même composé une oraison de circonstance :

« Seigneur tout-puissant et miséricordieux, nous implorons Ta bonté divine pour que Tu daignes contenir ces pluies excessives contre lesquelles nous avons dû lutter. Accorde-nous, dans Ta grâce, un temps favorable pour la bataille. »

Ravi, Patton fait imprimer le texte à des milliers d'exemplaires que l'on a distribués à la troupe !

23 décembre – Patton serait-il exaucé ? 5 heures. Il gèle. L'anticyclone sibérien s'abat sur les Ardennes. Le ciel s'éclaircit, le sol se durcit. B 26 et P 47 ne tarderont pas à se manifester. Les blindés pourront dévaler en tout terrain.

32. *Cf.* la note 26.

33. Cette information m'a été communiquée par le Professeur E. Edel lui-même.

34. Ce mot *prodige (biaÿt)* indique, dans les textes de Hatchepsout et d'Aménophis III, *une action dont le résultat dépasse de très loin le résultat d'actions analogues* (P. Vernus, *op. cit.*, p. 140). Mais dans le texte dont il est question ici, Ramsès ajoute encore une épithète qui magnifie l'événement, c'est le mot *mystérieux (shétat)*. Nous arrivons à la notion de *miracle* dont Ousermaâtrê Sétepenrê s'est servi tout au long de sa carrière pour définir sa nature exceptionnelle.

Voici le passage de la *Bénédiction de Ptah* se rapportant à la paix entre les Égyptiens et les Hittites et ses conséquences, qui s'est prolongée par l'*alliance* des deux familles : un *miracle* évident auquel Ousermaâtrê n'aurait pu songer aux lendemains de la bataille de Qadesh :

J'ai fait pour toi (des gens) du pays de Khatti, des serfs pour ton palais : j'ai mis dans leur esprit de s'organiser eux-mêmes en procession de suppliants devant ton ka, *chargés de leurs tributs pour la puissance de Ta Majesté, vie, santé, force, sa fille aînée étant à leur tête, pour apaiser le maître des Deux Terres, le roi du sud et du nord, Ousermaâtrê Sétepenrê, fils de Rê, Ramsès Méryamon, doué de vie. Un grand prodige mystérieux dont on n'avait pas idée.*

35. Pour suivre l'exemple d'une des filles de Nofrétari, qui portait le nom de sa mère, et celui d'Isisnofret, dont une fille s'appelait aussi Isisnofret.

36. *Cf.* A.A. Schlögl, *Der Gott Tatenen*, Göttingen, 1980.

37. O. Goelet, « The Blessing of Ptah », *Fragments of a shattered Visage* (*Monographs of the Institute of Egyptian Art and Archaeology* I, 1991), p. 28-35.

38. Pour un essai de reconstitution du temple de Ptah et de son environnement, *cf.* K.A. Kitchen, « Towards a Reconstruction of Ramesside Memphis : the Precinct of Ptah », *Fragments of a shattered Visage* (*Monographs of the Institute of Egyptian Art and Archaeology* I, 1991), p. 87-92.

39. Au temps où Hérodote visitait l'Égypte, le grand temple de Ptah-ténen faisait encore l'admiration de ses contemporains (Hérodote, *Histoires* II, 108-110, 121-136). Les gemmes dont il est question dans l'ornementation du temple ont certainement été utilisées à cet effet, ainsi que le prouve le papyrus Boulaq n° 9 (Musée du Caire, Catalogue Général n° 58096), où un peu avant l'an 53 du règne le *jaspe rouge (en morceaux)* est cité *pour les incrustations de grenades et d'un fruit*-bou, *dans le temple « Glorieux-est-Ramsès II-dans-le-domaine-de-Ptah »...*

CHAPITRE XV : LE TEMPS DE LA GRANDE PAIX ET LE ROI-DIEU (p. 349 à 376)

1. Il s'agit de la tombe 71 de la *Set-Néférou*. Peut-être, pour suivre l'exemple d'autres princesses, reçut-elle le nom de sa propre mère, et fut-elle appelée Bentanat II. Dans ce cas, elle pourrait être devenue l'épouse de son oncle, le futur Mérenptah, treizième fils de Ramsès et d'Isisnofret. Elle figure sur une statue de ce roi trouvée devant le temple de Louxor. *Cf.* Ch. Desroches Noblecourt, « Abou Simbel, Ramsès et les Dames de la Couronne », *Fragments of a shattered Visage* (*Monographs of the Institute of Egyptian Art and Archaeology* I, 1991), p. 134 et p. 140.

2. Voir la thèse de F. Gomaà, *Chaemwese, Sohn Ramses' II. und Hoherpriester von Memphis*, Wiesbaden, 1973.

3. Pour le taureau Apis, *cf.* E. Otto, *Beiträge zur Geschichte des Stierkulte in Aegypten*, Leipzig, 1938, p. 11-34.

4. J. Yoyotte, *Les pèlerinages dans l'Égypte ancienne*, Paris, Le Seuil (*Sources Orientales* 3), 1960, p. 58 et note 126, cité par S. Aufrère, *L'univers minéral dans la pensée égyptienne*, Le Caire, IFAO (*Bibliothèque d'Étude* 105-1 et 2), 1991, p. 99.

5. D. Wildung, *Die Rolle ägyptischer Könige im Bewußtsein ihrer Nachwelt* I, Berlin, 1969, p. 68, 71 *sqq*.

6. K.A. Kitchen, *Ramsès*, p. 127-129.

7. *Cf.* G. Lefebvre, *Histoire des Grands Prêtres d'Amon de Karnak jusqu'à la XXIe dynastie*, Paris, Geuthner, 1929, p. 126-136.

8. B. Gunn, « The Religion of the Poor in Ancient Egypt », *JEA* 3 (1916), p. 81-94.

9. Pour l'obélisque unique, *cf.* G. Lefebvre, « Sur l'obélisque du Latran », *Mélanges Charles Picard*, 1949, p. 586-593 ; P. Barguet, *Le temple d'Amon-Ré à Karnak – essai d'exégèse*, Le Caire, IFAO (*RAPH* 21), 1962, p. 241-242 ; Ch. Desroches Noblecourt, « Nouveaux commentaires sur l'obélisque de Saint-Jean de Latran », *RA* 1954, p. 5-13. C'est cet obélisque, le plus grand connu (32,18 m), qui a été réédifié sur la place Saint-Jean-de-Latran à Rome.

10. *Béki*, diminutif familier de Bakenkhonsou.

11. Ces détails sur la santé du roi nous ont été donnés par les spécialistes qui, en 1977, ont étudié la momie du roi.

12. En effet, les praticiens égyptiens savaient merveilleusement utiliser toutes les qualités thérapeutiques des plantes et pigments auxquels ils avaient accès, et les médicaments prescrits étaient souvent suivis d'amélioration et de guérison. Cependant, leur diagnostic était puissamment aidé par l'analyse qu'ils avaient pu faire du corps humain, grâce à la pratique de la momification. Ils excellaient dans la médecine des yeux, en gynécologie et dans la médecine cardiaque. Pour la médecine égyptienne en général, consulter une excellente mise au point générale due à G. Lefebvre, *Essai sur la médecine égyptienne pharaonique*, Paris, Geuthner, 1956. En ce qui concerne les remèdes contre les morsures de serpents, piqûres de scorpions, etc., on consultera un véritable manuel d'ophiologie, actuellement conservé au Musée de Brooklyn, publié par S. Sauneron, *Un traité égyptien d'ophiologie. Papyrus du Brooklyn Museum n° 47.218.48 et 85*, Le Caire (IFAO, *Bibliothèque Générale* 9), 1989.

13. Le titre *dieu, souverain d'Héliopolis* apparaît au moins à partir de l'an 42 du règne ; *cf.* J. Yoyotte, *in* R. Anthes, *Mitrahineh 1956*, Philadelphie, 1965, p. 66-70.

14. Hénoutmirê, dont la tombe porte le n° 75, dans la *Set-Néférou*, fut longtemps considérée comme une sœur du roi. Une

statue de Ramsès accompagné de l'image de Hénoutmirê a permis d'établir que cette princesse fut non seulement fille du souverain, mais aussi sa dernière Grande Épouse royale. *Cf.* H. Sourouzian, *ASAE* 69 (1983), p. 371 ; Ch. Desroches Noblecourt, « Abou Simbel, Ramsès et les Dames de la Couronne », *Fragments of a shattered Visage* (*Monographs of the Institute of Egyptian Art and Archaeology* I, 1991), p. 136-137. Hénoutmirê pourrait-elle avoir été la fille de Mérytamon, une des préférées de Ramsès, et aussi fille aînée de Nofrétari ?

15. Ostracon du Musée du Louvre 2262, W. Spiegelberg, *RT* 16 (1894), p. 64.

16. Une stèle au nom de l'officier Ramosé fait une allusion directe à cette razzia au pays d'*Irem* : *cf.* J. Yoyotte, « Un document relatif aux rapports de la Libye et de la Nubie », *BSFE* 6 (1951), p. 9-14.

17. Ce temple inédit jusqu'à l'époque de la sauvegarde des monuments de Nubie a été étudié et édité par les équipes du CEDAE (M. A. L. El Tanbouli, Ch. Kuentz *et alii*), Le Caire (*Collection scientifique*, 4 volumes), 1974-1978.

18. Néanmoins, on est loin de la pureté de traits retrouvée sur les colosses et les statues osiriennes du roi en Abou Simbel. Il faut rappeler ici que la statuaire officielle du temps de Ramsès présente parfois une massivité intentionnelle, comme si l'on avait voulu suggérer que les formes se dégageaient à peine de la pierre : un des exemples à citer à ce propos est le groupe du Grand Prêtre d'Osiris en Abydos, Méry, et son fils Ounennéfer ; *cf.* le catalogue de l'exposition *Ramsès le Grand*, Paris, 1976, p. 106-109. Ce style « trapu » est aussi intentionnellement utilisé sur la Stèle de l'an 400.

19. Le temple de Gerf Hussein, qui fut visité au XIXe siècle, n'a jamais été publié *in extenso* (le CEDAE s'en est chargé, voir n. 17). Aussi les représentations qui ornent ses murs étaient-elles surtout connues par certaines des premières copies dues aux premiers égyptologues et voyageurs de l'époque : Champollion, Lepsius, Gau, etc. C'est la raison pour laquelle est signalée (B. Porter et R. Moss, *Topographical Bibliography* VII, p. 33-37) la présence fréquente de l'image de Ramsès Ier que l'on croyait avoir reconnu dans l'entité *Ramsès-pa-nétjèr* : Ramsès-*le-dieu*, c'est-à-dire Ramsès II arrivé à l'apogée de sa divinisation.

Seul des hémispéos de Ramsès en Nubie, celui de Gerf Hussein, construit et creusé dans le grès malade, n'a pu être sauvé complètement. Les mieux conservés des reliefs ont été extraits, et surtout le meilleur des piliers osiriaques a été sauvé. Toutes ces reliques sont conservées et en cours d'exposition au Musée de la Nubie, à Assouan.

20. Ces renseignements m'ont été confiés par les spécialistes qui, au Musée de l'Homme, ont étudié la momie. Au moment de la momification, le corps était encore très fortement courbé en avant. Les prêtres officiants, en s'efforçant de redresser le corps, ont projeté en arrière le torse et le cou, attitude conservée depuis par la momie.

21. Comme la plupart des monuments de Pi-Ramsès, lorsque la ville fut abandonnée par suite du déplacement d'un bras du fleuve, la Stèle de l'an 400 fut apportée à Tanis, où s'installèrent les pharaons de la XXIe dynastie. On trouvera la généralité des références relatives à cette stèle dans le catalogue de l'exposition *Ramsès le Grand*, Paris, 1976, p. 32-35.

22. La partie droite de la stèle est détériorée, on lit mal le nom de Séthi. La queue animale suspendue à l'arrière de son pagne pourrait être celle d'un taureau.

23. Voir C. Vandersleyen, *L'Égypte et la vallée du Nil*-2 : *De la fin de l'Ancien Empire à la fin du Nouvel Empire*, Paris, PUF *(Nouvelle Clio)*, 1995, p. 166.

24. E. Hornung, *L'Un et le multiple – Les dieux de l'Égypte*, 1971 (Monaco, Éditions du Rocher, 1986 pour la traduction française), p. 201 : *... le chiffre quatre, schème classificateur, dans le panthéon égyptien... constitue sans ambiguïté un symbole de complétude ou de totalité*. Il faut rappeler que dans le temple de Seth à Ombos, un énorme sceptre-*ouas* fut trouvé, *cf.* H. Te Velde, *Seth, God of Confusion. A Study of his Role in Egyptian Mythology and Religion*, Leyde, Brill (*Probleme der Ägyptologie* 6), 1967, p. 90. Parfois emblème du souffle, son image *quatre fois* placée aux points cardinaux soutient le ciel.

25. En effet, parmi les titres de Ramsès, sur cette stèle, la mention *Riche en jubilés* indique la période de la fin de la vie du roi.

26. Pour le Grand Prêtre de Rê à Héliopolis, cf. M. Moursi, *Die Hohenpriester des Sonnengottes*, Berlin, 1972, p. 64-67.

27. R. Stadelmann, *Syrisch-Palästinensische Gottheiten im Aegypten*, Leyde, Brill (*Probleme der Ägyptologie* 5), 1967, p. 76-78.

28. J. Van Dijk, « The Canaanite God Hauron and his Cult in Egypt », *Comptes rendus préliminaires du Congrès de Munich*, 1985, p. 247-248, publié ultérieurement dans *BSAK* 4 (*Akten des vierten internationalen Ägyptologen Kongresses München* 1985), Hambourg, 1991, p. 247-256.

29. Pour la vie de ce grand pionnier de l'égyptologie, *cf.* É. David, *Mariette Pacha 1821-1881*, Paris, Pygmalion/Gérard Watelet *(Bibliothèque de l'Égypte ancienne)*, 1994.

30. Ces bijoux sont en partie conservés au département des Antiquités égyptiennes du Musée du Louvre.

31. Isisnofret II, fille de Ramsès et de la Grande Épouse royale Isisnofret I.

32. Bentanat II (?) : on a tout lieu de penser qu'elle fut la fille de Bentanat I. Cette dernière, sœur aînée de Mérenptah, devint la Grande Épouse royale de Ramsès aux environs de l'an 20 du règne. Elle lui donna une fille, qui fut probablement aussi appelée Bentanat (II), et qui épousa assez vraisemblablement Mérenptah, son oncle et frère à la fois ! *Cf.* Ch. Desroches Noblecourt, « Abou Simbel, Ramsès et les Dames de la Couronne », *Fragments of a shattered Visage* (*Monographs of the Institute of Egyptian Art and Archaeology* I, 1991), p. 133-134, p. 140.

33. Les xérographies faites sur la tête de la momie ont montré ces vaisseaux presque entièrement obstrués par des dépôts.

34. Suivant ce que rapporte Diodore de Sicile, I, 70, à propos de tous les actes de la vie de Pharaon.

35. Selon Joséphus, *Contra Apionem* I, 15/16, § 97, citant Manéthon. Le règne de Ramsès dura 66 années et 2 mois.

Abréviations bibliographiques

ÄA : Ägyptologische Abhandlungen, Wiesbaden.

AJSL : American Journal of Semitic Languages and Literatures, Chicago.

Annuaire EPHE : Annuaire de l'École Pratique des Hautes Études, Paris.

ASAE : Annales du Service des Antiquités de l'Égypte, Le Caire.

BA : Biblical Archaeologist.

BIFAO : Bulletin de l'Institut Français d'Archéologie Orientale, Le Caire.

BiOr : Bibliotheca Orientalis, Leyde.

BSAK : Studien zur Altägyptischen Kultur, Beihefte, Hambourg.

BSEG : Bulletin de la Société d'Égyptologie de Genève, Genève.

BSFE : Bulletin de la Société Française d'Égyptologie, Paris.

CdE : Chronique d'Égypte, Bruxelles.

CGC : Catalogue Général des antiquités égyptiennes du musée du Caire, Le Caire.

Ch. Desroches Noblecourt, *Lointaine : Amours et fureurs de la Lointaine*, Paris Stock-Pernoud, 1995.

Eretz Israel.

GM : Göttinger Miszellen, Göttingen.

JARCE : Journal of the American Research Center in Egypt, Boston.

JEA : Journal of Egyptian Archaeology, Londres.

JNES : Journal of Near Eastern Studies, Chicago.

JSSEA : Journal. Society of the Studies of Egyptian Antiquities, Toronto.

Cahier de Karnak : Rapport sur les travaux du centre franco-égyptien d'études des temples de Karnak.

Kêmi : Kêmi. Revue de philologie et d'archéologie égyptiennes et coptes, Paris.

Kitchen, *Ramesside Inscriptions* : K.A. Kitchen, *Ramesside Inscriptions, Historical and Biographical*, Oxford, 7 vol., depuis 1968 (vol. II, 1996).

Kitchen, *Ramsès* : K.A. Kitchen, *Ramsès II, le pharaon triomphant*, Monaco, Éditions du Rocher, 1985 pour la traduction française.

MDAIK : Mitteilungen des Deutschen Archäologischen Instituts, Abteilung Kairo, Le Caire, Berlin, Wiesbaden et Mainz.

Memnonia : Memnonia. Bulletin édité par l'Association pour la Sauvegarde du Ramesséum, Paris.

MIFAO : Mémoires publiés par les

membres de l'Institut Français d'Archéologie Orientale, Le Caire.

MIO : Mitteilungen des Instituts für Orientsforschung, Berlin.

MMAF : Mémoires publiés par les membres de la Mission Archéologique Française au Caire, Paris.

OMRO : Oudheidkundige Mededelingen uit het Rijksmuseum van Oudheden te Leiden, Leyde.

RAPH : Recherches d'Archéologie, de Philologie et d'Histoire, IFAO, Le Caire.

RdE : Revue d'Égyptologie, Paris.

RT : Recueil de Travaux relatifs à la philologie et à l'archéologie égyptiennes et assyriennes, Paris.

SAK : Studien zur Altägyptischen Kultur, Hambourg.

Ugaritica III.

ZÄS : Zeitschrift für Ägyptische Sprache und Altertumskunde, Leipzig, Berlin.

ZDPV : Zeitschrift des Deutschen Palästinavereins, Lipsia, Wiesbaden.

Index

Noms de personnes

Aanen, frère de Tiyi, 270
Abdel-Aziz Ibn Séoud, 379
Abdel Salam, Ch., 392
Abou el-Haggag, 401
Agem, capitaine de troupe hittite, 176
Ahmès-Nofrétari, 204
Akhénaton, voir Aménophis IV.
Aménemhat Ier, 391
Amenmosé, fils de Pendjerty, inspecteur des temples, 414
Aménophis Ier, 39, 391, 395
Aménophis II, 30, 38-39, 59, 163, 209
  campagnes syriennes, 228
  tombe d', 30, 38, 391
Aménophis III, 26, 60, 100, 106, 115, 118, 147, 216, 228, 234, 270, 275, 319, 357, 360, 391-392, 398, 416, 424, 432
Aménophis IV, 64, 104, 187-188, 192, 194-195, 197, 226, 360, 399, 411
Amonouahsou, 77
Ânkhefenkhonsou, restaurateur de momies royales, 40
Ankhèsenamon, épouse de Toutânkhamon, 286
Ashahebsed, Échanson du roi, 85, 88, 240, 242, 416
Aÿ, 61-62

Bakenkhonsou, 18, 26, 189, 359-361, 370, 402, 413, 434
Baketmout, fille de Ramsès, 238, 241, 304
Baki, peintre, 93, 133-134, 224, 226, 228, 403
Balout, L., 46, 48, 57, 392
Ben-Azen, futur Ramsèsemperrê, 209
Bének, officier de char hittite, 178
Bentanat Ier, fille et épouse de Ramsès, 349-350, 375
Bentanat II, fille de Bentanat et de Ramsès, 349-350, 375, 433, 437
Bentéshima, prince d'Amourrou, 138-139, 149, 182
Bouriant, U., 44
Brugsch, É., 44
Brugsch, H., 42

Charles X, 180

Darius, 382
Didia, 88, 396
dieu, souverain d'Héliopolis, épithète de Ramsès, 361
Diodore de Sicile, 191, 383, 388, 411, 437
Djedkhonsouiouefânkh, restaurateur de momies royales, 40

Djéser, 352
pyramide à degrés, 351
Dorst, J., 46
Drioton, É., 45

Efenamon, restaurateur de momies royales, 40
Eyoub, I., 44

Fahmy, M., 44
fils de Ptah, épithète de Ramsès, 258, 368

Gerbétès, porte-bouclier hittite, 176
Giscard d'Estaing, V., 46, 54

Hatchepsout, 59-60, 82, 189, 209-210, 214, 226, 395, 398, 432
cénotaphes du Gebel Silsilé, 330
obélisques de Karnak, 360, 400
piliers osiriaques de Deir el-Bahari, 197
Hatiaÿ, Chef des Gendarmes, 207, 359, 413
Hatiaÿ, scribe, 313
Hattousil III, roi hittite, 149, 268, 269, 272, 274-275, 283-286, 288-293, 316-317, 325, 327-329, 331-333, 338, 342, 344-345, 356, 362-365, 429
mort de, 365
visite de, 356, 362-363
Hékanakht, 237, 277, 303
Hékanéfer, 227
Hénoutmirê, fille de Ramsès, 18, 296, 365, 435
Hénouttaouy, fille de Ramsès, 236, 241, 296, 304
Hérihor, 39, 44
Hérodote, 353, 388, 411, 433
Hishmi-Sharouma, prince héritier Hittite, 356, 365
Hor et Souty, architectes de Louxor, 391
Horemheb, 61-62, 64, 66, 68, 70, 75, 77, 81, 99-100, 115, 148, 210, 233, 247, 286, 393-394, 398, 410, 426, 429
édit d', 62
Hori, fils d'Ounennéfer, 26, 373
Hori, fils de Khâemouaset, 12, 353
Hori, prêtre d'Amon à Thèbes, 302
Hormin, Surintendant du harem de Séthi Ier, 85, 396
Houy, Chambellan de Tiyi, 219
Houy, Commandant de Tjarou, 333
Houy, Vice-roi de Nubie, 355, 357
Houy, Vice-roi de Nubie sous Toutânkhamon, 100

Iâhhotep, 60, 214
Iâhmès (Ahmosis), pharaon, 59-60, 95
Iâhmès, épouse de Thoutmosis Ier, 214
Imeneminet, 185, 269-270, 303, 312
Imeneminet, architecte, 207
Imenemipet, Surveillant des travaux, 207
Imenemipet, 88, 96, 118
Imenemipet, écuyer, 118
Imenemouïa, fils de Ramsès, 263, 413
Imenherkhépéshef, fils de Ramsès (v. aussi Imenherounémef et Sethherkhépéshef), 37, 180, 185-186, 236, 238, 240-241, 248, 251-252, 254, 256, 271, 280, 292-293, 313, 330, 391, 410, 413, 417, 419
Imenmès, 275
Imhotep, architecte de Djéser, 352
Inhâpi, épouse d'Aménophis Ier, 39
Iouny, Vice-Roi de Nubie, 118, 207, 222, 233, 237, 270
Iryet, épouse de Samontou fils de Ramsès, 365
Isisnofret Ier, Grande Épouse royale, 12, 18, 94, 140, 160, 186, 237-238, 264, 271-272, 275, 277-278, 283, 292, 300, 309-310, 320,

330-331, 350, 373, 428, 433, 437
origine d', 85, 350
Isisnofret II, fille d'Isisnofret et de Ramsès, 238, 241, 375, 437
Ismaïl, H., 44, 48

Joseph, 254
Joséphus, 415
Josué, 254
Justinien, 255, 412

Kadashman-Tourgou, roi de Babylone, 272, 274, 293
Kamal, A., 42, 420
Kamosé, 59
Kaouâb, fils de Khéops, 353
Kemyth, chef des Téher, 176
Khâmouaset, fils de Ramsès, 96, 125, 180, 241, 263, 271-272, 309-310, 319-320, 324, 329, 331, 350-351, 353, 355-356, 361, 365, 369, 373-375, 397, 413, 428, 430
Khâemouaset, grand-oncle de Ramsès, 100
Khaÿ, 313, 319, 327, 329, 353, 361-362, 365, 369
Khaÿ fils de Houy, médecin, 303
Khémétérem, frère de Mouwattali, 178
Khéops, pyramide de, 353
Khéphren, 111, 129, 232
Khérouef, tombe de, 319, 429
Kherpéser, courrier hittite, 176
Kourounta, seigneur de Tarountas, 363

Lacau, P., 45
Leconte de Lisle, Ch., 382
Loret, V., 39
Loti, P., 45, 392

Maâthornéférourê, première épouse hittite de Ramsès, 341, 344-345, 349-350, 356, 364
fille de, 344-345
scarabées de, 344
Maranazi, sœur de Hattousil, 364
Mariette, A., 40, 370, 375, 391, 436
Maspero, G., 42, 44-45, 51, 391, 423
Maÿ, Chef des travaux, 82, 129, 135, 153-158, 292, 302, 314, 329, 331-332, 342, 346, 357
Méhémet Ali, 48, 130, 180
Menna, écuyer, 157, 159, 172, 180, 408
Mérenptah, 12, 18-19, 23, 25-26, 30, 32, 129, 180, 207, 253, 271, 309, 356, 374-375, 406, 413, 433, 437
tombe de, 391
Méryamon, fils de Ramsès, 16, 138, 150, 157-158, 180, 241, 263, 319, 340, 355, 379, 413, 433
Méryatoum, fils de Ramsès, 11, 236, 303-304, 308, 372, 413
Méryrê, fils de Ramsès, 236, 304, 413, 421
Mérytamon, fille de Ramsès, 95, 236, 238, 241, 270, 277-278, 283, 304, 310, 320, 330, 349-350, 421, 428, 435
Moïse, 250-251, 253-256, 418
Montou-des-Deux-Terres, épithète de Ramsès, 337
Montouherkhépéshef, fils de Ramsès, 241, 263, 271, 413
Mouchacca, J., 54
Moursil II, roi hittite, 148-149
Moursil III, roi hittite, 268-269, 272, 274
Moutemouïa, épouse de Thoutmosis IV, 216
Moutnédjémet, épouse d'Horemheb, 61
Moutnofret, épouse secondaire de Ramsès, 160, 167
Mouty, surnom de Touy, 219
Mouwattali, roi hittite, 37, 79, 82, 138, 140, 147, 149, 157, 163, 166, 170, 174, 176, 178, 181-

182, 185, 264, 266, 268, 288-289, 409

Nakhla, S., 46
Nakhtdjéhouty, Surintendant des Charpentiers, 359
Nakhtmin, 303
Naptéra, Nofrétari en babylonien, 292
Narmer, 106, 397, 399
Nebamon, Vizir, 77
Nebenkharou, fils de Ramsès, 241
Nébettaouy, fille de Ramsès, 238, 241, 349-350
Nébit, Chef du Trésor, 133
Nebnétérou, 88, 93, 116, 402
Nebounénef, Grand Prêtre d'Amon, 116, 119, 121, 123, 189, 197, 270, 402
Nebrê, Commandant de forteresse, 257
Nédjemetmout, 241
Néferhotep, Chef d'équipe, 91
Néférourê, fille de Maâthornéférourê, 345
Néferrenpet, Vizir du sud, 12, 25, 375
Néfertiti, épouse d'Aménophis IV, 61, 424
Néouserrê, temple solaire de, 351
Nespakashouty, restaurateur de momies royales, 40
Niqmat d'Ougarit, 406
Nofrétari, Grande Épouse royale, 11, 18, 85, 94-96, 116, 118, 123, 130, 140, 186, 216, 219, 222, 227, 231, 233-234, 236-238, 241-242, 244, 264, 271, 275, 277-278, 280, 283, 291-292, 296, 299-300, 306, 308-310, 316, 320, 330-331, 350, 372-373, 379, 410, 414, 416, 421, 424, 427, 433, 435
  mort de, 303-304
  origine de, 85, 350
  Osiris, 308
  tombe de, 214, 218, 238, 296, 304, 427
Nofrétari II, fille de Ramsès, 238, 241, 304

Osorkon II, 319, 429
Ounas, pyramide d', 351
Ounennéfer, Grand Prêtre d'Amon, 26, 40, 270, 312, 324
Ounennéfer, Grand Prêtre d'Osiris à Abydos, 197, 270, 373, 435
Ounennéfer, restaurateur de momies royales, 40
Ourhi-Téshoub, neveu de Hattousil III, 331
  extradition d', 331
Ourhiya, Général, 88, 186, 209, 359, 374, 414
Ournyro, fille de Ramsès, 241
Ousersatet, Vice-Roi de Nubie, 233

Panéhésy, Chef du Trésor, 302
Pa-nétjèr, le dieu, épithète de Ramsès, 368
Paramessou ou Pa-Ramessou, vizir, futur Ramsès Ier, 62, 64, 66, 81, 99, 393, 397
  statues de Karnak, 64
Parêherounémef, fils de Ramsès, 169-170, 180, 240-241, 271, 300, 413
Pariamakhou, Médecin-chef, 363
Parikhanaoua, envoyé égyptien, 293
Pasar, vizir, 18, 28, 88, 91, 93, 95-96, 119, 130, 144, 185, 189, 197, 272, 285, 292, 310, 312, 333, 359, 362, 396, 402, 416, 424, 430
Pasar, Vice-Roi de Nubie, 303, 327-328, 355
Pashed, peintre, 93
Pa-tjar, frère de Mouwattali, 174
Patton, général, 432
Paykamen, pilleur de tombes, 38
Pédoubaâl, 88
Pennésouttaouy, 303
Penrê, Directeur des travaux, 207

Pentaour, Scribe, 150, 159
Pépi II, 18, 107
Pinedjem Ier, 39
Pinedjem II, 40
Poudoukhépa, reine hittite, 285, 291-292, 316, 325, 331-332, 338, 341, 344, 362-364
princesse de Bakhtan (Népé), 382
Prisse d'Avennes, É., 403
Pys, officier de char hittite, 176

Quenherkhépéshef, Scribe de la tombe, 362

Raïa, père de Touy, 64
Ramose, tombe thébaine n° 55, 94, 197, 397, 398
Ramosé, Commandant de troupe, 366, 435
Ramosé, envoyé du Khatti, 285
Ramosé, Scribe de la tombe, 144, 362
Ramsès, passim,
  divinisation, 133, 218, 228, 242-244, 355, 357
  épouses secondaires, 275
  fils de Ptah, 368
  fils de Rê, 150, 157-158
  fils de Seth, 338
  harem de, 85, 293, 327, 350
  harem de voyage, 160
  incarnation de Rê, 136, 278-280, 338
  Inondation, 244, 282, 368
  momie, 35-57
  nom d'Horus, 107
  nom d'Horus d'or, 107, 200
  nom de couronnement, 84-85, 107, 280, 355
  nom de naissance, 107, 138, 373-374
  nom des Deux Maîtresses, 107
  nourrisson d'Anat, 338
  Pa-nétjer, le dieu, 368
  Rhampsinite, 382
  Ramessou à partir de l'an 8, 258, 420
  Sésostris, 45
  Sésou, 16, 18, 388
  Soleil-des-Princes, 236, 264
  taureau furieux, 134, 157
  tombe de, 30-32, 118, 130, 288
Ramsès Ier, 39, 75, 288
  tombe de, 70
Ramsès III, 38, 206, 259, 391
Ramsès IV, 18, 390
Ramsès IX, 38, 391
Ramsès, fils de Khâemouaset, 353
Ramsès, Général, fils de Ramsès, 11, 94, 180, 238, 241, 272, 309, 331, 361, 373
Ramsès-ashahebsed, Premier Échanson, 303
Ramsèsemperrê, 207
Rébesnen, capitaine de troupe hittite, 178
Redj-Québout « l'éventreur », soldat, 421
Roma, père de Bakenkhonsou, 359
Rouïa, mère de Touy, 64

Sadate, A. el, 46
Sahourê, pyramide de, 351
Saint Ferriol, comtes de, 403
Salmanasar Ier, roi d'Assyrie, 272, 274, 293
Samontou, fils de Ramsès, 365, 413
Samout, scribe royal, 107, 400
Sapather, frère de Mouwattali, 176, 409
Satrê, épouse de Ramsès Ier, 64, 66, 70
Saunier-Seïté, A., 48, 54
Scott Moncrieff, 44
Seigneur des fêtes-Sed comme son père Ptah-Ténen, épithète de Ramsès, 345
Sékénenrê, 59
Sémertès, officier de char hittite, 176
Sénenmout, 197, 330

Sennédjem, 91
Sésostris III, 45, 388
Sésou, surnom de Ramsès, 16, 18, 388
Sétepenrê, fils de Ramsès, 263
Séthaou, Vice-roi de Nubie, 357, 359, 366
Sethemouïa, fils de Ramsès, v. aussi Imenemouïa, 241, 271, 304, 413, 421
Sethherkhépéshef, fils de Ramsès, v. aussi Imenherounémef et Imenherkhépéshef, 11, 292, 304, 308, 313, 330, 356, 373-374, 424
Séthi, apparition du nom, 52, 100
Séthi, fils de Ramsès, 180, 263-264, 304
Séthi, père de Paramessou, 62, 64
Séthi Ier, 30, 64, 66, 68, 70, 73-88, 95, 97, 99-100, 118, 125, 133-134, 136, 138, 141, 143-144, 148-149, 188, 207, 213-216, 226, 232, 235-236, 247, 254, 260, 288, 299, 310, 350, 359, 370-372
tombe de, 30, 38-39, 91-94
Séthi II, 328
Shapilli, 182
Shattuara II, prince du Mitanni, 274
Shelley, P., 395
Shepseskaf, pyramide de, 351
Siamon, 40
Smenkarê, 61, 210
Soupilloulliouma, roi hittite, 148, 286, 288-289, 429
Souty, Chef du Trésor, 302, 327, 393, 397
Souty et Hor, architectes de Louxor, 398

Taemouadjsy, grand-tante de Ramsès, 100
Tassigny, de, 57
Tédèr, chef des Téher, 178
Tergenenes, officier hittite, 176
Tewfik Pacha, 44
Théon d'Alexandrie, 398
Thïa, beau-frère de Ramsès, 77, 207
tombe de, 77
Thiya, épouse de Thïa, sœur de Ramsès, 64, 77, 395
Thouthès, capitaine de troupe hittite, 178
Thoutmosis, fils d'Aménophis III, 59-61, 73, 79, 166, 314
Thoutmosis Ier, 84, 214, 391
Thoutmosis III, 75, 77, 79, 133, 139, 141, 145, 149, 209, 224, 228, 232, 247, 268, 391, 403, 405, 407
Thoutmosis IV, 106, 228, 391, 403
Ti, nourrice de Néfertiti, 62
Tili-Teshoub, envoyé du Khatti, 285
Tiou, Chanteuse de Rê, 372
Tiyi, épouse d'Aménophis III, 60, 73, 118, 219, 270, 424, 429
Toudkalia IV, 365
Toutânkhamon, 32, 38, 59, 61-62, 68, 100, 106, 115, 130, 210, 227
Touy, épouse de Séthi Ier, mère de Ramsès, 64, 79, 85, 116, 140, 186, 213-214, 218-220, 237-238, 291-292, 346, 349-350
mort de, 295-296
Mout-Touy, 116, 186, 218-219, 297-298
Mouty, 219
sphinge, 297
tombe de, 94, 296-300
Tyder, chef de la suite hittite, 176

Yapoulisi, envoyé de Karkémish, 285
Youpa, 88, 209, 374
Youyou, petit-fils d'Ounennéfer, 373

Zaghloul, S., 45
Zananza, 286

Noms géographiques et ethniques

Abou, Éléphantine, 222
Abou Hamid, 233
Abou Simbel, 50, 112, 119, 133, 149-150, 198, 206, 224, 226, 230, 234-244, 270, 277-283, 319, 337, 372,
autel solaire, 244, 282
bataille de Qadesh, 149-150, 174
Bénédiction de Ptah, 345-347
Ibshek, 118, 204, 233, 234, 236-238, 244, 277-283, 330, 357
illumination du saint des saints, 242-244
liste des premiers enfants, 240-241, 271
Méha, 118, 133, 226, 230, 233, 234, 237-244, 270, 277-283, 327-328, 330, 337, 345-346, 355, 357
Stèle du Mariage, 337-344
Abydos, 25, 75, 81, 88, 121, 123-125, 195, 197, 226, 270, 361, 362, 373, 395, 399, 402, 413
bataille de Qadesh, 149, 189
inscription dédicatoire d', 81-84
liste royale, 84, 125, 210
stèle de Iâhhotep, 60
stèle de Ramsès IV, 18
tombes de pharaons, 125, 351
Acre, voir Akko
Adana, 341
Akaÿta, 135-136, 138
Akhet-Aton, Tell el-Amarna, 411
Akhmim, 270, 422
Akko, Acre, 259
Aksha, 319, 337, 346, 416
el-Alamein, 256
Alep, 150, 155, 166, 169-170, 174, 260, 266, 272, 290, 341, 407-409
Amada, 228, 230-231, 415
Amalécites, 255
Amara, 118, 337, 404
Amorrites, 256, 263
Amourrou, 75, 77, 79, 85, 138-139, 144, 148-149, 153, 159-160, 173, 182, 192, 206, 248, 254, 256-258, 260, 264, 268, 269, 284, 334, 340-341, 380, 410, 416, 418
plantes importées d', 334
Anatolie, 79, 139, 149, 176, 336-337, 363
Aniba, 118, 133, 226-227, 233, 404, 415
Anti-Liban, chaîne de l', 160, 408
Apirous, 77, 149, 207, 248, 250-251, 253-255, 417
Arinna, 285, 290
el-Arish, 186, 410
Aronama, 153
Arouwen, membre de la coalition hittite, 152
Arzawa, 150, 152-153, 155, 407
Ascalon, 139, 259, 420

Asdralon, 144-145
Asiatiques, travailleurs en Égypte, 52, 59, 62, 85, 97, 143, 148, 153-154, 250-251, 270, 275, 320, 374, 409
Asie Mineure, 149, 274, 405-408
Assouan, 14, 91, 96, 129-130, 133, 221-222, 226, 232, 299, 309, 331, 397, 402, 430, 435
inscriptions rupestres, 331
Assyrie, 269, 274-275, 293, 316, 332
Atbara, 14
Avaris, capitale hyksos en Égypte, 62, 125, 129, 252, 302, 334
Aya, pays d', 329
Ayoun Moussa, Source de Moïse, Sinaï, 255

Baâl-Saphon, Ras-Kasroun, 255
Babylone, 272, 274, 293, 329, 332
babylonien, 284-285, 292-293, 424
Baki, Kouban, 93, 133-134, 224, 226, 228, 402
Beït el-Ouali, 96-97, 100, 226, 272, 396, 409
campagne de Nubie, 96-97
campagne de Syrie et de Libye, 96-97
Béka, plaine située entre le Liban et l'Anti-Liban, 144, 148, 160
Berbères, 50
Béthanat, 259, 420
Beth Shan, 77, 144, 148, 274, 406
Beyrouth, 259
Boghazköy, l'antique Hattousha, 149, 285, 337, 341, 356-357, 404, 407
archives de, 344
Bouche du fleuve, 336
Bouhen, Ouadi Halfa (Nubie), 70, 133-134, 226, 404
stèles de, 70
Bouto, antique Pé, 26, 400
Bubastis, 319, 429
Butartu, Rabath Batora, ville édonite, 248
Byblos, port de Phénicie, 77, 139, 144, 160, 259

Cadès, 255
Canaan, 61-62, 70, 77, 85, 88, 95, 139, 144, 148-149, 160, 192, 206-207, 247-248, 254-255, 259, 268, 274, 284, 330, 334, 340-341, 357, 405, 410, 416
dieux, 374
plantes importées de, 334
Chemins d'Horus, 62, 393
Chypre, 284, 314, 406
colosses de Memnon, 416

Dakké (Nubie), 402, 415
Damas, Témesq, 144, 160, 182, 248, 341, 420
Dapour, peut-être Tell Touban (Syrie), 260-266, 271-272
bataille de, 260-264
deuxième prise de, 266
Dardani, 150, 152, 155, 407
Deir el-Bahari, 39, 82, 197, 209-210, 214, 226
cachette royale, 39-42
chapelle d'Anubis, 209
martelages, 209, 214
piliers osiriaques, 197
Deir el-Médineh, 66, 91, 144, 362
Ouvriers de la tombe, 66, 91-93, 327, 361-362
Delta, 14, 25, 50-51, 62, 79, 91, 95, 101, 140, 142, 143, 231, 253, 256, 283, 302, 313, 374
forteresses, 143-144, 255-257
Dendéra, 116, 123
Dèp, 324
Derr, 149, 233, 300, 355, 357, 368-369
bataille de Qadesh, 149
Dibon, 248
Djahy, la Syrie, 68, 77, 336
Djéser-djésérou, nom du temple de

Hatchepsout à Deir el-Bahari, 209
Dounkoul, oasis de, 366

Eaux d'Avaris, 129, 302, 334
Eaux d'Horus, 336-337
Eaux de Rê, 25, 62, 95, 129, 140, 302, 334
Eaux du Pa-her, 336
Edfou, 88, 133-134, 268
Édom, 247-248, 251, 254-256, 417
Éléphantine, 154, 222, 224, 258, 337, 403
Éleuthère, actuel fleuve Nahr el-Kébir, 139, 160
Éthiopie, 19
Euphrate, 147, 260, 275, 406-407

Fayoum, 14, 18, 20, 140, 275
Feïran, Pharan, 255
Fenkhou, 68, 70

Galilée, 77, 144, 148, 257, 259, 264, 409
Gaza, 139, 143-144, 148, 160, 186, 259, 330, 393
Gebel Ahmar, 257
Gébel Barkal, 95
Gebel Halâl, 255
Gebel Silsilé, 12, 129, 209, 221, 309, 330-331, 381, 430
inscriptions rupestres, 331
Gerf Hussein, 224, 366, 368-369, 413, 435
Gourna, temple jubilaire de Séthi Ier, 42, 84, 91
Grand Vert, le, la mer, étendue d'eau, voir aussi Soudd, 154, 408
Grande Prairie = Vallée des Rois, 26, 38, 66, 70, 75, 99, 312, 351
Guizé, 125, 129, 322, 351, 353, 430

Halys, actuel fleuve Kizil Irmak (Turquie), 407
Hamath de Galilée, 148
Hanigalbat, voir aussi Mitanni et Naharina, 147, 266, 269, 274, 406
Hapkis, 272
Hatnoub, 336
Hattousha, capitale hittite, la moderne Boghazköy, 182, 272, 285-286, 363, 404, 407
Hébreux, 248, 251-256
Héliopolis, 73, 100, 112, 115, 121, 129, 136, 187-188, 257, 286, 303, 308, 338, 361, 364, 372, 411, 420, 434, 436
Héliopolis du sud, Thèbes, 61, 115, 154, 221, 408, 426
Hérakléopolis, 237, 310, 422, 428
Hermonthis, 61, 115, 397, 426
Hermopolis, 187, 194, 270, 351, 411
Hetkaptah, Memphis, 135, 347
Hissaspa, 290
Hourrites, 77
Hyksos, 59-60, 62, 95, 125, 141, 251-252, 372

Iam, pays de, 231
Ibrîm, 233
Inénès, 178
Inès, 178
Ipet-résyt, le Harem du Sud, Louxor, 115
Irem, pays d', 88, 96, 240, 270-271, 366, 410, 435
Irqata, 139, 259

Jaffa, 144, 166
Jérusalem, 144, 248, 419-420
Joppé, Jaffa, 166, 409
Jordanie, 248
Jourdain, 144, 409
Judée, 144

Kadish, 341
Kady, 150, 152, 407
Kakémé, 336
Kalabsha, 397
Kamîrat el-Harmal, 161

el-Kantara, 62, 140, 143, 148
Karahna, ville asiatique très proche de l'actuelle Djérablous (frontière syro-turque), 290
Karkémish, 150, 152, 155, 266, 274, 285, 407
Karkisha, région d'Asie Mineure, membre de la coalition hittite, 150, 152, 155, 407
Karnak, 26, 64, 68, 84, 88, 106, 115, 116, 130, 189, 194, 197, 240, 270, 337, 359-361
bataille de Qadesh, 149, 174
bulletin de la bataille de Qadesh, 149, 191
hypostyle, 68, 75, 84, 91, 118-119, 189, 191, 198
obélisque unique, 360
obélisques de Hatchepsout, 360
poème de Pentaour, 150
porte de Béki, 361
temple d'Amon, 26, 189-191, 286, 300-302
temple d'Amon-qui-écoute-les-prières, 189, 360
temple d'Aton, 64, 174, 194
temple de Mout, 359, 370
IXe pylône, 64
Karoÿ, 134
Kébéset, région membre de la coalition hittite, 176
Kémi, la Noire, l'Égypte, 270, 284, 331, 421
Keshkesh, 150, 152, 407
Kharou, 68, 77
Khatti, le pays hittite, *passim* jusqu'au chapitre VII, 79, 139, 149-150, 152-153, 155-158, 163, 166, 169-170, 173, 176, 178, 266, 268, 269, 284-286, 288-293, 315-316, 328, 331-333, 338, 340-342, 344, 347, 356, 362-365, 373, 407, 417, 420, 423, 431-432
importance de la reine, 291-292
Khéménou, la ville des huit, Hermopolis, 270, 411
Kizzouwadna, 152, 285, 291, 316, 341, 408
Kouban, 84, 130, 133-134, 222, 224, 226, 228, 366, 403
Stèle de, 84, 133-138
Kouft, 42
Koumidi, ville syrienne, 248, 329
Kourkour, oasis de, 366
Koush, pays de, Haute Nubie soudanaise, 88, 95-96, 118, 136, 213, 222, 226, 228, 231, 233, 240, 271, 303, 334, 357, 404, 410, 416

Labouy (Robawi), bois de, 163, 170, 173
lac Karoun, 140
lac Moëris, 20
el-Lessiya, 232-233
Liban, chaîne du, 160, 408
Libye, 257, 366, 435
Louxor, 42, 236
bataille de Qadesh, 149, 174
bulletin de la bataille de Qadesh, 191
colonnade, 68, 115, 198
prise de Dapour, 260, 266
obélisques, 48, 116, 130
temple de, 115-116, 130, 283
théogamie, 216
Luczina, 290
Luka, 150, 152, 155, 407

Madian, pays de l'Arabie, à l'est du golfe d'Akaba, 254
Mageddo, 139, 141, 144-145, 274, 405
Maharraqa (Nubie), 415
Marathon, bataille de, 170
Marmarique, 366
maryans, 180
Masa, 150, 152-153, 407
Mashaouash, 79, 405
Médamoud, 394
Médinet Habou, 216, 413, 416
Méditerranée, 48, 147, 405, 407
Memphis, 12, 22, 61, 68, 70, 73, 82,

85, 94-95, 100, 104, 112, 121, 135, 142, 187-188, 224, 271-272, 309, 319, 322, 328, 331, 333, 346, 351, 353, 355, 374-375
arsenal de, 143
harem de, 275, 364
Sérapéum, 309, 351, 375
temple de Ptah, 258, 324, 347
Mendès, 338
Mentiou, filles des, 320, 322, 325
mer de Galilée, 144
mer Morte, 247-248
mer Rouge, 88, 133
Mérem, 259, 420
Mi-our, le Fayoum, 140, 275
Mi-our, harem de, 20, 140, 275
Miam, Aniba, 118, 133-134, 226, 231-232, 369, 404
Misr, l'Égypte, 270
Mitanni, 77, 147-148, 274, 406
Moab, 247-248, 254, 256, 417
monastère Sainte-Catherine du Sinaï, 412
mont Carmel, 145
mont Horeb, 255
mont Nébo, 256
Mouou, 26
Moushanet, 150, 152, 408
Mur du Prince, ligne fortifiée à l'est du Delta, 256

Naharina, 150, 152, 264, 407, 409, 420
Nahr el-Kelb, 139, 266
Narik, voir Nérik
Néarins, 139, 160, 172-174, 178, 181, 379, 408-409
Negev, 248, 251, 254-255, 420
Nékhen, 106, 400
Nérik, 272
Nil, 12, 42, 44, 51, 64, 85, 95, 111, 115, 125, 129, 136, 222, 231, 233, 240, 244, 252, 257-259, 278, 280, 291, 315, 319, 322, 330-331, 387, 402, 404, 429, 436
cobra, 240
génies du, 280
hymnes au, 129, 330-331
Ninive, 290
Noukhashshé ou Noushashé, 150, 152, 272, 290, 408
Nubie, 12, 88, 95-97, 118, 130-138, 142, 213, 270-271, 277-283, 303, 355
artisanat de, 226, 232-233
ébénistes de, 96, 222, 232, 334
première campagne, 96-97
temples de, 96, 221-244, 277-283, 319, 355-357, 366-369

oasis, 232, 255, 325, 366
danseuses des, 325
Oronte, 139, 147, 149, 152-153, 161, 163, 166, 170, 174, 176, 178, 341, 408
Ouadi Abbad, 88
Ouadi Allaki, 133, 138, 224, 366, 380, 404
Ouadi es-Séboua, 227-228, 350, 357, 366, 368-369, 413-415
Ouadi Halfa, 133-134, 226, 404
Ouadi Hammamat, 133
Ouadi Mia, 88
Ouadi Toumilat, 143
Ouaouat, pays de, Basse Nubie, 95, 222, 224, 227, 231, 233, 275, 277, 300, 303, 357, 368
Ougarit, moderne Ras Shamra, 148, 150, 152, 272, 284, 406, 408
Oupi, 77, 160, 248, 284, 329
Ourousalim, Jérusalem, 248, 256

Palestine, 148-149, 247, 253, 259, 393, 406, 419
Pé, 106, 324, 400
Pérou-Néfer, docks de Memphis, 333
Pharan, Feïran, 255
Phénicie, 70, 79, 139, 259
Pidasa, région d'Asie membre de la coalition hittite, 150, 152-153, 407

Pi-Ramsès, 11, 25, 51, 70, 91, 125-129, 158, 180, 182, 188, 224, 226, 244, 250, 254-255, 270, 283, 285-286, 309, 310, 319-320, 324-325, 333-337, 345, 346, 355, 361-362, 364
architecture, 125-129, 333-337
noms de :
Grand-de-victoire (ou Grande-de-Victoire), 258, 336-337, 361
La-grande-âme *(Ka)* de-Rê-Horakhty, 361
la ville turquoise, 334
obélisques, 129, 333
temple d'Amon, 129, 188, 258
temple de Ptah, 129, 188, 258, 333
temple de Rê, 129, 188
temple de Sekhmet, 129, 333
temple de Seth, 125, 188, 350, 370
Pi-Ramsès, Damas, 248
Pi-Ramsès du Canaan, Gaza, 330

Qadesh, moderne Tell Nébi Mend, 79, 138-139, 141, 145, 147-182, 189-191, 192, 213, 260, 263, 284, 300, 341
bataille de, 145, 147-182, 189, 191-192, 240, 247-248, 264, 271, 286, 293, 337, 346
bulletin de la bataille, 159-178, 189-191, 192
poème de Pentaour, 150-158, 178, 180, 181
stèle de Séthi Ier, 79, 260
Qéheqs, 142, 405
Qodé, 152
Rabath Batora, ancienne Butartu, ville édomite, 248
Raham, ville vassale de l'Égypte édomite, 149
Ramesséum, 25, 26, 77, 112, 116, 191-192, 197-208, 213-221, 226, 236, 260, 270, 282, 286, 312, 324, 374
bataille de Dapour, 260
bataille de Qadesh, 149, 167, 192
calendrier, 200-201
liste de citadelles syriennes, 260
liste des enfants royaux, 206-207, 218
liste royale, 210
mammisi, 116, 213-221
pillage du, 38
salle astronomique, 112, 200-205
Raphia, 186
Ras-Kasroun, Baâl-Saphon, 255
Ras Shamra, antique Ougarit, 272, 406, 408
Rédésiyeh, 88, 226
Rhinocoroura, 410
Route des Philistins, 255
Route du roi, 248

Samouha, 272
Santorin, 251, 417
Saqqara, 125, 181, 309, 351-352
tombe de Thïa et Thiya, 77
Sardaigne, 405
Saressa, 290
Sédeïnga, 118
Séhel, île de, 14
Seïr, Édom, 247-248, 255
Sérabit el-Khadim, 255
Set-Maât, nom antique de Deir el-Médineh, 66, 91, 144, 362
Set-Néférou, nom antique de la Vallée des Reines, 66, 70, 94, 296-297, 349, 365, 425, 433-434
Shabtouna, 153, 163, 166, 169-170, 408-409
Shapina, ville antique, 290
Shardanes, mercenaires originaires d'Asie Mineure, 101, 138, 142-143, 152, 159, 263-264, 405
Shasous, bédouins asiatiques, 77, 95, 148, 163, 169, 186, 247-248, 251, 253, 417
Shérem, ville cananéenne, 259
Shour, désert de, 255
Sidon, aujourd'hui Saïda, 77, 259

Silé, Tjarou, près d'el-Kantara (?), 62, 143, 333
Simyra, ville de Phénicie, 77, 259
Sinaï, 85, 88, 143, 248, 251, 255, 303, 412, 417
mines de turquoise, 85, 255
Soleb (Soudan), 118
Soudan, 88, 118, 142, 222, 233, 404, 408
Soudd, marécage du, ville de la province d'Oupi, 408
Souta, 329
Spéos Artémidos, 226
Succoth, Tjékou, 143
Syène, Assouan, 221
Syrie, 79, 88, 139, 142, 144, 148-149, 213, 259, 264, 266, 272, 284, 329, 336, 340-341, 407
première campagne, 138-139
seconde expédition, 144-145
Syrie-Palestine, 374

Tanis, 370, 399, 413, 436
Tarountas, terre de, vassale des Hittites, 363
Taurus, 341
Téher, guerriers membres de la coalition hittite, 176, 178
Tell el-Amarna, antique Akhétaton, 61, 210, 411, 426
Temple Marou-Aton, 205 (n. 24).
Tell Touban, Dapour (?), 420
Tell Nébi Mend, Qadesh, 147, 408
Témesq, Damas, 248, 341
Thèbes, 61, 66, 73, 88-95, 115, 119, 121, 130, 152, 187-188, 191-192, 197, 209, 214-221, 224, 230, 234, 251, 270-271, 282-283, 286, 310, 312-315, 336, 390, 400, 411, 426
This, 116
Tigre, 147
Timna, 420
Tirka-el, 149
Tjarou, Silé, près d'el-Kantara, 62, 140, 143, 152, 333, 372, 393
Tjéhénou, peuple libyen, 79
Tjékou, hébreu Succoth, 143
Tjéméhou, peuple libyen, 366
To-méry, la terre cultivée, l'Égypte, 329, 336, 368
tombeau d'Osymandias, Ramesséum, 191, 383, 395, 411
Toshké, 231-232
Touna el-Gebel, 351
Tounip, 166, 169, 178, 260
Tyr, 77, 79, 139, 144, 148, 160, 259, 393

Vallée de l'Ouest ou Vallée des Singes, 28, 312
Vallée des Reines, 66, 70, 94, 296-297, 306, 349, 365,
grotte, 66, 94
tombe n° 38 (Satrê), 66
tombe n° 60 (Nébettaouy), 349
tombe n° 66 (Nofrétari), 304-309
tombe n° 71 (Bentanat), 349
tombe n° 75 (Hénoutmiré), 434
tombe n° 80 (Touy), 94, 296-300
Vallée des Rois, 26, 38, 66, 70, 75, 91, 93, 99, 130, 297, 312, 327, 351
tombe n° 5 (« des fils »), 37, 327, 351
tombe n° 7 (Ramsès II), 30-32, 38, 130, 327
tombe n° 8 (Mérenptah), 30
tombe n° 16 (Ramsès Ier), 66, 70
tombe n° 17 (Séthi Ier), 30, 38-39, 91-94
tombe n° 35 (Aménophis II), 30, 38
Vallée des Singes ou Vallée de l'Ouest, 28, 312
Vézelay, 418

Yarmouth, 149
Yazilikaya, 356
Yénoan, 77, 148, 406

Zawiyet Oum el-Rakham, 257
Zin-Bashan, 209
Zippalanda, 290
Zoulabi, 332

Noms divins et faits de religion

allaitement du roi, 97, 104
Amon, 16, 68, 73, 84-85, 91, 106-107, 115, 121-123, 138, 154-156, 172-174, 187-189, 191, 194, 197, 206-210, 214, 216, 218-219, 221, 227-228, 230, 233, 236, 244, 257-258, 282, 291, 298, 300, 302, 310-312, 346, 357, 359-361, 366, 368-369, 394, 400-402, 405, 410-413, 422, 434
  chanteuses d', 322
  de Napata, 35, 240-241
  division d', 141-142, 148, 152, 154-155, 159-160, 166-167, 173, 271
  hymne à, 187-188
  temple de Pi-Ramsès, 129, 188, 258
Amon-Atoum, 121, 188
Amon des Chemins, 227, 350, 366
Amon-Min, 188
Amon-Nil, 189, 241
Amon-qui-écoute-les-prières, 189, 360-361
Amon-Rê, 115, 204, 230, 242, 282, 391, 401
Amset, fils d'Horus, 20, 388
Anat, 85, 338, 350, 381
  nourrice de Ramsès, 338
Anouket, 97, 222
Anubis, 19, 32, 306, 376, 388
Apis, 181, 272, 351, 433
  enterrement d', 272, 351
Apollon, 30
Apophis, 52
Astarté, 290, 381
Aton, 64, 174, 194, 197, 230, 411
Atoum, 104, 107, 109, 112, 121, 136, 150, 236, 277, 324, 369, 401
attacher la barque de la nuit, 320

Baâl, 52, 62, 119, 153, 155, 157, 178, 370
  Seth, 370
Banebdjedet, le bélier de Mendès, 346
banquet funéraire, 36-37
Baptême de Pharaon, 102
barque de la nuit, 320, 322, 325
Bélier de Mendès, 338, 346
Belle fête de la Vallée, 321, 428

Caché, le, Amon, 116, 187-188
Chancelier divin, 20
Chef des Artisans, Grand Prêtre de Ptah, 272
cimetières d'animaux, 351
confirmation annuelle du pouvoir royal, 25, 102, 111, 195, 198, 201, 205, 232, 244
corne divine, 189, 356

Donner la maison à son maître, rite, 278
Dorée, la, épithète d'Hathor, 231, 320
Douamoutef, fils d'Horus, 20, 388
Doun-âouy, 102

eaux primordiales, 325, 411
érection du pilier-Djed, 322

fête d'Opet, 112, 115-116, 130
fête de Min, 116

Geb, 82, 84, 109, 400
Grand Prêtre d'Amon, 18, 39-40, 93, 115-116, 189, 310, 312, 359, 413
  nommé par oracle, 116, 121-123
Grand Prêtre de Ptah, 12, 310, 319, 331, 352-353, 361, 373-375

Hâpi, 18, 136, 205, 221, 278, 388
Hâpi, fils d'Horus, 20
Hâpi, le Nil,
Hâpi-âa, le Grand Nil, l'Inondation, 322
Hathor, 26, 28, 32, 36, 66, 85, 116, 118, 123, 231, 240, 244, 257, 280, 306, 312, 320, 322, 325, 368, 398, 420, 425, 427
  du-sycomore-méridional, 347
  hymne à, 320
  représentée par la Grande Épouse, 320
  vache, 244
Hékat, 308
Horakhty Horus de l'horizon, 135, 240, 242, 257, 286, 300
Horus, 28, 62, 81, 100, 102, 106-107, 109, 111, 133-134, 188, 216, 233, 278, 280, 324, 388, 393, 399, 403, 415
  hymne à, 109
  les 4 — de Nubie, 133, 226
  quatre fils d', 20
Houroun, 374
hymne à Amon, 187, 194
hymne à Hathor, 320
hymne à Horus, 109
hymnes au Nil, 129, 330

Iménet, Amon féminin, 204
incubation, 109, 425
Iousas, 240
Ishtar, 272
  de Samouha, 272
Isis, 20, 22, 37, 97, 102, 244, 280, 427

Kebehsenouf, fils d'Horus, 20, 388
Khéper, 136
Khnoum, 222, 309
Khoïakh, fête du mois de, 337
Khonsou, 115, 204, 360, 370, 382
  Chef des Prophètes, 370

Litanies de Rê, 36
Livre de Ce qu'il y a dans l'au-delà, 35
Livre de la Vache du Ciel, 32, 93
Livre des Morts, 94, 197, 309, 388, 391, 411
  chapitre 17, 197, 309, 388, 411
  chapitre 166, 391
Livre des Portes, 35, 70
Livre des Rêves, 51
Lointaine, La, 231, 389, 394, 399, 400, 402, 408, 409, 412, 414, 416, 418, 422, 426, 427, 429, 431

Maât, 107, 109, 134, 136, 157, 280, 309, 312-313, 349, 355, 424
  offrande de, 97, 309, 349
  plume de, 355
marécage, 25, 36
mères primordiales, Nékhabit et Ouadjet, 23, 36, 57, 106, 324-325, 329, 399
Min, 116
  fête de, 116
Montou, 150, 152-153, 155-156, 158, 163

Mout, 115, 206, 219, 240, 298, 359-360, 426
Chef des Prophètes, 370

Neith, 20, 109, 400
Nékhabit, 18, 36, 106
Nephthys, 20, 22
Neuf Amis du rite, 28
Ningal, déesse, 362
Noubet, la Dorée, Hathor, 231
Nout, 12, 32, 94, 324, 400
Nuit de Rê, 14

oiseaux
offrande des 9, 111
Onouris, 116
Osiris, 19, 22, 25-26, 32, 37, 39, 70, 121, 123, 194-195, 197, 278, 297, 298, 300, 308, 309, 318, 322, 324, 327, 361, 373, 388, 400, 410-412, 430, 435
Ounennéfer, 324
sceptres d', 39, 194, 197
végétant, 32
Osiris-Sokar, 322
Osiris-Soleil, 309
Ouadjet, 18, 36, 106
ouverture de la bouche et des yeux, 30, 32, 36, 93, 322

Père Divin, 359
prêtre-lecteur, 20
prêtre-ouâb, 359
prêtre-sem, 272
prêtre-sétem, 309, 322
Ptah, 19, 73, 104, 121, 129, 187-188, 224, 226, 233, 242, 244, 258, 272, 308, 324, 328, 333, 344-347, 351, 368-369, 430, 432-433
Bénédiction de, 345-347
division de, 142, 153, 160, 170, 173, 180, 271
temple de Memphis, 258
temple de Pi-Ramsès, 125, 188
Ptah-Sokar, 324
Ptah-Sokar-Osiris, 351
Ptah-Ténen, 340, 345-346, 355, 365-366, 368, 375, 433

quatre fils d'Horus, 20

Rê, 16, 32, 62, 73, 82, 85, 95, 102, 106, 129, 134-136, 140, 150, 157-158, 172-173, 187-188, 197, 214, 230, 241, 244, 257-258, 280, 282, 288, 291, 296, 302, 303, 308, 309, 320, 324, 334, 338, 346, 355, 357, 369, 372, 394, 400, 411, 414, 424, 429, 433, 436
division de, 141, 142, 148, 153, 160, 169-170, 173
incarné en Ramsès, 136, 278-280, 338
litanie de Rê, 36
temple de Pi-Ramsès, 125
Rê-Horakhty, 157, 204, 228, 233, 242, 415
religion amarnienne, 61, 187, 192-197
religion du pauvre, 189, 360
reposoir de barque, 116, 226, 230, 357, 368

Satet, 222
sceptres osiriens, 39, 194, 197
sceptre-*ouas*, 104, 370, 436
sceptre-*ouser*, 104, 355
Séchat, 112
Sekhmet, 12, 157, 333, 346, 376
mère de Ramsès, 346
prêtres de, 376
temple de Pi-Ramsès, 125, 129, 188
Selkis, 20
serpent Méhen, 93
Seth, 51, 52, 62, 81, 100, 102, 106, 125, 134, 155, 178, 233, 285, 290-293, 328, 338, 340-342, 344-345, 350, 369-370, 372, 399, 415, 431, 436

Baâl, 62, 370
des villes asiatiques, 290
division de, 141-142, 148, 153, 160, 170, 180, 188, 253
noubty, « d'Ombos » en Haute Égypte, 372
temple de Pi-Ramsès, 125, 188
Shamash, 289
shaouabtis, 28, 32, 194, 298
Shétyt ou Shétaÿt, 322, 324, 430
Sokar, 322, 324
Maison de, 324
Sothis, 16, 28, 75, 201, 204, 219, 236, 277-278, 280, 304, 312, 320, 330, 382, 394-395, 427
lever héliaque de, 201, 278, 330
période sothiaque, 75, 101, 398-399
représentée par la Grande Épouse, 219, 244, 277, 280, 304, 320
Soutekh, Seth, 155, 157, 160, 342
Supérieur des mystères, 19

Ta-Ouret, la Grande, Thouéris, 280, 330, 422
Teshoub, 286, 289
théogamie, 214, 216, 372
Texte des Sarcophages,
Thot, 14, 102, 106, 112, 135, 187-188, 201, 242, 280, 282, 308, 351, 403-404, 411
cynocéphale, 201
cynocéphales et ibis, 351
Thouéris, Ta-Ouret, la Grande, 280, 330, 422
tri-unité du divin, 187-188

Notabilia

abeille, 109
acajou, 222
adoption, 251, 253
Akhet, saison, 14, 18, 75, 123, 139-140, 200-201, 395, 401
albâtre, 30, 32, 38, 298-299, 327, 336
amnistie, 112, 290
Amon-protège-son-fils, compagnie militaire, 366
arbre-*ished*, perséa, 23, 38, 111, 112, 188, 201, 400
argent, 130, 285, 288, 290-291, 419
  os des dieux, 338
armée, 141-144
  mercenaires, 101, 142, 264
artériosclérose, 375
arthrose cervicale, 362
assistance mutuelle contre tout agresseur, 286
Atlantide, 417
autruches, 112

bague aux chevaux, 180-181
bandeau de tête *séshed*, 104, 106
bandeau-*shésep*, 104
barbe, signe de deuil, 19, 304
bélier, 388
  corne de, 189
  tête de, 159, 222, 241
Bénédiction de Ptah, 345, 432-433
Bible, 248, 251, 256
bière, 32
bois-méry, 258
bonnet phrygien, 344
boucliers, 143, 166-167, 176, 410
bouquets montés, 334

cachette royale de Deir el-Bahari, 39, 42, 392
calendrier, 75, 101, 200-201, 398, 412
camomille, 22
canopes, 19-20, 26, 32, 298, 392
carrières, 91, 129-130, 209, 231-232, 257-258
Centre d'Études Nucléaires de Grenoble, 54
Centre d'Études Nucléaires de Saclay, 54
chaise à porteurs, 102
Chambre de l'Or, salle du sarcophage, 30, 32, 35, 94, 327
chapelles, les 4 —, édifices légers qui protègent le sarcophage, 12, 23, 64, 115-116, 187, 219, 226-227, 319, 347, 390-391
Charte de l'ONU, 423
chat, 111
chevaux de Ramsès, 153, 157, 159, 180
chevelure de Rê, 429

cheveux roux, 100
chein, 106
chimie, 421
cobalt 60, 54
cobra, 36, 106-107, 240, 389
  Nil, 240
cœur, 19-20, 389
collier-*méânkh*, 104
collier-Ménat, 322
colosses, 22, 116, 130, 198, 207, 234, 236-237, 258, 264, 270, 278, 283, 310, 333, 346, 347, 361, 373, 402, 416, 421-423, 435
  culte des, 310
  Héka-taouy-aimé-d'Amon, 236
  Mou-en-Kamoutef, 416
  Rê-en-hékaou-aimé-d'Atoum, 236, 264
Commissariat à l'Énergie Atomique, 54
Conseil des Trente, 123
construction navale, 222
corégence, 70, 73-97, 99, 100, 107, 213, 226, 240, 394-396, 398
corruption de l'administration, 38, 62, 312-315, 361-362
coudée, 319
16 coudées, l'Inondation idéale, 198
couronne-*atef*, 106
couronne-*hénou*, 106
couronne-*ibès*, 106
couronne de justification, 23, 389
couronnement, 19, 91, 100, 111, 112, 393, 395-396, 399-401
cuivre, 314-315, 419-420
cynocéphales, 234, 282, 297, 351, 416

Daedalea Biennis, 54
danse des Mouou, 26
dében, poids, 427
décans, 200-201
Décret de Ptah, 369, 430
Déluge, 32, 93
dénombrement des ennemis abattus, 180
diorite, 232
dot, 329, 331, 342, 364
dynasties,
  Ve, 214, 351, 414
  VIe, 18
  XVIIIe, 59, 66, 84, 141, 144, 147, 209, 228, 250, 319, 350, 374, 404, 409, 422, 426
  XIXe, 18, 52, 141, 187, 250-251, 253, 372
  XXe, 37-38, 394
  XXIe, 38, 42, 44, 54, 391, 401, 434, 436
  XXVIe, 253

ébène, 96, 222
Égyptiens morts au combat, 180
électrum, 16, 123, 134-135, 302
embaumement, 19-20, 22-23
  végétaux utilisés, 50, 52
épagomènes, jours, les cinq jours supplémentaires ajoutés aux 360 du calendrier égyptien pour obtenir une année de 365 jours, 12, 252, 387
Ère de Ménophrès, 398
éruption volcanique, 251
estomac, 388
été de la Saint-Martin, 341-342
étendards, 142
étoile du Chien, 280
Exode, 248, 250-253, 256, 417-419
extradition, 286, 290, 332

faucon, 18, 102, 106-107, 109, 111, 134, 178, 241, 280, 368, 373-374, 403, 415
  tête de, 22, 241, 256-357
femme, importance de la, 236, 238
fer, 316, 352
foie, 388

gesso (cf. gypse), enduit de plâtre très fin, 396
Grand Chien, constellation du, 16,

204
Grande Ourse, 32, 388
grenouilles, 252, 418
griffon, 155
grue, 111
guépard, 222
peau de, 32, 115, 232, 308

harpe, 14
harpè, 206, 413
hédjet, couronne blanche, 282
henné, 22, 51
heures, 205
hirondelle, 111
hou, le goût, 136

iaout, fonction, 109
ibis, 102, 308, 351, 404
idénous, agents, collecteurs d'impôts, 271
Imentet, l'occident, 26, 297
Inondation, 12, 14, 16, 18, 25-26, 112, 129, 201, 204-205, 221, 226, 230, 240, 242, 244, 278, 280, 282-283, 298, 319, 322, 329-331, 357, 361, 368-369, 376, 394-395, 398, 403, 415, 421-423, 428
idéale, 16 coudées, 282
Institut textile de France, 52
intempéries, 342
intestin, 388
iter, 153, 408
ivresse, 14, 36

jardin, 222, 334
jaspe, 232, 433
Jour de l'an, 14, 16, 75, 102, 111-112, 192, 195, 200-201, 204-205, 230, 232, 244, 278, 394-395
jubilé, 12, 36, 118
premier, 318-325
deuxième, 330-331
troisième, 355
quatrième, 361-363
cinquième, 365
sixième, 369
septième, 373
huitième, 373
neuvième, 374, 413
dixième, 12, 375
onzième, 375
douzième, 376
treizième, 376
quatorzième, 11, 376
jubilé, fréquence, 12
jubilé, robe de, 320
juristes hittites, 284
justice, 428-429
peines corporelles, 290, 410
représailles familiales, 290

ka (« double » immatériel de l'être humain ou divin), 115, 135, 200, 214, 283, 322, 324, 346-347, 361, 423, 432
kep, école royale où sont formés princes égyptiens et étrangers, 209, 227, 250
khâ, le couronnement, 100
khépéresh, coiffure royale, 32, 97, 106, 285, 399, 403
Kher-en-Ahaou, « tombe » des fils de Ramsès, 37
Kyphi, mixture d'huiles et de résines à usage magico-médical, 376

L'Oréal, 52
Laboratoire de l'Identité Judiciaire, 52
ladanum, 109
laine, 314, 428-429
lait, 28, 104
lapis-lazuli, 362
membres des dieux, 338
lion familier de Ramsès, 96, 144, 167
« lis », 57, 325
listes royales, 84, 125, 210, 391
lotus, 22-23, 36, 38, 325, 333-334, 336, 388, 425

Madone de Baronzio da Rimini,

418
mammisi, « maison de naissance », destinée à commémorer la naissance du jeune dieu, 213, 216, 218-219, 221, 298, 414
mariage hittite, 350
premier, 350
second, 364
médecins, 303, 315, 357, 363-364, 376
mènmèn, secousses (sismiques), 346-347
mercure, 45
milan, 111
mobilier funéraire, 20, 26, 28, 32, 37, 40, 42, 106, 298, 304, 390, 392, 425
moralia de Grégoire le Grand, 418
Mout-est-satisfaite, cheval de Ramsès, 157, 159, 180, 408
Musée de l'Homme, 46, 48, 50, 54, 436
Muséum d'Histoire Naturelle, 46, 54

natron, carbonate de sodium servant à la momification, 19-20, 337
neige, 340-341, 432
némès, 106, 283
Nicotiana L., tabac sauvage, 50
Nofrétari par amour de laquelle se lève le soleil, 244
nombre quatre, 372
non-agression, 286, 289

obélisques, 91, 116, 129-130, 154, 282, 333, 360, 401-402
obsidienne, 19
œil-*Oudjat*, 22
oie du Nil (Chenalopex), 111
oiseau-*mésyt*, 111
onction de la royale fiancée, 332-333
onction du roi, 100, 102, 107
or, 96, 133-135, 138, 221-222, 224, 226, 231-233, 338, 419, 426
chair des dieux, 338
Orion, 201
oryctérope, 102
Ouâbet, 19
Ouserhat, barque d'Amon, 312
Out, 19

palissandre, 222
papyrus, 150, 324-325, 387, 390-391, 394, 399-400, 403, 405, 407, 411, 414, 417, 431, 433-434
combat aux, 324
Poème de Pentaour, 150
papyrus Abbott, 390
papyrus Boulaq, 400, 433
papyrus Chester Beatty III, 407
papyrus Chester Beatty IV, 353
papyrus Ebers, 394
papyrus Harris I, 405
papyrus Leyde I, 348, 417
papyrus Leyde I, 350, 311
papyrus Mayer, 391
papyrus Oxford, Ashmolean Museum 1945, 96, 417
papyrus Raïfé, 407
papyrus Rainer, 53, 430
papyrus Sallier III, 407
papyrus Westcar, 414
para-odontolyse, 50
peau de chèvre, enterrement dans une, 227
peau de mouton, 410
Per-Néfer, lieu de bandelettage de la momie, 20
Per-neser, la Maison de la Flamme, chapelle du nord, 106
Per-nou, 106
Per-our, la Grande Maison, chapelle du sud, 106
Péret, saison, hiver-printemps, 39, 134, 201, 340, 344
période sothiaque, 75, 101, 398
perséa, 23, 38, 111-112, 188, 201, 401
pierre d'Écosse, 111
pierre d'Éthiopie, 19

pilier-*Djed*, symbole osirien, 22, 201, 322, 324, 412
piliers osiriaques, 194-195, 197-198, 226, 238, 328, 346, 368-369, 411, 435
pillage des tombeaux royaux, 38-39
plaies d'Égypte, 251, 255, 418
plante-*iadès*, 336
plantes, 111
décapitation des, 111
pluie, 36, 332, 340, 431
poème de Pentaour, papyrus, 150
poissons-*ouadj*, 336
poivre, 20, 388-389
policiers-*Médjaÿ*, d'origine nubienne, 207, 221
ponts-levis, 178
poumons, 388
procès, 313-315, 370, 391, 428-429
pschent, 88, 106, 197, 258, 283, 395, 399
puits, 77, 88, 130, 133, 135-136, 138, 144, 380

quartzite, 258

Ramsès-dans-la-demeure-d'Amon, statue du roi, 368
Ramsès-dans-la-demeure-de-Ptah, statue du roi, 368
Ramsès-dans-la-demeure-de-Rê, statue du roi, rate, 368
rébus, 344, 355, 373
rectification de scènes, 355
reins, 19, 172, 388
remplois, 422
Renouvellement des Naissances, 101, 398
restauration antique de monuments, 125, 230, 351

saisons, 205
Salle de la Vérité, une des pièces du tombeau royal, 30
Salle du Char, une des pièces du tombeau royal, 30
sarcophages, 23, 25-26, 32, 35-36, 389
sauterelles, 152, 252, 418
scarabée, 22, 282
scribes, 336, 353, 362, 400
sécheresse, 328, 342, 345
sénet, jeu de, 306
service quotidien du roi, 375
Shémou, saison, 12, 97, 99, 129, 140, 160, 201, 230, 332, 340, 352, 400
shénou, 107
sia, l'intelligence, 136
signe *ânkh*, 370
silure, 22
Sirius, 16, 204, 278, 394-395
sistre, 322
sistre-porte, 322, 414
solstice d'été, 242
solstice d'hiver, 242
sphinge, 297, 425-426
sphinx, 130, 192, 228, 258, 357, 366, 426
spondylarthrite ankylosante, 50
Stèle de Kouban, 84, 134-136, 403
Stèle de l'an 8, 420
Stèle de l'an 400, 350, 370, 372, 393, 435-436
Stèle du Mariage, 342, 344, 346, 431

tabac sauvage, 20, 389
Talatates, du chiffre trois (talata en arabe), blocs de petite taille employés pour les constructions d'Aménophis IV, 393
Ta-ténen, « la terre qui se soulève », 236, 328
Tekh, ivresse, 14
Tente de Purification, lieu de la première purification du corps du roi mort, 19
Traité de paix avec le Khatti, 37, 252, 284-291
tremblement de terre, 345-346
turquoise, mines de Sérabit el-Kha-

dim, 255

Uraeus, 104

vaches grasses, 308, 319
vautour, 18, 23, 36, 106, 107, 111, 389

verre transparent, 299, 426
Victoire-dans-Thèbes, cheval de Ramsès, 153, 157, 159, 180
ville turquoise, la, nom de Pi-Ramsès, 334
Vizir du nord, 353, 393
Vizir du sud et du nord, 313

TABLE

Pourquoi encore écrire sur Ramsès 5

I. Le dernier miracle de Ramsès 11
II. L'étrange odyssée d'une momie royale 35
III. La naissance d'une dynastie 59
IV. La corégence du prince Ramsès sous le règne de Séthi Ier — 1294-1279 avant notre ère 73
V. Le sacre 99
VI. Les quatre premières années du règne 121
VII. Qadesh I. À propos de la bataille de Qadesh .. 147
VIII. Qadesh II. Le combat devant la citadelle 163
IX. Ramsès et le langage des temples, I 185
Sa fondation du Ramesséum
X. Ramsès et le langage des temples, II 213
Le Mammisi du roi à Thèbes.
Ramsès et les temples de Nubie
XI. L'après Qadesh 247
XII. Le long chemin vers la paix 269
XIII. Ramsès au tournant de sa vie 295
XIV. Des jubilés et des prodiges 318
XV. Le temps de la paix et le Roi-Dieu 349

Tel était Ramsès, le soleil d'Égypte 378

Notes et références 385
Abréviations bibliographiques 439
Index 443

MARIETTE PACHA
1821-1881
par Élisabeth David
La vie de pionnier du Français Mariette Pacha, premier égyptologue de terrain dans le cadre mouvementé de l'Égypte du milieu du XIXe siècle.

•

AFFAIRES ET SCANDALES SOUS LES RAMSÈS
par Pascal Vernus
La crise des valeurs dans l'Égypte du Nouvel Empire.

•

RAMSÈS III
HISTOIRE D'UN RÈGNE
par Pierre Grandet
La fresque complète et rigoureuse d'un règne long de plus de trente ans.

•

MAGIE ET MAGICIENS DANS L'ÉGYPTE ANCIENNE
par Yvan Koenig
L'analyse des différentes manifestations de la magie dans un monde sublimé et fantastique.

•

MYTHES ET DIEUX
LE SOUFFLE DU SOLEIL
par Isabelle Franco
Une rencontre avec les dieux oubliés de l'Égypte, éclairant les grands mythes et les mystères de l'univers.

IMPRIMÉ EN FRANCE PAR BRODARD ET TAUPIN
Usine de La Flèche (Sarthe).
LIBRAIRIE GÉNÉRALE FRANÇAISE - 43, quai de Grenelle - 75015 Paris.
ISBN : 2 - 253 - 14331 - 6

31/4331/0